他怎么可能喜欢我

顾了之 著

Poem

长江出版社
CHANGJIANG PRESS

> 写信

> 收信

> > > 通讯录

收件箱

星标邮件 ★

群邮件

草稿箱

已发送

已删除

回收站

我的文件夹

其他邮箱

返回　　回复　　转发　　删除

致十六岁的疏雨

发件人：周隽

发件时间：2022年11月5日

CONTENTS

COIN

BIRTHDAY

Seven
o'clock

Chapter 1

"渣女"?

意外得知即将确定关系的暧昧对象已经有了女朋友，应该是种怎样的心情？听说这个消息的时候，孟疏雨感动得有点儿想哭。

五分钟前，孟疏雨在办公室的工位上封好最后一个档案袋，忽然收到闺密陈杏发来的一段视频。

视频背景是夜色里的长街。镜头焦点处，女主角走出灯影斑斓的餐厅，朝身后的几个人挥了挥手，三两步跑下台阶，扑进男主角的怀里，搂着他的腰，娇滴滴地说了句什么。

男主角笑着揉了揉女主角的头发，牵过她的手，带她坐上路边那辆黑色SUV，仔细帮她系好安全带。

时长二十多秒的录像，配合着甜蜜的背景音乐，每一帧都散发着液晶屏也挡不住的热恋气息，看得孟疏雨愣了好一会儿才回过神来。

孟疏雨不认识视频里的女主角，但很肯定那个男主角就是简丞。毕竟就在半个月前，她还坐在那辆奥迪Q7的副驾驶座上，捧着他送的公仔，听他说着"你今天有点儿怪——怪好看的"的土味情话，一边尴尬得脚趾蜷缩，一边努力让自己被他逗笑。

孟疏雨一遍遍地重播着视频，从第一遍不敢相信，到最后一遍差点儿喜极而泣。

见她半天没回复，陈杏陆陆续续发来一堆消息——

"快看，这是简丞吧？我在抖音同城刷到的，上个星期的视频了，贴了个什么'偶遇别人家的爱'的词条！

"我就说你最近怎么每天加班，也没个约会。你和简丞离成为男女朋友也就差一层窗户纸了，他这四舍五入就是劈腿哇！

"这男人看着挺老实，没想到胆子这么肥，你们不是两边家长牵线的吗？他也不怕以后两家人闹僵？

"算了，指望'海王'有下限，不如期待六月会飞雪……哎，你加完班没？要不要出来喝两杯？"

晚上八点多，秘书室只剩孟疏雨和一位实习生在加班，但一墙之隔的总裁办公室还亮着灯。孟疏雨不好有大动作，只把兴奋浓缩在敲键盘的指尖上："好呀，开瓶香槟庆祝庆祝？"

这回轮到陈杏愣住了："你没事吧？"

孟疏雨还没解释，手机响起一声提示音，悬浮窗跳出一条备忘录提示——晚上九点钟蔡总有客到访。

她回了陈杏一句"晚点儿讲"，便往椅背上一靠，侧头朝隔壁工位问："双双，是不是忘了什么事？"

陶双双抬头看了一眼时间，猛地坐直身体："哎，我看书看昏头了！"

"这是借口吗？"

孟疏雨长了副毫无攻击性的面孔：鹅蛋脸轮廓柔和，微笑唇天然可爱，鼻尖圆润挺翘，一双小鹿眼澄澈干净、瞳孔漆黑。这种长相在生活中甜美无害，在职场上却成了树立威信的难点。

尤其她在一家市值千亿的集团当总裁秘书，太好说话又会失掉顶头上司的威严。

每当这种时候，她总要多花点儿力气板起脸："今天我还能提醒你，下周开始我就不在总部了，你打算以后把这种话说给蔡总听？"

"对不起，疏雨姐……"陶双双立刻站起来听训，头低得像要折了脖颈。

孟疏雨却突然不想训话了。灰暗了半个月的天空在这一晚拨云见月，连粗心大意的实习生在她眼里也变得可爱起来。

"行了，下不为例，你去做准备工作吧。"孟疏雨摆了摆手。

"好，疏雨姐，你就放心下班吧，这里交给我！"陶双双赶紧出去忙活。

孟疏雨捶了捶硬邦邦的肩，转过头，对着桌上两摞半米高的档案袋舒了口气。

一个月前，蔡总派给她一份差事，把她调去集团旗下的子品牌事业部，给九月份即将到岗的新任总经理当临时助理。

这一个月她来回奔波，一边把南淮总部这边的工作交接给新人，一边熟悉杭市子公司那边的现状，日夜连轴转，瘦了整整五斤。

好在现在万事俱备，她就等下周正式调岗了。

就是走之前她还有个麻烦得解决……

想到这里，孟疏雨又看了一遍陈杏发来的视频，正琢磨怎么处理这事，没想到她的手机一振，简丞刚好发来了消息："疏雨，你下班了吗？我今晚没值夜班，你想不想吃夜宵？想吃的话我去接你吧。"

三分钟后，香庭酒店芝兰厅的圆桌包间里，简丞在一片谈笑声中突兀地站了起来。桌边的几个男人正说着下一场去哪儿，见状都住了嘴，诧异地看向他："这是怎么了？"

简丞直直地站在座椅前，盯着手机屏幕上那句"好，我刚好有话跟你说"，半天才回神，抬头答道："不好意思，我有事，得先走了，你们玩好。"

"有急诊啊？"旁边有人问。

"不是，私事。"简丞以茶代酒，敬向主位的男人，一饮而尽："周隽，回头有机会再叙。"

周隽转了转手里的青花瓷杯，点了一下头。

旁边的男人却不放行，扯了一把简丞的胳膊："什么私事？孟妹妹啊？这都好些日子没见你带人出来了，正好接来一起呗。"

"下回吧，她刚加完班，估计累得慌。"

简丞把一屋子"重色轻友"的哄笑声抛在脑后，出了包间，一路走到停车场坐上车，忽然听见车窗被敲响。

简丞降下车窗，意外地看见了周隽。不等他问，周隽开门见山地说："顺路载我一程？我也去永颐总部。"

"没问题，你还有局啊？怪不得今晚穿了正装……"简丞开了车门锁，想起什么，"你怎么知道我要去永颐接人？"

"他们说的。"周隽把西装外套往臂弯上一搭，绕到副驾驶座那边，拉开车门，垂下眼睫，动作突然一顿。

简丞正要去转移副驾驶座上那束硕大的红玫瑰，车门已被重新关上。

周隽一句话没说，走向了后座。

距离永颐总部最近的地铁站附近，孟疏雨挎着通勤包站在路边，望了一眼阴云低沉的天。

她没打算真和简丞去吃夜宵，但公司门口又不是说话的地方，所以选在这里和他碰头，准备说完该说的话，就坐地铁回家。结果，这夏末时节的天说变就变了。

想起早上刚洗的头，孟疏雨摸了摸绾在脑后的长发，心底涌起一阵烦躁的情绪。但一想到这天或许是要给她应个"分手总要在雨天"的景，她又觉得下一场雨也好。

在雨落下来之前，熟悉的黑色 SUV 停在了她的面前。

简丞从驾驶座下来，关上车门，笑着对她说："等了很久吗？"

孟疏雨摇摇头，酝酿好情绪，慢慢地走过去："简丞，我都知道了。"

简丞愣了愣："什么？"

孟疏雨拿起手机，按下播放键，像出示人民警察证一样，把屏幕直直地面向简丞。

简丞低下头，等看清视频后，一下子瞪大了眼："疏雨，这不是……你想的那样……"

"你不用紧张，"孟疏雨叹了一口气，"咱们本来就只是朋友，你完全有恋爱自由，我不是来找你兴师问罪的。"

"不是，你误会了，"简丞一脸哭笑不得的表情，"这视频里的人是我表妹。"

孟疏雨的喉咙一哽。二十一世纪都过去五分之一了，她怎么还能听到这么狗血的说辞？

"我又不是不愿意好聚好散，你不用编这种话诓我。你要是担心在家长那边下不来台，咱们可以商量个合适的说法，也算谢谢你最近对我的照……"孟疏雨说着说着，看见简丞的眼神暗下来，觉得不对劲儿，就住了口。

"疏雨，你碰上这种事，还来和我商量怎么善后。你是因为根本不喜欢我，所以才一点儿都不伤心吧？"

孟疏雨被这一记反杀打得猝不及防，噎住片刻，又立刻找回上风，撇了撇嘴，说："你都跟人这样了，我伤心有什么用？而且这视频是一个星期前的了，我现在再伤心，黄花菜都凉了吧？"

孟疏雨只是故意装糊涂，可这话在简丞耳朵里，成了另外一种意思。

"你是说，"简丞试探道，"你早就看过这个视频了，最近总说加班没空出来，其实是在生我的气？"

孟疏雨："……"

"你可以早点儿问我的，"见她好像默认，简丞露出喜色，"这真是我很亲的表妹，那天为了甩掉一个死缠烂打很久的男同事，找我演了场戏。"

孟疏雨："……"

"真的，孟叔叔也知道我的这个表妹，我现在就打电话给他。"

这阴沉沉的天还没打雷，孟疏雨先被劈蒙在了原地。她抬起手："等等！"

简丞停下拨号的动作。

不远处刚好传来一道女声："简医生？"

一位老阿姨匆匆走上前来："简医生，真是你啊！这黑灯瞎火的，我还以为认错了呢！"

"是你的患者吗？"看这阿姨好像有事找简丞，孟疏雨继续"通情达理"，脚底一抹油就走，"那你先忙，咱们回头再说。"

"下雨了，"简丞把人拉回来，"你先去我车里避避吧。"

孟疏雨看了看落下细密雨丝的天，顶起通勤包就想冒雨走去地铁站。掌心的手机却在这时传来振动，是陈杏打来的电话。

孟疏雨刚好得找个安静的地方，问问陈杏怎么回事，便冲简丞点点头，自己绕去了副驾驶座那边。

拉开车门迎面就是一束红玫瑰，她心情复杂地闭了闭眼，把花挪开一点儿，坐上去合拢车门，飞快地看了一眼窗外。

简丞已经走到那位阿姨的伞下，和她聊着什么，没往这边看。

孟疏雨抓紧时间，接通了电话。

"完了，搞错了！"电话那头，陈杏一开口就是高分贝声音，"那视频投稿是个乌龙，你家简医生没劈腿！"

孟疏雨挺直的背脊像瞬间被抽走了"骨气"："那是完了，全完了，这下怎么办？……"

"你把人家给骂了？没关系啊，把误会说清楚就好了。"

"说不清楚了，他现在以为我很吃醋、很伤心、很喜欢他……"孟疏雨的声音染上了绝望的哭腔。

"什么意思？"陈杏问完反应过来，"上个月你不是还口口声声'我家简医生，我家简医生'的，你个'渣女'不会这么快就对人家没兴趣了吧？"

孟疏雨摸摸鼻子："嗯，你没发现，最近你提起他的时候，我都不爱接话吗？"

"所以你本来想拿这个视频顺水推舟，跟他拜拜？"

"不然，你以为我今晚为什么要开香槟庆祝？"

"那都这样了，你之前怎么没直接跟他提啊？"

"这不是这几天忙得昏天黑地的，还没找着时机嘛。"

"又不是一次两次了，甩个男人要得了你一分钟？"

"这次不一样嘛，他爸和我爸是老同事，我不跟他当面好好聊清楚，回头我爸不得念死我？"

"也对……"陈杏叹了一口气，"可惜了。老实说，要是没今晚这出，我还挺看好你们的。简医生长得不错，脾气也好，工作又稳当，多适合结婚过日子。"

孟疏雨听见"结婚"两个字，太阳穴疼得突突直跳："哪儿适合了？现在他说句土味情话，我都得靠努力才能笑出来。真要结婚了，我还得在夫妻生活里奋力表演吗？"

一道不轻不重的鼻息声忽然在身后响起。

孟疏雨愣了愣，缓缓回过头，这才看见后座的黑暗处坐了个……人？

"啊——"她尖叫着摔了手机，打开车门跳了下去。

简丞慌忙跑了过来，一拍脑门儿："对不起，对不起，忘了跟你说我朋友在车上。"

朋友？哦，不是撞鬼就……还不如撞鬼呢！

孟疏雨惊魂未定地往后座望去，那道身影依然稳如泰山地隐匿在黑暗里。

所以，这位朋友全程默不作声地听完了她的"渣女"言论？

哦，他也不是完全默不作声。如果她没想错，那道鼻息声应该是他的笑声。

一阵恍惚里，孟疏雨几乎不知道周围发生了什么。等回过神，那路人阿姨早就不在了，她摔掉的手机也被塞回掌心。而简丞已经撑开一把长柄伞，揽过她的肩膀："我让我朋友先开我的车去办事，咱们到旁边的店里坐下聊聊吧。"

孟疏雨游魂似的，跟着简丞走了几步，这才如梦初醒，意识到在那辆黑色SUV里落了多大的一个把柄。

她在简丞的臂弯里微微瑟缩了一下，僵硬地扭过头往身后望去。

一阵疾风吹来，简丞把伞的前檐下压挡雨。伞的后檐随之缓缓抬起，像是拉起了一块漆黑的幕布。

那西装革履的男人走下后座，绕到驾驶座的门边，又在拉开车门的刹那顿住，似乎是察觉到了孟疏雨的视线，转头朝她看来。

路灯昏暗，隔着斜风细雨，孟疏雨看不太清他的脸，却清晰地感觉到他的目光穿过茫茫雨幕，织成了天罗地网，将此刻惶恐的她兜头笼住。

孟疏雨进入社会三年多，干着表面尤其得体的秘书工作，还从没这么"社死"过。

诚然，她刚才脑子乱得不在状态，完全没注意后座，但如果那位朋友是个善类，至少该在她滔滔不绝展现起码的绅士风度，出个声表明自己的存在，而不是在听戏听到高潮的那一刻，送她坐上一趟跳楼机，最后还存心玩她似的，留给她意味深长的一眼。

就那一眼，比他当场揭穿她还恐怖。

她再回想那人从鼻腔里哼出的笑声，怎么都不像单纯地被逗乐了。

要是这男人把她跟陈杏的对话原原本本，甚至添油加醋地传到简丞和简家人那儿，她一个人的尴尬就要变成两家人的尴尬了……

直到跟着简丞走进路边的咖啡店，孟疏雨还有点儿六神无主。

咖啡桌边，简丞还在解释和表妹那事的前因后果："事情就是这样，疏雨，这件事是我不对，应该提前跟你打声招呼的，我给你道歉。"

孟疏雨低着头没说话。

"疏雨？"简丞又叫了她一声。

"哦，"孟疏雨点了点头，"我也有不对，没和你求证清楚。"

"那咱们这样就算说开了？或者你还有什么想问的问题，都可以问我。"

孟疏雨拿定主意，找回了魂："这事没什么了，倒是刚才……那是你的什么朋友？"

简丞对她话题的跳跃停滞了片刻。

"是我的高中同学。"

"你们的关系很好吗？"

"以前不错，后来他出国读研、工作，这几年联系少了，有点儿生疏。"

"那你们最近还会碰面吗？"孟疏雨笑得温柔体恤，"我是想着，刚才我被吓到的时候，他好像也被我吓到了，不知道有没有机会跟他道个歉。"

"怎么会？回头我替你跟他说一声就行。"

孟疏雨噎了噎，又举起手边屏幕斑驳的手机，皱了皱眉："可我这手机都摔坏了，他是不是该赔钱啊？"

简丞笑起来："你这到底是想跟他道歉，还是想让他赔钱？"

"好吧，"孟疏雨轻咳一声，"是想让他赔钱，刚才我没好意思说实话。"

简丞接过她的手机检查了一下："只是钢化膜碎了，走，我带你去贴个新的，算替他赔罪了。"

孟疏雨犯了难，再打听下去怕简丞起疑心，直接去问朋友车里是不是发生了什么事，反而弄巧成拙。可就这么算了吧，这事又成了一颗不定时炸弹，叫她惴惴不安。

一晚的波折以换了一张手机膜告终。第二天早上，孟疏雨被闹铃叫醒，第一时间去看微信消息。

一个小时前，简丞一如往常地跟她道了早安，说自己去医院上班了，还讲了全天的工作安排，态度甚至比以前还热情，仿佛是受到了她昨晚"吃醋"的鼓励。

照理孟疏雨该松一口气，可这样风平浪静的情况却更让她觉得诡异。怎么会有人在得知多年好友遇到"渣女"后，都不提醒一句？

孟疏雨灵机一动，回复简丞："你的车被朋友开走了，今天你是怎么去的医院？"

简丞大概刚巧有空，秒回了消息："坐的地铁。"

孟疏雨："那下班会不会没地铁了啊？"

简丞："没事，他晚上会来还车。"

孟疏雨自信地按下锁屏键。一切都在她的计划之中！

本来就是最后一天在总部的日子，又有麻烦亟待解决，孟疏雨到公司以后在

OA 上机械地确认着调岗审批流程，有点儿提不起精神。

陶双双倒正好相反，一见孟疏雨就想和她八卦昨晚那位长相可以入选"亚太区一百张最帅面孔"的访客。听他和蔡总聊天提到什么合同，那该不会是永颐新签的明星代言人吧？

可见孟疏雨兴致缺缺，陶双双只好放弃闲聊。

熬到傍晚，孟疏雨处理完所有遗留事项，跟关系近的同事们道过别，六点一过，立刻打卡下班，出发去南淮市第三医院。

上了出租车，她给陈杏发了条消息："有情况吗？"

因为她不确定那个男人晚上几点还车，让工作时间自由的陈杏帮忙蹲了点儿。

孟疏雨想过了，那人要是真想揭她的老底，她也只有认栽的份儿，但现在眼看没动静，总得垂死挣扎一下。

她去找他解释也好，拜托也好，都比坐以待毙强。

孟疏雨捏着手机，默默祈祷一切顺利。距离医院还有一千米的时候，收到了陈杏的回音和一张图片："蹲到了！这是简丞的车牌吧？你到哪儿了？"

孟疏雨紧张地催促了一声司机，让他开快点儿。三分钟后车子抵达三院，她在提前扫好的付款码上打了个数，飞快地下了车。

天色将暗未暗，医院附近人来人往。孟疏雨穿过乌泱泱的人群，循着陈杏那张照片的位置搜寻过去——

简丞那辆奥迪 Q7 就安安静静地停靠在路边，亮着尾灯的车屁股正对着孟疏雨的方向。

孟疏雨松了一口气。陈杏的最新消息说简丞还没出来，所以这会儿车里应该就是昨晚那个男人。

只要两分钟，或者一分钟，她觉得自己有把握留下他的联系方式。

孟疏雨整理了一下西装裙摆，踩着高跟鞋快步上前。她还没走几步，余光里蓦地闪进一道熟悉的身影。

她脚步一顿，看向医院正门——

简丞出来了。

他怎么刚好这时候出来了？

孟疏雨一个一百八十度转弯，躲到了广告牌后。一眨眼的工夫，剩下短短几米路仿佛成了一道天堑，横亘在了她和那个男人之间。

她眼睁睁地看着简丞三两步来到车边，面朝驾驶座说了两句什么，然后拉开副驾驶座的车门坐了上去。

车子随即发动，拐出了停车位。

如果绝望有声音，一定是此刻奥迪 Q7 起步的轰鸣声。

孟疏雨懊恼地跺了一下脚，忽然听见身后一阵更强劲的轰鸣声。

是陈杏开着她那辆保时捷帕拉梅拉赶了上来。

车在孟疏雨身边猛地刹停，陈杏朝她挥手招呼："上车！"

SUV 的驾驶座上，周隽握着方向盘，看了一眼窗外。

视野广阔的后视镜里，那道娇俏的身影从广告牌后匆匆奔出，上了白色帕拉梅拉的副驾驶座。

周隽的嘴角浮起一丝笑意，他松了松脚下油门，收回视线时，正见一旁的简丞往座位底下张望。

"你找那个？"周隽指了一下后座。

简丞回过头，看到了昨晚没送出去的那束红玫瑰。一夜过去，新鲜的露水早已干涸，原本饱满的花瓣像蒙了层灰，变得干瘪而无生气。

"我赔你一束吧。"周隽说。

"不用，不用，昨晚时机本来就不太对，就算你不把车开走我也送不出去。"

"你们谈得不顺利？"

"也不是，"简丞含混地应了一句，"谈得挺好的。"

周隽咬着字慢慢重复了一遍他的用词："挺好的，是到哪步了？"

"就……只差捅破一层窗户纸了吧。"

"那就是还没在一起。"周隽若有所思地点了点头。

简丞的眼皮一跳，不知怎么，他心底突然生出一股莫名的警惕感。

就像昨晚孟疏雨跟他打听起周隽时那样。

"这周末见面就能定下了。"简丞下意识地抢答了一句。

周隽眉梢一扬，似笑非笑地看他一眼："祝你好运。"

简丞侧目看了看周隽，总觉得几年不见，这人每句话、每个表情都有一种让人捉摸不透的陌生感和距离感。

他说着"好运"，简丞听着却不像什么祝福。

靠近红绿灯路口时，周隽跟着一列长龙踩下刹车，瞥了瞥后视镜里落下了一辆车身位的帕拉梅拉，轻轻地摇了摇头。

"怎么了？"简丞问。

周隽笑着叹了一口气："南淮这晚高峰，跟车也不容易。"

简丞看看前车，他们这不跟得好端端的吗？

他摸不着头脑地附和："啊，是啊。"

帕拉梅拉的副驾驶座上，孟疏雨着急地看着前面的路况。

刚才陈杏只是稍微空了一截跟车距离，就被一辆急吼吼的面包车插了队。现在她们面前横着这么个庞然大物，完全看不到简丞的奥迪Q7。

"放心，这趟绿灯我帕拉梅拉过不去，他奥迪Q7也休想过。"绿灯亮起，陈杏自信地踩下油门。

前面的面包车大概真赶时间，趁还不到路口实线又一次往前超车。

不过这倒便宜了孟疏雨和陈杏，等奥迪Q7那么一让，她们又得以重新跟牢了它。

"我看这男人没你说的那么恐怖啊，"陈杏感慨，"车品见人品，这么堵的时候他还不介意人家强行超车，应该跟简丞一样是'温柔挂'的吧。"

孟疏雨并没有被安慰到，全神贯注地盯着前方："姐妹，恐怖故事，前面有交警人工指挥。"

"不会这么倒霉刚好卡到……"

陈杏的话没说完，交警的手掌正正竖在了两个人眼前。

奥迪Q7作为这趟绿灯最后一辆过线的车就这么绝尘而去，成了一道遥不可及的虚影……

世上无难事，只要肯放弃。小半个钟头后，孟疏雨破罐破摔地进了路边的一家日料店。

她们在所有可能的路段绕了一圈，也没再碰见简丞的车。孟疏雨禁不住这一次次的失之交臂："累了，毁灭吧，不找了。"

倒是陈杏还在为刚才跟车的失误耿耿于怀，提议孟疏雨最后再试一次，看能不能从简丞嘴里套出他们在哪儿。

理论上讲，这确实是孟疏雨最后的机会。等那个男人和简丞分开，她就很难再找到那个男人了，毕竟昨晚都没怎么看清他的脸。

虽然光从身材就能判定，那人绝对拥有鹤立鸡群的气势，但她总不能每看到一个气质出众的男人就上去认脸吧？

孟疏雨思来想去，拿出手机给简丞发了条消息："吃晚饭了吗？"

简丞："正在吃。"

孟疏雨举起手机，给自己面前的餐盘拍了张照，发了过去："我也是，今晚吃日料，你呢？"

她直截了当地问"在哪儿吃"未免太生硬，先分享自己的日常，引导简丞也拍一张照发过来，再顺势问"看起来好好吃，这是哪家餐厅"就合理多了。

陈杏对孟疏雨完美的话术竖了个大拇指，刚想夸她，却见她的屏幕上多了一条新回复："和长辈在一起，晚点儿再跟你聊哈。"

孟疏雨："……"

陈杏莫名其妙地眨了眨眼："他跟男性朋友吃饭干吗撒这种谎啊？"

孟疏雨把手机屏幕朝下一盖，面无表情地拄着手托起了腮。

她和简丞接触这一个多月来，简丞从来都对她有求必应，从昨晚到今天却一直在回避那位朋友的消息，摆明了很忌讳她和那个男人产生交集。

"我昨天就跟他打听过那人，"孟疏雨猜测道，"他该不会以为我对人家有什么意思了吧？"

"哦，完蛋。"

再老实的男人，也会在强劲的威胁靠近时筑起铜墙铁壁。陈杏觉得，不止今晚，估计这辈子孟疏雨都别想再见到那位神秘人了。

孟疏雨撇了撇嘴："不过，简丞以前没对其他朋友这么藏着掖着啊，还带我去过他们的聚会呢。"

"这还不懂？"陈杏"啧"了一声，"这说明，这次的这个男人很可能——

"比他帅。

"比他有钱。

"比他性格有魅力。

"三百六十度碾——压——了——他。"

同一时刻的粤式打边炉餐厅里，简丞想起什么，重新点开孟疏雨的照片，放到最大，仔细观察起餐桌对面的那只手。

周隽瞟了他一眼："查这么紧？"

简丞不好意思地抬起头来，把手机搁在一边："就随便看看……"

周隽的视线掠过他手机屏幕上的日料餐盘，目光落在了被放大的店名标志上。

周隽沉默了一下，拿起自己的手机。他刚一解锁，收件时间为一个月前的那份永颐集团内部简历又重新跳出：2018届校招——总裁办——孟疏雨。

简历左上角的一寸照框内，稚气未脱的小姑娘穿着干净的白衬衣，乌黑的长发扎成一股高马尾，笑容灿烂，眉眼弯弯。

周隽看了一眼对面的简丞，锁了屏起身："我去趟洗手间。"

简丞点点头，继续默默研究孟疏雨发来的照片，判断出她对面是个女性，才搁下手机，离开座位去取蘸料。他走到调料台前，恰好看见对面过道尽头，周隽正站在洗手间外讲电话。

四目相对，简丞冲他举了举手中的碗碟，做出口型，问要不要帮他也拿一份。

周隽朝他点点头，听到手机听筒里传来一道毕恭毕敬的女声："不好意思，先生，未经客人允许，我们不能擅自跟您透露客人所在的包间号。"

"我想那位小姐会想见我的。"周隽对电话那头的人说。

"这……先生，我们毕竟不能确认您和那位小姐是不是真的认识……"

"她姓孟，"周隽看了一眼对面在调蘸料的简丞，手掌松松地握着手机，语气带着从容不迫的轻缓之意，"今晚穿了一条很漂亮的雾霾蓝西装裙，和她的朋友坐一辆白色保时捷来到你们店里，就在三分钟前，她给我拍了她桌上的餐点，我没记错的话，她的右手边摆了一碟牡丹虾刺身，左手边是一碗凉拌海草。你现在可以确认了吗？"

那头的服务生说了句"稍等"，过了会儿回话过来："先生您好，我们可以给您提供信息了，请问您这边需要包间号是为了——"

周隽垂眼笑了笑："我想预订她隔壁的包间，给她一个惊喜。"

一顿日料吃到尾声，孟疏雨也就剥了两只牡丹虾，喝了几杯梅酒。

陈杏看她没什么胃口，一个人努力光盘。

这家店的榻榻米包间之间没有厚实的墙，只隔着一道薄木板，附近偶尔有笑声传过来，衬得两个人这儿安静得惨淡。

"你不也说了嘛，那人和简医生最近几年联系不多，"陈杏一边吃，一边安慰孟疏雨，"这种有点儿生疏的老同学一般都会顾及对方的面子，不会把你那些难听话直接说出去的啦。"

"但愿吧。"

"那你倒是别苦着个脸了！"

"我只是在想，"孟疏雨的眼神空荡荡地盯着面前的杯子，"我到底为什么对简丞说没感觉就没感觉了呢？"

"这就得问你自己了，你这从喜欢到不喜欢总有个契机吧？"

孟疏雨眨了眨眼回想起来。

要说她和简丞最初的交集，其实应该追溯到九年前的夏天。

那时候是高一暑假，有一天她跟着爸妈去简家做客。

大人们在客厅里聊着她参与不上的话题，她听得犯困，一个人去私房院子里的花园闲逛，开始还觉得新鲜，来回走了一圈后又无聊起来。

她无趣到和花花草草说话的时候，在花园的秋千上看到了一本博尔赫斯的诗集，是她当时读不太懂的外文原版，不过书里有一部分手写的中文翻译。

她翻了几页，觉得字迹很漂亮，翻译的用词干净又浪漫，便坐在秋千上看入了迷。

等爸妈过来带她回家，她才想起来问：这书怎么凭空出现在秋千上？她第一次经过那时明明还没看到呢。

四个大人都没离开过客厅，估计是在楼上书房忙功课的简丞来过花园，看小姑娘尤聊给她放的吧。他们这么说。

这是孟疏雨对简丞留下的第一个好印象。

不过当年她毕竟还小，这点儿好感并没有催生出多的情愫，她只是在简叔叔的客套下把那本诗集带回了家，从此爱上了博尔赫斯。

因为年龄差距，她和当时玩不到一块儿的简丞也没再多联系。

直到今年夏天，两边爸爸聊起自家孩子"总也不找对象"的事，一拍即合地给她和简丞牵了线。

简丞长得挺好看，又有一层医学精英的光环，再叠加上博尔赫斯的滤镜，时隔多年正式认识的第一面，孟疏雨就对他有了点儿一见钟情的感觉。

因为简丞这人做事谨慎，分寸感强，一开始反而是她更主动地联系他。

孟疏雨回想着，说："我找过他几次之后他也主动起来了，接触这一个多月吧，我们每周有规律地见个两次，感觉都挺好的，就是前阵子有天晚上一起轧马路的时候，他跟我讲了句土味情话，我忽然觉得……觉得他怎么土油土油的……"

"情话再土，只要是喜欢的人讲的都好听吧？这锅土味情话可不背啊。"

"可我……"本来毕竟是冲着博尔赫斯去的嘛，孟疏雨想争辩，话到嘴边又咽了下去，"好吧，就是我'渣'。"

"可能也不是，疏雨，其实以前我就有点儿怀疑……"陈杏纠结地看着她，"你听说过性单恋吗？"

"什么恋？"

"性单恋，"陈杏搜到资料，把手机递给孟疏雨，"就是一种不希望自己喜欢的人喜欢上自己的……怪癖？"

一层薄木板之外的隔壁包间——

端坐在桌前的男人眉梢一抬，轻轻搁下指间的茶杯，交握起双手，有了点儿洗耳恭听的架势。

看完满屏的字，孟疏雨才听懂了陈杏的绕口令。

据这份资料说，"性单恋者"会像普通人一样对人产生喜欢的感觉，也会主动追求自己喜欢的人，可一旦对方给予他们明确热烈的情感回应，也就是所谓的"追到手"了，他们的喜欢就会戛然而止。对人家兴趣减淡都算轻的，有的人甚至会反过来厌恶对方。

既渴望浪漫的爱情，又在潜意识里排斥亲密的关系，所以他们长期处在对恋爱的幻想里，却很难谈上真正的恋爱，哪怕和人交往也只能维持短短一段时间。

孟疏雨缓缓抬起头来："这不就是我本人吗？"

"是吧，你突然对简丞没感觉，就是从确定他已经喜欢上你开始的吧？"

孟疏雨在漫长的沉默之后迟疑着点了点头。

准确地说，岂止是简丞。

"还有我大学里那个扑克脸学长，你记得吗？"孟疏雨皱着眉回忆起来，"一开始也是我先主动的，结果等他不高冷了，跟我卖了个萌，我好像突然就对他没兴趣了？"

"记得，当时我还说可惜呢。"陈杏和孟疏雨从高中起就是同学，对彼此的感情生活了如指掌。

"我们学院那院草也是，刚认识的时候我觉得那张脸够我看一辈子，性格又酷，后来怎么回事来着？哦，他第一次约我看电影那天拉肚子了，回去以后我也不知怎么就嫌弃上他了……

"还有我们公司那个HR，学识又高，眼界又开阔，面试的时候对我特别温柔，等我进公司以后也很照顾我，每次一讲大道理我就听得心头小鹿乱撞。眼看要成了吧，有天中午散会他请我吃简餐，看到他啃鸡腿的样子，我这少女心又死了！"

孟疏雨掰着手指头，数着一任任被"枪毙"得莫名其妙的暧昧对象，越想越觉得像那么回事。

卖萌错了吗？人家想买的还排着队呢。

拉肚子错了吗？人再帅也不能违背生理学吧。

吃鸡腿错了吗？鸡听了这话都要跟她急！

他们当然都没做错什么事。只不过这些微不足道的小事背后都有一个同样的契机，那就是她和对方的感情达成了双箭头。

"所以你的意思是，我这些年阅男无数，却还是个'母胎单身'，可能是因为……"孟疏雨不可思议地问，"我有病？"

孟疏雨的心情实在太复杂了。

她自以为这些年活得潇潇洒洒，永远是她选别人。现在突然有人给她当头一棒，说她其实没得选，因为她根本谈不成恋爱？

难怪，在她这儿吃瘪的那些男人后来一个个都遇见了自己的真爱，这两年陆陆续续订了婚领了证。

只有她，依然在七夕节收到朋友点给她的孤寡青蛙。

孟疏雨茫然地喝着酒，有点儿看不明白这个世界了。

陈杏本来只是给她提供个解决感情问题的新思路，没想到她借酒浇愁起来了。

看她跟服务生要了一盅又一盅梅酒，陈杏开始还想拦，想想又算了。成年人还没点儿买醉的权利了吗。

陈杏只在她越喝越急的时候提醒了一句："这纯酒度数高，你慢着点儿，我开车不喝酒，没人和你抢。"

孟疏雨低低地"哦"了一声，喝空第五盅的时候眼眶已经泛了红，看起来是上头了。

她擦了擦冒泪花的眼："你一会儿开车把我送回家……我可不能给人'捡尸'了。"

"行，行，行，肯定保证你的安全。"

孟疏雨放心地点点头，又一把抓住陈杏的手腕："等会儿，明天周几啊？用不用上班的？"不等陈杏答，她又自顾自地摇摇头，"算了，我得了这病都要孤独终老了，赚那么多钱也花不光，不上就不上了吧……"

"哎呀，你振作点儿！这世界上又不是只有找对象才花钱。"

"但我现在不想给这个世界花钱了！陈杏，你懂这种感觉吗？就是，就是好像这一刻世界还是世界，我还是我，可我跟这个世界突然没有关系了……"

陈杏木着脸摇头："对不起，我不懂这么非主流的感觉。"

"非主流怎么了？伤心还要分主流和非主流，你也……也太严格了。"孟疏雨嘀咕着趴下来，酡红的脸颊贴上凉丝丝的桌板，轻轻蹭着解热。

"陈杏，你说为什么……为什么我喜欢的人老是这么快就喜欢上我了？害我一下子不喜欢他了！怎么就不能有个男人既帅到让我腿软，又不把我放在眼里呢？"

陈杏噎了一下："要是有了这样的，你要怎么？"

"那我就可以一直喜欢他了嘛……"

陈杏一言难尽地翻了个白眼："真碰上这种男人，你就知道哭了。"

孟疏雨大方地摆摆手："能让我哭也是他的本事，我孟疏雨就喜欢有本事的男人！"

"……"

陈杏不想跟不清醒的人聊，倒了杯水解渴。没想到凉水一下肚，肚子突然疼了起来。

看孟疏雨趴在桌上，陈杏拍了拍她的肩："我去趟卫生间，你一个人老实待会儿啊。"

孟疏雨比了个"OK"的手势。

陈杏拉开包间的栅栏门，匆匆走了出去。

孟疏雨继续和桌子温存了会儿，感觉桌板也变热了，嫌弃地直起身来，抓过手边冰凉的瓷酒盅贴上脸颊，正舒服地喟叹，忽然透过栅栏门瞥见走廊里的过路人。

木门外，那身材瘦高颀长的男人穿了一身熨帖的黑色西装，路过她的包间前，偏头朝她看来一眼。

两个人一站一坐，隔着悬殊的高下距离，这目光沉甸甸的，像一下子打在人的天灵盖上。

一瞬间，有什么融化在雨幕里的画面，在孟疏雨眼前重新浮现。

在男人即将抬脚离开的那一刻，她一骨碌爬起来，扑到了门边："站住！"

男人停住，转过身来。

孟疏雨左手握着酒盅，右手扒着门，从栅栏缝隙里仔细辨认了会儿，一把移开了门："就是你，逮着了！"

男人的脸庞完整地露了出来——

眼窝深邃，鼻梁高挺，一双剑眉斜飞入鬓，薄唇曲线分明，人中清晰深陷，孟疏雨光用眼睛看这张脸，就好像能闻见溢出的男性气息。

孟疏雨抽了一口气，慢慢吞咽了一下："哦，这么好看呢，怪不得简丞不给我电话……"

周隽扬了扬眉："还有这样的事？"

"就是啊。"孟疏雨咕哝，"我又不找你做坏事……"

周隽抬手揉揉起了麻意的耳根："你不找我做坏事，做什么事？"

孟疏雨张了张嘴又闭上，探出头去，警惕地往走廊上望。

周隽哂笑了一声："不用紧张，他不在。"

"我没紧张……"孟疏雨摇摇头，"我有什么……好紧张的？我不紧张！"

周隽看着她目光闪烁的眼睛，点点头："你不紧张。"

"嗯……"孟疏雨压低了嗓门，"我就是……就是想问问你，昨晚车里的事，你没有说出去吧？"

高跟鞋留在包间外，她得费劲儿地仰起下巴，才方便和他说话。

周隽垂眼看着她，问："想我保密？"

"那可不。"

"那你得给我个理由。"

"理由？理由……"孟疏雨低下头去回想之前组织好的话，脑袋却晕得发沉，半天没憋出一个字。

周隽："没编好？"

"编……想好了的，想了好几个，你等等……"

半分钟过去，孟疏雨再次抬起头，周隽看到了她眼里的求救信号。

周隽："要我给你编？"

孟疏雨舔了舔唇："也不是不行。"

周隽点点头："这样吧，作为他的朋友，我当然希望减少对他的伤害。如果你能尽快和他断干净，让他及时止损，我也不想把那些伤人的话讲给他听。"

"断，马上断，我本来就是要断的！"孟疏雨竖起三根手指，"你放心，我是个……有原则的'渣女'！"

"原则？"

"就是……一次对一个，绝不一对多，不喜欢就甩，我绝不养备胎！"

"最好是这样。"周隽瞥了瞥从拐角走来的陈杏，转过身去，"我还有事，先走了。"

"不行——"孟疏雨情急之下使劲儿扯住了他的衣摆，没想到他刚好迈开一步，把她带得一个踉跄往前跌去。

孟疏雨惊呼一声，握着酒盅的左手像抓救命稻草，一把抓向周隽的肩膀。

酒液从盅口倾泻而下，周隽在侧身避开的最后一刻顿住。

"天哪！"陈杏跑了过来，到跟前一看，孟疏雨倒是靠着人家险险地站稳了，但男人的西装上已经满是酒液，从领面到衣摆，无处幸免。

听见头顶传来的叹息声，孟疏雨抬头看了周隽一眼，松开手，连连后退："我不是……故意的……"

"对不起，对不起！"陈杏也慌忙抽了一大沓纸巾给周隽，"这位先生，我朋友喝多了！"

周隽接过纸巾，擦了擦湿漉漉的西装，也看不出是不是生气了。

或许是因为他眉眼天生不怒自威，孟疏雨已经退远了，扒着门小声说："我就是……想让你给我留个电话……"

陈杏的眼珠子离掉出眼眶就差一毫米。

她就离开了几分钟，她这还没和现任暧昧对象掰扯清楚的好姐妹就看上了一个新男人？

然而姐妹之所以是姐妹，就是在道德和姐妹的分岔路口，陈杏毫不犹豫地选择后者。哪怕姐妹吃着碗里的看着锅里的，她也要帮姐妹把锅端过去！

"是啊，先生，你这西装看着不便宜，回头干洗之后你看看多少钱，我们赔你清洗费，你要不留个电话吧？"陈杏不带停顿地接上，业务熟练，目的明确。

孟疏雨听得愣了愣，隐约感觉哪里不对，一时又没想通。

直到她发现，周隽注视着她的眼里慢慢泛起一丝鄙夷之色。

孟疏雨飞快地冲陈杏摇头："我不是！我没有！"

陈杏压低了声音说："你不是要人家的电话？那不要了？"

"电话是要的，可我不是为了……"

周隽看了一眼交头接耳的两个人，问服务生拿了纸笔，写上号码朝陈杏递了过去："提醒一下你朋友吧。"

陈杏接纸条的手一抖，下意识地结巴了一下："什……什么？"

周隽看了一眼缩在陈杏身后的孟疏雨："套路过时了。"

孟疏雨酒醒已经是第二天中午。

一睁眼就被漏进窗户的光刺得晃眼，孟疏雨抬起一只手盖在脸上，想着遮光窗帘为什么没有拉。

记忆缓缓倒带，除了陈杏，她的脑海里还跳出了一张男人的脸。

孟疏雨慢慢清醒过来，一个激灵抖了一床的鸡皮疙瘩。

救命啊！老天好不容易开眼安排她和那个男人偶遇，是让她去撒酒疯的吗？

她打了一天腹稿的谈判术语一个字没用上，最后怎么成了那副鬼样？

"提醒一下你朋友吧，套路过时了。"这掷地有声的话隔了一夜，还在她耳边三百六十度环绕立体声循环播放，憋得她呼吸都有点儿不顺畅。

他想骂她"渣"就直接骂，怎么还带拐着弯嘲讽人技术不行的？

她要真有心套路他，能用假摔这种古老的花招？

冤枉！窦娥听了都要叫一声姐妹冤枉！

孟疏雨捂着额头冷静了会儿。

算了，只不过长得帅了点儿，再帅也就是个路人，他怎么看她有什么重要的？

反正共识已经达成，他们以后也不会再碰面了。只要不碰面，她就可以当作什么都没发生。

当务之急，她还是先把简丞约出来说清楚。

孟疏雨趴到床头柜边拿起了手机，打开微信，一眼看到简丞一刻钟前发来的消息："疏雨，听孟叔叔说你还在家睡觉，我现在过去接你吃午饭吧，你醒了下楼就行哈。"

孟疏雨匆匆洗漱完换好衣服下了楼，一出单元门就看见了简丞的车。她走到副驾驶座边上，刚要抬手敲车窗，先瞥见了座椅上躺着一束新鲜饱满的红玫瑰。

这段时间，她和简丞互送过不少小礼物，但从没有过这样含义明确的玫瑰花。

她猜，前天晚上如果不是闹了乌龙，简丞可能打算用那束花正式跟她表白。

那他这天补上这束新花的意思……

孟疏雨缩回手，往后退去，脚后跟撞上阶沿，轻轻"哑"了一声。

简丞正在驾驶座上闭目养神，听见动静一下睁开了眼，笑着下了车："上车吧，今天去你之前想吃的那家粤菜馆怎么样？"

孟疏雨干站着，抿了抿嘴唇，放弃了委婉地周旋："对不起简丞，我不能和你去吃饭了。"

简丞拉副驾驶座车门的动作一顿："你昨天都把工作交接完了，下周才要去杭市报到，这周末总不用加班了吧？"

他难得地用了让人很难拒绝的语气，显然也是察觉到两个人最近状态不对，急着在她离开南淮之前确定什么。

"是不用了，但我不能收你车里那束花。前段时间是我没想清楚，耽误了你，对不起简丞。"

简丞的笑容僵在了脸上。

八月末的天，头顶太阳烧得火辣，四下的蝉鸣也一声高过一声地热闹，这片阴凉地却像陷入了天寒地冻的死寂之中。

一段关系的冷却从不会毫无征兆，其实早在半个月前孟疏雨表现得不太自然开始，简丞心里就敲响过警钟，只是一直装作不懂，自欺欺人，好像这样就有转圜的余地。

心理准备再充分，真到了这节骨眼儿上，他还是有种如坠冰窖的恶寒感。

过了好一会儿，简丞才找回自己的声音："我就是想着你要去杭市了，送束花给你饯行，没想催你做什么决定，你还没考虑好的话可以慢慢来。"

"我已经考虑好了。"孟疏雨看着他说。

"你是不是担心异地？"简丞搓了搓手，"我之前就说过没关系的，南淮到杭市也就四五十分钟高铁……"

"不是，不是这个原因。"

话说到这份儿上，再问下去，答的人为难，听的人也难堪。

但简丞似乎还是想打破砂锅问到底："你是不是……最近碰上喜欢的人了？"

"没有，"孟疏雨莫名其妙地摇摇头，心想最近忙工作都来不及呢，"为什么这么问？"

"我随便问的。"简丞的目光闪烁了一下，他像是有些说错话的局促感，"那既然你没有喜欢的人，也不用着急拒绝我，咱们还可以保持联系做朋友的吧……"

"如果保持联系也不可能改变什么，你还想继续做这个朋友吗？"

简丞哑了声。

"你看，你缺的也不是朋友，那我们为什么还要联系？"

简丞被堵得无话可说，沉默半晌点了点头，没话找话地来了一句："那……你今天的午饭怎么办？"

"我自己会解决的，你也快吃饭去吧。"

有时候人和人之间的关系就是这么奇妙，用一句稀松平常的话道别，好像明天还会再见，各自转身之后却走入殊途，彼此心里都已经清楚，即使下个路口再见，也是时过境迁的光景了。

简丞站在原地目送着孟疏雨上楼，眼神一点点暗了下来。

也许这个结果不是半个月前才有预兆，而是一开始就有的——

今年六月两个人第一次见面，他问过孟疏雨："你年纪还小，怎么会答应你爸妈来见我？"

她笑着答："如果是别人就不见了，因为你以前给过我一本博尔赫斯的诗集，我很喜欢你写在书里的翻译，想着来谢谢你。"

可能他借来的东西总要还回去。

就像九年前，他根本没给过她什么诗集，即使九年之后他闪烁其词地冒领了这份功劳，那些诗还是不属于他。

解决了去杭市之前的最后一桩心事，孟疏雨心里那块石头着了地，她上楼给自己煮了碗面吃。

她正吃着拉面，收到了陈杏的消息："醒了没？一个坏消息和一个好消息，你想先听哪个？"

孟疏雨搁下筷子回复："好消息。"

陈杏："不行，从逻辑上讲我得先说坏的。"

孟疏雨："……"

陈杏发了一张图片，然后说："坏消息就是，我帮你仔细研究了一下这个性单恋，发现……"

孟疏雨点开截图，看到了一段文字资料——

"性单恋"目前只是一个网络流行词，并未形成系统明确的概念，也没有得到任何心理学权威组织及文献的承认，所以从严格意义上讲不能被称为一种疾病。

"……"这个人先告诉她，她可能有病，又告诉她这个病不叫病，所以也没药医，让她连挂号费都省了。

网上看病果然不靠谱。

陈杏："不过我觉得这个说法也不算胡扯吧，那抑郁症不是古代老早就有，一直到近代才能治？性单恋可能也这样，只不过你比较惨，没赶上专家研究完。"

孟疏雨无语地打字："那我已经这么惨了，能听听好消息了吗？"

陈杏："好消息就是，反正也没法儿确诊，谁知道到底是不是呢？网友建议你不要给自己太消极的心理暗示，说不定你只是还没遇到真正喜欢的人，别灰心，男朋友会有的！"

孟疏雨摁下语音键："我看我男朋友这辈子可能忘记投胎了。"

陈杏："昨晚不就有个来投胎的吗？你打开你的手机通讯录速度联系他，给他见识见识你不过时的套路！"

"……"她刚想开，陈杏还嫌她肠子悔得不够青？

孟疏雨："我要他的电话只是因为他太难找了，备着万一之后还有用，别想了，这个人不能套。"

陈杏："什么意思？"

孟疏雨想了想，在跟陈杏解释之前先回了趟房间，从昨晚的西装裙口袋里翻出了那个男人留的纸条。

把这串号码输入支付宝后，她肉疼地咬了咬牙，按一般西装的干洗费往上加了几倍，给对方转账了两百元，备注："承诺已兑现，清洁费赔你。"

她干净利落地通知到位，言行一致不失气节，完事。

孟疏雨丢掉手机，看着一屋子的行李，舒了一口气。

不怕，再过两天，这座城市就要少一个尴尬的人了。

一周后，周六，杭市郊外。

好不容易熬过冒火的三伏天，又招来了秋老虎，杭市的气温接近九月依然居高不下。

傍晚，孟疏雨在单身公寓里折腾好最后一件组装家具，汗涔涔地瘫坐在地板上。

过去一周，她到永颐集团旗下的森代事业部正式报到，搬进这间工业园附近的公寓，一边尽快和新同事熟悉，一边把空荡荡的公寓填满，忙得脚不沾地。

到这天终于万事俱备，只差东风把她那位神秘的顶头上司吹来。

因为森代上一任外招的职业经理人在临近签合同前被对家挖走，这次为免横生枝节，总部对新任总经理的来头一直秘而未宣。

孟疏雨这阵子和未来上司所有的对接，都是通过他身边一位叫任煦的私人助理完成的。

这天孟疏雨和任煦约了晚上在一间茶室碰头，沟通一些入职事宜，顺便把几份材料给他。

孟疏雨强撑着站起来，去浴室洗过澡，化了个淡妆，换了件藕荷色衬衫搭白色半裙。

站到全身镜前确认着装得体时，她才有了点儿后知后觉的紧张感，想起了蔡总当初交代给她的话——

"这位经理能力没得挑，但他之前的工作经验都在国外，回到国内不排除'水土不服'的可能，再说看人还得看品格，现在的森代已经不容试错，所以你前期需要费点儿心考察。"

他的言下之意，她作为总部的亲信被派到森代，不光是来协助新任总经理，也要做蔡总的眼睛，确保子公司做出成绩的同时不会脱离总部的掌控。

俗称：卧底。

虽然今晚只是见见未来上司的私人助理，但孟疏雨已经进入战斗状态，势必要来个不卑不亢的亮相，打响她卧底生涯的第一枪。

一个小时后，孟疏雨到了任煦约的茶室。

她一进茶楼，夏夜的喧哗立刻被隔绝在外，大堂里静悄悄的，像能听见茶香流动的声音。

孟疏雨放轻了脚步，照着任煦微信里"二楼南窗"的指引上了楼梯，一过拐角就看到了南窗边上逆着灯光的侧影——

男人穿了身洋气的西装，拿捏茶杯的手势倒有着中式雅正的范儿，远远一个剪影看着就气度不凡。

区区一个私人助理都有这格调？

孟疏雨打起十二万分的精神，端好仪态上前去，走到男人身侧微笑着开口："任……"

男人抬起头来。

孟疏雨的称呼突然卡在了喉咙里，整个人硬邦邦地僵在原地。

一瞬间，她的眼睛仿佛一台放映机自动快退，画面闪回到了上周五晚的松岛屋的场景。

那张好看却带着鄙夷之色的脸，和面前这个男人的脸完美地重叠在一起，她找不到一丝不合的缝隙。

唯一的差别，可能是男人此刻微抬着眉梢——很显然，就像她不可能在短时间内忘掉他的脸，他也对她保留了印象，并为这跨省的相遇感到意外。

只是很快，这点儿意外就变质了。

孟疏雨还愣着神，男人好像已经理清楚状况，叹息着收回目光，摇摇头喝了口茶，很像是无语到喝口茶下下火的样子。

孟疏雨没太看懂他的反应。她现在满脑子只有一个问题：为什么上次日料店的偶遇还没花光她全部的运气？

孟疏雨一个人"头脑风暴"了三秒钟，决定就在下一秒，她将发挥越尴尬越冷静的职场素养，捏着文件袋朝四周望一望，然后一边念叨"任……人呢"，一边从容遁走。

可惜生活没有剧本。

她刚做到"朝四周望一望"这步，忽然听见一旁的男人说了一句："不用紧张，他不住。"

孟疏雨顿了顿，回过头来，确认这里没有第三个人，而他也没有在打电话。

他们对视了几秒。

"这位先生，你在说谁？"

周隽转了转手中的茶盏："孟小姐还是喝醉的时候比较坦率。"

孟疏雨藏在裸色尖头鞋里的脚趾生理反射般扣紧起来。

她早该想到这个男人根本不知道"绅士"两个字怎么写。

"哦，你说简丞吗？"孟疏雨努力不让自己的脸垮掉，"我和他已经没有关系了，怎么会看他在不在？"

"那还不坐？"周隽手心朝下虚握成拳，拿指关节敲了敲面前的桌案。

"嗯？"

周隽："你不是来找我的？"

"……"

我恨不得此生和你永不相见，找你干吗？我嫌自己脸皮太薄了，来你这儿练厚点儿？

虽然你长得很不普通，但也不必这么自信！

孟疏雨耐着性子做了一次没有意义的确认："你姓任吗？"

她和任煦通过电话，认得对方的声音，很确定对方绝对不是眼前这个男人——如果是，她现在就该喊救命了。

果然，周隽摇了摇头。

孟疏雨径直走开了，拿起手机拨通了任煦的电话。

毕竟事情确实巧得让人浮想联翩，为免产生不必要的误会，她特意按下了免提："任助理，你不在茶室吗？"

任煦的声音通过扬声器传了出来："啊，孟助理，你到了吗？我刚送了拨客人走，这会儿在回去的路上，你稍微等我一下啊。"

"嗯，没事，是我提前到了，你慢慢来。"孟疏雨仰起点儿下巴，侧过半边身体对着周隽，像在确保他已经知道他自作多情了。

任煦："好的，不过你也可以先和周总交代起来，周总不在二楼吗？"

"什么？"

"我说周总不在吗？我走的时候他还坐在二楼南窗边上等你呢。"

孟疏雨缓缓扭过头去望向南窗。

周隽往椅背上一靠，就这么看着她，像在看个什么乐子。

孟疏雨直直地盯着周隽，尽力维持着声音的平稳："你没说今天周总会来……"

任煦："哦，可能是我忘记说了，本来只有我一个人的，但周总晚上刚好来茶室和人谈事。"

周隽指指孟疏雨掌心快要握不住的手机，并拢食指和中指朝她招了招。

这么一个手势，就像揪住了孟疏雨的后颈皮子。

她不受控制地朝周隽挪动过去，迟疑着把手机递给了他。

周隽低下头，就着她的手对电话那头的人说："我在，没事，你慢慢来。"

任煦："好的，周总。"

一阵强烈的眩晕感朝孟疏雨袭来。

电光石火间，她脑海里闪过一个念头：如果她现在被吓昏，能算工伤吧。

可惜孟疏雨非但眼前没有发黑，还清晰地看见周隽再次敲了敲桌板，对她说："现在可以坐过来了吗，孟助理？"

孟疏雨不知道自己花了多久，才顶着"嗡嗡"响的脑袋机械地坐到了周隽对面，机械地把怀里的文件递过去。

等她回过魂，周隽已经接走文件袋，绕开袋扣上的缠绳，抽出了里面的材料。

听了好一会儿纸张翻动的"沙沙"声响，孟疏雨才稍微有了点儿即将与她朝夕相处的新上司，就是这位见证过她两次"丑态"的、前任暧昧对象的好兄弟的实感。

中国有十几亿人，十几亿分之一的概率，就这么给她碰上了。

彩票大王听了都要说一句"厉害"。

她来之前还想什么来着？来个不卑不亢的亮相？打响她卧底生涯的第一枪？

也不知道哪家的卧底还没卧上呢，就先被对家看光了老底……

孟疏雨搁在膝盖上的手揪着裙子一攥，低下头闭了闭眼。

下一秒——

"多久能整理好？"对面的人眼也不抬地翻着材料说。

孟疏雨下意识地看向他手中的材料："这是已经整理核对过的……"

"我是说，"周隽抬起眼皮看了她一眼，"你的情绪。"

"……"

孟疏雨看着这张毫无同理心的脸，隐约记起了他这天看到她第一眼的反应。

估计这男人之前就从简丞那儿听说过她在永颐工作，加上她在这个时间出现在这个地点，开口又是一个"任"字，所以他看她第一眼就猜到了她的身份。

然后他叹气，摇头，无语地喝了口茶。

孟疏雨深吸一口气，轻轻抚平被自己攥皱的裙子："多谢周……"她像烫了一下嘴似的顿了顿，"……总关心，我挺好的。"

"那就开始吧。"

不过花了半个小时交代一些入职相关的事项，孟疏雨就因为精神过度紧绷，累得像跑了十趟楼梯。

讲正事的时候她还能短暂地麻痹自己，话一说完，如坐针毡的感觉又上来了。

尤其这间茶室的装修风格还和南淮那家叫"松岛屋"的日料店像得离谱。

为了延续公事公办的气氛，孟疏雨问了一句："您还有什么疑问吗？"

周隽正一目十行地看着材料，随口答了一声"没"，过了两秒又像想到什么，抬头看她一眼："回去传份简历给我。"

他对材料是没疑问，但对她有疑问。

孟疏雨哽了哽，挤出一个笑容来："好的，没问题。"

周隽重新垂下眼。

孟疏雨不再多嘴自取其辱，可干坐着又憋得慌，过了会儿找了个借口去洗手间。

等她走没了影，一旁已经送客回来的任煦才提醒周隽："周总，孟助理的简历我早就转给您了。"

任煦记得非常清楚，一个多月前，永颐那边就传来了三位助理候选人的简历，说问问周隽中意哪个。

然而周隽这会儿像失了忆："是吗？"

"是啊，您当时从三位候选人的简历里挑出了孟助理的那份，说就要这个。我还奇怪，您怎么挑了个年轻的。"

"我挑的？"

任煦眨了眨眼："那……我挑的？"

"原来是这样。"

茶室里安静了三秒。

"是，"任煦笃定地点点头，"是我挑的。您对这种小事一向不在意，今天之前完全没关心过您的新助理是哪位呢。"

洗手间里，孟疏雨在盥洗台前捏着手机，给陈杏发了一堆消息，却迟迟没得到回复。

虽然没人搭理，但满屏的感叹号也算泄了她憋了半个小时的郁气。

估算着时间差不多了，孟疏雨对着镜子练习了一下假笑，走回了茶室。

周隽刚好在材料的签名栏上落下最后一笔，盖上签字笔的笔帽。

孟疏雨重新在他对面坐下，接过材料快速检查过一遍，也没心情欣赏这一手力透纸背的好字，继续机械地问："冒昧请问周总，您名字里的第二个字是念 jùn 还是念 juàn？"

"juàn。"

"好的。"

孟疏雨如释重负地回收好材料，正想告辞，却听一旁的任煦问："孟助理，你和周总的公寓是不是离得挺近的？"

岂止是"挺"近，公司为了方便起见，给她和周隽分配的住房都在森代工业园附近的望江府。只不过她住小区外围的单身公寓，而周隽住靠里的高级公寓。

之前挑房子的时候，她想，既然要好好盯梢，不如挑个近水楼台的地方。所以她那间房子推开窗就能看到周隽的阳台，下了班上下司一起隔窗对望着喝喝茶都不是不行。

孟疏雨带着只有自己知道的后悔说了声"是"。

"那太好了，"任煦笑起来，"要不这会儿你顺便领周总过去看看住处？我这儿临时有点儿事要办，可能没法儿跟着周总了。"

什么叫职场上说话的艺术？

——你都说顺便了，那我不答应可不就是我不懂事了？

一刻钟后，在任煦的指引下，孟疏雨去地下车库把一辆黑色奔驰 S600 开上了地面，停在茶楼门口等周隽下来。

她还没见着他人，她搁在副驾驶座上的包包里的手机突然响起了微信语音电话提示音。

孟疏雨拿出手机一看是陈杏，估计对方是听她吐槽来了。

孟疏雨警惕地往车后座望了一眼，这才接通电话，用气声匆匆说了句："我这会儿有点儿情况，晚点儿再跟你说！"

说完，她也不等陈杏反应，就迅速摁了挂断键。

一连串动作行云流水下来，后座的车门刚好被周隽拉开。

孟疏雨若无其事地把手机往中控台上一丢，不确定周隽有没有看到她因为在他那儿落下的心理阴影而条件反射做出的愚蠢行为。

等他在后排落了座，孟疏雨怕他哪壶不开提哪壶，清清嗓子，抢先对着后视镜说："您系个安全带吧？"

周隽看她一眼，一言不发地拉过安全带。

"我驾龄三年多，车技还行，就是保险起见……"孟疏雨没话找话、干巴巴地接了句，发动车子，踩下了油门。

孟疏雨在杭市读了四年大学，大四为期近一年的实习就在森代，因为毕业后想回家乡才被当时看好她的领导内推去了南淮总部。

当初她实习期经常跑些外出的活儿，对这一片儿地方还算熟悉，开车基本不用导航，只是这样一来，这逼仄密闭的空间就更安静了。

暗色的内饰和后座一身黑的男人营造的沉闷感，让车里的冷气都像凝结成了固态。

孟疏雨以前跟着年过半百的蔡总，都没觉得这么有压迫感。

她看了看中控台，试探地问："您想听会儿歌吗？"

"不想。"

孟疏雨眨了眨眼："那您介不介意我开个导航？"

"介意。"

"好的。"孟疏雨点头一笑，放弃了挣扎。

幸好周隽看起来没有跟她"叙旧"的意思，大概是看她车技过关，过了会儿就在后座上闭目养神起来。

孟疏雨这才意识到，车里的压迫感一半来自他那双乌沉沉的眼睛。

看他好像睡着了，孟疏雨活动了一下僵直的背脊，紧攥方向盘的手也松了点儿力道。

直到接近目的地的时候，落针可闻的车里突兀地响起一阵振动声。

孟疏雨一个激灵偏头看向中控台，一眼看到来电显示"简丞"，一时连油门都忘了加。

后座上的周隽像是被吵醒，睁开眼，朝声源处望来。

孟疏雨立刻腾出一只手摁了挂断键。

车里瞬间恢复寂静。

孟疏雨轻轻吞咽了一下口水，正思忖这么远他应该看不清来电显示吧，就听到了一声熟悉的、让她至今心有余悸的、从鼻腔里哼出的笑。

"……"她缓缓抬起眼，对上了后视镜中周隽不善的眼神。

周隽扬了扬眉："有原则的——'渣女'？"

孟疏雨神情一滞："我没跟他联系了……我也不知道他怎么突然打电话给我。"

"你说了算。"

听出他语气中的不信任之意，孟疏雨皱了皱眉："上周五跟你说完以后，我第二天一早就跟他说清楚了，不还给你转了支付……"

"看路。"周隽朝前边路口抬了抬下巴。

孟疏雨收回视线，握紧了方向盘，憋得心连着肝一抽一抽地疼。

没过一分钟，中控台上的手机又是一阵振动，还是简丞来电。

孟疏雨长出一口气，又要去摁挂断键，听到周隽先开了口："靠边。"

看他这是给她时间处理私事的意思，她犹豫了一下，把车停到了路边，接通电话"喂"了一声。

听筒里安静了几秒，传出一道大着舌头的男声："疏雨，你……肯接我的电话了……"

孟疏雨愣了愣，迟疑地问："简丞？你喝酒了？"

简丞没答，只自顾自地说着话："疏雨，你走这几天我想了，想了很多……我还是不想就这样放弃你……既然你现在也没有喜欢的人，那我应该有努力的权利……"

"简丞，你喝多了，"孟疏雨尴尬地打断了简丞的话，从后视镜看了周隽一眼，不知道他听到了多少，"你人在哪儿，旁边有朋友在吗？"

"疏雨，明天你有没有……时间？我买了去杭市的高铁票……"

孟疏雨头疼地捂了捂脑门儿，正琢磨着怎么说才能让简丞听懂，后座忽然传来锁扣松开的"咔嗒"声响，极具侵略性的男性气息瞬间逼近——

"宝贝儿，这么晚，谁的电话？"

ta zen me ke neng xi huan wo

Chapter 2

谈 "宝" 色变

一刻钟后，孟疏雨直愣愣地站在小区地库的电梯前，按亮了上行键。

电梯从高层缓缓降到负一层，"叮"的一声打开。孟疏雨跨过门，被电梯里的冷气扑了满面。

凉风拂过她正敏感的耳根，仿佛带来一句"沙沙"响的——宝贝儿。

孟疏雨打了个激灵，心脏突地又跃上嗓子眼。

电梯门合上，密闭的空间里只剩头顶风机送风的轻微噪声。

孟疏雨回想起刚才在车里是怎么结束的。

周隽那话一出口，效果倒真是立竿见影。简丞那边安静了两秒，就落荒而逃似的挂断了电话。

但她就不太好了，满脑子想着"别搞我，别搞我"，瞳孔地震到差点儿脱口而出"你是不是有病？"。

虽然她最后悬崖勒马成了"你是不是有什么问题？"，但周隽明显听懂了她的潜台词，往后座一靠，不咸不淡地说："我以为是你有问题，而我在解决问题。"

他的样子显得他为了防止好兄弟跟"渣女"藕断丝连，充分展现了智慧，而她这反应多么不经事，多么小题大做。

那他顶着这么张脸这么叫人，换谁能没点儿反应？

她的波动只是对自己的审美的一种尊重，而已……

孟疏雨使劲儿揉了几下耳垂，感觉那声"宝贝儿"终于从耳边散去，放松了绷直的身体，想着回家冲个澡，洗洗这一身晦气。

她抬头一看，电梯却还稳稳地停在负一楼，一动没有动。

这一晚上，孟疏雨没再接到简丞的电话。

睡前，孟疏雨还有点儿纠结，想着简丞到底有没有认出周隽的声音，要是认出来了这得怎么想？后来想烦了，她干脆也不想了。

反正她又不可能去跟简丞解释。先不说她根本不知道怎么开这个口，真要开了口反倒还可能弄巧成拙。

到周日中午孟疏雨打开微信，看简丞发了条朋友圈说"纪念第一次断片"，不知是真忘了，还是打算装忘了。

孟疏雨也就不管了，把这事抛在脑后，开始操心自己开局不利的"总助"生涯。

周日做了一天的准备工作，周一一早，孟疏雨提前半个小时到了公司。

她上了工业园中心的办公大楼，刚出七楼电梯，远远就听到人资办公室里两个小姑娘在议论——

"不是吧？这么年轻？我们部长里资历最浅的，都比他大上半轮呢，会不会买他的账啊？"

"今天来了就知道了，蔡总亲自挖来的人肯定有两下子，而且人家还有家世在呢。"

"可我听说当初蔡家'太子爷'空降都没治住那帮老油条，最后也被气得灰溜溜地走人了，一个外来'富二代'……"

"'富二代'也分草包和精英嘛，听说这回这个……"

孟疏雨脚步一顿，停在了走廊上。

随着合同的落实，森代新任总经理的身份已经在公司里传开来。

孟疏雨也从总部了解到了周隽的大致履历——

十五岁被保送华清大学经管学院金融专业，十九岁以 GMAT 七百九十分的成绩进入 M 国 H 大商学院工商管理专业读研，二十一岁入职 M 国著名国际金融服务公司，先后任投融分析师和基金经理，二十四岁起在 M 国高端软件系统公司任运营总监直至四年后的今天。

和周隽日常带给人的压迫感一样，这份"精英半生，归来仍二十八未婚"的履历也漂亮得叫人有点儿窒息。

孟疏雨一下就理解了这人问她拿简历时那种眼高于顶的不信任，甚至觉得他还可以再狂一点儿。

毕竟除了这份履历，人家还有个当地产大亨的爸。

作为元誉地产董事长的儿子，周隽的身家理论上远超过永颐旗下一个子品牌事业部的价值。

然而一朝归国，他却像选餐厅一样，随随便便接受了永颐的橄榄枝，乐于接手森代这个连年亏损的烂摊子。

难怪蔡总在惜才的同时，会对他保留一些疑虑。

当然，在过去两年换总经理如换生肖的森代，更难怪员工们会对这位外招来的职业经理人持观望态度。

孟疏雨念头一转，继续往前走去。

两个小姑娘听见动静抬头，吓得脸都白了一个色号："孟……孟总助，早……"

孟疏雨装没听到两个人的闲话，晃了晃手中的档案袋："早，我这儿有几份材料请林经理盖章。"

其中活络点儿的那个姑娘赶紧起身来接档案袋："好的，孟总助，林经理来了我就交给他，等盖完给您送去'总经办'。"

孟疏雨笑着道了声谢，转身走入长廊，留下一道惹人瞩目的背影——

细腰薄背，长颈平肩，笔挺的脊梁端着飒爽的精神气，杏色及膝西装裙下一双腿匀称直白，每一步都四平八稳地踩在人的审美舒适区。

小姑娘目送着人离开，抱着档案袋回到工位："总部写字楼来的人，就是跟咱们天天窝在工业园吃灰的不一样。就冲蔡总给配了个这样气质、这样作风的总助，我看这回的新领导就不简单。"

八点五十分，孟疏雨带着"总经办"一行人到了办公大楼底下，准备迎接他们的新上司。

考虑到森代高层对外来经理人存在抵触情绪，不宜在不必要的环节高调，孟疏雨没搞全体部长列队欢迎的排场，只带了几个自己人。

滚烫的阳光将柏油路和行道树晒得光亮，孟疏雨扬首望着车道，坚定了一下信念——

"昨日种种，譬如昨日死。"昨天那个尴尬的孟疏雨已经尴尬死了，从这天起，出现在周隽面前的只会是英姿飒爽、精明能干的孟总助。

然后孟总助望了一刻钟，被晒得眼睛都睁不开了，也没看见车影子。

孟疏雨想要给任煦打个电话，忽然听见行车声从另一个方向传来。

一行人同时转向，看见一辆黑色奔驰 S600 匀速驶近，在众人跟前缓缓刹停。

孟疏雨松了一口气，迎上去，一手拉开后座车门，一手贴心地挡在车顶边沿。

一双乌黑光洁的男式皮鞋落上柏油地，周隽弯腰下了车，身板挺拔修长。

孟疏雨隐约听见身后的文秘小姑娘低低地抽了一口气。

同为女性，孟疏雨很理解这口气里的惊叹之意。

如果她不是提前见过周隽，这会儿估计也忍得够呛。

孟疏雨酝酿好露出八颗牙的官方笑容，朝周隽躬了躬身："周总，上午好，我是您在森代的行政助理孟疏雨，代表'总经办'和各部门全体同事欢迎您加入森代！"

身后一行人跟着鞠躬。

周隽点了一下头："保……"

孟疏雨倏地抬起眼来。

"……安亭那儿出了点儿小意外，"周隽被她这惶恐的眼神打断了半秒，闲闲地看了她一眼，然后望向众人，"各位久等。"

"……"孟疏雨若无其事地摩挲了一下手心的汗，"呵呵"一笑，"周总客气。"

幸好在场除了周隽，没有第二个人看懂她的谈"宝"色变。

见驾驶室上的人降下车窗像要告状，孟疏雨立刻恢复公事公办的态度："任助理，怎么回事？"

"园区正门保安亭的道闸杆坏了，我们是从后门绕的。孟助理，你说这是不是赶巧了？森代的大门好像不太欢迎周总呢。"

孟疏雨这下真严肃起来了。

她都有了先见之明，没让那群老滑头接驾了。也不知道哪个无聊的人还玩这种把戏，非要在这天让周隽难堪。

这些人真会给她找事做。

孟疏雨抿了抿唇，真情实感地有点儿生气："今天之内我一定给周总一个合理的说法。"

"孟助理不用在无关紧要的小事上费心，"周隽反倒不辨喜怒地笑了笑，抬脚往前走去，"欢迎不欢迎，我总归是要来的。"

"虽然说不上来哪里厉害，但就是觉得有点儿厉害……"

中午十二点半，人去楼空的食堂里，唐萱萱回想起周隽上午在办公楼底下的回应，问餐桌对面的人："疏雨姐，你不觉得吗？"

孟疏雨："不觉得。"

"哦……"

"因为我说得上来哪里厉害。"孟疏雨收拾起餐盘，招呼唐萱萱走人。

孟疏雨有三年多职场经验，看人还算有谱，觉得"总经办"这位文秘小姑娘是能说说私话的人，就多讲了两句："碰上这种事，周总闷声吃亏吧，叫窝囊；大查特查吧，叫沉不住气。既大大方方地讲出来，又让人一拳头砸在棉花上，不就挺有气度？"

虽然道闸杆的事只是再小不过的插曲，但以小见大不难看出点儿周隽的为人处世之道。

也许动手脚的人也是为了开局试探一下周隽的脾性。

"有道理，这要换了之前那位'太子爷'早就肺管子都气炸了，现在想想，越是心里没底的人才越容易在这种小事上发脾气，真有本事的人都当看笑话呢。"唐萱萱压低声说着，跟孟疏雨出了食堂，回头望了一眼三楼包间，"哎，我们不用等周总吗？"

"十吗？这一上午一起散步还没够？"

上午周隽到公司以后，孟疏雨和"总经办"的三位文秘陪着他参观了园区。

永颐作为智能家居行业有名有姓的翘楚之一，旗下开发有三个子品牌，其中森代专攻厨电领域。

整个森代工业园占地面积最大的，就是生产车间和实验楼。

本来孟疏雨考虑到周隽作为通用人才，在专业技术领域难免需要适应期，第一天带他走马观花地熟悉环境也就差不多了，没想到他直接进入了角色。

参观车间的时候，孟疏雨准备的解说词一句都没用上。周隽一个人就能和工程师们侃侃而谈半个小时，反倒大家得聚精会神才能跟上他的节奏。

精神高度集中了三个钟头，孟疏雨现在只想合法午休，免得下午头昏脑涨。

回到"总经办"，孟疏雨定好闹钟，和唐萱萱一起缩到角落，一人打开了一张躺椅。

孟疏雨的生物钟被职场生活调节得很规律，这个点几乎不用酝酿就能光速入睡。

她一觉睡沉，再次醒来时听到了一道小心翼翼的男声："疏雨姐……"

孟疏雨迷迷糊糊地睁开眼，看见了隔壁工位的男文秘冯一鸣。

估计是不好意思，冯一鸣没敢过来推醒她，锲而不舍地用气声叫了她好一阵："疏雨姐，有你的电话。"

"哦……"孟疏雨不太清醒地从躺椅上坐了起来，随口问了句，"谁啊？"

冯一鸣伸长脖子望向她的工位上的手机，歪着头慢慢地念："'松岛屋南淮一店187高冷长腿大帅哥不喜欢过时的套路'？"

"……"

一阵脚步声忽然在门外的走廊上响起，孟疏雨还没来得及反应，那双乌黑光洁的皮鞋已经站定在办公室门口。

本就沉浸在昏睡当中的"总经办"死寂了一刹。

孟疏雨和冯一鸣的视线顺着这双皮鞋缓缓上移了187厘米——

两个人看见了握着手机的周隽。

孟疏雨缓缓抬起头的那一刻，周隽的目光也从她的工位上"嗡嗡"振动的手机上，慢慢扫向了她那张比手机更加大为震动的脸。

两道视线隔着流动的冷气交错，一下炸开火光。

孟疏雨残留的睡意瞬间跑空，她隐约从周隽眼里看到了一丝嗤笑之色，像是对她这"渔场管理技术"的评价。

一通电话响停，办公室里唯一的声源也闭了麦，只有头顶中央空调的出风口还像无事发生般往外送着冷气，吹得人背脊一阵阵发凉。

孟疏雨看了一眼周围陆续醒来的同事们，硬着头皮从躺椅上站了起来："周总，您……找我吗？"

周隽挪开了握在耳边的手机："你说呢？"

——我说，我说你找得可真不是时候。

孟疏雨干巴巴地笑了笑："您找我有什么事？"

"看邮件。"周隽言简意赅地丢下三个字，转身离开了办公室。

孟疏雨下意识地想跟上去和他解释解释，抬脚迈出一步，察觉到身旁探究的目光，又把脚收了回来。

她转过头对全程一头雾水的冯一鸣笑笑，若无其事地拨了拨自己额前的碎发，鞋尖一转走回了工位。

低头瞟见手机屏幕上那行扎眼的备注，孟疏雨闭了闭眼，重重按下删除键。

"如果我有罪，请让法律制裁我，而不是让我的姐妹给我的顶头上司改了个备胎专属备注，还被我的下级当着我上司的面倾情朗读。

"陈杏，你实话说，我是哪里得罪你了吗？"

十分钟后，弄明白前因后果的孟疏雨对着电脑键盘一顿敲，然后收到了满屏的"哈"。

陈杏："那天晚上你喝成那样，我怕你把纸条弄丢就先给你存进手机里了嘛，那当时又不知道他叫什么，后来也没想起来这事……"

孟疏雨："嗯，你没想起来，光顾着追我这都市狗血连续剧了。"

陈杏："谁说不是？你还没讲他是什么反应呢，他是不是气死了？"

不远处的打印机刚好在这时候停止了运作。

孟疏雨把微信界面最小化，走到打印机边上取出资料，边往回走边确认顺序，经过唐萱萱的工位，顺手拿起了她桌上的订书机。

唐萱萱抬头瞅瞅她，压低声音说："疏雨姐，又有谁搞小动作了吗？"

"嗯？"

"我刚一醒来就看到周总和早上被拦门那会儿一个表情……"

孟疏雨装订的动作一顿。

她刚才大脑死机了会儿，没太完整捕捉周隽的表情，现在回想一下，也许是她遇见周隽总是晴天也霹雳、雨天也霹雳，每次都因为自己心虚，自发夸大了他的情绪。

但照旁观者清的角度看，周隽看她和看早上那根道闸杆是一样的——

就像碰上了个手段低级的小学生，挺好笑、挺嫌弃，但又谈不上动气，纯当看了个乐子，根本没把她放眼里。

还好她刚才没去解释，不然倒像太把自己当回事了……

孟疏雨皱眉看了一眼手中的资料，递给唐萱萱："周总要的资料，你给他送去。"

"好。"

唐萱萱起身接过资料，又听孟疏雨补充了一句："下午你坐周总的办公室那隔间去吧。"

周隽的独立办公室附带一个隔间。一般来说，他在办公室的时候，那边都得坐上个人。

唐萱萱前几天看孟疏雨在那边添置办公用品，本来以为她打算自己坐镇。

当然了，孟疏雨也不是随时都在"总经办"，忙起来让文秘替上也很正常。

唐萱萱点点头，送资料去了。

孟疏雨坐回工位，重新打开了和陈杏的对话框："你这么一问，他好像算不上生气……"

陈杏："你是很想被开除吗？"

孟疏雨："嗯？"

陈杏："那他没生气，你怎么还挺遗憾的样子？"

孟疏雨："不是，我就在想，正常男人被这么备注，不都该生气一下？"

陈杏："不是正常男人都该生气，而是对你有意思的男人都该生气。"

孟疏雨："你说得对。"

陈杏："不过你说的也没错，因为正常男人被你投怀送抱过，一般都会对你产生意思。"

陈杏："所以这男人，啧，是有点儿不正常。"

"……"

孟疏雨本来都没多想，被陈杏这么一说，心情还复杂起来了。

幸好周隽下午一直安安静静的，没再来找她。她就在工位上为明天的经营分析会做准备。

傍晚时分，夜幕初降，办公室头顶的感应灯自动亮起。

孟疏雨从一堆数据资料里抬起头来，眨了眨酸胀的眼，拿上杯子去了趟走廊里的茶水间。

她站在茶水间窗前活动颈椎的时候，听到身后传来一道熟悉的男声："疏雨？"

孟疏雨回过头，看到了林舜之。

"还记得这颈椎操呢？"林舜之笑着从门外走了进来。

孟疏雨刚活络完的颈椎僵了一下。

林舜之就是当初把她招进森代的 HR，那位因为啃了个鸡腿被她淘汰的暧昧对象。

不过当年初入职场，考虑到办公室恋情的麻烦，她和林舜之的暧昧本来就有点儿"塑料"，两个人都处在"情况不对随时撤退"的观望状态。

后来林舜之察觉到她的疏远，也就自然而然地淡化了和她私下的联系。

两个人没捅破过窗户纸，当然谈不上闹僵。时隔三年，过去的事早就翻篇儿，所以孟疏雨这次重回森代和他打过几回照面，也没觉得两个人有什么芥蒂。

直到此刻，林舜之提了句"还记得这颈椎操呢？"，孟疏雨才恍惚记起，这颈椎操好像是他当初私下教她的。她只是觉得有用，所以一直用着，和念旧情可八竿子打不着边。

孟疏雨掩饰了那点儿僵硬，笑着说："习惯了，总部也挺流行这个操。"

林舜之点点头晃了晃手中的档案袋："章盖好了，给你送过来。"

"麻烦您了，还亲自跑一趟。"孟疏雨搁下水杯来接档案袋。

"这不顺便跟你确认下周总的行程，周总明天开完会没其他安排吧？"

林舜之现任人事经理。因为人资部长暂时空缺，他算是人资部的第一把手，按理得出席明天的高层会议。

但九月份的校招早就敲定了日程，林舜之明天得出外勤，只能另换时间跟周隽汇报工作。

"暂时没有，您明天这个时间过来就行，如果有变动我提前跟您说。"

"行。"林舜之点点头，想起什么，朝她招招手，"对了，给你提个醒——"

孟疏雨迟疑地走近了一步："什么？"

"明天会上估计不太平，"林舜之低下头在她耳边小声说，"我这中立派不在，没人打圆场。我看，周总也不太可能直接出头。你就少说话多观察，别跟供应链那几位硬碰硬，省得被当出气筒。"

"我知道的。"

孟疏雨点了一下头，忽然听到门外有脚步声，一回头就见周隽经过走廊，往这边瞟了一眼。

她明明也没做亏心事，对上这一眼，这后颈皮子又发了紧。

孟疏雨和林舜之道了声谢，立刻拿上档案袋回了办公室。

不等她坐下，唐萱萱匆匆走了过来："疏雨姐，林经理是下班了吗？"

"他刚下楼，应该还没，怎么了？"

"周总让我问问林经理，方便的话，把汇报提前到今晚。"唐萱萱往自己的工位走去，"那我赶紧给林经理打个电话。"

"萱萱，"孟疏雨想了想，叫住她，"周总没提我？"

"什么？"

"我是说，他没叫我留下来跟着听汇报？"

"哦哦。"唐萱萱露出恍然大悟的表情。

孟疏雨等了漫长的一秒钟。

"没有。"

这汇报也是明天经营分析会的一部分，完全在孟疏雨的工作范畴内。

孟疏雨默默坐了下来，盘算着周隽没叫她是什么意思。他是默认她当然要参加，还是暗示她不用参加？

孟疏雨有点儿后悔，还没摸清上司的工作套路，就因为一点儿尴尬和周隽"冷战"了长长一下午。

等唐萱萱确认了林舜之的时间，孟疏雨纠结了会儿，还是走到周隽的办公室门口按了铃。

两秒过后，磨砂双扇门朝两边缓缓移开。

漆黑光亮的玻璃大班台后，周隽脱了西装外套，只穿一件松了领扣的白衬衫，正低头翻着一沓文件。

孟疏雨第一次见到不那么沉闷板正的周隽，第一眼还有点儿恍惚。心里跟着响起一句不合时宜的感慨：这男人怎么能浑身上下每一个地方都像榫头对榫眼，牢牢嵌在她的审美点上呢？

孟疏雨到底念头一转，微笑着叫："周总。"

周隽头也不抬地"嗯"了一声，看起来冷淡得很。

孟疏雨给自己打了一下气，不过是在周隽面前把"渣女"人设立得更稳了些罢了，这样至少说明她是个表里如一的人，表里如一总算是个优点吧。

而且她好歹还夸他腿长夸他帅了呢，他被夸难道不该高兴一下？

孟疏雨走上前去："林经理那边时间没问题。您看，一会儿我是不是也一块儿听听人资的情况？"

"想听就听。"

孟疏雨努力忽略掉周隽"你听不听都不重要"的弦外之音，厚着脸皮想说"好的"，却见他抬起头来接了后半句："不过——"

"嗯？"

"希望孟助理可以保持专业，不要把职场当成你的猎场。"

"……"

孟疏雨带着一肚子撒不出的气跟着周隽出了办公室。

在职场待了三年多，她不是没背过黑锅，但真是从来没背得这么无辜过。

意识到周隽误会了什么的那一刻，孟疏雨觉得要不是她太健康，怕是要在他面前当场心梗。

她想来想去没想通，茶水间里的事到底错在谁那儿？

林舜之作为前辈，点拨她几句职场上的生存要领，有什么问题？

她作为后辈，碰上前辈朝自己招手于是靠近了一步，又有什么问题？

那周隽不过是看见她和林舜之凑近点儿说了句悄悄话，就戴着有色眼镜，认定她在"钓鱼"，是不是有问题？

他就是有问题！

而且孟疏雨怀疑，周隽那句警告是一语双关，是在借此提醒她，也不要对他这个上司抱有狩猎的幻想。

孟疏雨面无表情地跟在周隽身后，从办公大楼到食堂一路死死盯着他的后背，像要在他洁白无瑕的衬衫上剜出个洞来。

因为到了饭点，周隽的意思是叫上林舜之一起吃顿便饭，吃完了再汇报工作。

两个人到食堂三楼包间的时候，林舜之已经提前等在里面，一见周隽，立刻起身拉开主座的椅子："周总，您这边请。"

周隽点了一下头走上前去。

林舜之又过来，替孟疏雨拉座椅。

孟疏雨不动声色地避开，自己拉开了座椅，回头对林舜之比了个"请"的手势："林经理也坐吧。"

"好。"林舜之收回了顿在半空的手，去了孟疏雨对面。

周隽在主座上坐下，拿起手边的热毛巾慢条斯理地擦起手来。

"食堂没来得及准备更多的菜式，只有一些普通的员工餐。周总，您将就吃。"孟疏雨对周隽示意了一下圆桌上的八道菜。

周隽点点头，拿起筷子，扫了一眼面前那盘员工餐气息浓郁的红烧鸡腿，耳边隐隐响起一道隔了些时日的女声——还有我们公司那个 HR，学识又高，眼界又开阔，面试的时候对我特别温柔，等我进公司以后也很照顾我，每次一跟我讲道理我就听得心头小鹿乱撞。眼看要成了吧，有天中午散会他请我吃简餐，看到他啃鸡腿的样子，我这少女心又死了！

孟疏雨不知周隽在若有所思什么，又去招呼林舜之："林经理也是，招待不周多担待。"

"孟助理客气，已经很周到了。"林舜之拿起手边的空碗，偏头问周隽："周总，喝不喝汤？给您盛一碗？"

周隽抬手挡了一下："不用，林经理自己随意就好。"

林舜之点点头，盛满一碗汤，递向了对面的孟疏雨。

孟疏雨夹笋丝的筷子停在了餐盘边沿。

孟疏雨头脑飞速运转后，也学着周隽抬手挡了一下，笑着说："职场之上无性别，林经理可别对我特别照顾，您自己喝就好。"

说完她重重看了周隽一眼。

周隽回看她一眼，轻飘飘地扬了扬眉。

林舜之看了看两个人，再次收回了手。

终于能安心吃饭，孟疏雨用公筷夹了点儿笋丝到碗里，低头吃了几口，发现余光里出现了一只瘦长的手。

她一抬头，见是周隽越过了两盘菜，在夹她面前的这盘笋。

孟疏雨有眼力见儿惯了，哪怕心里堵着气，也本能般一转转盘，把这盘笋转到了周隽面前。

"你让林经理吃什么？"周隽却说了孟疏雨一句。

孟疏雨愣了愣，朝林舜之那儿看去，发现他面前转到了一盘红烧鸡腿。

一瞬间，她脑海里重新浮现出当年林舜之啃鸡腿的心碎画面。

毫无防备的林舜之贴心地打起圆场："没事，我刚好喜欢吃鸡腿。"

周隽看了林舜之一眼："是这样啊。那你多吃点儿。"

孟疏雨思忖周隽这话也就是出于人情世故假客气一下，但偏偏好巧不巧地勾起了她的回忆，导致她突然有点儿无法直视对面的林舜之。

幸好餐桌上已经没她什么事，她也不再犯管东管西的职业病，默默吃起自己的饭。

从食堂到办公室，这班一加就是两个多钟头，一场汇报下来，孟疏雨光整理林舜之汇报的信息不够，还得跟牢周隽提问的思路，分析他的关注点准备后续跟进，又得在适当的时机提出点儿符合总部立场的见解。

这么一个脑子当三个用，直到八点半走出周隽的办公室，孟疏雨才发现外面下了雨。

走廊里隔音减弱，楼外倾盆的雨声潮水般涌入耳朵。孟疏雨往窗外望去，一偏头却看见前脚已经离开的林舜之还站在电梯旁，像是在等她。

孟疏雨差点儿鞋尖一转，一头扎回周隽的办公室去。

林舜之却先笑着叫住了她："这么晚了怎么回去？我送你一程？"

孟疏雨想也没想就摇了摇头："不麻烦您了，我坐公交车或者打车都行。"

"一脚油门儿的事麻烦什么？"林舜之指指窗外，"雨这么大打伞都挡不住，你光出个园区都要被淋湿。"

不知道是不是被周隽带歪了，孟疏雨总觉得林舜之这天时不时在试探和她相处的界限，确实有点儿不太对劲儿。

"没事，我刚好要整理一下资料，等会儿雨就小了，您先回去吧。"

林舜之似乎还想说什么，看了一眼她身后那道门，改而说道："那行，你自己注意安全。"

孟疏雨点点头，目送他进了电梯，忽然听到身后传来脚步声，一回头，见周隽拎着西装外套走了出来。

"还不走？"周隽一边穿上外套，一边看了她一眼。

孟疏雨一句中规中矩的答话刚到嘴边，一看四下没了人，她又记起周隽傍晚那副嘴脸，正色道："这不等您呢，想问问周总我今晚的表现够不够专业，您看您还满意吗？"

周隽扬了扬眉："就问这事？"

"这多重要啊，"孟疏雨笑盈盈地点了点头，"您的十分满意，那就是我的无限动力。"

可能是她太阴阳怪气，周隽看着她，突然笑了笑，朝她扬起了手。

孟疏雨吓得往后一躲，后仰到一半却看清了周隽手里的东西——一把车钥匙。

他不是要动粗呢。

周隽看了一眼走廊那扇打满了雨水的窗子，收回目光说："还差一分。"

"什么？"孟疏雨小幅度地挪动着，重新摆正身体。

"我说，我的十分满意还差一分，"周隽晃了晃手中的车钥匙，"任煦有事过不来，麻烦孟助理开一下车。"

"哦。"

次日午后，森代工业园办公大楼八楼走廊一改平日的清静，一点一刻过后，频繁响起电梯门开合的提示音。

皮鞋跟敲在地上的声音不绝于耳，由轻至重又转轻，陆续汇入走廊尽头的会议室。

"总经办"三位文秘忙中有序地进进出出，时不时朝工位上的孟疏雨请示一句什么。

临近一点半，唐萱萱凑到孟疏雨耳边递了句话。

孟疏雨点点头，站起来深呼吸了一次。

这是她以总助身份在森代主持的第一场高层会议，要说不紧张，肯定是假的。

昨晚开车送周隽回公寓，刚好让孟疏雨免了等雨停，她早早回去睡下，可惜最后白早一场，还是想着这天这场会失眠了半宿。

孟疏雨合拢笔记本电脑，走到斜对面的办公室门口，往里望了一眼。

她这心里打了半天鼓。周隽倒好，还单手插兜站在落地窗前看风景，闲得像个没事人。

"周总，会议室人到齐了。"孟疏雨朝里说。

周隽"嗯"了一声，回头往外走来。

孟疏雨身体一侧，让开道跟上他。到了会议室门前，先他一步推门而入，微微弯腰，比了个"请"的手势。

满室嘈杂声一下子静了下去，会议桌边一圈人齐刷刷地望了过来。

孟疏雨悄悄抬起眼，从好几个部长脸上看到了和她这早一样被噎住的表情——

因为预感这天不会太顺利，加上昨天林舜之的提醒，孟疏雨怕镇不住场子，特意穿了身非常板正的深色系职业套装。

结果她一到公司，就看见周隽上身一件比昨天款式更休闲的白衬衫，下身一条浅咖色西裤，连西装外套都没穿。

都说人越缺什么，就越想在表象上补足什么，结果反而欲盖弥彰。本来没有对比也没有伤害，偏偏周隽随意成这样，再看自己这用力过猛的一身装扮，孟疏雨当时立刻感觉露了怯。

这会儿她一看会议室里黑压压的一片正装，也是一样高下立见。

场面在静止一刹后有了波动。

会议桌最靠近上首位的中年男人当先站了起来，笑着说："周总到了。"

随后那一片原本不动如山的部长跟着起了身，一个个附和着和周隽打招呼。

周隽淡笑着看了一眼赵荣勋，走到上首位坐下："都坐吧。"

孟疏雨挨着周隽坐下，却见赵荣勋下首那几个部长戳着一动不动。

"怎么，都没听见周总的话？"直到赵荣勋笑着嗔怪了一句，众人才一齐坐了下去。

一股微妙的气氛在会议室里蔓延开来。

周隽脸上的笑意却更深了点儿，像碰上什么有意思的事。

只要周隽不尴尬，孟疏雨也可以不尴尬。

只要周隽觉得有意思，孟疏雨也可以觉得有意思。

孟疏雨假装没看出赵荣勋这位供应链总监的下马威，脸上带上笑，清了清嗓：

"那下面由我宣读一下会议流程。

"本次经营分析会分为四个阶段，第一阶段由财务部汇报事业部今年整体经营情况，第二阶段由各业务部门进行落地分析，第三阶段由供应链采购部代表汇报今年一至八月的降本、生产排产、周转率等关键指标达成率，最后由管理支持组织汇报目前的组织架构人员配置及梯队建设情况。"

"周总，"孟疏雨转头问周隽，"您这边对会议流程有没有什么疑问？"

"没有，"周隽朝赵荣勋抬了一下手，"赵总这边呢？"

赵荣勋："周总是蔡总亲自指派来的海归精英，在经营之道上肯定有很多新式观念。我当然听从周总的安排。"

周隽："赵总谦虚了，过去这半年您作为代理总经理，带领事业部全体同人同心协力，今天会上展现的经营成果少说有一半是您的功劳……"

孟疏雨缓缓眨了眨眼，掩在电脑笔记本屏幕后的手悄悄摁下遥控。

财务部的汇报文稿演示赫然放映上了大屏幕。

众人放眼望去，满目惨淡到惊心的赤字。

周隽看了一眼孟疏雨，眼底隐隐有笑意浮动，随后在一室僵硬的气氛里对变了脸色的赵荣勋说："是我该多向您学习。"

过了剑拔弩张的开场白，孟疏雨稍稍松了一口气，和周隽一起观赏起踢皮球比赛。眼看在座十几位部长轮番上台，做利润不达标的根本原因分析，一个个把皮球踢给下一位。

听了半天，孟疏雨也算听明白了，无非就是——

销售部觉得是质量部的问题，质量部觉得是生产部的问题，生产部觉得是技术部的问题，技术部觉得是采购部的问题……

轮到最后一位采购部的选手，下边没了接球的人，这郑守富倒也是个人才，开始说市场的问题。

"今年上半年上游原材料持续涨价，在玻璃和钢材市场整体成本涨幅超过百分之四十的情况下，采购部通过集中提前采购，达成主材成本涨幅低于市场涨幅四个百分点的成绩，这是我们采购部决策上的一大胜利……"

等郑守富一气吹完牛皮，周隽赞赏地点了点头："四个百分点确实是可喜可贺的成绩了，不过郑部，你这是不是缺了对标企业的成本数据？"

郑守富噎了噎，又理直气壮地笑起来："市场大环境这样，我们涨，他们也涨，大家都一样。周总之前在国外，估计不太了解国情吧？就说这直径二十五毫米的三级螺纹钢，之前五月份那次涨价潮一来，单吨均价一天就涨了快四百块钱，那可都是血淋淋的数字……"

孟疏雨听了半天，也没分辨出半句对题的回答，忍不住替郑守富发起躁来。

果然，周隽听了五分钟，只回了一句话："是我的问题为难了郑部？"

郑守富脸色一青，朝赵荣勋那儿瞟去。

周隽顺着郑守富的视线看向赵荣勋："还是说赵总，我们以往都是不做成本对标的？"

"怎么会？"赵荣勋笑了笑，眼里有风狠狠地扫向郑守富，"回头赶紧把今年的成本对标分析报告发给周总。"

一下午的会，周隽倒是只找了采购部的碴儿。但光这一点，也够孟疏雨留下来加班了。

本以为很快能发来的报告迟迟没个动静，眼看天色一点点暗下来，周隽又像是不等到报告不下班，孟疏雨认命地去食堂解决了晚饭。

昨晚孟疏雨就没睡好，这天中午为了准备会议也没补觉。吃过晚饭不久，她就在工位上犯起困来。

直到八点半，收发邮件的快捷键快被孟疏雨按烂的时候，一封新邮件终于进了邮箱。

孟疏雨立刻打开附件来看，越往下看，眉头却皱得越紧。

她来回浏览了两遍，拨通了采购部的内线电话："吴秘，郑部这会儿还在办公室吗？"

电话那头的人静了好一阵，隐约传来窸窣模糊的气音，然后才响起答话声："孟总助，郑部已经下班了，您找他什么事，回头我转达给他？"

"那我明天再来吧，谢谢。"

挂断电话，孟疏雨把报告打印出来，往周隽的办公室走去。她在门前徘徊了一分钟，轻轻出了一口气，又转身进了电梯。

抵达负一层，电梯门移开，她正好逮着郑守富。

"郑部，"孟疏雨笑着叫住了人，"您的报告我刚才看了，有几个疑问想请教您一下，不知道您现在方不方便抽十分钟空？"

郑守富回过头斜眼看了看她："周总让你来的？"

"报告我暂时还没给……"

"那孟助理原来还懂采购的事呢？"郑守富表情不耐烦地打断了她的话。

孟疏雨面不改色地笑着："我当然没有您专业，这不才想请教请教您？"

"孟助理，你看我拿着森代的薪水，是为了给你一个外行答疑解惑的吗？"郑守富冷笑了一声，转身就走。

孟疏雨按捺下脾气，重新挤出个笑容追上去："郑部，如果我没有绝对的把握也不会在这个点打扰您，我这外行五分钟能看出来的数据问题，周总只需要看一眼就能发现问题。您要不替我解解惑，到时候我不好交代，您也不好交代，您说是不是？"

"孟助理是在总部安逸惯了吧？"郑守富上下打量了孟疏雨一眼，"也是，这年轻漂亮又能说会道的，写字楼里谁能不买账？但这儿可不一样，我们大老粗不懂怜香惜玉那套，孟助理有这时间找我的碴儿，不如对周总那样的斯文人多卖卖笑，指不定就好交代了。"

孟疏雨是真被气愣了，眼看郑守富甩手走人，都没反应过来，吃了一嘴的车尾气。

当初大四实习期她在森代就是个"小喽啰"，没什么和高层直接打交道的机会，也没体会过这些部长的蛮横样子。

后来她去了总部，写字楼里的人确实都喜欢做表面功夫，即使心有不满最多也只是在背后嚼舌根。

这还是第一次，孟疏雨被人当面指着鼻子冷嘲热讽了一通。

她强撑着困意加班到这个点，再回想起郑守富带着某种暗示的难听话，有一瞬间很想撂挑子下班。

孟疏雨回到八楼，见周隽的办公室还亮着灯，又忍耐下来按了铃。

双扇门移开，周隽带着笑意的声音传了出来："我生什么气？"

孟疏雨的脚步一停，她往里望了一眼，见周隽正靠着椅背，握着手机。

她看他姿态放松，估计不是工作电话。

周隽抬眼看了看她，指了一下对面椅子，示意她先坐，继续讲电话："我看这些人一把年纪了头脑还这么简单，开个会谁是哪帮哪派的都写在脸上，不是率直得挺可爱？"

孟疏雨拉开椅子的动作一顿，她猜测周隽在跟人聊郑守富他们。

周隽倒是没避讳她，但这会儿听见这话，她实在有点儿不舒服。

周隽不在意那些"阴阳人"，不光因为他心理素质过硬，更因为他站在绝对的上位。

人站得高了，着眼的当然是大局，考虑的当然是长久之计，不容易被当下鸡毛蒜皮的事撼动情绪。

可对她这样普普通通的打工人来说，每天过得顺不顺心就是很重要的事情。

刚才郑守富有句话倒说得没错，她在总部确实没吃过什么大苦头。

毕竟她背靠一言九鼎的蔡总，只要在人际关系上稍微会来点儿事，再棘手的沟通都有人卖面子。

而现在她跟了周隽这么个活靶子，就算有三头六臂、七嘴八舌也不顶用，只有遭罪的份儿。

　　就说今晚吧，郑守富可以把在周隽那儿受的气全撒在她身上，她受的委屈却不能往外说。

　　她若把郑守富的刁难讲给周隽听，只会让上司觉得她无能。

　　周隽还在笑着跟人说什么。孟疏雨也没心思再听，垂眼站在一旁，捏着这份重逾千斤的报告思考：装作没发现数据问题，或是如实告知自己跟郑守富交涉失败，哪一种做法会少挨点儿周隽的冷眼？

　　她正犹豫，忽然听见周隽收了笑意说："不说了，先挂了。"

　　孟疏雨抬起眼朝他看去。

　　周隽的视线正好直直地投落在她的脸上："我这儿有个小姑娘好像被欺负了。"

　　孟疏雨心底那股乱窜的怨气像被按下暂停键，和她的人一起静止在周隽面前。

　　周隽挂断电话，随手扔了手机，坐直了身子，抬头看着她，像在示意她有状可以告了。

　　孟疏雨眨了眨眼，张嘴说了个"我"字又卡住。

　　周隽将视线从她的脸上往下移，指了指她手里的文件："拿的什么？"

　　"郑部交过来的成本对标分析报告，"孟疏雨犹豫着将报告递出去，"您看看？"

　　"不用。"

　　"不用？"

　　"他能给出什么报告？"

　　这意思是，他从一开始就知道郑守富给不出像样的东西。

　　"那你……"他也不早点儿和她通声气，害她傻子一样白白受一顿气？

　　孟疏雨忍了忍，说："能给出气死人的报告呗。"

　　周隽轻轻"啧"了一声，看了她一会儿，起身走到后面那排柜子边，从内置保险箱里取出一个档案袋，回头按在桌上，往她面前推。

　　孟疏雨疑惑地接过来，翻了翻里面的资料，缓缓抬起头，惊讶地盯住了周隽。

　　周隽抬了抬手："那这个够不够让孟助理消气？"

　　半个小时后，孟疏雨见到了被周隽一通电话叫回来的郑守富。

　　不过郑守富人是回来了，脸却臭得能腌咸鱼，一进办公室就阴恻恻地盯了她一眼。

　　孟疏雨无辜地回看过去。

　　不是他让她去跟周隽卖笑的吗？虽然她没卖吧，但架不住人家领导就想给她出气呢。

"周总，郑部到了。"孟疏雨朝落地窗那头的人说。

周隽"嗯"了一声，弯腰观察着窗前几盆绿植的长势，朝沙发抬了抬下巴。

孟疏雨把人请到沙发边："郑部，您坐。"

郑守富歪着嘴笑了笑："周总站着，我哪儿敢坐啊。"

周隽像没听到，拿了把园艺剪，背对着人修剪起绿植的枝叶来。

孟疏雨："您年纪大了，还是坐吧。要不一会儿您站不稳，可就是周总的罪过了。"

郑守富听出不对劲儿，收了收肚腩，狐疑地坐下来："周总这么晚找我过来，有什么要紧事？"

"是这样，周总刚才批评了我，说我拿那点儿数据问题打扰您，也太小题大做了，"孟疏雨在郑守富对面坐下，把档案袋顺着光滑的茶几推到他眼下，"我反省了一下，这不，现在拿了个合适的问题来请教您。"

郑守富拿起档案袋，眼神在两个人身上来回扫了扫。

"据我所知，郑部名下有一套位于杭市上城区的房产，曾在2019年年初过户到您儿子名下，过户后半年，这套房产就在中介那儿挂了牌。"

郑守富绕绳扣的动作顿住，脸上的表情僵了一下。

孟疏雨继续语气淡淡地说："从2019年年中到今年年中，前后共有五位买家属意这套房源，并且先后通过中介向您支付了合同标的额的百分之五的资金为定金。可惜这五位买家无一例外都在最后毁约，您这套房产至今没有成功售出。"

"哦，我说错了，"孟疏雨笑着摇摇头，"房子还在您手上，您却净赚了二百一十五万元违约金，这么划算的买卖怎么能说可惜？就是有一点我不太明白，为什么这五位买家刚好都和森代长年合作的供应商存在亲属关系，您说这是不是太巧了，郑部？"

郑守富攥着档案袋的手青筋根根暴起，脸上硬生生挤出个笑容来："孟助理这话说的，我把房子交给中介，就是懒得管这事。买主什么来头，我哪有空关心？总不可能来一个买主我就把他的七大姑八大姨查个遍吧？照你这么说，我也想知道中介怎么介绍这些买家给我，这不存心让人误会吗？"

"您的意思是，这事该去问中介？"

"当然。"

孟疏雨拿起一支录音笔搁在茶几上："那刚好，您听听中介是怎么说的吧。"

冷气充足的办公室里，郑守富慢慢坐直身体，后背出了一层密密麻麻的汗。

十分钟后，录音播放完，办公室里陷入死寂之中。

郑守富僵硬地坐在沙发椅上，脸色白得像纸。

"咔嚓"一声清响打破沉默，郑守富惊了一下，抬头就见一片被周隽剪下的叶子从半空悠悠飘落——明明叶子长势正好，色泽油亮，只是位置有点儿碍眼，就这么被剪了。

郑守富像被这一剪喝了当头一棒，满脑子"嗡嗡"作响。

采购这一行捞油水的人多了去，本来数额小，私企大多也都睁只眼闭只眼地放过了。

但他这两年确实贪心搞了几票大的。如果森代对他追究到底，这数额够他被判上多少年？

这么缜密的交易链，两年来一点儿风声没走漏，郑守富做梦也没想到，周隼一来就把他的底裤扒了……

人家拿他的命脉的证据，八百年前就准备好了，就看他表演呢，他还为了向赵荣勋表忠心，傻乎乎地当出头鸟拼命得罪周隼，生怕自己凉得不够快……

周隼剪下这最后一刀，终于忙完了，回头看看两个人："聊完了？"

郑守富猛地站起来，一个腿软往前一跌，踉跄着扶了把茶几："周总，我……我知道错了，这钱……这钱我不要了！我把这钱都打给公司……给公司，您看成吗？"

"这想法还挺新鲜，"周隼扬了扬眉，"郑部打算用什么名头给？"

"那……那不走明账，私下给您也行！"

孟疏雨轻轻咳嗽了一声。

周隼朝孟疏雨抬了一下手："你看，孟助理好像不太赞同呢。"

郑守富胆战心惊地看过去，才意识到自己病急乱投医，当着集团秘书的面说了什么蠢话。

"周总，我这上有老下有小的，我……我真不能吃牢饭啊！"郑守富急得膝盖一弯，扑到了周隼脚边。

周隼垂下眼睑笑了笑："郑部这话说的，好像谁家没本难念的经。"

"周总，我求求您了，您给我指条明路行不行？"

周隼抬起脚，轻轻抽走了被郑守富攥皱的裤腿："郑部在职场上待了这么多年，应该知道，不懂自救的人谁也救不了。"

"您的意思是？"郑守富求助地望向孟疏雨。

孟疏雨默了默，走上前去。

郑守富去而复返之前，周隼问过她总部一般怎么处理这事。

她说蔡总对商业贿赂是零容忍，这个数额不光要开除以儆效尤，还会以"非国家工作人员受贿罪"起诉法办。

周隼却笑了一下，说："鸡还能下蛋，这就杀了吓猴不是怪可惜的吗？"

听到这话的时候，孟疏雨一瞬间有些不寒而栗，感觉这男人有深不可测的狠辣手段。

但也许现在的森代就需要这样拥有"非常手段"的领头人。

"周总的意思是,"孟疏雨站定在郑守富跟前,"您要么趁早联系律师,看怎么争取从宽量刑,要么回去好好想想,您能不能给森代创造出超过二百一十五万元的价值。"

"能!我能!我回去就想……这周,不,明天给周总答复!"

"那我就等郑部的好消息了。"周隽对孟疏雨指指门外的茶水间,"看郑部这一头汗,去倒杯凉茶来吧。"

孟疏雨点点头走了出去。

郑守富回头看了一眼关拢的门,迟疑道:"您有什么话单独跟我说吗?"

"只是提醒一下郑部,我给你的路不代表在总部也走得通。孟助理是我的助理,也是集团的秘书。"周隽拍了两下郑守富的肩,"郑部还是放机灵点儿好。"

孟疏雨端着茶回来的时候就看郑守富拿了块老式手帕坐在沙发上擦汗,一见到她立刻迎了上来。

"孟助理太客气了!"郑守富往裤腿上擦了擦手汗,接过她手中的茶托"呵呵"笑了笑,"我自己来,自己来就行。"

孟疏雨松了手。

郑守富把茶放到茶几上,回过头搓着手说:"孟助理,今天这报告麻烦你了,之前那不中听的话是我急着回家昏了头说的,给你赔个不是。我就懂点儿采购的门道,你才是蔡总派过来的全才,以后你有什么指导意见尽管说,我都虚心接受,虚心接受……"

孟疏雨看了看办公椅上的周隽,见他低头自顾自地在签文件,这"事不关己,高高挂起"的样子,也不像对郑守富交代了什么。

那她这算是狐假虎威了?

"指导谈不上,我们都是为了森代好。"孟疏雨皮笑肉不笑地弯弯嘴角,又收了表情,"哦,郑部好像不太喜欢看我笑,以后我在您面前还是严肃点儿。"

"怎么会呢?孟助理,你可千万多笑笑。你不知道,你一笑,我眼前都亮起来了,简直是如沐春风……"

周隽缓缓抬起头来。

郑守富表情一滞:"我是说,孟助理的笑是对我的工作的肯定,我当然希望多得到一些肯定……"

"郑部喝了茶就早点儿回去休息吧。"周隽笔下没停,分了个眼神给郑守富。

郑守富慌忙拿起茶一饮而尽,还把茶杯、茶托顺便带了出去,说他拿去洗,一连串动作快得孟疏雨都没反应过来。

等她回神，茶几上已经干干净净，四下只剩周隽落笔的"沙沙"声。

一晚上的一波三折落了幕，孟疏雨松了一口气，回头看向周隽，却见他依然不动声色，毫无波澜，好像拿下个高层对他来说压根儿不算什么事。

但不管怎么说，她算是通体舒畅了。

更重要的是，见识了周隽闷声办大事的本事，以后再有第二个郑守富跟她要威风，她心里也能有底气了。

孟疏雨自认懂得投桃报李，这时候怎么也得表示两句。

她走到周隽的办公桌前端端正正地站好："周总，那个，今晚谢谢您给我出头啊。"

周隽笔尖一顿，抬起头来："给你出头？"

"嗯，"周隽神色复杂地瞟了她两眼，又低下头去，"不客气。"

"……"

在这一刻之前，孟疏雨从来不知道有人可以把"不客气"三个字说出"还挺自作多情，行吧，那你就去自作多情吧，反正对我也没差"的丰富内涵。

孟疏雨的笑容僵在了嘴边。

她再回想今晚周隽的作态，连修剪绿植都要把最后一刀精准控制在敌方的情绪高潮点，这人安排的每一件事好像都有他的最佳时机。

所以今晚她生不生气，来不来找他，都不会改变他的计划。

他本来就要在这个日子处理郑守富。

孟疏雨深吸一口气，感觉这一句"不客气"比直说"你想多了"还侮辱人。

坚强。坚强。

孟疏雨拨了一下额前的碎发："嗯，您还不下班吗？"

"等任煦。"

"哦，那……"孟疏雨看了一眼墙上的钟，发现已经错过末班公交车，这么晚也不太方便打车。但这个气氛，她实在不想再蹭周隽的车了："您这边要是没什么事了，我就先回去了？"

周隽的办公桌上的手机忽然振动起来。

孟疏雨微笑着比了个"请"的手势示意他先接电话。

周隽把手机握在耳边，两秒后问："又来不了？"

电话那头，任煦蒙了："啊？周总，我已经到办公楼底下了。"

周隽："又让孟助理代你？"

任煦："不是，您说什么？我说我已经到公司了，而且……昨天不也是您说下雨了让我别来了，说孟助理会送您吗？……"

"人家拿的也不是司机的工资。"周隽看了看孟疏雨，又听了两句，对电话那头的人长出一口气，"行，下不为例。"

周隽挂断电话，抬头看向孟疏雨："看来又要辛苦孟助理了。"

孟疏雨心说：她不辛苦，她是命苦——连跟人道个谢都要受到殿堂级语言艺术的侮辱，完了还不能钻地缝，还得和人继续处。

孟疏雨弯弯眼睛："辛苦是不辛苦啦，就是我今天中午没来得及午睡，晚上有点儿犯困，怕疲劳驾驶不太安全。要不我给您叫个代驾？或者……您在国内有驾照吗？"

周隽看了看她，将办公桌上的文件夹合拢，拎上外套起身走了出去。孟疏雨也不知道他是什么意思，看起来好像不太接受她的提议。

孟疏雨认命地跟上去，路过"总经办"时匆匆进去拿了包，和他一起下到地库，走到车边拉过后座门把。

她刚想请周隽上车，却见他在同一时刻握住了驾驶座的门把。

四目相对，周隽面露疑惑之色："我有没有驾照，你不知道？"

孟疏雨认识他第一晚就见过他开车，那种永生难忘的画面她当然记得。

她刚才这么问也就是委婉表达一下"你有手有脚不能自己开车吗？"的意思。

她还以为周隽生气了，原来他是默认同意。

那她屁颠屁颠地跟了他一路，他也不吭个声？

看她噎住，周隽恍然点了点头："还是你想坐后座？"

"不，不，不，"孟疏雨飞快摇头，"我是……"

"孟助理，未来可期，"周隽眼尾一扬，弯身上了驾驶座，"有梦想还是好的。"

"……"

孟疏雨也不知怎么就成了蹭车的，还因为蹭车的时候把上司当成司机，被扣上大不敬的罪名，最后灰溜溜地上了周隽的副驾驶座表示尊敬。

有梦想还是好的？他怎么不直说她梦做得不错？

毕竟下辈子的事情她不知道，但这辈子她很确定——她就是一夜暴富，两肋插刀，三顾茅庐，也不可能聘请到周隽当司机。

车子驶出地库，密闭的车厢里静谧无声。

第一次坐顶头上司开的车，孟疏雨本能地有些不自在，攥着安全带想说点儿什么缓和缓和气氛，组织了会儿语言又觉得算了。

反正她在周隽这儿的好感早就败光了，他对她也没几句好话。

大概就只有面对郑守富这种共同的敌人，他才可能对她有那么一丝让她产生错觉的温柔。

次日一早，孟疏雨到公司时，意外看到了两天没见的任煦。

虽然总部为了方便周隽工作，让任煦在森代挂了司机的职务，但这职务一般是不需要在办公室坐班的。

见任煦低头坐在工位上，脸苦得冒青烟，孟疏雨琢磨着，他可能是连放周隽两天鸽子挨训了。

想想周隽那不带贬义词就能把人说得自惭形秽的本事，孟疏雨还挺共情，上去打了个招呼："任助理今天在公司啊？"

任煦没什么精神地抬起头来："嗯，对。"他又不知想到什么着急地补充了一句，"周总说他需要我，我就过来了。"

"行，那你忙，在这儿有什么不熟悉的地方随时问我，或者问小唐、小冯、荔姐他们都行。"

"那孟助理，你有什么活儿给我吗？"

"嗯？"孟疏雨笑着客套，"我哪儿敢占你这资源，你听周总的安排就行。"

"周总暂时还没给我安排工作。"

孟疏雨想了想："那这样，南区仓库那儿有批'总经办'新申领的办公用品到了，你要是有空帮忙跑一趟？"

"行。"

任煦出了"总经办"，走到走廊上瞄了一眼斜对面的办公室，正巧透过玻璃墙对上周隽的视线，看见周隽朝他招了招手。

任煦脚下一拐，乐呵呵地进了周隽的办公室："周总，您找我啊？"

"嗯，"周隽用食指点了点左手腕上的腕表，"去跟孟助理说一声，过一刻钟来我这儿泡茶。"

任煦垮了脸："我看孟助理在忙呢。我闲着，我来给您泡吧。"

周隽像被逗乐："她忙的不都是我的事？你把话带到就行。"

"哦。"任煦转身出去，回到"总经办"门前看了一眼孟疏雨，苦着脸叹了口气。

十分钟后，孟疏雨在办公室里看到了两手空空的任煦。

"没领到吗？"孟疏雨疑惑地问。

任煦摸摸后脖子："仓库那边说，得你亲自过去签字才给领。"

"南区仓库没这规定啊，谁这么跟你说的？"

"我不太认识……"

"没事，下次遇到这种事你就在那儿打电话给我，省得白跑。辛苦了。"

"那些办公用品不着急拿吗？"

"不急，回头再说吧。"

"但我看仓库那边好像想请负责人马上过去领……"

孟疏雨皱皱眉头："有人为难你了？"

"不是……"

"一个仓库也乱成这样。"孟疏雨嘀咕了一句，看了一眼办公室，三个文秘刚被她派去做事，"我过去一趟，办公室这边你看着点儿。"

虽然孟疏雨想不通仓库有什么理由搞这出，但在森代，再奇葩的事也见怪不怪了。想着正好整顿整顿风气，她就亲自去了趟南区。

没想到仓库经理见了她，一脸冤枉的表情："没有的事啊！孟总助，是那个小助理搞不清楚单子。我看他好像新来的嘛，就让他去问问领导，不是让您亲自过来的意思啊！再说我也没叫他回来，我一转头他就不见了！"

孟疏雨心里起疑，脸上笑了笑："我说呢，那是误会了，回头我说说他。"

"唉，也怪我没说清楚，给您添麻烦了哈，我这就给您取东西去。"

孟疏雨点点头，等人走远给唐萱萱打了个电话："萱萱，先放一下手头的事，回办公室看一下任助理在干什么。"

电话那头的人应了声"好"，过两分钟回话过来："疏雨姐，我看任助理端着茶进了周总办公室。"

"周总那儿来了什么客人吗？"

"是采购部郑部长。"

孟疏雨握着手机皱起了眉头。

孟疏雨这一走，再回到"总经办"，郑守富已经从周隽的办公室出来。

她没听见两个人的谈话，不知道郑守富给了周隽什么答复。

不过她看周隽对结果似乎挺满意，还让她安排周五晚上的一个饭局，说和供应链的几位部长吃顿饭，听着有点儿鸿门宴的意思。

想着周五可以见分晓，孟疏雨不想又沉不住气被周隽看穿，暂时没多问情况。

Chapter 3

"同居"的
第一个早上

两天后，周五傍晚。

孟疏雨早早写好周报，到了下班时间，去了趟洗手间补妆。她在镜子前忙活的时候，杨丹荔走了进来，笑着看了看她："晚上有约会呢？"

杨丹荔是除了唐萱萱和冯一鸣，"总经办"的第三位文秘，比孟疏雨大两岁，在森代已经待满了四个年头。

如果不是蔡总决定从总部调人过来，杨丹荔原本应该是"总助"的第一顺位。所以虽然在职位上高过杨丹荔，孟疏雨平常还是喊她一声"姐"。

"哪儿来的约会，"孟疏雨笑着摇摇头，"我跟周总去应酬。"

杨丹荔愣了愣："你说周总今晚的应酬？"

孟疏雨点点头："怎么了？"

"我刚来洗手间的时候看见他和任助理已经走了。"

"走了？"孟疏雨看了一眼手机，没见未接来电，赶紧拿上化妆包出去。

一看办公室真空了，孟疏雨匆匆拨通周隽的电话："周总，您在去香庭酒店的路上了吗？"

"嗯。"

"可我还在公司啊……那我自己打车过去吗？"

听筒里声音减弱，像是周隽拿远了手机在跟任煦说话——

"你不是说孟助理下班了？"

"啊，没有吗？我看她拿包走的……"

"我那是化妆包，"孟疏雨的肝有点儿疼，"好吧，我打车过去。"

"不用了，"周隽的声音重新移近，"多你一个不多，你下班吧。"

"怎么就多我一个不多了？"

"自己酒量到哪里不知道？"

"我酒量怎……"孟疏雨说到一半卡住,不久之前某个夜晚的狼狈画面又涌入脑海。

孟疏雨压低声音说:"我那次是……反正谈工作不一样,我要醉也会回家醉的!"

身后忽然响起一道带笑的女声:"怎么了,周总担心你喝多吗?要不要我替你过去?我酒量没问题。"

孟疏雨回头看见杨丹荔,刚要拒绝,电话那头传来周隽的答话:"让她过来吧。"

"气死我了,气死我了,气死我了!"

晚上七点多,孟疏雨洗过澡,盘腿坐在公寓沙发上和陈杏打电话。

"知道你气死了,"陈杏的声音从扬声器中传出,"你这都快成复读机了,赶紧把饭吃了吧。"

孟疏雨拿筷子搅了几下面前坨掉的粉丝,推远了外卖盒:"不吃了,气都气饱了!那个任煦,我周三就看出猫儿腻了,那会儿我想着也没什么损失,就给个面子当不知道,结果今天他又支开我!"

"啧,但我看这个司机倒还好,和你的工种又不冲突。你应该当心那文秘,怎么听着她想把你架空?"

"人家光明正大地找机会表现自己也没什么错,"孟疏雨冷笑了一声,"还不是周隽同意她跟去,男人出轨就该怪男人!"

"……"

孟疏雨又叹了一口气:"也是我想当然了。以前蔡总叫谁安排饭局,就默认谁陪应酬的……"

"哎哟,你别想了,不就一次酒局,跟一群中年油腻男在一起饭都吃不下,不去正好省事。"

"今晚是省事了,那回头蔡总问我周隽和那些部长关系打得怎么样,我一问三不知怎么交代?周隽难不成还能给我做汇报呀?"

"哦,还是你目光长远,"陈杏沉默片刻,又说,"那按你这意思,现在最关键的还是你得向周隽证明你的酒量。"

"说得简单,我总不能给他来个喝酒现场吧?"孟疏雨随手拿起茶几上点外卖凑单的啤酒,一把拉开易拉环,忽然想到什么。

"嗯……"孟疏雨沉吟了一下,"好像也不是不行。"

晚上九点,望江府地下车库,任煦把车停到车位上,绕到后座拉开车门,叫了一声在补觉的周隽:"周总,到了。"

周隽睁开眼，神色一瞬有些惺忪，重新闭了闭眼缓神，然后才拿起搭在一边的西装外套下了车，往电梯走去。

任煦锁了车门跟上去："您是不是喝多了？我上去给您煮个醒酒汤？"

"这才哪儿到哪儿？用不着。"

"那我送您进门吧。"

周隽斜眼扫了扫他："有这工夫献殷勤，不如说说看，你是哪儿来的胆子糊弄我？"

任煦一口冷气吸进鼻腔，半天没敢呼出去，按电梯上行键的手都在抖。

"对不起，周总……"任煦低下头去，"其实前天您让孟助理泡茶的时候，我说她人不在是假的，今天也是我看您没和她当面确认应酬的事，就钻了个空……我就是……就是看您最近车也不要我开，茶也不让我泡，什么事都找孟助理，怕您要把我开了……"

周隽进了电梯按下楼层："我找她就一定是老板找员工？"

"……"

任煦当然发现周隽对孟疏雨不寻常，但一往男女关系方面想吧，看周隽平常冲孟疏雨摆的那态度，又实在觉得不像。哪有人这么追女孩子的？这也太挨雷劈了吧。

那要真按这意思看，周隽那两天让孟疏雨开车，难道是省得她淋雨打车？

他没和孟疏雨确认让她跟去应酬也不是忘了提，是真怕她酒量浅喝多，本来就不想她去？

周隽瞥他一眼："第一，我不喜欢这些歪脑筋；第二，她也不是需要你动脑筋的竞争对象，你有这闲工夫不如好好巴结着点儿人家。"

一听还有改过的机会，任煦赶紧点头："我知道错了，所以孟助理真的会是我……"

"你除了巴结你老板，还要巴结谁？"

电梯抵达七楼，任煦眼看着周隽往外走去，反应过来连忙跟上："还要巴结老板……"

话音没落，头顶的声控灯亮起。

两个人面前倏地出现一道蜷缩在墙根的、委屈巴巴的身影，还有她脚边一堆七倒八歪的空酒瓶。

周隽脚步一滞。

任煦直直地望着地上的孟疏雨，因为震惊而微张的嘴缓缓吐出下一个字："……娘。"

孟疏雨听到动静望过来，白皙的脸上浮了层淡淡的绯红色，一双眼睛像浸在迷蒙的水雾里，不知打过了多少个哈欠。

任煦心里涌起一股强烈的负罪感，还有一种"摊上事了"的恐惧感，瞄了瞄旁边，发现周隽注视着孟疏雨的目光也难得一见地闪烁了一下。

倒是孟疏雨，一见两个人立刻用掌心揉搓了两下脸，打起精神，撑着墙站了起来，站到一半，人晃了晃。

周隽抬手，没等扶到她，她已经自己靠着墙站稳。

周隽悬在半空的手慢慢收拢，垂落回身侧，捻了捻干燥的指尖。

孟疏雨弯腰揉揉小腿肚："我没喝醉，就是坐久了腿麻，别又说我碰瓷……"

她的神志确实比上回喝酒时清醒得多，但这说起话来不自知的，拖长了调的尾音还是带了点儿酒后的娇气。

"你大晚上来我这儿喝酒，"周隽的声音被带起哑意，"就为了给我表演喝完能自己站起来？"

"谁说的？"孟疏雨不卑不亢地从地上捡起一沓文件，"那只是我的附加业务，我的主营业务是表演酒后汇报工作。"

"……"

想跟周隽喝酒的女人很多，也不是没有把自己灌了主动上门来的，但目的这么单纯正直的，还是开天辟地头一个。

周隽像是不知该气还是该笑，盯着她看了好一会儿才开口："我要是现在不想听呢？"

孟疏雨又从身后拿出一根自拍杆："那您忙您的，我在这儿录个汇报工作的像，证明是酒后，然后您回头再考核我的表现就行。"

"意思我今晚就在你这儿过不去了？"

"那我不敢是这意思……"

她嘴上说着不敢，脚下倒是诚实地后退了半步，把他的门挡得更严实了点儿。

周隽松了颗衬衫纽扣，别开头不知在斟酌什么，再回过头来时，朝一旁抬了抬下巴："那就把门让开。"

孟疏雨皱了皱眉头。她今晚提前喝了蜂蜜牛奶垫胃，喝酒的时候也控制了速度，就为了向周隽证明自己酒后能应付工作。

谁叫他先拿私下的印象放到公事上做文章？那她也只能动用私下的手段了。

这是剑走偏锋了点儿，但她也算直击痛点。如果他真嫌弃她的酒量，下次就没话可说了。要是他对她有其他意见，至少也不能再拿酒量当借口打发她。

孟疏雨还没挪开，周隽似乎已经没了耐心，走上前来，抬手绕到她的背后。

阴影连同夹杂着酒气的男性气息铺天盖地般覆下，孟疏雨整个人像被他环抱住，猛地瑟缩了一下。

她一抬头，正对上周隽沉沉的视线。

孟疏雨浑身的气血在一瞬间涌上脸，她猫下腰，飞快找了个空子钻出去。

周隽这就顺利摁下指纹打开了门，一进屋就反手关门，关到一半听到身后传来一声抱怨："我都等一个多小时了！"

周隽回过头去，透过扇形的门缝看见孟疏雨一脸的气闷样子。

三秒后——

"打算站那儿汇报？"

"那不能够，都是商业机密呢。"孟疏雨拔腿就跟了进去。

任煦站在门外伸着脖子朝里张望："周总，那我把垃圾收拾掉就走了？"

周隽像才记起还有这么个人，站在玄关处，边换鞋边说："再给我煮个醒酒汤。"

"您不是说……"

任煦急刹车，明白了到底是谁需要醒酒汤，刚要应"好"，想了想又改口："您不是说，我送您到家就可以去忙自己的事了吗？周总，我那边有点儿来不及了呢，要不您自己煮一个？"

孟疏雨一脚踏进玄关，瞟了瞟任煦。不是她说，这么随心所欲的员工，她都忍不了了，周隽还能……

周隽："嗯，你忙去吧。"

孟疏雨："……"

要不是任煦姓任，她可能会相信他是周隽的亲儿子。

任煦收拾完垃圾火速离开，给两个人带上了门。

深夜的公寓里只剩了孤男寡女，空气里还飘浮着层层叠叠交缠的酒气。

孟疏雨站在玄关处，后知后觉地感到不自在，眼睛瞄来瞄去。

周隽换了鞋看她一眼，弯腰抽开鞋柜最底下一层的备用格。

孟疏雨一低头，就看见一双女式的、粉色带蝴蝶结的、俏皮的拖鞋。

"你这里有女……"话脱口而出孟疏雨就后悔了。

这些天接触下来，她觉得周隽应该是单身，不过像他这样的男人说不定有某种女伴，家里有双女人的拖鞋也不稀奇。

她这反应多像没见过世面。

孟疏雨把话咽下，随口扯道："我是说您女……朋友这拖鞋品位挺不错的。"

"我女朋友？"周隽直起身的动作一滞，他似笑非笑地打量她一眼，"你还挺会给自己抬咖。"

孟疏雨看着他这表情，迟疑地拿起了那双忽然有点儿眼熟的拖鞋。

这不巧了吗？她前阵子正好丢了一双一模一样的拖鞋。

孟疏雨想了会儿才记起，之前有几天她来周隽的公寓盯花草装饰之类的软装，嫌鞋套麻烦买来过一双新拖鞋，后来就找不到了。

那几天搬家忙得晕头转向，因为家里还有其他拖鞋，她也没在意这超市里随处可见的平价凉拖。

孟疏雨嘴角僵了僵："哦，不是您女朋友。品位不错的是我。"

她不好意思地笑笑，穿上自己俏皮的拖鞋走了进去。

孟疏雨觉得周隽今晚多少被她破釜沉舟的架势打动到了那么一丁点儿，好歹没再把任煦该煮的醒酒汤交给她做。

见周隽进了客厅的开放式厨房，孟疏雨就坐在一旁的吧台边的高脚椅上汇报工作。

看周隽在料理台前挽起衬衫袖口洗过手，从冰箱里取出两个西红柿，拿刀在表皮上利落地划了个十字，松了手一抛丢进热水里。等去了皮，他又换了把锯齿刀，三两下把西红柿切成片再成丁，干干净净地码进盘子，然后一手水壶一手长筷，驾轻就熟地拌起了面絮。

等一刻钟后，他开了火，屋里酸甜的香味四溢，孟疏雨嘴上跑着数据，心里感慨一个"富二代"怎么还有这厨艺，上帝给他打开窗的时候都不关门吗。

热汤很快沸腾起来，孟疏雨忍不住摸了摸空荡荡的肚子，语速慢了下来。

"数据在我脸上？"周隽瞟她一眼。

孟疏雨胡乱往别处一瞅："我在看……我们森代这款油烟机环吸效果真不错，手感智控也好灵敏。"

"所以？"

"所以我就奇怪，为什么销量这么惨淡呢？"

"好问题。"周隽盛起一碗汤，坐到了餐桌边，"那你慢慢想，想好继续。"

孟疏雨见他要开动了，像是中场休息的意思，"哦"一声停了汇报，顺嘴问："那我刚才的汇报过关吗？"

周隽抬眼看了看她："就这么喜欢应酬？"

孟疏雨当然不能说得替蔡总盯着他和森代其他高层的关系，也不能说她担心自己的位置被人取代，虽然可能周隽都懂……

她想了想说："那不是有公费的酒可以喝嘛……"

周隽低下头去喝汤了。

孟疏雨从他的无话可说中品出了默认的意思，感觉这次应该是十拿九稳了，美滋滋地放下了心。

客厅里安静下来。

周隽自顾自地喝着汤，余光里看着孟疏雨静坐片刻后就有点儿待不住了，百无聊赖地托着腮，一会儿瞅瞅天花板，一会儿瞅瞅墙上的挂画，一会儿又瞅瞅他。

等他喝完一整碗汤，她原本笔挺的坐姿已经松垮下来，挂在高脚椅上的两条腿时不时晃荡晃荡，脚上那双凉拖总在要掉的时刻被她脚趾一钩带回去，然后她就仿佛得了趣，继续晃荡。

她倒真像是谈起工作千杯不醉，一闲下来就酒精上头的意志型喝酒选手。

她仔细算了算，坚持清醒的时间在一个半小时左右，应付普通的应酬勉强够了。

周隽起身走到料理台边，把用完的碗筷放进洗碗机，看了一眼汤锅里剩下的汤，等孟疏雨看过来，握起手柄就往漏斗里倒。

孟疏雨"哎"了一声："好好的汤，干吗倒掉啊？"

"喝不下。"

"那也……"孟疏雨舔了舔唇，暗示道，"不应该浪费吧。"

"占用冰箱资源难道不是另一种浪费？"

"……"

他的眼里装得下那么大个双开门冰箱，都装不下一个一米六五的她。

孟疏雨巴巴地望着汤锅："那要不我帮忙喝？这样既不占垃圾袋资源，又不占冰箱资源……"

周隽眉梢一挑，把锅放回了灶上："随你。"

孟疏雨发现上帝还是公平的。比如没有让一个厨艺高超的"富二代"学会度量食材，把一人份的醒酒汤煮成了两个人半份。

一碗西红柿疙瘩汤下肚，孟疏雨心满意足，觉得猪吃饱了睡、睡醒了吃确实是符合生物学原理的。

她酒后强打的精神也在这舒坦劲儿里散了，脑子里慢慢囤积起一团糨糊，忘了思考周隽留下的作业。

刚才周隽看她被吃的东西堵上了嘴，暂时也没法儿汇报了，去了卧室洗澡。

孟疏雨撑着眼皮洗干净碗筷和锅，见周隽还没出来，又在没靠背的高脚椅上坐累了，打着哈欠去了沙发上。

周隽走出卧室的时候，就见孟疏雨侧躺在沙发上，枕着手背睡得正香，两条腿叠成麻花，莹白圆润的脚趾抓着薄薄的盖毯，好像梦里也在钩拖鞋玩。

周隽擦头发的动作一顿，他站在原地，看她鬓边的发丝随着她的呼吸飘起又落下，挠在她脸上，自己的耳根也像被夏夜躁动的晚风拂过，起了丝丝缕缕的痒意。

和一群男人喝了一晚上没滋没味的酒，周隽还想着这劲儿怎么白开水似的。结果醒酒汤也喝了，澡也洗了，到这一刻燥热感骤然上头，他才确信自己喝下的是实实在在的酒精。

周隽默了默，去厨房倒了杯水。

灌下一杯凉白开，他又回过头看向沙发。

一分钟后，他在孟疏雨那张沙发边沿坐下，对着那几根不太顺眼的发丝伸出了手。

他的指尖刚触到她的鬓发，孟疏雨呼吸一顿，忽然睁开了眼。

两个人四目相对，周隽的动作一停。

孟疏雨对着眼前的男人迷茫地眨了眨眼，眼珠子缓缓斜移，看了看他落在她的颊边的手指，用更迷茫的表情重新望向他的脸，然后闭上眼睛晃了晃脑袋。

周隽屈起食指往上一挪，指关节在她的额头上下了一个栗暴："孟疏雨，你还真是挺放心我。"

孟疏雨睡过一会儿，被酒精彻底麻痹了神经，挨了这一下连嘴都没还，迟钝地呆了几秒，视线反倒从周隽的脸上移了下去——

看他上身那件深蓝色丝质睡衣开了两粒纽扣，裸露出雪亮的一片肌肤，隐约可见明显的肌理。

"人与人之间的信任总是相互的……"

周隽听见她低声喃喃了一句，然后一双葱白的手落上了他的胸膛，带着一种捡到宝了的珍视，手指尖抚摩着戳了戳他。

"你看，"孟疏雨轻轻吞咽了一下口水，"你这不也挺放心我的……"

夜深人静，紧闭的门窗隔绝了浓黑的夜色，也隔绝了后半夜的凉风。

客厅里闷得人汗涔涔的。孟疏雨在沙发上被热醒，口干舌燥，起来想倒杯凉水喝，摸了半天黑，却怎么也找不到厨房在哪儿。

她正迷糊，隐约看到一束亮光从某道门缝漏了出来。她顺着光线一路走去，推开了那扇门——

卧室大床上睡着一个男人，上身睡衣开了两颗纽扣，正毫无防备地敞着衣襟。

孟疏雨目不转睛地盯着男人肌理分明的胸膛，一步步走上前去，感觉喉咙越发干得冒火，身体也热得快要熔化。

直到"咕嘟"一声响，她整个人化成了一颗滚圆的水珠，悬浮到空中慢慢往下坠去，坠在了男人深陷的锁骨窝里。

她被兜住的一瞬，身体一下子到达沸点，冒起兴奋的气泡。

她忍不住发出一声喟叹，沿着这漂亮的弧度往下滑去……没等她滑到想去的地方，"砰"的一下，沸腾的身体骤然爆破。

孟疏雨在满目白光里猛地睁开眼来，看到漆黑一片，摸了摸自己的脸和胳膊，确认是完好的，再一转头，看到了床头柜上熟悉的夜光电子钟。

望着电子钟上的数字"4"呆了整整半分钟，孟疏雨才反应过来，现在是早上四点多，她正在自己公寓的床上睡觉。

而就在半分钟前，她做了一个以她的顶头上司为男主角的、荒诞不经的春梦！

孟疏雨被子底下的脚趾一蜷，整个人一点点缩成了一只弓着腰的虾。

清早七点半，安静的卧室里响起一阵振动声。

孟疏雨被吵醒，魂还留在梦里，听了半天才意识到是手机在响。

她的眼皮沉得睁不开，伸长胳膊往床头柜上摸索了会儿，她抓到手机胡乱一摁，拿到耳边："喂——"

听筒里静了刹那才响起一道年迈的女声："打错了？不是'小 jùn'的电话吗？"

"'小 jùn'"？

孟疏雨皱了皱眉，有气无力地说："我不是'小 jùn'，您打……"

"错"字还没出口，她又听到那头的人嘀咕了一句："没错啊，是存的'小 jùn'的号码……"

孟疏雨烦躁地睁开眼，歪头去看来电显示——奶奶。

"嗯？"

她奶奶不都过世好几年了吗？

孟疏雨一个激灵从床上坐了起来。汗毛还没来得及竖起，她忽然又注意到手机屏幕左上角陌生的图标。

孟疏雨翻过手机看了看背面。

这不是她的手机。

她的手机虽然和这个是同款同色，但背面有两道划痕。

电光石火间，孟疏雨明白了什么，赶紧把手机拿回耳边："您是找周隽吧？"

"哦，是，是……看我这记性，叫惯了总也改不过来，你是小隽的朋友吗？"

"我……"孟疏雨一时也不知道怎么解释，"您等等啊，我让他一会儿回电话给您。"

那头的人应着"好"，挂了电话。

孟疏雨掀开被子下床，走到阳台上往对面楼望去，只望见了七楼住户严严实实的遮光窗帘。

她想用周隽的手机给自己的手机拨个电话，又发现解不了锁，只好进浴室匆匆刷了牙洗了脸，换好衣服出了门。

从前在总部，孟疏雨时常跟着上了年纪的蔡总出席严肃的场合，打扮尽量都往成熟靠，也就不适合用花里胡哨的手机壳，干脆跟那些领导一样用商务款的裸机。

谁想到有一天还能出这种岔子。

她昨晚是昏了头，周隽怎么也没发现呢？

她一追根溯源，脑海里突然跳出香艳的一幕场景。

孟疏雨浑身过电似的一麻，一瞬间，那"Q弹"的触感仿佛又回到了指尖上。

等会儿。

她记得她凌晨是做了个梦，梦见自己在周隽的锁骨上滑滑梯。但这戳胸肌的画面从哪儿来的？是滑滑梯前的上一个梦？

孟疏雨摁着太阳穴仔细回想，却只记起昨晚自己等周隽等睡着了，之后她是怎么醒的，醒来又是怎么跟周隽说的拜拜，都不太清楚了。

只模糊有印象，她回家的时候好像是抄了地下车库的近道。

那都断片了，她怎么独独对自己朝周隽的胸肌下手那一幕场景这么记忆犹新？

没这个道理。所以那应该也是她回家以后才做的梦吧？

不知不觉到了对面楼七楼，电梯门移开，孟疏雨带着不确定的狐疑出去，摩挲了一下指尖，抬起来比了个戳的手势——意外地娴熟自然。

忽然"咔嗒"一声，眼前的门被人从里朝外推了开来。

孟疏雨一眼看到了活的周隽——活生生的，穿着和她梦里一模一样的睡衣的，不过现在扣好了纽扣的周隽。

孟疏雨的食指还保持着戳的姿势，一阵僵硬过后，她指指他的门铃："那个，我刚要摁门铃……"

周隽的视线从她心虚的脸上扫过，看向她的另一只手。

"哦，昨晚不知怎么拿错了，我来换手机……你奶奶刚才来过电话。"孟疏雨赶紧把周隽的手机递过去。

周隽应该也是刚发现不对劲儿，递来了她的手机，言简意赅地说："你爸。"

"你接了？"孟疏雨接手机的手一抖。

"我蠢？"

"……"

是，一般人接电话前总会看一眼来电显示，她本来也是这样的一般人，都怪昨晚那个梦害她一早迷迷瞪瞪的。

见孟疏雨一脸为难之色，周隽扯了一下嘴角："你蠢了？"

孟疏雨摸了摸鼻子："对不起啊，我觉得你奶奶可能……误会了。"

"误会什么？"

"就是我接电话的时候好像声音挺困的？"大周末大清早的，她又摆明在睡觉，这时候接了周隽的电话，是个人都得误会他们的关系。

孟疏雨没好意思直说，只含混地说道："你应该没有女朋友吧？所以……"

周隽晃了晃手机："所以现在可能有了。"

"……"

"那你赶紧回个电话解释一下，我也给我爸回电话去了。"孟疏雨语速飞快地说完，一溜烟就要走，转身前又记起什么，停在原地黇酊地叫了一声，"周总。"

周隽似乎对她忽然由私转公的态度感到疑惑，眉梢一扬："说。"

孟疏雨没开口先笑："我想请问您一下，我昨晚是怎么回的家？"

"怎么回的？坐飞机回的。"

"我的意思是，我走的时候是什么情况？"

周隽露出回忆的表情，然后直视着她的眼睛说："我问你自己一个人能不能走，你说怎么不能，你清醒得很。"

这确实是她的作风。

孟疏雨点点头："那我之前好像在沙发上睡着了，是您把我叫醒的吗？"

"不叫你能醒？"

"我酒后可能是睡得沉了点儿哈，那从您把我叫醒，到您问我能不能走，这中间……"孟疏雨兜了一圈终于问到重点，"我没做什么冒犯您的事吧？"

"没有。"

"哦。"

"一个巴掌也想拍响？"

"……"

看着周隽那熟悉的，带了点儿鄙夷色彩的眼神，孟疏雨明白了——一个巴掌拍不响的前提是，她试图拍出了一巴掌。

也就是说，她戳他的胸肌是真事没跑了。

孟疏雨脑袋里的画面翻江倒海，目光闪烁着在眼前的人紧扣的第二颗纽扣上来回游移，感觉脸颊的温度在逐渐攀升，好像比昨晚梦里还热。

周隽静静地看了她一会儿，作势要关门："问完了吧？"

"我是没问题了……"

孟疏雨深吸一口气，想她从前也是个体面人，怎么到了周隽这儿就跟那多米诺骨牌似的——第一块牌倒下去，后边跟着一块块倒下去，节节败退了呢。

孟疏雨屏息凝神数秒，下了决心。

面子已经没了，她总得保住里子。

既然要做"渣女"，她不如贯彻到底。

"但您可能还有点儿。"

周隽像是起了点儿兴致："怎么说？"

孟疏雨笑了笑："我最近身边没男人，难免有点儿躁。您悠着点儿，下回别在我喝酒以后靠我这么近。

"否则一个巴掌，也不是没可能拍响的。"

说完，她微笑着朝周隽点头致意，转身进了电梯。

电梯门合上，电梯缓缓下沉，孟疏雨扶住一旁的扶手，腿有点儿发软。

这不要脸的倒打一耙的手段，她是怎么无师自通的。

算了，不重要，她牛就完事了。

周一一早，孟疏雨抱着死猪不怕开水烫的心情去了公司。

幸好事故发生在周末，经过两天的缓冲期，她也算想通了。

俗话说"食色性也"，她看到胸肌想摸一摸、戳一戳，就跟看到菜市场里成色上好的猪肉想挑一挑、拣一拣是一样的动机。

她该吸取的教训是，以后但凡沾了酒都别再和周隽单独待一块儿，给他……给自己制造机会了。

孟疏雨到"总经办"的时候，三位文秘和周隽都还没来。

她打开电脑收了一下邮件，见没什么紧急事要处理，去了茶水间打算泡杯咖啡。

孟疏雨在咖啡机前忙活的时候，听到身后响起了三下试探性的敲门声，一回头看到了任煦。

他一出现，又唤醒了孟疏雨上周的怒气。

平心而论，周隽之前嫌弃她的酒量不是没道理，毕竟当初是她撒酒疯在先。

虽然他说话的态度是让人难堪了点儿，但作为领导，他根据下级能力的界限安排工作绝对说不上错。

不过这个任煦三番五次搞小动作，是真让孟疏雨不太爽快。

而且算起来，她和周隽那场事故也是因为任煦而起的。

"孟助理，您现在有时间吗？"任煦笑得有点儿紧张。

孟疏雨实在很难对他摆出好脸色，扭过头继续泡自己的咖啡，随口应了句："怎么了？"

任煦走上前来："孟助理，上周那些事，我想来跟您解释一下道个歉……"

"什么事？"孟疏雨神色淡淡的。

任煦摸了摸后脑勺儿："周五的事您应该已经知道了，还有周三……那天早上其实周总交代我，让您过去给他泡茶……"

任煦还在絮絮叨叨地解释，孟疏雨却没再往下听，注意力全放在了"泡茶"两个字上。

她记得很清楚，那天任煦支开她的时候，采购部郑守富正好来给周隽回话。

而就在前一晚，她刚和周隽一起处理了郑守富收受贿赂的事，当时也给郑守富泡了杯茶。

"总经办"三个文秘谁都会泡茶，周隽特意安排她去，不可能真是为了让她端茶倒水，而是暗示她去他的办公室跟进后续事宜。

要是任煦老老实实传了话，她听了肯定秒懂。

等任煦说完，孟疏雨点点头"哦"了一声，扬起手拍了两下他的肩膀。

每次周隽拍人肩膀的时候气氛都特别恐怖，这会儿看到孟疏雨做这个动作，任煦也是下意识地一骇。

"任助理，"孟疏雨语重心长地叫了他一声，笑盈盈地说，"以后还是好好传话吧，这个'泡茶'可不是你想的小事，是我和周总的暗号呢。"

"我……我……我知道了！"

任煦的话音刚落，余光里忽然闪过什么。

两个人同时偏头，看见了正好路过，停住脚步的周隽。

孟疏雨："……"

她难得"以'茶'人之道，还治'茶'人之身"一下，周隽不会这时候拆她的台，说"什么暗号我怎么不知道"吧？

任煦瞅瞅周隽，又瞅瞅孟疏雨，赶紧退出了茶水间。

等任煦走没了影，周隽往茶水间门边一靠，直直望着孟疏雨："孟助理。"

孟疏雨："哎。"

"争宠呢？"

"他以为他是皇帝吗？还争宠呢，我看起来像在等他翻牌子宠幸还怎么着？"

还不到正式上班的点，又受"周一综合征"影响，孟疏雨回到工位先打开了微信，把刚才被周隽一时噎住的回嘴吐槽给了陈杏。

陈杏："说像可能不太准确，一模一样更合适点儿。"

孟疏雨："你怎么还胳膊肘往外拐呢？"

陈杏："我就是觉得听那任助理这么一说，其实周隽也不错啊，就算他不喜欢你，还是给你参与高层事务的机会了嘛。"

消息一弹出来，孟疏雨定定地看着"就算他不喜欢你"七个字好一会儿才问：

"什么叫就算他不喜欢我？"

陈杏："啊，这不是显而易见？他要是喜欢你，还能在你摸他的胸肌以后放你回家？"

孟疏雨："……"

孟疏雨："他私下再不看好我，公私分明本来也是他这职位该有的格局。"

孟疏雨："再说，摸胸肌那是我喝醉了，那种时候他要做点儿什么还是人吗？那跟他喜不喜欢我有什么关系？只能说他守住了道德底线而已！"

陈杏："停，停，停，我就开个玩笑。孟疏雨，你这气急败坏的样子有点儿可疑啊。"

孟疏雨噎在了屏幕前。

陈杏："得了，隔着屏幕聊不得劲儿，这周末我去杭市找你玩吧，咱们把酒言欢一下。"

孟疏雨转头看了一眼办公桌上的日历。

森代这两年换总经理换得勤，底下人员流动更频繁，现在急需新鲜血液涌入。

除了日常社招，周隽对九月份这批校招也挺重视，孟疏雨得替他去盯一盯。

这周末刚好有场定在南淮的校招，她已经和人资那边说好会过去，私心里也想着顺便回家看看爸妈。

孟疏雨："这周末我刚好到南淮出差，有空约你。"

孟疏雨："不过言欢可以，把酒就算了，我最近对这东西有阴影。"

周五傍晚。

孟疏雨在工业园上了周隽那辆奔驰S600的副驾驶座，看了看驾驶座上的任煦，以及后座上的周隽。

出个差搞出这种排场，是四天前的她没想到的。

人资那边有些工作需要提前准备，林舜之前两天就带着人去了南淮。

她本来买了今晚的高铁票打算自己过去，结果中午任煦跟她说，周隽刚巧要去南淮办点儿私事，问她要不要一起，还非常贴心地说他已经跟周隽请示过了，周隽没什么意见。

那这顺风车，她当然不搭白不搭。

孟疏雨一上车，就见任煦指了指手套箱上的购物袋："孟助理，这得两个多小时车程呢，我给您买了点儿吃的东西，您饿了就拿。"

孟疏雨看了一眼后座上闭目养神的周隽："怎么吃的东西都放我这边了，周总一会儿也饿呢？"

"都是小零食，周总不吃的，这些是我买给您的。"

孟疏雨知道这趟顺风车肯定是任煦为了弥补之前的事才提的，但没想到还有这么夸张的后续。

看那满满一袋零食，孟疏雨这下真消了气，还觉得怪不好意思的。

"那谢谢你了。"她扭头翻了翻购物袋，见咸食甜食都有，尤其还有一桶星球杯，"咦，你怎么知道我爱吃这个？"

任煦当然不知道孟疏雨爱吃什么东西。

买零食确实是他自己的主意，想着讨好讨好孟疏雨，不过当时他不知道买什么好，问了一下周隽。

"星球杯"是周隽提的。

这三个字从周隽嘴里出来，跟闽南人说东北话似的，任煦怎么品怎么违和。

"我不知道啊，我随便看着买的，合您胃口就太好了！"

"行，你别您啊您的了，我一会儿饿了吃。"

孟疏雨接受了这袋零食，就算和任煦握手言和了。

不过让她在周隽的车里吃零食，她还没这么肆无忌惮，想着下车时带走。

车里静下来。孟疏雨盯了会儿路况，见周隽好像在后座上睡着了，车里也没她什么事，跟着补起了觉。

这一觉睡得还挺舒坦，孟疏雨再次醒来时听到了后座上压低的说话声——

"您别急，慢慢说。

"您听我说，所有手续都先照急诊医生说的办……"

听周隽用安抚的语气有条不紊地一句句指导着什么，孟疏雨的意识慢慢从混沌中苏醒。

她睁开眼的时候，周隽正好挂断电话，朝驾驶座说："下了高速直接去'三院'。"

任煦点点头，补了一脚油门。

孟疏雨一下坐直了身体，理了理半梦半醒间听到的字句，听起来应该是周隽的哪位长辈进了抢救室。

她回过头想问什么，却见周隽的神情是从未有过的严肃，眉头紧锁的样子陌生到她好像第一天认识他。

看他似乎不想说话，而且这时候多问两句也没什么意义，孟疏雨默默转回了头，保持安静。

车子在一片死寂中一路朝前疾驰而去，半个小时后抵达南淮市第三医院。

周隽一言不发地拉开车门下去，孟疏雨匆匆跟上他，小跑着追了几步，忽然见他回过头来，皱了一路的眉头稍微松了松。

"你先自己回家去，"周隽停在原地说，"开我的车走。"

"不用我帮忙吗？"

周隽摇头："任煦在就够了。"

"那有事打我的电话，车你留着吧，我打车走。"

周隽点了一下头转身走进急诊大楼。

大概是周隽遇事总是游刃有余，气定神闲，第一次见他这样步履匆匆，孟疏雨不知怎么也跟着紧张起来，直到周隽的背影消失很久，她还在原地一动没动。

等她回过神，天色都好像暗了一个度。

周日下午，孟疏雨在香庭酒店的会议室里忙着校招的事。

昨天宣讲会过后，她就一直在和人资的同事一起筛选简历，到这天下午这个点，会议室里一个哈欠传染俩，已经弥漫起昏昏欲睡的气息。

孟疏雨中午补过一觉倒是不困，把手头那批简历筛完后，伸了个懒腰，听到手机轻振动了一下。

任煦："孟助理，刚才不小心睡着了没看到你的消息，周总还在医院呢，我现在出去给他买午饭。"

周五晚上过后，周隽那边一直没动静。孟疏雨就和任煦保持着联系，大概知道周隽家里人暂时脱离生命危险了，但还在观察情况。

孟疏雨看着任煦这句"不小心睡着"，想他们估计这两天都没怎么合眼，回复说："我去替你会儿，你去睡一觉吧。"

孟疏雨从香庭酒店打包了点儿饭菜去三院，照任煦给的信息到了住院部五楼。

一出电梯，她就听到一道有点儿耳熟的女声："也怪我没逼着你爷爷早点儿来医院，上周看他不舒服，我就不该让他糊弄过去。"

"他听我的劝，上周末我还和您通过电话，您怎么不跟我说？"接话的是周隽。

"刚开始是想问你的，你爷爷听说你和朋友在一起，说这点儿小毛病别麻烦你了，你这难得周末休息的……"

孟疏雨脚步一滞，认出了这道女声，也听出了这个"朋友"是谁。

听这意思，周隽奶奶上周六打电话来，就是为了说他爷爷的病情，结果误以为他和女朋友在过周末。

等周隽回电，他奶奶就什么都没说。

孟疏雨停在拐角处，突然有点儿迈不动步子了。

要是她没接错电话，周隽及时知道爷爷的病情总会采取措施，可能也不至于到抢救的地步……

孟疏雨心里一慌，手下不自觉一用劲儿，打包袋发出声响。

走廊里，周隽闻声偏过头来，看见她似乎有些意外："你怎么来了？"

孟疏雨犹豫着走上前去："任助理说你还没吃午饭，我刚好在香庭酒店就打包了几个菜过来。"

黄桂芬听见这声音，目光一闪。

孟疏雨对黄桂芬点点头打招呼，把盒饭递给周隽："你爷爷的情况还好吗？"

周隽接过盒饭搁到一旁："暂时稳定。"

"那就好，"孟疏雨局促地低下头，"我……"

周隽看着她垂低的头顶，轻轻"啧"了一声："刚才听到什么了？"

黄桂芬也反应过来，着急解释："小姑娘，你别误会啊，奶奶不是怪你的意思！"

"没事，我跟她说，"周隽拍拍黄桂芬的后背，"探视时间快到了，您先进去看爷爷。"

黄桂芬点点头，又想到什么："哎，这一次也就只能进两个人，要不我别占这名额了，让小姑娘和你进去看看？你爷爷前几天还念叨呢，说你下回过来会不会带上朋友，听说你谈朋友，他别提多高兴了……"

"……"孟疏雨抬头看向周隽，疑惑地眨了眨眼。

周隽眼睛看着孟疏雨，嘴上答着黄桂芬："奶奶，下回吧。"

听着周隽这模糊的表述，再看他带有暗示的眼神，孟疏雨猜到点儿隐情，迟疑了会儿暂时没拆他的台，跟着说："嗯，我今天确实没个准备……"

"也是，是奶奶太心急了，那就下回，下回……"

黄桂芬一遍遍念叨着"下回"，眼睛直直地望着病房的方向。

孟疏雨从老人家的眼神里看出了她的顾虑。

周隽的爷爷还在观察期，谁知道有没有这个"下回"？

毕竟当初孟疏雨也是说着"下回"，结果没见到自己因病过世的奶奶的最后一面。

记起刚才听到的话，孟疏雨心里更堵了，纠结了会儿，眼一闭、心一横地看着周隽说："要不，今天也行？"

等换好探视服，孟疏雨都没回过神来。不过是来医院送趟饭，她一个"母胎单身"怎么跳过中间这么多步骤直接见"男朋友"的家长了？

踏进病房的那一刻，孟疏雨心里突然打起退堂鼓，想起周家是什么人家。

这大小也算得上豪门了吧，她这一时不忍心做的决定，是不是太草率了？

周隽像是看穿了她的踌躇，在她耳边压低声音说："不是我家里的爷爷，随意点儿说两句就行。"

孟疏雨愣了愣，回想起黄桂芬的打扮，确实不像大富大贵的样子。

难怪周隽认女朋友也认得这么草率。

她松了一口气，仰头小声问："那我，或者那你，要不要来点儿什么动作？不然好像有点儿假。"

"比如？"周隽低头看着她。

"算了，穿着这个探视服也不方便。"

孟疏雨想了半天也没憋出个好剧本，跟着周隽往里走去。

周隽走到病床边，弯下身来："爷爷，今天下午精神怎么样？"

病床上的老人插着呼吸机不能说话，孱弱地点了点头，露出点儿笑意来，大概是表示好。

"医生说了，您只要再坚持过一天，我们就能住到便宜的普通病房了。"

孟疏雨站在周隽身后看着他，有些走神。

这个周隽和她认识的周隽也太不一样了。

"您看，我带谁来看您了？"周隽朝身后看了一眼。

孟疏雨还在走神，等周隽对她招了招手才走上前去："爷爷，您好，我是周隽的……朋友。"

周隽带着点儿不满地看了她一眼，把她烫嘴卡掉的字补上："是女朋友。"

探视时间不宜过长，过程倒也没有孟疏雨想象的煎熬。

毕竟老人家不能说话，全程一直是周隽在讲，她偶尔附和上几句，再跟着笑一笑，这就到了护士催促家属离场的时候。

跟周隽的爷爷打过招呼说"改天再来"，孟疏雨和周隽一起出了病房，换下探视服。

两个人一到外面走廊，就见黄桂芬迎了上来："你爷爷怎么样？"

周隽点了点头："您放心，比昨天精神好多了。"

黄桂芬松出一口气，看向周隽身边的孟疏雨："小姑娘，辛苦你了。"

孟疏雨摆了摆手："这有什么辛苦？爷爷看到我挺高兴的，还好我进去了。"

黄桂芬笑起来："你进去我才想起来，怎么小隽都还没介绍你的名字？"

那可不，女朋友是假的，周隽哪儿讲究这么多。

孟疏雨刚要自报家门，周隽先开了口："孟疏雨。"

"对，"孟疏雨补充，"'孔孟之道'的孟，'昨夜雨疏风骤'的疏雨。"

"这人好看呀，名字也好听。"黄桂芬笑眯眯地看着孟疏雨，又想起什么，"那看完也放心了。小孟，你快先带小隽去吃东西。都快到晚饭的点了，他还没吃午饭呢。"

"哦，对。"

确实是假的女朋友，小孟也没那么讲究。

孟疏雨赶紧走到休息椅边上，拎起那袋盒饭问周隽："去楼下找个地方吃？"

周隽点了点头。

孟疏雨跟黄桂芬道了别，和周隽往走廊另一头走去，走了几步，感觉身后还跟着黄桂芬的目光。再看她和周隽中间隔着老大一米距离，怎么看怎么假，她往他那边靠拢了点儿。

她一不小心，拎在右手上的盒饭蹭到了周隽的腿。

周隽垂眼一看，用右手抽走了她手中的重物。

孟疏雨正思忖，没错，这么着还像点儿男朋友的样子，手腕突然被握住。

她低下头，眼看周隽的左手从她的手腕慢慢下滑，五指一根根插入她的指缝，扣住了她的右手。

长长的走廊刹那间陷入寂静，一瞬过后，又像有烟火升空，轰然爆炸。

孟疏雨脚下软绵绵地拖了几步，缓缓偏头看向周隽。

周隽面不改色地转过头来，像在疑惑——不是你说要来点儿什么动作吗？

孟疏雨深吸一口气，配合着扣拢手指。

她刚目视回前方，忽然看到一个穿白大褂的熟悉身影走过了拐角。

对面的人脚步停住的一瞬，孟疏雨连带着周隽也停了下来。

和简丞提出"分手"的那天，孟疏雨绝对没有想到，再次遇到简丞会是这样的场景。

眼看简丞的视线落到了两个人十指相扣的手上，她慌忙松手。

下一刻，她的手却被周隽更牢地扣紧。

孟疏雨和周隽拉扯了个来回，在这场力量悬殊的较量里败下阵来。

她知道，周隽是因为奶奶还在身后才想把戏做完。可他周家的火是被灭了，没见她孟家的火越燎越旺了吗。

两相对望的静默里，几步之遥的前方，简丞白着张脸，死死盯着两个人交握的手，一动不动。

孟疏雨的眼神飘来飘去没个落点，她感觉掌心全是滚烫黏腻的汗。继续保持这个姿势下去，她的手都快化成泥了。

求求了，周隽也行，简丞也行，谁开个口结束这个场面？行行好，救救她吧。

度秒如年的十几秒过去，周隽扣在孟疏雨掌边的拇指轻轻摩挲了两下，他牵着她走上前去，和简丞打招呼："过来查房？"

简丞的目光终于从两个人的手上移开，移到了周隽泰然自若的脸上，他再看了一眼偏着头不看他的孟疏雨，眼神黯了黯，对周隽僵硬地笑了笑："嗯，今晚我在，帮你看着点儿。"

"谢了，"周隽拎了拎右手上的盒饭，"我先吃个饭。"

"好，没地方可以去我那儿的休息室。"

两个男人在这简短的对话里达成了默契，一致把孟疏雨当成了透明人。

再次迈开腿的时候，孟疏雨仿佛失去了自主行动力，提线木偶似的被周隽一路拖着往电梯走去。

直到过了拐角，周隽手一松，她也像脱了力，眼睛一闭，额头重重地靠上了电梯门边的墙，像面壁思过的样子。

周隽摁了电梯下行键，在身后看了她一会儿，并拢中指和食指点了点她的后背。

"你别跟我说话……"孟疏雨低头定定地盯着自己的鞋面，声音带着点儿欲哭无泪的腔调。

"抱歉。"

孟疏雨缓缓抬起头来。

"女朋友闹脾气，我们坐下一趟吧。"

"……"孟疏雨眼看着电梯里的乘客不耐烦地摁了关门键，才知道周隽刚刚是在提醒她，电梯到了。

而那声让她动容抬头的"抱歉"他也不是对她说的。

幸好现在这种程度的尴尬对她来说根本宛如毛毛雨，不值一提。

电梯门重新合拢，孟疏雨不太高兴地看着他："戏都演完了，你就别瞎叫了好吧。"

周隽抬了一下手："刚才那是和我爷爷同一位主治医师的病友。"

——那我还要夸你一句严谨是不？

孟疏雨泄了气，眼神空洞地盯着空气喃喃："我碰上你就没有过好事。"

周隽回想着点了点头："好像是。"

"不是好像，就是。"

"那你就没想过原因？"

"我倒霉，还要反思自己？你这说的是人话吗？"孟疏雨瞪大了眼看他。

周隽扯了一下嘴角："说不定是你什么时候欠的我。"

是，她上辈子一定一时冲动杀了这个毫无同理心的男人，欠了条人命债，这辈子才要在他这儿活来又死去，死去又活来。

"周总，我知道您这人情绪不多，但这种状况，"孟疏雨比了个"一丁点儿"的手势，"您可不可以稍微对我有那么一点儿愧疚感呢？"

"可以，"周隽点头，"今天是我欠你一次。"

欠一次，他果然是凡事按斤两计算的资本家作态。

孟疏雨没有从他的表情和语气里体会到一丝一毫的真情实意，别开头望向窗外："算了，要你的欠条有什么用？我还是先想想怎么收场吧。"

　　"用不着你想，我来收。"

　　"他打算怎么收场？"

　　晚上八点，陈杏在餐厅里追完最新一集连续剧，对着孟疏雨笑了足足两分钟，终于问了句正经的话。

　　孟疏雨没精打采地趴在餐桌上，嘴里的字慢慢往外蹦："他说，他去解释，实话实说。"

　　"那你还担心什么？简丞作为医生多理解这种生老病死的事，肯定相信你是在帮忙。"

　　"嗯，如果周隽没有在简丞给我打电话的时候叫过我——"孟疏雨眨了眨眼，"宝贝儿。"

　　"简丞那天肯定没认出周隽的声音啊，不然今天看到你们还能这么惊讶？"

　　"那现在他一回想，不就全对上了吗？"

　　"那我也编不出理由安慰你了，"陈杏给她倒了杯水，"多喝热水吧。"

　　孟疏雨握过水杯，机械地小口小口喝着水。

　　其实如果这天这个人不是周隽，这事也没什么。分手以后找新欢多正常，更何况她和简丞都不算在一起过。

　　但偏偏周隽是简丞的多年好友，周隽和她认识的契机还是因为——周隽搭了他的车。

　　加上她当初为了封周隽的口，三番五次地向简丞打探过情报，本来就引起过简丞的怀疑。

　　要是把这些事从头到尾一串联，在简丞看来，这完全就是个——准女朋友通过自己，认识了自己帅气多金的好兄弟，火速移情别恋提出分手，和自己的好兄弟无缝衔接的故事。

　　陈杏也想到这层，叹了口气说："你要真和周隽谈了吧，挨人家简丞一记白眼倒也不冤。可你还没谈上，先背上锅了，你说你亏不亏？"

　　"我可不就是亏死了嘛！"孟疏雨"垂死病中惊坐起"，直起身体。

　　"所以现在不管周隽那边怎么处理这件事，这疙瘩总归是结下了。你要想弥补损失呢，只有一条路。"

　　"什么路？"

　　"和周隽走上情路。"

"……"

"你别这么无语地看着我呀，一不做二不休，好歹不冤不亏了不是？"

孟疏雨木着脸看着她："陈杏，认识你这么多年，我怎么才发现你还有搞传销拉皮条的天赋？"

"就因为咱们认识这么多年，我才敢打包票，如果你和周隽没那么多鸡飞狗跳的事，有正常的邂逅，这男人光站你面前，就绝对是让你一见钟情的菜。你就说人家叫你宝贝儿、叫你女朋友，还有牵你的手的时候难道你没一点儿心动？"

"那……那不都是正常的生理反应？"

"所以当初你听简承讲甜言蜜语，或者和他肢体接触的时候，也有这生理反应咯？"

"……"

"这就对了，"陈杏拍了拍桌，"男人的身体可能会撒谎，但女人的身体就是要比男人诚实得多。"

孟疏雨拿起公筷，夹了个水晶虾饺，一下塞进陈杏的嘴里："行了，行了，吃你的吧。"

陈杏被迫闭了嘴，嚼着食物含混不清地说了一阵，瞟见孟疏雨手边的手机屏幕亮了起来。

孟疏雨拿起手机，看到了一条命令式的消息："过来接我。"

"三院"附近的咖啡店里。

周隽和简承面对面坐在一张咖啡桌边，从坐下开始已经沉默了整整五分钟。像有一根隐形的线在两个人之间拉扯，但谁都不去做那个把线挑明的人。

夜里的咖啡没那么紧俏，店里顾客不多。服务生很快端了两杯咖啡过来，招呼两个人慢用，也打断了这场谁先开口谁就输的拉锯战。

简承握起咖啡杯，低头抿了一口。咖啡酸涩入喉，让人生理性地皱起眉头，有些不容易说的话他也就顺嘴吐了出来："你跟她……"

"还没在一起。"周隽接了话，"老人家一直盼着我早点儿成家，今天她帮我演了场戏。"

简承知道周隽家里复杂的情况，也知道他不屑于撒这种谎，所以这话应该假不了。

只是——

"还没在一起的意思是……"

"意思是，我在追她。"周隽平静看着他。

简丞沉默片刻，慢慢点了点头："是从……什么时候开始的？"

"我以为，这种事本来就没有先来后到，"周隽笑了笑，像是答非所问，又像是正正答到了点子上，"再说，你也不一定是先来的那一个。"

悬在脖颈上的那把刀在漫长的倒数时间过去后终于斩落。简丞听到这个答案，从当初周隽祝他好运起就开始在心底滋长的不安感跟着尘埃落定。这一刻，他反倒有了一种解脱的感觉。

也是这一刻，他不得不相信，当一个人打定主意想见另一个人时，没有第三个人可以阻止。

即使当初他在第一时间就提高了警惕，努力在孟疏雨和周隽中间筑起铜墙铁壁，但只要周隽有心，那面墙也不过是一推就倒的残次品。

时光无法倒回，他代替不了周隽，成为九年前那个送她诗集的人。

或者就算时光倒回，他能给她一个冰激凌，给她一朵花，却给不了她一首诗。

有一瞬间，简丞差点儿冲动得想告诉周隽——如果是他的话，也许根本不用追。

但最后那点儿私心，还是让简丞把这句话咽了下去。

夜渐深，天边浓云翻滚，暗潮汹涌，一场由夏入秋的雨泼墨般倾盆而下。

不过短短两分钟，咖啡店的落地窗上就打满了雨水，折射出一片片斑驳的光影。

简丞听着铺天盖地的滂沱雨声，忽然说了一句："我记得你好像很讨厌下雨天。"

周隽点点头望着窗外："以前是。"

话音落下，一声振动响起，周隽看了一眼手机，起身和简丞道了别。

简丞握着手中那杯变冷的咖啡，抬起头目送他离开。

等周隽走出那扇推拉玻璃门，站定在门外阶沿上时，简丞忽然猜到什么，偏过头往窗外望去。

对面的街道上，孟疏雨穿着单薄的衬衫和半裙，撑了把黑伞穿过马路，匆匆来到周隽避雨的屋檐下，抱怨地冲他说了什么。

周隽答了一句，然后朝她摊开了手。

孟疏雨没好气地把伞柄递进了他的掌心。

她的脸上全部是简丞从没见过的生动表情。

眼看周隽握过伞柄，和孟疏雨肩并着肩往对街走去，简丞一恍惚，好像又回到了周隽和孟疏雨重逢的那个雨夜。

他以为这么多年过去，周隽早就忘了孟疏雨，所以那天晚上毫无防备地让周隽搭上了他的车。

那个雨夜，他当着周隽的面带走了孟疏雨，尚且浑然不知，他们当中，除了他，还有第二个人知道那是一场重逢。

那甚至有可能本来就是周隽精心设计的重逢。

雨滴砸在伞面上，炸开振动鼓膜的"噼啪"声，孟疏雨心里的骂声也响得像在放鞭炮。

她没想到加了一个周末的班，难得抽空和陈杏聚上一聚，还能被周隽差使。说什么他两天没合眼不能疲劳驾驶，让她接他去酒店睡一觉。

她看到消息的时候，估计任煦累倒了，周隽最近也挺惨的，只好扔下姐妹赶过来。

结果她到了一看，这人刚从咖啡店出来，哪儿有要睡觉的样子。

他这摆明了就是不用白不用地剥削她这个劳动力。

所以刚才在咖啡店门口她一个没忍住，指桑骂槐地说了句"这雨下得还真是时候"。

然后周隽回了她一句："也不是第一次这么是时候了。"

认识周隽第一天那场拉开她的"社死"生涯序幕的雨又鞭尸般在她的头顶落下，浇了她个猝不及防。

孟疏雨闷着气，跟周隽穿过马路到了对街车边。

周隽撑着伞送她到驾驶座那侧，等她上车，绕到后座收了伞，拉开车门。

两道车门一关，雨声彻底被隔绝在外。

孟疏雨看风挡玻璃一片雾茫茫的，开了雨刷和除雾，等雾散去，从后视镜里望了周隽一眼："周总，我是和朋友吃晚饭吃到一半过来的。"

周隽掸袖口雨水的动作一顿："所以？"

"所以希望您是真的困了，否则我会觉得我的劳动完全失去了价值。"

"怎么会，你刚才没看到简丞在？"

孟疏雨一愣之下转过身去："他也在门口吗？"

"你们'渣女'确实忘人忘得挺快，他就坐在窗边。"

"那我不是来接你的吗？我当然只注意着你了……"孟疏雨在心里翻了个白眼，"他在你干吗还让我来？"

"你是我的助理，来接我不是天经地义的事？"

孟疏雨还在梳理这话的逻辑，又听周隽接了下去："我总不会让我喜欢的姑娘冒雨开车跑这一趟。"

"……"

原来他折腾她这一趟是为了向简丞表态：她只是他周隽随便使唤的员工，不是他喜欢的姑娘。

也对，既然他要解释，那这样澄清确实很有力。

别说简丞了，连她这个当事人都觉得非常可信。

"怎么，"周隽看着她冷淡下来的眼色，"下午你着急收场，现在收场了又不高兴？"

"我怎么不高兴？"

"那这是什么表情？"

"我高兴起来就是这个表情。"

孟疏雨说完，转回身握上方向盘，发动车子，一脚油门踩了下去。

孟疏雨把周隽送到香庭酒店，按公司制度标准给他开了间行政套房，完了闲着没事就去酒店会议室，和人资的同事继续筛简历，一直忙到深夜才回自己的标间。

之后两天，孟疏雨在南淮接着跟进校招的事。

周隽因为爷爷还在观察期走不开，也在南淮多逗留了两天。

周二傍晚，孟疏雨这边的事告一段落，打算回杭市的时候问了一下周隽的安排。听说他爷爷下午刚脱离危险期，被转到普通病房，他准备陪床到晚上再走。

孟疏雨算着，等几个钟头就可以免去乘地铁转高铁再打车的苦，决定再搭一次不要钱的顺风车。

等周隽从医院出来已经是晚上九点多。

任煦开车，孟疏雨在路上向周隽汇报了校招的情况，顺便把这周剩下三天的工作安排跟他捋顺。

她一路忙到车子到达杭市郊区。接近十二点，任煦把车开到孟疏雨那栋公寓楼下，先放她下车。

孟疏雨讲了半天工作困倦至极，一想到明天还要早起上班就更萎靡，不太有精神地和周隽说了声"明天见"，拎着手提袋下了车，哈欠连天地进了电梯。

她上到七楼，打开公寓门的指纹锁，一拉开门，忽然扑鼻而来一股酸臭味。

孟疏雨奇怪地皱皱鼻子，按亮玄关的灯往里走去。她穿过玄关，一偏头，脚下蓦地一滞，

客厅原本干净的白墙上喷溅了大片大片的暗红色液体，满墙狼藉。

这是什么东西？

午夜十二点，这触目惊心的墙壁，还有充斥在空气里的恶臭……

孟疏雨自认不算胆小的人，也在一瞬间毛骨悚然地后退了一步。比起神神鬼鬼的灵异事件，她很快想到了更该担心的事，这不会是人为的恶作剧吧？

她已经离家五天，该不会有人进过这间公寓，甚至会不会现在就有人藏在这个屋子里？

孟疏雨在南淮工作的时候和爸妈住在一起，没有太多独居的经验，但在公司里

听了不少租房的女孩子说起过吓破胆的事。

这会儿她再望向笼罩在黑暗里的卧室、浴室、阳台，好像哪里都可能藏着一双眼睛。

孟疏雨的心脏狂跳，她拔腿就往外跑，一把关上公寓门，进到电梯摁下一层，抖着手在手提袋里翻找手机，拿了几次才顺利拿出来。

她手忙脚乱地解了锁，没等拨出个电话，电梯已经到了一楼。

电梯门移开，孟疏雨一眼看到周隽停在楼外的车还亮着尾灯，也来不及思考他怎么没走，跑过去急急地敲了敲后车窗。

车窗降下，孟疏雨像看到救星松了一口气，扶住窗沿喘着气说："周隽，我家……我家好像进人了……"

周隽解了安全带下车绕过来："怎么回事？"

孟疏雨语无伦次地说了说进屋发生的事。

驾驶座上的任煦也跟了下来："孟助理最近得罪过什么人吗？"

"我……我不知道，应该没有……"

周隽皱着眉头对任煦抬了抬下巴："上去看看。"

"别了吧！"孟疏雨对周隽摇摇头，"万一有人藏在里面，要不还是报警……"

任煦："不会的，真有人你应该就下不来了……"

孟疏雨打了个寒战。

周隽偏头看了任煦一眼。

意识到这话吓着了孟疏雨，任煦赶紧换了个说法："我的意思是我一个大男人，没事的，你告诉我密码吧。"

"密码……"孟疏雨平常都用指纹解锁，本来就不太熟悉密码，更别说现在脑子一片空白，支吾半天没说出来。

"不着急，慢慢想，我——"周隽顿了顿，"我和任助理都在这儿，你怕什么？"

孟疏雨点点头，看着周隽平静的脸色，心跳跟着平复下来，朝任煦报出了一串数字。

任煦记好上了楼。

四周安静下来。孟疏雨呆滞地捏着手机，望着电梯的方向，一口口呼吸着劫后余生的空气。

初秋深夜，这个点已经有些凉意。

周隽看了一眼她额头上的汗，拉开了后座的车门："先上车。"

孟疏雨摇摇头："我想在外面待会儿透透气，那个味道真的太……"

周隽拎起后座上的西装外套递给她："那就穿上。"

孟疏雨瞅瞅他，"哦"了一声，接过西装来抖开披在肩上。

外套上还残留着微热的余温，孟疏雨身上的冷汗被包裹着慢慢收干，人也回过魂来，这才想起问："都过这么久了，你怎么还在我家楼下？"

周隽抬头看着七楼那一层："任煦说你家客厅的灯还没亮，不放心，等亮了再走。"

孟疏雨不好意思地摸摸鼻子："任助理真的还挺好的，幸亏他留了个心眼，不然我可能这会儿都还找不着北。"

"一般吧。"

"嗯？"

"他也就是司机当久了养成了职业病，基本素质而已。"

"哦，"孟疏雨从"基本""而已"四个字里琢磨出点儿批评的意思，"那我确实没他做得好，我下回当司机的时候也注意着点儿吧。"

接连两声振动打破了被聊死的天。

周隽拿起手机点开消息。

任煦："周总，这屋里的情况我有点儿拿不准，要不您也上来看一下？"

任煦："我的意思是，其实没什么事，但不知道您需不需要孟助理家里有点儿什么事？"

周隽缓缓偏过头去看向孟疏雨。

"查到那是什么了吗？"孟疏雨探头来看。

周隽熄了屏幕："还没有，我也上去一趟。"

"哎……"孟疏雨一把扯住他的衬衫，仰头望着他，"那我一个人在这儿啊？"

周隽垂眼看了她一会儿，拿手机回了消息："走不开，看着办吧。"

一刻钟后，任煦表情慌张地跑了出来。

"周总、孟助理，这真是太诡异了，"任煦急匆匆地跑到两个人跟前，"把我也吓得够呛！"

"是吧，"孟疏雨如逢知音，"颜色有点儿像血，但闻着味道又不是血腥气。我这辈子从来没闻过这么恶心的味道。"

任煦点点头："我角角落落都找遍了，屋里肯定没藏人，这个可以放心，但这墙上的东西我看不简单。"

"那要不还是报警或者找物业？"

"知道几点了吗？"周隽侧目看她，"明天还上不上班了？"

孟疏雨看了一眼手机时间，确实快一点了。

如果报警她肯定得忙上大半夜，觉都不用睡了。

孟疏雨撇了撇嘴："那你说怎么办？"

周隽："我先腾间客房给你，明天再找时间处理。"

孟疏雨在心里权衡了一下。比起她去酒店开房折腾，周隽那儿确实是更便利的去处。

更重要的是，一想到自己说不定得罪了什么恶人，她现在也不敢一个人待着，有个男人在身边，总归安全点儿。

孟疏雨重新坐上周隽的车，人还有些魂不守舍。五分钟后进了周隽的公寓，拖鞋都送到脚下了，她也没动动脚。

周隽弯着腰抬头看她："要我给你穿？"

孟疏雨一低头，赶紧换了鞋进去，然后机械地搁下装了换洗衣物的手提袋，脱掉周隽的西装，将其挂上衣帽架。

周隽看着她收拾好，指指南边和北边的两间客房："想住哪间？"

"靠你近点儿的那间。"孟疏雨不假思索地说。

周隽的眉梢一挑。

"那远点儿也行。"

"随你。"

孟疏雨指指厨房："那我可以先倒杯水喝吗？"

"要喝热的就自己烧。"

孟疏雨对这厨房也算熟悉了，自己动手烧上了水。

等水开的时候，她无所事事地站在料理台前，思维又发散开去，惦记起家里那面墙。

周隽进了趟主卧出来，就见她在厨房发呆，一副精神恍惚的样子，看这架势估计是想破脑袋也要想一整夜。

周隽远远地站着看了她一会儿，叹了一口气："孟疏雨。"

"嗯？"

"水开了。"

孟疏雨看了一眼亮起绿灯的热水壶，给自己倒了杯热水，然后转头问他："你要喝吗？"

"不用，"周隽往沙发走去，"倒完水过来。"

孟疏雨捧着热水走过去："怎么了？"

"来，"周隽叉开腿，姿态随意地坐上沙发，"你给我分析分析，今晚这事怎么回事？"

孟疏雨看着周隽身下那张沙发，脑海里忽然浮现起上回自己躺在这里"酒后乱性"的画面。

"我还是站着好了。"她轻咳一声，汇报工作似的说，"是这样的，我想了几种可能，比如，会不会是变态的邻居通过阳台的空调机子爬到了我家？"

"有点儿道理，还有呢？"

"还有或者就是小偷破译了我家的密码，说不定这是一种踩点方式。"

"也不是没可能，继续说。"

"再就是，职业催债人会泼鸡血吓唬债务人吧？虽然我没欠谁钱……"

"但也是个思路，还有没有？"

"嗯……"孟疏雨说到这里喝了口水，"还有就是，虽然我没欠钱，但在杭市读大学的时候确实欠下过那么一两……三笔……其他的债。"

"情债。"周隽点点头，往沙发椅背上靠，"不错。"

"什么不错？"

"思维还算开阔。"

——现在是讨论思维能力的时候吗？敢情这事没发生在你家，所以你不腰疼？

孟疏雨正郁闷，看到周隽遗憾地摇了摇头："可惜没一个对的。"

"你知道怎么回事了？"孟疏雨走上前去在他旁边坐下。

"嗯，任助理查到个新闻，发现跟你家的情况类似，刚才又去你的公寓检查了一次。"

"都上社会新闻了？"孟疏雨惊讶，"什么新型犯罪分子？"

"你回忆一下，上周五早上吃了什么？"

"外卖，面包和奶昔，我每天晚上都会预订第二天的早餐，所以是外卖配送人员吗？"

"奶昔喝完了吗？"

"没有，"孟疏雨隐约预感到什么，"当时急着上班，我就……"

"就将奶昔拧上盖子，扔进了垃圾桶，让这杯奶昔在密封的瓶子里被晒了整整五天太阳，直到发酵后爆炸。"

"……"

"孟疏雨，"周隽支肘看着她，"你这日子过得还挺清醒。"

孟疏雨哽在沙发上，和周隽对视过漫长的一阵后，缓缓别开头，拿手捂住了脸。

"不怪你这辈子没闻过这种味道。五天的奶昔，一般人两辈子也不一定闻得到。"

"你别说了……"

周隽撑膝起来："洗洗睡吧。"

眼看着他朝主卧走去，孟疏雨如梦初醒，起身叫住他："那么说，我可以回家去了？"

"只要你能闻着那个味道睡着。"周隽打开主卧的门走了进去，抬了一下食指，"明天九点半的面试，别迟到。"

门"啪嗒"一声被关上。

孟疏雨看着冷冷清清的客厅，深吸一口气，脑海里飞速闪过一幕幕画面——

周隽听说她家里进了人，想也没想摘掉安全带下车的样子。

听她慌慌张张讲完那些恐怖的情状，他皱起眉头的样子。

看她不肯上车，他朝她递来外套的样子。

最后是他坐在这张沙发上，嘲讽完她扭头走人的样子。

老天给了她英雄救美的开头，却没给她英雄救美的结尾。

孟疏雨闭了闭眼，默默朝离周隽远点儿的那间客房走去。

次日一早，孟疏雨在闹铃声里醒来，看到满眼冷色调的装潢，反应过来自己昨晚睡在哪里，赶紧掐断闹钟看了一眼时间。

她的手机默认设置了七点三刻的闹钟。以往这时候，外卖还有一刻钟就到。她起床，洗漱，化妆，吃早饭，出门上班时间刚好。

但她这天寄人篱下，其实应该更早一点儿起床。

孟疏雨掀开被子下了床，打开房门往外望去，一眼看到客厅的开放式厨房里，周隽正在料理台前煎蛋。

金色的晨曦透过阳台的落地窗洒进来，给他整个人镀上一层朦胧的光。整间厨房都陷落在烟火气里。

"叮"的一声响，吐司机上弹起一片新鲜出炉的吐司。

周隽转过身，拿面包夹夹起吐司，抬头朝她望来。

孟疏雨看了一眼身上的睡裙，往门后一缩，只露一个脑袋朝外问："你怎么这么早？"

"等你还有饭吃吗？"

孟疏雨不好意思地笑了笑："我下次……"

说到一半，她顿住。

"下次？"

"我下次自己在家，也起早一点儿做早餐试试。"孟疏雨把话接完，一溜烟回了房，换好衣服然后到卫浴间洗漱化妆。

她拾掇完出来一看，周隽已经坐在餐桌边吃起早饭。

她不太确定地走过去，看到周隽对面摆了一份没动过的吐司，指了指问："给我的？"

"给鬼的。"

"……"

孟疏雨在周隽对面坐下，把手机随手搁到一旁，拿起餐刀切吐司，抬眼瞄了瞄他，总觉得这场景让人有点儿恍惚。

孟疏雨吃一口吐司看周隽一眼，心里奇异的感觉越来越强烈。

孟疏雨想了想，清了清嗓子："周总，一会儿面试的流程，我再跟您确认一下吧……"

"吃饭不谈工作。"周隽打消了她改变气氛的念头。

孟疏雨"哦"了一声，低下头专心吃早餐，安静间，餐桌上传来一声振动。

孟疏雨抬头朝手机看去——

陈杏："'同居'的第一个早上什么感觉？"

"……"

八点半，孟疏雨和周隽一起出发去了公司。

为了清理那间没法儿住的公寓，任煦一早就带了保洁员过去。这天的司机自然成了孟疏雨。

本来开车的活儿她倒也干惯了，但可能是这回出发的地点不太对，越靠近公司，她越觉得哪里怪怪的。

到了工业园，孟疏雨把车开进地库停车位，对周隽说："周总，要不您先上去？"

"怎么？"

"我就想坐着休息会儿。"

周隽解了安全带，瞟她一眼下了车。

孟疏雨在车里看着时间，等了五分钟，下车上楼。

她一进办公室，三个文秘一齐跟她问早。

孟疏雨笑着冲众人点点头，走到工位坐下，问唐萱萱："萱萱，周总到了吗？"

"到啦，比您早几分钟。"

"嗯，你九点半之前准备好茶水，周总一会儿有个面试。"

"好嘞，是面试人资部长吧？"

"对。"

林舜之这个人事经理已经代理了好一阵的人资部长。这次校招下来，周隽对人资的工作不太满意，在升任林舜之和另聘部长之间选择了后者。

只是人资部长这个岗位就不适合本部门下级去面了，所以会由总经理亲自面试。

孟疏雨在工位上确认了一遍面试材料，拿上笔记本电脑和纸质文件，提前去会议室做准备工作。

九点二十五分，唐萱萱敲门进来送茶水，端着茶托走到孟疏雨身边时，摆茶具的动作顿了顿："咦，疏雨姐，你换新香水啦？这个味道好闻。"

"我没用香水啊。"

孟疏雨停了敲键盘的手指，抬起手臂闻了闻自己，嗅到一阵木质调的淡香，轻轻眨了眨眼。

她刚想说什么，周隽走了进来。

唐萱萱转头朝周隽问了声好，留下茶水退了出去。

孟疏雨眼睛一眨不眨地盯着周隽，等他在身边坐下，便小幅度地挪动着身体，朝他靠近了点儿，不动声色地嗅了嗅。

一模一样的清冽淡香，带着微湿的草木气息，来自周隽公寓里的男式沐浴露。

孟疏雨悄悄把身体挪回来，瞄了周隽一眼，见他专心致志地低头看着简历，没发现她的小动作，就想了想，起身走了出去。

回到办公室，她从抽屉里翻出一瓶备用香水，走到洗手间，在手腕上、耳后和衣襟上分别喷了一下。

这么一来一回，孟疏雨赶在九点半差一分钟的时候回到了会议室。

应聘人还没来，周隽还在翻简历，一切都是那么完……

"所以……"周隽偏过头来，眼神在她的耳后一落。

"嗯？"孟疏雨转过头看他。

"'同居'的第一个早上，感觉是心虚？"

ta zen me ke neng xi huan wo

Chapter 4

假戏真做

面试一结束，孟疏雨就把微信的"通知显示消息详情"功能关了，连着两天没再和陈杏聊起过周隽一个字。

　　陈杏也是冤枉——上回吃饭吃到一半，小姐妹被阎罗王叫走，这回连隔着屏幕好好聊天都不能了。

　　到了周五，陈杏闲着也是闲着，干脆来杭市找孟疏雨过周末，看她已经连着上了十二天班，提议去蹦迪解压。

　　孟疏雨大学时候也是浸淫过酒吧文化的人，只不过毕业以后每天在大集团当正经人，周围来往的也多是端着的人，慢慢就收起了玩乐心。

　　而且下了班也没多余的精力，一到周末就想在家躺尸，所以这几年已经很少去那种灯红酒绿的地方。

　　听陈杏这一提议，孟疏雨忽然也觉得有点儿馋。她最近这日子过得确实需要放纵一下解解压了。

　　周五傍晚，孟疏雨把一周的工作收了尾，电脑屏幕还好端端放着邮箱界面，魂已经出了工业园。

　　到了下班的点，陈杏发来图片和消息："到你公司门口了，晚上这家怎么样？"

　　孟疏雨："可以，我杏姐的眼光，那必须够劲儿。"

　　陈杏："行，我去订个卡座，不过就咱们两个人有点儿干啊。你那儿还有没有朋友？叫一个两个都行。"

　　孟疏雨的视线越过面前的电脑，瞄了一眼坐在周隽的办公室隔间的唐萱萱，给她发了条消息："下班去不去蹦迪？姐带你。"

　　唐萱萱收到消息一抬头，看了看还在办公室里忙的周隽，悄悄转头望向孟疏雨，看到孟疏雨对自己眨了眨眼。

　　唐萱萱忍着兴奋回复："好呀，我还从来没去过呢，咱们去哪儿？"

孟疏雨："不远，就前两天杨姐在办公室说起过的那家'缪斯'。"

唐萱萱："双手合十，老天保佑周总今天早点儿下班。"

孟疏雨："你去试探试探，问要不要让食堂给他安排晚饭。"

消息发出，那头唐萱萱乖乖起身，片刻后回来朝孟疏雨比了个"×"的手势。

孟疏雨握着鼠标的手轻快地弹拨了两下。

五分钟后，周隽拎着外套出了办公室。

幸福来得太突然，唐萱萱迟疑两秒才恭恭敬敬地起身："周总，您是要下班了吗？"

周隽点了一下头，脚步没停地往外走去。

孟疏雨也有点儿意外周隽这天走这么早，见他一个眼神没给自己，想今晚应该是妥了。

她美滋滋地关掉电脑，给对面比了个"门口等你"的口型，先一步去找陈杏。

唐萱萱抓紧时间发出最后一封邮件，回到办公室收拾好东西也走了。

在走廊上碰见从洗手间回来的冯一鸣，唐萱萱匆匆留了句："一鸣，我先走了啊，那报表核对好发你了。"

"你下个班走这么急干什么？"

唐萱萱嘻嘻一笑："疏雨姐要带我去'缪斯'蹦迪！"

晚上十一点，"缪斯"酒吧。

唐萱萱跟着孟疏雨和陈杏穿过人潮，踩着震耳欲聋的嘻哈鼓点声到了卡座坐下。她惊讶于自己一进门就忍不住捂住了耳朵，而孟疏雨和陈杏神色不变，有说有笑，快乐得像回了老家。

再看孟疏雨今晚这身打扮，唐萱萱也不得不感慨一句"真人不露相"。

傍晚下班以后，她先跟孟疏雨和陈杏在外面吃了晚饭，然后去了孟疏雨的公寓。

她眼看着一身端庄优雅职业套装的孟疏雨摇身一变，换了一袭墨绿色缎面吊带裙，外搭中性风黑色西装，长发用一条黑丝巾绾起，再配上闪闪的全妆，从化妆镜前起身回头的那一刻，杀得她当场失语。

要不是这天，唐萱萱根本不知道，看起来甜美无害的孟疏雨还有这么热辣的一面。

五光十色的灯影里，鼓点越来越响，唐萱萱难以置信地扯着嗓子问她们："这里会一直这么吵吗？"

孟疏雨靠过来在她耳边答："过了十二点还更吵呢，适应一下就好了。"

唐萱萱手足无措地看了看周围摇摆的男女，继续扯着嗓子问："我要怎么样，才能显得不是第一次来啊？"

孟疏雨再次靠过来："第一步就是不要扯嗓子说话，像我这样说。"

"为什么啊？"

"你以为这儿干吗这么吵，不就是给男男女女咬耳朵的机会？"

唐萱萱恍然大悟，朝孟疏雨竖起一个大拇指。

陈杏指指前方的舞池，问两个人："走一个？"

唐萱萱赶紧摇头："我不行，我不行。我得再适应会儿，你们先去。"

孟疏雨一边脱西装外套一边嘱咐："那你在这儿坐着，有人搭讪就直接拒绝，看着点儿桌上的酒水果盘，别让人动。"

唐萱萱点点头，比了个"OK"的手势。

孟疏雨和陈杏去舞池蹦了一轮。

因为不放心唐萱萱，热身到位以后，孟疏雨招呼着陈杏先回一趟卡座，一回来就见唐萱萱在座位上正襟危坐，表情严肃地挺着背脊。

"这是怎么了？"孟疏雨在她旁边坐下，笑得肩膀打战，"你是来夜店玩，还是来夜店当秘书？"

"是来当秘书的，姐，"唐萱萱咬咬唇对她说，"你看两点钟方向。"

孟疏雨朝两点钟方向望去——

斜对面三米开外的卡座里，白衬衫、黑西裤的男人正靠着椅背，手里握了杯威士忌，和旁边同行的男人笑着说话。

条件反射一般，孟疏雨的背脊跟着唐萱萱一起挺了起来。

陈杏眼看着孟疏雨的表情在短短一秒钟内从彩色到黑白，顺着她的视线望了过去："哟，那不是你们……"

"我们周总。"唐萱萱点了点头。

"他——"孟疏雨瞟着周隽，问唐萱萱，"看到咱们了吗？"

唐萱萱还没答，那头的周隽似有所觉，忽然偏头望了过来。

灯影变幻下，四目相对。孟疏雨从他定格的眼神中读到了一种强烈的攻击性。

下一刻，周隽远远地注视着她，拿起手中的冰石杯，仰头将杯中琥珀色的酒慢慢倒进喉咙。

孟疏雨盯着他滚动的喉结，心脏猛地一缩。她奇怪地感觉到，自己好像成了他手中那杯威士忌，被他一点点吞入腹中。

然而一杯酒过后，他又像是不甚在意地挪开了视线，继续和身边人谈笑起来，仿佛刚才那一瞬间的猎杀气息不过是孟疏雨的错觉。

陈杏看着孟疏雨和唐萱萱的小学生坐姿，乐得在沙发上前仰后合："你们在上课吗？"

唐萱萱吸吸鼻子："姐，你不懂，我现在的感觉就好像来夜店被教导主任抓包了一样……"

"不是，人家小唐刚出校园可以理解，孟疏雨，你怎么也这个尿样？"陈杏拉了拉孟疏雨的胳膊，"第二轮还走不走了？"

"陈杏，"孟疏雨肃着脸说，"我最近总结了一下，发现你单独出现的时候没什么问题，一旦和周隽同时出现，你们加一起的威力就特别爆炸。"

陈杏默默回忆了一下，点了点头："听你这么一说，好像是这么回事。"

孟疏雨深吸一口气："所以今天我不能陪你蹦迪了。我总觉得自己一开心就要出事。我决定今晚严肃一点儿。"

还好陈杏是自来熟，很快在夜店里找到了路人姐妹一起蹦迪。

卡座这边，孟疏雨穿回了西装外套，裹得严严实实，和唐萱萱一起吃着水果，桌上几瓶酒一下没碰，全程只喝西瓜汁。

只是即便已经这么低调，唐萱萱还是发现，自从孟疏雨在卡座上坐下以后，来她们这桌搭讪的男人数量就开始激增。

几乎每吃两块西瓜，孟疏雨都要冲旁边摆一次手：不拼桌、不喝酒、不加联系方式。

在一次空隙中，唐萱萱附到孟疏雨耳边说："疏雨姐，十比九了。"

"什么？"孟疏雨看了一眼头顶屏幕，没见乒乓球比赛。

"我在算跟周总搭讪的女人，和跟你搭讪的男人的数量。"

"……"

孟疏雨好不容易忘掉一会儿周隽，又想起来朝他望去一眼，正见一个浓妆艳抹、身材火辣的女人弯着腰在他耳边说话。

但这一次，任她看他多久，他都没像刚才那样回过一个眼神，只自顾自地专心答着那女人的话。

孟疏雨："所以……谁是'十'？"

"啊？"唐萱萱愣了一下反应过来，"哦，周总是'十'，不对，加上现在这个就是'十一'了。"

孟疏雨一牙签重重戳了块西瓜："下次不来这家了。"

"为什么？"

"男女比例有点儿失衡。"

唐萱萱正品着孟疏雨的话，忽然看到两个男人并肩朝这边走了过来。

"疏雨姐，你马上就跟周总打平了……"

孟疏雨也就开个玩笑，倒不是真想应付这种事，听到这话噎了一下，抬头就见那一身铆钉装的男人凑了过来："美女，拼个桌吗？"

"不了，坐不下。"孟疏雨摆手。

"这不都空着嘛，帮个忙呗？酒钱我们出。"

"不喝酒。"

"那聊聊天也行哪！"

孟疏雨不耐烦地抬起头来，想说什么，一眼瞟见铆钉男身后那个夹克男的手从桌上那扎西瓜汁瓶口边缘一晃而过。

孟疏雨目光一闪，看了看这两个人。

她正思忖对策，陈杏刚巧中场休息回来，上前推了一把那夹克男："你刚刚下的什么？"

"什么下的什么？"夹克男耸了耸肩，"你在说什么东西？"

"我问你刚才往我们的西瓜汁里下什么了？"陈杏指着那人的鼻子，"你是现在说，还是等我报了警去跟警察说？"

孟疏雨立刻起身去拉陈杏，在她耳边飞快地说道："先忍忍，等会儿再想办法。"

"报警？"那夹克男却已经被挑起了火气，抄起桌上一个酒瓶掂量了一下，"来，你报，我看着你报。"

唐萱萱吓了一跳，呆在座位上一动不敢动，也不知怎么一晃眼两边就争执推搡起来。

孟疏雨护着陈杏往后退，两个人一起被谁的脚带倒，摔在了唐萱萱旁边。

然后"砰"的一声巨响，酒瓶被砸在了桌上。

玻璃碎片飞溅，四面惊叫声四起，那夹克男拿着半截酒瓶直直冲着三个人过来。

孟疏雨一声尖叫死死卡在喉咙底的瞬间，视线里出现一道熟悉的身影。

那夹克男的手腕被往上一折，原本直冲她的脸来的碎酒瓶就这么拐了个弯。

周隽拧着那人的胳膊，撂倒了人，把人脸朝下摁在了地上。

夹克男哀号着呼起痛来，脸色霎时雪白。

孟疏雨大喘着气盯着两个人，手和脚都软得失去了知觉。

等回过神，周隽已经站起来，踢开那夹克男宛若死尸的身体，走到她跟前："有事没？"

孟疏雨想摇头，先一眼看到了他血红的衬衫袖口："你受伤了……"

周隽低头看了一眼："没事。"

四周的人围观的围观，报警的报警，收拾烂摊子的收拾烂摊子，缓神的缓神。

孟疏雨在一片乌泱泱的人群里蓦地清醒过来，起身拉过周隽的胳膊，让他在一旁的沙发上坐下，然后弯着腰捋起他的袖口一看，腕背上也不知多深的伤口，正涓涓往外涌着血。

"止血，先止血……"孟疏雨摸了一下身上的口袋，没找见纸巾，又往四下看去。

周隽倒像个没事人，安安静静地坐在沙发上，抬头看着她，目光随着她翻找的动作起起落落。

孟疏雨弯着腰在桌边找了半天，没找见纸巾盒，转过头想找人问，忽然感觉一只手扶上了自己的后脑勺儿。

下一秒，她整个人被摁下去，跌坐在周隽身上。

咫尺距离，呼吸相闻。周隽扶在她的后脑勺儿上的手拢上她的长发，轻轻抽开了她绾发的丝巾。

长发如瀑倾泻而下，孟疏雨像被这一抽抽走了三魂七魄，盯住了周隽黑如深潭的眼睛。

他拎起那条丝巾朝她笑了笑："这个就可以了。"

嘈杂的夜店里，所有的声音都轻了下去。

鼎沸的人声停止了喧嚣，纷乱的脚步像踩在吸音地毯上，音响也仿佛被泡进水里哑了火。

而在这些熄灭的声音里，一道"怦怦怦"的规律响动从胸腔骨骼下跳出，一下又一下，重重地拍打着孟疏雨的耳膜。

直到服务生拎着救急的医药箱匆匆跑来，大声喊了句什么，孟疏雨被心跳占满的耳朵才被撕开一道缺口。

那些远去的声音又重新翻江倒海般涌来。

孟疏雨抵在周隽的肩膀上的手一松，从他身上飞快爬起，给服务生让开位置，走开几步站到了远处，看服务生拉开一圈绷带，蹲下来给周隽的伤口止血。

周隽依然懒洋洋地靠着沙发望着她，指尖上松松地挂着那条丝巾。

夜店里的歌声还在继续，一句"I think I've got a crush on you（我想我喜欢上你了）"不知正中了谁的红心。

孟疏雨不是没见过夜店的乱子，但旁观和亲历到底不一样，满场混乱里实在没有完整的头绪。

最后听说有人报了警，和周隽同行的那位男性朋友就陪着陈杏和唐萱萱去了派出所做笔录。

孟疏雨只顾得上周隽，等服务生给他做了应急处理，拉着他出了夜店，上了陈杏留下的车，打算去附近的医院。

帕拉梅拉后座没那么宽敞，孟疏雨给周隽开了副驾驶座的车门，等他坐好再绕到驾驶座。

见周隽靠着头枕闭上了眼，脸上带着淡淡的倦色，孟疏雨小声地问了一句："很不舒服吗？"

周隽半睁着眼皮看来一眼。

孟疏雨还以为他会来一句"流这么多血，难道能舒服"，结果只听他哑着嗓音应了句"还好"。

这句"还好"听在孟疏雨的耳朵里，比"不舒服"还要不舒服。

孟疏雨抿了抿唇，一言不发地扣好安全带，赶紧发动车子，临到踩油门才发现周隽身前空空荡荡的。

"安全……"她说到一半住了嘴，解了自己的安全带探身过去，艰难地拉到周隽那侧的安全带。

似乎是感觉到她的靠近，周隽低下头来看了一眼。这一动作，他的下巴不可避免地从她的头顶心轻轻蹭过。

头皮的麻痒感骤起，孟疏雨屏住呼吸顿了顿，过后加快动作拉。

孟疏雨"咔嗒"一下扣好安全带，回归原位，用极小极小的幅度慢慢吐出了刚才屏起的那口气。

在医院陪周隽处理好伤口已经是深夜一点多，出了医院，孟疏雨接到陈杏的电话，听说她们做完了笔录，那铆钉男和夹克男承认了联手下药的行为——一个纠缠搭讪，一个趁其不备，但坚持表示自己只是闹着玩，并没有进一步的意图。

具体结果还得等警方对药品的检验报告出来再说，不过因为没有对她们造成实质性伤害，估计最后大概率是赔偿了事。

孟疏雨听完这些乱七八糟的事，再看看周隽，心里更烦了。

前几天她还在想，怎么轮到她这儿就只有个英雄救美的开头，却没个英雄救美的结尾。现在开头和结尾全齐活了，她又后悔了。

虽然在急诊医生的说法里，周隽这伤只是"很轻"的程度，但还是免不了要缝针、打破伤风，过后周隽还得吃药、护理、换药、拆线。

从医院到望江府一路，孟疏雨全程像蔫了的白菜一声不吭，直到把车开到小区地库，临要分别，才忍不住对着周隽叹了一口气。

"不知道的，还以为我刚确诊癌症晚期。"周隽闭了一路的眼，到这会儿终于睁眼说了句话。

孟疏雨噎了一下："那我不是没受过这种伤，看着有点儿怕吗？……"

见周隽不接话，她继续自顾自地发愁："右手还挺耽误事的吧？你现在感觉怎么样？疼不疼？影不影响正常活动？"

"什么正常活动？"

"就你一会儿上楼，要洗澡换衣服什么的。"

"我要说影响你打算怎么办？"

"我……"

"那你问什么？"周隽瞟她一眼，解了安全带。

孟疏雨赶紧下车帮他开车门，解释："我的意思是如果有影响，要不叫任助理来照顾你？"

"大半夜的，人家不睡觉？"

"那我倒是可以不睡，但我确实不太方便……"孟疏雨瞅了瞅他，"我要是个男的，出了这事肯定贴身二十四小时照顾你的。"

周隽从鼻腔里哼出一声笑，朝电梯走去。

孟疏雨目送了他的背影几秒，又匆匆跟上去，叫了一声："周隽。"

周隽停下脚步转过头来，眼皮一抬："要说谢谢就免了。"

孟疏雨到嘴边的"谢谢"被堵了回去。

她想了想，这两个字确实轻飘飘的，好像只是减轻了自己的负担，对周隽一点儿用也没有，说了简直比不说更加没诚意。

孟疏雨皱皱眉头："谁说我是来说谢谢的？"

"那不然？"

"我是来说……"孟疏雨飞快地动着脑筋，不太自在地把手背到身后，抬眼看着他说，"晚安的。"

周隽的眉梢一挑。

不等他有下一个反应，孟疏雨已经转过了身，匆匆回到车里，把车掉了个头驶远了。

次日一早，孟疏雨在生物钟的影响下自然醒来，翻了个身想继续眯会儿，一眼看到隔壁枕头上的陈杏，昨晚那些波折又放电影似的回到了脑子里。

昨晚陈杏比她更晚到家，回来以后累得一句话说不动，卸了妆、冲了澡就睡下了。

两个人到现在也没聊上一句半句的。

这么一想，孟疏雨忽然有点儿睡不着了，趴到床头柜上拿起了手机。脑子还没想到要说什么，手已经打开了和周隽的微信对话框。

光标一闪一闪的，孟疏雨盯着消息框，总觉得该问候一句什么，但又不知道怎么开口合适。

　　她往上拉了拉，满眼的"周总"和"您"，过去的聊天记录说的全部是公事。

　　在这么多公事公办的消息后接上什么，她都觉得不太对劲儿。孟疏雨打了几个字又删掉，最后放下了手机。

　　旁边的陈杏打着哈欠转过头来："一大早给谁发消息呢？"

　　"没发呀，"孟疏雨摇摇头，"我就看一下时间。"

　　"哦，看时间需要打开周隽的微信对话框，打几个字再删掉哈。"

　　这人怎么还钓鱼执法呢。

　　孟疏雨翻个白眼："你怎么跟他一个视力？你们都是警校毕业的？"

　　"嘿？"陈杏一脸有意思的表情，"你夸我视力好就夸呗，怎么还非要连带夸一句周隽呢？"

　　"你搞搞清楚，我这是在夸你们吗？我这是在骂你们。"

　　"是夸是骂不重要，重要的是你这一大早一睁眼三句话不离人家。"陈杏侧目看看她，下床去上厕所。

　　孟疏雨也坐了起来，对着浴室那头说："我这不是对昨晚的事还后怕嘛，就想到他了。"

　　"那我也后怕，但想的就跟你不一样，只想把那两个混账的头拧下来。"

　　"确实……"终于能和姐妹做个总结，孟疏雨没忍住说，"男中败类！社会渣滓！"

　　陈杏接了下去："天打雷劈！不得好死！"

　　围绕着周隽的话题跑歪，两个人同仇敌忾地骂了好一阵，倒把后怕的劲儿骂没了一半。

　　孟疏雨歇下来想起唐萱萱，思忖着自己和陈杏还算好的，那小姑娘第一次去夜店肯定吓傻了，拿起手机给她发了条消息，问她起床了没，在干什么。

　　唐萱萱秒回了消息："起来了，一醒就睡不着了，正在给周总发小作文。"

　　孟疏雨："嗯？"

　　唐萱萱发来一张截图，孟疏雨扫了一眼绿色背景的部分。

　　唐萱萱先关心了一下周隽的伤势，然后对昨晚给他添的麻烦表达了歉意，并且保证以后会注意点儿，少去这种场所。

　　唐萱萱果然刚出校园不久，这篇小作文的起承转合完全是保证书的标准模板，字里行间充斥着下级给上级惹麻烦之后的求生欲。

　　孟疏雨哭笑不得，又看向白色背景部分。

　　这一大清早的，周隽居然没隔几分钟就回了消息："也不用放弃正常娱乐，这事责任不在你。"

孟疏雨握着手机的手轻轻攥紧。

其实她和唐萱萱的立场有点儿类似,只不过唐萱萱少了些顾忌,直截了当地跟周隽说出了这些话,而她想说又不知道怎么说而已。

虽然周隽是对唐萱萱回的这话,但孟疏雨总觉得自己也得到了一丝慰藉。

他没有说"以后别这么晚出门""别穿这么暴露",而是说"这事责任不在你"。

手机一振,打断了孟疏雨的思路。

唐萱萱忽然发了个"感动痛哭"的表情过来:"天哪,周总怎么这么好啊!"

孟疏雨正打着字想说"是还行吧",对面的人又接来一句:"疏雨姐,你说周总该不会有点儿……"

孟疏雨:"有点儿?"

唐萱萱:"我就是随便一猜……你别笑我啊。"

孟疏雨:"你说。"

唐萱萱:"我是想说,他该不会有那么一点儿……喜欢我吧?"

孟疏雨掀开被子下了床,换了双手打字:"这你是怎么想出来的?"

唐萱萱:"我就瞎想的……昨晚我不是一直在注意分别与你和周总搭讪的人吗?总感觉周总时不时在看我?还有昨晚周总拦了那个男的以后,还那么温柔地问我有事没……"

孟疏雨:"难道他不是在看我?不是在对我温柔?"

孟疏雨发出这条消息,读了一遍立刻撤回。

唐萱萱:"疏雨姐,你撤回什么啦?"

孟疏雨:"我的意思是,酒吧这种地方就是气氛特别暧昧,你看谁吧,都会觉得那人在看你;听谁说话吧,都会觉得比平常温柔。这是很正常的事情。"

唐萱萱:"那是我想多了!还好,还好,我对周总就跟对我爷爷一样。万一他喜欢我,我都不知道怎么办了!"

"……"

孟疏雨安抚了唐萱萱两句,想了想,打开周隽的微信对话框,试探着发出一句:"周总,您醒了吗?"

一分钟过去,无人应答。

两分钟过去,无人应答。

十分钟过去,无人应答。

孟疏雨再次打开了唐萱萱的对话框:"周总回你的最后一条消息是什么时候?"

唐萱萱:"七分钟前。"

七分钟前，那不就是她发出消息之后的三分钟？

他回唐萱萱的消息，不回她的，不会真对唐萱萱有什么意思吧？

孟疏雨在原地皱起了眉头。

陈杏从浴室出来，打量了一眼她的表情："怎么啦？"

孟疏雨把这事跟陈杏讲了讲。

"你看看你，"陈杏看了一眼她的手机，"这问的本来就是废话，人家没醒也回不了你，醒了回你一句'醒了'有意义？这问题就已经这么没营养了，你还叫的是'周总'，指望人家回你什么？"

"那不然我叫什么？"

陈杏："叫声老公，保证他马上回你。"

孟疏雨手一抖，差点儿没拿稳手机："你有事吗？"

"人家才十分钟没回你消息，你就在这儿琢磨上了，"陈杏觑了觑孟疏雨，"有事的到底是谁？"

"你老板不回你的消息的时候，你不着急？"

"我可不会在周末主动给老板发消息。"

"我这不是特殊情况，得对人家负责吗？你这风凉话说的，人家昨晚也救了你好吧。"

"不敢当，不敢当。要不是你在，周隽也不可能管我的闲事。"陈杏一把揽过孟疏雨的肩，"救我的哪里是男人啊，明明是我的姐妹。"

孟疏雨张张嘴又闭上，默了默蹦出几个字："那也不是没道理。"

"所以……"孟疏雨舔了舔唇，"你也觉得他昨晚对我有点儿那什么是吧？"

"这不是废话，还用问？"

"主要他之前对我挺差劲儿的嘛……"

"人都是视觉动物，你这平常每天穿职业套装封印多少颜值？昨晚那一身男女通杀的衣服，谁看了不上头？"

孟疏雨仰了仰下巴："那还算他有点儿眼光。"

"行了，饿死了，搞点儿早饭吃吧。"陈杏松开她朝厨房走去，一回头却见孟疏雨又拿起了手机，"哎，你这没完啦？"

"看在他眼光不错的分上，我问问他有没有早饭吃。"

二十分钟后，孟疏雨拎上保温桶去了对面楼。

刚才周隽没回消息，她就去问了一下任煦。

任煦说他晚点儿要来望江府接周隽去南淮，不过周隽没让他带早饭，估计打算随便凑合凑合。

她这一下得到两个信息：一是周隽在家，二是周隽没什么像样的早饭吃。

反正也就三五分钟的路，孟疏雨就顺手多做了一份早饭送过来。

她摁过门铃，等了半分钟，周隽才打开了门。

孟疏雨一抬眼，就看见他衬衫纽扣扣到一半，左手三指捏在上数第三颗纽扣上，看着有点儿打滑的架势。

"我来给你送早饭……"孟疏雨的视线从他半遮半掩的衣襟上一晃而过，她轻咳一声，"要我帮忙吗？"

周隽侧过身让开了道。

孟疏雨走进玄关，带上门，放下保温桶一转身，看见周隽已经放弃了那颗纽扣，正垂手等着她。

她上前两步，两只手一左一右地拉过他两边的衣襟，往中间拢了拢，捏住了那粒圆纽扣，正把圆纽扣往缝中送，指尖一打滑，指甲从他的皮肉上刮了过去。

"嘶……"

头顶传来一声气音。

孟疏雨抬头："你这……纽扣上面有汗。"

"是吗？"周隽垂下眼去看。

"不然我怎么两只手还打滑？"

"那得问你。"

孟疏雨低下头飞快眨眨眼，作势擦了擦，然后把纽扣送进缝中，接连扣好三粒。

"该剪指甲了。"周隽往里走去，拿起搭在沙发背上的领带，单手绕上衣领。

孟疏雨抬起手看了看自己的指甲，这也不是很长。她换了鞋跟进去，上前拉过他的领带："你去南淮见谁？商务局还是私人局？"

"私人。"

"那我打半温莎结了。"孟疏雨边说边比画了一下，留好长短边，把大端往里翻折，从上穿出下拉，往左翻折成环，再次从上穿出下拉过环，慢慢抽紧。

周隽垂眼看了看："孟助理这领带打得还挺熟练。"

孟疏雨抬起头来。

说起打领带这事也是好笑。孟疏雨去总部当秘书之前做过不少功课，也忘了是从哪儿道听途说来的理论，说秘书的工作可能还包括给领导打领带这种琐事，所以当时特意学过好多种领带的打法，结果后来根本没用上。

大集团的秘书室里众人各司其职，并不存在保姆式秘书。

蔡总身为长辈型的领导，和她们这些年轻的女员工也保持着绝对的距离。

所以最后兜兜转转，第一次用在了周隽这里。

孟疏雨看了一眼这个漂亮的半温莎结，觉得自己确实值得一句表扬。

只是听周隽这个语气，再联想他昨晚那个劲儿，她总觉得这不太像单纯的夸奖。

"您这是表扬我呢，还是对我不满呢？"孟疏雨看着他问。

周隽眉梢一扬："我应该不满什么？"

孟疏雨"嗯"了一声，拍拍他的领结，冲他微微一笑："那您满意就好。"

周隽似笑非笑地看她一眼，又朝沙发那头伸出手去。

孟疏雨顺手去接，准备下一道工序，手一抓，一低头，发现自己抓到了一条皮带。

她动作一滞，望向捏着皮带另一端的周隽，手心一烫，立刻松了手。

周隽倒也没有继续让她帮忙的意思，单手把皮带一端穿过腰襻，慢慢拉着。

孟疏雨脚下却像被粘了强力胶，粘在了地板上。

她将目光落在他活动的五指上，明明看着他是在系皮带，眼睛却仿佛自动开启了倒放功能，总像看到了解皮带的画面。

也不知道是她的思想出了问题，还是周隽的动作出了问题。

——大白天的，孟疏雨，你清醒点儿，清醒点儿……

孟疏雨使劲儿一抬脚，把"粘"在地板上的鞋拔了起来，往后退去："那这早饭也送到了，你先吃着，我就回去了。保温桶先搁你这儿吧。"

周隽手上的动作没停，看着她点了一下头。

"哦，对了，我不太会做复杂的就下了碗面，炒了个西红柿炒蛋当浇头，味道估计一般，不过西红柿和蛋都有利于伤口恢复，能凑合吃的话你还是吃完。"孟疏雨退到玄关换好鞋，一把拉开门，硬邦邦地留下了一句，"拜拜。"

门"砰"的一声合上，孟疏雨的碎碎念消了音。

周隽的皮带也扣到了最后一步。他慢腾腾地走到玄关，低头看向门镜。

一门之隔的外面，孟疏雨捂着心口深吸一口气，站了半天才摁下电梯下行键。

周隽这一去南淮，周末就没再传来音信。

孟疏雨招待陈杏去市区玩了两天。等周一上午接到派出所的通知，请了半天假去把那糟心事给了结了，中午和陈杏一起吃了顿便饭，和她分别后回了公司。

孟疏雨到了办公室，见冯一鸣和杨丹荔都在午休，唐萱萱却在周隽的办公室隔间里认认真真地坐着。

孟疏雨放下包进了隔间，想问唐萱萱怎么不去休息，透过玻璃墙看到了原因——

一墙之隔的地方，周隽正坐在办公椅上和对面西装革履的男人聊天。

"周总的客人？"孟疏雨压低声音问。

唐萱萱点了点头："是新任人资部长来报到了。疏雨姐，我才知道上周五陪我和杏姐去派出所的就是这位新部长。"

孟疏雨上周和周隽一起面试了这位新部长，但周五晚上场面太混乱，她没看清和周隽同行的男人是谁。

唐萱萱后来去派出所的时候倒是看清了，不过因为面试那天没和人直接打交道，也就没对上号。

孟疏雨看了一眼周隽那头。如果周隽上周才和这位新部长认识，没道理那么随便地让他帮忙去派出所善后。

这么看来两个人应该本来就认识。

那上周面试的时候，这两个男人还当着她的面演"对面不相识"，而且背调结果也没显示这两个人有过同校、同公司的交集或者亲戚关系。

两个人都是人精。

蔡总跟她交代过，如果周隽后续带"自己人"进公司，干涉倒是不用，不过得跟总部报备。

隔着墙孟疏雨只能看到周隽的嘴动，听不见声音，这会儿也不确定两个人的关系，思忖着找个借口进去听一下，想了想，走去了一旁的茶水台。

唐萱萱跟了过去，在她耳边小声说："疏雨姐，我今天可太不在状态了，上午还因为给错文件被杨姐批评了一顿……"

"还后怕呢？"

"不是，就周总这面玻璃墙吧，单向双向不是随他设置嘛，今天就一直是双向透光的。我坐在这隔间里低头抬头的，余光里都能看到他，总感觉像回到夜店那晚上一样……周总这存在感实在太强，我都没法儿专心工作了……"

孟疏雨偏头笑她："看你这点儿出息，那怎么办，你回自己的办公位去？"

"我就跟你说两句，周总这儿也不好没人，还是……"

"要不你回去也行，"孟疏雨忽然说，"去冷静几天，我坐这儿来。"

"这样会不会不太好？等会儿周总以为我怎么了呢。"

"我跟他说一声，就说给你安排了其他工作。"

"疏雨姐，那可太好了！"

孟疏雨挥挥手示意她去吧，在茶水台前忙活起来。

办公室里，周隽朝玻璃墙外望了出去。

谈秦看他话说一半放慢了语速，顺着他的视线扭头看去。

隔间茶水台前，孟疏雨两指拈着茶拨，把茶叶从茶则一缕缕拨入盖碗，然后捧起盖碗，四指托底，拇指扣住盖纽，轻轻摇了三次香。

细瘦雪白的手，碧翠的茶叶子，色泽莹润的薄胎青花瓷，一幕幕般般入画。

谈秦看了两眼，回过头来："蔡总派这么个助理给你，是美人计？"

周隽收回视线："谁中谁的计还不一定。"

谈秦侧目看看他："那前几天拉我去夜店就是为了你的小助理了。"

"你这反射弧还挺长。"

"啧啧啧，"谈秦拿食指点点他，"人面兽心，说的就是你。"

周隽笑了笑。

几分钟后门铃响起，周隽摁下办公桌上的开门键。

孟疏雨端着茶水走了进来，目不斜视地说："周总、谈部，喝点儿茶吧。"

周隽点点头，看向谈秦："周末我去过南淮了。"

谈秦被他这没头没尾的一句话打得猝不及防，愣着看了一眼摆放茶具的孟疏雨，反应了过来。

小孟助理这是打探他们的关系来了，周隽这人，嘴上说着谁中谁的计还不一定，倒是麻溜地送了人家打探的机会。

"哦，"谈秦点点头，"老人家情况怎么样？"

"还没出院，不过基本稳定了。"

"下周吧，我和你一起过去一趟。"

"行。"

孟疏雨给两个人倒了茶，听这对话确认了两个人是旧相识，而且听起来还是关系很铁的旧相识。她默默退出办公室回到了隔间。

孟疏雨在唐萱萱的位子上坐下，打开微信，斟酌了一下说辞，跟蔡总身边的特助报备了一下这事。发完消息她一抬头，正见周隽隔着一面玻璃定定地望着她。

报备这事也算不上偷鸡摸狗，周隽既然刚才没藏着掖着，就是默认了无所谓总部知不知道。

但孟疏雨还是被他看得心里一虚，一下子体会到了唐萱萱在这儿坐不住的原因。

再看周隽握着茶盏，像在夜店那样盯着她一点点把茶抿入口中，她忽然觉得喉咙有点儿发干。

她轻轻地吞咽了一下口水，不服输地拿起手边给自己留的那杯茶，把茶递到嘴边，也盯着他慢慢喝了下去。

接下来几天，孟疏雨才算知道自己接了个什么烫手山芋。

之前看周隽的办公室那面玻璃墙多数时候是单向透光，她偶尔还琢磨也不知道他在办公室里做什么。

没想到从这天开始，周隽却像忘了摁遥控，那面玻璃墙就一直这么大刺刺地敞着了。

对坐在隔间的她来说，这面透明的墙完全形同虚设。真像唐萱萱形容的那样，她抬头是周隽，低头也是周隽，三百六十度阴魂不散都是周隽。

他看她或者不看她，她都觉得他在看她。

但孟疏雨已经跟唐萱萱撂了话，让她去冷静几天，还调侃她没出息，这时候要是反悔，没出息的可不就是自己了。

虽然经过夜店那事，她和唐萱萱私下也称得上一句"姐妹"，但在公司毕竟还是上下级。这么"朝令夕改"威严都没了，以后她还怎么管事。

孟疏雨心想就熬吧，熬过一周，下周她就把这个烫手山芋还给唐萱萱。

五天后，周六上午。

因为堆积了一些事情没做完，孟疏雨不得不去公司加班。

想着周六整个八楼都是她的，总算能清净地专心工作，结果她一到公司就在电梯里遇到了谈秦。

"谈部，"孟疏雨走进电梯，跟人迎面碰了个正着，"大周末的，您也过来公司加班哪？"

"嗯？那倒不是。"

孟疏雨自以为问了句纯粹起寒暄作用的废话，没想到还能听到否定的答案。

他来公司不是加班，那是——？

"是周总加班，我过来等他处理完事情一块儿去南淮。"

"周总今天也在公司？"孟疏雨一不小心提高了音量。

"啊……是啊，周总在你不高兴？"

谈秦这个人吧，看起来和其他部长都不太一样。

或许是因为面相风流，名字谐音也风流，再加上说话老爱拖腔带调，至少在孟疏雨面前是这样，所以她总觉得他怪不正经的。

孟疏雨连忙摇头："怎么会？我就是有点儿意外没听周总提前说，那我要是今天不来，他身边都没个人了。"

说话间电梯到了八楼，孟疏雨比了个"请"的手势，示意谈秦先走，后脚跟着出了电梯。

到办公室放了包，孟疏雨思忖着——不知道也就算了，既然都知道周隽在，不打个招呼说不过去，于是开了电脑之后先去了趟对面。

大概因为这天八楼没人，周隽那办公室别说墙"敞"着，门也敞着。

孟疏雨一靠近就听到了谈秦清晰的说话声——

"你没女朋友啊？那老人家怎么在电话里跟我旁敲侧击地问你今天带不带人过去，说什么之前在医院没能好好招待？"

孟疏雨像踩着根高压线，一脚前一脚后地滞在了门边。

办公室里，周隽抬眼望过来。

孟疏雨立刻抬起脚跟上，朝里望了一眼，说："周总，我没什么事，就来跟你说一声今天我在，您要有事就叫我。"

周总点点头，对谈秦指了一下孟疏雨。

谈秦扭头一看："哦，不是女朋友，是孟助理？"

孟疏雨这下也没法儿装听不到了，清清嗓子走过去，一双手攥在身前："你爷爷奶奶是问起我了吗？……"

"嗯，"周隽似乎早有打算，"我会跟他们说你工作忙过不去。"

孟疏雨轻轻"啷"了一声："这说法不太好吧？你一个日理万机的总经理都有空，我这助理比你还忙算怎么回事？再说，上周你去的时候应该用过这个借口了吧……"

"那不然还有什么借口？"

谈秦听了两耳朵，明白了究竟："嘻，是孟助理陪你演的戏啊。那不然就说你们吵架分手了呗，反正老人家现在病情暂时也稳定了，不至于听了晕过去吧？"

孟疏雨的眼皮一跳："别，别，别，万一呢？"

上回周隽的爷爷进抢救室就和她错接电话有那么点儿关系，这要再来一次，她可真成罪人了！

周隽抬手摁了摁眉心，看起来不知是不是有些头痛。

孟疏雨顺着他的动作一眼看到他的右手腕还没拆线的伤，心里一哽。

虽然她至今不清楚这对老人和周隽真正的关系，但看周隽对他们的态度，绝对不亚于血浓于水的亲情。

应该是真有要紧的内情，才让周隽跟他们撒了女朋友这个谎。

孟疏雨想了想，试探着问了句："你们今天什么时候过去啊？"

"晚饭之前到南淮吧。"谈秦朝周隽努了努下巴，"是不是，隽？"

"嗯。"

"那我应该也处理完工作了，要不——"孟疏雨瞅了瞅周隽，"我跟你们一块儿去？"

下午四点，孟疏雨坐着周隽的车到了南淮南郊。

他们从市区到郊区，越靠近南郊房子越老旧，到了他们下车的这片城乡接合部，放眼望去都是上了年头的私房小院。

西斜的太阳照着各家各户的院门，映着栏杆上斑驳剥落的铁锈痕迹。

孟疏雨跟着周隽和谈秦下了车，往尽头处的院门走去。

见谈秦在前打头，孟疏雨看了看左手边的周隽："你这手还没好全，就……不牵了吧？"

"嗯。"周隽抬起手肘，留出一角空间。

孟疏雨的目光凝了凝，然后她偏回头目视前方，抬手慢慢穿过他的臂弯，挽住了他。

周隽将胳膊一收，带着她挨近了自己。

孟疏雨两只脚打了一下架："你悠着点儿手呀……"

"那你悠着脚。"

孟疏雨挺直背脊，踩稳了脚步。

前边谈秦推开院门，朝里喊了声"奶奶"。

黄桂芬立刻迎了过来："欸！小秦、小隽来啦？"

"还有小孟呢。"孟疏雨一回生两回熟，笑眯眯地打上了招呼。

"小孟也来了啊，奶奶这半个月一直盼着你呢！"黄桂芬拿湿手在围裙上擦了擦，亲昵地揽过她的后背，"来了好，你们爷爷这精神头一好就闲不住，都练一下午字了，你们快劝他去休息……"

周隽带孟疏雨进了厅堂。

常秋石正站在书案边写字，听到动静搁下笔，将老花眼镜往下一拨："小隽带小孟来了啊？"

"是我，爷爷，"孟疏雨走上前去，"您最近身体好些了吧？"

谈秦撇了撇嘴："爷爷，您这就重女轻男了，敢情我搁您眼里就隐形了是不？"

"那你是得往后排排。"常秋石挥挥手示意谈秦让开些，仔细打量着孟疏雨，"爷爷好多了。你和小隽一来，爷爷就更好了！"

"那我可得多来。"孟疏雨想也没想地嘴甜了一下，说完发现又给自己挖了下一个坑，偏头有点儿尴尬地看了看周隽。

"嗯，带你多来。"周隽倒笑得自然，看了一眼不远处的书案问："您写什么呢？"

"病了一场，手上劲儿都没了，写了篇《千字文》。你来得刚好，看看爷爷这字是不是退步了？"

"我看看。"周隽跟着常秋石往书案走去。

孟疏雨见爷孙俩讨论书法去了，和谈秦坐到了一边的沙发上，跟端来茶水的黄桂芬聊天。

聊了几句她一转头，见书案那头常秋石把狼毫递给了周隽："你也好久没给爷爷写字了，今天刚好来上一幅。"

"您这突然一提，倒把我考倒了，"周隽接过笔思忖了一下，"我给您写点儿什么应应景好？"

孟疏雨担心地望过去。

估计是不想爷爷奶奶问起，周隽来南淮之前特意扣实了衬衫袖扣，把纱布遮得严严实实的。

所以常秋石应该不知道周隽的手腕有伤。

孟疏雨想着给周隽解一下围，做出点儿不好意思的样子说："要不我来写一幅？我小时候也学过毛笔字，不过就是好多年没练了……"

"那敢情好呀，小孟，你来！"

周隽看了一眼走上前的孟疏雨，低头在她耳边小声说了一句："写字不碍事了。"

"哦，"所以周隽刚才不是想推托，而是确实没考虑好写一幅什么，"那还是你来吧，我写得不好看……"

"一起吧。"周隽把笔递进她的掌心里。

孟疏雨接过笔，还没理解"一起"是什么意思，周隽的手心已经覆上她的手背，跟她一起握过了笔，人也站到她侧后方，挨近了她的后背。

孟疏雨心连着肝一颤，缓缓眨了眨眼。

好家伙，毛笔字怎么写来着？

孟疏雨轻飘飘地站着，心像悬浮到半空，手也不再受自己掌控，被周隽包裹在掌心里，随他去蘸墨，去落笔，去挪动。

等她回过神一低头，宣纸上已经赫然落下一个遒劲的"昨"字。

"这是要写什么？"孟疏雨捏了捏掌心的汗，低声问。

头顶传来周隽跟着压低的声音："你的名字。"

孟疏雨一愣之下明白过来，出窍的灵魂归了位，跟着周隽动起笔，写下了李清照的那首《如梦令》。

"昨夜雨疏风骤，浓睡不消残酒。试问卷帘人，却道海棠依旧。知否，知否？应是绿肥红瘦。"

窗外夕阳西斜，金红的光一轮轮镀上宣纸，把灰白的颜色染得浓墨重彩，当真像要带人坠入一场不真实的幻梦。

写好了字，孟疏雨和周隽迅速"分体"。

常秋石又是夸字好，又是夸这首含了孟疏雨的名字的诗确实应景，乐和着说要裱起来挂在客厅的墙上。

孟疏雨一抬头，才见谈秦和黄桂芬已经不在屋里。

外边传来谈秦发苦的声音："奶奶，今晚有没有酸菜鱼吃啊？"

"缸里倒还真有条黑鱼在，怎么突然想吃酸菜鱼了？"

"因为我既不会书法，又没有女朋友，现在又酸，又菜，又多余。行吧，我这就来杀鱼了。"

孟疏雨摸摸鼻子看了一眼周隽："要不我也去帮奶奶打打下手吧？"

周隽点了一下头："不累就去，我陪会儿爷爷。"

孟疏雨转身去了厨房，问黄桂芬讨了点儿简单的活儿做，在水槽前洗了把芹菜，一片片择着叶子。

黄桂芬看她那双手纤细灵巧，做起活儿来也小心仔细得很，没什么好担心的。倒是院子水缸边杀鱼的那个人在鬼吼鬼叫，她说着"出去看一下"，赶紧出了厨房。

孟疏雨让她放心去，在料理台前专心择菜。她择到一半，眼前一晃，兜头落下一面素色的布。

孟疏雨抬眼，见是一块围裙，还没反应过来是谁，腰上已经环过一双手臂。

孟疏雨的腰像瞬间软烂成了泥，隔着两层衬衣，肌肤相贴的地方也在颤抖发烫。

不需要回头，她也知道这生理反应是谁给的。

身后的人系围裙的手势仿佛被拉成慢镜头，从前绕后的每一个动作都慢得磨人。

孟疏雨甚至分不清到底是他放慢了动作，还是自己的感官出了问题。

她紧紧攥着指间的叶子，不敢回头地问："不是……陪爷爷吗？"

周隽的声音在她的头顶笑着响起："想了想，还是来陪女朋友吧。"

吃过晚饭，已经接近八点。周隽和谈秦晚上还得回杭市，两位老人也就没多留他们，把三个人送到院门外，目送他们出巷子。

孟疏雨还像来时那样挽着周隽，心情却多了几分沉重。

本来想着周隽刚为她光荣负伤，她总不能连举手之劳都不帮，两位老人反正不是周隽血缘上的爷爷奶奶，再说这一趟有谈秦在，当个社交局应付了就好。

当然实际上也确实是这样，可能是周隽提前向爷爷奶奶打了招呼，两位老人从头到尾没问起她和周隽交往的细节，饭桌上只是单纯闲话家常，没有给她任何压力。

不对劲儿的是她自己。

从厨房里周隽给她系围裙起，她就没对劲儿过。

出了巷子，身后没了牵挂的目光，孟疏雨一下松开了周隽的胳膊。

周隽低头看了看她撤得飞快的手，再抬眼看向她。

"我都到南淮了，还是顺路回趟家吧，晚上就不跟你们回杭市了。"孟疏雨解释说。

周隽似乎也觉得这合情合理，点了一下头："嗯，送你过去。"

"不用了。这都还不到八点，我打车去地铁站就行了。"

"意思是，回头我还得给你报销？"周隽的眉梢挑起。

孟疏雨看了看周隽不赞同的脸色："好吧，那就麻烦周总了。"

谈秦瞅瞅两个人，拉开了副驾驶座的车门。

孟疏雨上前拦了一把："谈部，我坐前边吧。"

"哎，我可不是这么没眼力见儿的人哪。"

"您说笑了，什么眼力见儿不眼力见儿的。您不都知道是假的？"孟疏雨"呵呵"笑着看了一眼周隽。

周隽眯起眼睛。

"一会儿我就下车了，"孟疏雨替谈秦拉开后座车门，"您和周总得坐长途，后边舒服。"

谈秦看看周隽，对孟疏雨"哦"了一声："那行。"

孟疏雨坐上副驾驶座，从后视镜瞄了一眼周隽，见他眼神不太友善地落在她的背脊上，纠结地低下了头去。

后座上的谈秦瞥了瞥周隽，朝他比了个口型：怎么回事？

八点半，孟疏雨在陈杏家附近下了车，跟周隽和谈秦道了别。

刚才任煦问她到哪里，她直接报了个地址，也没解释自己不是回家，而是想去陈杏家过夜。

孟疏雨敲开陈杏的公寓门，一见着人就扑了上去："杏啊，你的姐妹有难了！"

陈杏莫名其妙地把她拉开，上下打量："这是怎么了？在人家的爷爷奶奶那儿翻车了？"

"不是，是车速太快了！"孟疏雨熟门熟路地换好拖鞋，带上门进去，给自己倒了杯水压惊。

"谁开的车？"

孟疏雨摸了摸还残留着痒意的腰："周隽他……"

"他？"

孟疏雨搁下水杯，把陈杏转过去，从背后色里色气地搂住她的腰，声音越说越轻："他这么……这么着我了……"

陈杏愣了一下之后扭过头，笑得花枝乱颤，把她拉到全身镜前："孟疏雨，你看看自己现在少女怀春的表情，像不像你以前每次跟我说你沦陷了的样子？"

孟疏雨对着镜子捧了捧脸："我刚才在他面前不会也这样吧？"

"我帮你问问去？"

孟疏雨苦着脸离开镜子，拉过客厅那张懒人沙发，鸵鸟似的窝了进去："我怎么这么明显啊？……"

"那我可早看出你对他那苗头了，之前你还跟我嘴硬不承认呢。"

"我现在承认还不行吗？"孟疏雨撇了撇嘴，"你帮我想想怎么办吧。"

"什么怎么办？两情相悦，你说怎么办？"

"你又不是不知道'两情相悦'在我这儿保质期多短！"

"哦，这就是你刚才说的'有难'了？"

"不就是有难了吗？这可是我的顶头上司，要是之后和他处不下去了……"

"停，停，停，"陈杏比了个"打住"的手势，"你们这才刚有点儿两情相悦的意思，你都已经想到怎么甩人家了？"

"你忘了一个多月前咱们研究那'性单恋'了吗？"孟疏雨这天为这事愁得晚饭都没吃好，"我得多大的心才能什么都不想一头栽进去啊，总要考虑长远一点儿。"

"那后来不也证实这'性单恋'只是网络传言？早知道我就不跟你多这嘴。"陈杏轻轻拍了自己一嘴巴子，"那我问你，今天他抱你的时候你恶心了吗？"

"你不提还好，一回忆吧我还想起来，他不光抱我，还说要'陪女朋友'了，后来就一直在厨房陪我……"孟疏雨的嘴角慢慢翘起来，她又蓦地收回去，"哦，扯远了，你问恶不恶心是吧？你看紧张到头晕目眩算恶心吗？"

陈杏一把抓了个抱枕丢过去。

孟疏雨敏捷地躲开了。

"你的眼睛都变成'星星眼'了。我看你没病，有病的是上赶着吃'狗粮'的我！"

"好了，好了，不开玩笑了，"孟疏雨坐直身体，"说认真的，我觉得我这次得吸取教训，不能随便行动，要不先观察自己一阵子，看会不会又跟以前一样再说……"

"你可就差把'此人已沦陷'五个字写脸上了，怎么观察？"

"这就是问题的关键，"孟疏雨捏了捏拳头，"我这样一撩就倒的人，他肯定觉得吃定我了。回头我要是忽然不对劲儿了，不就整个完蛋？"

"所以你决定——？"

"我决定，"孟疏雨沉吟片刻后说，"努力保持冷静，先矜持一会儿。"

第二天晚上，孟疏雨自己坐高铁回了杭市，睡前收到任煦的消息，说周隽明天一早去医院拆线，上午不去公司。

孟疏雨将一句"那我陪他去"打到一半，手指顿住。

她前脚刚想好要冷静矜持，这么着也表现得太上心了，但是完全不闻不问吧，又显得很可疑。

孟疏雨来来回回输入半天，最后发送了这么一条消息："好的，我会安排好明天的工作，你让周总放心去。我这边查到一篇外伤拆线后的注意事项，你记得看看，好好照顾周总。"进退有度，分寸得当，她只恨微信聊天没有点赞功能，不能为自己的话术点个赞。

孟疏雨回完消息，满意地躺进了被窝，放下手机。

五分钟后，她又从床头柜上拿来手机，打开搜索引擎，输入——

"拆线需不需要打麻药？"

"拆线会很痛吗？"

"拆线和缝针比，哪个更痛？"

次日周一上午。

因为周隽不在，孟疏雨也没坐到他的办公室隔间里，就在"总经办"的工位上忙着。

本来一早还惦记周隽那儿顺不顺利，毕竟昨晚她看资料上说不一定到了时间就能拆线，得等医生确认伤口恢复情况。

只是后来事情一多，电脑屏幕上十几个消息框同时在闪，她也就没了东想西想的闲心。

孟疏雨忙了一上午，不过一眨眼的工夫，到了中午饭点，唐萱萱和冯一鸣过来叫她一起去吃饭。

孟疏雨从一堆资料里抬起头来，摆摆手让他们先去："我晚点儿吧，忙完再说。"

"那一会儿就没菜了，要不我和一鸣给你打包一份留食堂那儿？"

孟疏雨点点头道了声谢，又低下头去。

唐萱萱跟冯一鸣走出几步，重新折回来："哎，对了，疏雨姐，要给周总留菜吗？"

孟疏雨这才从头昏脑涨中醒过点儿神："你们先过去食堂，我问问。"

"好嘞。"

唐萱萱和冯一鸣一出"总经办"，八楼整层都没了人，四下静得能听到电脑主机风扇运转的轻微噪声。

孟疏雨给任煦打了个电话问周隽的情况，听说周隽拆线早就结束了。他没回公司是因为和谈部约了人在谈事吃饭，不过这会儿也快到公司了。

孟疏雨放了心，给唐萱萱发了条消息传话，继续忙手头的事。

一刻钟后，事情处理得差不多了，孟疏雨直起身活动了一下颈椎，慢慢伸了个懒腰。

伸到一半，她忽然听到走廊传来谈秦的声音："你这也不是长久的办法，要不然假戏真做嘛。森代又不禁止办公室恋爱。"

孟疏雨耳朵一动，伸懒腰的动作硬生生地卡了壳。

周隽的声音紧接着响起："你要知道她和简丞是什么关系，就不会出这种馊主意了。"

"简丞？哦，你那高中同学啊，什么关系，前任？"

"差不多。"

"那你那天在夜店救人这么上心？"

"之前在医院欠她一次。"

脚步声渐近，孟疏雨下意识地弯腰，躲到了办公桌后。

"那人家这回又帮你一次，你不是又多一笔债得还？"

周隽轻轻"啧"了一声："谁说不是？"

两个人路过孟疏雨门前，进了对面的办公室。

门被关上，对话声也戛然而止。

孟疏雨钻在办公桌底下，带着没回过神的愣怔缓缓眨了两次眼，消化着刚刚无意听到的话。

馊主意。

欠她一次。

谁说不是？

要不是听到这话，孟疏雨都快忘了，之前在医院和周隽做戏被简丞看到，周隽确实说过一句"欠你一次"。

所以，什么英雄救美只不过是他遵守承诺，顺手还了她那一次的人情？

他也没有像陈杏说的那样因为她男女通杀的一身衣服上头，只是在投桃报李地理性选择？

而现在，他为又欠了她一次，又得还一次债感到麻烦。

孟疏雨蹲在地上，想着想着气笑了。

意思是这些天的粉红泡泡全是她自作多情，全是她一个人颅内高潮。

她还发愁呢，想着自己要是又很快变心了该怎么办，结果人家根本不会给她甩他的机会。

因为他根本就不喜欢她，他脑子里只有欠一次还一次的账！

她孟疏雨差他还这一笔债？

她孟疏雨对他怎么就是那个"馊主意"了？

脚下传来钻心的麻意，孟疏雨小声"嗞"着气慢慢从地上站起来，看了一眼斜对面，深吸一口气。

——周隽，你等着。

ta zen me ke neng xi huan wo

Chapter 5

猎手 VS 猎物

办公室里，谈秦透过被调成单向透光的玻璃墙朝外望了一眼，瞄到一片衣角从走廊拐角小心翼翼地溜了过去。

"嚯，人真在办公室？"谈秦转回头看周隽，"这你怎么算到的？诸葛亮听了都说一声佩服。"

周隽避开拆完线的伤口，脱掉西装外套，在办公椅上坐下："冯一鸣说她没去吃饭。"

谈秦笑了："冯秘告诉你这个消息是看你可以抓住机会关心一下人家，给她减点儿活吧？你这唱的哪出反调？"

周隽抬了抬眼皮："没看人家躲我？"

这个谈秦当然看出来了。上周六从南淮离开的时候，孟疏雨又是推托周隽送她，又是不肯和周隽一起坐后座。还有这早上周隽拆线，她也没到场，看起来好像是周隽那天撩狠了，把人吓着了。

"不是……人家躲你，你松松节奏，往后撤一撤，是有道理，但没必要把话说这么绝吧？"谈秦一脸稀奇了的表情。

"她不一样。"

"怎么个不一样法儿？"

周隽打量了谈秦几秒："你真不记得她了。"

谈秦愣了愣："什么叫我不记得她了？我应该记得她什么？"

"人家当初给过你一个星球杯。"

"嗯？"

谈秦自认挺聪明一个人，干了这么多年猎头也算见多识广，到了周隽这儿却总觉得自己跟那东北傻狍子似的。

"星什么杯？是我知道的那种一勺一勺舀着吃的、裹着巧克力酱的饼干粒？"

"不然？"

"神经！那不是小时候的零食吗？我都多少年没吃那玩意儿了，出了福利院就没见过了吧？"

"嗯。"

"……"

"你说福利院那会儿的事？"谈秦目瞪口呆地眨了眨眼，掰起手指，"你等一下，我理理，那得是……十七、十八、十九年前了？"

"周隽，十九年前人家在福利院给我一个星球杯，你记到现在？这就是你高中连跳两级，十五岁直接保送华清的原因？"

周隽点了点头："可能吧。"

谈秦蒙得脑子都转不动了，消化了会儿周隽话里的信息量："该不会当初人家给了我星球杯，没给你，你才一直耿耿于怀吧？"

周隽面无表情地看了他一会儿，忽然笑了。

"周隽，你不是吧……一个星球杯你怀恨在心十九年哪？"谈秦毛骨悚然地摸摸胳膊，"不对，那你当年输给了我，现在把我招进森代，不怕在人家小姑娘面前又被我比下去？"

周隽摇头："现在不会了。"

"为什么？"

"你这些年落后了。"

"嗯？"

"身高没长够。"

"……"

下午三点，八楼会议室，森代月度经营回顾会。

继周隽到任第二天那场乌烟瘴气的经营分析会之后，时隔一个月的第二场高层会议已经是截然不同的气象。

孟疏雨坐在周隽身边，听财务部长在台上汇报着森代九月份的经营状况，从零售、工程、出口的销售回款到签单额，再到经营利润率，所有数据几乎呈直线上升式增长。

费效比、成本控制率、ER值（超额收益值）增长率、经营净现金流这些当初拿不出手的数据也被搬上屏幕，从各部门推卸责任踢皮球的源头，变成了各部门邀功的筹码。

尽管孟疏雨是眼看着这些数据一点点更新的，但到了月末回顾总结，还是被这扭转乾坤的形势震撼。

孟疏雨很清楚，这一个多月来周隽在大家的视野里有多低调。

他没有"新官上任三把火"地大行改革，也没有开掉任何一位员工，没有淘汰或更新任何一款产品，只是用一个原原本本的森代做出了这些成绩，让所有人看到，原代理总经理、现供应链总监赵荣勋手里的这个烂摊子，在他手里怎样焕然一新。

而这仅仅是一个开始。

这时候再回想当初错过的那场供应链酒局，孟疏雨才明白了周隽的用心。

其实周隽没让她参加那场酒局倒也不是排挤她，而是那场酒局确实没什么含金量，只是普通的一顿饭而已。

当时郑守富因为收受贿赂被拿捏住，第二天就把供应链系统内部盘根错节的关系和盘托出了。但郑守富不可能掌握所有部长的小辫子，周隽也不可能像处理郑守富那样去处理每位部长。

所以周隽在厘清供应链内部的关系之后，用一场酒局"四两拨千斤"，一是让其他高层看到他的有备而来，二是让他们看到郑守富对他的态度的转变。

郑守富作为赵荣勋身边最嚣张跋扈的"跟班"，一夕之间转变风向，给所有跟着赵荣勋的人敲了一记警钟。

大家都暗中观察起形势，谁也不敢再轻易摆明立场，至少明面上不敢再违抗周隽的指令。

而虽然明显转风向的只有郑守富，但赵荣勋知道那场酒局的存在，也察觉到了众人明哲保身的态度，出于对未知的猜忌，同样无法再信任其他高层人员。

从那时候起，抱成一团的供应链系统就产生了裂缝。

直到这天，周隽在亮出这个成绩的同时，也正式把谈秦这位新任人资部长推到了台前。

他弄这一出先礼后兵是在告诉所有人，过去这一个月就是他给大家的选择站队的时间。现在人资这把刀已经磨好了，从现在开始不存在模棱两可，不存在独善其身，大家要么跟着他好好干，要么卷铺盖走人。

森代换了这么多任总经理，有过企图以裁员开人耀武扬威的，最后被抱团的高层们一脚踢出森代，也有打好人牌的，最后一事无成反被架空。

没有一个人像周隽这样，不费一兵一卒地收拢人心，达成目的。

果真就像蔡总曾经跟孟疏雨说的那样：大批量开人换新人很简单，但那样无异于自断筋骨，开除员工应该是手段而不是目的，森代需要的是一个能把一盘散沙聚成塔，而不是换一盆新沙的领导人。

虽然会议室里众人都尽量不动声色地坐着，但孟疏雨很确定，除了赵荣勋本人，没人会再对周隽有一句"不服"。

孟疏雨微微偏过头，看了一眼周隽，忽然在想，过去一个多月森代有多少质疑声，她是有耳闻的，他也不可能不知道，但他真的从来没有动摇过。

一个为了想要的结果可以忍受过程漫长孤独的人，真的很厉害。

这样的人……可能确实没心思谈恋爱吧。

这么一想，中午她在心里放的那句狠话好像也没什么用。毕竟周隽是这么一个一旦做了决定就不更改的人。

她让周隽等着，等什么呢？等她一头撞死在他这面南墙上吗。

唉……要不她还是拉倒算了。

会议议程一项项过着，到了尾声，周隽发言总结了几句，孟疏雨宣布了会议结束。

散了会，一群高层领导绷了几个小时终于放松，纷纷过来和周隽说起三季度绩效考核的事。

但孟疏雨看得出来，这些人聊工作是假，带着笑脸来表态才是真。

所以周隽也没和他们多说什么，一个个点头就算过了。

高层领导们陆续离开，会议室里除了周隽、孟疏雨、谈秦，还剩一个从头到尾黑着脸的赵荣勋。

谈秦端着茶杯走过来，跟周隽说："周总，组织架构调整的方案我已经做完了，您这会儿有时间聊聊吗？"

赵荣勋抬起眼来，知道"组织架构调整"这六个字就是说给他听的。毕竟这方案一做，供应链总监的位子也没有必要保留了。

"嗯，来我的办公室吧。"周隽看着谈秦答。

赵荣勋留在这里本来是有话要说，听到谈秦和周隽的对话，知道没有挣扎的余地了，也就不打算说了，恨恨地咬了咬牙站起来，一把拿起茶杯就走。

他怒气冲冲地转身，没带盖的茶杯一晃，从水壶倒出没多久的开水一下泼溅出来。

孟疏雨吓得一把挡开周隽的右手，滚烫的茶水洒上手背，激得她倒抽一口气。

赵荣勋和谈秦同时惊了一下。

周隽转过头，一句话没来得及问就拉过孟疏雨往外走，把人带到洗手间盥洗台前，打开了水龙头。

凉水涓涓淋下，孟疏雨吸着气，眨掉眼眶里的生理性泪水，抬头看向周隽。

他弯着腰，眉头拧成个结，仔细用凉水冲洗着她的手背，也不知是凉水的作用还是掺杂了别的什么，手背上的烧灼感好像慢慢消减了下去。

"挡什么？"周隽看着她发红的手背问。

"我那不是条件反射吗？就看要淋到你刚拆线的伤口了……"

周隽皱着眉抬头看她一眼："你的皮是比我厚还是怎么？"

孟疏雨噎了一下，嘀咕了一句："那是没你厚……"

周隽重新低下头。

谈秦也不知从哪儿弄来的烫伤膏，给两个人送了过来："冲完赶紧擦上啊。"

周隽两只手都抓着她在淋水，反倒孟疏雨有空接过烫伤膏，朝谈秦道了声谢。

谈秦摆摆手示意没事，离开了盥洗台。

冲洗了十来分钟，周隽关掉水龙头，拿起她的手看。

孟疏雨也凑过去瞅了一眼，红是红了一片，但幸好没起水泡。

原来"英雄救美"这么痛，下次打死不救了。

"还疼不疼？"

"好像还好……"

"疼就是疼，不疼就是不疼，什么叫好像还好？"周隽皱眉看着她。

"那就是还有一点点疼的意思啊，这都听不懂，凶什么？……"

周隽再次打开水龙头。

又冲洗了五六分钟，周隽抽了两张纸巾敷干她的手背，问她拿来烫伤膏，一手握着她的手指，一手取了膏体抹上她的手背。

孟疏雨有些恍惚，怎么觉得这姿势这么像给人戴戒指？

——呸，人家都没想跟你谈恋爱，你不会连婚礼在哪儿办都想好了吧？

孟疏雨在心里叹了一口气，手背上痒痒的，心里也痒痒的。

周隽的眉头已经皱了十分钟不止。他这是紧张了吧？

肯定是紧张了。他这么紧张，也不一定就是一块难撞的南墙。

想着想着，孟疏雨又蠢蠢欲动起来。

在周隽收服了森代高层的这天，她也好想收服这个男人，让他不管在公司，在成千上万人面前多能耐，都得对她俯首称臣。

孟疏雨心猿意马地越想越远，手背上好像也越来越痒，忍不住打了个战。

周隽动作一顿，抬起头来："疼？"

孟疏雨刚要摇头，悬崖勒马，使劲儿定住了自己诚实的脑袋。

女人不狠，地位不稳。

眼眶里刚被眨掉的生理性眼泪似乎还能派上用场，孟疏雨酝酿了一下，抬起一双雾蒙蒙的眼看着他："嗯，好疼……要不你给我吹吹？"

孟疏雨苦兮兮地仰头看着周隽，看到他的目光在一瞬间有了一丝微妙的闪动。

一瞬过后，那点儿光亮忽然又熄灭，回到平静的黑压压一片，连带刚才的紧张焦灼之色也一起消失不见。

"我给你吹吹？"周隽咬着字地反问了一遍。

他问的是"我给你吹吹？"，孟疏雨听起来是"你想得还挺美"。

两个人沉默着对视了三秒，孟疏雨轻轻抽回了手："你要是不吹，就别拿着我的手。我自己吹，你去跟谈部谈事情好了。"

说着孟疏雨背过身去，对着手背那坨淡淡绿色的清凉膏体一口口吹起了气。

身后安静片刻，忽然传来靠近的脚步声。

以退为进果真是制胜法宝，古人诚不我欺。

孟疏雨不动声色地等着，下一秒手心里多了一管烫伤膏。

周隽："行，你慢慢吹，我去忙了。"

"……"

"我跟你说，当时我是没照镜子，我要是照了，肯定能看见我那脸比我手背上的烫伤膏还绿！"

下了班吃过晚饭洗过澡，孟疏雨趴在公寓阳台窗边和陈杏气哼哼地讲着电话。

电话那头，陈杏"咝"了一声："不是，我怎么就不信呢？这世界上还能有这么不解风情的钢铁直男？"

"当然不会有，有也不会是周隽！他就是看出我在演戏了。"孟疏雨说到这里叹了一口气，"就算我的痛是演的，给他挡灾总是真的吧，他配合一下怎么了？……"

"就是啊，这么说你中午听到那墙脚是真的？我本来还觉得说不定只是周隽在兄弟面前装腔，装得对你没意思似的，好多男人不都喜欢这样撑场面？"

孟疏雨想也没想地摇了摇头："周隽才不会在那种无聊的地方装，也不用靠这事撑场面。他要是这种低级的男人，我还看得上他？"

"所以你现在宁愿接受这个高级的男人其实不喜欢你的残酷现实？"

"是，"孟疏雨仰了仰下巴，"他不喜欢我，我可以让他喜欢我。他要是低级，我不就直接失恋了吗？"

陈杏在电话那头沉思了足足十秒钟，发现这逻辑意外地无懈可击。

"确实，论格局还得服我孟姐。"

"那可不。"孟疏雨百无聊赖地趴在窗沿上，盯着对面七楼黑黢黢的阳台碎碎念，"怎么还不回来？……"

她被烫伤那会儿已经过了下班时间，后来回到办公室就听谈秦传话，说周总让"总经办"的大家没事都早点儿下班吧。

意思他们会谈到很晚，大家别辛苦等着了。

孟疏雨先是受了物理伤害，看周隽这么无情，精神上又添重创，也不想加班了，当场打卡走人了。

到这会儿九点多闲下来，她给自己又涂了一次药，想起周隽到阳台上看看，却发现他那间公寓还没亮灯。

"啧，女人确实善变，前两天还生怕自己变心太快惹祸上身，今天就——"陈杏学着孟疏雨哆气的腔调，"'怎么还不回来？'了。"

"我这不是发现自己杞人忧天得太早了吗？明天的事，明天再担心，今天我先得到他的心。"

话音刚落，对面七楼亮了灯。孟疏雨盯着那头慢慢直起身子："我的猎物回来了。"

"你打算怎么着？大晚上'杀'过去？"

"那怎么行？你没听过一句话叫'高级的猎手往往以猎物的姿态出现'吗？我才不……"

孟疏雨话没说完，忽然看到对楼阳台的门被人一把移了开来。

她在窗前一个撤退不及，隔着一条路的宽度和周隽在高空中迎面相撞。

怎么会有人一回家就直奔阳台啊！这下她要被当成偷窥的变态了。

孟疏雨飞快地头脑风暴，悄无声息地挪开视线，一手握着手机，一手做着扩胸运动，在阳台上来回踱着散起步来。

对楼阳台上，周隽脚步一顿，慢慢弯下腰，拿了把喷壶，给阳台的花花草草浇起了水。

次日一早，孟疏雨在闹铃声中醒来，照常起床洗漱吃早饭，发现例假来了，把冰豆浆放进冰箱没喝，然后出门上了班。

等到了公司，被唐萱萱问起"疏雨姐，你的手好点儿了吗？"，孟疏雨才在这个寻常得有点儿过分的早晨想起了不寻常之处。

难怪她总觉得早上少了个什么步骤，原来是没涂烫伤膏。

但是——

孟疏雨低头看了一眼。她这手背不痛也就算了，怎么连红都不红了？

昨晚临睡前她还在想，周隽这么火眼金睛，下次她要再装可怜，绝对不能这么浮夸过犹不及了。

结果现在她连"下次"的机会都没了。

看看这又白又嫩的手背，都好得不能再好了，她还怎么借题发挥。

谈秦那什么烫伤膏啊，这么灵光。

孟疏雨收起叹息，笑着答了唐萱萱一句："放心，已经没事了。"

唐萱萱瞅瞅孟疏雨受的这无妄之灾，走过来小声说："疏雨姐，你跟着周总真的是太倒霉了，要不今天我坐回那隔间去吧。你也替我一周了。"

"别，别，别，"孟疏雨一口回绝，看看唐萱萱疑惑的表情，也不好说她现在就想去周隽那儿多倒霉倒霉，"最近人资组织架构调整的事，还有绩效面谈的事，我都得好好跟进，坐那儿方便点儿。"

"行，那什么时候需要我上，你就跟我说。"

孟疏雨对唐萱萱比了个"OK"的手势，拿上笔记本电脑和文件去了对面。

临近三季度结尾，孟疏雨心里是想着拿下周隽，但手头事情也是真多。

这一天下来，她和各个部长敲着绩效面谈的时间，给那些想向周隽邀功表现的老滑头答疑解惑。都是一群职位比她高的前辈，她也不能敷衍，连去洗手间都得见缝插针，更没法儿到周隽跟前去刷什么存在感，只能跟他隔着面玻璃墙各忙各的。

到了傍晚，孟疏雨才终于闲下来一些。怕一会儿又有部长找上来，她趁现在去了趟洗手间，进门正好碰上捂着肚子出来的唐萱萱。

"这是怎么了？拉肚子还是痛经？"孟疏雨把人搀住。

"'姨妈'突然提前来了……"唐萱萱白着张脸，有气无力地说。

"吃止痛药了没？"

"吃了，不过还没起效。"

"行了，这也过下班的点了，你赶紧回家休息去。有人来接你吗？"

唐萱萱撇着嘴点点头："我爸听说我不舒服已经来接我了。这要让我一个人，我连公交车站都走不到。疏雨姐，我可太羡慕你这不痛经的体质了。"

孟疏雨目送着唐萱萱出了洗手间，捏着"姨妈巾"往里走去，忽然顿住。

她怎么就不能是个痛经的人了？

"总经办"工位上，冯一鸣眼看唐萱萱从洗手间出来之后，脸色发白额头冒汗，强撑着关了电脑下了班。

过了会儿，孟疏雨后脚出来，脸色也比进去之前白了一个度，背脊微微佝偻起来，看着像复刻了唐萱萱的模板。

这洗手间里是有魔鬼还是怎么着？

冯一鸣想着是女孩儿家的事，没好多问，看人都走空了，起身跟孟疏雨打了声招呼，拎上公文包也下了班，进到电梯在手机上打开了周隽的微信消息框。

周隽的办公室隔间里，孟疏雨坐在电脑前，一手捂着小腹，一手滑着鼠标滚轮看资料。过了会儿，她隐约感觉对面玻璃墙那头扫来一道视线。

孟疏雨装作没看到，继续盯着电脑屏幕，手从小腹上挪开，在键盘上打了几个字，然后又皱皱眉头，把手捂回小腹上。

她眉心的每一丝褶皱都在表达着痛苦，但动作又显得小心谨慎。

五分钟后，周隽从办公室里走了出来。

孟疏雨把屏幕上那行"孟疏雨，稳住，你能行"选定删除。

"还不走？"周隽拎着外套站定在门边。

"我……"孟疏雨抬头看看他，露出点儿难以启齿的表情，"马上就走，您先走吧。"

周隽看了一眼她悄悄掩在桌底下的手："有事就说。"

孟疏雨摇了摇头："我没事啊。"

"那你捂着肚子是在孵蛋？"

"你说话能不能好听点儿？我痛经，痛经行了吗？"孟疏雨一脸被戳破的尴尬表情。

周隽走上前来："吃没吃药？"

"吃了，但是那止痛药起效有时间的，我得等起效了再回去，不然走不到公交车站……"

周隽看了她一会儿，朝楼下抬了抬下巴："送你回去。"

"真的？"孟疏雨抿着唇看了他两眼。

"假的，你继续待在这儿。"

"那不待了，不待了，"孟疏雨合拢笔记本电脑，起身冲他笑了笑，"谢谢周总。"

孟疏雨"身残志坚"地跟着周隽到了停车场，才发现任煦不在。

但这次开车的显然不能是她这个"病美人"了。

见周隽拉开了驾驶座的车门，孟疏雨顺理成章地上了副驾驶座。

第二次坐在这个位子上，孟疏雨已经没了上回那种坐上司的副驾驶座的胆战心惊。她一上车就调低了座椅，闭上眼歪过头"奄奄一息"地瘫在了椅背上。

"安全带。"周隽提醒她一句。

"啊？"孟疏雨慢慢睁开眼，"哦"了一声，抬手去拉，拉到一半手一滑，安全带又"啪"地弹了回去。

周隽偏头瞟了瞟她，倾身靠过去，一把拉过那根不听话的安全带，垂下眼看向身下的孟疏雨。

孟疏雨抬起眼，盯着周隽滚动了一下的喉结："周总，你很渴吗？"

周隽不紧不慢地拉长安全带，人却还覆在她的上方："你觉得呢？"

"咔嗒"一声锁扣落下，孟疏雨被扣在了座椅上，看着头顶落下的阴影，忽然有点儿后悔把座椅调太低了。

这姿势哪里是她要拿下周隽，分明是她要被周隽拿下。

孟疏雨别开头，清了清嗓子："我觉得……你渴的话，要不去后边拿瓶水，顺便给我也带一瓶……"

周隽垂眼看着她，一动没动。

孟疏雨感觉呼吸的气道都被挤压变形，有点儿喘不过气来，干笑着推了他一下："帮我去拿一下，我想喝水……"

"那你还痛不痛经？"周隽注视着她的眼睛问。

孟疏雨噎了一下："现在好像不痛了。"

"哦，止痛药起效了？"周隽眉梢一扬。

孟疏雨想说"对啊"，但眼看周隽这一副对万事了如指掌的样子，又生出一种挫败感。

得了，她又被发现了。

什么"高级的猎手往往以猎物的姿态出现"，这套路在周隽面前根本玩不转。她自认绰绰有余的暧昧经验只够对付以前碰上的那些男人。

孟疏雨被这压迫的姿势激得头脑发热，心里又气又恨，破罐子破摔地说："本来就不痛，也没吃什么止痛药！"

周隽点了点头："那你这是在做什么？"

"看不出来吗？"头开好了，接下来的话好像也不是那么难了，孟疏雨轻轻吞咽了一下口水，"我在撩你。"

话音落下，车厢里陷入寂静状态。

昏暗中，四周的空气像被火车碾过，每个分子都死透了。

孟疏雨屏住呼吸盯着周隽，见他的手掌纹丝不动地撑在她的耳边，目光也一寸不挪地落在她的脸上，感觉自己在等待一场严酷的审判。

漫长的沉默过去，停车场忽然到时，亮起了灯。

孟疏雨垂在身侧的手一蜷，周隽的眼睫也扇动了一下。

车厢被照得大亮，一晃眼孟疏雨也分不清变化的到底是周隽的眼神还是光影。

"以前也这样撩人？"周隽压低声音问。

孟疏雨一蒙，思忖着该回答"是"还是"不是"，片刻后迟疑地点了点头。

"这么拙劣的方法，竟然……"周隽皱皱眉头，一字一顿地说，"让你成功了。"

"……"

周隽松了手往后撤去，回到驾驶座上推开车门下了车。

孟疏雨保持着半躺的姿势僵在座椅上，缓缓地眨了两次眼。

什么意思？他是在质疑这么拙劣的方法竟然让以前的她成功撩到了人，还是竟然让今天的她成功撩到了他？

在刚才安静的那一阵里，孟疏雨默默想了想周隽可能会有的回答。

她想，最坏的可能就是周隽拿上下级关系说事，结结实实地拒绝她。

在这种原则性问题面前她肯定识趣地打消念头，从此以后只当他的助理。

第二坏的可能就是周隽拿简丞说事，那她就算不完全放弃，至少也得等时间冲淡这层顾虑。

结果他既没有提职场，也没有提兄弟。

可她明明排除了最坏的两种结果，这又不像听了让人高兴的话。

这窗户纸一捅捅了个寂寞，她一拳头打在棉花上，什么也没得到。

孟疏雨一颗心被吊得不上不下，调高了座椅回过头去。

周隽从后座上拿来两瓶苏打水，回到驾驶座上问她："哪瓶？"

"这个吧。"孟疏雨选了青柠味的，接过了水。

新的一问一答结束，她再想接上刚才的话题，却感觉已经错过了气氛和时机。

车子开出地库，朝望江府驶去。

孟疏雨坐在副驾驶座上，时不时拧开瓶盖，喝一口苏打水解闷。

临近小区，她空瘪的肚子突然"咕噜噜"一阵叫。

孟疏雨尴尬地捂了捂胃，恨周隽车里为什么每次都这么安静。

周隽偏头看过来一眼。

孟疏雨清了清嗓子："这可不是装的。"

"谅你也装不了。"

孟疏雨看了看窗外的天色："好晚，你不饿吗？"

"不饿为什么下班？"

"那既然这么巧，大家都饿了，要不……先去吃晚饭？"孟疏雨斜着眼朝他瞄去。

"吃什么？"

孟疏雨沉吟了一下说："今天有点儿凉，吃火锅怎么样？"

"你是不光不痛经，还能上蹿下跳使劲儿折腾。"

"吃火锅怎么就上蹿下跳了？不吃辣锅就行了。"

周隽在路口掉头，往附近商业区开去，十分钟后把车停在一家粤式打边炉餐厅门口。

不是周末，又在郊区，店里不需要等位。

孟疏雨跟着周隽进了餐厅，闻到扑鼻的香气，感觉空落落的心被填满了一点儿。

在靠窗的两人位坐下，孟疏雨接过服务生递来的菜单，先大致翻了一轮，注意到桌上另一本菜单还被晾在一旁，抬头看了看周隽。

这人正在专心致志地玩手机。

平常她也没见他对手机多依赖，毕竟当初换错手机一晚上他才发现，现在跟她吃饭，倒消遣上了。

孟疏雨继续看了会儿菜单，再抬起眼时，见他还在滑动屏幕，忍不住皱了皱眉："你要什么汤底啦——？"

周隽看了一眼屏幕上"经期喝什么汤"的搜索界面："松茸。"

"那下的菜呢？"

"随便，你看着点。"

孟疏雨看他也不像个认真吃饭的样子，照着自己的喜好跟服务生点起菜来。

点到末尾，她忽然想起现在还不到耍性子的时候，这都没把人撩到手呢，又自顾自地原谅了周隽刚才的不专心。

回忆着周隽平常的饮食习惯，孟疏雨忍痛去掉了四个菜，点上了他爱吃的几样菜。

服务生确认好菜单退了下去。

孟疏雨朝对面邀功："我是不是记性还挺好的？"

"什么记性？"

"记得你爱吃什么啊。"

周隽点点头："我的每任助理都记得。"

"……"

你可真会聊天。

一个天被聊死了，千千万万个天站了起来。

孟疏雨绞尽脑汁地想了想，又问："你的手拆完线没肿吧？"

"你还知道可能会肿。"

"当然，我查过资料，说如果拆完线肿了，就说明伤口没愈合好。"

"有空查资料，昨天早上倒是很忙。"

孟疏雨挤了个笑容出来："确实有点儿忙，我下次肯定陪你。"

"我觉得最好没有下次了，"周隽淡淡地反问，"你觉得呢？"

"……"孟疏雨点了点头，"我觉得也是。"

第二个天也被聊死了。

汤底还没上，孟疏雨不信邪地又换了个话题："这周六调休完就放假了，你打算哪天回南淮呀？"

"可能不回。"周隽摇头。

孟疏雨都准备好提前约个顺风车了，没想到还能听到否定的答案。

"国庆这么长的假，你待在杭市干吗？"

"出趟国。"

"哦……去做什么啊？"

"假期的行程也要跟助理报备？"

第三个天也不明不白地冤死了。

孟疏雨深吸一口气，闭上了嘴。

现在要不是她图谋他，周隽应该已经从地球上消失了吧。

虽然没聊到什么有营养的话题，但是喝了有营养的汤，吃完一顿火锅，孟疏雨心情舒畅了点儿。

而且周隽在她去洗手间的时候结了账，她顺理成章地说了句"那下次我请"，也总算没有被反驳。

走出餐厅，孟疏雨想着接下来一周的绩效面谈安排，估计短时间内不会再有这种私下相处的机会了，得寸进尺地说："我好像吃太饱了。"

"所以？"周隽拉车门的动作顿住。

"所以我可能需要散个步消消食。"

周隽看了一眼腕表："九点了。"

"嗯，才九点，走夜路也没什么不安全的。我一个人走走，等会儿骑共享单车回去好了，你先开车走吧。"

"孟疏雨，你是想挑战——"

没错，我就是想挑战一个男人的良心——孟疏雨在心里接了下去。

"雨中骑行四公里？"

孟疏雨抬头，伸出手去探了探，手心里落进两滴雨。

"……"孟疏雨低着头快步走到副驾驶座边，拉开车门坐了上去。

四公里不堵车也就是一脚油门的事，车子很快开到了望江府。

因为中途下起了不小的雨，周隽直接把车开进小区地库，停在了孟疏雨那栋公寓楼的电梯前。

孟疏雨没有马上拉开车门，思忖着还能说点儿什么，不想走的心思明明白白地刻在脑门儿上。

"还想干什么？"周隽瞟了瞟她。

地库里昏暗安静，好像又回到了公司停车场里。

孟疏雨想着那个被周隽打岔的话题，隐隐有点儿不甘心，一不做二不休地说："想多看会儿你。"

周隽的表情有短暂的静止。一瞬过后，他别开头去："我明天是不在了？"

"那怎么能一样？在公司你是周总，我是孟助理，现在——"

"现在？"

"现在你是我喜欢的人呀。"

孟疏雨说完，心脏猛地蹿上嗓子眼。

她明明想着临走撩一把周隽的，怎么先把自己点着了？她眨了眨眼，没敢去看周隽的反应——只要她不看，就默认他被镇住了吧！

孟疏雨拉开车门匆匆下车，头也不回地进了电梯。

驾驶座上，周隽握着方向盘的手慢慢收紧，又在某个顶点骤然松开，他抬手解了颗衬衫纽扣。

孟疏雨一路疾走回公寓，进了门，背靠着门板平复了一下呼吸，一头栽到床上。

拿枕头捂了会儿脸，她翻了个面，盯着空白一片的天花板，又有点儿后悔刚才没去看周隽的反应。

孟疏雨叹了一口气，躺在床上，复盘了一下今天的失败事迹。

不知是不是这会儿心跳过快，导致她有点儿兴奋，她想着想着，忽然灵光一现——

她和周隽之间隔着职场和简丞这两道阻碍。如果周隽确实对她一点儿意思都没有，随便选其中一条理由就能把她打回去。

但他没有拿这两个理由说事，不就是默许了她的行为吗？

他有一百种方法让她彻底死心，但她的心现在还活蹦乱跳着。

而且就算他今天把天聊得再死，事实上还是陪她吃了晚饭。

这怎么能叫失败呢？

孟疏雨想了想，拿起手机打开了周隽的消息框，发了条消息过去："到家了吗？"

那头的人半天没回复。

孟疏雨等了几分钟，想起自己这句问话又很像陈杏当初说的那种——让人没有回复欲的"废话"，她重新发了一条："你的微信消息开振动和铃声提示了吗？没开的话，可不可以开一下？"

周隽发了一个问号过来。

孟疏雨："开了吗？"

周隽："嗯。"

孟疏雨伸出食指，双击了一下周隽的头像——

我拍了拍"周总"。

孟疏雨："你听听，我一个巴掌是不是也拍得挺响？"

她皮完这一下，鸦雀无声，周隽也无声。孟疏雨盯了会儿不再有动静的手机屏幕，把手机丢到一旁，去浴室洗澡了。

她好像也不是很在意没被回复这件事情，毕竟能让周隽这样的人无话可说，无疑是另一种意义上的成功。

孟疏雨甚至乐观地想，人生的每一步果然都有意义。

她在周隽那儿丢脸丢到体无完肤的那些日子，终于练就了她现在的厚脸皮。

过了忙绩效考核的一周，调休日当天，森代上下一片过节的洋洋喜气。

周隽一句话，给员工提前放了半天假，说是免得自驾的员工回家赶上车流高峰。

孟疏雨中午到各部门走了一趟，到哪儿都听到有人夸周隽有人情味。

想想如果她只是一名普通的员工，这时候估计也会对周隽感恩戴德。但从七天见不到周隽变成七天半见不到周隽，她怎么想都有点儿开心不起来。

中午十二点，整座办公大楼人去楼空。孟疏雨从食堂吃了便饭回来，看到周隽的办公室已经收拾得干干净净，没了人影。

他赶飞机有那么着急吗？也不打个招呼，说声"假期愉快"。

今天全公司的同事看见她都说了这话，就他嘴巴闭得比蚌壳还牢。

孟疏雨拉着提前带到公司的行李箱，没精打采地下了楼，在大厅里碰上了谈秦。

"孟助理，回南淮去啊？"谈秦捏了把车钥匙在指间晃荡，走上前来的架势像极了高铁站出口拉客的司机。

"嗯，谈部您还不走吗？"

"走，我这刚好也回南淮，你要不要搭个顺风车？"

"不用了，"孟疏雨摆手，"我已经买好高铁票了。"

"搭周总的车不搭我的车，真嫌我不够高？现在都内卷成这样了？"谈秦碎碎念了两句。

孟疏雨被问得莫名其妙，又见他比画了一下自己的身高："孟助理，虽然我是没有187cm吧，但好歹也有178cm，我这形象在你这儿那么不够看？"

"我没嫌弃您的身高，您这形象在我们森代，那可是数一……"孟疏雨说到"一"字顿了一下，"实话说，数一是周总，但数二数三绝对有您的一席之地。"

"那我这车就停门口呢，你真不搭？"

"不麻烦您了。"

本来她就没多少行李，加上周隽提前放了半天假，回程也不会太堵，现在看谈秦在这儿奇奇怪怪地比来比去，她就更不可能上他的车了。

她已经跟周隽的一个兄弟有过牵扯，绝对不能在这种关头牵扯第二个，扭转她在周隽面前的"渣女形象"，志在必行。

"行吧，那我走了，你回去路上注意安全。"

谈秦挥挥手出了大厅，上车打开周隽的微信对话框，摁下"按住说话"键——

"你让我送人家一趟，也得人家肯搭我的车啊。"

"她看我那眼神跟防贼似的，恨不得避嫌避得百八十米远。"

"看来这姑娘还真就不爱上赶着示好的人，继续绷着吧你。"

孟疏雨坐了趟高铁，到家正好是晚饭时间。她进了门往客厅一望，餐桌上已经摆满了菜，一个个盘子上覆着透明的保温盖，就等她揭。

孟疏雨换了鞋穿过玄关，朝厨房喊："爸、妈，我回来啦！"

"小雨到家了，赶紧盛汤！"方曼珍一边和孟舟平说着一边迎了出来，接过孟疏雨的迷你行李箱，"路上是不是挤坏了？"

"还好，我们领导给我们提前放了半天假，我来的时候没赶上高峰。"

"你们的新领导还挺有人情味的嘛。"

孟疏雨皱了皱鼻子："他就是自己要赶飞机，不好意思先走所以让大家都走了。"

"那白占便宜不也是好事？要不你今晚到家起码得十点了。行了，去洗把脸，洗个手，开饭了。"

孟疏雨回卧室洗漱完，出来的时候见孟舟平和方曼珍都已经上了桌，桌上的菜也揭了盖。

她在方曼珍对面坐下，拿起筷子："饿死我了。今天放假，中午食堂都没什么好吃的菜。"

"什么'死'啊'死'的，刚进门就说不吉利的话！"孟舟平瞪了她一眼。

"哎哟，爸，你每天在学校咬文嚼字就算了，回来也这样。我又不是你的学生。"孟疏雨动筷前想到什么，拿起手机给一桌子菜拍了张照。

孟舟平指了指她："洗过手了还拿手机，这手又白洗了！"

"小雨现在多难得回家一趟，你少说两句！"方曼珍瞪了一眼孟舟平，夹了个可乐鸡翅到他的碗里，"吃你的去！"

孟疏雨没听两个人斗嘴皮子，认真给照片加了个美食滤镜，发给了周隽，想着问问他在飞机上吃饭了没。记起他今天不告而别，她打了几个字又删掉了。

她发张照片刷个存在感，又保持一点儿脾气不说话——这么着刚好。

孟舟平和方曼珍说了两句停下来，一齐望向面带得意之色的孟疏雨。

闻到安静下来的空气，孟疏雨瞅了瞅两个人，搁下手机重新拿起筷子。

她没吃上两口，手边传来一声振动。

孟疏雨瞄了眼孟舟平，见他在低头吃饭，又把手伸了出去，拿起手机一看——腾讯新闻。

孟疏雨一把锁了屏。

"谁的消息这么重要？"孟舟平斜眼看了看她。

"没谁，新闻推送。"

"所以你这一脸失望的表情呢？"

"我这不是以为有人夸我们家菜做得好吗？结果一看是新闻，当然失望了。"孟疏雨笑眯眯地说。

"意思是你推掉了小丞，回头也没接触新的朋友？"

"爸，你怎么又提这事啊？我才二十五呢……"

"虚岁不是二十六了吗？再过三个月，过了年，往外就能说二十七了吧？"

"你这一下怎么给我算老两岁呢？照这么个算法，那我领导过了年虚岁都三十了，人家也还单身。"

"你领导的家里人不催？"

孟疏雨轻咳一声："催倒也催，但我领导人精着呢，找了个假的对象回去糊弄家里人。你看，这么一比，我是不是已经很听话了？至少我没骗你们吧。"

"你还骄傲上了。"

"你爸也没逼你的意思，"方曼珍这回倒和孟舟平统一了战线，"就看你老这么挑，想让你多看看。你要是现在没有接触的对象，你爸在杭市那边有个朋友的儿子正合适。你加个微信聊聊看？"

孟疏雨轻轻"啐"了一声："爸，这还不到两个月，你已经从我和简丞掰掉的阴影里走出来了？"

"我倒还不想让你和小丞再试试，你不愿意我能赶鸭子上架？当然只能往前看了。"

孟疏雨嘀咕了句："那找要是有接触的对象了呢？"

"有了？"孟舟平和方曼珍同时放下了筷子。

孟疏雨也就随口那么试探，没想到两个人激动上了。她被咽到一半的饭一哽，喝了口汤润嗓："八字有一撇吧。"

"对方是哪儿的人哪？"

"跟我一样现在在杭市工作，不过家在南淮。"

"那正好呀！"

"可不正好吗？"孟疏雨心虚地夹着菜，想着"八字有一撇"算个夸张的修辞手法，她当语文老师的爸应该能理解，"所以你们就别操心了。我努努力，争取虚岁二十七之前把那一捺画上。"

一顿饭过去也没见周隽回消息，孟疏雨思忖着国际航班应该有无线网，这个点又不可能睡觉，他不回消息肯定就是懒得回了，就把手机搁到一边不管了。

等吃过晚饭洗过澡，孟疏雨敷了张面膜躺上客厅沙发，准备投屏综艺看，拿起手机才发现，周隽在二十分钟前回了她。

他跟她一样没说什么话，发来了一段视频。

孟疏雨点开一看，看到了周隽的爷爷奶奶家的布景。

画面里，常秋石面前的餐桌上摆了一荤三素一汤，他正对着镜头问好。

黄桂芬估计是不太会用智能手机，所以拍得有点儿抖，画面一会儿飘到这儿，一会儿飘到那儿，最后落在厅堂的那面墙上。

墙上挂了一幅新字，正是前阵子周隽手把着她的手写的那首《如梦令》。

"小隽，你爷爷这几天精神不错，今天还把你和小孟的字装裱好挂墙上了，你看漂不漂亮？"

视频到这里戛然而止。

孟疏雨疑惑着发了条消息："你奶奶给你的视频，怎么转我这儿来了？"

周隽："让我发给你也看看。"

不知是不是因为被晾了二十分钟，周隽这次难得地秒回了消息。

孟疏雨心想，自己这个澡洗得好，洗得妙，洗得周隽站不住脚，就美滋滋地打开视频又看了一遍，忽然听到头顶响起方曼珍的声音："这不那——那常院长吗？"

孟疏雨吓得面膜纸都差点儿掉下来："妈，你怎么走路也不出声的？"

"是你看视频看得太专心了。"

孟疏雨收起手机："你说什么院长呢？"

"就刚才你那视频里的，不是启明福利院以前的老院长吗？"

"福利院院长？"孟疏雨坐起来揭掉了面膜，"咱们家认识啊？"

"以前你爸学校组织公益活动，去那儿童福利院教过小朋友读书，你不也跟去过吗？"

"我也去过？什么时候，我怎么不记得了？"

"老早的事了，你五六岁那会儿吧。那时候你爸放暑假，你缠着他陪你去玩。你爸要做公益活动又走不开，就把你一起带到那福利院，把你扔进一群小朋友堆里。我还说你爸呢，那边小朋友大大小小都有，很多平时野惯了的，玩起来一点儿分寸没有。"

孟疏雨顺着方曼珍的话回想了一下，隐约记起是有那么回事。但要不是方曼珍现在提起，她都不记得那是福利院。

印象中里面有好多小朋友，她感觉像个幼儿园。

"哦，是不是有一次我摔破膝盖，你们吵了一架，后来我就再也没去过了？……"

"可不是，幸亏你没留疤。"

"妈，那除了单位组织的，咱们南淮的有钱人是不是也会去那儿做公益活动？"

"应该是吧，那是南淮最大的儿童福利院了。"

孟疏雨给周隽发了条消息："我爸居然跟你爷爷认识，说是以前去你爷爷管的那个福利院做过公益活动，你们家是不是也去过？"

她等了几分钟，周隽回过来一个"嗯"字。

所以周隽和两位老人可能是周家做公益活动的时候认识的吧。

他还挺有爱心。

他这么有爱心，怎么不能对她释放点儿？

孟疏雨："那我知道了。"

周隽："嗯？"

孟疏雨："我们家和你们家以前都积了德，所以现在你遇上了我。"

孟疏雨读了一遍发出去的消息，飞快撤回，改成："我们家和你们家以前都积了德，所以现在我遇上了你。"

对面的人不回了。

孟疏雨再接再厉："我跟你说，刚才我爸妈说又给我找了个相亲对象。"

周隽："所以——？"

孟疏雨："你希望我去吗？听说对方非常优秀，而且刚好在杭市工作。"

周隽："想去就去。"

孟疏雨："这你就不懂我了，我这人很专一的，怎么可能做这种三心二意的事情？当场我就拒绝了，我是不是做得挺好？"

周隽："是。"

孟疏雨提起一口气。

周隽："少祸害一个，积德。"

孟疏雨那口气又落了下去。

孟疏雨："那我积来的德可以拿来祸害你吗？"

周隽："你已经在了。"

这条消息后面跟来一张照片，是周隽手边的一沓文件。

看起来是她打扰了他在飞机上工作，而他希望她识相点儿结束对话。

孟疏雨对这张照片进行了不同角度的解读：他工作时还回她的消息，那说明她比那些文件还是好看一点儿吧。

得了点儿甜头，孟疏雨嘴上抹起蜜来："我这怎么是在祸害你？我是想你了。"

对面的人又沉默下来，好像她不发个问句，他就有了不回的理由。

孟疏雨补上一个问题："你呢，你想不想我？"

周隽："不。"

周隽："想。"

一句"不想"还分两条，他这是被她肉麻到手抖了吗？

孟疏雨撇撇嘴，长按删除那条"不"字，只留下"想"字，给消息界面截了张图发过去："您的想念已送达。"

万米高空之上，静谧的头等舱里响起一声轻笑。

科学研究表明，假期在家超过三天，不管你是仙女下凡，还是潘安再世，都会变得人嫌狗憎。

孟疏雨想着"小黄金周"到处人山人海，不如睡睡懒觉，看看书。她连着三天都窝在了家里，结果第四天早上一打开卧室房门，听她爸说的第一句话就是："今天又不出门？"

第二句话是："不是说有个正在接触的对象吗？这么长的假期都不见一面，你是和人在网恋？"

孟疏雨心说，对呀，她还是跨国网恋呢。

隔着黑白颠倒的时差，这几天周隽仿佛找到了不及时回消息的体面理由，自从飞机落地后就没怎么搭理过她。

好像那晚和她闲聊纯粹是飞机上无聊，他刚好需要打发时间。

昨天下午，孟疏雨甚至在家办了半天公，做了一份关于十月展会的计划安排发给周隽，思忖着工作消息他总不能不理了吧。

结果周隽倒是理她了，回过来一句：假期不谈工作。

他真是跟小说里二十四小时有二十小时在工作的霸道总裁一点儿都不一样。

可能天才就是这么该学时学、该玩时玩吧。

孟疏雨本来就因为这事郁闷着，被她爸这么一提，再看一眼整整十个小时没有任何回音的微信消息框，感觉这个家也待不下去了。

正好陈杏约她去逛街，她就拾掇拾掇出了门。

上午十点半，两个人在百货商场门口碰头。

陈杏一看孟疏雨这垂头丧气的脸，乐得哈哈大笑："孟疏雨，这是我第一次看你在情场上这么失败。"

"你还幸灾乐祸呢？"

"行吧，其实也还好，你这才行动了半个月嘛。"

"以前半个月这种时间节点，就算是座冰山也对我嘘寒问暖起来了。"

"要不以前那些男人怎么都被你淘汰了呢？说明他们都只是装腔作势的纸老虎，这个人这么沉得住气的品质才保真。"陈杏揽过孟疏雨的肩，带她朝商场旋转门走去，"go，go，go（走，走，走），没有什么事是买十身衣服解决不了的，如果有就买二十身！"

孟疏雨耷拉着眉叹气："买了也没机会穿，公司里不能打扮得太张扬，私下里又约不出想约的人。"

"机会是留给有准备的人的嘛！你现在不买，哪天约上了没身拿得出手的战袍怎么办？"

孟疏雨听着陈杏"今天不努力，明天徒伤悲"的心灵鸡汤进了商场，依然有点儿兴致缺缺。但说好了要逛街，她也不能让姐妹扫兴，还是陪着陈杏一家家店逛了过去。

十一点半，孟疏雨坐在专柜沙发上，等陈杏试衣服等得无聊，拿出手机刷了会儿朋友圈。

她一下滑，屏幕顶端跳出一条谈秦的朋友圈："国庆节假期的正确打开方式。"

孟疏雨一看定位是南淮郊区的一家温泉山庄，点开图片想羡慕一下人家，没想到不看不知道，一看气一跳。

照片背景是山庄别墅，谈秦躺在一把躺椅上随手拍了张风景照，入镜了院子里的一张石桌，以及石桌边缘一只男人的手。

孟疏雨一下坐直了身体。

陈杏刚好试完衣服出来，一看她这发现新大陆的架势，镜子都来不及照，走过来问："这是怎么了？"

孟疏雨指了指手机屏幕："你看，这不是周隽吗？"

陈杏对着孟疏雨指下放大到模糊的照片，看了整整半分钟："就这半只手你也认得出来？你魔怔了吧？"

"怎么认不出？他的手很好看的，而且这表不是江诗丹顿'传承系列'那款嘛，周隽就有一块啊。"

"等会儿，你不是说他在国外吗？"

"就是啊——"

孟疏雨打开微信消息列表，看到她和周隽的对话还停留在十几个小时前她发的那句"早安"上。

他回南淮了也不说，有时间跟兄弟去泡温泉，没时间跟她道声早。

眼看孟疏雨脸色越来越难看，陈杏拍了拍她的肩："行了，什么也别说了，姐妹陪你买战袍杀过去！"

孟疏雨捏着手机的手指一根根扣紧。

行，他爱泡温泉是吧？今天不杀他个六神无主、七窍流血，她都不姓孟。

傍晚六点，孟疏雨和陈杏到了郊区温泉山庄。

本来两个人火急火燎赶时间，打算不吃午饭直接过来，后来孟疏雨看到谈秦在朋友圈底下回了同事一句"晚上再泡，下午有人倒时差补觉"，所以就不着急了，逛完街在市区好好吃过午饭，回家收拾了几件行李，这才慢悠悠地出发。

泊好车登记入住后，孟疏雨和陈杏拎着行李先回了房间。

因为她们临时预订，头一档带泳池的大院子已经订不着，只剩了角落比较简陋的小院。

但孟疏雨这趟重点并不是为了享受，也不在意这点儿细节，进了院子直奔化妆间。

陈杏今晚主要当绿叶，没怎么打扮，吃完叫来房间的晚餐，就坐在院子里等她。

她等到七点，孟疏雨终于推开房门。

陈杏抬起眼，就见她乌黑的长发披背，一身酒红色吊带连体裙勾勒出起伏的胸线，腰侧恰到好处地镂出一线空隙，往下两条光裸的腿又细又直，站在月光下白到发光。

"我的天，孟疏雨，你是投胎做妖精了吗？"

孟疏雨嘻嘻一笑，从身后变出一件半透的外搭短纱："那还是要稍微遮着点儿的。"

"遮什么遮？你就这样杀过去，唐僧过得了女儿国，都过不了你这关！"

孟疏雨伸出一根食指，高深莫测地摇了摇："现在不是要让他看，是要让他想看。"

两个人拾掇完出了院子，孟疏雨和陈杏到了温泉地带，才发现这山庄比她们想象中大很多，汤池数和人流量也不可小觑。

孟疏雨想着，惊艳出场的忌讳就是预告，于是打死不肯主动联系周隽，为了这出"偶遇"和陈杏逛遍了大半个山庄。

"孟疏雨，问问他在哪儿吧，"半个小时后，陈杏气喘吁吁地坐上路边一块石头上，"万一他们去的是私汤，你就是找到天亮也找不到。反正你这直球早打过了，他也不至于因为你到了这儿就跑路。你是可以为他'翻山越岭却无心看风景'，姐妹我可真走不动了啊。"

"好吧。"孟疏雨妥协地拿起手机，临到给周隽发消息的关头，又有点儿纠结，不死心地打开了他的朋友圈。

一个月可见的朋友圈里空白一片无事发生。

她又抱着最后一丝希望打开谈秦的朋友圈——

谈秦在两分钟前发了一张自拍，背景正是汤池。

孟疏雨放大照片，看了一眼池边的挂牌，拉过陈杏。

山庄尽头的红酒池，周隽裸着上半身坐在池中，朝对面的谈秦抬了抬下巴："发出去没？"

"发了，发了，这么明显的汤池还不好找？放心，不出十分钟……"

谈秦的话音没落，听到"窸窸窣窣"一阵响，他回头就见两道做贼似的身影朝这边走来。

周隽往声源处望去，一眼看到经过灯下的孟疏雨，听到谈秦低低说了一声，像是简洁有力地替他表达了这一眼的观后感。

"哎，这不是孟助理和她朋友吗？"谈秦指指两个人来的方向，惊讶地对周隽说。

孟疏雨人在低处一抬头，视线正好对上周隽浸泡在酒红色汤池中的半裸身体，脚下像被一根隐形的线绊到，突然顿住。

"哎，这不是你们周总和谈部嘛！"陈杏拉了孟疏雨一把，提醒她稳住。

孟疏雨稳了稳心神。陈杏拖着她走完了剩下几级台阶，说："这么巧啊，周总、谈部，你们也来这儿度假。"

"巧？"周隽的眼神定定地落在孟疏雨身上，有那么点儿质疑的味道。

孟疏雨本来是想承认"不巧"的，但毕竟有谈秦在，那些话就不好说出口，只能朝周隽使使眼色示意他留点儿面子。

"嗯，巧。"周隽像是意会地点了点头。

"那这么巧碰上了，我们能下这池子吗？"孟疏雨冲周隽眨了眨眼。

谈秦比了个手势："请，请，请，相逢就是有缘，你们随便下。"

孟疏雨看了一眼周隽，见他没有反对的意思，踩着石头慢慢下了水。

"确实是有缘分，"陈杏站在岸上没动，"谈部，上回你陪我去派出所那事我都没来得及谢谢你呢，今天刚巧又碰上了。这择日不如撞日的，要不我请你喝两杯去？"

"那敢情好，我正好泡累了。"谈秦长腿一跨上了岸，披上浴巾就跟陈杏往外走。

两个人很快下了石阶走远，留下几句遮羞的对白——

"你和周总怎么挑了这么偏的池子？"

"人多的地方，搭讪的姑娘也多，泡温泉都没个清净，我们就往这犄角旮旯来了。你们呢？"

"哦，我们也是啊，这不上次被搭讪怕了嘛！"

对话声渐渐远到听不见，汤池边安静了下来，只剩风吹过树梢带起的细碎声响。

孟疏雨看看对面不动如山的周隽，有点儿不自在地调整了一下坐姿。

这汤池直径才两米，一人一边坐下，中心池面又浮了个摆茶的圆盘，就更加拥挤了。

她和周隽这会儿大概也就隔了一米远，热气蒸腾下，好像连呼吸都连在一起。

孟疏雨撩了撩贴在后背上的湿发，随口扯了句开场白："今晚跟你搭讪的姑娘很多呀？"

周隽拿起圆盘上的茶杯，喝了口茶才慢慢说："差不多。"

"那幸好我来了，"孟疏雨双手撑着身下的石座，"你看现在我在你的池子里，就不会有人来烦你了。"

"确实。"周隽看了看她，那眼神就像在说——毕竟有一个已经够烦了。

孟疏雨轻咳一声，小声说："你这人还挺不讲情义的，回国了也不跟我说一声。"

"说了怎么，让你来找我？"

"你看你不说，我也找得到你。"

周隽点了点头："是厉害。"

孟疏雨用手扇了扇风，指指池面上的茶盏："好像有点儿热，我能喝口你的这个茶吗？"

周隽抬了一下手："随意。"

孟疏雨拿起一只杯口朝下的新茶盏，给自己倒了杯花果茶，小口小口地喝着，喝完一杯觉得好喝，又倒了一杯。

她一转眼，却看见周隽一直偏头望着别处。

"看什么呢？"孟疏雨搁下茶盏，顺着他的视线望去，看到了山间当空的那轮月亮。

"月亮比我好看？"孟疏雨皱了皱鼻子问。

"不好看吗？"

"好看啊。但我想知道，是月亮好看还是我好看？"

周隽回过头来看向她。澄清的月光流淌在她周身，把这一池红酒镀成了奶白色。

他沉默片刻，对面的人笑起来："不用说了，我已经知道答案了。"

"如果月亮比我好看，你不需要想三秒。"孟疏雨放松下来，靠着池壁笑盈盈地望着他，泡在水下那双脚优哉游哉地晃荡了两下。

"你喜欢这么想，就这么想。"周隽又一次拿起了圆盘上的茶盏。

孟疏雨张张嘴想说什么，使劲儿忍着，憋了回去。

等他喝空一杯茶，她才舔了舔唇告诉他："跟你说个秘密，你刚才喝的，是我的茶。"

周隽垂下眼看向圆盘。

"没关系，这杯就送你了。"孟疏雨大方地摆了摆手，"不过喝了我的茶，你得回答我一个问题。"

周隽的眉梢一挑。

孟疏雨凑上前去，盯着他眨了眨眼："这茶，甜吗？"

夜风习习，吹皱满池的水。

水波荡漾间，池面粼粼的月光一闪一闪的，看得人目眩神迷。

孟疏雨本来只是想逗逗周隽，这一靠近，看见周隽眼底映着她和这一池的璀璨波光，明明没喝酒也有了点儿醺醺然的感觉，忍不住往后退去。

不等她动作，忽然有一只手掌扶上了她的后脑勺儿。

下一瞬，她的脑袋被摁向池面，眼前的东西突然从周隽的人变成了放大的茶盏。

"自己喝喝看就知道了。"池水一动，周隽轻扶着她的脑袋站了起来，揉了揉她的后脑勺儿。

孟疏雨的头皮连着脖颈麻了一下，她像只待宰的羊羔低着头缩在了池中。

然而不过两三秒钟，周隽就松开了她，绕到她身后上了岸。

孟疏雨回头，见他已经披好了浴巾。

她再回想他刚才揉她的脑袋的手势，倒像是他因为借了她的脑袋当作支点，于是顺手安抚感谢一下。

孟疏雨摸摸自己残留着麻意的后脑勺儿，一脸怨气表情地看着他。

"还喝不喝？不喝走了。"周隽朝茶盘抬了抬下巴。

"这才泡多久？我还没泡够呢。"孟疏雨不高兴地仰起头来。

"那你继续，我回去了。"

"哎——"孟疏雨"哗啦"一下站起来，"这里这么偏，你就这么不管我了啊……"

"那怎么着，给你叫两个保安来？"

孟疏雨烦得拍了一巴掌水，三两步上了岸，披起浴巾，穿上凉拖，跟他离开了汤池。

走着走着，眼看和周隽之间的前后距离越拉越大，她小声说了句："你能不能走慢点儿？"

周隽站住，回过头来。

孟疏雨匆匆跟上他，十万个后悔刚才玩大了，心里的气顺着嘴就叹了出来。

周隽看了看她："你叹什么气？"

他咬字的重音不是落在"叹气"上，而是落在"你"字上，非常精准地表达了他都还没叹气，她倒先叹上了的不满之意。

孟疏雨品了品他这恶劣的态度，想想物极必反，这会儿也不敢再耍无赖，扯了个老实的借口："这里住一晚多贵，我才泡那么一会儿也太不划算了。"

"那要怎么才划算？"

"这才八点不到，陈杏又和谈部喝酒去了，我回房间也没事做，不泡温泉的话起码……"孟疏雨试探道，"去散散步看看风景吧？"

"带着一身水去散步？"

孟疏雨一听有戏，退而求其次地说："当然也可以弄干了再去。"

周隽没有说话，看起来是默认同意了。

"那我洗完澡去找你，你住哪间？"孟疏雨瞅了瞅他。

周隽瞟了她一眼。

"我又不会溜进来做贼，那我告诉你我的门牌号，你来找我？"

周隽还没点头，孟疏雨就一股脑地报完了信息："八点半，1106，我先回去收拾了。"

说完她生怕他反悔似的，一溜烟跑出了小路。

周隽停在原地，目送着她的背影消失在岔路口，顿了顿重新往前走去，一路回到房间走进浴室，扔了浴巾，打开换气。

淋浴间水龙头被他拧到最大，温热的水兜头而下。

周隽一手撑上白瓷墙面，一手垂下，低着头闭上了眼。

1106 小院。

孟疏雨不舍得地看了看化妆镜里的自己，心想亏她化了这么久，真是白瞎了这"越夜越美丽"的裸妆。

卸干净妆，孟疏雨去淋浴间洗了个澡，吹干头发，换了条长至脚踝的中袖连衣裙。

反正周隽也不看她，她不如防蚊重要。

孟疏雨在工作中习惯了保持时间观念，做完这些杂七杂八的事，距离八点半正好还有两分钟。

她把手机装进斜挎的小腰包，走出了院门，却见门口空空荡荡，只有一盏孤零零的路灯发着微弱的光。

孟疏雨拿起手机看了看时间，正好八点半。

稍微迟到一会儿倒没什么，但周隽不会不来了吧？

刚才两个人其实也没完全说定，只不过她赌他不至于让她空等，所以自顾自地丢下个时间就跑了。

她想到这里，再回忆周隽当时的态度，他的确不是特别情愿。

时间变得分外漫长，从一分钟一分钟地走，变成了一秒钟一秒钟地走。

孟疏雨等一会儿看一眼手机，没等来周隽，倒先等来了山里的秋蚊。

她拍拍手臂，挥走蚊子，望着过路手挽手的情侣叹了一口气。

掌心的手机忽然振动，孟疏雨立刻拿起来看。

周隽："晚点儿再出来，到了叫你。"

孟疏雨："这都八点三十四了你才说，我早就出来了。"

新消息没得到回音，但好歹周隽没有失约的意思，孟疏雨也就不麻烦折返了，站在路灯下来回踱着步等。

她等了两分钟，身后传来一道男声："不是让你晚点儿出来？"

孟疏雨回过头，看到了一身衬衣、西裤，打扮体面的周隽。

"那你要早点儿说呀，我都出来好几分钟了。"

周隽低头看了一眼手机。离了房间的无线网，山里的信号在一格和两格之间来回跳跃。八点二十九分的消息，八点三十四分才发送成功。

孟疏雨走上前去："商务精英还迟到呢？"

"你说八点半的时候，问过我的意见了？"

"我哪里知道你洗澡比我还慢。"

周隽这下没有反驳，问了句："去哪儿？"

"散步有什么去哪儿的，走到哪儿算哪儿。"孟疏雨当先往前走去，经过一棵树，伸长胳膊随手摘了片叶子，回头问，"这是什么树？还挺漂亮。"

"不知道人家是什么树就随便摘？"周隽跟了上来。

"……"她摘片树叶而已，怎么还被他说出了"渣女"的味道？

"来都来了，能不能好好聊聊天？"孟疏雨皱了皱眉头。

周隽捏过她指间的叶子，举起来看了看："白蜡吧。"

"你还真知道。"孟疏雨又从他手里把叶子捏了回来，仔细看了看，思维发散，"你哪里来的时间懂这么多东西，那么早上大学不是应该很忙吗？"

"小时候闲。"

"你们'富二代'小时候不会被抓去学这学那的？"

周隽侧目看她一眼。

"行吧，是我给'富二代'贴标签了。那你小时候还挺幸福，我就比较惨了。我爸是语文老师，我们家密密麻麻都是书，我小时候不知道被逼着背了多少唐诗宋词。"

"不好？"

"当时觉得不好，后来发现挺有用的，毕竟我大学就是读的中文。哦，对，你看过我的简历应该知道。"

"你爸让你读的？"

"那怎么可能，这种人生大事当然得自己决定了，我当时确实是喜欢。不过工作以后写文书都用官腔书面语，那些文绉绉的东西几年不用我也忘了。"

孟疏雨絮絮叨叨地说着，忽然记起前几天跟周隽聊过的话题："对了，我爸去启明福利院做公益活动就是教那儿的小朋友学唐诗宋词什么的，你们家呢？"

周隽眯了眯眼："送钱吧。"

"哦，也是。"孟疏雨点了点头，"你真不觉得，说不定就是咱们两家人都去这福利院做过公益活动，我跟你才这么有缘。"

"孟疏雨，我看你谦虚了。"周隽费解地看着她。

"嗯？"

"你没忘本，酸话还挺多。"

孟疏雨噎了一下。当初她还嫌弃简丞散步时候说土味情话，现在自己跟周隽散步也没好到哪里去。

她强撑着场面嘴硬地说："这哪儿酸了？命运论本来就有依据的，你不信拉倒。"

"我说不信了？"

孟疏雨眨了眨眼："你还能信这个？"

"不是狭义的命运论。"

"那是什么？"

"读没读过博尔赫斯的《致一枚硬币》。"

孟疏雨停住了脚步："当然读过。"

1966 年的某个夜晚，博尔赫斯站在一艘轮船的甲板上将一枚硬币丢入了大海中，事后写了一首诗来纪念这枚硬币，诗里有句话翻译成中文大概是说：

"此后我命运的每个瞬间，无论沉睡还是清醒，喜怒还是哀乐，都将对应着那枚看不见的硬币的另一个瞬间。"

关于这首诗的赏析有很多，孟疏雨也曾经为诗里的浪漫描写买过单，想象着——一个人在某个时刻对某个人做了某个举动，这个小小的举动从此延伸出两条命运线，一条是这个人自己的命运线，另一条是对方的命运线。

即使这两条命运线不会相交，彼此看不见，也将在天涯和海角永远遥相呼应。

"我说的是这个命运。"周隽跟着她停了片刻，继续朝前走。

孟疏雨望着他的背影晃了晃神，追了上去。

后半程的路，孟疏雨一直沉浸在周隽口中的命运论里。

本来打算散散步培养周隽对她的感情，没想到最后反倒是她对周隽又多了一点儿好感。

真奇怪。周隽这人不光一副皮囊牢牢嵌在她的审美点上，连内里都恰到好处地契合了她想象中的浪漫。

在附近绕了一圈，孟疏雨被周隽送回小院。她跟他道过晚安，回到房间仰面躺在床上出了会儿神，直到手臂起了一阵痒意才回过魂来。

孟疏雨抬起胳膊一看，小臂上赫然一个又红又肿的圆包。

刚才散步散得太专心，她都没发现被蚊子咬了。

这肯定就是周隽迟到那六分钟里惹来的。

都说山里的秋蚊猛如虎，果然没错。这蚊子包还和一般的不一样，中心发红，周围淡淡一圈痕迹，也不知道怎么咬成这样的。

孟疏雨忍了忍痒，想想不太甘心，拿起手机给蚊子包拍了张特写，发给周隽控诉他。

另一头，周隽回到房间关上门，听到手机振动，点开了消息。

微信界面小图跳出，他的指尖一滑，手机"砰"地摔落在地。

一室死寂里，周隽对着虚空缓缓眨了眨眼，迟疑地捡起手机，默了默，重新去看第二眼。

他的掌心连振三下，照片后的文字消息跳了出来。

孟疏雨："看见了吗？"

孟疏雨："如果你以为这只是一个单纯的蚊子包，那你就错了。"

孟疏雨："这不是蚊子包，是我等你的勋章。"

"……"周隽在客厅沙发上坐下，双手握住手机，点开大图，片刻后又回到小图。

沉默良久后，周隽将视线从屏幕上缓缓移开，把手机反扣在了面前的茶几上。

对面的孟疏雨半天没等到回复，洗漱完换了身睡衣，在套房里翻找起花露水来。

她倒是找到了一瓶，但看功效主要是驱蚊，在止痒上不是特别对症。

她正准备叫个客房服务，床头柜上的电话响了起来。

"您好，请问是1106的孟女士吗？您要的止痒露已经送到了，您看是麻烦您到门口取一下，还是给您送进去？"

孟疏雨眨了眨眼："我没叫客房服务。"

"是1218的先生替您叫的。"

"那我去取吧。"孟疏雨挂断电话出了院子，接过服务生手里的止痒露，"麻烦你了。"

"不客气，您有什么需要随时联系前台。"

服务生转身要走，又被孟疏雨叫住："是1218的周先生给前台打的电话吧？"

"是的没错。"

孟疏雨低头看了看手心的止痒露，嘴角慢慢翘了起来。

次日清早，孟疏雨在套房大床上自然醒来，刚要闭上眼睛继续睡，忽然想到什么，一把掀开被子下了床，敲开了对面另一间卧室的房门。

陈杏打着哈欠开了门，睡眼惺忪地说："孟疏雨，你这精力是真旺盛哪。"

"我这不是来听你讲昨晚套着了什么话吗？"

"啊？"陈杏蒙了，"套什么话？"

孟疏雨也愣了愣："你不记得了？"

昨晚和周隽散步完，孟疏雨一个人闲着无聊，躺在床上看了部电影，看到尾声听见院外传来了男女双重奏——

"五魁首呀，六六六呀，七匹马呀……"

她一听就是两个醉汉鬼打墙了。

孟疏雨赶紧出了院子，把陈杏拖进来，又叫了个服务生送谈秦回去。

陈杏一进门就迫不及待地跟她分享，说自己今晚绝顶聪明，先把谈秦喝倒了，然后就在那儿套谈秦的话，套出了好多周隽的秘密，还说孟疏雨的好日子在后头呢。

孟疏雨感动得就差给陈杏颁个"好姐妹一生平安"的锦旗，正准备洗耳恭听，陈杏一开口先呕上了，直奔厕所吐了个七荤八素，吐完说自己实在是不行了，明天起床再跟她讲。

眼看陈杏舌头也大了，人也混沌了，孟疏雨思忖不差这一晚，帮她卸了妆，送她回了房间。

孟疏雨把这前情提了一下，看着一脸迷茫表情的陈杏喃喃："陈杏，你可千万别告诉我你喝断片了……"

陈杏低下头按了按太阳穴："等会儿，虽然我不记得了，但咱们理性分析一下，既然我昨晚这么得意来跟你邀功，还说你的好日子在后头，应该是套到了好消息？"

"有道理。"孟疏雨点了点头。

"既然是好消息，就算不是周隽喜欢你，起码也是得出了你很有希望的结论，对吧？"

"非常有道理。"

"那就行了，过程不重要，结果是好的就行，"陈杏拍了拍她的肩，"姐妹，再加一把油，马到成功。"

孟疏雨回忆了一下昨晚周隽的表现："照你这么说，他可能就是那种口嫌体正直的人。他昨晚给我叫客房服务，透露了自己的门牌号，说不定是暗示我今天可以去找他吃早饭？"

"我看没毛病。"

孟疏雨也不睡懒觉了，化了妆换了条新裙子，带着陈杏的好消息出发，到1218院门口摁响了门铃。

她等了两三分钟，门被拉开。

一看来人是谈秦，孟疏雨稍稍收敛了一下喜上眉梢的表情："谈部，早。"

"哦，孟助理，我刚想去找你道个谢呢，昨晚麻烦你请人送我了啊。"

"不麻烦。"孟疏雨摆摆手，心想谈秦既然记得这事，应该也记得陈杏跟他套过话，肯定看出了猫腻，也就不藏着掖着了，"那个，谈部，我找周总……"

"啊，他已经走了。"

孟疏雨愣了愣："走了？"

"是啊，他不是有时差嘛，昨晚没睡几个钟头，一大早就回去了。"

"他是临时有什么事吗？"

"那倒也没有，他就说太无聊了。"

"太……"孟疏雨哽了哽，小声重复了一遍，"无聊了？"

谈秦的目光闪烁了一下，垂在身侧的手使劲儿攥了一下："对，是这么说的来着。对了，还有，周总说你们房间的账他已经一起结了，你们今天退房把押金全取了就行。"

孟疏雨抿了抿唇："哦，我知道了……"

谈秦轻咳一声："行，那你还有什么事吗？"

"那个，陈杏说昨晚她喝大了，不知道有没有问你什么乱七八糟的事？"

"哦，她不记得了啊？"谈秦暗暗松了一口气，想了想说，"她也没问多的，就问了我周总的一些……"

"一些？"

"一些……"谈秦露出点儿难以启齿的表情，"隐私数据。"

"……"所以陈杏说她的好日子在后头，只是因为听说周隽的某些数据很可观？

他都对她没意思，数据再可观，跟她又有什么关系！

她果然不该相信醉鬼的话，白白空欢喜一场……

谈秦看着孟疏雨又尴尬又挫败的表情，挠了挠头："她喝大了可以理解，我也没跟周总说，你不用觉得尴尬啊，就当这事翻篇儿了。那什么，没事的话我接着回去睡了。"

"打扰您了。"

孟疏雨点点头退到一边，看着眼前的门彻底合上，终于绷不住垮下了脸。

嗯，她就是一个让周隽觉得无聊的人，就是一个让他这么着急算清账目，好两不相欠的人。

Chapter 6

"渣男"！

三天后，森代工业园。

午休时间结束，谈秦拿着文件上了八楼，一眼看到周隽那隔间坐着的不是孟疏雨，是唐萱萱，感觉不太妙，进门压低了声音问："这是怎么了？"

周隽交握起双手看着他："不是你给我找的事？"

"我……"谈秦懊恼地在他对面坐下，"山下的女人是老虎。我发誓，我以后再也不跟女人喝酒了。"

温泉山庄那一晚，陈杏可着劲儿地灌他酒，拼命从他嘴里套周隽对孟疏雨的意思。他一开始是绷着，后来喝大了，多少说了几句不该说的话。

半夜他醒了酒一想，完蛋，把周隽卖了，赶紧爬起来找他商量补救的对策。

谁知道他们这一补，不小心补过头了。

"你说要早知道陈杏会断片，你也不用连夜撤退了，我也不放那几句狠话了。这不是千金难买早知道嘛。那天我是看孟疏雨挺伤心的，该不会人家这三天一句话没理你吧？"

周隽抬手挠了挠眉心，指了指他手里的文件："报告留下，人走。"

谈秦把文件递过去，"我真的，再也不和女人喝酒了。"

"嗯。"

"我错了。"

"嗯。"

谈秦往外走去，走到门边，回头比了个"加油"的手势。

周隽目送着谈秦离开，拿起内线电话的听筒按了个"1"。

玻璃墙外，唐萱萱接起电话："周总。"

"下午品牌部那个会议我不过去了，让杨秘替我。"

"好的，您临时有其他行程吗？"

"两点钟去趟会展中心。"周隽用指关节敲了敲眉骨，"叫上孟助理。"

接到唐萱萱的传话的时候，孟疏雨正好在看十月展会的资料。

跟唐萱萱确认了一下周隽是不是只叫了她一个人，得到肯定的答案后，她应了声"好"，等人走开，眉毛耷拉了下来。

她已经三天没跟周隽联系。本来算盘打得好好的，打算国庆收假那天厚着脸皮找他搭车回杭市，结果温泉山庄周隽那一走，她就忽然提不起劲儿了，想着先冷静几天再说。反正公司这么多双眼睛在，她总不会和他有多少单独相处的时候。

没想到这么快她就避不开了。

一刻钟后，孟疏雨把车从地库开到办公楼底下，等周隽上了车后座，调整好情绪，公事公办地叫了一声："周总。"

周隽应了一声"嗯"，解开西装外套纽扣。

车里安静下来。

孟疏雨发动车子，把车开出园区，忽然听到后座的周隽问："昨天怎么回来的？"

"您问我？"孟疏雨透过后视镜看他一眼，没见他在打电话。

"不然这里还有第三个人？"

"我当然是坐高铁了。"孟疏雨收回视线，唇紧紧抿着。

"下次可以联系任煦。"

"他是您的助理，又不是我的。"

"顺路的事，我没那么小气。"

"嗯，您确实很大方。"

他大方到觉得她无聊，也可以陪她散步；大方到不喜欢她，也可以给她买单。

车里再次安静下来。

孟疏雨自顾自地开着车，看着前方路况，忽然听到后座上传来手机振动声。

周隽接起电话："嗯。"

"解决了。"

"对，那天刚好在温泉山庄度假，离那儿不远就赶过去了。"

孟疏雨倏地抬起眼来。

"没事，不缺这两天假，以后还有机会。"周隽说了两句，挂断电话，抬头看向后视镜。

孟疏雨一下子移开了目光，却被周隽逮个正着："看什么？"

"没什么……"

"有事说事。"

孟疏雨舔了舔唇："你刚刚在说国庆假期的事吗？"

"嗯。"

"五号那天早上你……"

"家里出了点儿事，赶过去处理了。"

孟疏雨皱了皱眉头："那谈部怎么说你嫌无聊走了？"

"因为我是这么跟他说的。"

"是不方便跟他说实话？"

"嗯。"

"所以你没有觉得无聊……"孟疏雨瞅了瞅他。

周隽轻轻"啧"了一声："孟疏雨，你的问题真的很多。"

"不是你让我有事说事吗？说了你又嫌我问题多。正话反话都给你说了，你这人奇不奇怪？……"

孟疏雨憋了三天，一个没忍住脱口而出一长串话。

她抬头一看，周隽别头把视线挪去了窗外，竟然没有反驳。

孟疏雨收回目光，把着方向盘重新品了品周隽这句话，好像品出了点儿什么弦外之音。

就像如果月亮比她好看，他会说月亮好看，而不是沉默。

如果他觉得无聊，也会说无聊，而不是说"你的问题真的很多"。

所以他可能不是真的嫌她问题多，而是在说他不无聊。

跟她在一起，他不无聊。

孟疏雨三天没雀跃过的心脏忽然跳快了一拍。

孟疏雨握紧方向盘，保持着镇定放轻呼吸，又从后视镜瞄了瞄他。

周隽专注地望着窗外闪过的行道树，依然没有下文，看起来就是默认了她理解的那个意思。

可是……他这三天没有主动找过她也是事实。就算他不觉得和她在一起无聊，应该也没觉得多"有聊"吧？

不过……他家里出了事，今天才和人说解决了，也许前三天确实忙得顾不上那么多。

说不定他反而还觉得，她都不关心他，这么轻易就放弃了。

但她是女孩子嘛，追他到温泉山庄已经是豁出去了，没得到回应赌个气也无可厚非，他就不能分出那么三分钟，给她一颗定心丸吗？

唉，不过追人的是她，有"渣女"前科的也是她，现在好像还不到他反过来哄她的地步……

孟疏雨自己跟自己吵了半天架，上一秒丧气，下一秒又痊愈，油门一脚轻，一脚重。

周隽在后座上坐得晃晃荡荡的，想说句什么，张嘴又停住。

他就当坐船了吧。

车子抵达了目的地，孟疏雨暂时放下这些私事，整理好心情，跟着周隽进了会展中心。

距离这次智能家居展还有一周多的时间，各家企业的展馆都已经基本搭建成形。

虽然森代这几年在走下坡路，但在参展这事上倒是年年不落，按以往的惯例，就是走那种"业绩虽然不太行，派头排场第一名"的特立独行风格。

之前周隽到任的时候，今年展馆的设计图已经敲定，是非常具有科技感的"宇宙星辰"主题。

孟疏雨当时第一眼就觉得华而不实，悬浮又违和：森代经营的是厨电，哪有人在宇宙里做饭的。

果然周隽也不满意，但没在立威之前激进地推翻全部设计，而是提出了一个改动，把"宇宙星辰"的概念换成"星夜"。

一千平方米的展馆，四面罩上透明的玻璃墙，墙外是浩瀚星空，墙内厨房主打氛围温馨的暖黄色灯光，就像把一座华美的豪宅搬进了引现代都市人向往的山野。

他这一改，既添了烟火气，又不失浪漫，确实是点睛的一笔。

虽然还不算最理想的方案，但周隽能在当初新上任阻力重重的情况下补救成这样，已经算是力挽狂澜。

孟疏雨和周隽到展馆的时候，技术人员正好在调试灯光。见周隽突击视察，一群员工手忙脚乱地停下活儿，跟他打招呼。

品牌部的负责人迎上前来，抱歉地说："周总、孟总助，不知道你们会来，也没提前准备，现场物料还堆得乱七八糟的，都没地方下脚，要不我先陪你们去周边转转，让人赶紧打扫整理一下？"

周隽摆了一下手："没关系，你们忙你们的，我有孟助理陪着就行。"

孟疏雨也接了话："陈经理，别麻烦了，周总就是过来参观参观。你们别因为招呼周总耽误了进度，我陪周总转一圈。"

"那行，"陈经理接过身后员工递来的两杯茶水，递上前去，"周总、孟总助，你们喝着茶，有什么需要的，随时喊我。"

孟疏雨接过茶水，递给周隽一杯，和他一起进了展馆，充当着导游，一路把自己了解过的设计细节讲给周隽听。

他们绕过一圈，灯光刚好调试完毕，玻璃墙外的星空忽然亮了起来。

孟疏雨一抬头，看见满天璀璨星斗，广角视野下真有了广阔无垠的观感，感慨地说道："还挺漂亮的……"

周隽跟着她抬起头看去。

远处陈经理见两个人在看头顶，朝这边喊了句："周总、孟总助，这灯效你们看着有什么意见可以提，我们也还在调整呢！"

周隽偏头看了一眼孟疏雨："问你呢，有什么意见？"

"整体效果已经超过我的预期了，非要说不足的话……"孟疏雨严肃地想了想，"虽然科学来讲，有月亮的天空可能看不见那么多星星，但艺术上不一定讲究逻辑。我觉得如果加个月亮和墙里的暖黄色灯光呼应，内外两个场景会融合得更和谐，你说呢？"

周隽似乎没怎么思考就点了点头："那就给孟助理摘个月亮吧。"

孟疏雨看着他眼底一闪即逝的笑意愣了愣。等回过神，他已经转过身往前走去。

也不知道她是不是又会错了意。

孟疏雨望着他的背影定定地站在原地，心里忽然闪过一个念头：周隽才是那个磨人的男妖精。

和同事接洽过了意见，孟疏雨跟着周隽离开展馆，进到电梯里，按下"-1"层，却看到周隽和她同时伸手，摁了数字"1"。

"我们的车停在地库。"孟疏雨提醒他。

"知道。"

"你是打算去别家展馆摸摸底吗？那要不我先去探探路，不然碰上对家负责人还怪尴尬……"

周隽叹了一口气："孟疏雨，你确实比我敬业。"

"嗯？"

"刚收假还没缓过来，出去透透气。"

孟疏雨第一次听到有领导在她面前这么大言不惭地提议摸鱼。

她被颠覆的三观还没重组好，一转眼，她就跟着周隽到了边卜一家咖啡店的顶楼。

领导确实是领导，摸鱼也比一般人会选地方，说要透气就绝对不含混，必须到空气新鲜的地方。

孟疏雨和周隽上了三楼的露天天台，在一张双人桌边坐下。

十月里下午三点半的阳光正好宜人，晒着不冷不热。

周隽脱了西装外套，气定神闲地往椅背上一靠，毫无心理负担的样子。

"你今天出来这趟，不会只是顺带看看展馆，其实是为了摸鱼吧？"孟疏雨看了看他。

"怎么，我是没带你一起摸？"周隽抬了一下眉梢。

孟疏雨对他的理直气壮无话可说，跟服务生点过单，去了楼下的洗手间。

几分钟后她重新走上顶楼，刚到天台门边，就看到周隽旁边站了两个年轻姑娘。两个姑娘看起来像是大学生的模样，正小心翼翼地跟他说着什么。

周隽抬头看了她们一人一眼，从桌子上随手拿了笔和纸巾，写了点儿什么递过去。

两个人欢欢喜喜地接过纸巾，堆着笑转过身，朝孟疏雨这边走来。

孟疏雨一个侧身避到门后，见两个人经过她身边往楼下走去，一路兴奋地说着——

"救命，救命，他看我那一眼我腿都软了！"

"还以为长这么极品很难撩，没想到这么容易搞到手机号！"

"快点儿加他的微信！"

"等会儿，我先酝酿一下开场白！"

孟疏雨的脸黑了下来。

她不过是偶尔跟周隽出来一趟，离开几分钟就有人见缝插针。她这么一想，他平常一个人在外边得是什么盛况。

而且他还真的挺大方，给号码跟发传单似的。上次在夜店他估计也发了不少吧。

难怪当初在日料店，他嘴上说着她套路过时，却还是给了她号码。

他这根本是来者不拒嘛！

孟疏雨深吸一口气，回到周隽对面坐下，面无表情地瞥他一眼，突然不想看到他这张脸，拿起手机随手点开了《开心消消乐》。

"孟疏雨。"

"good（好）！Amazing（让人惊喜）！Unbelievable（难以置信）！"游戏音效三连发，反讽得孟疏雨又气又爽。她低头专心打着《开心消消乐》，没有说话。

周隽从鼻腔里哼出一声笑："上个厕所，还能上生气了？"

"你管我。"

服务生过来打断了两个人的对话，上了两杯咖啡，还有孟疏雨刚才点的一个牛奶冰激凌。

周隽看了一眼孟疏雨，把她的咖啡和冰激凌推到她面前。

孟疏雨心里有气，看也不看一眼，"噼里啪啦"地通着关。

几分钟过去，周隽提醒了她一句："你的冰激凌要化了。"

"忙着呢，没空吃。"孟疏雨闷声吐出几个字，话音刚落，眼下忽然出现了一支奶白色的冰激凌。

孟疏雨动作一顿，抬起眼来，看到周隽把冰激凌喂到了她的嘴边。

见她抬头，他把冰激凌又往她嘴边递了递。

手机扬声器里，游戏音效还在"丁零"作响，孟疏雨一动不动地看着周隽。

周隽也不说话，就这么安静地等着她。

直到冰激凌尖慢慢融化，眼看奶油要淌下来，孟疏雨才带着点儿试探地低下头去，小小咬了一口，舔了舔唇。

她掌心的手机忽然传来一声振动。

"孟疏雨，你是真忙。"周隽败了兴似的，把冰激凌拿了回去。

孟疏雨低头去看手机，看到了一条微信好友申请——

"你好呀，我是刚刚在天台问你要电话的女生。"

孟疏雨抬起头来，对周隽缓缓眨了眨眼。

"怎么了？"周隽跟着眨了眨眼。

"你给错号码了？"孟疏雨问完，意识到这个可能性并不存在，毕竟她和周隽的号码差十万八千里远，"不是……你干吗把我的号码给人家小姑娘？"

"你处理不了这种事情？"

"我怎么处理？"

周隽随意抬了一下手："想怎么处理就怎么处理。"

孟疏雨一声不响地看着周隽，将掌心的手机握得越来越紧，眼睛也盯得越来越紧，像要从他脸上看出一朵花来。

她想怎么处理就怎么处理，这不是女朋友才有的特权吗？

他让她随意处理他的桃花，是把这个特权交给了她，暗示她可以提前宣誓即将拥有的主权？

秋日的凉风拂过脸颊，反把人吹得更加燥热。

比起刚刚简单粗暴的生气，孟疏雨陷入了一种更加抓心挠肺的焦躁情绪里。

像看见一颗糖近在咫尺，看着好像是给她的，但没有收到糖主人的明确邀请，她又不能张嘴吃。

孟疏雨心里痒得像有蚂蚁在爬，努力面不改色，告诫自己别高兴太早，得沉住气，想想三天前没沉住气的下场。

"我很忙，还得吃冰激凌，"孟疏雨绷着脸看着他，"哪儿有空给你处理这么无聊的事？"

周隽把冰激凌重新递到她的嘴边："这么吃，有空了吗？"

孟疏雨犹豫了一下，就着他的手恶狠狠地咬了一口冰激凌，一脸勉为其难的表情，拿起手机通过了对方的好友申请。

对面发来消息："帅哥，你好啊！"

孟疏雨咬一口周隽手里的冰激凌打几个字："不好意思，小妹妹，你再仔细看一下我的微信资料。"

对面的人沉默了两分钟，估计注意到了这是个女号，回复问："是我加错人了吗？"

孟疏雨："没加错。"

一句"没加错"，看着好像什么都没说，其实她什么都说了。

孟疏雨也不想太直截了当让人下不来台，都是江湖人，点到为止就够了。

对面的人果然没有再说话。

孟疏雨的冰激凌才吃到三分之一，对话就已经结束。

孟疏雨想着给周隽看看聊天记录，见他专注地当着冰激凌投喂机，好像一点儿都不关心她回了人家什么，也就不多此一举了。她关掉微信对话，切回《开心消消乐》，一边玩，一边继续饭来张口。

孟疏雨将一个冰激凌咬到了底，周隽收回发麻的手，看了一眼蹭到奶油的手指，用另一只手拿了张纸巾。

孟疏雨盯着屏幕上的游戏界面，余光里瞥见他这个动作，下意识地朝他抬起下巴。

周隽要去擦手的动作一顿，他捏着纸巾伸手过去，擦了擦她的嘴角。

嘴角被轻轻蹭过，孟疏雨后知后觉地抬起眼来。

《开心消消乐》这游戏是她国庆假期实在无聊才玩起来的。当时难得回家长住，被她妈给惯上了，在沙发上一边打游戏一边被投喂水果的时候，她就经常噘个嘴让她妈擦嘴。

她刚才也对周隽噘嘴了吗？

那她是不是也太邋遢了啊……

孟疏雨尴尬地咬了一下嘴唇，观察着周隽的表情，却见他无事发生般把那张纸巾翻了个面，擦了擦自己的手指，然后站了起来。

"你去做什么？"

"擦不干净，去洗手，"周隽捻了捻依然残留着甜腻感的指尖，"顺便看看洗手间里有什么东西能让你气成刚才那样。"

孟疏雨目送周隽下了天台，看他应该没有嫌弃的意思，摸了摸刚刚被他擦过的嘴角，感觉它在慢慢翘起来，她使劲儿一抿，又把它抿了下去。

她的掌心里的手机传来振动。

刚才搭讪的女孩儿发来了一条新消息："不好意思小姐姐，我刚才是看到你坐在对面，不过我看你们的样子，以为你是他的助理、同事什么的……那你把我删了吧，我也删啦。"

孟疏雨退出消息框，正准备删除好友，忽然被什么字眼拉了回去，又把这条消息看了一遍。

孟疏雨盯着"助理"两个字整整半分钟，刚赶下眉头的愁云又聚拢了起来。

晚上八点，孟疏雨盘腿坐在公寓沙发上，剥着她爸寄来的砂糖蜜橘，跟陈杏打着语音电话。

她剥一瓣。

"助理。"

她又剥一瓣。

"女朋友。"

陈杏在电话那头吐槽："孟疏雨，你演琼瑶剧呢？"

"闲着也是闲着，反正都在吃橘子，我看看天意嘛……"孟疏雨长叹一声，"我本来是往女朋友方向想的。后来那妹子一说，我一想，对啊，有立场给他处理桃花的不光只有女朋友，助理、秘书也打这种杂，而且我今天本来就是以助理身份跟他出去办事的……"

孟疏雨边跟陈杏说着，边继续剥橘子，剥到最后一瓣咬了咬牙："又是助理！八个橘子了，不管先说什么最后都是助理！"

"孟疏雨，你也知道吃了八个橘子了。这砂糖蜜橘再小也要上火的，别你没算出天意，明天嘴角冒个泡去上班。"

孟疏雨吓得激灵了一下："你别咒我，那跟毁容有什么区别了！"

"所以你省省吧，这种事就跟抛硬币一个道理，抛出去唯一的作用就是测试你拿到正面高兴还是反面高兴。"

孟疏雨也不吃橘子了，倒头窝进了沙发："唉，好烦，周隽这人说话怎么这么'蛊'啊？……陈杏，你说我当初为什么会嫌弃简丞讲土味情话呢？"

"问得好呀，孟疏雨，你可算想通了啊？"

孟疏雨迟疑地点了点头："好像是。"

想想她之前觉得简丞的情话直白又土气，非要用博尔赫斯的标准看他，非喜欢文学大拿们拐着弯子地表白，觉得那种抠出来的糖才叫浪漫，才是魅力。

现在碰上周隽这么一个说一句话能让她做一整天阅读理解的男人，她才发现直白从某种意义上来讲是一种美德，毕竟能让人少掉很多头发。

她不是想起了简丞的好，只是忽然觉得当初的自己不可理喻。

如果周隽现在能对她讲一句情话，就算再土，她也高兴都来不及，怎么可能嫌弃？……

正说到这里，她的手机里忽然进来一条微信好友申请。

孟疏雨还以为又有人跟周隽搭讪了，点开一看，却见一个男号发来的验证消息："你好，我是楼文泓。"

孟疏雨一下想起了这个名字。

国庆假期，她从温泉山庄回来那天浑身冒着丧气。她爸一眼看穿她，问她那八字一撇还在不在。

她当时心里正绝望，没好气地说了句："别说一撇了，连一点都没有了！"

后来她就顶着一张失恋脸，饭也不吃地闷在了房间里。

过后等她稍微缓过来一点儿了，她爸见缝插针地把那位人在杭市的相亲对象给她介绍了一通，有那么点儿"旧的不去，新的不来"的说法。

对方好像就是叫楼文泓。

孟疏雨打开了她爸的微信："爸，你把我的微信推出去了？"

孟舟平："是啊，你那八字不是没点了吗？我本来也看你这事不靠谱，你看你等人家一条消息猴急成什么样，这种人能对你好吗？就算你真有了那八字的一撇，我也是要好好看过的，现在没了正好，已经给你约好这周六晚上和小楼吃饭了。"

孟疏雨："爸，这种约见面的事情，我自己会看着来的……"

孟舟平："别以为我不知道你。我要不给你马上安排好，你一拖能拖到今年过年回家。"

孟疏雨薅着头发跟电话那头的陈杏说了这事："这一波未平一波又起的，烦死了！"

"哟，我怎么还挺喜闻乐见？谁叫周隽不告而别还晾你三天？三天，情侣都可以默认分手了，你最好是看得上这个相亲对象，我就可以送周隽一句'活该'了！"

孟疏雨撇了撇嘴："不可能的……"

"就算不可能你爸也约好了，你就去应付一下呗。现在的相亲一半都是家长逼出来的礼貌局，说不定对方也是应付一下。大家人在江湖，互帮互助咯。"

孟疏雨拗不过她爸，也没底气说她和周隽还有希望，只能去应付这个局。

周六是国庆假的第二次调休，傍晚，孟疏雨准点下班，回公寓换了身便装，到了望江府附近那家和周隽吃过的粤式打边炉餐厅。

说来也巧，楼文泓偏偏就是约了她在这家吃饭，她刚到门口就想起周隽，心情也不太好。

孟疏雨进了餐厅，循着桌号往里走，看到了窗边穿着白衬衫、黑西裤，戴一副银边眼镜的男人。

孟疏雨刚到桌边，楼文泓就笑着起身替她拉开了座椅："孟疏雨？"

"是我，你好。"孟疏雨点了点头坐下。

楼文泓回到对面："你真人比照片看着更漂亮。"

"谢谢。"孟疏雨点点头，接过服务生倒来的柠檬水，一抬头感觉那服务生有点儿眼熟，好像就是之前服务过她和周隽的。

服务生似乎也认出了她，但表情在一瞬间有了点儿微妙的变化。

不知他是不是在想，她这才多久就换了对象？

孟疏雨有点儿不自在地喝了口水。

对面的楼文泓眼尖地看了看两个人："两位是认识吗？"

"我之前和朋友来这里吃过饭。"孟疏雨解释。

"你吃过这家？早知道我多问你一句，应该去你没吃过的店。"楼文泓笑得懊恼。

"没关系，这家的东西挺好吃的。"孟疏雨摆了摆手。

楼文泓问服务生要来菜单："既然你吃过，点菜的事就交给你了，你给我推荐推荐这儿什么好吃。"

实话说，坐下不过几分钟，楼文泓半句话不提相亲，把开局即尴尬的气氛化解得这么融洽，应该是个挺会交际的人。

而且他长相也清秀周正，比周隽的脸少了攻击性和压迫感，让人看着很舒服。

不知道是不是她爸研究了她看人的喜好，特意找了这么一个合她眼缘又会打交道的对象。

但这个节骨眼的孟疏雨实在没法儿对一个新的人提起兴趣。

楼文泓的优秀好像也和她没有任何关系。

孟疏雨问了楼文泓的忌口，然后跟服务生点了汤底和肉蔬。

等服务生退了下去，楼文泓笑着说："你点的菜正好也对我的胃口，在吃这方面我们还挺投缘。"

孟疏雨点了点头："是我上次来吃过的菜。"

"上次也是两个人吗？"

话正好说到这里，孟疏雨觉得早摊牌早好，想了想说："嗯，对，跟我喜欢的人。"

楼文泓的目光在闪烁一瞬之后恢复了镇定："是孟叔叔说你前阵子在接触的那个对象吗？"

"你知道？"孟疏雨愣了愣。

"对，孟叔叔跟我讲过的。"楼文泓喝了一口柠檬水，垂着眼斟酌了一下说，"所以没关系，你不用有心理负担，大家都是在杭市的南淮人，多个朋友总没什么不好的，是吧？"

孟疏雨跟楼文泓吃一顿饭的时间，只有和周隽的一半。

虽然气氛是和谐的，孟疏雨跟楼文泓说清楚以后也就当这是个普通的社交局，配合着他聊聊天，偶尔笑一笑，但还是下意识地吃得很快。

不像上回在这里吃火锅，她甚至偷偷关小了电磁炉的火，就为了让菜煮得慢一些。

散场时是八点半，孟疏雨看楼文泓是为了迁就她才来了郊区，提出这顿饭由她来尽地主之谊。

楼文泓倒也随和地答应了。

结过账，两个人一起往外走去。

楼文泓指了指自己停在门口的车："我开车过来的，送你回去吧？"

孟疏雨顺着他的视线望去，刚要说不用，到嘴边的话忽然噎住。

昏黑的夜色中，路灯下停了一辆熟悉的黑色轿车，车边站了一道挺拔如松的身影。

孟疏雨一眼认出了那个人。人一恍神，她的拒绝就晚了一步，脚下带着惯性走了几步，已经到了楼文泓的车边。

楼文泓替她拉开了副驾驶座的车门。

两三米开外的地方，周隽偏头望了过来。

孟疏雨轻轻吞咽了一下口水，一动不动地盯着他，想问他怎么来了，又怕他只是碰巧路过，在这里吹吹风。

"孟疏雨，"周隽手插着兜，靠着车门看她，"火锅吃得开心吗？"

孟疏雨像哑了，一句话都说不出来。

周隽看了一眼她旁边的楼文泓，对他指了指孟疏雨："不好意思，她接下来的时间可以还给我了吗？"

一句话正中红心。

孟疏雨直直地望着周隽，清晰地感觉到自己一整晚毫无波澜的心脏开始剧烈跳动。

有的人光是站在那里，就有着磁铁一样的吸引力，何况他此刻正望着她。那双眼睛就像带着无数把锋利的钩子，要把她连皮穿筋带骨地勾过去。

孟疏雨的鞋尖动了动，她想朝周隽走去，临到迈腿关头被一声"疏雨"叫回了魂。

楼文泓问："疏雨，这位是——？"

周隽像被哪个字眼挑到了神经，脸色越冷，眼底笑意就越盛。

孟疏雨看了看周隽，按捺下冲动，心想还得做个体面人，回过神对楼文泓介绍："这位是——我们森代的总经理，周隽，周总。"

路边老旧的路灯闪烁了一下，可能是从来没见过这么会避重就轻的女人。

周隽笑着点了点头。

不知是不是心理作用，孟疏雨看着他这凉飕飕的笑总觉得毛骨悚然，好像下一秒就要听见他反讽一句：漂亮。

孟疏雨硬着头皮抬手示意了一下楼文泓，又对周隽说："周总，这位是林盛建筑科技的……"说到一半她忽然忘了楼文泓到底是个什么总监，"总监，楼文泓，楼总。"

双方沉默着对望片刻，楼文泓走上前去，朝周隽伸出手："周总，您好，久仰大名。"

周隽垂下眼，和他稍一虚握，松了手重新望向孟疏雨。

听到无声的催促，孟疏雨匆匆走到周隽身边，对楼文泓清了清嗓子，想说句中规中矩的结尾词，却见楼文泓先笑起来："我没关系，你跟周总先去忙吧，改天再见。"

周隽反手拉开副驾驶座的车门，脸上也带笑。

孟疏雨只好跟着他们一起干笑了一下，弯身上了周隽的副驾驶座。

周隽绕到驾驶座那边上车，看一眼默默低着头的孟疏雨，靠过去拉她那侧的安全带。

孟疏雨将背脊牢牢贴住座椅，好像这样能让自己变得扁一点儿，感觉他拉安全带的动作慢得有点儿过分，分神瞄了瞄窗外还在目送他们的楼文泓。

周隽顺着她的视线往外瞟："楼总不是说他没关系吗？怎么，还担心？"

孟疏雨想摇头，起了个头又顿住："那你有关系吗？你有关系的话，我也可以担心你。"

周隽笑了笑："不会太忙了吗？"

"这个你不用操心，我……"孟疏雨眨了眨眼，"忙得过来。"

周隽扯了一下嘴角，一把拉过安全带的最后一段距离，"咔嗒"一声给孟疏雨落了锁。

车子发动，驶入主路。

孟疏雨别过头压压上扬的嘴角："你是路过看到我在里面，所以在外面等我吗？"

"还有这么巧的事？"

"那你怎么……"

孟疏雨捏在掌心里的手机忽然一振——

陈杏："周隽去接你了吗？"

孟疏雨小幅度地打着字："你怎么知道？"

陈杏："你以为周隽怎么知道你在相亲？当然是你姐妹跟谈秦聊天的时候'不小心'说漏嘴的。怎么样，这回你不用再数橘子瓣了吧？"

哦。孟疏雨瞟瞟周隽，在心里拖了道长音。

"比路过还麻烦点儿，你是特意来找我的呀？"孟疏雨恍然大悟地点了点头。

"你是挺会给我找麻烦。"

"我给你找什么麻烦？"

"楼文泓是什么人你不知道？"

"你们认识？"孟疏雨愣了愣，"他是有什么不良事迹吗？"

"森代在招华东地区的新代理，林盛也在拓展跟智能家居企业的合作，你这顿饭在有心人眼里是不是个问题？"

"不是……林盛也就是二线企业，根本不在森代的评估对象里，你忌讳这个是不是有点儿不讲道理了？"

孟疏雨据理力争了几句，忽然发现这些话也太毁气氛了，这种时候她一本正经地讲什么道理！

难道周隽不知道自己这话站不住脚吗？

他当然知道。他不过是需要个表面上的台阶嘛。

那她就大方点儿给呗，看在他可能为她吹了一个小时冷风的分儿上。

"嗯嗯，"孟疏雨话锋一转说，"我错了。"

周隽瞟了她一眼。

"虽然我不是明星，但我长这么好看，肯定有很多狗仔每天盯着我吧？要是他们拍到我和楼总吃饭怎么办？"

"到时候消息传遍整个行业，大家一看我和楼总面前那锅汤，这汤不就长着白纸黑字的合同的样子吗？简直铁证如山。既然这样，那些一线代理当然觉得自己竞争不过二线代理，想也不想就放弃了森代……

"是我考虑太不周到了，难怪我老板这么大一个集团里副总裁级别的总经理要亲自蹲守我一个小时，就为了当着人家的面把我抓走示威。我真活该！"

周隽瞥了瞥她："你要不改行去讲脱口秀，我送你出道？"

"那不行，"孟疏雨往手套箱上支肘，笑盈盈地凑近他，"要是出道了，像今晚这种时候我就没时间担心周总不高兴了。"

周隽偏过头来。

"周总，别着急看我，先专心看路，"孟疏雨伸出一根食指戳了戳安全带锁扣，"不是被你扣住了吗？我接下来的时间都是你的了。"

密闭的车厢里激荡起燥热的暗流。

仪表盘的指针一跳，飙破了九十迈。

一刻钟后，轿车停在了门廊下。

孟疏雨探头，望见"香庭酒店"四个金字，缓缓扭头看向周隽，欲言又止地张了张嘴。

两位门童一人一边拉开了车门。

周隽瞟了孟疏雨一眼，解了安全带："不是说接下来的时间都是我的？找个花时间的地方。"

眼看周隽一点儿不含混地下了车，把车钥匙丢给了泊车员，孟疏雨愣在座椅上攥紧了衣摆。

这个点应该过了酒店的晚餐时间吧？那酒店不供应吃的东西的话，就是供应睡了……

孟疏雨飞快地眨着眼，见周隽在大堂门口回过头来，再次传来一个催促的眼神。

门童也戳在车门边奇怪地看着她。

孟疏雨"呵呵"笑着下了车，用一步三十厘米的龟速慢吞吞地挪着上前去，远远看到周隽和前台人员说了什么。

前台人员拿起电话拨了个号码，跟电话那头的人说了两句，朝周隽笑着点点头，指了个方向。

孟疏雨跟在后面越走越慢，走到一半一百八十度转身就要往外溜。

"孟疏雨，"周隽往回走，像拎兔子尾巴一样，拎了拎她绑在脑后的低马尾，"跑什么？"

"我那话不是你想的这个意思……"

"我想的什么意思？"周隽眨了眨眼。

孟疏雨指了指四下："你都到这里了，你问我？"

"有幸和香庭酒店的贺总有点儿交情，我想的是来走个后门吃香庭的西餐，可能暂时还没想到你那一层。"

"……"

"如果你希望我想，我也可以想想。"

他来这一出是在警告她以后少说刚才车里那种模棱两可的话……吗？

孟疏雨无辜地摇了摇头："没有啊，我想的也是你这一层，你应酬总选香庭酒店，我还能不知道你喜欢这里的菜吗？"她拽了拽他的衬衫袖口往里走，"走吧，走吧，我陪你吃。"

空荡荡的西餐厅里，孟疏雨跟着周隽在吧台边落了座，看面前蓝色火焰腾起，大厨炫技般煎着牛排，忍不住感慨有钱真好。

都怪她不够有钱，才没想到这个点，酒店还有厨师专为有钱人服务。

但是没关系，千金难买她这晚高兴。

孟疏雨托腮看着大厨的表演，时不时看一眼周隽，另一只手的两根手指随着牛排的"吱吱"响声轻快地在桌上弹拨。

牛排新鲜出炉，厨师贴心地切好，把餐盘递到两个人面前。

"不吃？"周隽朝她抬了抬下巴。

"我又不是猪，怎么可能吃完火锅还吃得下牛排？"

"我以为你'胃口'很好，吃几顿都不嫌多。"

别以为她听不出来他又在变着法子骂她"渣"。

"那谁让牛排自己来晚了呢？"孟疏雨低头喝了口果汁，同情地看了一眼手边的牛排，对它挥了挥手，"以后记得早点儿来呀。"

周隽看了她一会儿，不知是气是笑地取走了那盘牛排，拿起刀叉。

孟疏雨喝着果汁闲来无事，解锁了手机，准备美滋滋地和陈杏分享一下她现在这种脚趾头都在跳舞的爽感。

她一打开微信，忽然看到楼文泓十分钟前发来的新消息："到家了吗？"

孟疏雨想着省得多解释，回了句："到了，谢谢关心。"

楼文泓："那现在有空聊几句吗？"

孟疏雨轻轻"咝"了一口气，想起吃火锅的时候楼文泓跟她说的话。

因为她干脆利落地表明了自己已经有喜欢的人，楼文泓也理解她这趟是为了应付家长，说其实他也是。既然两个人意向一致，要不接下来先保持一阵子联系，偶尔聊几句表明他们在配合着接触，也算和家里有了交代，之后慢慢淡了就行。

孟疏雨当时想着，在爸妈那儿没有绝对的理由否决掉只见了一面的楼文泓，楼文泓这提议既可行又不麻烦，隔着屏幕就能完成，所以答应了下来。

她哪儿知道这计划赶不上周隽的变化。

孟疏雨在消息框里打起字来，旁边忽然传来"哐当"一声刀叉落盘的声音。

周隽笑了笑："你这时间管理确实做得不错。"

"哎，我不是……"孟疏雨叹了一口气，把楼文泓的提议跟周隽完完整整地解释了一遍，"我现在手里这烂摊子是谁害的我？你还在这儿说风凉话呢。我就当处理公事回几条消息行不行？"

"孟疏雨，你看不出来这人——"周隽说了一半顿了顿。

楼文泓的第一步，是表明自己对孟疏雨没有兴趣，降低她的警惕心。

第二步是用"应付家里人"当借口，让她陪着演戏，增加跟她接触的时间和机会。

这些都是他对孟疏雨早就用过，并且行之有效的招数。

他明明白白挑破这事，无异于把自己的手段也给挑破。

周隽眯起眼睛："你看不出来这人在借这机会套近乎，想通过你攀森代的高枝？"

"我谁啊？森代的总经理夫人吗？他跟我聊几句就攀上森代了？"孟疏雨侧目看看他，比了个"一点儿"的手势，"周总，不是我说，你今晚的格局真的有点儿小了。"

"我懂商人，还是你懂商人？"

孟疏雨点了点头。好嘛，她不懂商人，懂男人就行了呗。

"既然你不放心，"孟疏雨想了想说，"那我就——"

周隽安静地等着她的下文。

"当着你的面聊，"孟疏雨挪过去一些，把手机屏幕对着他，"你就这么看着我聊，是不是很放心？很开心了？"

本来看到楼文泓问"现在有空聊几句吗？"，孟疏雨是准备回复"不好意思现在在忙"的。

毕竟这种应付家里的任务又不着急，随时都可以，她怎么能浪费和周隽在一起的宝贵时间。

结果周隽非要阴阳怪气。阴阳怪气又不承认，他还拿工作当遮羞布。

都是千年的狐狸，他在这儿演什么《聊斋》。

孟疏雨当着周隽的面就回了一句"有"过去，然后偏头看了看周隽。

周隽眉梢一抬，比了个"请"的手势，一副拭目以待的架势。

对面的楼文泓很快挑起了一个话题："火锅好吃是好吃，就是吃完总渴。我刚才叫了份鲜切水果，要不给你也叫一份？"

他这是套地址。

周隽点点头，扯了一下嘴角。

孟疏雨拒绝的话都想好了，临到打字瞅了瞅周隽："这还挺贴心，说要给我水果，怎么办？"

"果汁不够你喝的？"周隽朝她手边那杯橙汁抬了抬下巴。

"那果汁是果汁，水果是水果嘛。"

周隽看了一眼厨师。厨师心领神会地把水果拼盘提前端了出来。

"这葡萄看着好甜，就是还要剥皮，好麻烦，"孟疏雨扫了一眼拼盘，转头对周隽眨了眨眼，"如果有人给我剥好，我就不羡慕水果外卖了。"

周隽一言不发地看了她一会儿，捏起餐巾慢条斯理地擦了擦手，拿了颗葡萄慢慢撕开一角外皮，一丝一丝往下剥。

他的手上剥着葡萄，眼睛却盯着她。

晶莹的汁水滴落在他骨节分明的手指上，满眼淋漓的美色。

他剥葡萄像在剥人的衣服。

孟疏雨咽了咽口水，本来不渴的，这下真有点儿渴了。

等晶亮圆润的葡萄彻底被去了皮，她脑子里浮想联翩的画面已经茂盛到长出一片草原。

"看来是真渴了。"周隽忽然说。

"嗯……嗯？"

周隽看了一眼她的耳朵："要不怎么耳朵都等红了？"

孟疏雨一手一边捏住了两只耳朵。

周隽把葡萄喂到她的嘴边，见她不动："张嘴。"

孟疏雨紧张地舔了舔唇，葡萄在同一时刻被挤入她的口中，她一舔就舔到了一根手指。

孟疏雨的舌尖一僵，耳朵连着脸瞬间烧起来。

见周隽垂眼看着那根被她舔过的食指，她缓缓转过身体，拿半边后背对着周隽，咽下葡萄去喝橙汁解热。

"还要吗？"周隽在她背后问。

"够……够了……"

这个妖，还是该作得见好就收，毕竟周隽也不是省油的灯，一不小心就容易玉石俱焚。

"那还想不想吃水果外卖？"周隽又问。

孟疏雨立刻拿起手机回了楼文泓："不用了，谢谢，我已吃过水果了。"

然后她保持着背对周隽的姿势，把手机屏幕转过去给他看。

周隽点点头，继续低头吃牛排。

孟疏雨小口小口地呼吸了几次，稍稍缓过了劲儿，瞄一眼没再看她的周隽，回到正常的坐姿。

微信里，楼文泓又扯了几句家常，看着就是正常相亲男女互相了解时提的问题——

喜欢吃什么水果？

周末在家都做点儿什么？

平时工作忙不忙？

孟疏雨一句句中规中矩地答了，偶尔加一句"你呢？"表示礼貌。

没聊几句，楼文泓估计觉得这流程敷衍得差不多了，来了句"什么时候睡？"。

孟疏雨也不想再聊，说了句"马上"。

楼文泓："那不打扰了。对了，下周杭市的智能家居展你会过去吧？"

孟疏雨哽住。

怎么还被周隽猜中了，楼文泓真往工作上聊了？

孟疏雨已经确定了会展第一天的行程，但为免楼文泓真来托她的关系，她保守地回了句："我看周总的安排，还不一定。"

楼文泓："好，到时候我去森代的展馆看看。"

孟疏雨用手肘推了推周隽："确实是你懂商人……"

周隽偏头过来看了一眼聊天记录。

这不是商人，是拿公事当借口接近女人的男人。

但确实是他刚才强调了楼文泓的商业动机，现在孟疏雨反而被他绕了进去，没往其他方面想。

周隽看了一眼孟疏雨："他这是在——？"

"套近乎，我感觉到了。"孟疏雨点了点头。

"……"

"所以我没跟他说时间嘛，到时候展会上人那么多我们也不一定会碰上，你放心，四两拨千斤，我懂。有事我去打太极，不会让他有机会接近你的。"

"……"

陪周隽吃完西餐，已经十点过半，孟疏雨回到车上，心满意足但也有点儿生理疲惫了，回程就好端端地坐着没再折腾。

这晚没下雨，周隽把车开到了她的公寓楼下。

临到分别，孟疏雨手握上车门把，人却没动，回头问周隽，"那我走啦？"

"嗯。"周隽侧头看着她。

"你就'嗯'？"

"那你想听什么？"

"说句'晚安'不过分的吧？"孟疏雨仰了仰下巴。

"我要说过分呢？"

孟疏雨咬着牙："那你这个人就很过分。"

周隽抬手揉了揉她的头顶："差不多得了。"

孟疏雨皱眉看看他。什么呀，这人不会是非主流时期冲浪过来的，觉得"晚安"

等于"我爱你"才打死不说吧?

但孟疏雨摸摸被他揉过的头顶,又感觉毛被揉顺了,好像不比听一句晚安亏。她觉得也行吧,拉开车门下了车,留下一句"早点儿睡"进了公寓楼。

孟疏雨带着心里乱撞了一晚的小鹿回到公寓,进门就打开微信,兴奋地摁下语音键:"陈杏,我好开心!我太开心了!我开心到螺旋爆炸升天!感谢姐妹给我打的助攻!"

那头陈杏发了一长串省略号以及一条语音:"那这么看,温泉山庄那时候周隽应该不是故意抛下你,让你处理桃花也不是把你当助理,你可以放心了。"

"我当然放心了,我现在超放心!"孟疏雨躺在沙发上激动地摊饼,翻过来又翻过去。

"那今晚试探出人家对你有意思了,你除了开心还有别的感觉没?"

"什么感觉?"

"'性单恋'发作那种感觉啊。"

要不是陈杏忽然提起这个,孟疏雨差点儿都要忘了自己"好像不是个正常人"这件事了。

孟疏雨从沙发上坐直身体,回想了一下最近坐过山车一样的情绪:"目前一切良好,不过这才第一个晚上,我再观察观察,但我觉得应该没事⋯⋯吧?"

毕竟以前她虽然是突然就"下头"了,但在"下头"之前,也没有现在这么"上头"。

孟疏雨从来没有过这种感觉,好像对方拿了一个遥控器——

他煽一煽风,就点起熊熊大火。

他浇一浇水,她蹿上天的火焰又尽数熄灭。

他走远一点儿,她就像泄了气的皮球。

他靠近一点儿,她身上每个细胞都在欢呼雀跃。

陈杏:"行,那我等着周隽请我吃饭了。"

孟疏雨捂了捂脸,又倒回沙发上摊饼去了。

另一边,公寓楼下。

周隽站在车外靠着车门,抬头静静望着亮灯的七楼,半晌过去轻轻敲了敲眉心,拉开车门上了车。

周三,孟疏雨在一周中体感最难熬的这天,依然容光焕发地到了公司。

这几天她就像因为学校里有暗恋的男孩子而突然爱上上学的学生,每天都不需要闹钟叫就能醒来,而且一醒就睡不回去,"打了鸡血"一样起床洗漱来上班。

上午十点，孟疏雨在工位上愉快地忙碌着，看到唐萱萱走了过来："疏雨姐，你有没有空最后再确认一下红头文件？没问题我就下发啦。"

孟疏雨跟着唐萱萱去了周隽的办公室隔间，看了一眼玻璃墙，见周隽正签着文件，察觉到她的视线慢慢抬起头来。

四目短暂相对，孟疏雨的嘴角抑制不住地上扬，她忍了忍悄悄挪开视线，走到唐萱萱的工位前，又恢复了一张严肃的脸。

这份红头文件就是九月底谈秦在周隽的授意下做的组织架构调整。

在森代原本"部长——总监——总经理"的组织架构中抽空了"总监"这一环，完成总经理集权，在供应链系统里增设"供应链顾问"一职，由原本的供应链总监赵荣勋担任。

"顾问"两个字一出来，谁都看得出这是个有名无实的虚衔。赵荣勋在森代等于成了边缘人物。

孟疏雨确认了一遍文件，朝唐萱萱点了点头："下发全事业部吧。"

"好嘞。"

孟疏雨最后偷瞄了一眼周隽，走出去回到工位上。

红头文件下发后一刻钟，走廊里忽然传来一阵骚动。

孟疏雨抬头望出去，看见赵荣勋从电梯那头大步流星地走了过来。一旁有几位底下部门的同事劝着、拦着，但根本拦不住他冲天的怒火。

孟疏雨感觉头皮发紧，扭头跟冯一鸣小声说了句"叫保安"，然后走了出去。

"赵总，"孟疏雨拦停了赵荣勋，"周总现在在忙，暂时不方便见您。"

"我管他方不方便！他就是在忙天王老子的事，也得给我个说法！"

赵荣勋绕开孟疏雨就要往前走，到底想着她是总部的人，留着情面多说了句："孟助理，一个来了不到两个月的总经理要把我这干了十年的老人逼走，他下的这步棋总部真不当回事？照这么下去，以后但凡他有个后手，森代还会是永颐旗下的子公司吗？"

"您少安毋躁，组织架构的调整是经过蔡总点头的……"

孟疏雨不是真觉得这话能安抚赵荣勋，也就想拖延点儿时间等保安来，没想到话没说完，身后那扇门缓缓移开。

"孟助理，"周隽叫了她一声，"让他进来。"

孟疏雨回头看了一眼周隽，让开了。

赵荣勋冷哼一声，理了理西装往里走去。

孟疏雨担心地望着周隽，却见他很快把门关上，玻璃墙也调成了单向透光。

两分钟后，四名保安到了八楼。

孟疏雨让保安先避到一边，免得万一她多想了小题大做，一会儿赵荣勋出来场面也尴尬，但手上已经捏好了保卫处的通行卡，准备情况不对随时开门。

她等了大概十分钟，周隽这隔音效果良好的办公室一直没有传出任何动静。

孟疏雨站在门口，看三位文秘也都惴惴不安地望着这边。她刚想让他们做自己的事去，忽然听到"砰"的一声闷响。

在这种隔音效果下传出来的闷响，实际上已经是巨响了。孟疏雨想也没想地拿卡开了门，四名保安也一齐冲了上去。

门一开，破天的骂声传了出来："我呸！你算个什么东西？！来这儿耍威风抢别人的东西，不就是因为周家的财产一分都没给你吗？！"

四名保安冲上去架住了赵荣勋，把人往外拖。

孟疏雨心惊胆战地看着满地的花瓶碎片，朝办公椅上的周隽小跑过去："伤着哪里了吗？"

周隽掸掸衣袖，笑着摇摇头。

外面赵荣勋被架到了走廊上，嘴里还在喊："周隽，你就是条丧家之犬！你也知道你家的财产都是你哥的！你就是想钱、想权想疯了！"

孟疏雨冷下脸来，朝外说："把他的嘴堵上。"

保安捂上了赵荣勋的嘴。走廊里安静下来。

孟疏雨看了一眼跟她一起跑进来的唐萱萱："交代下去，这些话谁往外传，谁心里有数。"

四下都是人，孟疏雨暂时不方便跟周隽说私话。她见周隽没有受伤，就让保洁打扫了办公室，自己也退了出去。

孟疏雨回到工位上，脑子里却一直反复过着赵荣勋的话。

虽然那明显是无计可施的人最后放出的疯话，但她看周隽的反应似乎不太像空穴来风。她总觉得他越是笑，赵荣勋的话就越有真实的成分。

孟疏雨想来想去坐不住，忍到午休时间，见周隽那面墙还是单向透光，装模作样地拿了份文件进了他的办公室。

周隽正手插兜站在落地窗前，不知在看窗外的什么。

确认身后的门关严实了，孟疏雨搁下文件走上前去，斟酌着问："不睡个午觉休息一下吗？"

周隽回过头来："你不也没睡？"

"我怎么睡得着嘛。"

周隽的眉梢一扬："怎么睡不着？"

"我……担心你呗。"

周隽笑着走到沙发边坐下，慢悠悠地倒了杯茶："担心我什么？"

"就那个赵荣勋讲话也太难听了。干了十年都没人出来保他，那他不反思一下自己这十年都干吗去了，还有脸来骂人？"

周隽侧目看看她，笑着喝了口茶。

孟疏雨在周隽旁边坐下："说得好像森代本来是他的财产一样，人家蔡总都对这红头文件点头了，他操的哪门子闲心？他是蔡家的儿子吗？要么他就直说自己要钱要权，我还敬他敢说实话，拿总部和蔡总当挡箭牌算什么出息？……"

"孟疏雨，"周隽搁下茶盏，往沙发背上靠，"你有点儿——"

"嗯？"孟疏雨偏过头去。

"吵。"

孟疏雨的脸垮了："我好心来安慰你的。"

"嗯，"周隽轻轻"啧"了一声，"但还是有点儿吵。"

孟疏雨盯着他看了半天，发现他是认真在嫌她吵，阴沉着脸站起来，还没迈开步子，就忽然被他握住了手腕。

她垂下眼，回过头看他。

"我的意思是，"周隽仰头看着她，"你想安慰我的话，可以安静点儿陪我坐会儿。"

一个"陪"字像是戳着了她的哪根敏感的神经，前一秒的不高兴一下烟消云散，她眨了眨眼问："那好吧，坐哪儿？"

周隽看了一眼身下的沙发："你还想坐哪儿？"

孟疏雨噎了一下："我这不是在想，坐你的腿上说不定更有用一点儿吗？"

周隽恍然点头："创意不错。"

孟疏雨当他又在反讽，正准备老实地在沙发上坐下，握着她的手腕的那只手蓦地用力。

她整个人顺着那力道跌下去，歪歪斜斜地跌坐在了周隽腿上。

"那就试试吧。"周隽的拇指在她搏动的腕脉处摩挲了一下，他把她往膝上抱了抱，抬头看着她说。

周隽这么往上一抱，手臂就牢牢地圈在了她的后腰上。

腰上的手臂烫，身下的腿也烫，孟疏雨感觉自己像被烫昏了头，悬了半边的身体也软了，就这么没出息地压了下去。一双无处安放的手慢慢攀拢，攥紧了周隽的衬衫的前褶。

孟疏雨的呼吸不由自主地安静下来，心里却像被撒了一把跳跳糖，炸得热闹，"噼里啪啦"地响。她看着周隽，从他注视着她的眼里看见自己烧红的脸，飞快别开了眼。

周隽却还直直地盯着她，眼神在她的脸上游移，像在分辨她眉眼间细微的表情变幻，想看出点儿什么来。

咫尺距离，孟疏雨不管把头别向哪里都没法儿忽视这道目光，又回过头来："你……盯着我看什么？"

——看你好看，也看你会不会被吓跑。

周隽笑了笑："都坐我的腿上了还不能看？"

孟疏雨太讨厌周隽的气定神闲，好像她在他面前永远得处在下风。但她这会儿头昏脑涨的，又想不出回嘴的话，支吾了半天，硬邦邦地说："不能。"

周隽"啧"了一声，挪开了视线。

等他的视线移开，孟疏雨却忍不住反过来盯他。

第一次这么近距离且长时间地看周隽，她再次感慨，这人皮相也好看，骨相也好看，简直像女娲照她的理想捏出来的人。

"你还挺'双标'。"周隽瞥她一眼。

"现在是我在安慰你，我想看你就看你，你还挑刺呢？"

"看我算哪门子安慰？"

孟疏雨适应了些这个姿势，嘴皮子又活络起来："我看你，是觉得你好看，不好看的人我才不给眼神。"

周隽别开头笑了笑。

"你看，你这不就被我逗笑了？"孟疏雨得意地扬了扬眉，"现在是不是好一点儿了？"

"是，多亏你。"

听多了周隽反话正说，孟疏雨总觉得他说正话的时候不真诚。不过看他心情不好也不找碴儿了，她斟酌了一下，想问问他家里的事，就是不知道怎么开口，正纠结，就听到他说了句："想问就问。"

"嗯……"孟疏雨沉吟了一下，问，"我就想知道，你跟家里关系真的不好吗？"

"你什么时候听我提过他们？"

那就是不好了。

孟疏雨皱了皱眉头："可你国庆那时候，家里出事了不还赶着去处理吗？"

周隽的目光一滞。

"哦，那天你说的不是这个家里，是你爷爷那里？你爷爷的身体又……"

"不是。"

听周隽没了下文，好像不太想深入聊下去，孟疏雨想着在家事上还是需要一些边界感，而他们的关系大概没到达这条边界，便顺势转移了话题："那就好，如果是你爷爷奶奶那边有什么要帮忙的话，你可以叫我上，我陪你去。"

周隽静静地看着孟疏雨，揽在她腰后的手慢慢松了开来。

他像被一块沉甸甸的石头压住了脏腑。她越是对他的话深信不疑，越是善解人意，这块石头就越重。

"孟疏雨。"周隽忽然叫了她一声。

"嗯？"

周隽定定地看了她很久，最后拍了拍她的背："没什么，我没事了，起来吧。"

赵荣勋这事闹得，包括孟疏雨在内，森代上下的人一下午都没怎么在工作状态。

楼下部门的员工是在聊八卦。孟疏雨是在担心善后问题，跟总部报告过情况以后就一直在和供应链的几位部长沟通。

原本下午的工作拖到了晚上，孟疏雨不得不加班，一直忙到九点。任煦来接周隽，顺带捎上了她。

从公司出发回公寓，孟疏雨还是保持着上下级的分寸，把后座留给周隽，自己坐了副驾驶座。

回去的一路她想和周隽说点儿什么，看任煦在又不方便。

眼看车子开到公寓楼下，周隽叮嘱了她一句"回去别忙了，早点儿休息"也没了其他的话，她只好上了楼。

这上楼的过程，她越走越感觉闷。

她总觉得周隽这天在办公室摆出那个严肃的表情叫了她一声，是想说什么重要的话，但后来不知怎么又没说。

孟疏雨进了公寓，忽然有点儿低气压，坐在沙发上跟陈杏发起消息来。

孟疏雨："你说他是不是本来想跟我确定关系，然后又改主意了？"

陈杏："孟疏雨，你可真勇，都试探出他对你有意思了就摆点儿谱。你这么主动，他觉得不是男女朋友也能做男女朋友的事，还能积极确定关系吗？"

孟疏雨的感情经验确实只到捅破窗户纸之前，后面的事就没什么概念了，毕竟以往到这时候她基本已经变心了。

敢情临门一脚也有这么多讲究？

孟疏雨："这几天我也没主动做什么了，就今天特殊情况嘛，以后知道了……"

陈杏："行吧，问题不大，你说他今天心情不好，那肯定没心思想谈恋爱的事，看他周末会不会约你吧。"

孟疏雨思忖也是，刚想到"周末"这两个字，突然一阵无奈："他会。"

陈杏："他已经约了？"

孟疏雨："是哦，一周前他就约了我看展会呢。"

周六一早，孟疏雨跟着周隽去了会展中心。

这届智能家居展一共三天，行业内的精英巨头大多云集在第一天。

对周隽来说，这次展会宣传品牌形象是次要的，更重要的是在展会上搜集行业信息，建立他个人和行业内合作商的人脉。

所以一整天下来，孟疏雨几乎一直跟着周隽社交。

这种利益场合的社交比酒局应酬更需要打起十二万分的精神，毕竟三言两语就会定下印象分，对后续合作有着至关重要的影响。孟疏雨作为周隽的助理，在每一段社交都得打好头阵。

面对有价值的合作商，她跟周隽介绍时会说上一句"这就是我跟您提过的某总"，先一句话奠定对方良好的观感，再跟周隽一唱一和。

面对周隽无意多交流的对象，她又得打好太极，举牢挡箭牌。

这一天下来，她和周隽没培养什么感情，一起见人说人话、见鬼说鬼话的默契倒是训练得不错。

到了傍晚，孟疏雨的脑容量已经在爆炸的边缘，回到森代休息间她也没了和周隽聊天的精神，一双眼无神地盯着地板发呆，最后的力气只能用来挺直背脊保持形象。

周隽看她已经累到极限，起身扣上西装纽扣："我跟兰臣那边再聊聊，你在这儿先把晚饭吃了。"

"那你身边没人了呢？"孟疏雨对着他皱了皱眉，一看几个同事进了门，飞快地把眉心压平。

周隽抬到一半的手也拐了道弯落空，他压低声音说："私下喝个茶，不谈工作，要什么排场？"

"好吧，"孟疏雨小声说，"那我就偷个懒啦。"

周隽走后，孟疏雨在休息间撑不住，支着额头补了会儿觉。醒来后她看到一群同事在旁边吃盒饭，她手边也被放了一盒。

孟疏雨醒了醒神，活动了一下筋骨，把盒饭拆了，将就着在休息椅上吃过了饭。眼看周隽离开一个多小时了，她拿起手机想看看他有没有找自己，却先看到了楼文泓的消息，对方说下午已经到森代的展馆参观过。

孟疏雨这才记起楼文泓之前说过要来森代的展馆看看。但她这天忙得根本没看微信，楼文泓也挺有社交分寸，看她不回消息也没打电话。

孟疏雨回了楼文泓几个小时前的消息："不好意思，我刚看到消息，今天实在太忙了。"

楼文泓："没事，这会儿还在忙吗？"

孟疏雨："暂时在休息。"

楼文泓这样一问，孟疏雨倒想起自己其实不算休息，算偷懒，想着吃饭把妆都吃没了，不知道周隽那边还需不需要她过去，以防万一先补个妆。

孟疏雨拿上化妆包走了出去，刚到休息间外，一眼看到了走廊里的楼文泓。

"楼总。"孟疏雨下意识地叫了工作称呼。

"我刚好在这层，你说在休息，我就过来打个招呼，"楼文泓笑着说，"你这是……"

孟疏雨有点儿尴尬地指了指拐角："我去趟洗手间，那要不你在这里等我会儿？"

楼文泓点了点头。

孟疏雨绕过拐角进了洗手间，补好底妆和口红，确认妆容没有瑕疵，重新走了出去。

这一出去，她第一眼没看到楼文泓，迎面先碰上了周隽。

"你回来了啊？"孟疏雨看了一眼手机，发现周隽在两分钟前问了她一句"在哪儿"，"我在补妆，没看到消息。"

见周隽表情不太友善，孟疏雨想起了等在森代休息间门口的楼文泓。

"见谁需要补妆？"周隽淡淡地看着她。

"不是，"孟疏雨心里大呼冤枉，"我不知道他会来找我，是想着去找你，出来补妆才碰见他的。"

看周隽别开脸没说话，孟疏雨"啧"了一声："你不会不相信吧？"

一句话就解释清楚的事，周隽当然不会不相信。他沉默只是因为意识到自己忍耐的时间越来越短。

一周前的那天晚上，谈秦打来电话，说从陈杏那儿听说孟疏雨在相亲，他当时就知道这个消息不可能无缘无故地传到他这里。

这摆明了就是一场试探。

只要他那晚出现，不管做什么表面功夫，孟疏雨都会得到确切的信号。

那晚他忍耐了半个小时，最后拿起了车钥匙。

这天他只忍耐了两分钟，即使知道计划会脱离原定的轨道。

孟疏雨无奈得想找楼文泓对质，绕过周隽朝他身后望去，刚望见楼文泓的半个身影，忽然看到周隽上前一步挡死了她的视线。

"不是说好看的才看，不好看的不给眼神吗？"周隽垂下眼看着她。

孟疏雨愣愣地抬起头来。

"别看他，看我。"

周隽这一上前，几乎快面对面地贴上她。

悬殊的身高差和这句话带来的压迫感，让孟疏雨感觉自己像被一张网兜头罩住，从天到地这么辽阔的距离只剩下周隽，连喘气的空隙都被剥夺。

窒息了一瞬，孟疏雨仰头盯着周隽，小心翼翼地深吸一口气，忽然嗅见周隽身上传来的淡淡酒气。

他不是说就喝茶，怎么还喝酒了？

难道他是担心一说酒局，她就算再累也非要跟去？还是说，他跟人去的是什么声色场所，不方便带她？

孟疏雨的思维发散开去，她一时也忘记回应周隽，刚想发问，余光瞥见周隽身后的走廊上走过了一位同事。

她蓦地往后退开一步，撤到了正常的距离。

周隽的目光一暗。同一时刻，孟疏雨的掌心的手机振动。

她低头一看，回过了神，把手机举起来给周隽看："只能看你了，满意了没？"

楼文泓："我也没什么事，就先回去了，你忙你的。"

周隽看了一眼手机屏幕，没有说话。

孟疏雨该解释的都解释了，看他这死人样，也不知道是气是笑："你看这回是不是该换我说，差不多得了？"

"嗯。"周隽转过身往外走去，也不知道这声"嗯"到底回的是她的哪句话。

孟疏雨皱皱鼻子，总觉得对话到这里结束，有种如鲠在喉的味道。

他就不能说一句"不能差不多""这样不够"吗？

也不知道是不是自己太贪心了，第一次看周隽吃醋，就算他不承认，她也爽到脚趾跳舞；第二次他还不把话说到底，好像就有了点儿隔靴搔痒的不得劲儿的感觉。

她给了他这么多天也没动静，早表白了至于吃第二次干醋吗？

那她也想挽挽他的胳膊，给他抱一抱去哄他的呀，谁叫他光打雷不下雨，她也只能回敬他一句"差不多得了"。

孟疏雨对着周隽的背影冷"哼"一声，撇撇嘴跟了上去。

展会这边的工作已经告一段落，孟疏雨回休息间拿了包，跟着周隽出了会展中心。

任煦提前把车开到了门廊前，见孟疏雨又像以前那样朝副驾驶座走去，指了指后边："孟助理，你这一天也累了，坐后排舒服点儿吧。"

孟疏雨往身后警惕地望了一眼，见没人在看这边，飞快地拉开后座车门，猫下腰进去，坐到了周隽的隔壁。

任煦也很快把车开出了门廊。

孟疏雨心里还带着点儿说不清的不畅快感，看周隽一进到车里就闭目养神，一点儿没有开口聊天的意思，她也把头往窗外一别，开始补觉。

车子平稳地行驶在柏油马路上，窗外橙黄的路灯一盏一盏地闪过，映得车里光影忽明忽灭。

即使她闭着眼睛也没法儿忽视这恼人的闪烁不定的光。

周隽靠着椅背皱了一路眉头，直到车子转过一个拐角，他的右肩忽然一沉。

孟疏雨不知哪时起，已经睡得昏昏沉沉，被惯性带了过来，像在睡梦中靠到一个枕头，往他肩膀上挨了一下。

周隽松了眉心，睁开眼偏头看去，等了等，见她没醒，把右边肩膀慢慢压低了点儿。

车子驶入小区地库，停进车位上。

周隽朝望着后视镜的任煦抬了抬下巴，示意他先走。

任煦点点头，轻手轻脚地打开车门下了车。

灯光稀疏的地下车库里，周隽垂眼看着孟疏雨，听她一声声均匀的呼吸，非但没能平静下来，反倒在这密不透风的逼仄空间里起了更多躁意。

静坐了片刻，他抬起左手绕过去，把扫在她的鼻尖上的碎发轻轻别到她的耳后，指尖在她的脸颊上碰了碰。

孟疏雨的呼吸一滞，她突然睁开眼，蓦地抬起头来。

周隽目光往下，看见她睡意蒙眬的一双眼，还有她近在咫尺的，因为惊讶微张的唇。

孟疏雨混沌地望着周隽的眼神，好像看懂了他在看哪里。

落针可闻的车厢里，胸腔下"怦怦"响动慢慢加重，一声高过一声，直至震耳欲聋。

理智告诉孟疏雨应该往后退，她心底却涌起潮水般的渴望，手脚都被周隽绵密的眼神粘得一动不能动。

周隽像在她的静止中得到默许，掌心慢慢扶上她的脸颊，一点点低下头来，每低一寸，看一眼她的眼神。

鼻尖抵到鼻尖的刹那，孟疏雨目光忽闪，爬起来一把推开了他。

狭小的后座上，两个人各靠一边，忽然拉成了最大距离。

孟疏雨抖着手摸上车门把，拉开车门下去，匆匆走到电梯前按了上行键。

电梯门移开，孟疏雨快步进去，软着腿一手扶住把手，一手握成拳头敲了敲自己的脑袋。

她怎么就慌了！这临阵脱逃是不是也太煞风景了……

可是她抱都给他抱过了，他也一直没来表白，难道现在又随便给他亲……

陈杏也说，男人如果觉得不是男女朋友也能做男女朋友的事，就更不积极确定关系了。

她已经主动了这么久，他想亲她，回应一句喜欢她，叫一声"女朋友"再亲不行吗？

孟疏雨靠着电梯壁，跃到嗓子眼的心脏慢慢落回去，剩下的是抓不到边际的空虚感。

安静的空间里，她皱起眉，烦躁地蹬了蹬脚。

次日上午，孟疏雨在公寓床上醒来，对着天花板眨了眨眼，脑海里像放电影似的一帧帧过着昨晚的画面。

醒过神的那一刻，她立刻趴到床头柜上拿起了手机。

因为昨天太累，这一觉她已经睡到接近十点。微信置顶那一栏却比她这个觉睡得还沉，没有一点儿动静。

孟疏雨从无线网切到5G网，又从5G网切回无线网，确认了周隽真的还没来找她。

难道周隽昨晚喝了酒太累，也跟她一样睡过了头？

孟疏雨摸摸空荡的肚子，先下床洗漱，泡了杯麦片垫胃。

一直等到快十一点，她有点儿坐不住了，走到阳台往对面望去。

她眯起眼一看，周隽朝南的卧室已经拉开窗帘，阳台窗也是大敞的，虽然看不清屋里有没有人，但他明显是起床了。

对他们差点儿接吻这件事，他就没什么要说的吗？……

孟疏雨薅了薅头发，回到屋里，捏着手机踱起步来。

她的掌心里的手机忽然一振。

孟疏雨的心脏一个大跳，她立刻拿起手机来看。

楼文泓："早，起床了吗？"

孟疏雨的脸色垮了下去，她打起精神回复："嗯，起来了。"

楼文泓："昨天晚上去找你其实是想跟你说一声，我和家里已经交代过了，说我们两个人聊不出火花，只能当普通朋友。"

孟疏雨放心了："那我跟家里也这样统一口径吧。"

楼文泓："好，不过我家里批评我隔着屏幕和你谈结束不太得体，毕竟上回第一次见面是你请我吃的饭，今天要不换我请你吃一顿吧？"

孟疏雨："不用了，没关系的。"

楼文泓："你就当帮帮我的忙，让我跟家里有个交代。"

孟疏雨："那要不改天？我昨天忙得有点儿累，今天想休息一天……"

楼文泓："那这样吧，我请你吃外卖怎么样？你在家本来也要点外卖吧？"

孟疏雨想着改天还得再出去吃顿饭，不如这天让楼文泓点份外卖完事还省心省力，就把小区名发了过去。

聊了这么几个来回，她再切回到周隽的微信消息框一看，对面还是纹丝不动。

才见过她两面的人都知道她周末在家要点外卖吃，周隽难道不知道，不能来带她吃顿饭吗？

这周也就这一天假。她等了他一周，先想着他可能心情不好，又想着工作日他忙，可能想找个良辰美景，给他找了这么多借口，到现在都找不出借口来了。

孟疏雨望了一眼对面楼大敞的窗，一把拉上了阳台的遮光窗帘。

对面楼，谈秦坐在公寓沙发上，看周隽握着手机，在客厅来回踱着步。

"前两天不是你说的今天聊薪酬制度吗？你说不去公司就不去了，那也行，你是老板看你的心情，我都带笔记本上门来了，你可以听一下我的方案吗？"谈秦忍不住发了几句牢骚。

周隽垂在身侧的手摩挲着手机屏幕，他像没听到。

谈秦把笔记本电脑盖一合，放在一边，干脆看起周隽来。

他看周隽这个样子，像极了他们两年前在 M 国主导一桩并购案的前夕。

当时并购只差临门一脚，因为第三方插手，对方的意思忽然变了，表露出犹豫之意。

那时候他们判断对方退缩的可能性有两种，一种是对方确实属意第三方，另一种是在故作姿态，想要更高的筹码。

这个码加还是不加，成了最大的争议。

会议室里吵翻了天，周隽作为主导人，所有人都在等他做最终的定夺。

当时的情况已经没有余地和对方再进行任何试探，因为一旦试探就会露出马脚，所以他们开口第一句话就必须确定方向。

这第一句话，他们说对了就是大胜而归，说错了就是满盘皆输。

在人心的拉锯战里，决策的过程无异于赌，谁都没有绝对的把握。

周隽彻夜未眠，给出了决定：不加码。

第二天对方的态度软了下来，反过来把他们哄得服服帖帖。

他们赌赢了，拿下了这桩并购项目。

谈秦抱臂看着周隽："我说，你都去搅了人家的相亲局了，人家这几天不也没躲你吗？那个楼文泓不至于威胁这么大吧？"

周隽终于给他一个眼神。

昨晚一开始他也在想，不至于吧。只是在森代的休息间门口看到楼文泓在等孟疏雨时，他怎么就去堵了人？

然后他清醒地意识到了真正的问题出在哪里。

问题出在，他和孟疏雨现在的关系是用骗局换来的。

对孟疏雨奏效的到底是他拿捏人心的手段，还是他这个人本身，这本来就是存疑的。

这场骗局回馈给他的孽力，就是让他无法确定，如果有另一个人复制他的手段去对付孟疏雨，她会不会动心？

尤其当这个人正在复制他的手段时，他却已经是自乱阵脚，快要缴械投降的残兵。

看周隽默认，谈秦叹了一口气："你说你都这个条件了，对女人能不能有点儿信任？你不会以前被女人'渣'过吧？"

谈秦也就开个玩笑，没想到周隽真笑了："倒不是女人。"

"那是男人？"谈秦从沙发上站了起来。

"在你的字典里女人的反面只有男人？"周隽抬眼看了看他。

"那还有……"谈秦说到一半反应过来，"哦，女孩儿？你还早恋过？我怎么不知道？"

周隽没再说话。

谈秦碎碎念着活动了一下肩背、颈椎，到阳台替周隽看了一眼对面楼："都到饭点了还没拉开窗帘，她是真没起床呢？还是——？"

谈秦正说着，忽然顿住，瞥见了对面楼楼底那辆轿车："周隽，怎么好像还真被你猜中了？"

周隽走到阳台上，往他手指的方向望去，看到了车边两道熟悉的身影——孟疏雨和楼文泓。

从车上下来的时候，两个人手里都拎着纸袋子，看起来是在外面买了不少什么东西回来。

"不会真是你最近没忍住，她觉得已经攻略成功了就转去找别人了吧？"

谈秦说完这话看了一眼周隽的脸色，闭上嘴重新望向楼下，默默在心里祈祷：别进去，别进去，别……

孟疏雨带着楼文泓走进了那道门。

电梯门口，孟疏雨拎着手里的外卖对楼文泓说："你把东西放电梯里就行了，楼上就没几步路，我自己能拿。"

楼文泓抱歉地笑着："都到这儿了，我给你拿上去吧，我也没想到点个火锅外卖还带这么大一口锅，本来想让你在家也能吃上火锅，现在反倒是我给你添麻烦了。"

孟疏雨心说她更没想到，楼文泓说的请吃外卖并不是他点份外卖给她，而是他去火锅店打包汤底和食材送到她家。

因为她没给具体楼号，楼文泓到小区门口以后给她打了电话。她当时正在公寓里自闭，接到电话匆匆换了衣服去拿东西，一看他拎着三大袋东西那架势都愣了。

孟疏雨怕楼文泓上楼以后又说要搬进她家，想想真不方便，再次推托："真不用了，你都走这么大老远了，快去吃饭吧。"

"行，那我就不打扰了。"楼文泓把纸袋子放进电梯，跟她道了别。

孟疏雨回到七楼，把东西分两趟拿进屋，进了公寓先倒了杯水解渴。她思忖，这楼文泓是铁憨憨呢，还是有什么意图。

算了，反正以后他们都不联系了。

孟疏雨喝完水，看着这三大包东西也没什么胃口，想着先歇会儿，再次瘫回了沙发上。

她躺在沙发上，拿起手机一解锁，又看到了让她自闭的那篇回帖。

刚刚她下了决心，等到天黑为止，如果周隽还不来找她，她就去骂他。

等着等着她胡思乱想起来，死马当活马医地在某论坛情感组发了篇帖子："前一天晚上男方情不自禁地去亲女方，被女方推开了，第二天男方一直没来找女方表白是为什么？"

某个高赞回复进行了分析——

"这就要看人了，如果男方不确定女方的心意，本身又是比较敏感自卑或者害羞的性格，可能是在用接吻试探女方喜不喜欢他，被推开以后发现时机还不成熟，肯定就缩回去了。"

孟疏雨看到这个假设的时候立刻摇头。

她可是早八百年前就对周隽表白了。他这性格，和敏感自卑害羞更是八竿子打不着边。

于是孟疏雨又往下去看另一种情况——

"如果不是这种情况，那可能男方是在试探女方的交往边界在哪里，发现女方放不开所以就拉倒了，说白了就是他可能只想睡她，并不想谈恋爱。"

孟疏雨看完这回复以后不服气地回复："但男方和女方已经暧昧一段时间了，而且一开始本来就是女方倒追的。"

她的手机一振，那位回帖人的最新回复跳了出来："那就是最可怕的一种情况了，如果在暧昧过程中男方既不拒绝女方，又不接受女方，偶尔跟女方有亲密行为，过后又装无事发生，平常从不主动，只有等女方想放弃了，或者有情敌出现才热情起来——这就是'渣男'吊妹子的标准做法。我只想说四个字：姐妹，快跑！"

孟疏雨一字一句地读下来，还没彻底回神，手机又是一振。

一个盼了半天的名字从消息栏弹了出来。

孟疏雨像从这段噩梦般的回复里被拯救出来，松了一口气，差点儿感动得热泪盈眶，飞快点开周隽发来的消息。

"昨晚喝多了没收住，介意的话请你吃饭？"

像有一盆滚着冰碴子的冷水从头顶浇下，孟疏雨的笑一下凝固在了嘴边。带着点儿自我怀疑，她把这句话拆解开来，从头到尾仔细理解了一下。

昨晚喝多了——他神志不清醒。

没收住——他酒后乱性。

请你吃饭——他花钱补偿她。

前一秒孟疏雨有多热泪盈眶，后一秒就有多如坠冰窖。她反反复复地把这句话看了三遍，每看一遍心都往下沉一截，最后沉到谷底，死一样安静。

这是一个问句。他在问她介不介意，需不需要让他补偿她。

孟疏雨竟然被问住了。

她介意吗？两情相悦的男女接吻，她为什么介意？

她不介意吗？她以为的情不自禁却是他的酒后乱性，一句"介意"够她说吗？

好高级的一个问句，看着不起眼的一句话，他差点儿把人绕进他设下的逻辑陷阱。

孟疏雨盯着手机屏幕，忽然觉得有点儿可笑。

如果昨晚她没有推开他，而是跟他接了吻，甚至往下做了更多，这天也会得到这样一句话吗？

周末的论坛情感组里，"girls help girls（女性互助）"的氛围越来越浓郁。

孟疏雨的手机不停振动，一条又一条新回复弹了出来——

"姐妹们，如果在你觉得应该更进一步的时候，对方突然泼你一盆冷水，但在你心灰意懒的时候，对方又突然把你的心给焐热，不管他用的是什么方法，这种反向回应真的要小心！没有一个爱你的男人会这样搞你的心态！"

"让我猜猜这位男方今天要用什么理由解释他前一晚的情不自禁，哦，该不会，难道说，这么巧——他前一晚正好喝酒了吧？"

"喝酒了、没睡醒、气氛烘托的，'渣男'大礼包三选一，如果不幸收到，姐妹请立刻组织反杀！"

"虽然……但是，这种'渣男'肯定不是第一次这么做了，而且很可能一次多线，'鱼塘'里少一条'鱼'对他来说没什么的，会来这里求助的姐妹应该反杀不了这种级别的'渣男'，还是直接跑吧，不管这次再听到什么话都别回头！"

孟疏雨握着手机，从一开始手软到有点儿拿不住，到用力得快要把手机捏碎。

嗯，这么高级的问句，他却用了这么熟稔又稀松平常的语气，应该不是第一次这么做了吧。

孟疏雨空洞的眼神慢慢聚焦，她把光标按在了输入框中。

"没关系，你只是犯了所有男人都会犯的错。"谈秦站在周隽背后，见他一动不动地盯着屏幕看了足足一分钟，忍不住偷瞄了一眼，读出了孟疏雨的回复。

周隽缓缓地扭头看他了一眼。

谈秦做了个少安毋躁的手势表示自己不打扰他，走远了，退到一边，过了半分钟，忽然捶着沙发哈哈大笑。

"这怎么还一山更比一山高呢？她到底是伤心了，还是看你的乐子反讽你？"

"你们这极限社交把我一个搞人事的人都整不会了！"

"这斗法斗得是不是能预防'老年痴呆'？"

周隽在谈秦聒噪的声音里皱起眉来，对着孟疏雨的回复又看了近一分钟。

两分钟时限的最后三秒，孟疏雨撤回了这条消息。

周隽目光一滞，抵在眉心的指关节轻轻敲了敲。阅读理解的难度又肉眼可见地提升了一级。

Chapter 7

许了什么愿?

晚上七点多，孟疏雨终于拆开了那三袋火锅外卖。

中午那会儿她不想再看手机，就把手机扔在客厅的抽屉里，躺上了卧室的床。本来她就没从昨天的疲惫里缓过来，这么想着心事，不知想到几点又睡了过去。

阳台的遮光窗帘一直是拉实的，等她醒来，房间里快黑到伸手不见五指。她一看床头柜上的电子钟，已经晚上七点。

从早上睁眼开始，她胃里就只进了一杯麦片，到现在也没感觉到饿。但时间概念告诉她，她该进食了。

她拆开食材一看，冷冻的涮肉已经变得软趴趴的，装在保温袋里的猪肚鸡汤底也冷了，只有蔬菜还顽强地新鲜着。

还好天凉了，食物没那么容易坏。孟疏雨到厨房把汤底热了热，倒进火锅里开了火，然后把食材在餐桌上一盒盒排开。看着感觉缺了什么，她又去冰箱里拿了一打啤酒出来。

万事俱备，餐桌上红的绿的食材都有，火锅里奶白色的汤也"咕噜噜"地沸腾起来，勉强算是顿丰盛的晚餐吧。

孟疏雨一下拉开啤酒的易拉环，碰了一下面前的锅，在心里跟自己说了声"周末快乐"，开始涮肉涮菜。

可惜放久了的火锅二次加工总会变味，吃在发苦的嘴里也品不出鲜气，孟疏雨没吃几口就有点儿嚼不动了，甚至觉得这肉的膻腥味有点儿恶心。

孟疏雨忍了会儿，关掉火，到阳台拉开窗帘，推开窗户通风散味。等新鲜空气涌入，她再次回到餐桌边，也不想吃火锅了，干脆光喝上了啤酒。

她喝到八点过半，一阵沉沉的闷响声忽然从寂静的客厅深处传来。

孟疏雨搁下不知喝空的第几个易拉罐，迷茫地辨认了一下声源的方向，一时没反应过来这是什么声音。

孟疏雨循声走过去，拉开抽屉一看，才发现是她中午扔进去的手机。

来电显示"陈杏"，孟疏雨接通电话，哑着嗓"喂"了一声。

那头陈杏着急地说："我今天家族聚会聚了一天，这会儿才看到你的消息，怎么回事啊？"

孟疏雨想起来了，自己扔手机之前跟陈杏发消息说了周隽的事。当时陈杏很久没回消息，她估计陈杏在忙也没打电话。

孟疏雨在原地沉默了好一阵，忽然说："陈杏，火锅好难吃啊——"

"啊？"

"我说火锅好难吃，以前明明挺好吃的呢，怎么今天这火锅这么难吃？……"

陈杏听孟疏雨这声音带了点儿醉意，轻轻"咝"了一声："不是，你跟谁吃火锅呢？"

"没有跟谁，"孟疏雨扶着柜门蹲下去，盘腿坐在地毯上，"我就一个人在家里……"

"那周隽呢？他死哪儿去了？他撂下那话就没动静了？"

孟疏雨的耳朵像被扎了根刺，细细密密地疼。从七点醒来以后，她就努力不让自己去想的心事又翻江倒海般涌回脑海。她的胸腔里像装了一抔酸水，轻轻一晃荡，浸泡在里面的心脏就酸得发麻，酸得她整个人一阵一阵地打激灵。

孟疏雨再开口的时候，眼泪"啪嗒啪嗒"止不住地往地毯上掉。

"陈杏，我被骗了。"

"我等了这么久，想着他什么时候找我约会，却等来他说他喝多了。"孟疏雨说到这里不可思议地笑起来，"他说他喝多了，请我吃顿饭补偿我！你说这好不好笑？"

"陈杏，他根本就不喜欢我，只是在放风筝，看我远了，就把线拉回去一点儿，看我近了，又把线放出来，他只是吊着我而已……"

"他……"陈杏噎了一下，"不是，我不明白，他吊着你图什么？"

是啊，他图什么呢？孟疏雨下午躺在床上也在想这个问题。

后来她一想，一个男人吊着一个女人需要什么具体的动机吗？

她长得不差，总在他面前做些好笑的事情，或许刚好能给他解闷，在职场上又是他的助理，喜欢他当然就会对他忠心，什么工作都做到一百二十分努力，生活里还能帮他解决家里老人催婚的困境……

还有，像昨晚那种时候，她还能做他酒后的盘中餐。

这些细碎的、小小的便利，早就足够让他选择不拒绝她。反正他吊着她也只需要动动嘴皮，不费吹灰之力。

就算有天她像这天这样崩溃，也只能一个人哭，也奈何不了他什么。

孟疏雨正想到这里，一道鬼哭狼嚎的男声被窗外的风吹了进来："暧昧让人受尽委屈，找不到相爱的证据，何时该前进，何时该放弃——"

　　孟疏雨掉着的眼泪顿了顿，她抬头望向阳台。

　　歌声顺着风继续往里飘，不知是谁唱得这么撕心裂肺。

　　孟疏雨起身走到阳台上，冲窗外喊："大半夜扰邻了，不知道吗？"

　　"我很不服气，也开始怀疑，眼前的人是不是同一个真实的你——"

　　"什么破歌！调都跑到西伯利亚去了。不会唱就不要唱！"

　　"暧昧让人变得贪心，直到等待失去意义，无奈我和你写不出结局——"

　　孟疏雨气得哽了哽，一把关上窗户，死死拉拢窗帘，握着手机说："你听听，歌里都在这么唱，'渣男'想玩暧昧需要理由吗？"

　　"是，是，是，是我高看他了！死'渣男'，臭'渣男'，脑子被驴踢过脸被牛蹄子踩过的'渣男'！"

　　那头陈杏开始陪骂。孟疏雨再次坐回地板上，歇了会儿，眼泪又成串地往下落，哭得一抽一抽的："陈杏，我不想再看见他了……

　　"我想……我想明天就走，这里一点儿也不好……没有爸妈，也没有你。我今天一个人……一个人睡到晚上七点，都没有人来叫醒我……"

　　她正说到这里，"叮咚"一声门铃响起。

　　孟疏雨怔了怔，慢慢收起眼泪。

　　难不成是隔壁唱歌的邻居道歉来了？孟疏雨摁了摁突突直跳的太阳穴，从地上爬起来，到餐桌旁抽了两张纸巾擦脸。

　　电话那头的陈杏正在拼命劝她："别冲动，别冲动。你这工作还得干好，可不能情场失意，职场也失意。为了这么个不要脸的狗东西不值得！"

　　孟疏雨往公寓门走去，边走边说："你说得不对。"

　　"嗯？"

　　"你可以骂他狗，也可以骂他狗男人，但你不能骂他狗东西，因为这男人——"孟疏雨拉开门，一眼看到站在门外的男人，缓缓地接了下去，"他真个是个东西……"

　　一道门槛之外，周隽目光一闪，直直地立在那里盯紧了孟疏雨哭红的眼。

　　电话那头的陈杏哭笑不得："孟疏雨，你失恋还讲单口相声搞笑呢？"

　　"我搞笑怎么了，"孟疏雨握着手机，冷眼望着周隽，"我是个搞笑的人，就不会难过了吗……"

　　隔壁邻居的聚会还没结束，楼道里飘荡着男男女女的欢声笑语，隔着门孟疏雨也能感受到对面的人有多开心。

那鬼哭狼嚎的男孩子唱完一首歌，拿麦克风讲了个什么笑话，屋里一阵哄闹，笑声大得快要把对面那扇门震碎。

只是那些热闹声音经过一道门的阻隔，仿佛闷在一层厚厚的鼓皮里，听起来遥远又不真切。

孟疏雨握着手机，听着电话里陈杏的安慰话语，听着对门的拍桌声，听着楼道里的穿堂风呼呼刮过，感觉所有的声音都好像来自另一个世界。

直到电话里陈杏担心地提高了声音叫她，她才像被拉回到现实，重新正视面前的人。

孟疏雨看着门外一言不发的周隽，对电话那头的人说："一会儿再跟你说，我这儿来了客人。"

周隽垂在身侧的手慢慢攥了起来。

孟疏雨挂断电话，捋了一把额前的碎发："这么晚了，周总找我有事？"

"孟疏雨，我想跟你——"

周隽说到一半顿住，生平第一次感觉到组织语言是一件这么困难的事，好像翻遍了所有的字都拼不成一个合适的词。

"想跟我道歉？"孟疏雨笑了笑，"我不都说了没关系吗？"

"我想跟你重新解释早上那句话的意思。"

"哦，你说完又后悔了呗？那你解释吧，我听听看。"孟疏雨点了点头。

她明明喝了酒，嗓子哑得很狼狈，前一刻还生气得骂骂咧咧，这一刻语气却平静得惊人。

而他明明衣冠楚楚，带着居高临下的身高优势，站在她面前却像一个不体面的懦夫。

"孟疏雨，昨晚我没喝多，我以为你被我吓到了所以才说了那句话，对不起，是我想错了。"

孟疏雨愣了愣，忽然笑了："你说话真的很厉害，正着也能解释，反着也能解释。有道理的永远是你，猜错的刚好是我。怎么才能像你这么会说话？是每次说之前你都给自己留好退路吗，就像国庆在温泉山庄那次也一样？"

周隽的目光一滞。

孟疏雨说话的语气谈不上咄咄逼人，甚至温柔得有些异于平常："当时你家里根本就没出事，对吧？我也是刚刚才想通的。你是编得很好，但你也听过'狼来了'的故事吧？都这么多次了，你就不要再浪费时间跟我讲故事了。"

孟疏雨抬手握住门把，把门往外推，推到一半被一股阻力挡在原地。

一扇门合不上也打不开，就这么僵持成了三十度角。

周隽抵在门上的手虚握成拳，手背青筋隐现。

孟疏雨松开门，深吸一口气："行，那再说清楚点儿，你的意思你喜欢我呗，那为什么这么反反复复的？"

"我以为，"周隽的喉结滚动，"这样你才会一直喜欢我。"

孟疏雨不解地看着他，回忆了一会儿，恍然间明白过来。

他们刚认识的时候，她在周隽眼里就是个彻头彻尾的"渣女"。他亲眼看她甩了他的好兄弟还没心没肺的，所以觉得她的喜欢没有信用吧。

"有道理，这么一说还挺有道理的……"孟疏雨盯着空气自言自语，"所以我今天这样，都是我活该呗？"

周隽沉默在原地。

"不过好奇怪，你是怎么做到连喜欢一个人都这么冷静的？只要结果对你是好的，你就随便别人被你折腾成什么样？"孟疏雨抬头看向周隽，有一瞬间感觉他很陌生，好像她从来没有真正认识过他，"难怪你做什么都成功，但我觉得谈恋爱也这样是不是……有点儿可怕？"

周隽抵在门上的手一僵，慢慢垂了下来。

孟疏雨看了一眼他松开的手，轻轻关上了门。

刚打开这扇门，看到门外的人的那一刹那，她以为这扇门会被她用滔天的怒火一把关上。

但最后，她只是轻轻地关上了它。

次日中午，森代办公楼。

唐萱萱坐在周隽的办公室隔间里，感觉这天周围的气氛不太对劲儿。

孟疏雨周末在展会加了班，这天调休，没来公司。

这倒也没什么关系，反正孟疏雨每周结尾都会提前排好下周的工作，"总经办"仍然自如地运转着，奇怪的是周隽有点儿不正常。

一上午接连两次，周隽问人拿资料的时候都叫了孟助理。

唐萱萱为此也跟他强调了两次："疏雨姐今天调休了。"

这种稍微有点儿尴尬的时候，本来应该是她向领导递去一个台阶，好让失误的领导脸上有面子一点儿，结果两次都是周隽疲惫地说了一声抱歉。

听起来是真心很抱歉的那种抱歉，真心到她都觉得自己要折寿。

唐萱萱抬头看了一眼面前的玻璃墙，见周隽坐在办公椅上低头看着文件，一手翻页，一手拿食指指关节抵着眉心轻轻在敲。

唐萱萱在这儿坐了这么久，也琢磨总结出了一些周隽的习惯。

普通程度的思考，他一般就是靠着椅背安安静静地坐着，只有遇事不决或者心情不好的时候才会用指关节敲眉心。

但她好像也没什么本事去给周隽排忧解难，想着要是孟疏雨在，她就可以去跟孟疏雨说一声——周总这天有烦心事了。

唐萱萱正想到这里，手边的手机响了起来，一看是陈杏打来的微信语音电话。

唐萱萱接起电话一听，变了脸色，应着"好，好，好"，赶紧起身往外走，走到一半想起什么，回头摁了周隽的办公室的铃。

门移开，唐萱萱匆匆地走了进去："周总，我能申请外出一趟吗？"

"嗯，怎么？"周隽抬起头来。

"杏姐，哦，就是疏雨姐的闺密刚才打电话给我，说疏雨姐发烧了，让我过去她家看看。"

周隽从办公椅上站了起来。

唐萱萱愣了愣，确认道："那我去了？"

"怎么去？有车吗？"

"没，我打个……"

周隽拎起外套往外走："我送你。"

唐萱萱还没反应过来，周隽已经比她更快一步地出了办公室，再看一眼那把被他起身时带转的办公椅，居然还没转停。

听到公寓门铃响的时候，孟疏雨人是醒着的，却死活没下床的力气，挣扎着想爬起来，挣扎了一分钟才坐到床沿。

她还没站起身，客厅里已经传来一阵脚步声，卧室房门被敲响："疏雨姐，是我，萱萱，我问杏姐要了密码，我能进去吗？"

孟疏雨哑着嗓音说了句："进来吧。"

唐萱萱拧开门把，拎着两个纸袋子进了门，一看她这架势立刻上前来扶她："哎，你快躺回去，杏姐说你烧到三十八点五摄氏度，怎么回事？是哪里难受？我来的路上买了一堆退烧药，不知道哪种更对你的症状。"

孟疏雨被她扶回床上，靠着床板盖好被子，小声说："喉咙痛，胃也不太舒服，可能这两天没怎么休息好。昨天又没吃东西，光喝酒了。"

"那就是肠胃和扁桃体的问题，"唐萱萱从纸袋子里翻出对症的药，"你刷过牙了吗？"

孟疏雨点了点头："早上洗漱完又睡回来的。"

唐萱萱拿出一盒粥："那你先喝粥，垫垫肚子再吃药。"

孟疏雨伸手接过粥盒。

唐萱萱一看她这拿盒粥都抖的手，说："哎，你别动了，还是我喂你吧。"

"麻烦你了……"孟疏雨把手缩回了被子里，"今天公司没什么要紧的事吧？"

"没事，你放心，"唐萱萱捧着粥在床沿坐下，忽然惊了一下，"等会儿，疏雨姐，有件事我忘记了……"

"嗯？"

唐萱萱指了指外面："刚才是周总送我来的，他还站在你的公寓门外，不知道你方不方便让他进来？"

孟疏雨的眼睛黯了黯："他让你问我的？"

"嗯，他说你要是不方便，他就在门外等。"

孟疏雨皱了皱眉，张嘴想说什么，见唐萱萱一脸好奇的表情，又把眉头松了："你请他到客厅坐吧，帮我把卧室门关上就行。"

"好。"唐萱萱出了房间，过两分钟回来，带上卧室门，继续坐到床沿喂她喝粥。

"疏雨姐，周总看你的客厅里全部是火锅、啤酒什么的，好像在收拾……"

孟疏雨的眉头又皱了起来。

"没事，疏雨姐，"唐萱萱压低了声音，"你不用觉得折寿，我今天坐周总的副驾驶座更折寿，还有周总今天一上午叫我两次孟助理，还给我道了两次歉。"

"你怎么老周总周总的？"孟疏雨没事人似的笑。

"就看周总今天反常嘛，感觉心事老大了。"唐萱萱看了孟疏雨一眼，见她没有接话的意思，闭了嘴没往下问她和周总是不是发生了什么事。

卧室里安静下来，偶尔能听到客厅传来瓶瓶罐罐的撞击声，还有一阵阵的水声。

等孟疏雨喝过粥，吃完药，这些细碎的声音还在继续。

唐萱萱给孟疏雨倒了杯热水，见她没什么需要了，指指外面问："那我要不去帮一下周总？"

孟疏雨拥着被子点了点头。

唐萱萱离开片刻后，卧室的门再次被敲响。同样的三声，但孟疏雨明显分辨出换了人。

孟疏雨闭上眼，手心捂着脸揉搓了一下，深吸一口气："进来。"

门被打开，周隽站在门边往里望了一眼，然后又走了出去。

孟疏雨愣住。

没过一分钟，周隽重新回来，推开卧室门，把门抵上门吸，让它就这么大敞着，又拎了一把椅子放到孟疏雨的床边，像是在尽力把不敞亮的关系变得敞亮一些。

孟疏雨看了一眼门外。

"她去倒垃圾了，"周隽在椅子上坐下，仔细看了看她的脸色，"好点儿了吗？"

喝过热粥吃过药，虽然药效还没完全发挥，但孟疏雨脸上的潮红已经褪了些，额头也开始发汗。

孟疏雨这时候也没力气吵架，点了点头。

"你之前的调休还有没用的，明后天你也在家休息吧。"

"我自己的工作自己会安排，不用周总操心。"

"孟疏雨，"周隽往前倾了些身体，"你这样划不来。"

孟疏雨皱眉看了看他。

"你不是说我做什么都成功吗？"周隽笑了笑，"你说得对，我这人确实很可怕，所以你不相信我的为人也正常，但你要相信我作为一个商人肯定知道怎么做到利益最大化。你现在还是我的助理，在公司既要忍着对我的不爽，又要给我干活，还要在同事面前装作和我只是普通的上下级关系……"

孟疏雨的眉头皱得更紧了。

"你看，光听着你就不高兴了。"周隽抬了一下手。

孟疏雨没有说话。

"所以我给你想了个利益最大化的方案，你看我现在是不是挺放不下你？如果你觉得我不喜欢你，把这种行为理解成征服欲也行，或者男人的劣根性也行，反正现在正是你拿捏我的时候，以下犯上、恃宠而骄，你怎么做都可以。"

"我傻呗，就撒蹄子野呗。等你回头把我开掉，我高高兴兴地拎着行李回家去。"孟疏雨的嘴角挂着冷笑。

周隽笑起来："但我没猜错的话，蔡总最开始是让你来我这儿当眼线的。"

孟疏雨噎了一下。

"所以理论上说，我不能在职场上针对你。而且蔡总应该跟你说过这份助理工作是临时的，等森代这边稳定下来，他会把你调回总部升职，我的顶头上司要培养你，我怎么跟他作对？"

孟疏雨别开头。

"那工作的事，咱们就达成共识了。"周隽点了点头，"说完工作，再说说私事。"

孟疏雨听他像个谈判专家一样说得有条不紊，面无表情地盯着被子，手指一下下地抠着被面的花纹。

周隽静静地看着她，忽然又后怕。昨晚看到她哭，他确实一时不知道怎么自白，后来回去一想，幸好他没解释。

这一切的开端她做了什么？她只是和闺密吃了一顿饭，酒后吐了些心事。是他设局去她身边，听了她的墙脚，擅自定义了她的属性，也定义了她承受伤害的能力。

她什么都没有做，只是服从上级的安排来当他的助理，然后跳进了他的陷阱。

难道现在他要告诉她：都是因为你说了那些话我才这样？

难道到头来，他要让一个被他伤害的人反过来理解他自以为是的苦心？

他们之间的根本问题不在这次的误会上。他昨晚想了一夜，意识到不管有没有楼文泓，这个问题迟早都会爆发。

误会是可以解释的，但错误不该只是被解释，更应该被矫正。

"孟疏雨，活该的不是你，是我。"

孟疏雨慢慢偏过头来。

"不管你信不信，这是我第一次喜欢别人，不过就像你说的，我一直在给自己留退路，做得实在……"周隽拧着眉摇了摇头，"非常窝囊。"

"所以从今天开始你什么都不用做，我来追你。你可以不接受我，也可以接受以后再离开我，或者报复我。

"你拥有全部你该拥有的权利，是自由的，至于我的自由就——"周隽低头笑了笑，"交给你了。"

孟疏雨听着周隽的话，某一瞬间感觉心脏又有蹦跃的征兆。但是下一刻，这颗受潮的心脏在短暂起势后因为太过湿重，只是动弹了一下就继续死气沉沉地蔫在了那里。

孟疏雨低了低头，再抬眼的时候重新打量起周隽来。

怎么会有这么聪明的人？

第一步，设身处地地抓住对方的痛点。

第二步，针对痛点给对方提供需求。

第三步，拔高诚意，展示合作的空间。

这些都是她在职场上学过的谈判方法，每一步都和周隽这番滴水不漏的话吻合到了极致。

以前她想相信他的时候，好像根本看不见他的破绽，或者看见也当看不见，总是使劲儿把事情往她期待的方向想。

现在她不想相信他的时候，他这么完美的话术在她眼里都漏洞百出。

好像他越能说会道，她堵在心里的气反而越冲。

他要是一直像昨晚那样哑口无言，她还真不知道气往哪儿撒。既然现在他精神了，又能打圆场了，那她也精神了。

她用不着连失恋都得顾忌身份，连生气都得克制尺度，把自己憋病了还要客客气气地请他坐，叫他一声"周总"。

孟疏雨酝酿了会儿，对周隽点了点头："森代有你三生有幸，以后应该能谈成不少生意，你看你这话说得圆规都没有你能圆。"

周隽像是不知该高兴还是该叹息，想了想说："那就——谢谢你的夸奖？"

"不客气，既然你肚子里的墨水还没用完，那你想追就追呗。"

周隽抬起眼来，微微侧过一边耳朵，像在确认他听到的话。

孟疏雨有模有样地学着他抬了一下手，接了后半句："我学着点儿你的花招，以后对喜欢的男人说不定用得上。"

"……"

周隽和唐萱萱离开后，孟疏雨也消化得差不多了，重新在床上躺下来，很快再次陷入昏睡中。

她这一觉睡沉了就做了个梦，梦到自己走在一片白茫茫的雪地里，放眼望去无边无际，走着走着忽然看到地平线处有一点儿黑影。

她好奇地往前走去，直到走近了才看清那是周隽跪在雪地里，正用手一捧捧兜着雪，往面前一个深不见底的大坑里填。

她震惊地问他这是什么？

他说这是他给自己亲手挖的坟。

她说为什么挖这么深，他一米八七的个子需要这么大的坑吗？

他说因为理论和现实是有差距的。

她说好吧，又问那怎么现在要填起来了？

他说因为自己挖的坟跪着也要填平。

她不明觉厉，往旁边搬了桌椅火锅，优哉游哉地跷着二郎腿涮着菜，一边吃一边看他慢慢填坟。

从这个荒诞又阴间的梦里醒来，孟疏雨打了一个激灵把自己打精神了。

入眼是昏暗一片的卧室，天色似乎已经不早，不过她转头一看电子钟，倒是没昨天那么晚，这会儿还不到五点。

要换作平时，这个点她还在办公室忙着。

孟疏雨一下午发了一身的汗，头重脚轻的感觉倒是少了大半，只是浑身黏得难受。她受不了，起床去洗了个热水澡。

被热水从头到脚淋洗过后，孟疏雨舒服不少，在浴室换好家居服，吹干头发，准备出去看看冰箱里有什么食材能做顿简单的晚饭。

她一打开冰箱门，里面空空如也，连本来可以撑场面的那打啤酒都在昨晚消耗完了。

孟疏雨想了想，决定叫份外卖，还没拿起手机忽然听到门铃响，走到玄关一望门镜，看到了在她梦里填坟的周隽。

孟疏雨迟疑地打开半扇门朝外望去。

"过来给你做晚饭。"周隽拎了拎手里的购物袋。

孟疏雨回头看了一眼挂钟，还不到五点半："你这都没到下班时间。"

"但不是到你吃药的时间了吗？"

孟疏雨把着门看了他一会儿，想了想，拉开门让人进来，然后一句话没说地进了浴室，拿起装了脏衣服的衣篓，自顾自地走到阳台去洗，听开放式厨房那头的动静一会儿像在淘米，一会儿像在切菜，一会儿像在打肉末。

孟疏雨把衣服扔进洗衣机以后就在阳台的懒人沙发上坐了下来，拿着手机和陈杏唠嗑。

陈杏："股市都没你们这关系风云变幻，那现在你在阳台上，他在厨房里，不说话不尴尬吗？"

孟疏雨："他尴不尴尬我不知道，反正我不尴尬。他爱当免费劳动力，我就当家里来了个男保姆。"

陈杏："成长了姐妹，你们这抬头不见低头也得见的，委屈自己多难受，就该保持这种心态，难受的就是他了。"

洗衣机运转停止，孟疏雨搁下手机，取出被甩干的衣服晾好，回头把衣篓放进浴室，感觉又有点儿累了。她拿了个平板电脑窝进客厅沙发里，点开一集脱口秀。

厨房那头，周隽拿汤勺搅着砂锅里煮到烂软的粥，把提前备好的肉末、青菜和胡萝卜先后倒进去。等肉蔬都被烫熟，关了火，盖上盖，又闷了几分钟，然后盛好一碗走了出来。

他抬眼一看沙发，孟疏雨正靠在那里，旁若无人地对着平板电脑笑得直不起腰。

周隽站在原地看了她一会儿，她好像也完全没察觉到他的目光。

"过来吃饭了。"周隽叫她。

孟疏雨收了笑，一抬头，"哦"了一声，拿着平板电脑往餐桌边走，一路走一路又低下头对着脱口秀演员笑起来。

孟疏雨走到水槽边洗了手，把平板电脑往餐桌上一竖，边听脱口秀，边低头喝粥。

周隽坐在一旁看着她，张嘴想说什么却见她又笑起来，他拿食指指关节敲了敲眉心。

等喝完粥，脱口秀也告一段落，孟疏雨才疑惑地看向他："你怎么还在这儿？"

周隽轻轻"啧"了一声："我闲的。"

"咸就倒杯水喝咯，喝完就可以走了。"孟疏雨把用完的碗勺拿去厨房洗。

周隽做的是青菜瘦肉粥，没什么油水，简单一冲碗就干净了。

孟疏雨把洗好的碗筷晾到架子上，一眼看到料理台上放着周隽的手机，刚想叫他拿走，他正好走了过来。

看他拿起手机，孟疏雨想起明天打算继续调休的事，转头想跟他说一声，这一转无意间看到他解锁的手机屏幕上跳出一篇食谱推荐——宝宝发烧喝什么粥。

"……"

周隽偏过头，对上了她的眼神。

两个人四目相对，空气都好像稀薄了几分。

孟疏雨眨了眨眼，正想当没看到地转回头，忽然看到周隽也眨了眨眼，面无表情又理所当然地问了句："怎么，不是宝宝？"

孟疏雨轻轻吞咽了一下口水："所以，你是不想让我把你的花招学走，才用这么土的花招吗？"

"……"

孟疏雨这次确实被折腾狠了，第二天烧倒退了，但精神还有点儿萎靡，又在家休息了一天。

休息这事像会上瘾，只是这么两天，她就忍不住畅想起了自己的退休生活。

可惜年纪还差得有点儿远，傍晚，唐萱萱按她的嘱咐给她发来了这天下午的会议纪要，直接把她打回了现实。

孟疏雨用笔记本电脑接收了文件，没精打采地看起来。她正做着笔记，手机收到一条短信，提示她有快递放在门卫处，请她速取。

孟疏雨前几天确实网购过一些日用品，不过有点儿奇怪这快递怎么是送到门卫处而不是快递柜，还得老大远跑一趟。

她皱皱眉头，起身找了件外套穿上，走到玄关忽然想起什么，停了下来。

在玄关犹豫了会儿，她拿起手机把短信截图发给了周隽。

半个小时后，门铃响起。

孟疏雨猜是周隽来送快递了，一把拉开门，一句"是什么快递"已经到了嘴边，可一眼看到周隽怀里那捧花，她的表情都凝固起来。

——不是吧，不是吧！这就是你追人的手段吗？

老实讲，昨天那个宝宝是她当时嘴硬才损的，但这天这花她是真的忍不了了。

她是真没想到，周隽的刷子就这两把。

"你这……"孟疏雨捂了捂额头，"你要是小气不想让我学呢，要么你也别来了，你来这招……是不是太拉胯了？"

"你这么一说我也觉得，"周隽恍然点头，"那我把这花扔了？"

"那你可以自己拿回家放着，我也不是让你浪费的意思……"

周隽摇头："没关系，反正浪费的不是我的钱。"

孟疏雨愣后笑了笑："你买花就买花吧，还花别人的钱？"

"我没说是我买的，不是你让我去门卫处拿的吗？"

孟疏雨噎了一下："我收到的快递是花？谁送的？"

周隽抽出鲜花上的卡片，把有字那面翻过来给她看。

孟疏雨一眼看到落款"LWH"三个字母，在脑海里拼了会儿，拼出了"楼文泓"。

孟疏雨的表情凝固了一瞬，从愣怔到镇定，她长长地"哦"了一声。

周隽盯着她变幻的表情："不喜欢，那我去扔了？"

孟疏雨摊开手笑了笑："不，不，不，还是给我吧。"

周隽别开眼看了会儿旁边的白墙，把花递了过去。

孟疏雨把花收进怀里看了看，又低头闻了闻："这么仔细一看，突然觉得这花好像还挺漂亮的呢。"

收下这束花，孟疏雨才知道跟着花一起送来的还有两盒水果。

把"周快递员"送走后，她关上门看了一眼卡片，发现除了落款，上面还有"早日康复"的祝词。

楼文泓倒有理由知道她生病。因为职位特殊，每天都有人找她对接和周隽有关的工作。她在朋友圈发过一条通知解释自己因病调休，把这两天手头上的工作暂时移交给杨丹荔秘书。

后来不少同事留言问候，她就在评论区统一回复了一句"谢谢关心，只是发烧，没有大碍"。

当时她不想让家里担心，这条朋友圈屏蔽了爸妈。但她确实没记起楼文泓，毕竟都是不联系的人了。

看看这两盒水果和一束百合花，孟疏雨觉得楼文泓实在不像"被逼无奈相亲，和平划清界限"的样子。但偏偏人家送的又是探望病人专用的礼物，也没表达任何越界的话。

这就是典型的看出了这个人对自己有点儿什么意思，但这个人非但不直说，还满嘴都是"我对你没意思"，那她想拒绝都无从挑明。

怎么现在的男人都爱搞些模棱两可的东西。

孟疏雨皱着眉斟酌了一下，给楼文泓发了一条消息："楼总，收到你的鲜花和水果了，不太方便去取，同事帮我带到家里来的。害你破费了，谢谢你，以后别这么客气了。"

她说了一堆，重点就是"不太方便"和"以后别"，按楼文泓的社交水平他肯定看得懂她在说什么。

希望他别装作不懂吧。

次日上午，孟疏雨准时到了公司。

早上一下楼就看到周隽和任煦坐在车里等她，她本来不想搭这容易引起麻烦的车，但任煦主动说会把她送到公司附近的公交车站，让她提前在那里下车，解决了她的顾虑。

坐轿车总归比坐公交车舒服，孟疏雨就没跟身体过不去。

孟疏雨到"总经办"的时候不到上班的点，唐萱萱还没坐去周隽的办公室隔间，正在工位上和冯一鸣、杨丹荔聊天。

一见孟疏雨来，三个人一齐停了话头。

"疏雨姐，你回来啦，身体好了吗？"唐萱萱最先发问。

孟疏雨在工位上坐下，一边翻堆积在办公桌上的文件，一边笑着答："没事了，前天辛苦你还来照顾我。"

"应该的！"唐萱萱的话锋一转，"疏雨姐，我们刚好在说后天聚餐的事呢。你身体没事了，应该也可以参加吧？"

"什么聚餐？我这两天没来，错过什么好事了吗？"

"是一鸣的好事，一鸣和他女朋友上周末订婚啦，我和杨姐正撺掇他请客呢，刚好我们部门这么久都没聚过餐嘛！"

"什么叫你们撺掇……"冯一鸣摸摸后脑勺儿，"你们不说我也会请的。"

孟疏雨上周末都没心情刷朋友圈，错过这消息还有点儿不好意思："恭喜啊，一鸣，那我要来的，'单身狗'肯定不跟你客气。"

她正说到这里，余光忽然瞥见一道修长的身影，一抬头见是周隽经过"总经办"，他站在走廊上朝这边看了一眼："恭喜什么呢？"

虽然周隽谈不上是那种难相处的领导，但平常也不可能参与这些话题，这突如其来的随和让人着实愣了愣。

冯一鸣惶恐地起身："周总，我上周末订婚了，这周五打算请大家吃个饭……您周五有空一起来吗？"

"应该有。"

孟疏雨："……"

这种时候员工只是礼貌性询问，一般领导都会说"我就不去了，你们玩得开心"吧。

周隽瞟了一眼神情不善的孟疏雨，补充道："不出意外的话。"

显然孟疏雨就是那个可以不允许周隽去的意外。

如果是孟疏雨自己做东，也确实不会请周隽吃这顿饭。但毕竟这是同事的喜事，她横插一脚不合适，也就没做这小家子气的事。

周五傍晚，"总经办"集体准时下班，到了冯一鸣预约的餐厅。地点就在郊区，是一家最近小有名气的网红餐厅，号称"天台月光帐篷烤肉"。

唐萱萱一开始听这名还觉得不吉利，"月光""月光"，这不就是咒人"月月工资花光"。

结果一到地方，放眼望去，脚下是草地，四面是帐篷，头顶是金灿灿的灯网，星星灯之上就是仿佛触手可及的星空，唐萱萱拉着孟疏雨直呼冯一鸣不愧是"总经办"唯一脱单选手，选个餐厅还挺会搞气氛。

孟疏雨却总觉得这餐厅的布景有点儿眼熟，等在帐篷里坐下，拿起手机搜了一下，翻到了陈杏上上周末发布的一条朋友圈，分享了一个链接："一定要和喜欢的人去打卡的餐厅。"

当时她看了这条链接，在底下回了句："好看！走一个！"

孟疏雨看了一眼帐篷里的最后一个空位，拿起手边的水杯喝了口水。

除周隽，大家都是坐冯一鸣的车来的。见周隽还没到，冯一鸣也没让服务生上炭火，和杨丹荔还有唐萱萱人手一个手机在拍照。

孟疏雨承认这餐厅值得闪光灯，但就是不想拍。她闲着没事起身去了趟洗手间，从洗手间出来经过电梯，正好碰上周隽。

孟疏雨的脚步下意识地顿了顿，过后她才想自己为什么要停这一下，当没看到周隽径直往前走去。

周隽微扬眉梢，跟在了她身后。

帐篷附近响起一阵笑声，孟疏雨一走到门边就见冯一鸣拍桌："疏雨姐回来得刚好，这把你总算逃不掉了，我们玩真心话大冒险，连转三把都转你那儿。"

估计是服务生看他们这桌闲得无聊，拿来了桌游道具。

孟疏雨看向桌子中央那个指着她的座椅的玻璃酒瓶："你们这过分了啊，我人不在还能算数？"

"这不前两把给你抹了吗？这把总得算了吧？"

孟疏雨回到座位上坐下："行，你给抽张真心话吧。"

后脚周隽也跟了进来："路上有点儿堵，来晚了。"

冯一鸣和唐萱萱条件反射地起身，把通向尊位的路让开："周总，没事没事，我们正玩呢。"

周隽看了一眼东家位："意思今晚我做东请客？"

"不是，不是，我本来想坐那儿的……"冯一鸣立刻挪去那个孤零零的尊位，"想着您是领导嘛。"

"聚餐就别'领导'不'领导'的了，都是同事。"周隽到了冯一鸣的原位，在孟疏雨旁边坐下。

"那我们就随意了，"冯一鸣坐下来，"刚才到哪儿了来着？"

"疏雨姐的真心话。"唐萱萱离卡牌近，把最上边一张翻开来，"请问疏雨姐，在座异性当中有没有你喜欢的人？"

周隽解西装纽扣的动作顿了顿。

孟疏雨一滞过后笑起来："这问的什么废话？一共就两个异性，一个还订婚了，当然没有了。"

周隽慢慢解开纽扣，脱了西装转身挂上椅背。

"就是，什么破问题？"唐萱萱把用过的牌丢去一边，"疏雨姐，换你转吧。"

孟疏雨抬手转瓶子，四五圈过后，瓶口又朝向她这里。

"这位子邪门是不？"孟疏雨嘴角一抽，指了一下真心话卡牌，"继续吧。"

唐萱萱又翻开一张卡牌："请问疏雨姐，最让你后悔的恋情是哪一段，为什么？"

"……"

孟疏雨看了一眼众人："最近一段。"

周隽平放在膝上的手掌慢慢握拢。

"疏雨姐，你这答得也太模糊了啊，我们也不知道你最近一段恋情是什么时候呀？"

"这题也没说要讲具体时间，都是中文系的，唬谁呢？"孟疏雨冲唐萱萱努了努下巴。

"好吧，那是为什么呢？"

"还能为什么？喜欢错人了呗。"孟疏雨笑着拿起手边的杯子喝水。

周隽默了默，也拿起了手边的玻璃杯，仰头灌下半杯水。

孟疏雨喝过水重新去转瓶子："再到我这儿，我就要来量这桌子的水平面了。"

瓶子再次转过四五圈，总算换了个人，转向了周隽。

周隽干脆利落地翻了张真心话的卡牌。

"你们运气怎么这么好啊？都是些不痛不痒的问题，刚才我就抽到初吻什么时候了！"冯一鸣碎碎念了句，"请问周总，如果有一台时光机，你有没有想回去的时间，为什么？"

唐萱萱抢答："得，又是句废话。成功人士肯定都喜欢享受现在。"

周隽却说："有吧。今年八月中旬，想跟一个人重新认识一下。"

孟疏雨低着头缓缓眨了眨眼。

在场几个人都没想到这么无聊的问题还能问出东西，愣了一下过后八卦地问："今年八月中旬，那是您来森代之前呀，谁啊？谁啊？"

周隽抬了一下手："第二个问题了。"

"不是，周总，话都说到这份儿上了，不往下说是不是有点儿过分了？您可不是中文系的，也这么精明？"

周隽笑了笑："金融系的人当然只会比中文系的更精明。"

"那好歹说一下，重新认识是要做什么吧？"

周隽看着面前的几个人笑："还能做什么，当然是追她。"

"哇！"孟疏雨发现自己太久没吭声，浑水摸鱼跟着众人发出了一声惊叹。

服务生提着两盆炭火进来，打断了几个人的对话，用防烫夹夹着炭火盆往桌上摆。

迎面一阵滚烫的热意袭来，孟疏雨后仰去躲，还没躲着，先看到一只手挡在了她面前，把她和炭火隔了开来。

孟疏雨的视线全被周隽的手背挡住，她不自在地偏头瞄了他一眼。

其他三人也望过来，看了看周隽，又看了看孟疏雨。

服务生摆完孟疏雨面前这盆炭，又去摆靠里的另一盆。

周隽收回右手，缓缓抬起左手，给另一边的冯一鸣也挡了一把。

一顿烤肉吃下来，要问唐萱萱什么感受，那就是又折了一次寿。

因为她今晚吃的肉全部是周隽烤的。

本来大家每个人都在轮流动手烤肉，烤过一轮发现周隽居然是所有人里烤肉水平最高的，其他人多少不是有点儿生就是烤焦了。

然后周隽说了一句"都放着吧"，他们也不敢动了。毕竟烤得不好他吃坏肚子也是罪过。

而且孟疏雨的肠胃刚痊愈不久，肯定不能折腾。

周隽就这么一轮轮烤着肉分给众人。唐萱萱看他自己都没吃几口。

本来这种情况，唐萱萱又要感慨一句"周总也太好了吧"，可想起他前几天送她去孟疏雨家的事，总觉得这不是他"人好"，倒像是他想给一个人挡炭火，所以给另一个人也挡了炭火，想给一个人烤肉，所以给所有人都烤了肉。

吃到尾声，众人开始分配行程。

冯一鸣倒是愿意照来时那样开车送三个女孩子回去，但周隽和孟疏雨住一个小区，不同行也说不太过去。

所以孟疏雨在周隽提出送她之前，先避嫌地说了句："那你们三个坐一辆车，我送周总回去吧。"

其他三人就跟着他们下了楼，在楼底下先送他们上车。

孟疏雨坐上驾驶座，等周隽上了后座，跟车窗外目送的三人挥了挥手，让他们回去路上小心，然后发动了车子。

车窗关上，安静的车厢里只剩两道呼吸声。

孟疏雨从后视镜看了一眼周隽，看他没有说话的意思，想着正好清净，专心开着车。

没想到过了一个路口，周隽忽然像想到什么，说了句："前面路口停吧。"

"干吗？"孟疏雨在路口临时停靠点缓缓踩下刹车。

"下来。"

孟疏雨莫名其妙地解开安全带，下了车。

周隽也下了车，把着后座车门，抬抬下巴示意她坐上去："给你实现一下梦想。"

孟疏雨愣了愣，慢慢回想起来。

当初周隽刚来森代不久，有天晚上他们加完班一起回去，她在地库拉开后座的车门，本意是请他上车，却被他误解成她想坐后座，把他当司机。

周隽当时说什么来着？

哦，他用那张嘲讽的嘴对她说——孟助理未来可期，有梦想还是好的。

回忆一转，跟前这个周隽已经上了驾驶座，重新发动车子。

孟疏雨心情复杂地坐上了后座那个最宽敞也最安全的位子。不知是不是因为身下这个老板位的关系，心理感受确实得到了提升，她有了种高高在上的感觉。

孟疏雨忍不住跷起了二郎腿，把手交握起来看着前方。此刻她甚至不想叫"周总"，也不想叫"周隽"，想叫一声"小周"。

"今晚你以公谋私倒是谋得挺好呀。"孟疏雨瞟了瞟周隽。

周隽打着方向盘从后视镜看她一眼，等着她的下文。

果不其然，孟疏雨轻轻"啧"了一声，把他当初对她说过的话还了回去："不过呢，我还是建议周总在职场上保持专业，不要把职场当成你的猎场。"

短暂沉默过后，周隽点了点头，像是认了。

孟疏雨见他无话可说，头一偏，闭上了眼睛。

还别说，坐在这老板位上，她真觉得睁着眼睛是一种浪费。

孟疏雨一闭目养神，车里彻底没了响动。她静坐片刻，前排忽然传来一句："听不听歌？"

以前她嫌气氛太闷不自在，想听歌调节调节的时候，也不知谁总一口拒绝，好像宁愿车里比灵堂还安静。

孟疏雨在心里嗤笑一声，眼也不睁地说："那就来首《你也有今天》吧，谢谢。"

周隽挪去中控台的手顿了顿，随后他点了点头："不客气。"

车子一路朝望江府驶去。一首首歌像井喷的颜料，五颜六色直冲周隽的面门。

从《你也有今天》的："你值得，你值得，你终于可以领会什么叫作因果，你终于可以学学你给我的一课。"

到《算什么男人》的："你算什么男人，算什么男人……她会遇到更好的男人。"

再到《GQ》的："你也就在你的地盘风光风光，在老娘这里你啥都不是，你休想在老娘这里得到啥了，装得像回事似的。"

孟疏雨一路听得神清气爽，就差在后座上蹦迪。到家时她甚至觉得有点儿可惜，没有足够的时间把更多好歌分享给周隽。

车在公寓楼下停稳。周隽下了车，拉开后座的车门，抬手挡在孟疏雨头顶的车沿。

孟疏雨拎上包弯腰下去，转身往公寓走去。

"周末——"周隽忽然望着她的背影开口。

孟疏雨回过头来，眼神里写得明明白白——但凡你提出一句邀约，我就会让你知道什么叫自取其辱。

周隽顿了顿过后接了下去："好好休息，需要人拿快递、做饭或者开车，"他比了个打电话的手势，"给我电话。"

虽然周隽自我定位还挺精准，但这话孟疏雨也就听一听，并不想周隽来打扰她的周末，哪怕让他当快递员、保姆、司机。

之前她是生病才想吃儿热饭，才没力气去取快递，现在自己什么都能做，干吗让他来跟前晃荡，她骂人不花精力的吗？

这周末孟疏雨没什么特别安排，就想待在家养精蓄锐。只是刚病过一场，两天吃六顿外卖未免有点儿作死，她打算分几餐下厨。

周六一早，她打开冰箱发现又没了新鲜的食材，决定去超市采购一趟，随手拿了几件衣服换上，看看有点儿发油的头发，戴了顶鸭舌帽遮一遮就出了门。

秋天大太阳的日子，孟疏雨走在路上和暖宜人，特意没坐车，挎着环保帆布袋一路散步过去，感觉被太阳晒得有了自拍的心情，走在小区外的绿化带边上举着手机用前置镜头拍了几张照。

——秋天的卫衣、夏天的碎花半裙、厚重的老爹鞋，这根本没过脑的混季穿搭再配上素颜都能这么美，孟疏雨，不愧是你。

孟疏雨打开微信，把这几张自拍照分别发给了给予她美貌的爸爸妈妈，以及善于夸赞她美貌的闺密，然后一路带着好心情往超市走去。

没想到她刚到超市门口，一眼看见一辆碍眼的黑色轿车，还有从驾驶座上下来的男人。

虽然这男人这天打扮得也有点儿随意，就一件黑色卫衣搭一条休闲裤，和平常的衬衫、西裤相差甚远，但孟疏雨还是一眼就认出了他。

孟疏雨顿住脚步，嘴角的笑垮了下来。

周隽透过后视镜看见身后的人，笔直地站定在那里回过头来。

隔着几位成群结队的阿姨，孟疏雨对周隽冷下了眼："这么着就没意思了啊。"

周隽缓缓眨了眨眼，走上前来，拿起手机翻了几下，转过屏幕给她看。

屏幕上是早上七点半的聊天记录——

谈秦："我妹今天在杭市，让我中午陪她吃饭，一起来不？"

周隽："忙。"

谈秦："你有什么忙的？上赶着挨骂去？"

周隽："嗯，先去趟超市。"

"……"

七点半孟疏雨都没起床，别说他跟踪她，就是跟她心电感应，也感应不到她这天会来超市。

所以这确实是单纯偶遇。

"那我错怪你了呗？"孟疏雨抬头瞥他一眼。

周隽想了想，说："根据我既往的为人做出合理猜测，不能说错，可以怪我。"

——那还算你有自知之明。

孟疏雨压了压头顶的鸭舌帽遮住脸，转身往超市入口走去，进门刚要拉推车，一只手比她更快地握到了车把手。

周隽抬起另一只手比画了一下自己："人都在了，用一下吧。"

孟疏雨懒得跟他交涉，自顾自地朝前走，先就近到了蔬菜区。想着中午要不试试做个干煸四季豆吧，她站在一堆四季豆面前一盒盒看着打包日期。

"这盒新鲜，"周隽指了一下他手边的那盒，"那边的老了。"

孟疏雨看他一眼，拿起那盒四季豆看了看，放进他手里的推车。

"炒之前记得去蒂，先过水煮。炒的时候也要炒透，不然容易中毒。"

孟疏雨又看他一眼，拿起那盒四季豆准备放回去。

周隽笑着拦了一把："买着吧，也没那么麻烦，我给你做。"

孟疏雨闭上眼呼出一口气。

——孟疏雨，你全身上下唯一的缺点就是不怎么会做菜了。

他们一路挑挑拣拣，走过蔬菜区又到肉品区，孟疏雨听周隽在身后说着"这块纹路好切""这块肥瘦均匀"，到后来也不想挣扎了，眉头一皱手一摆，让他别说话了，看着拿。

孟疏雨买完肉蔬到了零食区，终于不用再听周隽"好为人师"，拿出扫荡的架势，把膨化食品一包包直接往推车里扫。

身后响起一道陌生男声："你少买点儿垃圾食品，这些都不健康的！"

随后是一道女声响起："精神健康不重要吗？我吃膨化食品开心不行？你看嘛，人家的男朋友都不管女朋友吃膨化食品，买一推车，一句话没有！"

孟疏雨狂风扫落叶的动作顿住，她看了一眼周隽的推车里堆满的薯片、虾条、洋葱圈。

周隽抬了抬眉梢，跟她比了个"请"的手势示意她继续拿。

"那你不看看人家的女朋友多瘦？"

"说半天你就嫌我胖是不是？那你怎么不看看人家的男朋友多高？"

"别，别，别，"孟疏雨回头对两个人竖起手掌，"别制造容貌焦虑，你们的重点歪了。"

情侣两个人愣了愣。

孟疏雨指了指周隽："重点是，这位不是我男朋友，他没资格管。"

"……"周隽默了默，朝两个人微笑着点点头，"她说得对。"

在收银台结账的时候，孟疏雨才发现这天的购物欲过于旺盛，她的环保帆布袋只够装三分之一的东西，还得另外买两个购物袋。

在收银台确认了这三袋东西都是她的战利品后，孟疏雨疑惑地问周隽："你不是来逛超市的吗？"

"嗯。"周隽点头。

"那你要买的东西呢？"

"我没什么要买的。"

意思是他逛超市本来就是为了给她买东西。

孟疏雨缓缓眨了眨眼，绷着脸"哦"了一声，拎上帆布袋转过身。

周隽拎起剩下的两个购物袋跟上她，把她手里那个帆布袋也接了过来。

孟疏雨手下一轻，回头看他。

"天气不错，想散步回去的话这些给我。"周隽解释。

孟疏雨低头看了一眼他手上提的三大袋重物，张嘴想说什么，最后还是什么都没说，往外走去。

像来时那样，孟疏雨沿着步行道走得一身轻松，只是旁边多了条尾巴。

一个有车不开，力气多得没处使的闲人。孟疏雨给他下了定义，自顾自地拿出手机来看。

善于夸赞她的美貌的闺密在半个小时前已经发来消息。

孟疏雨点开语音，扬声器里播放出陈杏的惊叹："哦，我的天。孟疏雨，你这头几天没洗了？"

感觉到身边忽地投射来一道目光，孟疏雨一把压紧了头顶遮油的鸭舌帽。压过后，她又奇怪地放了下手。

她还在意周隽的眼光干什么，反正她每天洗头的时候，他也是个眼瞎的"渣男"。

孟疏雨气哼哼地拿起手机回复语音："我逛超市要洗什么头？"

"哦，逛超市呢，我说怎么半天不回我，那现在到家了啊？"

"还没，在路上。"

陈杏大概听出了她走路的动静："那你先走路，一会儿再说。"

"用不着，有苦力。"

"什么？你又跟周隽和好了？"

周隽侧头看过来。

孟疏雨冷笑一声："想多了，我怎么可能让我喜欢的人给我当苦力？"

——我总不会让我喜欢的姑娘冒雨开车跑这一趟。

高低两道男女声音穿越时空重叠在一起，周隽又听见了会脑仁发疼的声音。

两天后，周一晚上。

谈秦坐在周隽的办公室里，见他孤零零地坐在办公椅上对着电脑，再看斜对面"总经办"那头孟疏雨也一个人在工位上忙碌着。

就算整个八楼只剩这对上下级在加班，两个人也毫无交流。

准确地说，是孟疏雨不想和周隽有任何交流。仿佛就算全世界只剩这个男的，她也不想和他凑对。

眼看周隽一筹莫展，谈秦"啧啧"着直摇头："周末约你也不出来，你要是有点儿进展吧，我被你抛弃也认了，结果你这也没起色啊。你说你不上手撩，光当'舔狗'有什么用？"

周隽往外望了一眼，默了默，说："我知道。"

他知道自己现在就像被缴了械的士兵，手里没有任何武器讨她的欢心。

但这武器是他自己扔掉的。

上周一孟疏雨生病那天，他在她的床边说那些话之前就很确定，她不会再相信他的"狼来了"。

但就算她不相信，该他表的态还是得表。

她听不进去他的自白，总能听进去他的提醒——她有总部和蔡总的依仗在，可以对他这个上司发火。

那天的长篇大论，他最重要的目的只是拿过她手里的枪，帮她把子弹上膛，让她用枪口对准他。

他想，在她认为她受到的伤害得到弥补之前，他就站在那里，不再拿起武器。

只是这样一来，等她收枪的时候，手无寸铁这么久的他可能也已经不是她喜欢的样子。

就像孟疏雨说的，他是个冷静的人，所以他清醒地知道现在这样对他很不利。

很不利，但他也没有别的办法。

谈秦觑了觑他："知道还当'舔狗'？到时候人家是消气了，心里是舒服了，对你也没意思了。"

"那也只能——"周隽笑了笑，"认了吧。"

谈秦看了一眼外面的天色，挪开椅子站起来："行吧，我先走了，好歹你一会儿还能给人当个司机。"

周隽点了点头，等谈秦离开，继续握过鼠标，偶尔看一眼外面，确认孟疏雨还在工位上。

夜深人静，时间慢慢走过九点。在过度投入工作一刻钟后，周隽抬起头，"总经办"已经熄了灯没了人。

周隽看了一眼空无消息的手机，关掉电脑，拿起外套走了出去。

经过洗手间，他忽然听见一道熟悉的女声——

"你是说，你现在对周隽已经'下头'啦？"

是手机扬声器里传出来的，孟疏雨的闺密的声音。

洗手间里，孟疏雨一手飞快捂住手机扬声器，一手调低音量，慌忙往四下看了看，确认几个隔间都是空的才松了一口气。

刚才孟疏雨在盥洗台前收到新消息，本来想按语音转文字，结果刚洗过的手还沾着水，触控不灵敏，直接单击成了播放。

周隽的大名都被念出来了，但凡这时候有个保洁阿姨在，明天森代就会传播开至少三个关于她和周隽的故事的版本。

孟疏雨长出一口气，把注意力放回到这条消息上，回想着陈杏说的"下头"慢慢出了神。

上周六从超市回去，周隽依然好声好气地给她做了顿饭，她依然没给他什么好脸色。

到了周日，周隽继续登门报到，她继续剑拔弩张。

循环了两天以后，昨晚她躺在床上东想西想，总觉得哪里不对劲儿。

以牙还牙、看他吃瘪的当下，她确实觉得挺爽的。但过了那个兴头，就像闹剧散场以后周围安静下来，留给人的只剩疲惫，以及"为什么要闹这一场"的自问。这么些天过去，最初那股气恨感消减下去一些，她忽然有点儿迷茫。

比如这天晚上，她发现周隽每隔几分钟就会看她一眼，好像生怕她一声不吭地走掉。

前一刻她还在心里爽快——你也有担惊受怕的时候呀。

后一刻她又质问自己，如果她没有看他，怎么会发现他每隔几分钟就看她一眼呢。

两种矛盾的情绪拉扯着她，把她拉扯得心烦意乱。所以刚才她没头没尾地给陈杏发了条消息："我觉得现在和周隽这样好没意思啊。"

然后陈杏就问她是不是对周隽"下头"了。

她觉得"好没意思"就是对周隽"没意思"了吗？

一开始让周隽"想追就追呗"的时候，一心想看看他还有什么花招能耍，想压他一头出出气，现在看他不要花招了，就这么百依百顺了，她却突然想到，要是将来有一天，当她习惯了这样的他，他先放弃了追求，那个时候她是会感到轻松，还是会再难过一次。

就像那天玩真心话大冒险的时候，她一感觉情绪不对劲儿就喝水，喝了那么多水，自己也不知道嘴里的真心话是不是掺了水。她现在好像没法儿回答这个问题。

也没法儿回答，就意味着不安全，就意味着有可能她现在这份爽快是透支享受，有一天又要还回去。

"我也不知道，要不我最近冷静冷静吧。"

孟疏雨在消息框中打下这句话，拎上包走了出去，到门口，脚步顿了顿，回头望了一眼。

周隽的办公室里已经熄了灯，没人了。

一道拐角之隔的墙后，周隽站在那里，听着高跟鞋踩在瓷砖地上渐远渐轻的声响，每一声都带起空荡到让人发慌的回音。

直到声响彻底消失，走廊的声控灯到时熄灭，除了安全出口的指示灯，周围没了一点儿光亮，连影子都被黑暗吞噬。

他整个人像被困在宇宙的黑洞里，眼看不见，耳听不着，感知不到"存在"的存在。

周隽垂手站在墙根处，不知站了多久，掌心的手机振了一下。

孟疏雨在这么多天里，主动发来第一条无关工作的消息："最近不用接送我了。月底很忙，我想专心工作。"

一场秋雨一场寒。陆续几场雨下过，跨入了十一月，杭市深秋的冷意又浓了几分。

起风的天，园区里漫天枯叶，七零八落地飘到地上，又被人工堆扫到道路两旁。放眼望去厚厚一堆，满目萧瑟之意。

从筹备月末的经营回顾分析会，到月初具体落实分析会上提出的各部门改进方案，孟疏雨接连忙了两个工作周。她本来打算在十一月的第一个周末回南淮一趟，结果周五早上一睁眼接到蔡总的消息，说他这周末陪孙女来杭市参加活动，顺带来森代看看。

孟疏雨当即放弃回家的计划，一到公司就临时抱佛脚，把蔡总周末过来视察的消息交代下去，让各部门提前做好准备。

虽然她是蔡总的人，但森代体不体面也是她的工作成果，谁都免不了俗地要做表面功夫。

这么忙了一天，孟疏雨满脑子都在打着"官司"，临近傍晚才稍微闲下来一点儿，静坐在座位上，默默思考还有什么需要查漏补缺的。

唐萱萱就是在这个时候悄悄走到她的工位边，跟她说："疏雨姐，看你忙一天我也没好意思打扰你……你应该知道今天是周总的生日吧？"

孟疏雨动作一滞。像突然从一个世界被拽到另一个世界，脑子里被拽出一道恍惚的虚影。

她当然应该知道。拿到周隽的简历的第一天，她就把这个日子交代给了唐萱萱，当时无关私人感情，纯粹是工作需要，但印象留下了。

十一月五号。这天就是十一月五号。

她原本应该提前为这个日子花很多心思吧。

孟疏雨在沉默良久之后点了点头："嗯，我知道。"

"是这样，"唐萱萱继续说，"我今天碰上谈部，顺嘴问了一下周总的生日是不是有私人安排了。有的话，我们就不打扰了；没有的话，大家是不是表示表示。结果谈部说，不是跟我们客气，周总从来不过生日，让我们也别祝他生日快乐，装不知道更合适。我感觉不过生日倒没什么，但提都不提好奇怪呀。不过我们跟周总的关系毕竟没那么近，就听谈部的话了。疏雨姐，你要是……"

孟疏雨低着头一下下抠着指甲盖，忽然听到唐萱萱喊了两遍她的名字。她回过神来问："什么？"

唐萱萱小心打量她一眼："没什么，我就是跟你说一声这事。"

孟疏雨往斜对面的办公室望了一眼。周隽就像往常一样坐在那里，看不出这天这个日子有什么特别的情绪。

实际上，这两周他都没表现出特别的情绪。

那天她说"最近不用接送我了"，其实翻译一下就是"暂时别追我了"的意思。

周隽那么聪明，当然听得出她的弦外之音。但那天他还是回复了她："好，等你忙完了跟我说一声，我再来接你。"

后来有一天她加班到挺晚，一个人打网约车回家，无意间发现后面跟着周隽的车。一路跟到小区附近，他在远处停下，没再上前。

也不知道那一天是单纯偶然，还是只是被她发现得偶然。

孟疏雨收回目光，对唐萱萱笑了笑："我和周总的关系不是跟你们一样吗？就听谈部的，不提了吧。"

晚上八点，孟疏雨独自回到公寓，打开再次吃空的冰箱，拿起最后那袋挂面，给自己下了碗面。

她刚准备吃，手机铃声忽然响起，一个许久没见的名字跳了出来——楼文泓。

孟疏雨接起电话之前先感觉到了烦躁，摁下接通键的时候控制着情绪"喂"了一声。

"疏雨，我是楼文泓。"

"嗯，楼总有什么事吗？"

"我跟同事来你们这边吃饭，刚好路过你的小区，想着最近收到几箱北方的果干特产，自己一个人也吃不完，给你带过来点儿。"

"不用了，楼总，你可以送给你的同事。"

"我已经到你家楼下了。"

孟疏雨皱起眉头，走到阳台上往楼下看："现在吗？"

嗯，是的，她看到了楼文泓的车。

"对，这回东西不多，你放心。"楼文泓笑着说。

孟疏雨头痛地薅了薅头发。

行，他非要装不懂，她就一次去说清楚。

孟疏雨挂断电话，披了件薄呢外套下楼，出了公寓门就见楼文泓拎着两箱果干站在车边。

孟疏雨还没接过果干，楼文泓已经先堆起笑，好像笃定了她伸手不打笑脸人："上次给你寄水果、鲜花是我没考虑周到，你生着病取快递肯定费劲儿，还麻烦周总帮了趟忙。"

孟疏雨刚想说过去的事就算了，忽然愣了愣："你怎么知道是周总给我拿的快递？"

她那天应该只说了是同事帮忙拿的。

"哦，我以为你们住一个小区，应该是周总顺手帮忙了。"楼文泓笑着解释，"原来你们很多同事都住这里吗？"

孟疏雨皱起眉来："你又是怎么知道周总和我住一个小区的？"

楼文泓的目光闪烁了一下："你这一说我倒也记不清了，好像是你哪次说起来的？"

孟疏雨不觉得自己说起过。她没理由和楼文泓多聊周隽的事，尴尬还来不及，怎么会跟他提自己和周隽住一个小区。

孟疏雨看着楼文泓，电光石火的刹那想到什么，仰起头往对面楼望去。

对楼七楼阳台的落地窗前隐隐约约站了道人影，虽然看不清他在看哪里，但孟疏雨直觉就是她这里。

一阵毛骨悚然的心悸上涌，孟疏雨往后退了两步："那我也跟你提过，今天是周总的生日吗？"

"今天是周总的生日？"

"楼总，你要是故意挑了今天这个日子过来，我明确告诉你，这是没有必要的，因为——"孟疏雨说到这里顿了顿，深吸一口气，"我和周总怎么样是我跟他的事情，跟你没有任何关系。即使没有周总，我和你也不可能在一起。"

"疏雨，你误会了，我确实不知道今天是……"

"那不说今天，"孟疏雨越想越觉得不寒而栗，"你来给我送火锅那次，你的车在我家楼下停了多久？"

"我……"

"我进电梯以后，你是马上离开了，还是让你的车在这里停了让人遐想的时间？"

楼文泓没再说话。

孟疏雨点了点头："楼总，感谢你为我这么殚精竭虑，但我还是坚持我最开始的说法，我没有和你发展的打算。这些特产你拿回去吧。从今天开始，我希望我们连朋友也不要做。"

一路回到楼上，孟疏雨带着火气踢掉拖鞋，给自己倒了杯水。

一杯水下肚，她拿起手机翻了一下楼文泓上个月的来电记录，又打开周隽的消息框，从聊天记录里翻到那句"昨晚喝多了"。

两边时间一对，确实是疑似楼文泓的车在她家楼下停留过久以后，周隽才发出了这条消息。

孟疏雨三下五除二地拉黑了楼文泓，看了一眼料理台上坨掉的挂面，也没了吃的心情。

她一转头看见阳台，慢慢走过去，撩开一角窗帘往对面望去。

对面阳台空空荡荡的，已经没有人影。

孟疏雨站在窗前看了会儿，取下晾在阳台上的家居服，转身去浴室洗澡，洗过澡后又去阳台上洗衣服。

她这么来来回回地忙来忙去，一直忙到十点多，对面阳台上始终没有人出现。

时间"嘀嗒嘀嗒"地走着，很快临近午夜十二点。

孟疏雨也不知道自己一晚上都干了什么，一看时间已经这么晚，回到卧室躺上了床。

十一月五号就要过去了，很快又是新的一天。

孟疏雨仰面躺着，看着漆黑的天花板，感觉脑子里塞了很多东西，可仔细一想又感觉脑子是一片空白的。

她躺着，突然听见外面起了大风，吹得阳台上的衣架作响。她翻了个身，拿被子捂住耳朵，这风声和敲打声还是不绝于耳，最后只能妥协去关窗。

孟疏雨一到阳台上，对面七楼灯火通明的窗子又映入眼帘，还是一样只见灯不见人。

孟疏雨移拢窗户，转过身的刹那忽然注意到对面楼一楼的公寓门有什么晃过，定睛细看，一道人影走了出去。

夜色模糊，只有路灯照着那一片地方，但即使这么高这么远，即使需要费劲儿地眯起眼，孟疏雨还是相信自己不会看错。

这个点了，周隽出门干什么？而且他没关家里的灯，又没去地库开车，从这道门走是要去哪里？

他也不是往她家来的样子……

孟疏雨眼看周隽走到路灯下顿了顿，又缓缓绕开去，反应、速度慢得不太对劲儿。她捋了一把头发，一瞬间想到不好的念头。

她确定周隽看到了她和楼文泓见面。这天又是他的生日，听谈秦那话说的，他的生日对他来说也不是什么好日子。

不管是这两个理由当中的哪一个，周隽都有可能在今晚喝酒。

那他现在有清楚的神志吗？

孟疏雨还在思考着这些事，人已经走到外间，拿起手机，披上搭在沙发上的那件薄呢外套，匆匆出了门。

她走到楼下，远远看到周隽快走到小区门口，她一路小跑着追出去，追到小区外围连着店铺的街上却不见了他的踪影。

孟疏雨拿起手机准备打他的电话，忽然听到一道男声从距离她很近的地方传来："我要一个生日蛋糕。"

她动作一顿，往声音传来处看去。

这是一家二十四小时便利店，周隽正站在柜台前跟收银员说话。

孟疏雨站在门边望着周隽的背影，见收银员抱歉地对他说："不好意思，先生，这个点已经没有生日蛋糕了，您得预订才行。"

"我只要一个一人份的。"

"最小的尺寸也没有了，真的不好意思。"

"那——"周隽指了指冷柜，"这个吧。"

"这就是普通的三角慕斯蛋糕，不是生日蛋糕。"收银员强调了一下。

周隽点点头，扫码付了款。

收银员取出蛋糕，准备拿盒打包。

周隽忽然说："就在这里吃，可以给我一根蜡烛和一只打火机吗？"

收银员奇怪地看了看他："那我找一下。"

周隽抬头看了看店里的挂钟："我有点儿赶时间，麻烦你。"

孟疏雨拿起手机看了一眼时间。距离十一月五号过去只剩下五分钟了。

收银员弯下身去，打开柜门翻找起来。

周隽站在那里，垂在身侧的手攥起又松开，松开又攥起。

孟疏雨不知怎么也在门边着急起来，下意识地摸了摸口袋。

可是她的口袋里当然不会有蜡烛和打火机。

时间只剩下两分钟。

收银员终于直起身来："找到了，您要的蜡烛和打火机。"

周隽匆匆跟人道了声谢，转身走到便利店的空桌子边坐下来。

孟疏雨往墙根躲了躲，藏在昏暗的地方继续看着他，看他用打火机点燃那根细细的蜡烛，然后把蜡烛往那块小小的三角慕斯蛋糕上插。

因为急切，他的手有些颤抖，蜡烛油在晃动中滴落下来，砸在他的手背上。

孟疏雨一口气提上来，却见他毫无察觉，插好蜡烛之后，很快交握起双手。

收银员像是这一刻才终于知道这个莫名其妙的男人赶时间是为了什么，悄悄走到墙边，替他关掉了店里一半的灯。

便利店里半边明半边暗，他静静地坐在光影交错的地方低下头闭上眼，眉心微微皱起，像在心里认真说着什么。

孟疏雨也皱起眉头，慢慢走了进去。

短短三米的路，她却走了整整十步。

她无声地站定在周隽面前的那一刻，他恰好睁开眼，抬起头来。

他愣怔思索的神情告诉孟疏雨，他确实喝了酒，但可能还不算醉得太重。

因为下一刻他似乎反应过来，忽然看着她失笑："真这么灵验……"

孟疏雨的眼睫一颤，眉头却皱得更紧："许了什么愿？"

一个从来不过生日的人，在他二十八岁生日这天的最后十五分钟，从只有他一个人的家里夺门而出，走进一家简陋的便利店，买了一块十二块钱的三角慕斯蛋糕，赶在最后一刻点上了蜡烛。他许了什么愿？

周隽看了好一会儿才从座椅上慢慢站起来，对她笑了笑："我不怎么过生日，你别让我上当。不是都说生日愿望说出来就不灵验了吗？"

他的疲惫和醉态掩饰不住地挂在脸上。注视着她的眼睛时，他却在笑。

孟疏雨从来没见过这样的周隽。应该说她从来没见过谁在她面前有这样复杂的神情。

有一瞬间她甚至觉得，周隽看她的眼神不是简单的意外或者惊喜，更像是他背着重重的行囊，孤苦伶仃地在沙漠里找了一路水源，直到体力耗尽，连绝望都发不出声音。在只能认命的关头，他忽然看见了一片绿洲。

他的眼睛像在说，他得救了。

孟疏雨盯着他的眼睛，不知道自己是不是盯得太用力了，感觉眼眶酸得有点儿发胀。

沉默片刻，她轻吸一口气别开眼，低头看向桌上那块小得可怜的蛋糕，抿了抿唇："你这样会灵验才怪……"

周隽顺着她的视线低下头去。

"许愿的时候把手握起来，不是让你平放在桌上，是要举高到下巴，"孟疏雨的脸上没什么表情，声音却放轻，"许完愿也不是这样就好了，得把蜡烛吹灭才算数。"

她的话音刚落，一阵冷风灌进店里，烛尖那点儿摇曳的火光倏地熄灭。余烟飘散向风中，转眼消失不见，只剩一截发黑的残芯。

孟疏雨重新看向周隽恍惚的脸。

真的没人教过他怎么许生日愿望。怎么会没人教过他怎么许生日愿望？

孟疏雨的眉头蹙紧的时候，周隽却像被这风吹醒，目光在她敞开的外套落下，忽然上前拢紧了她的衣襟。

孟疏雨往后退去，起了个头又僵住，低下头去看周隽的手。

周隽动作很快地扣上她薄呢外套顶上那枚羊角扣，再弯腰往下，第二枚、第三枚、第四枚，腰越弯越低，最后弓着背滞在那里，盯住了她的脚。

她的脚前半部分藏在毛茸茸的拖鞋里，后跟完全暴露在冰冷的空气中。

察觉到他的眼神，孟疏雨抬手推了一下他的肩膀，往后挪了两步。

周隽直起身往四下望去，快步走到货架边拿起一双保暖袜，到收银台结账。

收银员看了两个人半天早就看呆，愣愣地扫了他的码。

"麻烦帮我把蛋糕打包吧，谢谢。"周隽跟收银员说了一句，转身把孟疏雨拉到一边。

孟疏雨顺着他的力挪到桌边坐下，见他拆开包装，捏着袜子蹲了下来。她眨了眨眼，一把挡开他的手："我自己来。"

周隽抬头看她一眼，沉默了一下，把袜子递给她，站起身来。

孟疏雨后知后觉地发现脚后跟真的好冷，背过身匆忙穿好袜子，重新把脚塞进拖鞋。

收银员刚好在这时候送来打包好的蛋糕，递给周隽。

周隽一手拎着蛋糕盒，一手移到孟疏雨的头顶，像要摸摸她的头，临到碰着她的发丝，顿了顿。

孟疏雨抬眼，看见他悬在半空的手慢慢握拢，然后垂了下来。

"回去吧。"周隽还是在笑。

孟疏雨起身出了便利店，两只手装进外套兜，低着头往小区走去，走了一段路，发现周隽就跟在她的侧后方，一直没上前和她并行。

地上两道斜长的影子始终保持着一截不尴不尬的距离。一路走回公寓楼下，孟疏雨握上大门门把，推门之前又回过头去，看向台阶下目送着她的周隽。

看了一会儿，她突然说："我没收楼文泓的东西，上楼就把他拉黑了。"

周隽略迟疑地点了一下头，像在分辨她这话的意思。

"上次他来送火锅，我也没请他上楼。"孟疏雨又接了一句。

周隽又慢慢地点了一下头。

"我说这些不是觉得有义务跟你解释，就是不喜欢别人掺和我的事，被误会我也不舒服。"孟疏雨硬邦邦地说完，不等周隽反应，转身推开了门，"就这样，走了。"

周隽站在原地，看她走进电梯，看电梯门合上，看电梯外电子面板上的数字从一跳到七，最后停住。

深秋的风卷起满地的枯叶，吹鼓他身上单薄的衬衣，也把他吹了个清醒。

从那晚收到孟疏雨说"最近不用接送我了"的消息起，他好像就没有清醒过。

理智告诉他，当孟疏雨连气都不想再生时，那她就是真的放弃了他。情感上他却始终没法儿接受这一点。

这十一天，他把他一向厌恶的侥幸心理演绎到极致，猜测她或许真的只是想专心工作，又或者在用这种方式考验他。

于是她在公司跟他共事时的每个眼神、表情、语气词都成了他可以解读的信号。

这侥幸心理让人上一刻喜下一刻忧，可怕到把人耍得团团转。

但更可怕的是，某天他忽然意识到，他正在经历的这些猜测，他这些日子如坠深渊的每个瞬间都是孟疏雨曾经经历过的。

谁能在经历过这样的痛苦以后还喜欢他？他已经没有侥幸的余地。

所以他逼迫自己接受现实，就像和谈秦说的那样，只能认了。

他说服自己，孟疏雨不会再因为他难过，也算一件喜事。

可是这晚，当他看见楼文泓出现在她家楼下，想到她将来会为另一个人开心难过时，那些被包藏好的不甘情绪忽然又不受控制地长出锋利的棱角，疯一样地在他的胸腔里冲撞。

他挣扎了十一天，功亏一篑只需要一秒。

他还是没这么伟大，没能为她离开他而欣慰，但又不知道现在的他还能做什么。

所以在这个穷途末路的日子，他跑去对蜡烛许了一个愿。在他快二十九岁的时候，他做了九岁时都没做的事。

然后意外地，他得到了九岁那年没得到的，她手心里的那颗糖。他也知道了，生日竟然是可以快乐的。

Chapter 8

瑞士表
还没到七点

次日一早，孟疏雨从床上醒来，拿起手机看时间，意外看到周隽早上四点十一分发来的消息。

几点十一分？

孟疏雨顶着满头问号打开消息："今天我要去趟南淮看爷爷奶奶，会在明天蔡总到之前回来。公司那边不用多打理了。蔡总下午才到，待不了多久。你在家好好休息。"

四点多不睡觉，汇报行程，是他有病，还是她跟不上趟了？

谁关心他休息日有什么行程？孟疏雨关掉对话框，掀开被子准备下床，腿一跨，一眼看到脚上那双保暖袜。

毛茸茸的珊瑚绒质地，脚后跟挂了一只像狗又像狐狸的玩偶，苦着张脸。

便利店出产，又是临时买的，昨晚确实不好挑剔什么，现在她仔细一看，真不是一点点土、一点点丑。

但偏偏多看几眼吧，她又品出一种滑稽的萌感来。

孟疏雨动了动脚趾，眉头用力皱起："孟疏雨，你的审美是不是出了什么问题？"

周日，孟疏雨闲着没事，中午吃过饭提前去了公司待命。

办公楼包括车间都留了相关负责人加班，她去每个部门转了一圈，确认没什么纰漏，看看时间差不多，回了"总经办"泡茶。

她刚在茶水间备好茶，就听外面走廊上传来一阵熟悉的朗声大笑。

孟疏雨端着茶水出去，果真看见了蔡振林和他的小孙女，当然，还有把他们接来的周隽。

周隽一身笔挺的黑色西装，皮鞋光洁，领带熨帖，一点儿没了周五那晚的落魄样，也不知说了什么，让蔡振林笑成这样。

“蔡总、周总。”孟疏雨笑着迎了上去。

“小孟，很久不见了。”蔡振林笑着指了指她。

孟疏雨把茶盘托高一些：“可不是，幸好还记得您爱喝普洱。”

周隽笑着比了个“请”的手势：“那蔡总里边喝茶？”

“行，先歇会儿。”蔡振林往里走去。

两个大人走在前面，孟疏雨落后一截，低头看向身边的小姑娘：“小元宜，又长高了呀，不记得姐姐了吗？”

蔡元宜摇摇头：“当然记得！疏雨姐姐这么漂亮，我才不会忘！是爷爷让我不要在大人说话的时候插嘴……”

“那一会儿咱们偷偷讲。”

孟疏雨跟着周隽和蔡振林进了办公室，见两个人在沙发上坐下，替他们倒好茶，然后站到了一边。

“别站着了，也坐吧。”蔡振林对孟疏雨示意了一下对面的沙发。

“爷爷，那我呢？”蔡元宜嘟囔了句。

“你坐那儿去，好好写你的作业。”蔡振林指了指周隽的办公桌边那张客椅。

“好吧。”蔡元宜噘着嘴拎起书包走过去。

孟疏雨见蔡振林和周隽这会儿也就是先话话家常，还不聊工作，小声问了蔡振林一句：“要不我去陪元宜写会儿作业，您和周总先聊着，一会儿我再过来？”

蔡振林笑着点点头，问周隽：“她在你这儿有在我跟前这么机灵吗？”

周隽像是回忆了一下：“倒是稍微差一点儿。”

这话又把蔡振林逗开心了：“看来还是我的面子大。”

孟疏雨不想听人精说话了，搬了把椅子坐到小姑娘旁边：“小元宜，在写什么作业？”

办公室大，即使两边都用正常音量交谈，声音也不会打架，但孟疏雨还是压低了些声音。

“课外作业，”蔡元宜皱着眉头拿笔尾敲了敲卷子，“做不懂这诗，爷爷又不让我查手机。”

“那姐姐给你讲讲。”

孟疏雨接过卷子一看，是余光中的《等你在雨中》。

“这首是爱情诗。你这个年纪读不懂很正常的，不用灰心。”孟疏雨看了看题目，“第一题不会吗？”

“嗯，为什么诗人明明在等人，却要说‘你来不来都一样’？那他到底想不想人来？”

"当然想啦，这个要结合上下文，"孟疏雨尽量用浅显的语言解释，"你看主人公在雨里看着面前那一池红莲，等着他喜欢的人，然后说'你来不来都一样，竟感觉每朵莲都像你'，他等着等着，连看莲花都觉得像他喜欢的人，怎么会不想她来？这反而说明，他一想到就快见到喜欢的人了，光看莲花心情都很好，连等待都是开心的。"

蔡元宜长长地"哦"了一声。

"好像有点儿懂了，那还有后面这句为什么是'瑞士表说都七点了'，诗人在国外吗？"

"我觉得这里的'瑞士表'应该是说瑞士产的手表。瑞士是钟表之国。在诗人写这首诗的年代有一块瑞士表还是比较难得的，你刚才看到周隽叔……"孟疏雨顿了顿，"……哥哥戴的手表了吗？"

蔡元宜扭头往周隽那儿望去："哦，那就是瑞士表！"

周隽抬起头来一眼，嘴上继续和蔡振林说着话。

孟疏雨跟着看过去，和周隽的目光短暂交会又迅速分开，摸摸蔡元宜的脑袋："嗯，那是江诗丹顿的表，就是瑞士产的。"

孟疏雨教蔡元宜做完了两张卷子，又和周隽一起陪着蔡振林到园区四处转了转，这一下午就过去了。

就像周隽说的，蔡振林这趟来杭市主要是陪孙女参加活动，顺带到森代看看也没逗留太久。不过结束的时候，孟疏雨隐约看出蔡振林有话想私下跟她说。

和周隽一起把爷孙俩送到办公楼底下，孟疏雨想了个表面说法，当着周隽的面说她这会儿也要回公寓去了，不知道能不能麻烦蔡总顺路载她一程。

蔡振林说当然可以，让她上了副驾驶座的助理位。

等车驶远，远到看不见身后目送的周隽，蔡振林才笑着说："还是你机灵。"

"蔡总，"孟疏雨回头认真说，"我是真想搭顺风车。"

"行，既然你搭上车了，我也顺便问问你，觉得在森代待得怎么样？"

孟疏雨本来以为蔡总是要问他周隽的事，没想到是问她自己的事，想了想说："感觉跟总部很不一样，我跟着周总学到了一套很系统的行政管理方法，收获还是挺大的。"

"嗯，以前在总部你那岗位就是学'点'和'线'，现在学到'面'了。"蔡振林点点头，"那之后你还想不想回总部？"

孟疏雨斟酌着说："只要能发挥专长，我在哪边都可以。看您觉得我在哪边合适。"

蔡振林笑了笑："总部明年可能要空出一个重要的行政岗，到时候比较看看吧。"

夜幕降临，孟疏雨坐着蔡振林的车到了望江府门口，跟爷孙俩道了别，走进小区，一路想着蔡振林在车上的话。

以蔡振林的行事风格，他肯定不会把没影儿的事拿来说。孟疏雨几乎可以确定，这个所谓的重要的行政岗明年一定会空出来。

而蔡振林也表达了他的倾向，既是给她一颗定心丸，也是提醒她勿忘总部的培养。

孟疏雨出着神回到公寓，一进门就听到窗外下起了雨。她赶紧走到阳台把窗户移拢，看头顶几件衣服干了，顺手收了下来。

她忙完一看时间，思考起晚饭的问题。

本来她想这天送走蔡总以后就在公司食堂吃一餐省事，结果因为看出蔡振林想跟她聊天，匆匆忙忙地提前回来，这下也不知道晚饭吃什么好了。

孟疏雨看了看空荡的冰箱，坐上沙发，拿出手机开始挑选外卖。刚打开软件，手机振了一下，跳出一条新消息——

周隽："跑得挺快。"

那不然呢？她不顺着大老板的意，跟着他这小老板？

看这是个陈述句，孟疏雨暂时没回消息，继续挑外卖。

第二条消息又跳了出来："今天立冬，想不想吃火锅？"

孟疏雨滑动外卖列表的手势慢了一点儿。

第三条消息："想的话下楼。"

孟疏雨从沙发上起身，狐疑地走到阳台上往下望去。雨幕里，黑色轿车安安静静地停在楼底，只有雨刷器在规律地摆动。

孟疏雨站在阳台上打字回复："不想呢？"

周隽："那我等等看。"

孟疏雨走回客厅，又在沙发上坐下，重新打开软件挑起外卖。她听着窗外倾盆的雨声，思绪却飘远，想起下午教蔡元宜的那首诗。

像是两个不同的磁场共振到了同一个频率，下一秒，一条新的语音消息进了手机。

孟疏雨点开来，听见周隽带笑的声音："反正我的瑞士表还没到七点。"

四秒的语音很快播放完，孟疏雨捏着手机缓缓眨了眨眼睛。

点开这条语音之前，她脑子里闪过很多以前那些暧昧对象被她拒绝以后惯用的说辞——

"等你饿了，可能会改主意"的利诱。

"等到你愿意下来为止"的威胁。

"真等不来，我就一个人去吧"的卖惨。

所以看到那句"那我等等看"，她头也不回地进了屋，像周隽这种一声招呼不打，把车开到楼下等她的行为跟楼文泓有什么区别。

孟疏雨抱腿窝在沙发上，下巴抵着膝盖，点开周隽的语音再听了一遍。

她宝贵的人生又多为他花了四秒钟。

好吧，区别还是有那么一点儿。

孟疏雨盯着手机屏幕，目光从失焦到聚焦，又再次失焦。

虽然下午同在一个办公室，但她教蔡元宜写作业的时候明明压低了声音。周隽全程和蔡振林谈笑风生，一边对答如流，一边居然还竖着耳朵分神听她讲诗。

手机又响起一声振动。

孟疏雨回过神，见这次是家里发来了消息。几张新鲜出炉的美食照，是她爸妈吃羊肉火锅和云吞过立冬的画面。

一张张照片看下来，她倒是有点儿想家了。

这周要不是蔡总来访，她应该也会在家过立冬吧。

异乡的大雨、立冬的火锅、余光中的瑞士表……

——周隽，你可真是走了大运，撞上了今天的靶心。

孟疏雨回头望向窗外，看了一眼白茫茫的雨幕。

反正也没到七点……

孟疏雨："那跟这天打个赌，如果七点之前雨停了，就算我输。"

周隽干脆利落地答复："好。"

遇事不决问问天意，二分之一的可能对谁都公平。

孟疏雨收起手机，哼着歌在屋里走了一圈，发现无所事事，就在书桌前坐下，打开台灯，从书柜里随手抽了一本书来看。

看了几行，她忽然听见窗外狂暴的雨声收了气焰，像被人扼住咽喉，一下子微弱了卜去。

孟疏雨抬起头，对着斑驳的玻璃窗出了会儿神。静等了几分钟，这雨又被注入生机，再次漫天飘洒起来。

孟疏雨偏头看了一眼墙上的钟，重新低下头去。

她像住在海边，耳边海浪一阵又一阵，带着人起起落落。眼前规整的宋体字也变了形，随着海浪摇摇晃晃。

在不知第几次由轻转重，又由重转轻地循环后，雨声消失了。

被要了太多次，孟疏雨甚至怀疑自己产生了幻听，这回她没有立刻抬头，坐着等了一会儿。

但雨声真的没有再响起来。

孟疏雨再次偏头看了一眼时间。距离七点就差五分钟。

她迟疑地从书桌前起身，走到阳台上推开窗户，摊开掌心伸出手去。

同一时刻，楼底黑色轿车车门被打开，周隽下了车，仰头朝她望来。

孟疏雨走出公寓楼时，周隽已经等在车边。副驾驶座和后座的两扇车门都敞开着，像是随她选择的意思。

孟疏雨走到他跟前瞟他一眼："你这是赌瘾犯了？"

周隽想了想，说："你要是不想选就再赌一次。"

"我倒要看看你今天的运气到底有多好，"孟疏雨没什么表情地看了看他，"就现在，看手机时间，尾数是双数就算你赢。"

周隽拿起手机，摁亮屏幕给她看。

孟疏雨一眼看到周隽的锁屏背景，觉得这风景照好眼熟啊，就这么一晃的工夫，屏幕上的数字从 19：01 跳到了 19：02。

"哎，你这……"孟疏雨指着他的手机，生动地表达了什么叫"令人发指"，"你这手机还挺赖皮！"

周隽就是怕她觉得他赖皮才直接举起手机给她看，自己根本没看一眼，这会儿翻转屏幕，大概明白刚才发生了什么。

"那怎么办？"周隽失笑。

孟疏雨倒也不是真的在意坐哪里。都出来了还在意这种矫情的细节干什么。

她就是觉得周隽这天的运气真的太好了吧。

难不成他生日许的愿望是今后逢赌必赢。

"多大点儿事，愿赌服输呗。"孟疏雨弯身上了副驾驶座。

周隽替她关上车门，又顺手把后座车门也带上，然后回到驾驶座。

瞥见他嘴角的笑意，孟疏雨一边系安全带一边凉飕飕地说："别高兴得太早，你的运气总不会一直这么好。"

周隽点点头："可以差。"

他本来也没有在笑自己运气好。

他只是在笑，他运气好的前提是——孟疏雨给了他赌的机会。

车子发动，拐出小路，朝小区外驶去。

孟疏雨刚想发话让周隽放歌，一阵电话铃声打破了车里的安静。是她爸打来的语音电话。

她一下子想起自己做错了什么，一接通电话就先发制人："喂，爸，我正给你回消息呢，字都打一半了！"

周隽偏头看她一眼，似乎在对她睁眼说瞎话还不用打草稿的本事表达肯定。

孟疏雨对他比了个"嘘"的手势。

电话那头"怎么不回消息"的质问被堵了回去，孟舟平不太爽利地说了句："这么久没个音信做什么呢？"

"我刚才不是在忙嘛。"

"周日这个点还忙什么？"

她忙着看雨到底会不会停。

孟疏雨叹了一口气："我也不是光上班就好了，也要做做家务的呀。"

"那晚饭吃过了吧？"

"还没，刚要去吃。"

"这么晚还没吃？你这每天过的是什么日子？"

"哎呀，爸，你别拿你们学校五点开饭的作息跟我对标啊。我们都市丽人七八点吃晚饭多正常。"

"那你这是出去吃？大小也算个节气。一个人还是和朋友？"

孟疏雨一听这话又来了点儿气，看了一眼周隽："爸，你要是在试探我和那个楼文泓还有没有联系呢，那你还是别打这算盘了。"

听筒里沉默了一阵："没联系了是吧，没联系就好。"

"什么意思？"这回换成孟疏雨愣了。

"唉，我和你妈听说点儿不对劲儿的事就去打听了一下。3 那户人家也是好笑，给他们儿子接连安排了三个姑娘，你说这叫什么事，他们当选妃呢？你没和人处下去就好，也省得到时候麻烦了。"

她就说那个楼文泓怎么追又不大大方方地追，话也不说清楚，搞一次破坏发现没用就消停了，过一阵想起来，再搞一次破坏。

孟疏雨摇摇头："辛好找对人家也没兴趣，爸，你说你这眼光是不是基本可以告别给我安排相亲了？"

"你自己的眼光好到哪里去？"

"我的眼光怎……"孟疏雨一滞，想想也没底气，手指揪着薄呢大衣下的毛衣裙小声说，"好吧，我的眼光也不怎么样。"

周隽慢慢握紧了方向盘。

孟疏雨继续低着头说："但我自己的眼光，我盈亏自负。你和我妈真别打你们朋友家儿子的主意了。你看看，上次教训还不够，这下又要少个朋友！"

孟舟平被她气得骂骂咧咧地挂断了电话。

车里恢复了安静。但这种安静和刚刚上车时自然的安静有点儿不一样，孟疏雨敏锐地察觉周遭的气氛有一丝凝重。

她感觉自己和周隽好像坐在一艘船上，风平浪静的时候就这么浅浅地过着河，相安无事。但凡吹过一点点风，这船就会开始打晃，总让人想到水下的暗藏汹涌。

不过就算是她把气氛聊成这样的，她也不想对这个气氛负责……

孟疏雨低着头，食指在裙摆上有一下没一下地滑来滑去，忽然听见周隽叫了她一声："孟疏雨。"

听他语气严肃，孟疏雨不自觉地挺直了点儿背脊："干吗？"

"今天蔡总说，今年只剩不到两个月，森代的业绩到目前为止还是严重赤字，问我打算把这赤字控制在多少以内。"

他怎么突然聊起工作来了？她就说了一句她自己的眼光，她盈亏自负，他还联想到公司业绩了。

话题转得未免也太生硬。

但转都转了，孟疏雨只好跟着装没事人："哦，那你怎么说？"

"我说，我的目标是消除赤字。"周隽偏头看着她，"今年还没结束，我会想办法扭亏为盈。"

因为孟疏雨对粤式打边炉情有独钟，而附近口碑最好的就是她跟周隽和楼文泓分别吃过的那家。于是兜兜转转，两个人又来了一次故地重游。

一到店门前，孟疏雨就想起上回她和楼文泓在这里吃完饭被周隽抓走的事。

那天晚上她多开心呀，开心得跟傻了一样。

这天周日，又是立冬，餐厅里人不少。两个人到的时候只剩了不靠窗的座位。

不过孟疏雨也不挑这些，谁叫她这天赌了一场雨的时间。

孟疏雨在靠里的沙发皮座上坐下，脱掉薄呢大衣，问服务生要了根皮筋，把披散的长发随便一扎扎在脑后。做完这些，她一抬眼，正见周隽在对面定定看着她。

孟疏雨皱皱眉头："看什么？"

"上次怎么没扎头发？"周隽疑问。

"哪个上次？"孟疏雨愣了愣。

"我总不会问你和楼文泓那次。"

哦，那就是她假装痛经，骗周隽送她回家，路上得寸进尺地讨了一顿火锅的那次。

"我上次没扎吗？"孟疏雨自己都忘了，"那可能是因为那天本来就打算回去洗头了吧，我今天中午刚洗的头，晚上不想再洗了。"

"还有这讲究？"周隽点点头，接过服务生递来的菜单。

被他这一提，孟疏雨免不了记起上次和周隽在这家店吃火锅的场景。想着她当时踌躇满志地要拿下他，他却一直在她对面专心致志地玩手机，害她在这餐桌上活活聊死了三个话题，一种不堪回首的滋味涌上心头。

她要是早回忆起这些细节，刚才周隽问她"上次怎么没扎头发"的时候，她一定不说人话。

孟疏雨捏着菜单默默后悔着，忽然听到周隽问："什么汤底？"

"上次是你爱喝的，这次该选我爱喝的了。"不等周隽答，孟疏雨直接朝服务生点了单。

周隽没发表意见，倒是回想了一下："上次，你说松茸汤？"

"对啊。"

周隽摇头："我没有爱喝松茸汤。"

"不要质疑我的记忆力，在记领导的爱好这件事上我是专业的。"孟疏雨跟服务生点着其他的菜，抽空跟他说了句。

"是，但我点松茸汤不是因为我爱喝，是因为松茸滋补，比其他带寒性海鲜的汤底更适合经期喝。"

孟疏雨微微一滞，翻菜单的动作停下来。

怎么周隽又是记得她上次没扎头发，又是记得她那时候经期，他到底是顺水推舟那么一说，还是确有其事？

孟疏雨眼珠子转过一圈，随口找了个话茬："女孩子的事，你还挺有经验。"

"我要是有经验，还在你对面玩手机？"

孟疏雨刚翻过一页菜单又顿住，心里的疑惑满得快要溢出来，嘴上油盐不进地轻轻揭过："哦，你还记得你当时在我对面玩手机呢，记性不错。"

周隽拿起手机翻了翻。这么久以前的历史浏览记录当然已经不见，拿不出证据，他只好放下手机。

孟疏雨被他这动作吸引了注意力，忽然想起他的手机的锁屏背景。

"你那锁屏是——"

"怎么？"周隽看了一眼手机，摁亮屏幕。

孟疏雨凑过去一看，夜色里山间的小路，皎洁的月亮，路旁的白蜡树……果然是温泉山庄。难怪她觉得这么眼熟。

她的脑海里浮现一段更不堪回首的往事，温泉池里一幕幕画面、一句句对话，在她眼前和耳边反复重播。

孟疏雨正恼得想厥过去，突然注意到照片边缘一道不起眼的影子。

斜长的人影投落在小路上，长发披背，长裙及踝，怎么好像是在等周隽一起散步的她？

孟疏雨愣了愣，抬眼看向周隽。

"影子不侵犯肖像权吧？"周隽的眉梢一扬。

现在是侵不侵犯肖像权的事吗？重点是他今晚说的这些话，包括这张照片，和她的记忆及认知偏差也太大了。

那些时候不都是她在追周隽吗？

孟疏雨轻轻吞咽了一下口水："你怎么会拍……"

一句"拍我的照片"到了嘴边，看这画面的重心是月亮，像是不小心带到她的影子，孟疏雨把话收了回去，低下头去随便扯了句："你还真是挺喜欢看月亮的。"

毕竟她就在他的温泉池里，他也不看她，只看月亮，拍照片，月亮这么亮，而她只有一道藏在角落的、黑乎乎的影子。

周隽似乎也记起了这事，想了想摇摇头："不完全是。"

孟疏雨抬起眼来。

"准确地说，"周隽回想了一下，"我只是喜欢那晚的月亮。"

这一顿故地重游的火锅，把孟疏雨吃迷糊了。

周隽口中提起的过去，和她记忆里的那段过去好像存在错位。她忍不住想怀疑他又在事后找补，编一个好听的故事把她哄开心，可是……

可是如果他没有对那一晚的月色动容，怎么会拍下这张照片？

如果他根本不记得那些细枝末节，又怎么能编出这些故事？

他所说的每一个细节都能和她的回忆准确对应。而她会记得，是因为她那时候喜欢他。

那周隽呢？

夏目漱石把"我爱你"翻译成"今晚月色真美"。

周隽说，他只是喜欢那晚的月亮。

所以他是在告诉她，在那段她以为不堪回首的往事里，在那些她以为是她一厢情愿穷追猛打的日子里，甚至在那之前……他就已经喜欢上她了吗？

立冬短暂忙里偷闲过后，孟疏雨又迎来焦头烂额的一周。

因为这周后两天要跟着周隽去北城参加今年的智能家居高峰论坛，孟疏雨把整周的工作都挤压在了前半周，三天下来忙得不可开交。

等周三下午开完最后一场会，想到晚上要去北城了，她反倒觉得出差成了能喘口气的休假。

为了节约时间，孟疏雨一早就把行李带到公司，散会后任煦也到位了，她就和周隽提前下班去机场。

这还是周隽到任森代以来，孟疏雨第一次跟着他出远差。去机场的路上，有任煦在倒还好。到机场办完登机手续，任煦功成身退。她和周隽单独进了头等舱休息室，忽然就有点儿无所适从，不知道该怎么和他相处了。

要说继续当他的助理吧，他们这一趟的目的确实是出差，那她应该全程照顾周隽。

可是毕竟出了公司到了私下，她又不想为周隽鞍前马后……

孟疏雨在休息室的沙发椅上坐下，纠结了一下，最后还是责任感战胜了情感，准备去拿点儿果汁和茶水。

她的手刚搭上沙发椅扶手，一旁的周隽比她先一步站了起来，理了理西装门襟，问："孟总，喝点儿什么？"

孟疏雨一愣之下往周围瞄了瞄。还好附近只有零散三人，没人注意他们。

这贵宾室里说不定就坐了哪位行业大佬，回头碰见她和周隽，叫出"孟总"和"周助理"可好笑了。

孟疏雨瞪周隽一眼，放轻了声音说："别瞎叫……"

周隽扬了扬眉："这么严谨，不当个'总'还真可惜了。"

呸，只有她这种当助理的人才会这么严谨，才会一个脑子当八个用，面面俱到。

"喝点儿什么？"周隽见她有一肚子"槽"想吐，又不好在公共场合吐，再问了一遍。

孟疏雨的身份就自如地切换了过来，她抬着头说："要橙汁，常温的。"

周隽点点头，走开了。片刻后他回来，见孟疏雨打开了笔记本电脑，又在放映他在论坛上发言要用的演示文稿。

"孟疏雨，这两天光我看见的，这演示文稿到你手里以后就放映过七遍了。"

孟疏雨侧目看看他："我多核对几遍有错吗？又不是做无用功，还是有改动的。"

"比如把第三页的一个半角逗号改成全角，火急火燎地给我更新了一份。"

"你看你不也发现了？细节就是决定成败。"

"我说这话的意思是我也确认过一遍了，所以你不用再看第八遍，休息吧。"周隽在她旁边坐下。

孟疏雨合上电脑盖，看了一眼他握在手心里的玻璃杯，抬了抬下巴："那你倒是把橙汁给我。"

周隽摇头："只有冰橙汁，我还在把它焐成常温的。"

"……"

周隽看她一眼："不是细节决定成败吗？"

两个小时飞行后，晚上八点半，飞机落地北城机场。森代在北城的供应商派车来接了他们。

孟疏雨和周隽一出机场，行李被接走，人也被迎走，这下倒不存在谁照顾谁的问题了。

两个人坐上商务车后座，前排供应商的总秘热情地招呼他们："周总、孟助，北城是不是比你们那儿冷不少啊？"

孟疏雨代周隽和人寒暄："我们那儿的冷是法术攻击，穿再多衣服都挡不住湿气。你们这儿的冷是物理攻击，其实没风的时候体感还行。"

"这比喻可太贴切了！"总秘笑着，又问两个人在飞机上吃过晚饭没，等会儿要不要给他们准备夜宵。

论身份，这些话不该周隽接，只能由孟疏雨一个个问题答过去。

说到第五个问题时，总秘前一秒还在滔滔不绝，后一秒笑容一收，压低声音说："周总、孟助，你们一路过来辛苦，刚好在车上休息会儿，我们大概半小时后到酒店。"

急刹车都没刹得这么急。

孟疏雨想到什么，瞄向旁边的周隽。果然是周隽闭上了眼睛。

有的人坐了一趟飞机累成哈巴狗，还得陪人说话；有的人只需要闭眼，再能说的人也自觉退散。

这就是人与人之间的参差吧。

不过作为此刻的实际受益人，孟疏雨决定，这晚她可以原谅这种参差。

九点出头，车子抵达香庭酒店。

高峰论坛的主办方之前礼貌性地征询过周隽的意见，看是否需要给他和随行的助理安排住处。

不过从周隽这个层级往上的大佬都注重私密性，一般不住主办方统一安排的酒店。孟疏雨替周隽婉拒了，让唐萱萱在周隽习惯的香庭酒店订了两间房。

办理好入住手续，酒店服务生在前方推着行李车带路，孟疏雨跟周隽并排走在后面，手心里捏着两张房号相邻的房卡。

本来她是让唐萱萱给周隽订行政套房的，但周隽说不要铺张浪费，普通的大床房就够了。

他要是说给她升级成行政套房，她还能拒绝搞特殊，结果他自降配置，那她也不能说什么了。

上了楼，服务生送完行李离开，孟疏雨把周隽的房卡递给他："明天早上八点出发，七点半吃早饭。"

孟疏雨公事公办地交代完，不等周隽开口，就把行李推进房间，然后匆匆关上门，杜绝了他任何可能的邀请，把笑得无奈的他一个人留在了走廊上。

她进到房间收拾完行李，洗过澡已经接近十点。

虽然还不到平常睡觉的时间，但想到明天有大场面要应付，孟疏雨还是决定早点儿睡觉，留了一盏房间角落的夜灯，然后躺进被窝，开始认真酝酿睡意。

但这陌生的床和不习惯的暖气，以及没到点的生物钟，都让她这一觉睡得有点儿困难。

孟疏雨躺了半天也没睡过去，反而越躺越清醒，好几次想拿手机看看，想想又不行，这一拿肯定更睡不着。

她就这么干巴巴地默数着水饺，不知过了多久，好不容易意识模糊起来，忽然听到"砰"的一声巨响。

孟疏雨一惊之下睁开眼，恍惚地看了一眼房间里的那盏夜灯，一时没反应过来这动静是来自梦里还是现实，直到片刻后又是"砰"的一声大响传来。

这回她可以确认了，是有人在拍她的房门。

孟疏雨彻底醒了，掀开被子想去看看情况，却听外面拍门声越来越急，其间还混杂了一道模糊的、不太清醒的男声："开门哪，老婆……老婆，我错了！我再也不喝酒了！"

孟疏雨站在床边不敢出去了，一下子联想到一堆可怕的社会新闻。

门被一下下大力地拍着，拍得地板都在共振。孟疏雨的心脏也被震得发麻，她突然记不起自己到底有没有给门上好保险锁。

想到周隽，她慌忙拿起床头柜上的手机，抖着手拨通了他的电话。

一声、两声、三声，那头的人一直没接电话。孟疏雨正着急，突然听见外面的拍门声停了下来，过了好一会儿也没再响起。

孟疏雨半攥着手机，轻手轻脚地走到门边，见保险锁是上好的，刚想仰头看看门镜，听到门被敲了三下："孟疏雨，是我。"

听出周隽的声音，孟疏雨立刻拨开保险锁，一把拉开房门。

周隽见了她想说什么，低头一看她掌心里的手机的通话界面，到嘴边的话顿住。

孟疏雨就成了先开口的那个："怎么回事啊？"

周隽指了一下走廊另一头："那人喝醉酒走错层了，让人拉走了。"

孟疏雨探头往外望去，看见服务生搀着一个七倒八歪的男人走远，松了一口气："我以为是故意的，吓死我了……"

"这种时候，我在隔壁，可以打我的电话；我不在，还是应该先打前台电话。知不知道？"周隽抬手揉了一下她的头发。

孟疏雨往后一躲，一把挡住头顶，品了品这话才反应过来："我……当然知道了！这不是常识吗？我就是分析着你离我近，远亲不如近邻，远水不解近火，不然能不打前台电话？"

周隽别开眼，像在忍笑，片刻后回过头点点头："还睡得着吗？"

孟疏雨倒想嘴硬，一开口却怒从中来："气死我了，我刚才好不容易要睡着！"

周隽抬了抬下巴："那下楼散个步？"

孟疏雨想着行吧，这夜半惊魂的，不消耗掉过剩的精力也没法儿睡了，回房想找件散步能披的外套却没找到，毕竟她出差只带了正式场合穿的衣服。

没办法，她只能把睡衣换掉，穿上羊绒打底衫和长袖长裤的职业套装。

孟疏雨走出房门一看，周隽好像也没找到合适的行头，换了一身西装，在西装外又添了一件切斯特大衣。

散个步他还挺隆重，不知道的以为他们半夜去当特务。

孟疏雨和周隽进了电梯，还在回想那个让人生气的醉鬼，嘴里吐槽："今晚真是亏大了……"

"嗯？"周隽偏头看她。

"我长这么大还没被人叫过老婆呢！"孟疏雨皱着眉头，一脸不爽快的表情。

周隽轻轻"啧"了一声："那亏的不该是你以后的老公？"

孟疏雨缓缓扭头看他。

——又不是你，你"啧"什么？……

孟疏雨轻咳一声，一看电梯门开了，当先走出去，走到门口却意识到她对这座出差来过几次的城市完全不熟悉，根本不知道往哪里走。

于是她又停下来回头问周隽："去哪儿？"

"散步有什么去哪儿的？走到哪儿算哪儿。"

孟疏雨一听这话怎么这么耳熟，不就是上次在温泉山庄散步时她说的。

"学人精。"孟疏雨瞟他一眼。

周隽笑着带她往酒店外的步行道走去，转头问她："冷不冷？"

大概是穿得还挺保暖，这也才十一月，孟疏雨觉得北城的冬天也不过如……

她刚想到这里，一阵风迎面吹过来，吹得她打了个哆嗦。身体代替嘴巴直接回答了周隽。

周隽把西装外的切斯特大衣脱了下来。

孟疏雨眨了眨眼："那你不冷？"

"我本来应该只需要穿西装。"周隽绕到她身后，把大衣披到了她的肩上。

"哦……"孟疏雨回头瞅瞅他，抬起手想把被大衣衣领压死的头发扯出来。

周隽刚好也发现了她的不舒服，拢起她的头发。

孟疏雨站在原地不动了，默默目视着前方，垂在身侧的手轻轻攥了起来。

感觉到周隽的手指穿过她的发丝，把她的长发一缕缕地往外挑，头发丝好像忽然有了触觉，变得奇痒无比。

孟疏雨垂下眼，盯着步行道的石砖低声催促："快点儿呀，好了没？"

周隽打理好她的头发，又拢了拢她肩上的大衣，让整件大衣把她的人从后往前裹牢，做到这里忽然叹了一口气。

孟疏雨蹙着眉回过头去："你自己动作这么慢，催你一句还不乐意了？"

"没有，"周隽摇头，"我只是在想——"

孟疏雨疑惑地看着他。

"我怎么会嫉妒一件大衣？"

孟疏雨低头看去，愣了愣才明白周隽说的是哪门子的忌妒。

好端端一件大衣变成了被烧旺的火炉，把人烧得热烘烘的。好像这会儿和她贴得严丝合缝的不是周隽的大衣，而是他这个人一样。

孟疏雨甩手就要把这件烫人的衣服丢回去，手抬起来又顿了顿。

她为什么这么沉不住气？丧心病狂到连一件衣服都要忌妒的人难道是她吗？

孟疏雨转过身看了看周隽，当着他的面抬起左胳膊慢慢一寸寸穿过大衣的袖子，又抬起右胳膊依样穿好。

周隽眨了眨眼，眼带疑问。

孟疏雨拉了拉袖口，让两只手从过长的袖子里努力伸出来，然后插进大衣的口袋。

和这件大衣完成更加完美的融合之后，她对着周隽仰了仰下巴："那你在这儿慢慢忌妒好了，我和大衣去散步了！"

说完她头也不回地往前走去。

散完步回到酒店，孟疏雨果然没了失眠的精力，简单洗漱过后一沾枕就睡了过去。

次日一早，孟疏雨和周隽坐上论坛主办方派来的商务车，出发前往黎顿酒店。

自从周隽昨晚说了句"我怎么会忌妒一件大衣"，孟疏雨就好像得了趣，看见手边任何没有生命的物体都觉得能让某些人忌妒得面目全非。

于是她就当着周隽的面，时不时在车后座上把玩把玩身前的安全带，对着镜子整理整理脖子上的丝巾。

没人看出她这些寻常的动作有什么特别的意思，只有周隽脸上挂了一路的笑意。

前排司机看得忍不住感慨，这都不像去参加峰会，倒像去参加年会，可以说这是他早上接到的面相最高兴的一位大佬了。

车抵达黎顿酒店，他们准备下车，孟疏雨收起闲心，恢复到了严肃的工作状态，告诫自己这天要做一整天的孟助理，时刻不能掉以轻心。

孟疏雨从单边车门当先下了车，正打算回头说句"周总请"，一转眼，被周隽笑意全收、格外肃穆的脸色镇住。

孟疏雨下意识地朝四下望去，看是不是来了值得周隽敬畏的大人物，还没搜寻到目标，周隽弯腰下车，压低声音说了句："配合孟总工作。"

孟疏雨瞪他一眼，转身跟上主办方的接待人员。

两个人走进酒店正门，从大堂到电梯一路碰上不少熟面孔。孟疏雨提前做过功课，已经认全所有与会人员的脸，哪怕放眼望去都是一模一样的西装革履装扮，也招呼得畅通无阻。出了电梯，在去会场的路上她听见身后传来一声："小周总？"

孟疏雨回过头去，看见了一张"夹生"的面孔。说是夹生，是因为她没在这次与会人员的名单里见过这一位，但她对这中年男人的脸有点儿印象，好像在哪儿见过。

来人越走越近，孟疏雨在脑海里拼命翻找信息，回想着刚才那声奇怪的"小周总"，忽然反应过来。

这是元誉地产的副总裁罗学斌，也就是周隽的爸爸手底下的高层领导，难怪会叫一声"小周总"。

那周隽应该是认识这人的了。

孟疏雨不动声色地看了一眼身边人，发现周隽的脸色明显冷了下来，想了想还是走了个表面流程，在罗学斌走到跟前时向周隽做了介绍。

罗学斌显然没在意她这位助理，只朝周隽笑了笑："小周总，知道您来参会，周总特意嘱咐我过来听听您的演讲。"

孟疏雨在心里回忆着元誉地产的组织架构——周隽的爸爸是董事，那么这句"周总"应该是指周隽的哥哥。

周隽扯了扯嘴角："劳驾罗总。"

"小周总不用客气。周总早就说过了，您一个人在外打拼不容易，有什么能帮衬的一定帮衬着您点儿。听说森代最近在接触兰臣地产，周总让我提醒您，这合作谈不下来也别勉强，何必有捷径不走，非去舍近求远？周总是您的自家人，元誉的门永远向您敞开。"

孟疏雨在一旁听得心惊肉跳，忽然看见周隽偏过头来："我倒是有点儿不记得了，孟助理，元誉地产在我们的评估列表里吗？"

孟疏雨立刻回神，点了点头说："在的，周总。"

"排在第几？"

孟疏雨看了一眼罗学斌。

周隽："没关系，罗总也说了都是自家人，就不说两家话了。"

孟疏雨："元誉地产排在第十一位，周总，三位往后的评估结果都没送到您手上，所以您确实不知情。"

罗学斌弯了脸色。

周隽点了点头："是这样，那罗总，您替我向周总说声抱歉，等元誉的门敞得大些，我再登门拜访吧。"

和罗学斌分别后，孟疏雨陪周隽进了会场。

虽然结束对话的时候，罗学斌的脸色难看得像吞了苍蝇，周隽看起来也没把这插曲放在心上，但孟疏雨心里还是有余火在烧。

这是什么没格调的人家？难怪元誉地产这几年越来越不成气候。有这么个继承人，再厚的家底可不都得被败光。

孟疏雨思忖着周隽没有继承周家的一分财产，可能不是家里人对他不好，是他真的看不上。

他若跟这么个心里没数还爱找碴儿的哥哥共事，谁知道哪天一觉醒来，公司会不会就没了呢。

孟疏雨想着这些乱七八糟的事，会场里的高峰论坛也正式开幕了。主办方在开幕仪式上致完辞之后邀请了几位产业大拿轮番上台做分享。

不过上台讲话这种事，要没点儿语言艺术魅力，即使是经商大拿，也难免沦为让人昏昏欲睡的读稿机器。

虽然孟疏雨为了做笔记，全程都撑着眼皮认真听讲，心里却在狂喊"无聊，无聊，什么时候结束"。

直到周隽作为当天最年轻的嘉宾上台，握着话筒侃侃而谈，把一场本该生涩枯燥的讲话演绎成了生动风趣的演讲，孟疏雨才感觉活过来了点儿。

她忍不住在心里小声地说，她的眼光好像也没有那么差吧。

白天的论坛结束之后，晚上是一场派对。对孟疏雨和周隽包括在场多数人来说，这才是一天的重头戏。

白天大家认个脸熟，记下值得碰一碰的对手或者合作对象，到了晚上就是社交时间了。

派对的地点安排在黎顿酒店的宴会厅里，头顶水晶吊灯照得一千多平方米的大厅金碧辉煌，每只酒杯都折射着璀璨的光。

四面长桌摆满各式各样的中西餐点，服务生托着酒盘穿梭来去，经过觥筹交错、推杯换盏的客人身边，给他们送上新鲜的"交流媒介"。

孟疏雨跟着周隽见了不少人，指间也象征性地捏着一个酒杯，但真正送到嘴边的时候很少。

毕竟不同于包间酒桌上的应酬，这种开放式社交大家都喝得斯文客气。碰头来上一杯，分别再来上一杯，算是大佬之间不成文的默契，一般轮不到助理出面。孟疏雨多数时候只是跟在周隽身后递酒。

除了偶尔遇到和周隽聊投机的人，问起她这位助理，才轮到她敬上人家一杯，说点儿好听话。

这么一晚上下来，孟疏雨其实也就喝了三杯白葡萄酒。倒是周隽喝了不少。

在一段空隙时间，孟疏雨想着让他去角落休息会儿，还没开口，就看见两位穿白衬衣搭法兰绒马甲的年轻男人迎面走来。

孟疏雨一眼认出，一位是兰臣集团的副总裁程浪，一位是朗欣科技的少东家江放。

她手疾眼快地从路过的服务生那里拿来一杯新酒递给周隽。

对面的两个男人也一人捏了一杯新酒走上前来。

"周总。"

"程总、江总。"

两边的人简单握手打了招呼。

"刚才听人说程总接了通紧急电话走了，以为今晚无缘和程总喝这一杯了。"周隽笑着说。

程浪笑着举了举杯："周总说笑了。家里太太的电话不能不接，但周总的酒也是不能不喝的。"

两边一人一杯酒喝下去。程浪抬手提议："人多眼杂，周总，找个安静的地方聊聊？"

周隽点头："程总有时间就再好不过。"

"那两位聊着，"江放摆了摆手，"我去吃点儿东西。"

眼看程浪身边没跟秘书助理，连江放也回避了，孟疏雨朝周隽看了一眼征求他的意思。

周隽朝她点点头，示意她留在这里。

孟疏雨目送两个人离开，一下子闲下来。本来打算拿点儿食物吃，但过了饭点暂时也没胃口，她想着晚点儿要是饿了还是点夜宵到酒店吧，便找了张角落的沙发椅坐下来。

她刚搁下手里那杯酒，想解锁手机放松一下，忽然听到一阵男式皮鞋的声音。

"是森代的孟总助吧？"

孟疏雨抬起头来，看着眼前这张脸，再次在脑海里疯狂翻阅信息，然后把他和白天上台演讲的嘉宾对上了号。

孟疏雨立刻从沙发椅上站了起来，笑着说："我是，您是美安智家的魏总吧？今天下午听了您的演讲，对您的分享印象非常深刻。"

她翻一翻笔记的话，应该还能找到她顶着哈欠写的重点。

魏明致摆了摆手："不敢当，哪里比得上周总的演讲精彩。"

"您是找周总吗？"

"不，我看你面熟。想起之前和蔡总吃饭的时候见过你，"魏明致笑着说，"刚才和人一打听，才知道你被外派到森代高就了。"

听他这么一说，孟疏雨隐约记起美安智家和蔡总确实是有交情的，只不过这位魏总以前似乎还没做到美安的二把手。

但无论如何，牵扯到蔡总，这场面上是不能怠慢了。

"承蒙魏总记得，我那会儿就是跟着蔡总出去见见世面，以为您肯定忘了我，都没敢提这事，"孟疏雨举起酒杯，"我敬您一杯。"

魏明致承了这杯酒，和孟疏雨聊起森代的发展来。

孟疏雨接了几句场面话，大概是话说得还算有趣，魏明致听得开怀大笑，一看旁边路过一位服务生，从酒盘上拿了一个高脚杯递给孟疏雨："和孟总助这样有趣的人聊天，真能叫酒逢知己千杯少了。"

孟疏雨看了一眼他递来的酒，顿了顿过后笑着把酒接了过来："魏总太抬举我了。"

一刻钟后，酒店三楼露台咖啡桌边，周隽和程浪的对话被一通电话打断。

程浪看了一眼来电显示"江放"，对周隽比了个"稍等"的手势。

程浪接通电话，那头江放压轻了声音问："浪总，森代的周总还跟你在一块儿吗？"

"在。"

"那我问你啊，刚才我们是不是看见元誉地产的罗学斌和美安智家的魏明致在那儿侃大山？"

"有这回事。"程浪点头。

"那你看看这事要不要跟周总说吧。"

"怎么了？"

"我看魏明致在灌他那个女助理酒呢，不知道是不是元誉那边想搞事套话。"

程浪移开手机，看向对面的周隽。

宴会厅里，孟疏雨捏着第五杯酒，脸上的笑意不改，眼睛悄悄瞟向四下，想找个人帮她脱身。

早在拿到第二杯酒的时候，她就知道来者不善了。但种事光知道没用，悬殊的地位摆在那里，别说掉头走人，她连推辞都不行。

她借口说想去趟洗手间，魏明致偏不放人，说正聊到兴头上呢，她这要是走了就是不给他面子，今后可要去蔡总那儿好好说道说道。

她借口说自己喝不了了，魏明致偏说她这看着也没上脸，可别唬他了，蔡总身边的秘书怎么会喝不了酒。

周围来往的人还挺多，孟疏雨倒不担心安全。只是一下喝了几杯急酒，还是混了白的和红的，这会儿她的脑子已经有点儿混沌，就怕魏明致有心套什么话，自己会应付不来。

孟疏雨捏着酒杯看了看四周，实在没找到可以帮她脱身的人，只得笑着对魏明致说了第三个借口："魏总，周总说好让我这会儿过去找他的，我真得走了。您看下次有机会我们再聊？"

"周总不是和程总在露台上嘛，他们聊他们的，我们聊我们的。"

孟疏雨垂在身侧的手轻轻攥住，她忍耐着想再说句什么，忽然听到一道熟悉的男声在她背后响起——

"魏总好雅兴。"

孟疏雨松了一大口气，回头看见周隽，鼻子一酸。她本来满心想着该怎么脱身，连生气的工夫都没有，这会儿忽然气得什么面子、里子都不想管了。

孟疏雨想也不想地朝周隽走了过去，小声叫他："周总。"

周隽看了一眼她的脸色，眉头微蹙，再次望向魏明致的时候，乌沉沉的眼底多了些凉意。

魏明致动作一僵，干笑着招呼："周总来了啊。"

"我如果不来，魏总打算拉着我的助理喝到几时？"

"周总误会了，我和孟总助是聊得投机才喝上几杯。"

"投机？"周隽回头看了一眼孟疏雨。

孟疏雨低着头站在他身后抿了抿唇，这时候也不能拆魏明致的台，只能不说话。

周隽："说说看，给了魏总多少面子？"

241

孟疏雨看了一眼魏明致，小声答："五杯。"

他带她应酬一晚上，她只喝三杯酒。他不过离开二十分钟，她被人逼着连喝了五杯。

"白的红的？"

"都有……"

周隽看着魏明致慢慢点了点头。

魏明致被这一眼看得心里一凛，还没反应过来，就见周隽朝一旁的服务生招了招手。

服务生递来酒盘。十杯酒，一半白一半红，整整齐齐地码在上面。

"魏总喜欢喝酒，"周隽朝服务生示意了一下，"把这些酒都给魏总吧。"

魏明致不可思议地笑了笑："周总，这是不是有点儿……"

"有点儿不体面，"周隽点点头，面无表情地看着魏明致，"巧了，我这人刚好不喜欢追求体面。是魏总自己喝，还是我找人来伺候魏总喝？"

别说对面的魏明致傻了，连孟疏雨也有点儿被周隽吓到。

可能是周隽最近在她跟前实在太没脾气，她都快忘记了，他原本是那个当初郑守富跪在脚边求情时，却垂下眼睫笑一笑，把裤脚轻轻抽走的周隽。

他还是那个入主森代短短月余打垮赵荣勋十年的经营，逼得赵荣勋主动离职，临走前破口大骂他"丧家之犬"的周隽。

但这一刻的周隽，比起处理郑守富和打压赵荣勋时还更恐怖。

她总记得，以前周隽看那些人上蹿下跳地跟他作对，都像在看撼动不了他的蝼蚁。他从来没有像现在这样真的动过怒，一点儿所谓体面的笑意都不留，连下颌线都绷紧了。

从魏明致的角度看到周隽森然的正脸，这一点认知就更清晰了。

他有理由相信，如果他不自己喝，真的会有人拎起他的衣领，掐开他的嘴，把酒灌到他的喉咙里去。

魏明致梗着脖子往周围看了看。附近驻足交谈的人正有几个往这里看来，但每个人脸上都带着事不关己高高挂起的表情。

就像他刚才笃定没人会来替孟疏雨解围，所以才无所谓地在大庭广众下劝她喝酒，现在同样，也不会有人来替他解围。

利益场上，谁都不爱管别家的闲事。

在周隽安静的注视下，魏明致抖着手捏起酒盘里的一个酒杯，仰头将酒倒进了嘴里。

喝完一杯，他抬头看一眼周隽纹丝不动的表情，又去拿第二杯。

接连四杯酒下去，魏明致一口酒返上喉咙，猛地一呛，扶着沙发椅咳得眼泪直冒，像要活活把肺咳出来。

周隽站在那里眼都没眨一眨，等魏明致缓过劲儿来，拿起第五杯酒往嘴里送时，依然不动如山地看着他。

孟疏雨心里有点儿发慌，看了看魏明致喝白的脸，犹豫着扯了扯周隽的西装下摆。

周隽终于松动了表情，回过头看向她："累了？"

孟疏雨小幅度地点了点头。

对面的魏明致看到一丝希望，可又不敢多问，哆哆嗦嗦地拿起第六杯酒，像在拖延时间。

周隽回过头去，重新看向魏明致："我知道魏总和我家里人打交道打得多，但如果魏总以为我跟他们一样爱面子，那就想错了。有万贯家财要守的人当然要做面子工程，我没有，所以我的底线只会比魏总更低。还请魏总记得，再有下次，就不是几杯酒的事了。"

魏明致哈着腰，点了点头。

周隽转过身，把孟疏雨带了出去。

直到跟着周隽上到商务车后座上，孟疏雨还觉得自己的魂留在宴会厅里没出来，被灌酒的委屈倒是不记得了，满脑子都是他发火的样子。

她用所剩不多的脑细胞思考了一下，她可能把魏明致的来意想简单了，以为只是商业目的。

照周隽最后那话的说法，魏明致和周家人是有私交的。这天先有元誉地产的副总裁经他哥哥的授意挑衅失败，这个魏明致说不定就是他哥哥派来找碴儿的第二拨人。

难怪周隽这么生气……魏明致这是掺和了周家的家务事。

车子发动，孟疏雨偏过头想看看周隽的表情，刚好见他也转过头来。

商务车的后座上一人坐一边，中间还隔一条过道，前排又有司机在，周隽也不方便做什么。

周隽伸出手又顿住，皱着眉问她："难不难受？"

孟疏雨摇了摇头："我喝的时候没他后来那么急，还好……"

周隽看了她一会儿，像在分辨她的神志是否清楚，见她没事，靠上椅背捏了捏眉心。

"你……"孟疏雨小心翼翼地看着他，"还在生气吗？"

"不是气他。"

"那不会是气我吧？"

周隽没有答，默了默，偏头看向窗外，自言自语似的说："我还是趁早把你送回总部去吧。"

孟疏雨愣了愣。

这说的什么话，现在不是他追着她不放吗？他这是醉糊涂了还是气糊涂了？

周隽没再往下说。

有司机在，孟疏雨也不好多问，只能憋着自己琢磨。她想来想去，难道是她这天没表现好，让他觉得她不够格当他的助理了，他是在气她不争气？

见周隽皱着眉望着窗外，也不搭理她，她闷声不响地低下了头。

直到车子在香庭酒店门廊前停稳，司机过来拉开车门，她瞥了一眼还看向窗外的周隽，当先下了车，自顾自地进了酒店旋转门。

大堂电梯正好打开门，孟疏雨埋着头走进去，摁下楼层又去摁关门键。

一只手忽然挡住了正在慢速关拢的电梯门。

孟疏雨抬头，看见周隽表情无奈地跟进来："我一个不留神，你跑得比兔子还快？"

"我着急回去洗澡行不行？"孟疏雨往电梯角落靠，总共几平方米的地方也跟他拉出了最远距离。

"我不是在生你的气，"周隽走到她面前看着她，"我在想事情。"

"在想把我送走的事情呗，"孟疏雨低着头闷声说，"你家里的事情我都不知道。要知道这今晚这是私人恩怨，是你哥让魏明致来找碴儿，我还这么傻给他面子喝他的酒吗……"

"叮"的一声响，电梯门移开，孟疏雨走了出去，到房门前一刷房卡就要推门。

周隽一把挡了门："你想知道吗？"

孟疏雨握着门把缓缓抬起头来，忽然滞住。

她想知道吗？

如果她只是他的助理，那完全没必要知道他的家务事。周隽没有这个义务告诉她，她也没有这个权利问。

孟疏雨刚才就是觉得委屈，觉得周隽什么都不跟她说，却怪她没表现好，一下子脱口而出那话，回头一想才发现这句话越过了很宽的界。

但周隽没有不让她越，只是在跟她确认，她是不是真的想知道。

她想不想，想不想……

酒精冲到头顶，让她的思考越来越困难，孟疏雨想对他点点头，又怕这是酒后冲动。

"如果我想，"孟疏雨看着他，"你就跟我说吗？"

周隽回看着她的眼睛："如果你想，我就跟你说。"

孟疏雨握着门把的手紧了又松，松了又紧，几次过后，她目光闪烁地去推门："我……我要再想想……"

周隽松开了挡门的手，点点头，往后退了一步。

"我希望森代尽快成气候，好送你回总部。不是觉得你哪里做得不好，是因为森代不比总部稳定。照现在的状况我没法儿不抛头露面，今天这样的场合以后还有很多，你跟着我——"周隽低下头，揉了揉因为酒精刺激突突直跳的太阳穴，"会吃苦。"

回到房间，孟疏雨发着呆冲了个澡，出来以后把酒店服务生送来的醒酒茶喝了，然后躺上床，盖着被子又发起了呆。

她感觉这醒酒茶并没有什么醒脑的作用。因为直到这会儿，她满脑子还在反复回响周隽刚才那句话——你跟着我会吃苦。

好像有根藤蔓爬上心头，爬得她心里发痒，痒到她刚刚差点儿对周隽说："我又不怕吃苦。"

她怎么会不怕吃苦呢？可能是喝了酒的缘故，她有点儿想不通这个问题。

她迟钝地想，一定是因为今晚周隽为她出头，把她感动了一下，也可能是因为这天他遇到家里的糟心事，善良的她对他起了那么一丁点儿同情心。

可她这也太感动、太善良了吧……

她孟疏雨甩过的男人明明千千万，什么时候成"圣母"了？

她想着想着，窗外忽然传来"哗啦啦"的雨声。

孟疏雨偏头望向被帘子挡死的窗，想了想，爬起来撩开一角窗帘。

雨滴"噼里啪啦"地砸下，玻璃窗很快斑驳成一片，这画面像极了那天周隽在她家楼下等她时下的那场雨。

孟疏雨站在窗前出了会儿神，不知道自己在看什么。毕竟这天她又用不着等雨停。

她无趣地拉拢窗帘，转过身突然顿住，被心里下意识闪过的"等雨停"三个字拉远了思绪。

那天她跟周隽打了一个赌，说如果七点之前雨停，就算她输。但坐在书桌前的她，在雨变小的时候惊喜地抬起头来，在雨变大的时候失望地低下头去。

赌局有正反两面，打赌的双方应该一人占一面。

可是那一天，她和他都在等雨停。

245

她没想赢。

孟疏雨躺在床上失眠了整整半个钟头，感觉脑子里的糨糊越团越大，眼睛却越来越亮。

盯着面前的夜灯映照下的那堵墙，她甚至觉得只要眼睛瞪得再亮一点儿，就可以透视过去，看到周隽现在在做什么。

孟疏雨努力瞪了五分钟，眼睛酸了也没透视过这面墙。她烦躁地翻了个身，拿起手机，手指犹豫地在屏幕上滑动了几下，拨通了周隽的电话。

那头的人几乎是秒接电话。

但孟疏雨现在显然没有脑细胞为他的秒接电话动容，只是叫了一声："周隽……"

电话那头的人似乎被她这语气和声音惊住。过了好几秒，周隽才回过来一句："怎么了？"

"我睡不着……"孟疏雨又翻了个身，绝望地重复，"我怎么睡不着……"

对面的人又沉默了。

好一会儿过去，周隽似乎也翻了个身："那怎么办？"

"我要是知道怎么办，还找你吗？"

"为什么睡不着，睡前都想什么了？"周隽轻声问。

"想你了……"

电话那头再次静了音。

孟疏雨奇怪地看了一眼手机，发现通话还在进行中，又问："你怎么不说话了呢？"

"孟疏雨，你又喝醉了。"周隽哑着声音说。

"我没……没喝醉，"孟疏雨摇着头，一连摇了好几次，摇出"窸窸窣窣"的摩擦声，"我真的在想你……"

"那你在想我什么？"

"我在想你到底有什么好的，我怎么好像又输了……"

"输了是什么意思？"

"就是……就是我好像……好像还是喜欢你……"

听筒里沉默的时间越来越长。

孟疏雨倒也不在意他说不说话了，握着手机碎碎念："你这个人，有今天没明天的，也不知道会不会什么时候又突然变卦了……"

"我不会。"周隽这次答得很快。

"那你是真的喜欢我吗？"

"真的。"

"有多喜欢？"

"孟疏雨，这个问题等你酒醒了我再回答你。"

"我说了我没有喝醉！我就是睡不着……"

"好，你就是睡不着，那怎么办？"

"我要是知道怎么办，还找你吗？"

对话又鬼打墙似的绕了回去。

"孟疏雨，你这样我真的很难办。"周隽叹了一口气。

"你不是很厉害吗？还不能想个让我睡着的办法了？"孟疏雨拿拳头砸了砸被子。

"我能想到的办法是有前提的。"

"什么前提？"

"前提是，你得是我的女朋友。"

像被什么字眼搔了一下耳根，孟疏雨揉揉耳朵，眨了眨眼："是女朋友会有什么办法？办法好的话我考虑一下……"

"是女朋友的话，我会去你床上哄你。"

Chapter 9

小狐狸
与小白兔

寂静无声的房间里，周隽握着手机站在窗前，看着那颗悬挂在窗沿边的雨滴，在看它什么时候落下。

一秒、两秒、三秒。雨滴慢慢拉长，在漫长的第四秒倏然坠落。

同一时刻，听筒里响起孟疏雨撒娇拿乔的声音："这个啊，这个我要先试用一下看看效果呢，效果好的话……"

不等她说完，周隽挂断电话，转身朝外走去，一把拉开了房门。

隔壁房间，孟疏雨说着说着发现通话突然中断。她举起手机，对着屏幕皱起了眉头，还没皱成个"川"字，忽然听见敲门声。

孟疏雨想到什么，一下松了眉头，按亮顶灯，掀开被子下床，走到门边去望门镜。

果然是周隽穿着睡衣站在门外。好像知道她在看他，他也注视着这个圆圆的镜头。

那眼神，感觉他想吃掉这扇门。

孟疏雨拉开一点儿房门，探出半颗脑袋去瞅他，一双狡黠的眼睛像盛装了星星，对着他一闪一闪的："隔壁技师这就上门服务来啦？"

没了手机的阻隔，她酒后说话惯有的嗲意更清晰地钻进周隽的耳朵里。

周隽的喉结轻轻滚动，他盯着她"嗯"了一声。

"要不要收费的？"

周隽摇头："不用，倒贴。"

孟疏雨"哦"了一声，慢慢拉开了门。

像在嫌她拉得慢，等门缝空出一道身宽的距离，周隽一个侧身挤了进去，后背顺势抵上了门。

门"砰"的一声被关实。

孟疏雨心脏往上一蹦，藏在拖鞋里的脚趾倏地蜷起："你这个技师还挺着急……"

"不抓紧时间，客人改主意了怎么办？"周隽看了看她闪烁的眼，视线从她脸上往下挪去。

所幸孟疏雨被酒精塞糊涂的脑子还记得自己睡衣里没穿内衣。她飞快地转过身去，匆匆回到床边，平躺上去盖好了被子，浑身上下裹得严严实实，只剩一颗脑袋露在外面，两只手像仓鼠一样扒着被沿。

"那你快点儿……可以上钟了！"

周隽失笑地走上前去："我的工位在哪儿？"

孟疏雨像螃蟹一样横着往里挪了挪，给他腾出一块空位，拍拍床沿说："这里，但是……但是你只能坐，不能躺，我是个有原则的客人，你要守规矩……"

周隽笑着坐上床沿，看了一眼敞亮的顶灯："这么开着灯能睡着？"

孟疏雨扒着被沿的手指向床柜头："不能，你关掉。"

周隽抬手关了顶灯。四下骤然大暗，只剩角落一盏暖黄色的夜灯静悄悄地发着光。

视觉受了限，嗅觉自然变得敏锐起来。孟疏雨闻着周隽周身的味道，想着明明是酒店里的沐浴露，怎么就这么好闻？她好想离他近一点儿。

她又后悔刚才挪到太里边了，侧过身面对他，稍稍往外蹭了蹭。

昏暗里，周隽的呼吸重了一些，他抬手挡住她靠过来的额头："就这样，别乱动了。"

"我的床，我想怎么动就怎么动……你的意见这么多，我要给差评了！"

"你这么动来动去，怎么睡得着？"

"哦，也是……"孟疏雨老实侧躺着不动了，"那就这样，你哄吧。"

周隽调整了一下坐姿，低头问："想听点儿什么？"

"听故事呗。不过不要很难懂的，我现在只能听大白话……"

"那给你讲个童话故事？"

"嗯嗯……"孟疏雨闭上了眼睛。

周隽点点头想了想，靠着床头酝酿了一下："很久很久以前，一座美丽的大森林里住着一对善良的熊夫妻。他们做着森林里的大家长，照顾着一群无家可归的小动物……"

孟疏雨闭着眼找碴儿："你这个故事开头就开得不对，森林本来不就是动物的家？"

"但这些小动物离了巢、离了窝，身边没有同族，所以他们觉得自己没有家。"

"哦，你继续说……"

"有一天，这对熊夫妻在森林外捡到一只孤零零的狐狸幼崽。他们到处找，找来找去找不到第二只狐狸，就把他带回了森林，让他和其他小动物生活在了一起。

"小狐狸在熊夫妻的照顾下慢慢长大，虽然身边没有狐狸同伴，但也觉得跟这么多小动物一起生活很开心。

"直到小狐狸六岁那年，一对狼夫妻为了寻找自己走丢的狼宝宝走进了这座森林，看见了小狐狸。因为小狐狸和小狼长得有点儿像，狼夫妻找不到狼宝宝，觉得找只狐狸宝宝也行，于是就问熊夫妻，他们能不能把这只小狐狸带走，说一定会照顾好他。"

"嗯……"孟疏雨感觉困意渐渐袭来，喃喃道，"后来呢？……"

"熊夫妻看这对狼夫妻毛色油亮，打扮漂亮，肯定是过得很好的狼，为了让小狐狸过上更好的日子就答应了他们。

"小狐狸跟着狼夫妻离开了，虽然一开始舍不得这座森林和熊夫妻，但后来因为狼夫妻对他很好，他也觉得自己终于有家了。

"可惜第二年意外来了，有一天，狼夫妻忽然从外面带来一只小狼，说这就是他们当初走丢的狼宝宝。小狐狸本来就知道自己不是狼，看小狼回来了，觉得自己可能又快没有家了。

"果然，狼夫妻好不容易找回小狼，想方设法地弥补小狼，疼爱小狼，慢慢遗忘了小狐狸。小狐狸在那个家越过越冷清，不知道怎么才能引起狼夫妻的注意，只好拼命学习。

"小狐狸还算聪明，加上勤奋，学什么东西都学得很快，没多久就比小狼厉害了很多。小狼感觉到了威胁，开始处处和小狐狸作对，家里变得一团糟。

"狼夫妻努力维持着家里的和平，直到小狐狸九岁那年，和小狼发生了一场很大的矛盾。狼夫妻发现小狼和小狐狸真的没法儿生活在一起。但他们不可能抛弃自己的小狼，所以就把小狐狸送回了森林。"

孟疏雨："那也太惨了吧，你不要给我讲悲剧啊……"

"应该不是悲剧吧？"周隽在黑暗里笑了笑。

"小狐狸回到森林以后，一开始确实很伤心，也不想跟其他小动物说话，每天把自己关在屋里不出去。不过有一天，森林里来了一只小白兔。这只小白兔长得很可爱、很讨喜，所有的小动物都爱找她玩。"

"但小白兔偏偏不喜欢这些找她玩的小动物，反倒去找不和她讲话的小狐狸。小狐狸走到东，她就跟到东；小狐狸走到西，她就跟到西。一阵子过去，小狐狸终于愿意和小白兔说话，和她玩了。"

怎么又多了个角色？孟疏雨听得脑子发涨，想跟周隽提一下意见，意识却越来越混沌，就这么有的没的地听了下去。

"可惜好景不长，这只小白兔好像只喜欢不跟她玩的小动物。小狐狸和她玩了几天，有一天，小白兔忽然不搭理小狐狸了。小狐狸不知道自己做错了什么，也不知道怎么去讨小白兔开心，眼看着小白兔把手里的糖分给其他小动物，却不分给他。小狐狸只好失望地走了，却没想到这一走，再也没见小白兔来过森林……"

孟疏雨已经思考不动细节，就听出小狐狸好像又被抛弃了，想着周隽真会骗人，这还不叫悲剧吗？

那小白兔长得再可爱有什么用，不就是"渣"吗？！

可怜了小狐狸真心错付！

她想着想着，周隽的声音越来越远，越来越模糊，慢慢听不清了。

"小狐狸再次见到小白兔，已经是十九岁那年……"周隽说到这里，听孟疏雨的呼吸发沉，停住话头低头看去，小声试探了一句，"这就睡着了，小白兔？"

孟疏雨没有回应。

周隽叹了一口气，俯身凑近她的耳边："给你试用完了，效果满意吗？"

孟疏雨这次听到了耳边的问话，迷迷糊糊地答应了一声："嗯……"

"可以当我的女朋友了？"

"嗯……"

"这次不会把我甩了？"

"嗯……"

周隽抬起食指，在她的鼻尖上轻轻刮了一下："那就不是悲剧了。"

次日清早，孟疏雨在酒店的床上醒来，睁开眼偏过头，望了一眼窗帘缝漏进来的晨曦，看了看空荡的房间，昨晚酒后的记忆慢慢涌回脑海。

她睡不着给周隽打电话，说了一堆话，把周隽迎进门，让他坐上她的床，哄她睡觉……然后周隽就给她讲了个故事，好像是个很幼稚的童话故事，主角是只狐狸，配角有熊、狼……

算了，她记不清了，这都不重要，重点是在她快不省人事的时候，周隽似乎问了她一个很重要的问题。

孟疏雨猛地从床上弹射了起来。

——不是吧，不是吧！孟疏雨，你单身了整整二十五年，好不容易脱单，居然脱得这么草率！

周隽你还是不是个人了？你不八抬大轿好好表白，趁人被酒精和睡意冲昏头脑时问这种问题？你这个女朋友跟骗来的有什么区别！

而且——孟疏雨回想着自己在电话里说的话，仔细算起来，昨晚明明是她对周隽又表白了一次……

——孟疏雨啊孟疏雨，你这张嘴可真是藏不住事！

她刚想通喜欢他，一晚上都憋不住就告诉他，还这么不矜持地把人家请到床上来。

孟疏雨气得想狠狠抽自己一嘴巴子，薅了薅头发，颓丧地耷拉下眉眼。

好歹是初恋呢，他总该在她清醒的时候来个正经的仪式吧……

她正这么想着，床头柜上传来一阵刺耳的闹铃声。

孟疏雨一看时间如梦初醒。这天是论坛的第二天，现在已经快八点，她还得继续工作。

她赶紧掀开被子下床，准备跑进浴室洗漱，跑到门边忽然听见房门被敲响。

她去看门镜，门外正站着她那穿着衬衣、西裤，一身体面的——男朋友。

太突然了，她还没接受自己撒了酒疯忽然有了男朋友这件事，男朋友怎么就上门来了……

孟疏雨背过身去，右手握成拳往左掌心一下下敲着想办法。

门外又响起三声敲门声。

孟疏雨深吸一口气拉开了门，看见周隽的那一刻，昨晚那些画面跟放电影似的在眼前闪现。她感觉自己好像没穿衣服站在他面前，好羞耻……

她往门后躲了躲，只拿脸对着他，嘴一张先发制人："我刚起床还没收拾好呢，你先去楼下吃早饭吧！"

她说着就要把门关上。

周隽抬手挡住门，低下头来仔细观察她的表情："没事，你慢慢来，我只是先来看一眼昨晚通关的副本保存了没有？"

"……"

孟疏雨抬起眼来，看着周隽轻轻吞咽了一下口水。

看他这征询的样子，他应该是允许她要赖的吧？

都通到最后一关了，她让他重新过一次给她来点儿体验感不过分吧？

"说出来你可能不信，"孟疏雨努力镇定地眨了眨眼，"这副本吧，它——"

"嗯？"

"它回档了。"

"……"

周隽一动不动地看着孟疏雨，半晌过去，平静地点了点头。

孟疏雨以为会从他脸上看到不可思议、难以置信的神色，最后却只从他的脸上看到了——不愧是你。

"那重启能修复吗？"周隽接受得很快。

"重启得快的话，应该……"孟疏雨眨了眨眼，"有机会的吧？"

"知道了。"周隽别开眼笑了笑，"但我可能得在北城多留一天。昨晚和兰臣那边没聊完，约了程总今晚再见一面。"

照原本的行程计划，他们应该是这天下午就打道回府了。

孟疏雨低低地"啊"了一声："那不用我陪你去吗？"

"私人局，用不着助理，"周隽轻声说，"女朋友倒是可以，不过副本这不是回档了吗？"

"谁稀罕跟你去？我回家吃大餐还来不及！"孟疏雨冷哼一声就去关门，关到一半又顿住，犹豫着瞅了瞅他，"你知道我周末回哪个家吧？"

周隽忍着笑点了点头："知道。"

"行，那走你的吧。"孟疏雨最后看了他一眼，关上了门。门关上后，她又忍不住去瞄门镜。

这一看她就见周隽站在外面没走，正对着她的门笑。

"……"

——孟疏雨，你刚才讲什么笑话了？

嗯，你跟人家说，重启得"快"的话有机会，还特意问人家知不知道你这周末人在哪里。

你不如直接告诉他，你等不及了，马上就要听他表白。

孟疏雨低下头，额头靠上门板上，闭了闭眼。

不是酒的问题，是她的问题。

是她不管喝醉还是清醒，都想跟周隽谈恋爱了。

结束了半天的行程，下午孟疏雨和周隽在酒店分别，先一步坐着论坛主办方安排的车去了北城机场。

本来孟疏雨一早还有点儿担心，昨晚周隽和美安智家的魏明致起了冲突，今天事情会不会传开闹大，或者魏明致会不会有后手。

没想到他们一早到了会场，魏明致反倒过来向周隽道了歉。

孟疏雨这才知道，周家人在美安是有股权的，而魏明致这位美安的二把手正是周家人扶上位的。

简而言之，魏明致很听周家人的话——指除了周隽的周家人。所以昨晚他才会经周隽哥哥授意来找她和周隽的碴儿。

但这天他这道歉的做法，怎么看都不像周隽那个哥哥的作风。

孟疏雨思忖着可能是周隽的父母听说了这件事，想着归根究底是两兄弟的恩怨，家丑不可外扬，所以出面给这小插曲收了尾。

不过周隽显然不在乎魏明致的道歉，也没有对父母的做法表现出一丝一毫的动容。

这到底是户什么人家？在机场候机闲来无事，孟疏雨用手机搜索起元誉地产和周家人的相关信息。

当然了，虽然大数据时代信息逐渐透明化，但涉及资本，公开的信息大多还是资本想让公众看到的。

所以除了元誉地产近几年肉眼可见的股价下跌、市值缩水，孟疏雨也没查到其他私密的负面新闻。

孟疏雨滑动着屏幕，看着元誉地产的相关报道，指尖滑到周隽的哥哥的名字时忽然顿住——

周骏。

周隽的哥哥叫周骏。

眼睛看着这名字是没什么奇怪的，但心里一读吧，孟疏雨总觉得哪里不对劲儿。

周隽的隽可以读"jùn"，也可以读"juàn"，虽然周隽用了"juàn"这个读音，但毕竟是多音字，外人不确认过很可能误读成"jùn"。这样就和周隽的哥哥的"骏"字是一模一样的读音了。

怎么会有父母这样给两个儿子起名？

而且孟疏雨忽然记起来，当初她和周隽拿错手机，接到周隽的奶奶打来的电话，听到对面叫的不是小"juàn"，而是小"jùn"。

奶奶还说自己记性差，叫惯了总也改不过来。

所以周隽的名字曾经用过"jùn"这个读音？那不就更奇怪了吗？

孟疏雨带着一堆疑问，不解地登上了回南淮的航班。

晚上七点多，孟疏雨顺利落地南淮机场，一开机就看到周隽发来的消息，让她落地报平安。

从机场到家还有一段路，她就一路当着报平安的机器人——

"报，孟总落地了。"

"报，孟总上车了。"

"报，孟总下车了。"

"报，孟总到家了，要吃大餐了，不理你了。"

那头周隽从"好，上车发车牌号""好，车上别睡着""好，走路就不要玩手机了"到最后一条回不出"好"，发了个"嗯"字过来。

孟疏雨坐在满桌香喷喷的菜面前，对着屏幕上的"嗯"字研究了半天，品出了一点儿委屈的味道。

想着周隽给她当了一路聊天解闷的工具人，结果她一到家就不理他了，好像是有点儿不厚道。

那她应该再不厚道一点儿，给他拍张美食照发过去。

"喀，喀！"

孟疏雨刚举起手机就被她爸的咳嗽声打断，一抬头才发现自己已经被盯上很久了。

孟舟平对着孟疏雨皱起了眉头。

她难得回趟家，"身在曹营心在汉"似的，吃饭也没个消停，跟国庆回来那趟简直一模一样，甚至可以说有过之而无不及。

孟疏雨虽然没听见她爸心里骂了多少文绉绉的话，但看她爸这个表情也看出三分。她放下手机"呵呵"一笑，拿起筷子说："吃饭，吃饭，工作消息就不回了。"

"工作消息？你的语文老师没教过你'欲盖弥彰'这词是什么意思？"孟舟平冷笑一声，"上次立冬你本来要回来，结果又说临时有工作。我看也是你编的吧？"

"什么呀，爸，"孟疏雨冤枉，"那次我是真的有工作！"

孟舟平对方曼珍抬了抬下巴："听见没？她说那次是真的，说明刚才这就是假的。"

"妈，我爸这么会咬文嚼字，你跟他过这么多年应该挺累的哈？"

"可不是？跟你爸说话就跟扫雷一样。"方曼珍看了一眼生气的孟舟平，又缓和了一下帮架的态度，对孟疏雨说，"我看你这个挑剔的性格也是遗传了你爸。"

"我哪有我爸这么挑啊？"

孟舟平："你找对象还不够咬文嚼字的？嫌这个不会说话，那个也不会说话，是个人到你嘴里都是不会说话的。"

"那不是你让我从小读这么多书的吗？我文学素养都养成了，听他们说话就是觉得幼稚……"孟疏雨用筷子夹着菜，忽然话锋一转，"不过现在还好了吧？我觉得说话也不一定非得特别好听……"

孟舟平冲方曼珍叹了一口气："听见没，等你女儿觉得说话都不用好听的时候，说明她又要被人骗了。"

孟疏雨："……"

孟疏雨这次本来是不担心了，觉得周隽最近这个样子哪里还像骗她？但毕竟差了临门一脚，被孟舟平这么一说，她忽然就联想到文学作品里经常用到的——主人公一旦乐极必要生悲的戏剧手法。

　　尤其吃完晚饭，看到周隽发来消息说他去饭局了，结束会晚些，让她困了先睡，她发现这又变成她在等他的消息了。

　　周隽有局太正常了，局上不方便用手机也太正常了。如果这种时候他还抽空跟她聊天，她反倒要嫌弃他不务正业了。

　　周隽没有任何异常表现。孟疏雨就是觉得，这情境和国庆假期在家那回竟然该死地像。

　　都是她在疲惫的长途飞行过后回到家看见一桌子好菜，沉浸在粉红泡泡里，连吃饭都要给周隽拍照，然后被她爸批评一顿。而他又在外地，她就一直握着手机等他的消息。

　　她怎么感觉有种不吉利的气氛呢？

　　周隽这次会按时回南淮找她的吧？

　　一朝被蛇咬，十年怕井绳。孟疏雨洗过澡和爸妈看了两个小时电视，回到房间，等不到周隽忙完又不太想睡，就躺在床上拿手机看起了娱乐新闻打发时间。

　　她这么看着看着，困意却挡不住地来了。

　　孟疏雨撑着眼皮，迷迷糊糊地握着手机，不知到了几点，掌心忽然传来一阵振动。

　　她眼睛一亮，定睛看向屏幕，果然见是周隽的消息，点开去看——

　　周隽："周末去不了南淮了。"

　　孟疏雨愣了愣，迅速打字："怎么来不了了？都跟你说了重启要快才能修复！"

　　周隽："那就算了，不修复了吧。"

　　孟疏雨握着手机半天没回过神，等回过神，盯着"那就算了"四个字，鼻子一酸，眼泪毫无征兆地流了下来。

　　热意充盈眼眶，孟疏雨哭得一抽一抽的，看着掌心里再没有动静的手机，气得一把将其砸了出去。

　　"啪"的一声，手机被砸到地板上，四分五裂，孟疏雨打了一个激灵睁开了眼。

　　这一睁眼，她却发现黑屏的手机还握在手里。

　　孟疏雨看了看房间没熄的顶灯，又摸了摸湿润的脸颊，迟疑地解锁了手机。

　　四条未读消息跳了出来——

　　"我这边结束了，睡了没？"

　　"睡着了？"

"让你困了先睡，不是让你睡了也不跟我说一声的。"

"晚安。"

每条消息之间都隔了几分钟，像极了一个加班结束回家，发现没人等他的男人的倔强独白。

孟疏雨愣愣地看着周隽的四条消息，往上翻了翻，哪有什么"周末去不了南淮了""那就算了"？

她这是不小心睡着了，没收到周隽真正的消息，收到了梦里的假消息……

孟疏雨松了一大口气。

可这口气是松了，那种生气难过，快要爆炸的绝望感从梦里带了出来，萦绕在心头迟迟散不去。

梦里的事太真实了，真实到她好像又失恋了一次。

她怎么会做这么丧的梦？……

孟疏雨想着想着，眼泪莫名其妙地又掉下来，看着屏幕上的对话框，直接拨了语音电话过去。

电话很快被接通，不等周隽开口，孟疏雨带着哭腔的一声"周隽"已经喊了出去。

"怎么了，出什么事了？"周隽一滞过后语速飞快地问。

"出大事了……"孟疏雨抽噎了一下，"我做噩梦了……"

听筒里沉默了一阵，传来周隽松了口气的声音："孟疏雨，先说事情再哭行吗？我第一次知道我可能有心脏病。"

"你还怪我了……"孟疏雨吸吸鼻子，从床上坐了起来，"你知不知道你在我梦里都干什么了？"

"我——"周隽沉吟了一会儿，试探道，"我出轨了？"

"想得美，你还没出轨的机会呢！"孟疏雨中气十足地说完，声音又轻了下去，"你跟我说你不来了，你说'算了'，你居然说'那就算了'……"

周隽花了几秒钟大概理解了她的意思，像在叹气又像在笑："我怎么会不去？我都订好早班机的票了。"

"那我不管，反正你现在还没来，而且我就是梦到了……"

听筒里周隽的声音轻了下去，像是他挪远了手机："还有没有更早的？现在值机来不来得及？没关系，经济舱也行。"

孟疏雨一看时间，赶紧打断他："哎，周隽！"

"嗯？"周隽重新拿近手机。

"我跟你开玩笑呢。这都快十二点了，明天的早班机就很赶了，你还赶半夜的

259

航班？"

周隽在笑："那你哭鼻子怎么办？"

"我……我好了，已经不哭了，"孟疏雨后知后觉地感到丢脸了，"做噩梦嘛，哭也太正常了，主要刚才还梦到丧尸了。你不知道，整个南淮都被丧尸围住了。"

"那你还盼着我去南淮？"周隽又笑。

"怎么，有丧尸你就不来啦？"

"去，天塌了都去。"

孟疏雨"喊"了一声，思忖这话这么肉麻，但怎么听着还怪好听的？她想着让周隽早点儿休息吧，又想多听会儿他的声音，正纠结，忽然听到他严肃地叫了她一声："孟疏雨。"

"嗯？"

"你会做这样的梦，我应该负责的。"

孟疏雨觉得对，都怪他以前老变脸，他还是挺有反思精神的。

"那你怎么负责？"孟疏雨小声问。

"你昨晚不是问我多喜欢你吗？"

"哦，对啊，你说等我酒醒了说的……"

"那我现在把睡前故事讲完好不好？"

孟疏雨愣了愣："什么？"

"昨晚给你讲的故事，忘了？"

孟疏雨其实是有点儿记不清楚了，毕竟当时酒精上头还半梦半醒的。可听周隽这么说，她仔细回想，突然发现了不对劲儿之处。

一种强烈的预感涌上心头，带着点儿不可思议，她不确定地问："等会儿，你说的那故事……"

"先听我讲完？"

孟疏雨慢慢坐直身体，握手机的手都用力起来，"好，你讲，我听着。"

"昨晚说到小白兔离开了森林。小狐狸一开始很难过，又把自己关了起来。但有天他忽然想到，自己刚被送回森林那阵子正是江南的梅雨季，外面每天都在下雨，而小白兔来找他的时候，他出了门才发现梅雨季已经过去，天早就放晴。是他一直躲在屋里，才错过了很多晴天。

"他想，现在小白兔不来找他了，如果继续待在屋里就没机会再晒到太阳，更不会再见到小白兔。所以几天过后，他跟自己和解了。"

孟疏雨一手攥着手机，一手捏紧了被角："那后来，小白兔是不是没有来？"

"嗯，小白兔没有再来森林，但是没关系，小狐狸已经走出来了。而且很快，一件有趣的事情发生了。"

"什么事？"

"不久后，那对狼夫妻又走进了那座森林，说要把小狐狸接回去。熊夫妻生气了，说：'你们把小狐狸当什么？'小狐狸听了他们的墙脚才知道，原来狼夫妻和他解除收养关系的事不知怎么被传了出去，登上了报纸。

"狼夫妻听了很多骂声，家里的金山银山都快被口水淹没。他们承担不起这个损失，希望熊夫妻再给他们一次机会。熊夫妻不肯，让他们自己问小狐狸愿不愿意。小狐狸在这个时候走了出去，说他愿意。"

孟疏雨听得心里发堵，感觉气都快喘不过来，深吸一口气才问："为什么？"

"因为小狐狸已经见过外面的世界了，跟着狼夫妻生活的时候就发现，外面的动物和森林里的动物是不一样的。继续待在森林里，他可能会离小白兔，还有像小白兔一样的动物越来越远。

"只不过跟着狼夫妻生活了不到三年，小狐狸就学到了他们的精明。他想，狼夫妻只是把他当成平息风波的工具也没关系，小狼再和他作对也没关系，他要过外面的生活。他不想和外面的动物不一样，所以小狐狸跟着狼夫妻走了。

"回去以后，小狐狸过着优质的生活，接受着高等教育，慢慢倒也很少再记起小白兔。直到十九岁那年，那个夏天，小狐狸就要出国念书了。

"以前的夏天小狐狸从不回家，都是住在学校宿舍，但这个夏天新学校还不能入住，他没了去处。小狐狸以前的同学听说他在找房子，邀请他去家里住一阵。在那个同学家里，小狐狸偶然遇见了跟着爸妈去那儿做客的小白兔。"

孟疏雨愣了愣。

"小白兔已经十六岁了，不能说可爱，该说漂亮了。这么多年过去，小狐狸第一眼没有认出她，不过认出了小白兔的爸爸，也就知道了那是当年的小白兔。那天他特别想走到小白兔面前问她：'你还记不记得我？'可是又觉得这个问题好像没什么意义。就算记得，打声招呼也就不知道说什么了，更别说小白兔多半已经不记得他。"

孟疏雨忍住了到嘴边的哽咽："那然后呢？"

"然后小狐狸想，小白兔可能只是他不太美好的童年里一个美好的意象，现在他过得很好，就要出国了，也没必要去打扰她。不过他还是想谢谢她。虽然他们分别得不太愉快，但他好像只记得小白兔的可爱了，所以想送她一样礼物。"

"礼物？那他……他送了吗？"

周隽笑了一声："那阵子小狐狸每天在看外文书，想起手头刚好有本翻译到一半的诗集，里面有首诗很适合送给小白兔。"

孟疏雨猛地抬起眼，想到了什么。那头周隽还说着话，她一把掀开被子下了床，匆匆往书房跑去。

孟疏雨按亮书房的灯，看了一圈书架，自顾自地摇摇头，蹲下来打开了书架底下那个存放陈年旧书的书柜。

书柜里的书很多，很厚重，她一本本拿出来，看一眼扔到一旁，又看一眼又扔到一旁。

不应该，她不应该找不到……

那是启蒙她爱上博尔赫斯的书，从简丞家带回来以后她还经常翻，后来虽然不翻了，但肯定也好好保存起来了。

他们家最珍贵的就是书，那本书不会被扔掉的……

孟疏雨越翻越着急，大冬天竟然出了一头的汗。

听见她翻箱倒柜的声音，周隽笑着说："别找了，还是我背给你听吧。"

听筒里的话音落下，孟疏雨摸到一个粗糙的封皮。她拿出来一看，看到了博尔赫斯的名字。

孟疏雨轻轻抚摩着老旧泛黄的封皮："是……哪首诗？"

"博尔赫斯英文诗两首里的'*What Can I Hold You With*'（《我用什么才能留住你》）。"

孟疏雨一手握着手机，一手翻到诗集的目录，找到了这首诗的页码。

"I offer you lean streets, desperate sunsets, the moon of the jagged suburbs.（我给你瘦落的街道、绝望的落日、荒郊的月亮）"

周隽的声音在耳边缓缓响起，孟疏雨鼓起勇气翻到诗所在的那一页，一眼看到了夹在满篇英文里的，有些褪色的手写中文字。

十六岁的她不认得这个字迹。甚至就在几个月前，她仍然以为这是简丞的笔迹。

但现在她非常确定，这就是周隽的字。

电话里，周隽一句句念着英文，孟疏雨随着他的声音在心里默读着一行行翻译——

"《我用什么才能留住你》

"我给你瘦落的街道、绝望的落日、荒郊的月亮。

"我给你一个久久地望着孤月的人的悲哀。

"我给你我的书中所能蕴含的一切悟力，以及我生活中所能有的男子气概和幽默。

"我给你一个从未有过信仰的人的忠诚。

"我给你我设法保全的我自己的核心——不营字造句，不和梦交易，不被时间、欢乐和逆境触动的核心。

"我给你我的寂寞、我的黑暗、我心的饥渴。

"我试图用困惑、危险、失败来打动你。"

十九岁的小狐狸重逢了十六岁的小白兔，把十年前想对小白兔说，却没机会、也不懂怎么说的话装进了一本诗集，送到了她手里。

他说——我用什么才能留住你？

孟疏雨怔怔地坐在地上，眨一眨眼，眨下滚烫的泪。

"为什么？……"孟疏雨胡乱抹着眼泪，"为什么之前我跟你吵架的时候，你不早点儿告诉我？你跑去许生日愿望，都不告诉我……"

周隽沉默了。

为什么？大概是他做错了事，想用"现在"和"以后"去弥补，不想用"过去"轻描淡写地取得她的原谅。

不管她还喜不喜欢他，听了这个故事多少会被打动。如果那时候他告诉她，好像就是在用内疚留住她，是一场精神绑架。

但现在这些事可以打开她心里的结，让她不再做噩梦，他应该要告诉她了。

"因为……"周隽想了想说，"只有当你想知道我有多喜欢你的时候，我的故事才有意义。"

结束这通电话，孟疏雨呆滞地坐在书房的地板上，迟迟没回过神来。

她一页页翻着那本尘封多年的诗集，忽然想起很多混乱、零碎、当时不以为意的事。

她第一次搭周隽的车回南淮的那天，任煦给她买了一袋零食，里面有一桶星球杯。

她问任煦："你怎么知道我爱吃这个？"

任煦说："我不知道啊。"

任煦不知道，因为知道她爱吃星球杯的人不是他，是周隽。

还是那个周末，周隽的爷爷意外进了抢救室。她从没见过周隽那样眉头紧锁、步履匆匆的样子，也从没见过他对谁说话那么温柔。

但她只是在心里默默感慨了一句，这个周隽和她认识的他太不一样了，却不知道比起所谓的父母，这对和周隽没有血缘关系的老人才是他真正的亲人，是他灰暗的童年里唯二真心爱他的人。

当她对周隽开玩笑，说："你们家是不是也去福利院做过公益活动？那我知道了，我们家和你们家以前都积了德，所以现在你遇上了我。"

她并不知道，她轻松的语气为什么会让周隽沉默。

当她和周隽散步闲聊，问他："你哪里来的时间懂这么多东西？你们'富二代'小时候不会被抓去学这学那的？那你小时候还挺幸福。"

她也不知道，这句"幸福"对周隽来说有多刺耳。

当赵荣勋破口大骂，说："周隽，你就是条丧家之犬。"

她依然不知道，他当时在笑什么。

当周隽对魏明致说："有万贯家财要守的人当然要做面子工程，我没有，所以我的底线只会比魏总更低。"

她还是不知道，他杀敌一千的时候又自损了几百。

所有这些她不知道的瞬间，本来都是她应该好好抱一抱他的瞬间。

在喜欢周隽的日子里，她总是看到他的强大，所以总是在想应该怎样征服他，怎样在他们之间占上风，不想自己成为输掉的那一方。

可是在她这里，周隽早就认输了。

当他看到其他男人和她一再走近，当他用攒了二十八年的运气许下人生中第一个生日愿望时，他可能不是在吃醋，是在想，曾经把他捡起又丢掉的她现在要再一次丢掉他了。

在她质问他为什么反反复复的时候，他明明告诉过她——我以为这样你才会一直喜欢我。

可她当时没有相信他。她不但没有相信他，还对他说——好奇怪，你是怎么做到连喜欢一个人都这么冷静？我觉得谈恋爱也这样是不是有点儿可怕？

她怎么会说出这么残忍的话？

她以为最近这些日子，她对周隽撒的火，她的冷淡，她的拿乔都是她找回的场子，可是原来早在他们吵的第一架里，她就已经说出了那句最伤人的话。

她不知道他经历了什么，怎么能高高在上地判定他应该做怎样的人？

他也不想自己这么"冷静"，这么"可怕"。可他是一个不被爱，一个先被亲生父母抛弃，再被养父母抛弃，又被她抛弃的人。

他的喜欢已经是这个世界上最珍贵的东西，她却曾把它贬得一文不值。

孟疏雨不知道自己怎么了，听周隽讲他多喜欢她明明应该很开心，现在却反倒止不住地难过，难过到手是冷的，脚是冷的，整个人都像被冻僵了。

她好像一点儿都不想赢了。如果她胜利的旗帜飘扬在他人生的阴影上，她宁愿喜欢得更多的人是她。

孟疏雨垂着眼，眼泪一滴一滴地砸在泛黄的书页上，从安安静静到哭出声来，不知怎么越哭越难过，越哭越大声。

身后的房门忽然被推开，方曼珍和孟舟平吓了一跳："小雨，怎么了？"

孟疏雨回过头去，都没反应过来家里还有人在，愣愣地看了两个人好一会儿。

　　方曼珍披着来不及穿整齐的外套快步上前，把她从冰凉的地板上拉起来："怎么回事啊？大半夜的，出什么事了？"

　　孟疏雨抱着诗集站起来，眼泪停顿了一会儿，看着站在门边的孟舟平讷讷地问："爸，我小时候跟你去福利院……是不是……是不是做了什么不好的事？"

　　"说什么糊涂话呢？"孟舟平皱着眉头，"你不是跟我去做好事的吗？还带着你那些零食，什么星球杯的分给人家小朋友吃，什么时候做不好的事了？"

　　孟疏雨停顿的眼泪又断了线似的重新往下掉，她摇着头边哭边说："我没有……我没有分给人家吃……"

　　次日上午十点，孟疏雨在床上费劲儿地睁开眼，看见模模糊糊一片，用力眨了眨眼。

　　这一眨她一下子感觉到异常。

　　怎么眼睛好像变小了？

　　昨晚最后的记忆闪现回脑海——她被爸妈从书房里拖出来送回房间，像个木乃伊一样直挺挺地躺在床上，被她妈用湿毛巾擦着鼻涕、眼泪，嘴里说着乱七八糟的胡话。

　　孟疏雨从床上爬起来，摸了摸眼周，跑到了全身镜前，捧着脸"啊"地惊叫一声。

　　"怎么了？怎么了？又怎么了？"方曼珍打开她的房门往里冲。

　　孟疏雨愣愣地眨着肿成核桃的眼睛，薅薅头发："妈，我破相了……"

　　方曼珍叹了一口气："哭成那样你不破相谁破相？"

　　孟疏雨撇撇嘴，忽然想到什么："妈，这会儿几点了？"

　　"十点了，猪都起来晒太阳了。"孟舟平经过房门前，朝里不咸不淡地答了一句。

　　孟疏雨嘴都来不及回，赶紧跑回床边找手机："妈，我的手机呢？我的手机去哪儿了？"

　　"这儿呢！"方曼珍拿起电视柜上的手机递给她。

　　孟疏雨立刻解锁去看微信消息——

　　周隽发来照片和消息："醒了告诉我准女朋友的门牌号。"

　　他二十多分钟前发的消息，照片是她家小区门口的街景。

　　一种尘埃落定的熨帖感烫平了一晚的波折和褶皱。孟疏雨对着手机屏幕松了一口气似的笑起来。

　　孟舟平和方曼珍就没见过这么神经质的小孩——

她先是昨晚哭得稀里哗啦，问也不说发生了什么事；再是今早起来对着镜子一惊一乍，肿了双眼睛好像世界末日了一样。

然后不知收到什么消息，她对着手机开始傻笑，傻笑完冲进浴室，洗漱洗得过年似的热闹。

换好衣服她突然又对着镜子回到世界末日，翻出一堆眼膜、蒸汽眼罩不够，还跑到厨房问有没有青瓜、土豆。

最后她把她那双眼睛一顿倒腾，走到镜子面前看了一眼，生无可恋地摇了摇头。她拿起一副墨镜戴上，说要出去一趟。

家门"砰"的一声关上，孟舟平和方曼珍站在玄关处，望着这扇紧闭的门，眉头皱成两个"川"字。

孟舟平："你看，我是不是说你女儿又要被人骗了？"

"不行，我得看看是什么人。"方曼珍往围裙上擦了擦手，走到北窗往楼下望去。

这一眼却没见什么车、什么人，她只看到孟疏雨踩着春游一般的步伐，高高兴兴地往外走去。

孟疏雨绕了一圈，绕到了小区那扇常年不开的侧门附近。

刚才在家里忙活的时候，她就发现爸妈鬼鬼祟祟的，想她和周隽如果在家楼下见面，可不得被两个观众全程盯梢。

她是绝对不会让任何人破坏这场约会的，亲爸、亲妈也不行。

正这么想着，孟疏雨从主路拐进小路，一眼看到了路尽头处的黑色轿车。

周隽靠着车门，没看腕表也没看手机，只是静静地望着面前那棵常绿的香樟树，仿佛有十足的耐心可以等她到地老天荒。

孟疏雨近乡情怯似的，忽然放慢了步子，一早醒来后的兴奋再次被一种矛盾的情绪取代，心脏酸胀，但挤一挤又冒出甜汁来。

孟疏雨摘掉黑镜，在路口站定，直直地望着周隽。

周隽似有所觉地偏过头来。

隔着数十米距离，隔着冬季潮湿寒冷的空气，这个四目相对仿佛跨过山，越过海，穿过了不为人知的很多很多年。

周隽从斜靠着车门到站直身体，转过身来面对她，笑着对她张开了双臂。

孟疏雨心潮凶猛翻涌，不顾形象地拔足狂奔起来。她从没跑得这么快，这么用力，最后扑进周隽怀里时，甚至带着要把他撞倒的惯性。

周隽牢牢接住了人，抬起一只手摸摸她的后脑勺儿："跑得真快。"

"兔子本来就是跑得很快的……"孟疏雨深吸一口气，闭上眼紧紧圈住了他的腰。

周隽跟着闭上了眼，低头把她抱得更紧。

安静无声的一分钟过去，周隽碰了碰她发凉的耳朵："冷不冷？上车吧。"

"不要。"孟疏雨摇摇头，继续把脸埋在他的怀里。

"车上也能抱。"

"车上怎么抱？"孟疏雨抬起头来。

周隽垂眼才看清她红肿的眼睛，眉头皱了起来："孟疏雨，你是铁了心要当兔子了？"

孟疏雨躲开他的目光，别过头去，钩起手上的墨镜给他看："我本来都戴墨镜了，还不是为了看你看清楚点儿又摘了？你不能嫌我破相的，我明天就好看回来……"

周隽抬起拇指轻轻摩挲她的眼角："要不是昨晚被你打乱了计划，我就该当面跟你讲。"

"那我也会哭的……"

"你要是在我面前，我能给你时间哭？"周隽松开孟疏雨，拉开副驾驶座的车门去调整座椅。

孟疏雨站在一旁，把手背在身后，歪着头瞅他："干吗？你打算把我的时间拿去做什么？"

"嗯，你等会儿就知道。"

孟疏雨的心脏收紧，她怎么感觉自己要上贼车了？她还没来得及考虑，就见周隽关上副驾驶座的车门，弯身上了后座，伸手过来拉她。

可怜前排的副驾驶座为了成全后排两个人"车上也能抱"，牺牲到几乎没剩什么空隙。

周隽一手拉上后座车门，一手把孟疏雨往膝上抱了抱。

孟疏雨扶着他的肩膀："还是你聪明，这么聪明是哪里学来的经验？"

"孟疏雨，我猜，"周隽皱了一下眉，"从今天开始你会一直问我这个问题，所以我提前一次性答完。"

"嗯？"

"男人在很多事情上是可以无师自通的，尤其准备充分的情况下。"

孟疏雨清了清嗓："准备……充分？"

"说简单点儿就是脑子里想了很多次。"

孟疏雨又咳了两声。

周隽从手边的杯架上拿了瓶水："喝水？"

"不喝。"孟疏雨推开了他的手。

她本来就够紧张了，一喝水不就紧张到想上厕所？那多尴尬……

孟疏雨稍微放松下来一些，手指有一下没一下地拨弄着他西装外套的纽扣："你这个流程走太快了，我还有很多话没问清楚呢。"

周隽轻轻叹了一声："那先不走我的流程，走你的。"

"嗯……"孟疏雨也不知道从哪里问起好，就想到什么说什么了，"照你说的，你一直记得我，那你到森代来跟我有关系吗？"

"回国的起因是我爷爷这两年身体不太行了，离太远我不放心。还有一个原因是在原公司也做到天花板了，华人在那里不会再有更好的发展。"

孟疏雨点了点头。

"打算回来以后我收到国内很多公司抛来的橄榄枝，森代在我心里本来排位也不低，大概是第三选择。"

"那……"

"因为发现有个小姑娘在集团总部，所以成了第一位。"

"所以我当你的助理这事……"

"蔡总发给我的三份候选人简历里刚好有你的一份。"

"你走大运了。"孟疏雨皱了皱鼻子，"那要是没有这个运气呢？如果我在总部，你在森代，你就不来找我了吗？"

"孟疏雨，第一次我是没机会找你，第二次是觉得没必要也不应该找你，第三次你又撞上来。你每隔十年来我跟前转一圈，还想我放过你？"

孟疏雨有心说笑，可是越听他轻描淡写地这么说就越开不动玩笑。

她压低身体，搂住周隽的脖子："周隽，我错了，我真的想不起来了。我昨晚想破脑袋也没记起你说的那些事情，不然就可以知道我当时为什么不理你了……我觉得肯定不是你的错……"

"那也不会是你的错，"周隽抬起食指把她皱起的眉心压平，"你那时候那么小，懂什么？"

"可我还是觉得很对不起你……"孟疏雨说着忽然想到什么，直起身来，"周隽，我们去超市吧。"

周隽失笑："你这弯拐得还挺急，买什么去？"

"我把整个超市的星球杯都买下来送给你，怎么样？"孟疏雨认真地看着他。

周隽低下头笑得肩膀发颤。

"你别笑呀，我说真的！"孟疏雨推了一下他的肩膀。

周隽收起笑，抬头看着她："孟疏雨，我九岁的时候是想吃你的一个星球杯，现在我都快二十九岁了，你还拿这个打发我？"

"那你想要什么？"

"坐在我的腿上这么久你还看不出我想要什么？"周隽笑着叹了一口气，"想要跟你接个吻，肯不肯？"

孟疏雨成了一座一动不动的漂亮雕塑，只剩皮肤泛红，从脸颊一路红到耳朵。静止了几秒钟，她张嘴想答什么又顿住，皱着眉趴下去，额头朝着椅背重重地靠去："你烦死了……"

周隽扬着眉偏头看她。

"问什么问？"孟疏雨埋着脸碎碎念，"这还有提前问的？"

"那以后不问了。"周隽笑起来，抬手把她落在颊边的碎发一缕缕别到耳后。

孟疏雨屏着呼吸不敢看他，却被一只温热的手掌捧起了脸，不得不转过脸去，眼看着他的额头慢慢靠过来，鼻尖抵上她的鼻尖，垂眼盯住了她的唇。

孟疏雨的心脏狂跳，眼睛倏地闭上。

热意扑面而来，滚烫的唇落下。

她像一只被丢进滚水里的虾，身体一蜷，抵在周隽肩膀上的手使劲儿攥住了他的西装。

她的脑仁正发麻，安静的车厢里忽然响起一阵振动。

孟疏雨像只惊弓之鸟，睁开眼睛，偏头看去。

周隽松开了人，跟着朝声音来处望去。座椅上的手机来电显示"孟老师"。

孟疏雨看了一眼周隽："我爸……"

周隽用拇指指腹轻轻蹭掉她唇上的水渍，抬抬下巴示意她接。

孟疏雨被这个动作惹得比刚刚还脸热，舔舔唇，压下躁动的心跳，清了清嗓接通电话："爸？"

"都要开饭了还不回来？"

"我有点儿事忙呢，你跟我妈先吃呗。"孟疏雨瞄了瞄周隽。

"也没看你出小区，你忙什么去了？"

"你怎么知道我没出小区？"孟疏雨转头往四下看去，一眼看到风挡玻璃那头她爸握着手机拐进了小路。

孟疏雨脸色一变，手脚并用地从周隽身上爬下去，飞快蹲到了座位底下。

周隽也是难得愣了愣，都没来得及拉她一把，就看脚边多了朵蘑菇。

车窗防窥，但风挡玻璃是透光的。

孟疏雨这样一蹲，确实是外面的人从风挡玻璃也看不见她人了。

周隽瞥了一眼对面越走越近的中年男人，手肘支在窗沿上，撑着额角，垂眼看着孟疏雨笑。

"我就在小区里跟同事交接一下资料，马上就回去了。"孟疏雨一边抬头瞅着周隽，一边跟电话那头的爸爸说。

"那我跟你妈先吃，你赶紧的！"

挂断电话，孟疏雨对周隽指了指窗外，用气声问："过去了吗？"

周隽用余光看着经过窗外的中年男人，等了片刻，揉揉孟疏雨的头发："起来。"

孟疏雨小心翼翼地爬起来，扒着椅背望了眼后风挡玻璃，见她爸拐出了小路，刚松了一口气，忽然听到一声不满的疑问。

"孟疏雨，你同事这么见不得人？"

"我这是在保护你！"孟疏雨义正词严地说，"你不知道，我爸现在就认定我又被人骗了，估计就是不放心才出来找我，要是这时候让你们碰上，他肯定不给你好脸色。"

周隽挠了挠额角，思索着点了点头。

"说起来，我觉得我爸跟你的气场真的有点儿不对盘……"

"怎么说？"

"你看他老给我介绍相亲对象就不提了，之前有次我剥橘子瓣算你到底喜不喜欢我，剥了整整八个橘子，每次结果都是不喜欢。那橘子就是我爸寄给我的。"

周隽笑着去捏她的脸："我女朋友还有这么可爱的时候？"

"多的是你没见过的可爱样子！"孟疏雨仰了仰下巴，又看了一眼时间，"一会儿我爸又来催了，我先回家维稳。你也去补个觉，我晚上再去找你好不好？"

"这种时候没点儿贿赂？"周隽转过脸来。

孟疏雨轻轻吞咽了一下口水："我哪里贿赂得起你这种第一次亲人就——"要舌吻的人……

"就？"

见孟疏雨没憋出话来，周隽放过了她："苍蝇腿也是肉，蝇头小利我也受。"

孟疏雨盯着他看了一会儿，凑过去亲了一下他的下巴："男朋友，晚上见。"

孟疏雨从小区侧门走回家，一路上仔细整理着头发和衣服，还装模作样地从周隽的车里拿了份资料，准备做戏做全套。

没想到她爸妈突然又不关心她到底干什么去了，都没给她和她手里的资料什么打量的眼神。

孟疏雨思忖着事出反常必有妖，等吃完饭，趁陪她妈洗碗的时候想探探口风，问她爸刚才是不是生气了。

结果她妈说："可不是？你再不回来你爸都要出去找你了。"

那是再不回来就要出去找她吗？她爸明明是已经找了一圈差点儿把她当场捉拿。

一个个人比她还能演。

不过既然她妈演上了，就说明她爸没发现周隽。

孟疏雨想着她谈恋爱肯定被看出来了，但还是暂时不暴露周隽的好。

她爸妈本来就因为她国庆那次明晃晃的失恋，对她的眼光充满不信任。要是知道她的发展对象就是她的顶头上司，肯定更要对周隽有偏见。她先稳一阵子再说吧。

到了下午，见她妈在阳台上晒着太阳剥豆子，准备着晚饭的食材，孟疏雨走过去说了一句："妈，晚饭不用做我的，我跟陈杏出去吃。"

方曼珍抬头看她一眼："不住人家家里吧？"

孟疏雨感觉她和她妈就好像在赌桌上打明牌，咽了咽口水说："那当然不住了，睡觉之前肯定回来的。"

"行吧，自己注意安全。"

太阳还没落山，孟疏雨就到了香庭酒店。

本来周隽是说晚饭时候去接她的，但她化完妆看时间还早，猜他应该还在补觉，又等不及想见他，干脆自己打车过来了。

孟疏雨上了楼，到了一间行政套房门前，见"请勿打扰"的标志灯亮着，敲了敲门，朝里喊："您好，客房服务。"

门里安静了一阵，传来渐近的脚步声。

房门被拉开，孟疏雨一眼看到穿着睡衣的周隽，蹦着扑上去，一把抱住了他。

周隽醒过神，接住人低头先笑："我说哪里来的客房服务，连'请勿打扰'的灯都敢不看。"

"那必然是你吃了豹子胆的女朋友了。"孟疏雨抬起头来笑。

"嗯，胆子是挺大，"周隽抱着人用手肘推上门，"狐狸窝都敢进了。"

"豹子胆都吃了，还怕狐狸？"

周隽拉过孟疏雨的手往客厅走去："怎么知道我的房号的？"

"我问前台的人呀，我说我男朋友出轨了，我要上去捉奸。"

周隽侧目看她："怎么还抹黑你男朋友的形象？"

"好吧，是这个，"孟疏雨指了指他客厅书桌上的房卡，"你到酒店拍了照给我，我看到你的房卡了。心细如发就是我们秘书的品质，以后你别想背着我做坏事。"

"看来是做不了了。"周隽把她带到沙发上，"我去洗漱，让人送点儿吃的东西给你垫垫肚子？"

孟疏雨摇头："我不饿，就是想见你了，你睡饱没？要不你继续睡，我看你睡觉也行。"

"你看着我还能睡？"周隽转头进了浴室。

孟疏雨跟过去，站在门边看他倒水、挤牙膏、刷牙、洗脸。

周隽从镜子里望着她："有什么好看的？"

"什么都好看。"

"那我要换衣服了你看不看？"

孟疏雨一秒变脸，背过身走回客厅："换完我再来看。"

"该看的不看。"周隽笑着虚掩上门。

孟疏雨在客厅里闲逛着等，片刻后看见周隽穿戴齐整地走了出来，又是一身板正的黑色西装。

应该是他这趟出差没带日常的衣服，又直接从北城飞到南淮，没回杭市拿行头。

孟疏雨看着他这身黑乎乎的西装，忽然想起他们第一次见面，朝他招手："过来，过来，还有件事没问你。"

"你今天就当好奇宝宝了是吧？"周隽走到她面前看着她。

"那我真的很好奇嘛，你快跟我说说看，第一次，不是，就我以为我们第一次见面那时候，你坐在简丞的车里听见我说那些话，什么感想啊？"

"你说不喜欢他了，我当然觉得高兴。"

"就没啦？"

周隽回想了一下说："还在想，如果是我，应该不至于让你在夫妻生活里奋力表演。"

"……"

她为什么要多嘴问？她就不该问。

她可真是好了伤疤忘了尴尬。

"这样吗？"孟疏雨"呵呵"一笑，"那什么，我当时也就随口一说，我和简丞的关系其实完全没到考虑这种问题的程度。"

"那现在考虑没？"周隽低头看着她。

孟疏雨被他看得撑不住走开，一转身又被拉了回去，迎面撞进他的怀里。

"没……没考虑啊，"孟疏雨眼神闪躲，"你别误会，我以前虽然是有点儿'渣'，但不是特别热衷那些事情的……我其实很朴实的。"

"没试过就知道自己不喜欢？"周隽抬了抬眉梢。

她以为她在努力挽回自己的形象，他却只在乎她喜不喜欢？

那她该说喜欢还是不喜欢？

她正纠结，腰后突然多了一双手，她的身体一轻，整个人被周隽一把竖抱起来，坐上了他跟前的书桌。

　　孟疏雨深吸一口气，还没缓过神，周隽就低头吻了下来。

　　她的后脑勺儿被扣住，抓着桌沿的手一紧，她顺着这股力道仰起头闭上眼睛，唇一点点被舔舐。

　　辗转来去，孟疏雨手脚渐渐绵软成了泥，头昏脑涨的，呼吸也变得发紧。

　　在她快窒息的刹那，周隽终于松开了她。

　　孟疏雨喘着气，盯着眼前的人，从耳根到脖子全成了粉色。

　　周隽看着她水光闪闪的一双眼，额头靠上她的额头，压低了声音问："到底喜不喜欢？"

　　孟疏雨不装了，一出口像是带起哭腔："喜……喜欢……"

　　孟疏雨没想到，自己特意化了妆，穿了漂亮的裙子，周隽也收拾得体面，换好了一身笔挺的西装，但最后他们根本没踏出酒店房间这道门吃晚饭。

　　被周隽从书桌上抱下来以后，孟疏雨发现自己的唇釉全被吃没了。虽然她这天用了和唇色相近的白桃色，但还是能一眼看出差别来。

　　毕竟她的唇色反倒比涂唇釉的时候更红了。

　　周隽用食指碰了碰她的唇，问她要不要补妆。

　　孟疏雨突然觉得补妆好累，说："要么不补了吧？"

　　周隽又问她："那还出去吗？"

　　孟疏雨突然觉得出门也好麻烦，那花花世界虽然美，不如二人世界方便黏着周隽，说："可以不出去吗？"

　　周隽笑着说："那就不出去。"他给前台的人打了个电话订晚餐，然后又把她抱到了沙发上，问她还有没有什么想问的事。

　　其实孟疏雨还有一些好奇的问题，但想想还是不提那些尴尬的傻事了，摇摇头说不问了。倒是刚才说起简丞，她想起一件很重要的事。

　　"你知道吗？"孟疏雨坐在周隽的腿上，用两只手抓过他的一只手，"其实我那时候答应和简丞相亲，是因为我以为那本诗集是他给我的。"

　　周隽猜到孟疏雨会以为诗集是简家人的，但不知道这本诗集对她有这么重要的影响。

　　"这么喜欢那本书？"

　　"对啊，我喜欢博尔赫斯就是因为这本诗集。还不光是博尔赫斯，因为这本诗集后来我还读了很多其他诗。说起来我从小到大被我爸逼着看很多书，背很多诗词，其实本来高中时有点儿叛逆，对语文还挺抗拒的，从那时候开始才慢慢不了。"

听她碎碎念着，周隽想了想："所以如果不是这本诗集，你不一定会读中文系，不读中文系也就不会在校招的时候投秘书岗，不会进永颐；我回国也不会遇到你。"

"这么说，你在我十六岁的时候送我一本书，改了我九年的人生履历，然后你就在我二十五岁这儿等着逮我？"孟疏雨"啧啧"摇头，"你这老谋深算的怎么能叫小狐狸？你应该叫老狐狸。"

周隽轻轻敲了一下她的额头："那要不是你在我九岁时招惹我，我怎么会在十九岁的时候送你书？"

孟疏雨心想也对，想着想着觉得好神奇。

"你还记得……"

"你还记得……"

两个人异口同声又一齐顿住。孟疏雨知道周隽又跟她想到了一块儿去。

国庆假期在温泉山庄，他们聊起过博尔赫斯那首《致一枚硬币》里的命运论。当时周隽说他不相信天定的命运，但相信人定的命运。

就像现在他们回头看去——

多年前他们都曾经扔下一枚硬币，这两枚硬币分别让彼此的命运线转出一道拐弯，虽然最初偏转的角度很小，以致后来的很多年里他们仍然仿佛两条平行线，一个在海角，一个在天涯。

但很多年后的这天，经过漫长时光，因为最初那小小的偏转，这两条线最终得以交会在一起。

"周隽，我想说一句好土的话。"孟疏雨忽然搂着周隽感慨。

周隽抬了抬眉梢："你还挺'双标'，当初不是很嫌弃别人的土味情话，现在自己也要说？"

孟疏雨感觉脸疼，冷哼一声："那我不说了……"

"说，"周隽笑着捏过她的下巴，"不嫌弃你。"

"不说了，都被你扫兴了！"

"真不说了？"

"真不说了。"

周隽了然地点了点头："嘴巴不拿来说话，那是要我亲你？"

"哎，你……"孟疏雨瞪着他，"这才刚过去多久你怎么又要亲？"

"那不亲了。"

"别以为我看不出来，你这招叫欲擒故纵。"

"那我女朋友中不中招？"

"她会不会中招呢？"孟疏雨仰着下巴，"要么你叫声好听的，她可能会中吧？"

周隽沉吟了一下问："喜欢我怎么叫你？"

孟疏雨用食指点点他的衣襟，提醒他："某些人不是在击退情敌的时候，早就不要脸地叫过了吗？"

周隽低头笑起来："真的喜欢？"

孟疏雨斜眼看着他。

"那时候就喜欢？"

"你好烦，不叫拉倒，谁差你一声……"孟疏雨说到一半，听见"叮咚"一声门铃响，扭头往房门看去，"谁啊？"

"晚饭到了，"周隽拍了拍孟疏雨的背，"我去开门。"

孟疏雨差点儿忘了他们还需要吃晚餐，"哦"了一声从周隽身上爬下去，歪歪斜斜地窝进了沙发里。

周隽起身去开门，让服务生把餐车推到餐桌边就可以，不用摆盘。

服务生照做，很快目不斜视地退出了房间。

周隽转头，就见孟疏雨瘫倒在沙发上一脸大失所望的表情，满脸写着——刚才为什么要拿乔？这下过了这个村，就没有那个亲亲，也没有那好听话了。

周隽走上前去，在沙发沿坐下，朝她伸出手。

孟疏雨在心里叹了一口气，把手递进他的掌心里，借力起来，一把被他拉起。她刚要走下沙发，忽然听到头顶传来他压低的声音："宝贝儿——"

孟疏雨的头皮过电似的麻了一下，她蓦地抬起眼看去。

对视三秒，她的眼珠子轻轻转了一圈，搂住了他的脖子。

孟疏雨才知道原来接吻会上瘾，而且是两个人一起上瘾。

她也没数清她和周隽到底亲了几次，说几句话就想贴上去，有时候是轻轻一碰，有时候又像刚才那样气喘吁吁，难舍难分。

好像他们就这样一直虚度光阴下去也很开心。

不过饭总是要吃的。在饭菜快冷掉的时候，周隽终于还是拉回理智，把她带去了餐桌边，用套房里的微波炉给饭菜加了热。

吃过饭，两个人下楼去散步消食。

十一月中旬的江南还不算太冷，比起北城算是小巫见大巫。但孟疏雨一出门就喊着"好冷好冷"，一副没个暖炉不行的样子。

周隽偏头问她："在北城不是都不冷吗？"

"没男朋友的人当然不能喊冷了。"孟疏雨眨了眨眼。

周隽拉过她的手装进自己的大衣口袋："孟疏雨，原来你谈恋爱这么黏人？"

"这问题怎么能问我呢？那我也是第一次知道，干吗？你不喜欢黏人的女朋友？"

"我也是第一次知道，"周隽在口袋里摩挲着她的手，"我喜欢。"

孟疏雨"嘻嘻"一笑。

两个人沿着步行道一路往前走，途经一家甜品店，孟疏雨忽然停了下来："周隽，我想吃冰激凌。"

"刚才喊'好冷'的不是你？"

"我冷不冷跟我吃冰激凌有什么关系？我吃得冷了，我男朋友会给我暖回去，要是暖不回去，那就是我男朋友不行。"

"嗯，孟疏雨，你谈恋爱不光黏人，还挺作。"

"怎么着，这个踩到你的雷区了？"

"不巧，刚好又在我的审美点上。"周隽去买冰激凌。

孟疏雨笑眯眯地等着，等周隽从店员手里取来冰激凌递给她，又像断了手，非用嘴去接。

周隽抬高一点儿喂到她的嘴边。

孟疏雨咬了一口冰激凌尖，在嘴里慢慢品，边走边满足地喟叹："好甜。"

"是吗？"周隽举着冰激凌看了看，"那分我吃点儿？"

"你吃呀。"

周隽低下头，舔了一下她沾了冰激凌的唇。

孟疏雨打了一个激灵缩了缩脖子，气血都往脸上涌，飞快朝地四下看了看，见没人注意他们，捶了周隽的后背一拳："周隽，原来你谈恋爱这么色，大庭广众都拦不住你？"

周隽"嗯"了一声。

"你怎么不说你也是第一次知道？你已经不是第一次知道了吗？"孟疏雨盯着他。

"嗯，不是。"

孟疏雨皱起眉。虽然不是第一次知道也很正常，但一想到周隽以前对别人起过色心，她这牙根就有点儿发痒。

孟疏雨恶狠狠地咬了一口他手里的冰激凌："哦，在哪儿第一次知道的？国外吗？"

"没有，南淮。"周隽摇头。

"这么早呢！"孟疏雨轻轻磨了一下牙。

周隽"啧"了一声："确实挺早了，一个半月前的事了。"

"呵呵，一个半……"孟疏雨磨牙磨到一半顿了顿，"月前吗？"

"嗯，一个半月前，有个小姑娘穿着泳衣下了我的温泉池，那时候就知道了。"

孟疏雨牙不痒了，心开始痒了。

她舔了舔唇瞅着周隽："那你当时对她起什么色心了？"

"你让那小姑娘再试一次就知道。"

"那小姑娘说要送给你三个字。"

"没问题？"

孟疏雨皱了皱鼻子："想得美！"

周隽笑了一声："那你帮我回她四个字。"

"你真可爱？"

周隽摇头："那等我来。"

孟疏雨推搡着周隽一路走一路笑。

吃完冰激凌，衣兜里的手机忽然传来连续几声振动，孟疏雨拿出手机看了一眼，是来自"家和万事兴，西天能取经"三人群的消息——

方师母："孟老师，这么晚还不回来？知不知道现在几点了？"

孟老师："我周末难得见一见朋友嘛！"

方师母："会让你顶着家里人催你的压力晚回家的朋友，那就不是真心为你好的朋友。"

孟老师："你说得也有道理，我这确实是狐朋狗友。"

"周隽，我被骂了。"孟疏雨转头告状。

周隽低头来看她的手机。

"你看我爸妈，我爸才没出去呢，他们就是合伙演戏指桑骂槐！"

周隽看着那句"不是真心为你好的朋友"和"狐朋狗友"点了点头："嗯，不是在骂你，是骂我这个槐。"

孟疏雨叹了一口气："我二十五年来第一天谈恋爱呢……"

"是不早了，送你回去。"

"那你要一个人在酒店了呢？"知道周隽为什么在南淮也只住酒店以后，孟疏雨心里真的很不舒服。

"等你回去方便了打电话。"

孟疏雨勉为其难地接受了这个提议，等周隽把她送到小区门口，却坐在副驾驶座上迟迟没下去，也不说话，就扭头看着他。

周隽抬手揉她的头发："再不回去，你爸又该骂我了。"

"好吧，"孟疏雨解了安全带，拉门之前又转回身来，"是不是少了点儿什么呀？男朋友！"

周隽亲了一下她的嘴角。

"就这样啊？"孟疏雨实实在在地把不满写在脸上。

周隽别开头笑了笑，回过头看着她的唇说："今天不行了。"

"男人还能说不行？"

周隽拨转了一下后视镜让她照："我再亲你，你回去就得跟你爸妈说，你今晚和闺密吃的是川菜了。"

Chapter 10

霸道助理
和小娇总

孟疏雨心虚地揉着嘴唇回了家。

她想着一个月才回一趟南淮，陪爸妈也是难得的，况且还得为了周隽在她爸妈那儿的形象从长计议，就听了周隽的话，第二天好好待在了家里。

孟疏雨等在家吃过晚饭洗完碗，眼看已经快二十四小时不见周隽，忍了一天才表现出那么一丝丝的"归心似箭"的样子，回房间拎来了行李箱，跟爸妈打招呼："爸、妈，那我准备回去了啊。"

孟舟平在客厅喝着茶，冲方曼珍哼了一声："你听听，现在从南淮到杭市已经叫'回去'了，也不知道这箱子什么时候收拾好的。"

"上次国庆我老待在家里你又说我没出息，反正我怎么着你都有意见呗。"

她没对象的时候他们生怕她嫁不出去，有了对象又生怕对象把她骗走。

孟疏雨走到玄关处回头瞅她爸："你这么挑，以后没女婿敢进我们家这道门了！"

"进门都不敢，那他也别当我女婿了！你那八字一捺不等我画，你休想算数。"

"行了，行了，小雨这么大人了，心里肯定有数的。"方曼珍走到玄关小声问，"这会儿回去有没有人接？"

"那怎么能没有呢？"孟疏雨眨了眨眼。

"下次回来什么时候？是不是得元旦了？"

"下个月估计比较忙，我看看吧，有机会就中间再回来一趟。"

方曼珍点了点头："自己注意安全。"

"妈，你放心吧，我精着呢！"

孟疏雨推着行李箱进了电梯，一路走到小区门口，见周隽早早等在了车外，行李箱还留在原地，人先扑了上去。

她还没扑到周隽，忽然听到一声开门响动，转眼一看，任煦从驾驶座上走了下来。

孟疏雨一个急刹车收回了手，理了理头发。

任煦动作滞住，似乎也被这前所未见的场景冲击到了视觉，点头哈腰地从两个人跟前穿过："那个，周总，我把行李箱搬后备厢去……"

"任助理在呀……"孟疏雨对着周隽摸了摸鼻子。

周隽拉开后座车门让她上车："没休息好，怕开长途不安全就让他过来了。"

"怎么没睡好？"孟疏雨弯腰坐进后座，见周隽从另一边上了车，看了一眼横亘在两个人中间的储物箱，思忖以前怎么没觉得后排两座距离这么远，歪着身体往周隽那儿挨了点儿。

周隽低头揉了揉她的脑袋："你说呢？"

"我说那肯定是想女朋……"

"砰"的一声响，任煦坐上车，关上了驾驶座的门。

孟疏雨倏地坐直身体，回到原位，轻咳一声。

周隽看了看落空的手掌心，朝任煦扫去一眼。

任煦冲后视镜"呵呵"一笑："孟助……不是，老板娘，您当我不存在吧……"

孟疏雨被这称呼烫了一下耳朵，缓缓扭头看向周隽，小声问："你这就说出去了？"

周隽："任煦是自己人。"

"不，不，不……"任煦摇头，"我不是人。"

孟疏雨知道对任煦是没必要瞒，也瞒不住的，但毕竟还没这么自如地立刻切换到老板娘模式，虽然任煦让她别把他当人了，回去的一路她还是少了很多跟周隽的小动作。

任煦的出现也给孟疏雨预警了接下来的日子——

虽然森代前几任总经理没有明文禁止办公室恋情，现在周隽更不可能搬出这条规定来砸自己的脚，但直属上下级谈恋爱总归惹人非议，保密工作肯定是要做好的。

次日一早，周隽和任煦来接孟疏雨上班。

孟疏雨一身职业套装从公寓楼里走出，换了身打扮，昨晚那娇滴滴的小女孩儿样也收敛了不少。

眼看她径直拉开了副驾驶座的车门，任煦问："老板娘，您不坐后边吗？"

孟疏雨拿出一根食指摇了摇："隔窗有眼，以后上下班我还坐助理位，你也还跟以前一样在公交车站提前把我放下。还有，工作日不要叫我老板娘。你叫顺溜了，哪天在公司当着大家的面脱口而出，你说以后还有没有机会叫我老板娘？"

这些事孟疏雨昨晚早就跟周隽讲过，见任煦瞄过来，周隽对他点了一下头："听老板娘的。"

孟疏雨回头，笑盈盈地看向周隽。

周隽伸手过来，刚要碰到她的脸，被她躲开："嗯？不行，我化妆了，今天妆不能花的。"

一旁的任煦不敢细想哪天妆花过了，默默屏息握紧了方向盘。

周隽轻轻"啧"了一声："晚上早点儿下班。"

前边任煦也不敢细想晚上下班会发生什么，继续屏息握紧了方向盘。

孟疏雨在公司附近的公交车站下了车，走了段路进工业园，到达办公楼八楼，往周隽的办公室开着的门瞄了一眼，见他正好也在望走廊，大概在等她到。

孟疏雨悄悄冲他挤了挤眼，比了个口型：上班啦。

周隽笑着低下头去。

孟疏雨转身进了"总经办"："大家早呀！"

唐萱萱和冯一鸣被她异常元气的声音惊住，同时猛一抬头，提高了声音回："疏雨姐，早！"

"早，疏雨，"杨丹荔拿了沓文件过来，"你和周总出差时压的文件，先给你审审，没问题的话我拿去给周总签字。"

孟疏雨笑着接过文件："行，不用过你的手了，我看完直接拿给周总去。"

"好。"杨丹荔点了点头。

"疏雨姐，那我这儿的文件是我现在送去，还是你一起送去？"唐萱萱抱着一沓文件走过来。

孟疏雨想说都放着吧，话到嘴边觉得揽这么多事有点儿过了，摆了摆手说："不用我审还拿给我，自己送去。"

"我怕进进出出太多，打扰周总嘛。看周总这阵子经常闲人勿扰的样子……"唐萱萱不好意思地笑笑，转身去了周隽的办公室。

孟疏雨打开电脑收了一下邮件，见没有需要紧急处理的事，先审核起杨丹荔的文件。

想到唐萱萱刚刚那话，她坐在工位上回忆了一下，确实有种轻飘飘的不真实感。

就在月初她还晾着周隽，除了公事公办的对话，和他连眼神交流都不肯有。上周她坐在这里的时候，虽然两个人关系缓和了点儿，但也才哪儿到哪儿。

出了趟差又过了个周末，别说唐萱萱还停留在周隽心情不好的印象里，她对这火箭发射般的进展也有点儿没缓过神。

孟疏雨想着想着，嘴角抿出笑来。

唐萱萱刚从周隽的办公室出来，一回到"总经办"就见孟疏雨脸上挂着和周隽一模一样的表情，上前小声问："疏雨姐，你和周总该不会谈……"

孟疏雨的心脏猛地蹿上嗓子眼，嘴角一秒压平，她抬起头来。

"没事，我就随便问问，你忙。"唐萱萱被她消失的笑容堵回了后半句话，拿上笔记本电脑坐去了周隽的办公室隔间。

孟疏雨的心跳得越快，脸上越面无表情，她握过鼠标打开了唐萱萱的微信消息框："嗯？"

唐萱萱："我是想问，你和周总该不会谈成了跟兰臣的合作吧？"

"……"

孟疏雨盯着屏幕缓缓眨了眨眼："这怎么被你看出来的？"

唐萱萱："真的啊？我就说你们出了趟差回来都一脸有喜事的样子。"

孟疏雨："嗯，还没敲定合同，记得保密。"

唐萱萱："放心，不用疏雨姐你说，我也肯定守口如瓶的！"

孟疏雨："你过来取一下给周总的文件。"

唐萱萱："我给周总送去吗？"

孟疏雨暗暗咬了咬牙："嗯，我这儿忙着处理邮件。"

唐萱萱到孟疏雨的工位取了文件，送进了周隽的办公室。

周隽从厚厚一沓文件里抬起头来："不是说孟助理送来？"

刚才唐萱萱送第一批文件的时候顺嘴说了句还有一批孟疏雨正在审核，一会儿给他送来。

"疏雨姐在处理邮件，您有事找她吗？我叫她过来？"

"没事，你去忙吧。"周隽摆了一下手，抬手摁下办公桌上的按钮，把办公室玻璃墙的单向透光调回了双向。

唐萱萱一句歪打正着的问话给孟疏雨敲了警钟。虽然唐萱萱这位"母胎单身"没有分辨出喜事和喜事之间的差别，但不代表公司里的其他人也这么不经事。

万事开头难，孟疏雨决定这几天尤得其注意分寸，干脆把和周隽不必要的接触一刀切。

连午休时间周隽"路过""总经办"，问她整理完报告了没，她都"没听懂"这个暗示，说下午整理完再给他，也不敢看他是什么表情，老老实实地在"总经办"睡觉。

这么一直到了下午茶时间，眼看三位文秘出去取点心外卖了，孟疏雨才思忖着趁机瞅一眼周隽，到了走廊上却发现他不在办公室里。

孟疏雨用手机给周隽发了条消息："周总，您知道我男朋友去哪里了吗？"

周隽很快回复："你往西走十五米看看。"

孟疏雨望了一眼四下，见走廊上没人，狐疑地朝西走去。走过十多米，到了走廊尽头，她正想去看看拐角，旁边储物间的门忽然被打开。

人被一把拉进去，孟疏雨一声惊呼死死被压在喉咙底，下一瞬她眼前一暗，后背贴上了门板。

昏暗的储物间里，周隽用膝盖抵着她的腿低下头来，在她耳边轻声说："孟助理，一天了才记起你有男朋友？我还以为我又被甩了。"

"你要吓死人了……"孟疏雨平复着心跳，用气声说话，"我这不是在避嫌吗？"

"嗯，避嫌到当不成情人要当仇人，连走过我的办公室的门口都要往旁边让让。我那门是有刺能蜇着你？"

"我有这么夸张吗？"

"那是我用了夸张的修辞手法？"

孟疏雨反思着不说话了，可能她真的有点儿草木皆兵了吧。

"孟疏雨，有没有人告诉过你物极必反、欲盖弥彰的道理？办公室恋情最先被发现的，一般不是那些躲着亲热的人，而是那些在人前连对方的眼睛都不敢看的人。"

孟疏雨抬眼瞅着他："你别唬我。"

"唬你做什么？在以前公司当领导的时候我就抓过不少像你这样的人，一抓一个准。"

孟疏雨闪烁着目光眨了眨眼："那我这不是没经验吗？"

"所以我来教你怎么提高心理素质。"

——拉人到储物间偷情提高心理素质，以前被你抓的那些苦命鸳鸯可太冤枉了！

孟疏雨提了口气舔了舔唇："你总不能让我下午茶吃川菜吧……"

"当然不能花了孟助理的妆，"周隽垂下眼睫，视线顺着她的下巴尖一点点往下移，抬起一根食指沿着她雪白的脖颈慢慢滑下去，在她被毛衣遮掩的锁骨下轻轻点了一下，"要不今天换这儿吃个草莓怎么样？"

身后隔一道门就是办公楼走廊，身前是张天罗地网，那根骨节分明的食指再往下几厘米，碰到的就是软肉了。孟疏雨的心跳快到她感觉自己需要被当场抢救，慌忙一把揉开这只手。

"周隽，你不要脸了！这是你的地了吗？没拿到土地开发权呢你就想着种……"孟疏雨咽了咽口水，"种水果了……"

周隽被逗得低头看着她不说话，就笑，人也往后退一步松开了她。

孟疏雨正紧张到肾上腺素狂飙，见他后撤，才知道他是因为她这天躲了他一天，故意在逗她。

但她这口气刚一松，她又被周隽气到了。

怎么，她这么好逗吗？虽然没吃过猪肉，但总见过猪跑，她又不是什么不谙世事的小女孩儿了，凭什么乖乖给他逗？

孟疏雨气不过，趁周隽松懈，眼睛一抬，凑上去咬了一口他的喉结，然后转身拉开门，飞快跑了出去。

快到周隽一回神，眼前只剩一缕从门缝透进来的光。

半明半暗的光影里，周隽将笑容收起，轻轻滚动了一下喉结，抬手松了衬衣领襟。

孟疏雨谨慎地在走廊尽头的安全通道绕了一圈才回到"总经办"，在工位上坐下没多久，就听三位秘书有说有笑地拎着下午茶回来了。

见周隽刚好站在办公室门前，唐萱萱拎着甜品走上前去："周总，我们买了点儿下午茶，您要不要挑点儿喜欢的东西吃？"

周隽示意"不用"的手抬到一半，瞥见打包袋里那杯奶昔，他朝斜对面的"总经办"看了一眼，正好对上孟疏雨望出来的视线。

"这个吧。"周隽看着孟疏雨，朝唐萱萱抬了一下手。

远处的孟疏雨不明所以地眨了眨眼。

"好嘞，"唐萱萱把那杯奶昔递给周隽，回到"总经办"问孟疏雨，"疏雨姐，你要什么味的奶昔？草莓味的给周总了。"

"……"

被周隽"教育"过欲盖弥彰之后，孟疏雨重新丈量了一下在公司和他相处的尺度，不一惊一乍之后，表现确实自然了点儿。

两个人这么过了几天，这办公室恋情也算上路了。

不过孟疏雨还是觉得地下恋不太容易，天天在公司看得见摸不着、抱不到的，还得对着男朋友认真汇报工作，这也太考验人的自制力了！

好不容易熬过工作日，到了周末，孟疏雨打算好了非要过两天二人世界不可。结果周五晚上和周隽在外面吃大餐的时候，她收到了陈杏这七天来的第七次问话——

"你男朋友到底什么时候请我吃饭？不用你们过来，我自带碗筷上门。我怕我不赶紧吃上这顿热乎饭，到嘴的鸭子又要飞了！"

也不能怪陈杏说这不吉利的话。毕竟之前孟疏雨和周隽只差临门一脚在一起那回，她就等着周隽请她吃饭了，等到嘴巴都已经张开那份儿上，这饭说没就没了。

她当了这么久的"僚机"，心态都崩了。

孟疏雨和周隽一提，周隽说刚好谈秦最近也催着他请客，那就一起。他拉了个四人群，让谈秦和陈杏商量吃什么。

谈秦立刻把群名改成了"宰周场"，在群里疯狂转发收藏已久的分享链接，全是杭市好吃好玩的地方。

陈杏刚进群还有点儿拘束，被谈秦这架势感染也不客气了，叫了声"周老板好"就开始跟着点单。

孟疏雨跟周隽吃完晚饭，发现群聊消息已经达到"999+"。

震惊于这居然是两个人在两个小时之内聊出来的量，孟疏雨太好奇他们说什么了，跟周隽出了餐厅坐上车，往上翻了翻聊天记录。

原来是两个人点单发生分歧，一个想去东，一个想去西；一个想吃这家，一个想吃那家。最后意见不统一，谁也不让谁，就这么吵了起来，并且一路从文字消息吵到懒得打字，变成了语音消息。

孟疏雨点开一条陈杏的语音消息来听——

"谈老板，不是我说，论功劳这顿饭就该听我的。你知道他们能成，我费了多大力气吗？我可是第一时间跟进他们的，他们认识那天，我们疏雨想找周老板死活找不到，就是我帮她去医院门口蹲的点儿，后来没堵到人，也是我开车跟踪的周老板！"

"……"掷地有声的语音响彻密闭的车厢里，孟疏雨缓缓偏头看向驾驶座上的周隽。

周隽回看她一眼："孟助理，手段不错。"

陈杏的语音播放结束，自动跳转到下一条谈秦的未读消息——

"陈老板，你这功劳揽大了吧？就算没有你蹲点儿跟踪，他们迟早也会在森代碰上。虽然你跟进得早，但我起的才是关键作用。就说夜店那次，要不是我们隽提前打探到情报，拉我当掩护陪他过去，他一个人进那夜店这么蹊跷的事，还不被一眼识破？"

周隽："……"

陈杏："嘿，你要提这事我可来劲儿了，你怕是不知道，那天我们疏雨去夜店就是我约的她，要不是我去杭市找她玩，她能去蹦迪？你们周老板有那个机会英雄救美？"

谈秦："那这算我们打平好吧。说个你没参与的事，夜店那事之后那周末，我们隽要回南淮看爷爷奶奶，要不是我故意当着孟助的面提这事，孟助根本不可能心软跟去，他们也根本不可能假戏真做，搁那儿卿卿我我！"

孟疏雨冷笑着看了周隽一眼："周总，彼此彼此吧。"

陈杏："你怎么知道这事我没参与？你安排的假戏能真做还不是靠我提点？你知道那天他们演完戏以后疏雨回的是我家吗？就那天晚上她在我跟前念叨了周隽一百遍，还是我鼓励的她呢！"

孟疏雨："……"

周隽轻轻"啐"了一声："孟助理，那点儿假戏就给你撂倒了，自制力这么差？"

孟疏雨张了张嘴没反驳出来，幸好又听到了谈秦的下一条语音："你这嘴上鼓励几句费多大劲儿？我还多的是实际行动。就说国庆我们隽回国那天，要不是我故意在朋友圈透露温泉山庄的定位，还假装不经意拍到他那手和表，孟助能有机会追过来？"

周隽："……"

孟疏雨咬了咬牙："厉害，周总。"

陈杏："那你不就开了个头吗？要不是我当机立断地在温泉山庄订好房间，又拉着疏雨去买战袍，她一个人能追过去？"

周隽了然地点了点头："厉害，孟助理。"

"……"

够了！

这两个人吵的是他们自己的架吗？这吵的明明是她和周隽的脸皮！

不，周隽早就不要脸皮了。他们就是在拿她的脸皮翻过来翻过去，烙在平底锅上摊煎饼！

孟疏雨摁下"按住说话"键："你们再吵！都喝西北风去！"

虽然孟疏雨撂了这狠话，但还是没下狠心。毕竟陈杏和谈秦那么一细数，她回头一看，发现这两个人为她和周隽确实付出了太多。

见两个人逮着温泉山庄的事吵个没完，孟疏雨和周隽最后定了杭市周边以温泉闻名的一处度假胜地请两个人玩。

谈秦和陈杏想起上次光当"僚机"没泡成温泉的事感动不已，意见终于达成一致。

当然孟疏雨觉得他们可能白感动了。周隽之所以拍板，可能是因为听说她那次连泳衣都是特意新买的，想想当时只让她泡了十分钟就拉她起来了，良心和色心都受到了谴责。

周六下午，周隽开车带孟疏雨去了度假村。

车子沿着盘山公路蜿蜒向上。山清水秀的地界，冷雾缭绕下茂林修竹，云海翻腾。

孟疏雨一路趴在窗沿上，望着沿途的风景，一边和周隽聊天，一边拍了几个小视频发给爸妈。

周末的孟老师还挺清闲，很快发来拷问："几个人一起玩？晚上跟谁住？"

孟疏雨从窗沿回来，关上窗跟周隽说："我爸问我晚上跟谁住呢。"

周隽笑着看她一眼："打算怎么说？"

"实话实说呀，我又不跟你住，我可不是重色轻友的人，总不能让陈杏单独住一间。"

周隽扬了扬眉点点头。

抵达半山腰酒店，孟疏雨和周隽下了车，把车钥匙和行李交给酒店服务生，往里走去。

谈秦和陈杏已经坐在大堂休息椅上等他们，正吵得风风火火。

孟疏雨远远听了几耳朵，听两个人在说什么"灌酒""断片"之类的，好像还在掰扯温泉山庄那件事。

不过他们这回吵的不是她和周隽的脸皮了。谈秦正在讨伐陈杏那天灌他酒套话的事。陈杏说自己这酒喝亏大发了，一觉醒来一个字没记得。

"你们能不能消停了？"孟疏雨搂着周隽的臂弯走上前去。

"哟，"陈杏一转眼，就看见两个人这严丝合缝的架势，"谈上了是不一样哈，就下车这几步路也要当连体婴呢？"

谈秦叹了一口气："你别说人家，我们周总和孟助也是不容易的，这周开会我就看他们并排坐着那个忍得啊，憋得啊。"

孟疏雨转头问周隽："我有吗？"

周隽想了想说："那是我有吧。"

"可不是有吗？"谈秦指了指他，"我都看着了，眼神都拉丝了。"

孟疏雨轻轻撞了一下周隽："你的员工怎么不好好开会？"

周隽："谈部，扣绩效了。"

"哎，你们这一唱一和的，是请我们来玩还是来'杀狗'的？"

"别，可不是'我们'，我最近追求者多着呢，脱单分分钟的事，主要杀的还是你这条'狗'。"陈杏拍拍谈秦的肩。

到前台登记了入住信息，孟疏雨和陈杏一起回了房整理行李。

两间房就在隔壁。和周隽、谈秦在门口分别之后，陈杏一进房间，立刻拉着孟疏雨小声问："你们睡过没？"

孟疏雨正拧开一瓶水喝，一口水呛到喉咙里，咳得脸通红："你想什么呢，这才多久呀？"

陈杏给她顺着背："那一张床上过夜了没？"

"过什么夜呀，住这么近，再晚走几步路就回家了！再说最近工作日呢……"

"那我就放心了，我以为我这一掺和，你们不能睡一起，回头怨我呢。"陈杏"啧"了一声，"所以你们这是发展到哪步了？"

"就……"孟疏雨点了点嘴唇，"这个呀。"

"哦，那你们还挺纯情。"陈杏感慨，"要是当初我在温泉山庄没断片，你们这会儿估计早全垒打了。"

被她一提，孟疏雨忽然记起什么："对了，那回第二天我去找周隽，不是谈秦开的门吗？我问他前一晚跟你聊什么了，他说你问了他一些周隽的隐私数据。"

"隐私数据？"陈杏捂了捂嘴，"我喝了酒这么强？这都敢问？"

"问题是你问都问了，结果没记得！"孟疏雨恨铁不成钢地看着她。

"不行，你这么一说我一定要好好想想了，这是我姐妹的终身幸福，我必须想起来。"陈杏挠着头发在房间里踱起步来。

孟疏雨在衣柜前挂衣服，十分钟过去，整理完一回头，却见陈杏似乎已经放弃了回想，正坐在躺椅上玩手机。

"怎么这就玩上手机了，你到底想起周隽的隐私数据没？"孟疏雨回头吐槽了一句。

陈杏张嘴刚想答，一抬头猛地滞住，见鬼了似的对着房门愣愣地眨了眨眼。

孟疏雨跟着愣了愣，歪过身子，从衣橱这头探出头去——

房门外，周隽敲门的手顿在半空，这门要不要敲下去，一时间成了一个问题。

孟疏雨盯着门缝映出的那道修长身影，感觉天花板和地板都调转了。

原来好奇心不仅能杀死猫，也可以杀死人……

意料之外、情理之中地，她又一次死在了她亲闺密的手上……

她这谈恋爱谈乐和了，怎么就忘了"陈杏 + 周隽 = 她孟疏雨的忌日"这个比万有引力还板上钉钉的定律。

地铁可能会晚点，快递可能会迟到，但陈杏加周隽一定会准时给人惊喜。

她可以永远相信陈杏加周隽的威力。

敲门声响起。孟疏雨转过身，头也不回地进了浴室，直接跑路了。

"哎……"陈杏拦人不及，张着嘴看看房门那头，又看看浴室那头，满脑子"嗡嗡"地响，人麻了半天终于还是硬着头皮起身，谁叫忘了关门的人是她。

陈杏拉开门，还没说话先露出八颗牙来。

周隽也回了她一个笑容。

如果她的皮笑肉不笑叫"若无其事"，那周隽这毫无异色的笑就是真正的"无其事"了，平静得不愧是大人物。

"疏雨不在？"周隽朝她身后看了一眼。

"她……上洗手间呢，"陈杏指了指里边，"要不你进来等她？"

"不用，就是来问问你们想喝下午茶，还是想去逛逛。"

"哦，疏雨，听见没啊？"陈杏往里喊话。

孟疏雨在浴室里平复了一会儿，慢吞吞地走出来，扒着衣柜边往外探头。

周隽抬眼看了过来。

孟疏雨心虚地眨着眼："听见了，我和陈杏想去无边泳池的漂浮床喝下午茶拍照来着……"

周隽点了点头："那你们去。"

"别，别，别，"陈杏摆手，"我晚上抢走你女朋友就很过意不去了，一起去呗。"

周隽摇头："谈秦去不了泳池。"

"哦，他旱鸭子呀？"陈杏恍然大悟，"那……"

"什么？"隔壁的谈秦推门出来，"周隽，你睁眼说瞎话，怎么还诋毁我呢？去不了泳池的到底是谁？"

周隽斜眼看向谈秦。

"哎，你瞒得了一时，也瞒不了一世嘛，老实点儿承认吧。"

孟疏雨愣了愣，刚才的尴尬被抛到九霄云外，走上前去瞅了瞅周隽："什么意思？你才是那个旱鸭子？"

周隽垂眼看了看她："走吧，陪你过去。"

四个人关上房门朝外走去。

孟疏雨和周隽落在后面一截，她笑着戳了戳他的腰肋："原来还有你不会的事情呢，这有什么好瞒的，我又不找游泳冠军当男朋友。"

"就是，偶像包袱这么重，"前边谈秦回过头来，"我懂了，你这是怕又在我们小孟妹妹面前输我一头。"

"谁们？孟什么？"周隽凉飕飕地扫了一眼谈秦。

孟疏雨第一次见周隽这么小心眼，又好笑又奇怪："什么跟什么呀？"

谈秦："嘻，周隽没告诉你吗？他说小时候在福利院，他没拿到你的星球杯，我拿到了。"

"啊？"孟疏雨和陈杏同时出声。

"真的假的？"陈杏震惊，"孟疏雨，你小时候什么眼光啊？"

谈秦黑下脸去看陈杏："你礼貌吗？我小时候也是我们院院草级别的人物好吧？"

"是院草，就会说是院草；院草级别就说明跟院草差了一截。玩什么文字游戏？"陈杏白他一眼。

"那院草是你吧？"孟疏雨拿手肘蹭了蹭周隽。

周隽："不知道。"

"我以我阅男无数……"孟疏雨说到一半瞟见周隽的表情，摸了摸鼻子，"我是说，我以我这些年的社会经验打包票，你绝对是从小帅到大的长相。唉，那我当初怎么会瞎了眼呢？……"

"孟助，"谈秦回头看她，"你这话可就不得体了啊。"

孟疏雨小心地瞅了瞅周隽，一把挽过他的臂弯，对谈秦说："我哄我男朋友呢，要什么得体？"

冬日里天黑得早，孟疏雨跟陈杏去无边泳池的漂浮床打了卡拍了照，结束之后天色已经大暗。

六点出头，两个人坐观光车去和两位男士会合，到餐厅附近看见周隽拎了件外套站在外面等。

孟疏雨一下车，周隽手里的外套就到了她肩上。

陈杏感慨："我本来不冷的。"

孟疏雨展开大衣一边："来嘛，分你一半！"

"可别，不稀罕恋爱的酸臭味。"陈杏往前走去，"我还是去找另一条'狗'搭伙了。"

孟疏雨跟周隽走在后面，一路和他碎碎念："那无边泳池真的超漂亮，而且用不着下水，我都穿着毛衣呢，就是漂在上面而已，等会儿给你看照片……"

在餐厅里靠窗的四人位上坐下，孟疏雨翻出手机里的照片给周隽选，问他哪张好看，挑了几张发了条没有配文的朋友圈。

因为工作也用这个微信号，孟疏雨基本不在朋友圈发闲话，连生活日常都很少，难得发了几张出游照，点赞、评论很快密密麻麻。

孟疏雨正回复着朋友、同事们"好漂亮，这是在哪儿"的留言，点赞列表里忽然跳出周隽的名字，她一转头，正好见周隽放下手机。

"你……"孟疏雨的神经立刻紧绷。

"连点赞的交情都不能有了？"周隽偏头看她。

"那你以前从来没给别人点过赞呀！"

周隽点点头拿起手机，给唐萱萱、杨丹荔、冯一鸣这天的生活日常分别点了个赞。

孟疏雨挨着周隽笑："我就小心为上嘛……"

谈秦插话进来："放心吧，照你们这小心法儿，你们这办公室恋情等孩子会打酱油了也曝光不了。"

"呸，乌鸦嘴！"陈杏倒了杯柠檬水搁他面前，"喝你的柠檬水。"

"就是，目标不要乱立！"孟疏雨附和了一句。

"孟助理，你今天对我是有什么意见吗？"

"没有，"孟疏雨在胸前比了个叉，"我只是给我男朋友表个态，表明我坚定的立场和绝对不会再错的眼光。"

周隽被她逗笑。

"你们这人设是霸道助理和小娇总？"谈秦酸溜溜地看着周隽，"这时候我是不是该说一句，好久没见少爷这么笑过了？"

"神经病！"陈杏笑着骂了他一句。

几个人说到这里，餐桌上的主菜蒸汽石锅鱼开了锅。整条现宰的活鱼被开了十八刀花刀，在野山菌汤里炖煮，几分钟就酿成一锅奶白的汤。

草帽锅盖一被揭开，鲜香扑鼻而来。等"腾腾"的热雾散去一些，孟疏雨拿起碗想去给周隽盛汤，被周隽先一步拿了汤勺。

"不要跟我抢，"孟疏雨夺走他的汤勺，"没听见吗？今天是霸道助理和小娇总。"

一顿饭吃下来，陈杏和谈秦坐在对面，眼看孟疏雨又是给周隽挑鱼刺，又是给周隽剥虾，连餐后水果都亲手投喂给周隽。

吃"狗粮"这事他们是早有准备的，但确实没想到会吃到这样的"狗粮"。

等吃完饭兜了一圈风，回到房间只剩两个人，陈杏对孟疏雨叹为观止："孟疏雨，哪有你这么谈恋爱的，你这样他不得意忘形？"

孟疏雨撇了撇嘴："我就不想让他觉得输给谈秦嘛。"

"就因为那一个星球杯？"

"那不是一个星球杯的事。"孟疏雨认真说。

"行吧，一会儿我还是找谈秦泡温泉去吧。"

"不一起啊？"

陈杏高深莫测地摇了摇食指："不了，我跟谈秦一样，刚才在餐桌上看到周隽拉丝的眼神了。"

晚上九点，孟疏雨比陈杏稍晚一步出了门。

原因是她洗过澡换好泳衣，听说周隽不是在露天温泉，而是在私汤等她，忽然紧张起来，在房间里给自己打了一会儿气才出发。

被服务生带到私汤区域，孟疏雨穿过一间间竹屋，在一间亮灯的屋子前停下，深呼吸一口，轻轻推开门往里望去。

温泉池四面垂了纱帘，门一开，纱帘被风撩开一角。孟疏雨一眼看到池子里光裸着上半身的人，见他背对着这边，正靠着池壁闭目养神。

池子里白雾缭绕，热气氤氲，看不见底。

孟疏雨轻手轻脚地进去，关上了门，脱掉毛衣外套在旁边的衣架上挂好，悄悄走到周隽背后，蹲下来用手蒙上了他的眼睛："这位先生是在等谁呀？"

周隽低头笑了笑："等我女朋友。"

"哦，我可以趁你女朋友没来，泡一会儿你的温泉吗？"

"那我看看你有没有我女朋友漂亮。"

孟疏雨被他气得哽了哽，但毕竟是自己先皮的，冷哼一声继续说下去："肯定是我漂亮呀。"

"口说无凭。"

"想看呀，那你先闭好眼睛。我说睁眼，你才能睁。"

周隽点头。

孟疏雨从他旁边的梯子慢慢爬下去入了水，想缓缓打鼓的心跳，先离他远一点儿，刚准备摸索到斜对角去，忽然被他一把拽过手腕，歪歪斜斜地跌坐在了他的腿上。

"你怎么不守信用？"

周隽抬起眼来："我都趁我女朋友不在，请你一起泡温泉了，还守什么信用？"

孟疏雨想骂一句"渣男"却说不出话来。

这大冬天的，平常隔着厚厚的衣服坐周隽的腿上也不觉得怎么，但这天她穿了上次那条红色吊带泳裙。泳裙的裙边只盖到腿根往下十厘米，她这么一坐，几乎是光腿贴着他。

这个姿势下，周隽只要稍一低头，鼻息就落在她的前胸上。

隔着周隽腿上那块聊胜于无的浴巾，也不知道烫的到底是温泉水还是他的腿。

"那现在看完了，可以放我下去了吧？"她抓着池边的扶手问。

"看完发现更不能放你下去了。"周隽抬眼看着她。

孟疏雨忽然明白了谈秦和陈杏说的眼神拉丝是什么意思。就周隽现在这个眼神，他都不用动手，她就觉得整个人被他粘住了。

她轻轻吞咽了一下口水，放弃了下去的打算。周隽像是看懂了她的意思，抬手压下了她的后脑勺儿。

孟疏雨顺着这力道俯低身体，搂住了他的脖子。

濡湿感在唇齿间蔓延，孟疏雨的身体很快撑不住往下滑去。她感觉周隽一手摩挲着她的耳根，一手揽在她腰后稳着她。

只是池子里太热，吻不了多久就呼吸不畅，头昏脑涨的时刻，她推了一下身前的人。

周隽松开了人，额头抵在她的肩膀上低沉地喘息起来。热意喷薄在薄薄的皮肤上，她打了一个激灵低下了头。

在她颤了一下过后静止不动的几秒钟里，周隽像是得到信号，顺着她蜿蜒的弧线吻了下去。

痒意和痛意来袭，一阵从尾椎骨升起的酥麻感直直打上天灵盖，孟疏雨仰着头喘了口气，却忍不住抱紧了周隽的脑袋。

不知多久过去，周隽从他的杰作里抬起头来："种到了。"

周末两天放纵过后，孟疏雨不得不专心投入工作中。

十二月公历年末，一年到头最忙的时候，又是森代今年业绩扭亏为盈最关键的时期，公司上下都绷紧了弦，业务部门削尖的脑袋上全顶着"业绩回款"四个大字。

孟疏雨也没了太多完整的时间谈恋爱，不光工作日加班，连周末也走不开，天天开不完的战略研讨会、行动计划会、预算会，整理不完的报告。

渐渐地，她和周隽一起开会的时间就超过了约会的时间，汇报的时间就超过了抱抱的时间。

杭市的天也一天天冷下去。到了十二月中下旬，郊区一带不是冻手冻脚的下雨天，就是肃杀的大风天。

平安夜这天，寒潮来袭。天气预报说夜里将有雨夹雪，杭市城区很可能迎来今年的第一场雪。

孟疏雨本来想着白天赶赶进度，晚上趁初雪的氛围和周隽吃顿热腾腾的火锅，结果又没能准时下班。

到了八点多，"总经办"还灯火通明，全员在岗。孟疏雨和三位文秘围在茶水间吃了盒饭。唯一欣慰的是，这晚的盒饭是周隽订的，犒赏大家的平安夜晚餐。

回到工位上，孟疏雨继续在电脑上审核报告，忽然收到陈杏的消息："我都看完电影回来了，你那儿这么晚也没动静，去哪儿玩了？"

孟疏雨用手机给工位拍了张照发过去。

陈杏："平安夜一起加班？你们这恋爱谈得，谁听了不说一句别出心裁？"

孟疏雨也不想加班庆祝节日，但年底这份成绩单是她和周隽共同交给蔡总的成果。只有打好这场仗，他才能真正在森代站稳脚跟，她也才能顺利完成转型过渡，得到升迁的机会，才能少了直属上下级的顾忌，和他光明正大地在一起。

这天周隽看她在忙，她看他也在忙，两个人谁都没提过节的事。

孟疏雨自我安慰地回了陈杏一句"两个人加班当然比一个人加班开心"，接着忙去了。

汇总审核完报告已经接近十点，她揉揉眼把报告打印出来，送去了周隽的办公室。

周隽抬头看见她惺忪的眼，等她身后那扇门关上，朝她招了招手："困了？"

"还好。"她忍下一个哈欠，把厚厚的一沓报告递给他。

周隽拎起外套起身："明天再看，先回家。"

孟疏雨摇头，撑着眼皮说："你看完我才能睡个好觉，要不晚上做梦还得拉图表。"

这周她每天晚上睡了跟没睡似的，睡梦里都是在写报告。她到这份儿上也不差这点儿时间，求个安心更重要，万一有问题也好及时改。

周隽把她拉到一旁坐下，重新回到办公椅上，翻起了报告。

小半个钟头过去，三十页报告被一张张翻过，周隽点点头看向她："没问题。"

孟疏雨松了一口气："还剩最后一周，到时候再更新一下业绩数据，顺利的话应该能和蔡总交差了。"

周隽笑着起身张开手臂："抱一下？"

孟疏雨躲开去，看了一眼玻璃墙外："他们都没走呢。"

"那也看不见。"

孟疏雨这阵子一直没在办公室破过戒，这晚好不容易心里落下一块大石头，忍不住奖励自己一下，上前抱住他："那好吧，就抱一下下……"

孟疏雨回到公寓已经十一点，被周隽送上楼以后，困得指纹锁都摁不明白，也没力气跟他亲热，一个蜻蜓点水的晚安吻过后就进了门。

简单冲了个热水澡，她和周隽在微信上道了晚安，倒头睡下。她的眼皮沉沉合拢，陷入昏睡之际，一声振动忽然在床头柜上响起。

孟疏雨一下睁开眼，一时迷迷糊糊记不清刚才到底有没有和周隽道晚安，就从床头柜上拿来了手机，一看却不是周隽的消息。

唐萱萱："疏雨姐，你睡了吗？"

孟疏雨眯着眼打字："没呢，怎么了？"

唐萱萱："周总看过报告了吗？没看的话要不先等等，我那部分发现个问题……"

孟疏雨从床上坐起来，盯着唐萱萱发的截图仔细看了会儿，拍了一下脑门儿。

唐萱萱："完了，我捋了下，'2.1.1'到'2.5.4'都得返工。疏雨姐，对不起，是我的疏忽，周总那儿要不我去解释……"

孟疏雨薅了薅头发。

可能不需要解释了。她是因为把这报告看了太多遍，产生了思维定式，才没发现问题，但周隽不可能没发现。

他只是为了让她睡个好觉才说的"没问题"。

孟疏雨在床上呆滞地坐了会儿，搓了搓脸，睡意跑得一干二净。她打开顶灯掀开被子，下床披了件外套，坐到书桌边拿出了笔记本电脑。

说不上是懊恼更多一点儿，还是"男朋友和上司是同一个人"这件事带来的复杂情绪更多一点儿，孟疏雨只能确定，这晚不完成这份报告她一定睡不安心。

报告是她负责汇总整理之后撰写定稿的，这种时候不可能因为唐萱萱给的信息出了差错就让唐萱萱去写这份报告。

如果唐萱萱都有了这火候，那"总经办"也不需要她这个总助了。

孟疏雨跟唐萱萱说了声她来返工，便在电脑上再次打开了文件。

夜深人静，窗外传来细密的"飒飒"响动，像是雨滴夹着雪粒砸在了玻璃窗上。

天气预报的雨夹雪到了，但孟疏雨现在没工夫关心这场初雪，只顾盯着电脑屏幕检查具体有多少内容要改。

她正聚精会神着，忽然听到"叮咚"一声，公寓门铃响起。

与此同时，她的手机振动。

周隽："是我，开门。"

孟疏雨一愣之下匆匆出了卧室，打开公寓门，看见周隽裹着一身寒气站在门外。

"本来想晚上给你改完。"周隽抬了一下手里的笔记本电脑，"但唐秘说你已经在返工了。数据部分我刚做完，你直接导入，剩下的分工，争取两点之前结束，能不能行？"

孟疏雨感觉鼻子一酸："哪有总经理这样的……"

周隽摇头："这跟我的职务没关系，一样的工作一个人做需要五小时，两个人分工只需要两个小时，因为一加一大于二，所以我选一加一。"

孟疏雨不知道怎么形容把周隽迎进门的心情。周隽让她开门的那一刻，她都想好了，他肯定会让她立刻放下工作去睡觉。

可是当她打开门，他什么都没问，什么都没劝，只说陪她一起。

这时候如果拒绝他，倒是她耍小孩子脾气了。

孟疏雨泡了两杯咖啡，和周隽挤在卧室那张书桌边上，一人一台笔记本电脑开始工作。

窗外雨雪霏霏，静谧的房间里暖气充盈，此起彼伏的键盘敲击声渐渐盖过了雪粒落下的杂响。

墙上的时钟从"12"指向"1"，又慢慢朝"2"走去。

敲下最后一下回车键，孟疏雨长出一口气，眨了眨酸胀的眼，抬头看向时钟，刚好两点。

她转过头，看见周隽已经完成他的部分，合上了笔记本电脑。

孟疏雨把自己从整整两个钟头的全神贯注里拉出来，对着周隽撇了撇嘴，觉得说"谢谢"不行，这也太生分了。可是，不说"谢谢"她又不知道怎么表达心里杂陈的情绪。

这只是一件很小的事情，一件并没有多了不起的工作，却让她有一种极大的安定感，来源于不需要开口就能得到的理解和包容。

孟疏雨看了周隽好一会儿，起身张开手臂："抱抱……"

周隽抬手去抱她："我怎么找了个这么敬业的女朋友？"

"我也没想到……"

"嗯？"

"我和我男朋友第一次一起奋斗到半夜两点，居然是在写报告。"孟疏雨吸了吸鼻子。

周隽松开她一点儿，低头看她："那在你的计划里，本来应该是什么？"

孟疏雨默了默，抬起眼来："周隽，你别走了，在我这儿过夜吧。"

周隽这晚刚好是在家洗完澡，过来陪她加班。他外套里面穿的就是家居服，除了刷牙、洗脸已经没有其他洗漱需要，的确是方便留宿的时机。

孟疏雨把他拉到浴室门边，像变法宝一样变出了一套全新的洗漱用品，从牙杯、牙刷到毛巾一应俱全地摆在他面前。

"还挺齐全，什么时候给我准备的？"周隽倚靠着门问。

其实倒不是孟疏雨特意为了周隽准备的。是之前陈杏过来住的那个周末，她顺手多买了两套待客的洗漱用品，只不过后来一直没有新客来。

至于周隽……她本来以为，就算哪天一起过夜，应该也是她留宿在他那里，哪里想到她才是拉进度条的那个。

不过她这时候解释这些多扫兴。

"这你别管，"孟疏雨麻溜地顺杆往上爬，"反正机会是留给有准备的人的。"

周隽扬了扬眉："所以你就给我准备了碎花款。"

孟疏雨看了一眼那些和周隽的气质不符的花样图案，理不直气也壮："我喜欢行不行？"

见周隽不知还在斟酌什么，孟疏雨不高兴地撇了撇嘴："你到底住不住？"

周隽看她一眼，拆开了牙刷包装。

"那你先洗漱，"孟疏雨把手背在身后，左右手愉快地动了动指头，"我去床……外面等你。"

孟疏雨匆匆回到卧室，临时抱佛脚地重新整理了一遍被褥，把床单铺得平滑整洁，一丝不苟，又四处检查了一下，确定被子、枕头干净清爽，只残留了她常用沐浴露和洗发水的味道，这才放下心来。

等她做完这些，平躺上床，浴室里的水声也渐渐轻了下来。

"咔嗒"一声门打开的响动传来，孟疏雨后知后觉地紧张，轻手轻脚地侧过身挪到里侧，后背朝着外面。

脚步声慢慢靠近，身后的床塌陷下去一块。孟疏雨垂着眼睫轻吸了一口气。

第一次同床共枕怎么打照面好？

——你来了？

——我家浴室用着还习惯吗？

——我的床舒不舒服？

孟疏雨还在头脑风暴，头顶忽然覆下一片阴影："孟疏雨，你邀请我留宿，是为了让我欣赏你的背影？"

孟疏雨回头，看见周隽支肘撑在她斜上方注视着她，"呵呵"一笑，从头发丝到嘴唇肉眼可见地紧张："你不想欣赏的话，关上灯就看不到了。"

周隽垂眼看了她一会儿，转头关了灯。

陷入黑暗的卧室里响起一声低哼："还真不想看我呢……"

周隽侧躺下来，把人抱进怀里，在她的额角亲了亲："想抱你行不行？"

圈在腰上的手臂存在感太强烈，孟疏雨的呼吸幅度忍不住变小，说话也放轻："还有力气抱我呢，你不困呀？"

"你那咖啡的劲儿这么快就过了？"

其实没有，孟疏雨现在也不困，反倒过了点儿有些亢奋。

她转过身来："那咱们聊会儿天吧。"

周隽松了松手臂，方便她调整到面对他的姿势，然后重新把她抱进怀里："聊什么？"

"嗯……"

虽然孟疏雨今晚脑子被工作填得满满当当，没有太多闲心东想西想，但其实还有些负能量没消化。

知道报告有错的时候她就在想，如果换个上司，如果她的上司不是她男朋友，她这天肯定挨骂了。

她的上司没有理由去追溯错误的源头是谁，最初错在哪个环节。这报告经她之手审核上交，而她没发现问题，那么这错误就是她的。

她怎么问责唐萱萱是后面的事，首先她该为错误负责。

但周隽不仅没有让她负责，还消掉了她的错误。她好像应该感动，却又总觉得哪里不得劲儿。

孟疏雨挠了挠他的衣襟，小声说："我在想，你对我是不是太宽容了？这么说好像挺得了便宜还卖乖……但我觉得捡便宜心里真的有点儿过不去。"

　　周隽用下巴摩挲着她的发顶："我不是因为你是我女朋友就对你宽容，是因为知道我女朋友对待工作非常尽职尽责，事后会像这样自我反思，所以才觉得帮你揽了也不是什么大事。如果我女朋友是爱捡便宜的人，我也不会破坏工作原则。"

　　"你说好听的话哄我呢？"

　　"没有，蔡总当初给我的三位候选人里另外两位工作经验都比你丰富，但你能跟他们并排放在一起，就是因为有别人没有的优点。我作为上司，很负责任地告诉你，就算我们不谈恋爱，我也认可你这个助理。"

　　"你这话真的不是因为我是你女朋友才说的？"

　　"那我这么跟你说。刚才唐秘主动找我认了责，因为压力过大犯低级错误，确实会让我审视她的抗压能力，但另一方面我也看到她承担错误的态度。你知道，职场上起码半数以上的人做错事第一反应，都是想办法摘掉自己的责任蒙混过去。她作为一个团队里最年轻的一员，相比成长期犯点儿错误，我更看重她的品质，所以也认可她这个秘书。"

　　见周隽确实有他评判下属的标准，孟疏雨心里轻松了点儿。毕竟比起被男朋友包庇，被男朋友公正地认可更让她开心。

　　她还以为自己说这些话会让周隽觉得她钻牛角尖，没想到他真的耐心地跟她讲了这么多道理。

　　这个初雪天没有火锅，她却一点儿也不冷。

　　"周隽，你怎么懂这么多东西呢？"孟疏雨往他怀里拱了拱，"跟你一比，我感觉自己好不成熟。"

　　"我本来就大你三岁，又比同龄人早三年上大学，这样算起来就是长你六岁的阅历，你为什么要跟我比？"

　　他长她六岁阅历，所以她可以把所有大的小的情绪放心地讲给他听，他既能作为男朋友安慰她，又能作为上级和前辈教导她。

　　孟疏雨觉得自己对周隽的喜欢又多了一点儿。

　　不，是很多点儿。

　　"那作为下级，我一样很负责任地告诉你，"她觉得这时候应该礼尚往来一下，"我也很认可你这个领导，跟着你真的可以学到很多东西，就算不谈恋爱我也乐意跟你共事。"

　　周隽却没有被认可的成就感，"啧"了一声，说："大半夜的给我办表彰大会来了？早知道你是要说这些，我现在应该在自己的床上。"

"你这人怎么这样？"孟疏雨变了脸，推了推他的肩膀，"跟我过个夜到底有多勉强你？"

"孟疏雨，你这也叫过夜？你这是盖着被子纯聊天。"

"那我不也比你上进？你看你这个月都没叫我留宿过，多晚都送我回来。"

周隽失笑："我没跟你提留宿，你以为我是吃素？"

孟疏雨轻咳一声："啊？"

"是谁以前在我那儿睡了一晚，第二天慌里慌张地去喷香水？有这么个严谨的女朋友，我不忍着点儿，回头她每天在办公室心虚，还能不能好好上班？"

孟疏雨轻轻吞咽了一下口水。

平心而论，周隽这个顾虑并不多余，甚至很有道理。这些年一直在做秘书工作，她有时候真的无法控制自己总爱在细节上消耗脑细胞的职业病。

孟疏雨："那你今晚这……"

"女朋友盛情邀请，我又不是圣人，还能怎么办？"

"哦，害你忍这么久破功了。"孟疏雨摸了摸鼻子。

"还好，只破了一半。"

孟疏雨听出了另一半是指什么，感觉周隽的怀抱越来越烫，有点儿待不住了。

她让周隽留宿的时候，没想到他最近一直在蠢蠢欲动，只是忍着而已。虽然她很想被周隽抱着睡，可有她这么可爱的女朋友在他的怀里，他肯定把持不住。

孟疏雨往后退去："那我们别靠这么近了，还是保持点儿距离吧，我怕……"

"怕？"周隽笑问，像在等她说出什么有趣的话。

"我们会'玉石俱焚'。"

"……"

第二天回到公司，两个人继续新一轮的忙碌生活。

年前最后一周，做完查漏补缺的工作，所有人都在等待业务部门最终的业绩报告。

等到月末最后一天数据出来，消息一传十十传百，公司上下一片喜气洋洋的气氛——

周隽到任四个月，带着森代扭转了今年前八个月的亏损，让森代近五年内第一次在年终以盈利收尾。

尽管盈利的数额很小，但这对森代来说无疑意味着起死回生。

不管是眼前即将到手的年终奖金，还是森代未来可以预见的发展，都让人充满斗志和希望。

孟疏雨不知道别人，但她是第一次真正感觉到自己和公司在同呼吸共命运。

虽然她一直很信任周隽的能力，可真看到他把一盘散沙凝聚成塔的这天，竟然也激动得有点儿热泪盈眶。

从拿到业绩报告起，孟疏雨就想去找周隽，可惜这天的周隽注定不属于她。

高层领导们在八楼来来往往，周隽的办公室下班之前一直有人在。

好不容易盼到下班，孟疏雨和同事们提前道了"新年快乐"，去了附近的公交车站等周隽。

等黑色轿车缓缓驶来，在站台附近停稳，她立刻拉开副驾驶座的车门，像枚炮弹一样冲上了车，趴向驾驶座去抱周隽，亲了一下他的下巴："恭喜周总！"

周隽笑着接了个满怀，揉揉孟疏雨冻红的耳朵，拿手轻轻把她的耳垂焐热："也恭喜孟助理。"

"周总今晚想怎么庆祝一下？"孟疏雨抬起头来。

"听孟助理安排。"

孟疏雨想了想，元旦肯定要回南淮，但也不着急这晚回去。她太想在杭市跨年，和周隽过一下久违的二人世界了。

她想想周隽好久没下厨，这段时间吃外食吃得发腻，不如一起回家做顿大餐。

"反正明天都不上班了，要不去你那儿……"

周隽眨了眨眼："过夜？"

孟疏雨脑子里闪烁的想法全被按下暂停键，原本张开的嘴牢牢闭成一条线。

才几点啊，他就想着睡觉的事了！

见周隽丝毫没有刚刚砸下一个深水鱼雷的自觉，孟疏雨盯着他慢慢憋出一句："你礼貌吗？"

周隽低头看了看她："对不起，不应该打断孟助理，你继续说。"

她这还怎么继续说？

她满心想着做菜，他却在想做……

孟疏雨缓缓松开了周隽的肩膀，退回原位，拉过安全带系好，再说下去就要晕车了。

周隽虽然嘴上开着玩笑，但还是听懂了她没说出口的主意是什么，一刻钟后把车停在了超市门前。

孟疏雨跟着他下了车，本来想得好好的，打算翻他哪几个拿手菜的牌子。到了超市肉蔬区，等周隽开始专注于挑选食材，问她想吃什么，她却心不在焉了。

"想不想吃？"

孟疏雨的魂早就不在肉蔬区，蓦地听见耳边传来周隽的问话，她胡乱说了句"想"。

周隽一手握着推车把手，一手拿着一盒菠菜，侧目打量她："我怎么记得你不喜欢吃菠菜？"

孟疏雨愣了愣，低头看去："那你还问我想不想吃？"

"我就看看你现在是不是什么都想吃。"周隽把那盒菠菜放回架子上，推着车往前走去。

孟疏雨对着他的背影皱皱鼻子，跟上去："我就是还没想好吃什么，你急什么？"

"没事，我知道你想吃什么了。"

孟疏雨不知道这个"吃"字放在这里是不是有点儿别的意思。可眼看周隽熟练地挑着食材，往推车里放的全是她平常爱吃的肉蔬，确实一副知道她想吃什么的样子，又觉得好像是她想多了。

看来周隽已经没再执着于她在执着的那件事。

这人撩完就跑，"渣男"……

孟疏雨跟周隽在肉蔬区逛了一圈，到收银台排上了队。她瞅瞅他，忽然问："哎，咱们是不是忘买喝的了？说好庆祝的，怎么能没点儿气泡酒呢。"

周隽点了点头："你去挑，我在这儿排队。"

"怎么是我去？我走累了，我排着队，你去。"孟疏雨不高兴地说。

"那你在这儿等我，"周隽把推车交给她，"我要是没在排到之前回来……"

"我就往后挪两个位子等你！"孟疏雨笃定地点头。

周隽看她一眼，离开了队伍。

孟疏雨目送着周隽走远，眼看队伍一点点缓慢前移，时不时探头往前望一眼，手指一下下敲着推车把手。

"小姑娘，赶时间呢？"前边的老太太回头问她，"要不让你先？"

孟疏雨不好意思地笑了笑，刚想说不用，一转眼却望见周隽拎着两瓶气泡酒出了饮料区。

"那人谢谢您了！"

"没事。"老太太往后退了一位。

孟疏雨站到收银台前，一把抓起货架上的一个盒子，面不改色地搁到收银员眼下："麻烦先给我扫这个，谢谢啊。"

回到公寓，孟疏雨给周隽打着下手洗菜切菜，这样一分工，准备一顿晚餐倒也没花多少时间。

八点整，两个人在平常的饭点准时坐到了餐桌边——

糖醋里脊、葱油鲍鱼、干煸四季豆、三鲜菌菇汤，两荤一素一汤，都是孟疏雨爱吃的菜。

但孟疏雨心里想着事，吃到差不多七分饱就停了筷子。

周隽也没问她怎么不再多吃点儿，便吃干净剩下的菜，端起空碗空盘去洗。

孟疏雨跟他去了厨房一起收拾，收拾到结尾，一边抹着料理台一边提议："一会儿咱们看部电影怎么样？"

"出去？"周隽偏头问她。

"不了吧？"孟疏雨皱了皱眉头，"跨年夜外面人肯定很多，还是朴实点儿，在家里看，选部老片子好了。"

"有道理。"周隽点头。

"嗯……不过这一身油烟味有点儿难受，要不我先去洗个澡，你选着片子等我会儿？"孟疏雨转转眼珠子。

刚刚来周隽的公寓之前，她先回了趟自己那儿，说跨年到零点不洗个澡也太难受了，上楼取点儿换洗衣物。

"应该的。"周隽继续点头。

孟疏雨洗干净手，拎上换洗衣物进了外间的浴室。

孟疏雨一个热水澡洗了三刻钟，用了两遍洗发水、三遍沐浴露，才从淋浴间出来。她换上睡裙以后，开始在镜子前吹头发。

等吹干头发又过了一刻钟，连带之前洗澡的时间，她已经在浴室里待满了整整一个小时。

但周隽一直没来催她。

孟疏雨心里有点儿发虚，手握上门把，又回头看了一眼镜子里的自己。在热腾腾的环境里待了太久，她的唇色艳得像上了妆，脸颊也像打了腮红。

从上到下仔细看了看，孟疏雨自顾自地点点头，对着镜子缓缓竖起一个大拇指，然后转身悄悄拉开了一条门缝。

客厅里没开顶灯，只留了一圈天花板的灯带，周隽穿着一身深蓝色丝质睡衣坐在沙发上，手里握了个遥控器在电视上选片，看起来是在等她的时候也洗好了澡。

孟疏雨把门拉大，刚要抬头挺胸地往外走，没想到周隽忽然偏过头来。

感觉他的目光从她的脸慢慢滑到她裸露在外的锁骨上，再到她空荡的前襟，她忍不住含起了胸。

孟疏雨被周隽一路盯着，脚下走得三步一顿，好不容易到他跟前，她捋捋鬓角的碎发，若无其事地看向电视屏幕："选好看什么片子没呢？"

周隽手里的遥控器对着电视，眼睛却望着她身上这条裹不到半个人的蕾丝睡裙："我女朋友都这样了，我还有心思看电影？"

电视被关掉，四下瞬间暗了一个度，孟疏雨呼吸一紧："那……要看我吗？"

周隽没说话，把人拉进怀里，不等她坐稳就压下了她的后脑勺儿。

孟疏雨很少见周隽吻得这么急，一边回应他，一边歪歪斜斜地抓着他的衣襟找平衡。平衡没找到，先被他放倒在了沙发上。

后背陷入柔软的沙发，她一阵失重般眩晕。没等她喘口气，阴影再次铺天盖地般覆下。

像是被周隽失控的表现取悦，孟疏雨心里泛滥起莫大的满足感，搂住了他的脖子。

"那个……在我包里，我在超市买了……"

"那你知不知道，"周隽嗓子发哑，"你买小了？"

孟疏雨讷讷地眨了眨眼。

周隽把她从沙发上打横抱了起来，朝卧室走去。

孟疏雨一脸发蒙地被抱到床上，愣愣地看着他按亮顶灯，从床头柜的抽屉里拿出一个盒子，然后开始解睡衣纽扣。

"机会是留给有准备的人的，谢谢女朋友上次提醒我。"

孟疏雨猛地偏过头去，没敢再看他。

一阵窸窣动静过后，周隽重新靠近过来。

孟疏雨浑身一僵，忽然叫了一声："周隽……"叫完却不知道自己喊他做什么。

周隽低下头，在她的额角轻轻吻了一下："在。"

孟疏雨像又被取悦，笑着抱紧了他，眼看着头顶那盏吊灯慢慢摇晃起来，晃出一室破碎的灯影，把她推进浮沉的旋涡。

ta zen me ke neng xi huan wo

Chapter 11

我们的诗篇

晨曦从窗帘缝隙漏进来的时候，孟疏雨的身体比记忆先苏醒，感觉浑身被火车碾过似的酸软，眼皮也沉得像粘了胶水。

随后前一晚的记忆才慢慢涌入脑海，把她发昏的脑袋冲刷清醒。

孟疏雨蓦地睁开眼，偏头看见了身后抱着她的周隽。

周隽被她扫来的头发丝搔到鼻尖，眼还闭着，横在她腰上的手臂一收，把她抱紧了点儿。

孟疏雨顺着他的动作低下头，扯开身上那件男式衬衣的领襟一看，看见他留下的痕迹，脸红得肩膀一缩，又忍不住蜷起脚趾偷笑。

她的耳垂忽然被人捏了捏，身后传来周隽的声音："想什么呢？笑得这么开心。"

孟疏雨回过头去："我哪有笑？"

"那你抖什么？"

"我生气，气抖的，"孟疏雨转了个身面对他，指指前襟，"看你干的好事！"

周隽抬了一下肩："那你要不要看看我的后背？"

孟疏雨支肘趴过去，拉开他的后领一瞅，心虚地吞咽了一下口水："好吧，那扯平了……"她正要躺回他的怀里，瞥见床头柜上那个盒子，忽然想起昨晚没来得及问的问题，"那个——"

周隽顺着她的目光看去。

"昨晚你怎么知道我买了？"

"看你做贼一样把东西塞包里了。"

孟疏雨清了清嗓子："那你怎么知道小了的？我看那些没分什么大小啊。"

周隽被逗笑："没看你那盒写着'紧型'？要是直接写个'小'字谁还买？"

"……"有道理。

"哦，以后知道了。"孟疏雨摸了摸鼻子。

周隽拉开床头柜抽屉，取出一个方扁的首饰盒打开："昨晚你睡着太快了没给你。"

"嗯？"孟疏雨抬眼看去，看见一条满钻的蝴蝶手链。

"新年快乐。"

"这么漂亮……完蛋了……"孟疏雨直直地盯着这条一闪一闪的手链，"我没准备你的礼物，怎么办？"

"我不是昨晚就拿到了吗？"周隽一边给她戴手链一边说。

孟疏雨眨了眨眼："那怎么能算？那我也……享受了的。"

"我是说你在超市买的那个盒子，你自己也没用，又不能转手给别人，不就是送我了吗？"

"那你不是也用不上吗？"

"当摆设吧，这手链不也只是装饰品？"

"……"

孟疏雨觉得某些人记下仇了。

两个人这天还得一起回南淮，没赖太久被窝。周隽先孟疏雨一步起床做好早饭，又去了对面楼帮她取出门需要的衣服和行李。

孟疏雨感觉自己像个残障人士，被三百六十度全方位照顾。等洗漱完见周隽还没回来，她饿得胸贴背，先坐在餐桌边吃掉了自己那份三明治。

她刚吃得差不多，门铃响了。

孟疏雨思忖着周隽怎么还没手开门了，匆匆跑去玄关处拉开门："我的行李很多吗？……"

她说到一半，和门外打扮富丽、面容姣好的中年女人大眼瞪上了小眼。

孟疏雨无比庆幸，因为刚才觉得有点儿凉，她在周隽的衬衣外面套了自己那件及膝的呢大衣。

中年女人在第一眼意外过后很快恢复自若的表情："你好，请问这里是周隽的住处吗？"

孟疏雨迟疑地点了一下头："请问您是——？"

"我是他的母亲，我姓明。"明雁英微笑着说。

孟疏雨的眼神稍稍变了变。

"周隽他不在家吗？"

"他有事出去了，一会儿回来，"孟疏雨知道这时候应该请人进来，但这位明女士显然没提前和周隽打过招呼，看这样子都不一定是从哪里得知周隽住在这里的，"您要不给他打个电话？"

明雁英双手交握着低头笑了笑："我就在门外等吧。"

孟疏雨这门关也不是，敞着也不是。她刚要去口袋里摸索手机，走廊里的电梯门打开，周隽走了出来。

周隽脚步一顿，上前问："您怎么过来了？"

他看起来很平静，并没有孟疏雨想象中的敌意。

明雁英笑着说："新年了，来看看你。"

周隽把孟疏雨的衣物拎给她："吃早饭了吗？"

"吃了，那我先进去？"

周隽点了一下头。

孟疏雨拎着衣物去了卧室，把门关上之前看见周隽把明雁英请了进来。

她心不在焉地换着衣服，从内衣到毛衣到外套一件件穿好，在床沿坐了会儿，觉得有点儿坐不住，起身走到门边，侧耳去听客厅的动静。

两个人似乎已经过了开场白的阶段，这会儿是周隽在说话："您跟我诉这些苦应该不是想听我的安慰，您的诉求是什么？您可以直说。"

明雁英像是被噎了一下，过了片刻才开口："我是想问问你，既然你选择回国了，愿不愿意来帮帮家里？当然了，现阶段是你帮家里，等形势好转，家里也不会……"

"也不会亏待我。"周隽把她难以启齿的话接了下去，"您来找我之前问过周骏的意见了吗？"

明雁英叹了一口气："年前北城那件事我替他道个歉，给你添麻烦了。只要你愿意来，这些我都会打点好。元誉走到今天，已经不是他耍脾气的时候了，大是大非上他拎得清。"

孟疏雨紧张地攥紧了衣袖。年前北城那件事过后，她其实也明白了，蔡总当初让她当总部考察周隽的眼线，最根本的原因就是考虑到周隽的家庭背景。

地产业和智能家居业本身就存在合作，而且周家在美安智家还有话语权充分的股权，蔡总担心周隽把森代当作试验的跳板，甚至最后把森代的核心资源收入周家囊中。

当然，孟疏雨确信周隽不会这么做，只是没想到周家人还真有这个意图。

门外响起周隽带笑的声音："是吗？我倒觉得他宁愿元誉没有明天，也不希望把元誉的明天交给我。"

明雁英沉默了。半晌过去，她重新说："我听说了森代今年的成绩，你能让森代这样的烂摊子翻盘，我相信你的能力，我给你的条件会比森代、永颐更高，你可以开个价。"

孟疏雨听得手脚冰凉。这位母亲是怎么做到前一刻还在打亲情牌，后一刻发现行不通就换一条路的？一字一句全成了商人的口吻。

"既然您这么说，"周隽话里还是带着笑，"那您也知道趋利避害是商人的天性，我选择森代不是在做公益活动，也不是想接受什么挑战，满足什么成就感，或者拿出什么成绩给谁看。我选择它只是因为有利可图，元誉没有让我看到这样的价值，所以我想，我的价您给不起。"

"但森代也不是你长久的选择，作为一家子公司它永远不可能超过永颐这块牌子，蔡振林现在和你走在一条路上，但迟早有一天，当森代做大到顶峰，你们也会面临分歧。"

"但凡是合作关系总有结束的一天，我很清楚未来的路怎么走。"

周隽的答复刀枪不入，明雁英似乎也已经黔驴技穷，只能搬出那句："你别急着答复我，可以先考虑一下。"

"我认为没有这个必要，不过您大老远跑这一趟，我还是给元誉一句忠告。"

"你说。"

"元誉现在唯一的出路就是收缩产业战线，剪枝保根。"

门外迟迟没再响起动静，在孟疏雨怀疑明雁英已经走了的时候，又听她说了一句："谢谢，那不打扰你了，我先回去了。"

孟疏雨等了一会儿，确认明雁英已经离开，才轻轻转动门把手从门缝望了出去，一眼望见周隽靠着沙发望着窗，落地窗外的晨曦给他镀上了一层明亮的金色光芒，但他看起来有些孤独。

孟疏雨从卧室走了出去，爬上沙发，跨坐上他的腿。

周隽回过头来，手臂条件反射般揽住她。

"穿衣服好累啊，"孟疏雨唉声叹气，"要男朋友抱抱才会好。"

周隽抬眼看着她，好像知道了需要拥抱的人不是她。

"孟疏雨，我没有不高兴。"

孟疏雨没想到他会主动提起话头："嗯？你不要骗我。"

"不骗你。我从十八岁开始经济独立，十九岁那年出国的钱是大学期间自己赚的。出国后到现在快十年，陆续把以前那些年他们花在我身上的大笔开支都连本带息地还了回去，还清以后和他们也没剩多少联系了。"

"那你不恨他们吗？"

周隽摇头："当年回去本来就是利益交换，他们借我挽回损失，我借他们得到优渥的物质生活。到后来他们没必要再养我，我也没必要再依靠他们。一场合作和平结束，有什么好恨的？想不开的人大概只有周骏，他总以为我回国是要跟他抢财产，不知道这几个月睡过几晚好觉。"

"所以你给元誉的建议也是认真的。"

周隽点头："我当然希望它好，如果元誉乱套，那会打扰咱们的生活。"

孟疏雨听着"咱们"两个字，展开了笑脸："那你刚才看着外面在想什么呢？"

"算了笔账，我在想，本来我觉得和他们已经两清了，但现在看来还是我赚了一笔。"

"嗯？"

"如果不是他们当初把我送回福利院，我也不会遇见那只小白兔。"周隽笑着看她，"都说种因得果，我得到最好的果不是我现在拥有的财富、事业、地位，是你。"

因为明雁英这一出插曲，回南淮的路上孟疏雨改了主意。她想多陪周隽一会儿，回家之前跟他去一趟南郊看望爷爷奶奶。

和年前九月那次演戏不一样，这次孟疏雨多少带了见家长的忐忑心情，放话说要去的时候还不觉得，越临近南郊越有点儿紧张。

之前她和周隽一波三折分分合合，说好"多来"却失了信，也不知道周隽怎么跟爷爷奶奶解释的。

车子渐渐驶入城乡接合部，任煦在前边开车，孟疏雨坐在后座上，手搁在周隽的掌心里，被他摩挲把玩着一根根手指。

"你别玩了！"孟疏雨拍了一下他的手背，"我想事情呢……"

周隽："不知道我们之前的关系是假的，后来你没去他们也没问，可能猜到我们吵架了。不过他们盼我成家是真的，喜欢你也是真的，所以不用紧张。"

"……"

他昨晚跟她肚子里的蛔虫交流感情了？

话都被他说完了，孟疏雨也没什么好问、好想的了，把手重新塞进周隽的掌心里："行，那给你继续玩吧。"

前边响起"扑哧"的声音。

孟疏雨抬起眼，看见任煦堆了一脸笑："老板娘，你别管我，我'嗑'你们呢。"

周隽："开你的车。"

"哦。"

入了小巷，孟疏雨正和周隽说着话，感觉车子停了下来。她抬头看去，见是前方一辆跑车挤在了窄巷中间，挡住了他们的去路。

"咦，那是布加迪威龙吗？"孟疏雨指着那辆银白色的跑车问。

周隽点头。

"居然能在这儿看见我十辈子也买不起的豪车，我上次见这车还是在一个恋爱综艺节目里呢。哦，对，那综艺节目就是在南淮录的，还是我们南淮经济发达……"

　　"开布加迪威龙也不能买国家的路吧，怎么就挡这儿了？"任煦吐槽了一句，摁了一下喇叭，见前边的跑车驾驶座上下来个宽肩窄腰，身材修长的年轻男人。

　　孟疏雨忽然盯着那男人，一把抓紧了周隽的手腕："我的天！"

　　周隽顺着她的目光往前看去："感兴趣？"

　　"那不是边叙吗？"

　　周隽面露疑问。

　　"就那钢琴家，你不知道？"

　　周隽看着前车副驾驶座上下来的年轻女人，提醒她："人家好像有女朋友了。"

　　"哦，天，是梁以璇！"他却没想到孟疏雨非但没有失望，还更激动了。

　　"这又是……？"

　　"等会儿，不要打扰我'嗑'他们……"孟疏雨朝周隽竖起手掌，降下车窗往外看去。

　　梁以璇正指着他们的车和边叙说："你挡着人家了，快挪车，左邻右舍的，多不好意思！"

　　"啧，你外婆家这儿还挺热闹。"边叙坐回驾驶座。

　　孟疏雨抓着周隽的手激动到颤抖，压低声音说："周隽，'再叙梁缘'是真的！我以为这么甜的恋爱是剧本呢！"

　　"……"周隽手肘支在窗沿上，食指轻轻敲了敲太阳穴。

　　任煦对着手机屏幕及时读道："周总，给您百科到了，男方是钢琴家，女方是芭蕾舞演员。两个人在去年一档素人恋爱综艺节目上配对成功，成了非常具有国民度的一对荧幕情侣。他们的故事被网友戏称为现实版《傲慢与偏见》，两个人的荧幕情侣名就叫'再叙梁缘'。"

　　周隽点点头，看向孟疏雨："喜欢这样的？"

　　"那可不，好喜欢的……"孟疏雨目不转睛地盯着边叙和梁以璇，等车子重新往前开去，还恋恋不舍地朝后风挡玻璃望。望了会儿，她忽然感觉车里气氛凉飕飕的，一转眼，发现周隽眼色冷淡地看着她。

　　孟疏雨心里一个"咯噔"："不是，我是说喜欢他们，不是喜欢那男的，要是那男的没有他老婆，我看都不看他一眼。"

　　"这就成'那男的'了？"周隽抬了抬眉。

　　"那当然，除了我男朋友，都是'那男的'。"

　　任煦"嘻嘻"一笑。

"你看，"孟疏雨指了指任煦，"我去年那会儿'嗑'他们就和任助理现在是一样的。"

"是，是，是。周总，您别见怪，'嗑'荧幕情侣已经是一种流行文化了。"

周隽看看两个人，点点头："就是自己恋爱没谈上，看别人谈恋爱看得挺开心的文化。"

孟疏雨、任煦："……"

说话间车子停稳，孟疏雨跟着周隽下了车，走进私房小院，见院子里黄桂芬和常秋石正在修葺一座倒塌的花架。

"小隽来了！"两位老人停了手头的活儿，一看他旁边的人，惊讶地喊道，"小孟？"

"爷爷、奶奶，新年好！"孟疏雨笑着挽着周隽的手臂走上前。

黄桂芬反应了好一会儿才欢欢喜喜地迎上来："新年好，新年好……好久没见小孟了！"

孟疏雨摸了摸鼻子："不好意思奶奶，我之前和周隽闹……"

"是我做错事情，惹她不高兴了。"周隽笑着接话。

黄桂芬瞅瞅周隽，问孟疏雨："那他现在改过没有？"

"改过了，奶奶，改得可好了。"

"还有进步空间。"周隽笑了笑，瞥见一旁倒塌的花架，问黄桂芬，"什么时候倒的？怎么不跟我说一声？"

"就昨晚大风天被刮倒了，我和你爷爷想着自己修修。"

"我来吧。"

"别急着忙活，来，先吃饭。"常秋石朝两个人招了招手。

孟疏雨和周隽进了厅堂，在餐桌边并排坐下，孟疏雨看着一桌子熟悉的菜色对周隽感慨："哇，我算是知道你的厨艺都是从哪儿学来的了。"

黄桂芬笑着说："小隽经常下厨吗？"

孟疏雨点了点头："我们不忙的时候会在家吃，都是他下厨，我不太会做菜就打打下手……"

两位老人似乎从这话里得到了什么信息，对视一眼。

"两个人有一个会就行了，"常秋石笑容满面，"快，小隽，给小孟盛碗汤。"

"还是小孟给小隽盛吧！"孟疏雨抢过了汤勺。

周隽侧目看她："这么着急表现？"

"回头你上我家来，我看你着不着急。"孟疏雨瞥了瞥他。

周隽失笑，见两位老人和任煦刚才一样堆了满脸的笑容，对他们摇摇头："说不过她。"

吃完午饭，周隽陪着黄桂芬去了院子里修花架。孟疏雨本来也想跟着观摩，但想想一直黏着他多不大气，而且放常秋石一个人在屋里也不合适，就留在厅堂里看老人家练字，给他磨墨。

刚才孟疏雨进门就发现了，那幅她和周隽写的《如梦令》还挂在厅堂的墙上，她好奇地问："爷爷，周隽之前回来看您和奶奶，没让您把这幅字撤下来呀？"

常秋石拿下老花眼镜往墙上看："哪有，回来一趟一直坐这沙发上盯着那字看，我和他奶奶也不敢多问。"

孟疏雨不好意思地笑了笑："让你们担心了。"

"你们年轻人有分有合，很正常的。"

"现在不会了，"孟疏雨笃定地摇头，"现在只有合了。"

"那就好，爷爷替你们高兴。"常秋石笑着往窗外望去。

孟疏雨跟着望出去，见周隽脱了大衣，只穿了件毛衣，站在阳光下拿了把榔头仔细钉着木板，做个木工活儿也优雅得像在吃西餐。

常秋石满眼的骄傲之色："这些活儿都是他小时候跟我学的，这孩子打小聪明，学什么都快，不过也是勤奋。你别看他又是跳级又是读名校，看着一帆风顺，其实也受过很多挫折，下了实打实的苦功夫。当年初高中的年纪一天只睡五个钟头，那是真拼了命地读书，得亏后来个子还能拔这么高。"

当初刚拿到周隽的简历的时候，孟疏雨的确以为他是个天才，后来才知道，那不过是个想快点儿长大的少年。

"也是您教得好，好像都没有他不会的事了，"孟疏雨感慨，"哦，除了游泳。"

常秋石转过头来，有些意外："他跟你讲家里的事了吗？"

孟疏雨愣了愣，虽然周隽确实跟她讲了家里的事，但这跟游泳有什么关系？

"讲了，不过没提游泳。"孟疏雨猜测，"是跟他小时候的事有关系吗？要不您跟我讲讲，我去问他估计也说，不过我怕又让他想起不高兴的事。"

常秋石叹了一口气："当年他被送回来，是因为他哥哥和他闹了场矛盾，失手把他推进了家里的游泳池。还好大人在，没出什么事。不过后来他就不下泳池了，周家人也不敢再让他们两兄弟住在一起。"

孟疏雨磨墨的手顿了顿，攥紧了手里的墨块。

原来那次度假，周隽一开始不承认不会游泳的人是他，不是不愿意被谈秦比下去，是不想在她面前提起这些。

孟疏雨有一瞬间喘不过气。明明隔了这么多年，明明不管是周隽还是常秋石都在用轻描淡写的语气告诉她这些事，但她每每听到都会觉得心头像压了一块大石头。

好像看见一个少年背着重重的行囊在荒无人烟的路上踽踽独行，她只能远远看着，没法儿上前。

"我应该那时候就陪着他的……"孟疏雨望着院子里的周隽喃喃了一句。

"这也是没办法的事，那时候你们也不认识。"

"不是的爷爷，"孟疏雨摇头，"您应该二十年前就见过我，就是周隽被送回福利院的那个暑假，我跟着我爸爸来您这儿做公益活动。"

常秋石愣了好一会儿，回想着说："你爸爸是——孟舟平？"

孟疏雨点了点头。

"你是当时那个来找小隽玩的小丫头？"常秋石一把拿下老花镜，打量起她来。

"您记得我呢？"孟疏雨也愣住。

"难怪了……我说怎么小隽在国外这么多年没点儿动静，回国才那么一阵就谈上朋友了。"常秋石不可思议地看着她，"爷爷倒真不记得你长什么样了，就记得那阵子小隽一个人躲在屋里，谁劝也不肯出来。后来有个力气好大的小丫头从窗户爬进去，硬生生地把他拖了出来，我们都被吓了一跳。"

"……"

孟疏雨，不愧是你，霸王硬上弓炉火纯青。

"我还做过这种事呢……"孟疏雨尴尬地挠挠耳根，想起什么，"那爷爷您知不知道我后来为什么不跟周隽玩了呀？我想不起来了……"

常秋石回想起来："这个爷爷实在也不记得了，好像听你爸爸说你摔伤了不来了。"

孟疏雨也只从她爸妈那里听说了这事，但照周隽说的，她应该在摔破膝盖之前就对他不好了。

这个谜团大概这辈子是没法儿解开了。孟疏雨低着头叹了一口气。

"这有什么的，都过去了，"常秋石看她的眼光真成了在看孙媳妇，"你们小时候的缘分现在也算开花结果了，过好当下比什么都强。你能陪着小隽这么多年，是小隽的福分。爷爷要谢谢你。"

"不用谢我的，"孟疏雨摇摇头，"虽然他也这么说，但我觉得种因得果的人从来不是别人，是自己。是他这么多年一直在努力做很棒的人，就算没有我他也会过得好，也会被很多人喜欢，我最多就是给他锦上添花，不是雪中送炭。而且我陪着他，他也陪着我呀。您不知道，以前我老找不成对象，还以为自己要孤独终老了。这么说起来，他也是我的福分呢。"

常秋石笑着点点头："爷爷这下是真的可以放心了。"

孟疏雨听得鼻子一酸，想起这个老人年前刚进了一趟鬼门关，在重症监护室里还惦记着孙子成家的事。

当时她以为这只是普通人家每位老人都有的心愿，想着抱上曾孙，却不知道常秋石没有任何私心，只是希望周隽可以拥有一个完整的，真正属于自己的家。

院子里，周隽搭好花架，收拾起工具往屋里走来，听见明亮的厅堂里响起一道清晰又郑重的女声——

"爷爷您放心，他会有一个特别特别幸福的家。"

元旦过后就是农历年的最后一个月，孟疏雨和周隽依然忙得不可开交。比起上个月压力是小了，但从绩效考核到年终总结，事情一点儿没少。

尤其是月中，周隽作为子公司总经理要去集团总部向蔡总和相关高层领导述职。为了这份述职报告，"总经办"迎来了新一轮的征战。

到了述职那天，孟疏雨的职业病又犯了，她出发之前给周隽整了三遍领带，不知怎么有种送儿子去高考的错觉。

然而周隽的气定神闲大概就等同于——在她检查儿子的准考证、涂卡笔都带了没的时候，她的儿子说别忙了，并且问了她一句："想我选清华还是北大？"

森代的述职被排在下午场，两个人到南淮的时候是下午三点。

时隔近半年，再次踏进永颐集团那座矗立在南淮 CBD 的写字楼，孟疏雨竟然觉得恍如隔世。

写字楼还是那栋写字楼，变化的好像是她。

他们走出电梯，迎面走来一群孟疏雨旧时的同人，看见周隽流水般分列两边，低头向他问好。

周隽点点头回应了他们，脚下的步子不停。

孟疏雨跟在他身后朝走廊尽头走去，走了几步隐约察觉到背后粘连的目光，边走边回头看了一眼，果然见那些老同事在冲她挤眼打招呼。

孟疏雨笑着抛给他们一个眼神，很快转回了头。

周隽像后脑勺儿长了眼睛，偏过头压低声音说："孟助理在总部还挺吃得开。"

"要不是这样怎么够格成为周总的助理呢？"

一来二去的职场恭维过后，两个人同时别开头笑了笑，又在临近会议室时同时恢复了肃穆的表情。

会议室玻璃墙内，以蔡振林为中心，左右两边运营副总裁、财务副总裁、战略运营部长一字排开。

照孟疏雨的职位和资历，距离踏进这扇门还有很长的路要走，这天的她暂时只能陪周隽走到门外。

孟疏雨把调试完毕的笔记本电脑交到周隽手中，朝他比了句口型：周总，加油。

周隽笑着点了一下头，接过笔记本电脑，走进了那扇门。

有森代今年的成绩在，孟疏雨对这场述职倒不怎么担心。因为不方便在会议室外多逗留，等周隽开始述职，她就去了隔壁的休息室。

孟疏雨刚坐下就听到敲门声，抬头，见是她之前带出的实习生陶双双端着茶水站在门外："疏雨姐！"

陶双双走进来，把茶水端到她眼下。

孟疏雨接过茶，笑着打量她："怎么样，我不在这半年还顺利吗？"

"挺好的，不过要是疏雨姐你在就更好了，感觉你去了森代以后秘书室都老气沉沉了好多！"

孟疏雨朝她身后抬了抬下巴："不关门就说这话？"

陶双双赶紧回头把门关上，凑上前来跟她八卦："疏雨姐，我刚刚瞄了一眼，你走之前那天晚上蔡总等的客人，就我跟你说简直可以入选'亚太区最帅一百张面孔'的那位原来就是周总……"

孟疏雨回想起这事，点了点头说："我知道。"

"哦，你早就知道啊，我当时还在想你怎么一点儿都不感兴趣。"

"不是，"孟疏雨笑着叹了一口气，"我也是到森代以后才知道的。"

不然她就不会阴错阳差地制造出这么多丢脸的事故了。

不过这些都不重要了，反正最后他还不是成了她男朋友。

陶双双感慨："森代今年真是逆风翻盘，你不知道，有些人都忌妒死你了。"

"确实是我走运碰上个能干的上司，让他们忌妒呗。"

"那可不是走运，当初森代这么个烂摊子摆在那儿，他们不都觉得总助这差事凶多吉少，有去无回，一个个能躲就躲？本来就是高风险、高回报的工作，现在看你得了高回报就眼红，那谁叫他们当初没胆子承担高风险呢？"

"半年过去嘴皮子都利索了啊。"孟疏雨笑着侧目看她。

"疏雨姐教得好！"

两个人闲聊了几句，陶双双记起正事："对了，蔡总叫我给你带个话，说让你述职结束以后留一下，单独去一趟他的办公室。"

"说是什么事了吗？"

"没说，不过我悄悄跟你讲，估计是要召你回总部的事。"陶双双压低了声音，"企管部李部年后要离职了，九成概率是陈经理升上去。但陈经理不是蔡总的直系，企管部这种中枢部门，没个直系的人蔡总肯定不放心。森代今年的成绩又超过蔡总预期很多，你的外派刚好可以提前结束，我们都猜企管部这个二把手的位子会给你。"

孟疏雨想起年前蔡振林跟她说过明年总部有个重要的行政岗会空出来，思索着点了点头："行，我有数了。"

孟疏雨等完周隽，又成了他等她。

孟疏雨从蔡振林的办公室出来已经是夜幕初降，被陶双双送出写字楼，跟她挥手道别，朝附近的地铁站入口走去。

孟疏雨一路走到地铁口，远远看见周隽的车，匆匆小跑上前，拉开副驾驶座的车门，门还没关先哭丧起脸："周隽——"

周隽转过头笑："知道你一上车就要跟我哭。"

孟疏雨愣了愣："你都知道了？"

"他想把我的人要回去，难道不先问过我的意见？"周隽扬了扬眉。

孟疏雨想想也是，只是刚刚冲击太过，一心想着跟周隽来报这个"噩耗"，没想其他的。

"怎么这么快？那咱们不是马上就要异地了吗？"

虽然年前蔡振林就暗示过孟疏雨，但在她原本的预想里，最快也是年后才开始做调动前的准备工作。结果刚才蔡振林跟她说，要求她除夕之前把森代的工作交接完毕，年后直接回总部上班。

也就是说，她和周隽只剩半个月的同城时光了。

周隽捏了捏孟疏雨的耳垂："我这么聪明的女朋友，不会因为这个就拒绝了这么好的机会吧？

"那当然不会了！"孟疏雨心里难受归难受，利害关系还是看得分明的。企管部的位子不可能等着她，职场上的机会就是这样。今天需要她的时候她没来，那明天她也不用来了。

"我当然一口咬定没问题，说保证交接完。"孟疏雨撇了撇嘴，"你什么时候知道这事的呀？"

"没比你早多久，蔡总找我聊这事的时候，我把咱们的关系也跟他说了。"

之前两个人商量过，年底或者年后跟蔡振林提这事，毕竟主动报备就意味着掌握主动权，比被动被发现好得多。

不过周隽说这事不能让她一个女孩子开口，他会找个合适的时机去说明情况。

"你这人怎么老闷声做大事？"孟疏雨戳了戳他的西装领襟，"那蔡总怎么说？刚才他都没跟我提这事。"

"他没跟你提，就说明我们达成了共识。年后回总部你该怎么工作，就怎么工作。就是有一点，以后涉及森代核心利益的时候避一下嫌。"

"是蔡总提的吗？"

"是我提的。"周隽避开她脸上的妆，用拇指摩挲了一下她的额角，"我女朋友是靠实力一步步走到今天的，不要因为我被卷进流言蜚语里。"

车子发动，孟疏雨在副驾驶座上心不在焉地想着工作交接的问题，一不留神，周隽已经把车开到了她家小区门口。

来南淮之前她就跟爸妈说过大概晚饭前会结束工作。本来她想着最近每天和周隽在一起，既然回南淮了就陪爸妈吃个饭，可现在一想到她和他当"牛皮糖"的时间所剩无几了，连一顿晚饭都有点儿舍不得。

等周隽拉开她这侧的车门，她人是跟着他下去了，魂还不肯走，站在车边巴巴地仰头望着他："周隽，我想跟你多待一会儿。"

"就分开一晚上，明早我们就回杭市了。"周隽揉了揉她的脑袋。

"一晚上多珍贵，咱们也就只剩十四个晚上了，这可是十四分之一！"孟疏雨一把抱住人，埋在他怀里死死箍着他的腰，"唉，我还没做好心理准备异地呢……"

"谁跟你说一定会异地？"周隽笑着回抱住她。

孟疏雨蓦地抬起头，还没问个明白，忽然看见周隽身后那盏路灯下站了个中年男人——

她的爸爸不知在寒风中守株待兔了多久，正用一种嫌弃中带着点儿复杂的眼光望着她和周隽。

孟疏雨一下松开了周隽。他顺着她的目光回头看去。

孟舟平："小小年纪还演上琼瑶剧了，分不开别分了，跟我上楼吃饭去！"

孟疏雨带着化不开的尴尬的表情，攥着周隽的西装袖口，跟着她爸上了楼。

在两个人原本的计划里，周隽会在除夕过后的正月上门一趟，正式跟她爸妈见面。

前阵子元旦，她爸妈暗示她"别藏了，把男朋友交出来"的时候，她已经悄悄做过铺垫，说自己之前失恋不是被甩了，是她对不起人家把他甩了，后来人家又追她回去的。

反正她小时候确实"渣"过周隽，在家也有"前科"，爸妈面前又无所谓形象，背个锅无伤大雅。

而且她还考虑得挺周全，想着除夕这种大好日子，她说什么她爸都多听进去一些，到时候再渲染周隽现在对她多好，她爸对未来女婿的存疑就迎刃而解了。

谁知道她步步为营地还没走到营地，先遇上了程咬金。

孟疏雨瞅瞅周隽，像他这样见惯风浪的人，本来对这种场面应该游刃有余。但估计是临时被未来老丈人"捉拿"回家，空着手上门难免不够礼数，所以他这会儿看起来也陷入了沉思之中。

三个人刚进门，方曼珍就迎了出来，一到玄关处连女儿都没看，先看向她身边的人。

这一看眼睛一亮，她立刻冲孟疏雨扫去一眼。

孟疏雨感觉她妈这个眼神的意思是——晓得你为什么魂被勾走了。

孟舟平抽开鞋柜抽屉，对周隽指了指："小周是吧？换拖鞋吧。"

孟疏雨愣了愣，思忖刚才路上太慌张还没来得及介绍，她爸怎么知道周隽姓什么？

哦，她抱着周隽的时候叫了他的名字。

她爸真是全听到了。

"是，谢谢叔叔。"周隽点头笑了笑。

孟舟平又转头对孟疏雨说："小雨，去倒点儿茶来。"

"哦，好。"孟疏雨回头和周隽对视一眼，进了厨房。

孟疏雨端着茶水出去的时候，她爸和她男朋友已经在客厅沙发上面对面坐下，看那架势像要下盘棋过过招。

孟疏雨把茶水摆在两个人眼下，思考该坐靠她爸近点儿的位子，还是坐靠周隽近点儿的位子。不等她决定，她爸又控了场："你妈还在忙，你要是没事做去打打下手。"

她怎么就没事做了？她要保护男朋友呢！

孟疏雨犹疑地看了一眼周隽，见他比了个"去吧"的口型，不太放心地一步三回头去了厨房。

方曼珍在炒菜，厨房门也没法儿敞着，这一关上，孟疏雨什么都看不见、听不着，只能跟她妈打探情报："妈，我爸怎么知道今天能堵到我们？"

"你当初说你那发展对象是南淮人，在杭市工作，又说你上司过了年都快三十岁还没女朋友。后来你交上男朋友，出差也是一起回来，上班也是一起回去，还能猜不出是谁吗？"

"哦，你们还挺会破案……"孟疏雨轻咳一声，"那我爸有没有觉得我们这关系不太好啊？"

"上司和下属处对象，当然要多想的。我劝过你爸别把人想坏了，能让你不挑的人总不可能连人品这关都过不了。"

"就是，我的眼光多挑多毒呀，我的眼光那就是标准的试金石。"

这么多年就周隽一个能过她的关，她爸要是不同意，难道让她再等二十五年，等下一个周隽？

"放心吧，你爸就是刀子嘴豆腐心，开始是不太看好你这个男朋友，毕竟惹你伤心成那样。那现在这么久过去了，你跟人处得一直挺好，他也没什么话讲了。再说你为了人家，都来骗我们说之前是你对不起人家了，我和你爸还看不出你是铁了心？"

"你们连这都看出来了？"

方曼珍觑她："要不怎么是亲女儿呢？"

客厅里两个人寒暄过，孟舟平正好说到这里："我们家小雨脾气不太好吧？之前国庆假期我们都看出她跟你闹矛盾了，她说得亏你后来包容她。"

周隽有些意外："她是这么跟您说的？"

孟舟平"奇怪"地问道："不是这么回事吗？"

"不是，"周隽摇头，"那时候是我做得不对，应该多亏她后来包容我。"

"是这样，这孩子怎么不说实话呢，我这个爸在她眼里有这么严厉？"

周隽笑着说："她是凡事比别人多想一步，这在职场上是很优秀的品质。不过，您确实也挺严厉。"

孟舟平的眉毛竖了起来。

"您可能不记得了，我九岁那年上过您的课，'天地玄黄，宇宙洪荒，日月盈昃，辰宿列张'，我的千字文就是在您那儿默写的。"

孟舟平愣了愣："你是——？"

"不知道您还记不记得启明福利院的常秋石常老院长，我叫他一声爷爷。"

虽然周隽说得含蓄，但孟舟平当然听懂了这话的弦外之音。想起孟疏雨之前有天晚上嚎啕大哭地问起小时候的事，前后一串联，孟舟平倒也明白了个七七八八。

孟舟平眼底的厉色消减下去："难怪了……"

周隽笑起来："过去的事归过去，您别因为这个就对我宽容。我知道您爱护疏雨，换了任何人今天坐在这里您都会审视他。我现在动动嘴皮也不能完全打消您的顾虑，以后您可以慢慢看。不过既然今天有机会，我还是想跟您表个态。"

孟舟平点点头："你说。"

"我知道您担心疏雨因为我在职场上受到不公正的待遇，我已经把我们的关系报备给上级了，可以保证不会影响她年后的升职和正常工作，这点您放心。

"当然除了上级的认可，流言也是要防的。目前我们还没打算公开。我想等疏雨在新岗位上稳定下来，或者我们真正有了结果，到时候再顺其自然，这样受到的非议会少很多。"

孟舟平点了点头。

"不过凡事都要考虑万一，一般的情况我想我有把握应付，假设出现意外没法儿收场，我会申请工作调动。"

孟舟平愣了愣："你们这职场上谈恋爱，不都是调动岗位低的那个吗？"

"当初我会选择森代有一半是因为疏雨，如果真的出现不能调和的问题，在我这儿她肯定是第一位的。而且对我来说这谈不上损失，我是一名职业经理人，原本在一家公司的发展期也就三年左右。除了森代，我还有很多选择，甚至是更优的选择，我有这个信心。再说我本来也不可能一直留在杭市，总要回南淮。"

孟舟平摆了摆手："叔叔还是相信你们能处理好这个问题，不会走到这一步。"

周隽点了一下头："那还有一点您和疏雨都有的顾虑，我也正准备跟她商量。她年后就要回总部，邻城周末见面倒是方便，但我们之前已经浪费太多时间，我也不想工作日异地，所以我打算日常来回。"

"那你这一天加起来得有四个多钟头在路上了，也太辛苦了！"孟舟平惊讶。

"南淮的白领每天通勤时间在两三个钟头以上的大有人在，我有条件请司机，已经比别人舒服很多了。"

"那这事你和小雨商量去，我看她是舍不得的。"孟舟平摇了摇头。

"当然舍不得了！"

两个人抬头，就见孟疏雨从厨房碎步跑了出来，不知刚才扒着门听了多久墙脚。

孟舟平看了看她和周隽粘得像牛皮糖一样的眼神，摇摇头起身，跟周隽说："我去炒个菜。"

周隽笑着点了点头。

孟疏雨跑到沙发边上，等她爸进了厨房带上门，熟门熟路地坐上周隽的腿："异地就异地呗，每天看着不腻吗？你不腻我都要腻了！"

"那谁刚才在楼下抱着我不撒手？"

"谁啊？"孟疏雨搂着他的脖子朝四处看看，"谁这么没出息？"

周隽抬手拍拍她的背："那是我没出息，行了吗？"

"你周末回来就好了嘛，工作日你就算来，我也不一定能跟你住，你一个人冷冷清清地待在酒店干吗？"

周隽摇头："既然你回南淮了，我也不住酒店了。年后我看看你家附近有没有现房，或者先租一套过渡也行。"

孟疏雨眨了眨眼，想到个主意："那不如去总部和森代的中点看房呢？房价便宜不说，咱们的通勤时间还能匀一匀。我本来通勤半个钟头，稍微住远一点儿，到一个钟头左右的地方也差不了多少。这样你去森代只需要一个钟头多点儿，每天来回倒也还行。"

"孟疏雨，我听出来了，"周隽点了点头，"你是等不及想搬出来跟我住了。"

"我是说以后！那看房当然要为了长远考虑嘛！"

周隽微扬眉梢："我以为你查过我的房产证，知道我在总部和森代的中点刚好有套房。"

"真的？"孟疏雨一愣之下反应过来，总部和森代的中点不就是南郊？

周隽的爷爷奶奶在那里，他在附近置办过房产也是情理之中的事。

"那年后马上就能拎包入住吗？"孟疏雨脱口而出地问道。

周隽低着头笑得肩膀发颤。

孟疏雨轻轻砸了一拳他的肩："好嘛，我就是等不及了！"

拎包入住这种好事还是没降临到孟疏雨的头上。周隽在南郊附近的那栋花园洋房虽然买了有些年头，但还是没住过的新房，当初只是粗装了一下，距离入住还差不少软装。

不过周隽接受了孟疏雨这个"匀通勤时间"的提议，只让她答应一件事：住过去以后，她的上下班通勤都由司机负责。

孟疏雨思忖，行吧，想想周隽肯定不愿意让她每天多挤一程地铁，也是时候享受一下霸道总经理的霸道了。

两个人这么有商有量，彼此迁就地规划着未来，湿冷的冬季也热热闹闹地过去了。

天气一天天转暖，孟疏雨和周隽度过了一段异地的过渡期，工作日各上各的班，周末见面，偶尔分出时间一起去盯洋房的软装进度。

到了五月，劳动节假期，周隽本来想安排一场旅行，但孟疏雨说不如还是去快竣工的洋房看看，趁假期查漏补缺一下，劳动节嘛，就该劳动。

去南郊的路上，孟疏雨有点儿兴奋。之前他们每隔一周去看一眼，房子都有焕然一新的变化，眼看空荡荡的房子被一点点填满，有种奇特的新鲜劲儿和满足感。只是这回因为假期前太忙，她已经半个多月没去过了。

"这周是不是就能竣工啦？"孟疏雨坐在副驾驶座上问周隽。

周隽点头："过后检测甲醛。"

"检测肯定没问题，都是环保家具，不过达标以后也得通一阵子风吧？"

"放心，快了。"周隽笑着揉了一下她的脑袋。

"你好好开车！"孟疏雨拍掉他的手，"对了，咱们等会儿看完房子去爷爷奶奶那儿吃饭吧？"

"嗯，你跟他们说一声，让他们别忙，菜等我去做。"

孟疏雨打了通电话给黄桂芬，挂断之后说："我爸妈也让你明天去我家吃饭呢，我爸自从上次看过你的厨艺以后就较上劲儿了，非要给你做一餐大餐。你明天别秀了啊，让着点儿他。"

"行。"周隽笑着点头。

两个人说话间到了目的地。车子停进车库，孟疏雨拉开车门下去，见周隽还坐在驾驶座上检查仪表盘，问他："怎么了？"

"胎压有点儿问题，我看看，你先去转一圈，一楼厅堂请人打扫过了，后花园的紫藤也开了。"

"那你快点儿，得换胎的话一会儿我们打车走也行。"

孟疏雨先一步进了厅堂，脚下地瓷反射出敞亮的光。她放眼望去，屋内干净整洁，家具齐全，电器就位，已经是个像模像样的家。

孟疏雨在客厅转了一圈，想起周隽说的紫藤，穿过门去了后花园。

五月初，花园里的紫藤刚好盛开，一串串饱满的淡紫色花簇瀑布般垂坠而下，枝蔓缠挂在花架上，把花架铺得密密匝匝。

孟疏雨刚想拿手机拍照，忽然注意到花架边上多了一架秋千，上回来的时候还没有。

她搁下手机走上前去，绕过花架，看见秋千椅上放了一本厚厚的书，一如当年在简家花园的秋千上看见一本从天而降的诗集。

孟疏雨愣了愣往四下看去，没见有人，却很快意识到这个动作多余。出现在这座花园里的东西，如果不是她的，那就是周隽的了。

记起周隽刚刚的话，孟疏雨看了一眼这本封皮无字的笔记本，心头忽然涌起一种强烈的预感。

她弯下腰把它捧起来，做了会儿心理准备，深吸一口气，轻轻翻开扉页。

熟悉的字迹映入眼帘——

亲爱的孟疏雨女士，如你所见，这是一本空白的诗集。

时隔十年，我很想再送一首诗给你，可是翻遍诗海也没能找到足够形容你的词句。

所以这一次，我想自己当诗人了。

只是这本诗集很厚，可能需要两个人用一生才能写满，你愿意和我一起拿起这支笔吗？

如果你愿意，那将是我一生的荣幸。

——周隽

323

孟疏雨一字一句地读下来，怔怔地看着夹在扉页的那支笔，拉过绑在笔尾的细线，拉了一截感觉到异样的重量。她抬起头，眼前一闪，发现了挂在秋千椅背上的那枚钻戒。

钻石在初夏的阳光下折射出璀璨的光芒，迷了人的眼。孟疏雨像被这热烈的阳光烫到，眼底蓄起滚烫的晶莹水光。

她弯下腰，慢慢拿起了这枚钻戒，再抬眼，看见周隽走进了花园。

孟疏雨眼里还含着泪，嘴角却扬了起来，仰着下巴朝他抬起手："还不快来签收你的荣幸？"

周隽笑着朝她走来，握过她的手，为她套上了戒环。

十年前的夏天，他在别人的花园里给她留下一本未署名的诗集，带着一个关于她、关于浪漫的秘密离开这片土地，出海远行。

十年后，他从那个诗意盎然的夏天跨过山越过海朝她走来，在属于他们的花园里亲手为她戴上戒指，告诉她，这是他一生的荣幸。

从此后，他所有的浪漫都有她聆听，她的诗篇里每一行都有他姓名。

Special 1

唯一的星球杯

"雨声潺潺，像住在溪边。宁愿天天下雨，以为你是因为下雨不来。"——张爱玲

盛夏七月初，南淮市启明儿童福利院。

又是一年梅雨时节，江南的天阴雨连绵，闷热潮湿。

宿舍楼阳台上的衣服晾了几天都不见干的迹象，楼道里也天天返潮，白墙被水渍沁出一片片灰印，脚下的地刚拖干不久，砖面又布上一层细密的水珠。

湿重的水汽闷堵着人的毛孔，让人喘口气都费劲儿。

午后，常秋石摇着扇子走进宿舍楼，见护工刘姨抱着一筐盐水棒冰迎面走来："常老师，吃根冰棍儿解解暑吧？"

"我就不吃了，去给孩子们分吧！"常秋石摆摆手，忽然又叫住她，"等会儿，给我一根。"

"好嘞。"

常秋石接过盐水棒冰，来到走廊尽头，敲了敲最西边那间房的门。好半天没得到回应，他提高了声音喊："小隽，是爷爷。"

安静了一会儿，门从里面被打开。

九岁的男孩儿穿戴整齐，肤色白净，五官漂亮得出众，只是一双眼睛黯淡无光，不见神采。

常秋石低头笑了笑，晃了晃指间的盐水棒冰："爷爷给你送冰棍儿吃。"

"爷爷，我不吃。"

常秋石看见他额角的细汗，往里瞅去："这么热的天怎么不开风扇？"

"不热。"

"你不热爷爷热了，来你这儿乘会儿凉。"常秋石进屋拧开吊扇开关，又拉开只留了一道缝的纱帘，让更多自然光透进窗子，转头把冰棍儿塞进他的手心里，"爷爷不能多吃甜的东西，你要不吃就得化了，多浪费。"

眼看孩子接过冰棍儿，低头看了会儿终于拆开包装，常秋石笑起来："一个人在屋里做什么，读书吗？"

"嗯。"

"这些天院里来了几个外边的老师，小秦他们高年级的孩子都去听课了，你不想去上课吗？"

"嗯。"

"那你喜欢一个人安静点儿学也行，有什么事就跟爷爷奶奶说。"

常秋石有一搭没一搭地跟孩子说着话，等风扇把屋子吹凉快才起身离开房间，把门带上。他刚出宿舍楼没多久，回头望了一眼一楼最西边那扇窗，却见天花板上的吊扇又不动了。

常秋石摇着头叹了一口气。自从被周家送回来，这从前会和同龄人抢吃食的孩子现在吃穿用度能省则省，也不要人照顾，像生怕给福利院添负担。

院里的孩子们放着热闹的暑假，恨不得漫山遍野撒开了跑，只有他每天安安静静地待在宿舍楼里哪里都不去。

"谁说我们不敢了！这就抓来给你看！"远处吵嚷的声音传了过来，打破了宿舍楼的沉沉死气。

常秋石转头，就见两个小丫头手牵着手朝这里跑来。

大点儿的那个丫头是院里的孩子闻音，前两年刚被送来福利院；小点儿的那个是今年暑期班一位授课老师的女儿，长得洋娃娃似的玉雪水灵，才来做客几天就和同龄孩子玩成了一片。

刚下过雨，水泥地滑，常秋石慌忙拦住两个人："当心着点儿！小音，带小妹妹做什么去？"

"我们抓蜗牛去！谈秦哥哥笑我们不敢抓，说只要我们抓到，他这周的冰棍儿都归我们，还教我们折飞得最远的那种纸飞机！"

"蜗牛爬这么慢，又不会跑了，急什么？你是姐姐，要照顾好妹妹，不能让她摔着、碰着，知道吗？"

"知道了，爷爷！"

一刻钟后，宿舍楼墙根处，孟疏雨和闻音蘑菇似的扎在了草丛里。

"今天怎么没有呢？以前下完雨这里很多的……"闻音捏着一根从地上捡来的树枝，仔细拨着草堆。

"可能是我长得太漂亮了？"孟疏雨托着腮蹲在一旁，想了想说。

"啊？"闻音手里的树枝卡在了草缝里。

"我爸爸说，如果一个女孩子长得太漂亮，花看见她都会不好意思开，鱼看见她都会沉到水底去，那蜗牛可能也会钻进土里吧。"

"哦……"闻音摸摸鼻子点了点头，"孟老师说得对。"

孟疏雨叹了一口气："那我害你没冰棍儿吃了怎么办？要不我明天给你带星球杯吧？"

"好呀，那我不要冰棍儿了！"

"那咱们回去吧，这里好热的！"孟疏雨拍拍手心的灰站起来，一仰头忽然发现头顶的玻璃窗上贴了好大一只蜗牛，"咦，那儿有一只！"

"我来抓！"闻音踮起脚攮着树枝去够，跳着够了半天却没够上，转身跑了出去，"我去搬凳子，你在这里看着它！"

闻音跑没了影，迟迟没回。眼看蜗牛越爬越高，可能等凳子来了也够不到了，孟疏雨在草丛里摸索了一会儿，找来一堆石头，在窗沿下把石头一块块垒高，攮起树枝踩了上去。

这一踩她高了一大截，一眼看见玻璃窗后一道雕塑似的人影。

孟疏雨吓了一跳，脚下一歪，临到栽下去时一把扶住窗沿险险站稳。

她松了一口气，抬头对上了窗里男孩子的眼睛。

四目相对，孟疏雨正张着嘴盯着人发呆，忽然听到身后传来闻音的喊话："哎，这样很危险的，你快下来！"

闻音急急拎着板凳跑到窗边，把孟疏雨搀了下来。

孟疏雨魂还留在半空，指了指窗子问："这里面的人是谁？"

"谁呀？"闻音踩上凳子看了一眼，见窗里人低着头在看书，很快爬下来说，"哦，是我们这里的一个怪人，你不要找他玩。"

"怪人？"

"嗯，上个月刚来的，一直待在这里面不出门，吃饭也不来食堂，课也不上，我们带着吃的玩的东西去找他，他也从来不理我们……"闻音踩着凳子重新上去，用树枝把蜗牛拨进一次性纸杯里，兴奋地跳下来，"走，找谈秦哥哥去！"

"可是他长得好好看啊……"

孟疏雨忍不住想再看一眼，踩上凳子往里张望。

只是这次，任她挥手、敲窗，里面的人都没再抬起头来。

接连又下了几天雨，南淮终于在临近七月中旬这天出了梅。

趁天气放晴，午后福利院组织了一场大扫除，护工带着一帮孩子清理起霉湿的角角落落。

常秋石四处转了一圈，走进宿舍楼时看见走廊拐角处猫了个鬼鬼祟祟的身影。不到他的腰高的小丫头穿了条白色连衣裙，做贼似的盯着走廊那头。

常秋石轻手轻脚地来到她身后，顺着她的视线望去，看见了认认真真扫着地的周隽。

这么多天过去，因为一场大扫除，这孩子总算踏出房门，虽然也只是在走廊里打转。

"小疏雨，看什么呢？"常秋石拍了拍孟疏雨的肩。

孟疏雨蓦地回头，仰起下巴往走廊指去："常爷爷，我可以找那个哥哥玩吗？"

"当然可以了。"

"可是他都不理我……爷爷，你能让他跟我玩吗？"

"这个可能不行，交朋友的事得靠自己努力。不过爷爷可以给你一把扫帚，你陪这个哥哥一起打扫卫生。你去帮忙，他肯定不会不理你了。"

孟疏雨很快拿到了打扫工具，抱着小扫帚犹犹豫豫地走到周隽边上，深吸一口气："你好呀！"

见他埋着头只顾扫地，像没看见她，她又歪着脑袋凑过去："我是来帮你扫地的！"

周隽把成堆的碎屑扫进畚箕，还是没有理她。

孟疏雨搔搔耳根，晃起扫帚来，左右晃了几下，扫帚毛飘拂过地面，扬起一层灰尘。

"喀……喀……"她一口呛到，咳嗽起来。

一旁的人终于朝她看来一眼。

孟疏雨咽咽口水，抓紧时机问："我叫孟疏雨，你叫什么名字？"

没想到这人又扭开了头，而且这次还背过了身。

孟疏雨抿了抿唇继续扫地，有一下没一下地晃着扫帚，无趣地扫了一会儿。她一转头才发现旁边的人不见了，早就去了走廊东边。

她赶紧抱着扫帚跑过去，这回眼睛牢牢盯住了他，只跟在他身后扫。他往前扫一步，她就跟着往前扫一步。

她跟了一段路，前边的人转过头来，好像想说什么。

孟疏雨眨眨眼耐心等着，却等到他看了她一会儿，什么都没说继续往前扫去。扫完东边，他又折回西边，到她原本在扫的那片扫起来。

孟疏雨抱着扫帚一路跟着他，见他扫完地又拎起拖把，在装了清水的桶里转了转，拧干拖把头开始拖地。

没有第二把拖把，孟疏雨只好干巴巴地看着，见他拖完一片回来，将拖把搅进水桶洗干净，重新走开去。

孟疏雨低头看了看脚边的水桶，蹲下去双手抓住拉环，吸了一口气一把拎起来，跟了过去。

水桶沉得她走一步歪一步，等踉踉跄跄地坚持到他身后，她喘得实在没了劲儿，一把松了手。

"砰"的一下，水桶落地。周隽闻声回头，见满桶的水晃了晃，污水溅上了她雪白的裙摆。

孟疏雨低头看见裙子上灰扑扑、湿淋淋的星星点点痕迹，嘴角一撇，再一抬眼发现他在看她，捂了捂脸，转过身就跑。

她跑了一段，听见后边有人跟上来："你跑什么？"

孟疏雨回过头，看见那个高她一头的男孩子拎了件校服外套，三两步追上了她。

"你会说话的呀？"她惊喜地眨了眨眼。

"……"

周隽把外套递给她。

孟疏雨想起自己现在的样子，又哭丧起脸，接过外套往腰上一绑，匆匆跑开了去："我……我明天会再来找你的！"

次日上午十点，骄阳似火的天，孟疏雨抱着被妈妈洗干净的校服外套，顶着烈日走进福利院的宿舍楼，摸索到一楼最西边，敲了敲房门。

她不见人开门，把耳朵贴上门板听了听，朝里喊："有人在吗？"

屋里还是没动静。

孟疏雨想了想，从斜挎的小腰包里掏出便笺本和铅笔，在便笺纸上一笔一画地写："哥哥，xiè xie你的衣 fu，还给你。"

然后她把第一页纸撕下，从底下门缝塞了进去，再把怀里那件装在防尘袋里的校服外套放到了门口。

做完这些，孟疏雨转身跑开了，躲在拐角处悄悄望着走廊。

她等了一会儿，房门被打开，门口的衣服被捡了进去。

他明明就在里面。

孟疏雨气闷地跺跺脚，看了看手里的便笺本，又撕下一张纸来写："哥哥，我想和你玩。"

然后她蹑手蹑脚地走到房门前，像刚刚那样把便笺纸塞进门缝。

孟疏雨蹲在门口等了等，等得无聊，又撕下一张纸，折了只纸青蛙，用铅笔画上眼睛，继续往门里塞。

还是没回音，她又折了条金鱼塞进去，然后是一只兔子，再是一只狐狸。

一连折了四只，孟疏雨有点儿累了，唉声叹气地蹲着往门板上靠。

房门在这时候被一把打开。她一个不稳失去靠背，一屁股栽坐在了地上。

看着头顶愣住的人，孟疏雨也愣住了。她低头看了看自己这四脚朝天的样，不像漂亮的小金鱼、小白兔、小狐狸，倒像她折的第一只青蛙。

她一骨碌爬起来，拍拍背带裤，慢慢涨红了脸，又转身跑走了："我明天再来……"

周隽："……"

第二天上午十点，常秋石过来看周隽的时候，见他还像平常一样坐在窗边看书，只是桌角附近多了一排用便笺纸折的小动物。

"这是什么时候折的？"常秋石乐了，拿起一只来打量。

周隽看了一眼又低下头去："不是我折的。"

"那是谁送你的礼物？"

周隽抬起头，像是对"礼物"这两个字有点儿意外，再看向那四只动物时眼底似乎多了些什么。

"不认识。"他说。

"不认识，就去认识认识。能折出这么可爱的小动物的人，一定是很可爱的小朋友。"常秋石笑着拍了拍他的肩。

周隽翻起课本来，等常秋石打开门准备出去，忽然回过头："爷爷。"

"嗯？"

"大家在不在上课？"

这是这些日子以来，周隽第一次主动问起什么。常秋石惊讶之余点了点头："在，都在上语文课呢。爷爷带你过去教室？"

然而听到这话的周隽好像并不是很开心，摇摇头没再问别的。

常秋石离开房间后，周隽看了看桌角那堆动物，又望了一眼墙上的挂钟，重新埋头读起书来。

午后三点，宿舍楼附近的亭子里，孟疏雨和闻音坐在石凳上一边吃着冻杨梅一边聊天。

"你这么可爱，摔倒也好看，这有什么！"眼看孟疏雨闷头托着腮，闻音吐出一颗杨梅核安慰她。

"真的？"孟疏雨在长凳上摆出昨天那个四脚朝天的姿势，"可是我是这样摔倒的……"

"呃……"闻音又吃了一颗孟疏雨带来的杨梅，朝她比了个大拇指，"真的！一点儿也不丑！"

孟疏雨坐起来，郁闷地看了一眼宿舍楼西边那扇被纱帘挡死的窗："那他好像很不欢迎我……"

"你为什么一定要找他玩呀？"

"因为只有他不肯跟我玩。"

闻音不解地眨了眨眼："谁不跟你玩，你就跟谁玩吗？"

"不是，"孟疏雨飞快地摇头，"还要长得好看才可以。"

"那他真的是我们这里长得最好看的男生了。"闻言肯定地点了点头。

"对不对？"孟疏雨眼睛亮起来，像是受到了鼓舞，"我还要去找他！"

十分钟后，闻音帮忙搬来了一把凳子。孟疏雨把凳子挪到窗下，踩着站上去，抬手敲了敲窗。

她习惯了没人答应，自顾自地对着里面说起话来："你是不是又在看书？

"我爸爸说，光不够亮看书会看坏眼睛，眼睛坏了就要戴像他那样的眼镜。

"眼镜很丑的……

"你长得这么好看，可不能变丑。

"你把这个帘子拉开再看。"孟疏雨隔着窗做了拉的动作，手指无意间碰着玻璃窗，将其挪开了一道窗缝。

孟疏雨愣了愣，使劲儿一移，把窗户全移了开来。

窗外的风骤然灌入，吹起纱帘，纱帘后的人也抬起了头。

孟疏雨跟他挥手："你没有关窗呀！"

周隽看着她没说话。

"你开着窗是在等我吗？"

"不是。"

终于听他开口，孟疏雨觉得他说什么也不是很重要，笑着说："不是也没关系，反正你等到我了！"

她把窗帘拉去一边，然后趴在窗台上瞅了瞅他手里的课本："你在看什么书？"

周隽低下头没回答。

孟疏雨歪过脑袋去看，费了半天劲儿，脖子都拧着了也没看清书上写了什么。

终于，他合拢书本，把封面朝向她，让她看了一眼。但她又不认识那是什么字。

"哇，这本书很好看的！"她想管他三七二十一还是三十一，夸了再说。

周隽看她一眼，继续低头读自己的书。过了一会儿，他听到头顶传来拖长了声音的抱怨："唉，外面好晒啊！"

周隽抬头，就见她皱着眉头，用手背拼命抹着额角，又跺了跺脚："还有蚊子咬我的腿呢……要是能吹会儿电扇就好了。那我就不热了，蚊子也跑了。"

周隽："教室里有电扇。"

"那里那么多人，风都被大家分完了。"孟疏雨舔舔唇，探头往他屋里看，见他的天花板上吊扇安安静静没有转，"你这里的风不能分我一半吗？"

周隽看了一眼头顶的吊扇，站起来拧开了开关。

"吹不到……"孟疏雨用手探了探风，努力往里凑，半个身体都悬在了窗台里侧，"我可不可以进去吹？"

周隽看了她一会儿，站起来让到一边，看起来是同意了。

孟疏雨笑眯眯地踩上窗台，转过身体，扭头瞅着底下往下爬，脚在半空晃荡着摸索，忽然被一只手一抓，抓去了正确的方向，在书桌上落稳。

孟疏雨往下一蹦，成功着陆。回头看见书桌上的脚印，从斜挎的小腰包里掏出一张湿巾去擦："我给你擦干净。"

周隽重新坐下，过了一会儿又听到她问："垃圾桶在哪里呀？"

他指向墙角。

孟疏雨扔掉湿巾，又问："那我坐哪里？"

周隽又指向墙角。

孟疏雨看了看周围，除了床也没别的椅子，坐别人的床不好，只好再次朝他指的那只垃圾桶走去。

五秒后，一道裂开的声音在安静的屋子里响起。

"……"周隽抬起头，看向塑料垃圾桶盖上那个浑身僵硬的人，"我让你坐那里。"

孟疏雨转过头，看见不远处的床头柜。

下一秒，第二道裂开的声音更清脆地响起。

孟疏雨倒抽一口气，朝他张开手臂："我要掉进去了，你快来救救我！"

"……"

晚上在家吃饭的时候，孟舟平发现女儿闷闷不乐的，拿着筷子也不夹菜，光夹碗里的米饭，每次还只夹两三颗，一次能嚼上半天。

可他看着她又不像胃口不好，毕竟看她嚼米饭的时候一直盯着面前那盘五香牛肉，舔着唇咽口水。

等吃过几颗米饭，孟疏雨似乎下了什么决心，终于朝牛肉伸出筷子。只是她刚要夹起一片又想到什么，筷子一转，伸向了远一点儿的那盘盐水虾。等虾要到手，她再次撇撇嘴，收回了筷子。

"怎么不吃菜呀？"方曼珍奇怪地问道，"小雨，今天在福利院吃点心了吗？"

"没有，"孟疏雨摸摸空荡荡的肚子，"妈，我好饿……"

"好饿怎么不吃呢？都是你爱吃的菜。"

"因为——"孟疏雨愁眉苦脸地放下筷子，眼眶含上了一泡泪，"我太胖了……妈，我太胖了……"

夫妻俩对视一眼。

"哪里胖了？这个年纪脸上都没点儿肉，等长大了是要成白骨精吗？"方曼珍皱了皱眉头，"跟妈妈说，是谁在说你胖？"

孟疏雨垂着眼摇摇头。

方曼珍放下筷子，问孟舟平："你怎么管的女儿？女儿被欺负了你都不知道！"

"我在上课，她在教室里十分钟都坐不住，成天往外跑，我哪里能时时刻刻盯着她？小雨，怎么回事，谁欺负你了？"

"没人欺负我，"孟疏雨吸了吸鼻子，"是我……是我把一个垃圾桶坐坏了……"

孟疏雨在两个人的询问下把事情经过讲了一遍。

方曼珍吓了一跳："人没摔进去吧？"

"没有，"孟疏雨抽噎着说，"那个哥哥把我拉起来了，我好丢脸……"

孟舟平摇了摇头："人家也没比你大多少，能把你拉起来，那不是说明你不胖吗？"

孟疏雨止住眼泪："真的？"

"人家说你重了吗？"

"他没跟我说话……"孟疏雨回忆到这里又带上哭腔，"可是他把垃圾桶扔掉了，垃圾桶被我弄碎了呀！"

"那垃圾桶本来就不是拿来坐的，当然会碎了。"方曼珍去浴室拿了只准备淘汰的脸盆，"小雨，你看这只脸盆。"

方曼珍"咔嚓"一掰，徒手在脸盆边缘掰下一片缺口。

孟疏雨愣愣地张圆了嘴。

"这个叫塑料，塑料用久了就会老化，随便一碰都能碎，跟你胖不胖一点儿关系都没有。"

孟疏雨彻底收干了泪，擦擦脸，拿起筷子："太好了，那我要吃肉了……"

次日一早，周隽在宿舍里喝完豆浆吃完馒头，收拾好垃圾一转头没看见垃圾桶，这才想起他的垃圾桶已经进了垃圾桶。

他皱皱眉头，转身朝门走去，刚走到门边正好听到敲门声。

他打开门，一眼看见一片银白的锃光瓦亮的东方——门外矮他一头的女孩儿举着一个有她的三四个脑袋大的铁桶，死死挡着自己的脸。

似乎是迟迟没听到他开口，她从铁桶后探出了一只眼睛："早上好，我来赔你的垃圾桶了……"

周隽缓缓眨了眨眼，看了看这个很牢靠的桶。

孟疏雨把举高的垃圾桶挪下来递给他："我妈妈说，这个垃圾桶不会被坐坏了。"

周隽顿了顿，接过垃圾桶走回屋里，给它套了个垃圾袋，然后把垃圾扔了进去。听见身后传来脚步声，他一回头发现她也跟了进来。

"你还有什么事？"周隽问。

孟疏雨从小腰包里掏出一片被包好的塑料——昨晚从脸盆残骸里偷来的。

"你看。"

"嗯？"

孟疏雨学着妈妈昨天那样，"咔嚓"一下掰碎了塑料。

周隽："……"

"这个本来就会碎的，不是因为我……我胖。"

周隽沉默地看了她一会儿，点了点头。

"你觉得我胖吗？"孟疏雨戳了戳自己肉乎乎的脸。

周隽又看了她一会儿，摇头。

孟疏雨喜笑颜开，又从腰包里掏出一个星球杯："那这个给你吃。"

周隽低头看了看，没接。

孟疏雨拉过他的手，把星球杯塞进他的手心里："只有可以和我做朋友的人，才能吃到这个。"

周隽看着她一脸的骄傲表情，忽然不知道怎么把东西还回去了。

"我昨天被爸爸批评了，今天不能出来玩了。明天，明天我来找你玩！"不等他想好要不要收下这个星球杯，她就跑了出去。

无趣的一天在昏暗的房间中按部就班地过去。第二天上午，周隽像平常一样坐在窗边看书，忽然听见敲门声。

很耳熟的节奏，他不用去看就能猜到是谁。

周隽看了一眼桌上那个星球杯，一时没去开门。可是敲门的人坚持不懈到好像他要是不开门，她就会一直敲下去。

在她不知敲到第几下的时候，他终于站了起来。一打开门，他就看见门外的小女孩儿笑得一脸灿烂："我来啦！是不是等很久了？"

"不是。"周隽转身就要回屋。

孟疏雨一把拽住他的胳膊："我今天不来吹你的风，你可以跟我去外面吗？"

周隽回过头，看向她抓着他的胳膊的手。

孟疏雨立刻松开了手。

"嗯……闻音姐姐和谈秦哥哥在比谁的飞机扔得远，我也想比，可是我折的飞机都飞不远……你会折那种很厉害的飞机吗？"

"不会。"

孟疏雨撇撇嘴，眼珠子慢慢转过一圈，拍了一下手说："哇，太好了，你也不会。那你和我一起去比，丢脸的就不是我一个人了！"

"……"

"我会。"周隽改了口。

"哇，太好了，那我和你一队，咱们就可以赢过他们了！"

"我不去。"

"为什么？你每天待在屋子里不闷吗？我们邻居阿姨家的狗一天不出去就打蔫了，好几天不出去就去医院看病了。"

"我不是狗。"

"人也一样的呀，一直不出去也会生病的，生病了就要打针，很痛的。"

孟疏雨喋喋不休地说了半天，最后换来他握上门把，关上了门。她再继续敲门，他就怎么也不开了。

孟疏雨叹着气离开了宿舍楼，走到楼外又想起什么，跑去搬来一把凳子放到西边窗沿下，踩上去用手移了移窗。

她这样一移，窗户真的开了。

孟疏雨一把撩起窗帘："我又来啦！"

周隽匆匆放下捏在手里的那个星球杯。

孟疏雨眼尖地看见，想起了这回事："你收了我的星球杯就是我的朋友了，朋友就是要一起玩的！"

不等周隽反应，孟疏雨就熟门熟路地从窗户爬了进去，一把拽过他的胳膊，把他往外拖。

孟疏雨使了吃奶的劲儿，跟跟跄跄地把人拖到门边，像生怕人跑了，一手抓着他，一手去开门，开了门继续把他往外拖。

周隽跟着她一路穿过走廊，走出天井，途经花园，看见天光晴朗，繁花盛开，绿树成荫。在黑和白之间徘徊了很久的视野里忽然多了很多不同的颜色。

到了前院，周围的人嚷着笑着，叽叽喳喳的声音和着蝉鸣涌进他安静已久的耳朵，像从另一个世界射来一束光。

周隽不太习惯地眯起眼，捂上耳朵，忽然看见身前的女孩儿回过头来，笑着对他说了句什么。

他没听清她的话，松开了耳朵问她："什么？"

"我说，好热闹呀！"

热闹？

周隽出神地看了看四下，不知道她还说了什么，等回过神，他已经被她带到教室门前的走廊上。

谈秦和闻音正蹲在地上折新飞机，一抬头看到周隽，都像见了鬼。

孟疏雨拉着周隽走上前去："我的帮手来啦，还有纸吗？"

"有……有的。"闻音拿起一张白纸递给孟疏雨，眼睛还不可思议地瞅着周隽。

孟疏雨把纸交给周隽："你快折，咱们不能输！"

周隽接过纸，看了一眼谈秦手里那只折到一半的飞机。

谈秦立刻警觉地挡住自己的飞机："这可是我新发明的飞机。你要是偷学，就是赖皮！"

周隽没说话，站在窗台边折起自己的飞机。

孟疏雨在一旁看着他灵巧翻飞的手指："你的手也好好看呀！"

周隽看了看她。

"快点儿，快点儿，他们快折好了！"孟疏雨催促。

周隽低下头去加快了速度。

"我好了！"几分钟后，谈秦率先拎着飞机站了起来，对他们大方地摆了摆手，"你们来晚了，就让你们再折一会儿吧。"

周隽三两下捏好边角，也举起了飞机："好了。"

"你折这么快，输了可别说是因为我折得久！"

"你先我先？"周隽压根没理他的这个问题。

"先给你们看看我的威力。"谈秦冷哼一声捏起飞机，对着飞机头哈了下气，冲走廊尽头用力扔去。

飞机顺滑前行了好一段路，才摇摇晃晃地往下坠，最后的落点距离尽头那面墙只差十几厘米。

孟疏雨丧起脸来，小声跟周隽说："他这个新飞机好像真的很厉害，你要不要再折一会儿？……"

周隽看她一眼，没说话。

"轮到你了。"谈秦仰起下巴。

周隽转身朝后走去，走到谈秦身后几米处，从走廊的另一头尽头扔出了他的飞机。

飞机以一道优越的高抛物线飞过几个人的头顶，一路朝谈秦的那架飞机追去。

孟疏雨张着嘴盯着飞机，下巴跟着划过一道弧线，最后看见飞机撞上了墙，坠落在地。

谈秦石化了似的僵在原地。

"哇——"闻音发出一声长长的惊叹。

孟疏雨呆呆地盯着两架一前一后的飞机看了好一会儿，不敢相信地回过头去问周隽："咱们赢了吗？"

"当然。"周隽点头。

"赢了，赢了！我们赢咯！"孟疏雨笑着朝他飞奔过去，蹦蹦跳跳地朝他举起手。

周隽看着她雪白的手掌，没有动。

孟疏雨一把抓起他的手，拿他的手跟自己击了一下掌。

"啪"的一声清响振动鼓膜，像是打破了他的耳朵里的最后一道屏障。

远处忽然有人匆匆跑来，拉着人问："看见小隽了吗？"

周隽抬起头，望向着急忙慌的常秋石："爷爷。"

常秋石见了人，松了一大口气，边上前边说："在就好，在就好，看你的窗开着，门也开着，我这急的，以为谁把你带走了！"

孟疏雨笑嘻嘻地冲常秋石挥了挥手："常爷爷，是我把他带走的！"

"是嘛！"

"我从窗户爬进去把他拉出来的，让他帮我比赛呢！"孟疏雨指了指走廊地上那架飞机。

常秋石惊讶："我们小疏雨力气有这么大？"

"那可不！我的力气大得很！"

周隽偏过头去："谁说的？"

孟疏雨掐起腰来："我要是力气不大，怎么拉得动你呢？"

周隽没再说话。听常秋石笑着夸孟疏雨厉害，看孟疏雨得意地仰着下巴，他不知道这一刻满胀在心里的东西是什么。

他只知道，她的力气真的一点儿都不大。

那天过后，常秋石时常能看见周隽出现在宿舍楼外。虽然每次他都是被孟疏雨生拖硬拽出来，看起来不情不愿的，但总算到外面见了光。

那孟家的小丫头也是厉害，蝴蝶似的到处飞，连带周隽也被她拉得满场跑，一会儿这里折纸飞机，一会儿那里下五子棋。

这天常秋石一不留神，又不见了周隽的踪影，一问护工才知道那群孩子去了福利院边上的公园。

常秋石高兴周隽出门，可想起公园那儿有个水塘又有点儿担心。毕竟这孩子被周家人送回来之前刚落过水，开始那阵子天天做噩梦，看见水深的地方就冒虚汗。

虽然有护工跟着孩子们，常秋石还是不太放心，打算去公园看看。

难得放一趟风，公园里的孩子都玩得疯，一个个满头大汗地奔来跑去，护工们捉小鸡似的捉着人，让他们慢点儿、当心点儿。

从滑滑梯到扭腰器，再到太空漫步机，全被孩子们占满。常秋石目光搜寻了一圈，在角落的阴凉地方看见了周隽——

要说还是孟疏雨这小丫头聪明，知道滑滑梯那边晒，抢了这么块风水宝地优哉游哉地荡秋千。

一共两架秋千，孟疏雨一架，闻音一架，周隽和谈秦站在两个人后边当苦力。

眼看隔壁谈秦把闻音推得老高，孟疏雨指着他们那架秋千，回头朝周隽说："我也要那么高！"

"你不行。"周隽还是面无表情地慢悠悠推着秋千。

"为什么？明明是你不行，你力气太小！"孟疏雨噘起嘴来。

周隽用力推了一把秋千。

"啊！"孟疏雨的屁股一下出去了一半，她尖叫着拽紧了绳链，差点儿跌下来的时候又被周隽牢牢抓了回去。

不远处的护工阿姨赶来扶人，匆匆跑到半路发笑地停了下来。一旁的谈秦和闻音也哈哈大笑。

秋千回落，孟疏雨拍拍胸脯，回头看了一眼周隽，摸摸鼻子不说话了。

见他们几个人其乐融融，常秋石放下心，跟护工交代了几句，去周边转了一圈看了看其他孩子，然后离开了公园。

秋千这头，孟疏雨被刚才那自找的一下吓得不轻，忽然有点儿憋不住想上厕所，但又不好意思说自己是因为紧张想上厕所，想了想歪过头问闻音："你想不想上厕所？"

"不想呀。"闻音摇头。

"我刚刚好像绿豆汤喝多了……"孟疏雨小声说。

"那我陪你去！"闻音立刻跳下秋千，跟两个男生说她们要去上厕所，牵着孟疏雨朝公园北边的公共厕所走去。

急急上了趟厕所，孟疏雨舒服多了，在洗手台洗过手，出来以后看见闻音正蹲在花丛里摘花。

"这里的花好漂亮，咱们摘点儿回去吧！"闻音朝她招了招手。

"好呀！"孟疏雨跟着蹲了下来。

回程的路上，两个人挑着有花的路走，磨磨蹭蹭地摘了半天。一人抱了一捧五颜六色的花，高高兴兴地从小路绕出来，正说着回去找个好看的花瓶，忽然听见一声惊叫。

两个人扭头，见是院里的一个男生骑着四轮自行车不知怎么停不住，直直地冲向水塘，一头冲破了木头护栏，"扑通"一下连人带车掉了进去。

孟疏雨和闻音吓了一跳，一齐呆在了原地，还没反应过来，又看到远处跑来几个男生。

谈秦打头朝身后喊："快来帮忙！"

"我去叫老师！"一个男生拔腿就朝公园南边飞奔。

"我去找竹竿！"又一个男生急忙跑走。

谈秦和剩下一个男生趴到水塘边想去拉人，却见水塘里的人越挣扎沉得越快，漂得越远，怎么也拉不着。

幸好刚才跑走的那个男生很快从清洁角搬来了一根带网兜的竹竿。谈秦接过竹竿往水塘里捞："快抓牢，我们拉你上来！"

"我们也去帮忙！"孟疏雨回过神来，飞快扔掉手里的花，拉着闻音朝水塘跑去，一出小路，看见了不远处在路边一动不动的周隽。

孟疏雨朝他挥了挥手，想喊他一起来救人，却发现他好像没看见她，盯着水塘里的人后退了两步，转身匆匆离开了。

孟疏雨和闻音、谈秦他们合力用竹竿上的网兜兜住人，争取到了时间，等护工赶到把人救了起来。

虽然最后有惊无险，但因为这场意外，所有来公园放风的孩子还是提前回了福利院。

落水的男生撞上护栏时受了伤，被常秋石带去了医院。

孟疏雨和闻音汗涔涔地回到福利院，在教室里心有余悸地吹着风扇，正讨论着刚刚的凶险情况，看见黄桂芬走了进来，问她们周隽在哪里。

孟疏雨想起周隽掉头跑走的事，撇了撇嘴说："黄奶奶，他在水塘那里就跑走了，没有和我们一起。"

黄桂芬轻轻念了声"坏了"，带着两个护工回到公园，分头往水塘附近找去。

"小隽！"

"小隽，是奶奶。你听见了就出个声。"

黄桂芬一路喊一路找，经过一条岔路口，看见小路尽头处一道蜷缩在墙根的身影，赶紧跑了过去。

走到近前，她才发现这孩子脸色发白，满头冷汗，抱着膝盖抖得厉害。

黄桂芬蹲下去，慌忙拍起他的背："小隽，没事，不怕，奶奶来了。"

晚上回到家，方曼珍在餐桌边听孟舟平说起福利院的事，一阵后怕地问孟疏雨："好端端跑去水塘边上干什么？妈妈不是告诉过你吗？不要走河边。"

"我上厕所回来，看到有人掉进去才去帮忙的。福利院的叔叔阿姨都夸我们又聪明又勇敢呢！"

"你们站在岸上救人是对的，但也不是一点儿危险都没有，万一拉不住人被拖下去了怎么办？"

"我们有五个人，人多力量大，不会的！"孟疏雨摇了摇头。

"那也是五个小孩，尤其你还是女孩子，力气不如男孩子大。以后再遇到这样的事不可以随便冲上去，要先保护好自己才能救人知道吗？"

"知道了。"孟疏雨想了想问，"妈，那跑走的人做得对吗？"

"跑去叫大人当然是对的。"

孟疏雨摇了摇头："可是他没有叫来老师，自己跑走了。"

"那这样是不对的。我们遇到需要帮助的人，如果自己能力不够，就应该去找有能力的人来帮忙。"

孟疏雨点点头，皱起了眉头。

次日下午，福利院照惯例发放点心，黄桂芬看周隽这天没出宿舍楼，就端了一碗绿豆汤给他送去。

她用钥匙开了门，见这孩子背对着门侧躺在床上，一听到动静立刻回过头来。

"奶奶吵醒你了？"黄桂芬小声问。

周隽摇摇头，从床上坐了起来："奶奶，我没睡觉。"

黄桂芬把绿豆汤端到床头柜上放下，看了看他的脸色，看起来他已经恢复了："那怎么不出去？是身体还不舒服吗？"

"不是。"周隽摇头，"今天没人找我出去玩。"

黄桂芬笑着指了指外面："今天你爷爷不让大家去公园了，拿了根大绳给大家跳，好多人挤在前院呢。这人一多就乱套，你去了他们就找你玩了。"

"他们都在吗？"

"是呀，那个每天找你玩的小女孩儿就在前院跳绳呢。"

周隽点点头，喝完一碗绿豆汤，拉开窗帘望了望外面，犹豫着走了出去，到了前院，见两个男生用力地甩着大绳，孟疏雨和闻音站在长长的队伍后边，一边排队，一边聊着天。

周隽远远站了一会儿，发现她好像没注意到他，又走近到了她旁边，却见她一看见他就收起了笑容。

孟疏雨偏头看了他一眼，又把头扭回去，专注地望向大绳的方向。

周隽眨了眨眼，在原地等了一会儿，见她一直没再看他，排去了队伍的末尾。

等人走开，闻音拍了拍孟疏雨的肩膀："怎么啦，你们吵架了吗？"

孟疏雨摇了摇头。

"那你为什么不理他呀？"

孟疏雨皱了皱眉头："因为他昨天不勇敢。"

"啊？"闻音昨天根本没注意到周隽在场。

"反正我今天不喜欢他。"孟疏雨撇了撇嘴。

闻音被她逗笑："那今天过去了呢？"

"看他以后勇敢不勇敢。"

队伍流水般往前进，很快轮到孟疏雨和闻音。两个人顺着大绳的节奏一跳，跳了过去，再排到对面的长龙后边。

眼看不久后周隽也轻轻松松跳了过来，闻音指着他问孟疏雨："你看他不是挺勇敢的吗？"

"不是这样的勇敢。"孟疏雨认真地摇头。

闻音挠挠头搞不懂了，又跳了几轮，见周隽一个人好像很无趣，和甩大绳的男生说换他来甩，就接过了这个吃力的活儿。

孟疏雨却在这时候说跳累了，想去休息。闻音只好跟着一起离开。

周隽甩着绳，望着孟疏雨的背影慢慢垂下了眼睫。

孟疏雨和闻音在教室里盛了一碗绿豆汤喝，吹着风扇收干了汗。闲着没事，她从小腰包里掏出一些零嘴分给闻音。吃了几颗话梅干，酸得倒牙，她又把压箱底的星球杯拿出来，跟闻音一人一个。

两个人正用小勺子舀着星球杯吃，周隽也来了教室，站在门边徘徊了一会儿，走到汤桶边盛了浅浅一碗绿豆汤，端着汤坐到了她们附近。

闻音小声问孟疏雨："你真的不理他吗？"

孟疏雨低头舀着星球杯，余光看着孤零零坐在一旁的周隽，皱起了眉头。想了想，又想了想，她把手伸进腰包，捏住了这天带的最后一个星球杯。

"渴死我了，渴死我了！"正在孟疏雨犹豫的时候，教室里的安静忽然被打破。谈秦抱着篮球一阵风似的跑了进来，一把揭开汤桶盖子，发现里面空空如也，"没汤了啊？"

一旁的周隽抬起头来，把自己盛走的最后一碗汤推了出去："我没喝过，给你。"

谈秦接过汤碗，"咕咚咕咚"一饮而尽。

昨天一起见义勇为过后，孟疏雨还没见过谈秦，现在才看到他的手心贴着创可贴，不知是不是被竹竿划破了手。

注意到她的目光，谈秦朝她看去："小孟妹妹，吃什么呢？"

孟疏雨低头看了一眼，答他："星球杯。"

"有没有我的啊？"

孟疏雨看了看他手心里那张创可贴，捏起腰包里最后一个星球杯递给了他。

谈秦懒得用勺子，直接撕开那层包装纸，挤着吃进了嘴里。

闻音看他邋里邋遢的，别开头去，这一转眼，才发现一旁的周隽不知什么时候已经走了。

谈秦离开后，教室里重新安静下来。孟疏雨吃完了星球杯，托着腮无趣地发起呆。

闻音见她不跟周隽玩也没事做，提议道："咱们还是去跳绳吧！"

孟疏雨心里想着事情，脸上不太有精神，不过还是点了点头，跟着闻音回到了前院。

跳绳的人比刚刚少了一些，很多孩子跳累了都坐在一旁休息。孟疏雨和闻音很快排上了队。

眼看就要轮到她们，孟疏雨还在走神，闻音提醒她："快到咱们了！"

"哦。"孟疏雨准备好架势往前冲，刚迈腿，忽然看见远处周隽默默走向宿舍楼的背影，一走神，脚下绊了一下，狠狠一跤磕向了水泥地。

"哎！"甩绳的男生慌忙停下。

"没事吧！"闻音和一旁的几个孩子一齐冲上去扶人。

孟疏雨摔蒙了，等被大家扶起来才看到自己膝盖上血淋淋一片，后知后觉到好痛，"哇"的一声哭了出来。

这天过后，福利院的孩子再也没见过孟疏雨。

前几天大家都知道孟疏雨在养伤，也不觉得奇怪，过了快一周还不见她，以闻音为首的几个孩子纷纷去问孟舟平，她怎么不来了。

孟舟平不好意思跟孩子们讲——是因为他们家小姑娘一会儿见义勇为救人，一会儿跳大绳摔伤，她妈妈怕这里的孩子玩得太野，不敢让她来了。他只好跟大家说，她的膝盖还没好全，最近雷雨天多，怕来回路滑再摔着会留疤，所以让她待在家里。

夏季的南淮确实常常冷不丁下起阵雨，一下就凶猛无比，大家都觉得这话有道理，让孟疏雨好好休息。

日子一天天过去，起先好几个孩子天天问孟疏雨的消息，后来时间久了，就只剩了闻音在问。

又过了一阵子，连闻音也渐渐不问了。

大家的生活轨迹似乎并没有因为身边少了谁就发生改变。大家该学习的还是学习，该玩的还是玩，慢慢也忘记了福利院里曾经来过一个多么可爱的小女孩儿。

只有一个人，因为那个小女孩儿从昏暗里走到阳光下，又因为那个小女孩儿从阳光下回到了昏暗里。

常秋石又有很久没见周隽出过门了，每天去宿舍楼看他，总听他问上一句："爷爷，明天会下雨吗？"

一开始，常秋石以为他嫌下雨天不舒服，几次过后却发现，他好像不是在盼晴天，而是就希望外面天天下雨。

常秋石奇怪地问："怎么还盼着下雨呢？"

年纪小小的孩子不知心里装了什么，看着窗外说："因为下雨天就有道理不出门了。"

常秋石没听明白，见他这些天一直看着桌上那个星球杯却不吃，指了指它提醒道："天这么热，再不吃巧克力可就化了。"

周隽看着这个星球杯点了点头。

第一次得到它的时候，他并不想收；后来想得到第二次，却没有人给他了。

他知道星球杯会化。可是他只有这一个，吃了就没了。

等他有第二个的时候，他会吃的。

Special 2

一个好美的梦

——当她在十六岁那年的秋千上抬起了头。

盛夏七月，南淮，简家。

临近三伏天，最高气温已经攀升至三十五摄氏度。简家亮堂开阔的客厅里，孟疏雨看着立式空调风扇叶上那根老式红绳飘啊飘，飘啊飘，盯得眼神慢慢失焦，突然听见一旁的孟舟平抛来一个问题——

"是不是，小雨？"

孟疏雨一脸开小差被抓包的迷茫神色，看了看她爸严厉的眼神，不管三七二十一，先答："啊，是。"

对面简叔叔笑着说："都说'腹有诗书气自华'，这爱看书的孩子气质就是不一样，看着文质彬彬的。"

原来简叔叔是问她爱不爱看书。有她爸这个语文老师在，她就算不识字也得爱看书不是。

来别人家做客嘛，总要乖一点儿，讨巧点儿，孟疏雨配合地露出一个文质彬彬的笑容："叔叔，我离'腹有诗书气自华'起码还差十个我爸呢！"

眼见简家夫妻被逗得哈哈大笑，孟舟平看起来也原谅了她刚才的不专心，她放了心。

方曼珍笑着拍了拍她的肩："这书读多了也有不好的，看看，小小年纪就油嘴滑舌了。"

"这哪是油嘴滑舌，这叫伶牙俐齿，以后上了社会不吃亏。哪像我们家小丞，别说在小雨这样的年纪，到现在上大学了也还是只会死读书。"

听话题绕到了并不在场的简家儿子身上，孟疏雨"功成身退"，继续文质彬彬地开起小差来。

孟疏雨再一次眼神失焦的时候，终于听到简叔叔的一句"赦令"："小雨在这儿听我们说这些是不是怪无聊的？要不让阿姨领你去花园转转？或者你想看书也可以去楼上书房。"

　　孟疏雨看了一眼爸妈，见他们没露出反对的眼神，摆了摆手说："不麻烦阿姨，我自己去转转就好了。"

　　比起无聊到打瞌睡还得时刻警觉被提问，阴凉的花园实在是再好不过的去处。孟疏雨家住高层，平常看不见大面积的花圃，一个人优哉游哉地在简家洋房的花园里逛着，倒也觉得新鲜。

　　不过孟疏雨从前院转到后院，又回到后院，绕过一整圈之后，也就没什么可看的了。

　　孟疏雨蹲在后院的花圃边，一手托腮，一手用食指戳着面前不知名的小白花："你无不无聊呀？

　　"作业写完了吗？

　　"夏天好晒是不是？"

　　显然这朵花并不无聊，也不需要写作业，还不怕被晒。

　　孟疏雨换了只手托腮，无趣地叹了一口气，蹲了会儿，瞟见身上白裙的裙摆蹭上了泥。她一下站起来，用手掸了掸污渍，不敢再蹲下去了。她想起后院角落有架秋千，朝那边走了过去。

　　孟疏雨走到秋千架前，一眼看见上面摆了一本书。

　　明明刚刚经过这里的时候还没看到呢，孟疏雨眨了眨眼，歪过头打量了一眼封皮，见是博尔赫斯的一本诗集，好奇地拿了起来。

　　她随手翻开一页，英文印刷体之间的手写汉字映入眼帘，落笔遒劲有力，笔锋转折利落。

　　孟疏雨一下子被吸引，缓缓转身坐上秋千，捧着诗集看了起来，这才发现漂亮的不光是字迹，连翻译的用词也是浪漫又干净的。

　　读多了酸诗，难得看见爱情诗可以热烈到极致却一点儿也不显矫情，孟疏雨一页页翻着，渐渐不再觉得热，也忘了无聊。

　　直到太阳渐渐西斜，金红的光落在白纸黑字上，她才意识到自己已经看了很久，揉了揉脖子，抬起头来。

　　这一抬头，她忽然看见斜上方阳台那头有一道修长挺拔的陌生身影——

　　年轻的男人穿了件白衬衫搭休闲西裤，正笔挺地立在栏杆边，偏头望着她所在的方向。

　　隔着一层楼，四目相对的瞬间，孟疏雨心头一跳，为这张好看到"触目"又

"惊心"的脸，和此刻镀在他周身的、漂亮又虚幻的夕阳的光芒。

孟疏雨觉得自己应该礼貌地移开目光，却像被一条看不见的丝线牵住目光，一动不能动。

整座花园仿佛成了浮光掠影的背景，时间好像过去了很久，又好像只是短短几秒，等她回过神，阳台上已经空无一人。

而她眼睛记录的最后一幕影像，是那人在与她漫长对视过后，转过身拉开了阳台的门。

她以此断定，这惊鸿一瞥并不是她的幻觉。

在简家做客的尾声，孟疏雨带走了那本博尔赫斯的诗集。

因为奇怪这本书怎么会凭空出现在花园的秋千上，孟疏雨问了大人一嘴，得到的答案是——四个大人都没离开过客厅，应该是在楼上忙功课的简丞看她无聊，给她放的吧。

简丞。

孟疏雨在心里默默念着这个名字，带着诗集回了家。到了晚上夜深人静时，她打开床头的夜灯，继续读下午没读完的诗。

她读着读着，眼前的黑字却慢慢一笔一画拆解开来，成了游动的线条。底下的白纸仿佛化成水，因为这些游动的线条荡出粼粼的波光。

波光里倒映着一道瘦高的身影，和他偏转过头时朝向她的英俊脸庞。

孟疏雨被这突如其来的回想惊到，一把合拢了书，躺下睡觉。

三天后的清晨，孟疏雨在日头爬高的时刻自然苏醒。她睁开眼一转头，看见床头柜上那本诗集，后知后觉地回忆起什么，拿手捂住了脸。

昨晚她又做梦了，又一次梦到了简家的花园，梦见自己坐在那架秋千上，捧着诗集和阳台上的人对上了视线。

这已经是三天以来的第三次。不同于前两次和现实一样戛然而止，这次的梦境衍生出了后续。

她梦见那人下了楼，走进了花园，带着笑一步步朝她走来，到她面前站定，似乎想开口说什么。

然后，吝啬的梦境挤牙膏似的又没了下文。

她都没见过人家笑起来是什么样子，怎么会梦见人家笑啊？

一个连一面之缘都谈不上的人能在你的梦里做三天文章。孟疏雨，你这想象力未免也太丰富了！

孟疏雨捧着脸下了床，走进浴室照了照镜子，发现脸颊透着不太正常的酡红，拍了拍脸，打开水龙头洗漱，忽然听见房门被敲响："猪都起来晒太阳了，还不起床！"

有个当老师的爸就是这么悲惨，自己放假的时候，刚好他也闲得慌。

"在起了！"孟疏雨回了一句，飞快洗漱，等换好衣服走出房间，见他爸已经热好单独留给她的那份早餐，坐在餐桌边等她。

"你以为放暑假真是让你玩的？像你们这种时候假期就等于弯道，一个暑假过去，成天好吃懒做的人和每天认认真真学习的人能拉开多大差距，知不知道？"

"爸，寒假时你也是这么说的……"孟疏雨埋头喝着豆浆。

"那你要是听进去了，我还用得着暑假再说？前几天带你去简叔叔家做客，你听没听见人家简丞哥哥高中时候怎么学习的？"

孟疏雨蓦地抬起头来。给她诗集的人是简丞，所以那天出现在二楼阳台上的人也就是简丞。

这个明明应该属于陌生人的名字，因为在她梦里连续出现了三天，让她生出一种奇怪的熟悉感。

"怎么学习的？"孟疏雨冒着被骂的风险问了一句。

"就知道你没在听，别以为选了文科就没压力了，开学就升高二了，上着点儿心！"

不是，她爸怎么不往下讲了呢？她这是疑问句呀！

孟疏雨轻咳一声："那……那个哥哥学的是文科还是理科？"

"人家现在学医，高中念的当然是理科。"

"哦，这么厉害呢……那他学的是理科，英语也挺好的。"

"要不是不偏科全面发展，他能考上南大？刚好人家送了你一本书，你多看看。"

"能看的我都看完了，但是里面只有一半写了翻译，剩下的我也看不懂了。"

"那改天有机会了你请教请教人家。"

孟疏雨的心跳不由自主地加快起来，一种从未有过的陌生情绪挤压着她的胸腔，让她的呼吸越来越紧迫。

她喝下一大口豆浆，眨了眨眼："别改天了，爸，要不就今天吧？"

孟舟平侧目看她，一脸奇怪的表情。

她被看得心虚，补充道："今天不问，改天我肯定也忘记这事了。"

"那也要看人家方不方便，哪有这么突然上门去的？"

"我也懒得上门去，"孟疏雨撇了撇嘴，"要么你问简叔叔要一下那个哥哥的QQ号呗？就说……他那本书我有些地方读不懂。"

直到从她爸那里拿到一张写着一串数字的纸条，孟疏雨还对这一切的顺利感到非常不真实。

　　可是她转念一想，又不知道顺利的是什么。毕竟她好像也不清楚自己要人家的联系方式想做什么，只是突然从她爸嘴里听说，她可能可以和这个人产生交集，就不想错过这个机会。

　　孟疏雨捏着纸条看了很久，思忖着好友验证信息应该填什么。

　　她怎么说才不会显得很唐突呢？

　　——你好，我是孟老师的女儿……

　　这措辞好像有点儿问题。

　　——简丞哥哥好，我叫孟疏雨……

　　太小孩子气了吧，她也不小了。

　　——简丞同学，你好……

　　那她也不能这么老油条，人家好歹是大学生，是成年人，跟她还是隔着鸿沟的。

　　语文成绩一直年级前三的孟疏雨同学在第十次组织语言失败之后，坐在电脑面前发起了呆。

　　正在她陷入僵局的时候，电脑音响传出"喀喀"两声。

　　她握着鼠标点了下屏幕右下角，看到了一条好友验证信息——

　　"我是简丞。"

　　孟疏雨对照了纸条上的号码，见是一样的，想应该是她爸和简叔叔互换了女儿和儿子的联系方式。

　　果然书房门外传来了她爸的声音："你简叔叔怕你不好意思，让简丞哥哥来加你了，说有什么问题尽管问，你礼貌着点儿，嘴甜一点儿！"

　　孟疏雨回头应了句"知道了"，赶紧通过了好友申请。

　　对话框弹出，她将双手放上键盘，又回到了不知道怎么开口打招呼的僵局。

　　对面的人也静悄悄的没有动静。

　　犹豫半天，孟疏雨中规中矩地打字："简丞哥哥，你好。我是孟疏雨，不好意思打扰你了……"

　　对面的人很快回复："没关系，哪里不懂？"

　　见他这么开门见山，孟疏雨也就不说闲话了，把事先准备好的几张照片发送过去。

　　问英文部分有点儿说不过去，毕竟随便一查词典就能查到意思，她挑了几首西班牙语的原诗，把能查到的单词先在网上查明白了，做好了注释。

　　小雨点："我查过单词了，但是好多词意思看着怪怪的，连起来就读不懂。"

简丞："等我一会儿。"

孟疏雨回了声"好"，坐在电脑面前撑起腮来，托在颊边的手指时不时弹拨几下。

眼看对话框上方的"正在输入"一会儿出现一会儿又消失，她等了十几分钟，消息提示音一响，满屏的字跳了出来。

孟疏雨一下坐直身体，鼠标滚轮上下滚，见他直接翻译好了整首诗。

等她看完一遍，对话框上方又出现了"正在输入"，他好像已经开始翻译下一首。

这直奔主题的效率高得孟疏雨措手不及，她想回一句什么，看他不停地输入，又觉得插嘴会打断他的思路。

孟疏雨敲了几个字再删掉，继续等。

她过了十几分钟等来下一首翻译，还有一句补充："有问题可以问。"

他居然注意到了她刚才短暂的那阵"正在输入"。

可他都翻译得这么清楚了，她也提不出什么问题，毕竟这又不是需要解析过程的数学题。

小雨点："我就是想说翻译得太好啦，我会好好摘抄进去的！"

对面的人没对她的夸奖发表意见，等将三首诗都翻译完毕才回："有用就行。"

小雨点："当然有用，很有用，谢谢简丞哥哥！"

简丞："不客气，还有没有其他的？"

孟疏雨倒是想有其他的，但只查了三首诗的单词，还没来得及做更多功课，把空白的书页拍过去也太没诚意了，只好说："暂时没有了，我还没看到那么多，之后如果有问题可以再请教你吗？"

简丞："可以。"

眼看对话接近尾声，孟疏雨想再说点儿什么，随口问："我听我爸爸说你是学医的，学医还要学西班牙语吗？"

简丞："选修的课程。"

小雨点："好厉害！那你现在也在放暑假吗？"

简丞："嗯。"

虽然有问必答，但对面的人并没有主动挑起话题的意思。他这样一"嗯"，孟疏雨就不知道还能说什么了。

孟疏雨看了看时间，发现不是饭点，又不能问吃过饭了没，正丧气，忽然见对话框上显示出"正在输入"。

她眼睛一亮，等着新消息进来，等了好一会儿，却看见那行"正在输入"消失了。

对话框安安静静，再也没了声息。

孟疏雨觉得，如果这时候跟她聊天的也是一个高中生，她应该可以找到千百个共同话题，但跟大学生可以聊什么？

孟疏雨只好结束了对话，把三首诗的翻译摘抄进了诗集里，然后关掉电脑，写起作业来。

她学习了一天，这天晚上倒是没再做那个重复了三遍的梦。

第二天刚好是周末，家里终于不再只有父女俩"相看两相厌"。孟疏雨跟着妈妈出门逛了一天街，买了好多新裙子，暂时把那本诗集抛在了脑后。

没想到回家吃过晚饭打开电脑，她意外收到一封来自简丞的邮件。

邮件没写抬头和寒暄的话，只附了一个文档。

孟疏雨疑惑地把附件下载下来，打开后愣在了屏幕前。

整整三十页文档，密密麻麻都是翻译好的诗，看起来他是把那本诗集里缺的那一半中文翻译全补上了。

孟疏雨看了一眼邮件发来的时间，是这天早上。

她算了算，他该不会是昨天和她结束对话以后就一直在翻译，觉都没睡多久吧？……

孟疏雨慢慢滚动着鼠标滚轮一页页看过去，发现他甚至把昨天用白话匆匆解释完的那三首诗用书面语重新精修了一遍，而且绝对不是网上搜来的版本。

看到这里，孟疏雨忽然有点儿内疚。

虽然她很喜欢那本诗集，但其实不是非要看他的翻译，去书店买本双语版也能对照着找到相应的译文。

她只是……只是有点儿想认识这个人而已。

孟疏雨纠结地挠了挠耳根，给那个不在线的账号发了条消息过去："简丞哥哥，我白天在外面逛街，现在才看到邮件……太谢谢你了！我会认真读的！"

消息发出，如同石沉大海没有响应。

直到两个钟头后，孟疏雨被爸妈催着关掉电脑，也没等到回信。

孟疏雨想想自己一整天没看到人家的邮件，人家肯定也有忙的时候，这会儿没上线也正常。但她还是有点儿后悔这天因为逛街错过了聊天机会。临到睡觉，她悄悄把手机带进了被窝。

初中毕业后，她就拥有了一部手机，不过爸妈管得严，只许她假期外出联络用，不让她带去学校，也不让她在家多玩。

房间已经熄了灯，孟疏雨不敢让手机光漏出去，蒙头缩在被窝里，握着手机隔几分钟看一眼。

十点过半，她正是昏昏欲睡的时候，手心忽然传来一声振动。

孟疏雨一下醒了神，看到简丞的头像亮了起来，立刻点开消息。

简丞："不客气。"

小雨点："你是不是翻译了很久？"

简丞："没有很久。"

小雨点："其实我不着急的……"

简丞："最近刚好有空，之后不知道还有没有时间。"

小雨点："是因为要去医院吗？我听说医学生暑假里也要去医院实习。"

对面的人突然沉默下来。

她好不容易找着个话题，他怎么还不接话了呢？孟疏雨郁闷地等了一会儿，等到他说："我是说暑假之后。"

小雨点："所以你暑假不忙呀？"

简丞："只有今年。"

他只有今年不忙？那可不就被她撞上了。

他不忙的话，有时间交个朋友的吧。

孟疏雨琢磨着这个朋友该怎么交起来，问："那你数学成绩好不好？"

对面的人又陷入了沉默之中。

意识到这个转折唐突，孟疏雨慌忙打补丁："我在写作业，遇到一道不会做的数学题。"

简丞："你问。"

本来想趁机约定明天问他，这下这么突然，她上哪儿变题目去？

孟疏雨疯狂头脑风暴，镇定地打字："咦，我做出来了，原来刚才漏看了一个条件！"

简丞："嗯。"

孟疏雨："不过这张卷子真的好难哪，感觉今晚做不完了，要不明天再做吧。如果明天我再遇到不会的题，可以问你吗？"

简丞："可以。"

简丞："你加另一个号，这个号的消息我不一定及时看到。"

原来是因为这样他才这么晚回消息。孟疏雨没多想，问他："好呀，号码是多少？"

对面的人没报来号码，过了几分钟，孟疏雨收到一条新的好友申请，验证内容空白，不过看昵称是"J"，应该是他的姓氏的首字母。孟疏雨立刻通过申请，问了句："是简丞哥哥吗？"

J："不写作业了就早点儿睡吧。"

小雨点："你要睡了吗？"

J："没。"

小雨点："我也还不困。"

对面的人一时没回，孟疏雨随手打开了这个账号的个人资料。

她看过之前那个账号的资料，昵称是本人姓名，个性签名是《希波克拉底誓词》节选，空间里全部是医学相关的转发。虽然加了好友，她却找不到什么共同话题。听他的意思，这个账号他更常用，或许会有什么了解他的渠道。

孟疏雨想着仔细看看，没想到空间不开放，资料和签名都是空白，信息量反倒更少了。

那这怎么会是更常用的号呢？

孟疏雨不解地退出资料界面，看到他发来一条新消息："不长个子了？"

嗯？

孟疏雨联系了上文，才明白他的意思是她这么晚还不睡觉。

小雨点："那你已经不长了吗？"

J："不然？"

小雨点："哦……"

J："怎么？"

小雨点："我得早睡，你可以晚睡，不太公平。"

J："那我也睡了，这样公平了吗？"

孟疏雨盯着这行字，不知怎么品出一种愉悦感。在她弄明白自己为什么愉悦之前，心脏已经奇异地"怦怦怦"跳起来。

换了个账号，他说话好像没那么中规中矩了。孟疏雨把他这句话来回默读了三遍，才回："好吧，那你明天几点会起床？"

J："你起之前。"

小雨点："你怎么知道我几点起？"

J："应该不早。"

小雨点："万一比你早呢？"

J："我六点。"

小雨点："当我没说。"

J："可以睡了？"

小雨点："可以了。"

对面的人没再发来消息，孟疏雨思忖着说句"晚安"吧，又觉得好像没熟到这份儿上，就让对话停在了这里。

她放下手机之前，把这段聊天记录重新看了一遍。

次日清早，孟疏雨一觉睡到自然醒，看了一眼床头柜上的钟，发现才七点多。

这是她放暑假以来第一次醒得这么早。

她刚想闭上眼继续睡，忽然想起什么，一下从床上坐了起来，拉开床头柜抽屉，拿出了手机。

一看"简丞"那个号不在线，"J"这个号已经显示在线，孟疏雨赶紧下床洗漱，在孟舟平诧异的注视下飞快吃完早饭，从书包里拿出了数学卷子。

"今天太阳打西边出来了？"她爸满脸疑惑地看着她，瞟了一眼她手里的卷子，"怎么不先做语文？"

"语文对我来说又没什么挑战性，做数学才有成就感。"孟疏雨冲她爸捏了捏拳，"数学多拉分呀！"

"行吧，那你好好做，我出去买菜了。"

孟疏雨用力点点头，目送她爸离开，拿着厚厚一沓卷子去了书房。她翻到之前做了一半的一张卷子，先把大部分选择填空做完，然后拿笔圈出选择题的倒数两道和填空题的最后一道，用手机给卷子拍了张照，发给了简丞："简丞哥哥，你现在有空吗？这几道题我不会。"

对方秒回："我看看。"

孟疏雨"嘻嘻"一笑，也低下头开始看题，刚有个思路想试试，对方已经发来一张照片。

她点开一看，他在草稿纸上画了标准的几何图，添好了辅助线："这么添辅助线试试。"

孟疏雨照他的提示很快算出了答案："C？"

J："对。下一题先用余弦定理求角度。"

孟疏雨继续打草稿，又顺利算出答案："B？"

J："对。最后这道填空题应该是超纲了，你看一遍我的演算，能看懂就行。"

孟疏雨心里窃喜，经验主义果然没错，她盲选的倒数两道选择题和最后一道填空题都很值得拿来问。

对方很快发来照片，孟疏雨把演算过程看了一遍，本来想再问点儿什么，却发现一个步骤都没省略，解析过程比一般的参考答案详细多了。

再问就有点儿傻了，孟疏雨把答案写上，然后回复："看懂了！"

J："嗯，填空题第四题错了。"

就这么点儿时间，他写完解析还把其他题目都检查了一遍吗？

小雨点："是吗？我再算算看……"

J："不用算，数值没错，缺了等号。"

小雨点："哦，对……"

J："其他没问题了，还有不会的吗？"

没想到他教题的进度这么快，孟疏雨感觉自己准备得又有点儿不充分，刚才主要是担心自己题目做太久，他就下线了。

孟疏雨给试卷翻了个面，一道道大题看下来，最后一道大题肯定不会让她失望。她想也不想地直接圈，想着再找一道，然后看准了倒数第二道大题。

——条件越少，题目越难，就是你了！

孟疏雨把倒数第二道大题的第一小题解出，圈出第二和第三小题，再次拍照发了过去。

对面的人安静了一会儿，问："第二小题不会？"

小雨点："嗯嗯。"

J："那你选择题第八题怎么做出来的？"

孟疏雨把试卷翻回前面看了看。

谁出的卷子，也太没追求了！原理一样的题目小题里已经放了，大题里怎么再来一遍？不知道一张好的试卷知识点是不会重复的吗。

孟疏雨慌手慌脚地回复："那题是我蒙的……"

对面的人发来一张照片，是她最开始发过去的那张图，不过这会儿图上多了一条红线，画出了第八道选择题题干边上她亲手写的那几笔草稿。

J："公式不都用对了？"

"……"

完了，她露馅了。

孟疏雨猛地把手机屏幕朝下盖，脸瞬间涨红。

安静的书房里，书桌上的手机再次响起一声振动，不知是不是那头的人又说了什么。

孟疏雨凉拖里的脚趾一根根蜷缩起来，她捂住脸不敢去看。

直到五分钟过去，她滚烫的脸颊渐渐凉下来，手才慢慢移向手机，像碰着个烫手山芋，飞快地把手机屏幕翻过来。

这一翻，她一眼看到对话框里的最新照片——是写在草稿纸上的，第二小题的解题过程。

J："看错了，不一样。"

孟疏雨愣了愣，拿起手机点开图片，仔仔细细看了一遍。

确实不一样，因为这道题可以有两种解法。

他用了另一种和第八道选择题不同的解题思路，然后告诉她，是他看错了。

虽然摇摇欲坠的脸皮保住了，但孟疏雨还是决心吸取教训，不再犯这种低级错误，开始认认真真地刷题。

这一来她倒和数学建立了革命友谊。

接连一周，她整个人像打了鸡血，每天刷两张数学卷子，上午一张，下午一张，到了晚上就把攒起来的难题发给简丞。

本来她爸见她一边写作业一边玩手机很生气，一看她在请教数学题，又听说对象是简丞，觉得靠谱，到嘴边的批评话语也就收了回去。

一个暑假总共三十张数学卷子，她用一周就完成了近一半，她爸现在唯一的顾虑是：简丞那孩子会不会被折腾烦了。

孟疏雨把聊天记录光明正大地拿给她爸看——

J："今天正确率不错。"

小雨点："简丞哥哥教得好！"

J："函数还是有点儿薄弱，你们的卷子里没有专题？"

小雨点："没有，老师布置的都是综合卷。"

J："明天找张专题卷给你，你自己打印出来做。你先把函数攻克再做综合题，会轻松很多。"

小雨点："谢谢简丞哥哥！"

"他没烦我呀，"孟疏雨指了指手机屏幕，"我嘴甜着呢。"

"人家这么有耐心，是看在我和他爸爸交情好的分儿上。"

孟疏雨不高兴地撇了撇嘴："也是我性格好会说话！"

"那也不能平白让人家教你，这都够给你当家教了，刚好今天周末，你跟我去送点儿水果好好谢谢人家。"

孟疏雨心下一喜："要去简丞哥哥家里啊？"

"又要犯懒？"

"没有，"孟疏雨飞快摇头，"就去呗。"

孟舟平点了点头，看了一眼她的手机屏幕又皱起眉头："你这每说一句话，前面都要加这些乱七八糟的东西干什么？不加你是说不了话了？"

孟疏雨低头看了看她爸指的那些"颜文字"，目光闪烁了一下："爸，你不懂，这是我们年轻人的流行语。"

孟舟平一脸嫌弃表情地瞥瞥她，走开了去。

孟疏雨换上前一周新买的裙子跟着孟舟平出了门。

比起上次被迫跟着爸妈来做客，孟疏雨这天的心情好得多，跟她爸一起拎着水果到了简家，一见着人就打招呼："简叔叔好！"

"小雨好！"简叔叔对她笑了笑，又看向她爸，"你这也真是的，不就是教几道题目的事，又不费劲儿，还特意送东西来。"

"这哪是几道题的事？我自己的女儿有多话痨我最知道！"

"哎呀，爸——"

孟疏雨皱眉看了看她爸，一回头见简叔叔笑着朝楼上喊了句话："小丞，孟叔叔和小雨到了，快下楼来！"

孟疏雨在沙发上掖了掖裙角，目视前方笔挺地坐好，听着楼梯传来的脚步声，悄悄抬起眼皮看去。

这一看她却愣住。这怎么好像不是她那天看到的人？

孟疏雨朝来人身后张望了一眼，发现没有其他人，压低声音问她爸："爸，这个就是简丞哥哥吗？"

"是啊。"

父女俩一问一答过后，简丞也走到了沙发边端正坐下，文文气气地跟两个人打招呼："孟叔叔好，小雨好。"

孟疏雨还没回过神，被她爸飞了一记提醒的眼刀。

"哦，简丞哥哥好……"她赶紧应了一声，目光在简丞脸上瞟来瞟去。

不是好像，是绝对，虽然身材都是瘦瘦高高的，但她那天看到的绝对不是这张脸！

所以给她诗集、教她数学题的并不是她以为的那个人，而是眼前这个人？

那她那天看到的人是谁？

该不会是离得太远看错了，还是她在秋千上睡着了做了个梦？

孟疏雨正发着呆，听到一旁的简叔叔奇怪地问儿子："你孟叔叔不是说你和小雨最近每天都在聊天？怎么你们见了面跟不认识似的？"

孟疏雨看了一眼简丞，发现他的神色不太自然，估计自己这会儿也是这样局促的表情。

两相静默里，孟舟平也打趣说："现在的小孩，隔着屏幕聊得热络，当面吐不出个字来。"

"谁说不是？你们小雨还算好了，我们小丞是真不会交际。你跟我说这两个孩子聊得挺好的时候，我都惊奇了。我们小丞平常就一门心思地钻他那些课本里，要么就是干动刀子的活儿。"

听两位家长活跃着气氛，孟疏雨和对面的人大眼瞪了半天小眼，总觉得哪里怪怪的。

她这阵子一直把那天看见的人和简丞这个名字连在一起，从一开始想的就是另一个人，现在好像也很难把一个新的人和最近跟她聊天的对象对上号……

这些日子聊的天仿佛全部失了真，孟疏雨也不知道该怎么形容此刻复杂的心情。

她走神的工夫，旁边两位家长不知聊到了哪里。

"小雨不是喜欢读诗吗？让小丞带你去楼上书房里看看还有没有喜欢的，今天再挑几本走。"

孟疏雨赶紧摆手："不麻烦了简叔叔。"

"你这孩子，客气什么，这有什么麻烦的？"简叔叔拍了拍简丞的肩。

简丞似乎也有顾虑，朝她看来一眼，犹豫地站了起来。

孟疏雨只好跟着离开了客厅，在他身后慢慢踩着楼梯台阶，每一步都踩得有点儿僵硬。

这奇怪的气氛，他们单独相处该说点儿什么？

孟疏雨一路跟着简丞进了书房，四下安静下来，看了一眼简丞，等着他打破僵局。

可是他看起来比她还不自在，连眼睛都没看她。

孟疏雨努力找了个话头："简丞哥哥，我今天没写综合卷，你说给我找的专题是不是晚上发我？"

"我……"

"哦，我不是催你，不着急的，我还有其他的作业要写，先写那些也行。"

"要不你在这儿看看书，"简丞对她指了指书架，"我去打个电话？"

"好，你忙……"眼看他拿着手机去了阳台上，孟疏雨如释重负地转向书架。

明明他们在网上聊得挺好的，怎么一见面这么尴尬呢。

谁来救救她呀？……

孟疏雨心里说不出的丧气，随手抽了本书架上的书，拿在手里有一下没一下地翻着，也看不进去，又放了回去。

她一转头就注意到旁边书桌上那个透明文件袋，文件袋里装了一沓厚厚的材料，最上面那份材料右上角贴了一张一寸照。

她歪过头看了一眼，这头忽然就正不回来了。

这照片上的人不就是她那天看见的人吗？

她没看错，也不是在做梦……

孟疏雨正看着照片出神，简丞从阳台回了书房。

好奇心大过天，她来不及顾虑什么，指着照片就问："简丞哥哥，这照片上的人是谁？"

简丞回来后，似乎也比刚才放松了些："是我的高中同学，最近住在我家，这间书房腾给他用了。"

"哦——"孟疏雨恍然大悟，后知后觉到这个问题有些突兀和不妥，补充着解释，"我上次来的时候就在这个阳台上看见他了，还以为是你。"

简丞沉吟了一下问："所以你才找我问数学题？"

孟疏雨一滞之下立刻摇头："不是，不是，我是因为很喜欢那本诗集……"

"那本诗集不是我的。"

"啊？"

"最近跟你聊天的也不是我，是他。"简丞指了一下那张照片，晃了晃掌心里的手机，"我刚才就在给他打电话。"

孟疏雨愣愣地看向那张照片，目光缓缓移向一旁的姓名栏，看见了他的名字——周隽。

听简丞解释完，孟疏雨才明白事情的原委。

大人都以为诗集是简丞放的，她爸去要简丞的联系方式的时候，简叔叔也没多想，直接给了儿子的号码。

过后简叔叔跟简丞交代这事，让他好好解答她的问题，他意识到这是个乌龙，本来想跟大人解释清楚，但周隽说不用了，用一下他的号就行。

简丞就把号借给了周隽。

只是没想到她的问题不是一次能够解决的，他总用简丞的号就不方便了，而且简丞不常上网，那天晚上因为忙功课没及时看到她的消息，也就没能及时转达给周隽。

所以后来周隽才让她加他自己的号。

这天她临时过来，正好碰上周隽外出办事，简丞没来得及和周隽通气，不确定他是什么意思，所以在楼下当着大人的面就没多说。

这前因后果孟疏雨是理解了，可就是不太懂——

"那一开始也就算了，都这么多天了，他怎么不跟我说清楚他是谁啊？"孟疏雨撇了撇嘴角。

"可能是开始没说，后来就没找到合适的时机。"估计是看她不高兴了，简丞的语气带了点儿安慰的意思。

但孟疏雨并没有被安慰到："那要不是我今天过来，他就打算一直不告诉我了呗……"

"不是，也不是这个意思，"简丞看起来有点儿不知道怎么应付这个场面，"我也不太清楚他怎么想的，要不我再给他打个电话，让他跟你说？"

"不用了。"孟疏雨干脆地摇了摇头。

既然他借了别人的名字，那就是没想和她认识，非要打破砂锅问到底干什么？她又不是小孩子了。

孟疏雨转过身想下楼去，刚迈腿，听到简丞的手机响了起来。

"他打过来了。"简丞给她看了一眼屏幕上的来电显示。

孟疏雨步子迈到一半，进也不是、退也不是地顿在了原地。

简丞当着她的面接通了电话——

"嗯，在。

"我说了。

"是有点儿。

"那我把电话给她？"

孟疏雨忽然没来由地一阵紧张，看简丞把手机递过来，下意识地朝后退了一步。

"不想接吗？"简丞小声问。

"我……"

"他是特意打过来问你的。"

"好吧……"孟疏雨轻咳一声，摊开手接过了简丞的手机，握到耳边。

听筒里安静到只有对面的人的呼吸声，孟疏雨定了定神，轻轻"喂"了一声。

耳边响起一道好听的男声："还挺没良心的，教你这么多天作业，电话都不想接？"

孟疏雨刚稳住的心神又摇摇晃晃起来。

明明她也没见着人，但这个声音、这个语气，就是能跟她这些天聊天的那个人，还有跟她对那个人的想象全部对上。

不过孟疏雨还记得自己在生气，硬邦邦地问了一句："你要跟我说什么？"

"简丞哥哥说你不高兴了？"

"我当然不高兴了……"

"那怎么办？我这会儿还回不去，要不让简丞哥哥带你出来一趟？"

孟疏雨摸了摸鼻子："出去干什么？"

"请你吃冰激凌，能消气吗？"

孟疏雨也不知道自己怎么这么馋，"冰激凌"三个字就把她蛊惑出了门。而且她还是做贼一样出了门。

简丞跟两个大人说带她出去吃冰激凌的时候，她心里虚得拼命打鼓。想想跟简丞去，和跟简丞的同学去，明明应该是差不多的，但她就是觉得这事不应该告诉大人。

简丞开车带她去了市区。一路上，孟疏雨在脑子里反复过着"简丞"和"周隽"这两个名字，努力把这两个名字区分开来。

车子在一条繁华的甜品街对面停下，孟疏雨朝驾驶座那侧的窗望出去，还在找马路对面哪个人是，忽然听见副驾驶座这侧的车窗移下的声音，一转头就见窗外来了个人，穿着和那天一样的白衬衫和休闲西裤，弯下腰来看她。

孟疏雨盯着近在咫尺的这张脸，紧张地吞咽了一下口水。

"下车了。"周隽笑着说。

"哦……"她解了安全带去拉车门，还没拉到，门已经被外面的人打开。

孟疏雨下了车，一脚踩上路沿，头顶的日光逼射而来，热烈得晃眼又晕人。她抬手遮在额前，仰头去看这个高她近一个头的人。

等周隽关上车门，车子驶远了，她才注意到不对："简丞哥哥不一起吗？"

"开什么小差呢？"周隽侧目了看她，"他刚刚不是说他要去趟学校？"

孟疏雨完全没听见……

"太晒了我没听清，那……那快点儿去店里吧，外面好热。"

周隽带她往马路对面走去，把手里的文件夹挡在她的头顶。

孟疏雨抬头看了一眼，抿着唇偷偷笑了一下。

直到进了甜品店，周隽才放下手。两个人在靠窗的位子坐下，很快有服务生送来一本甜品菜单。

周隽没看，直接把本子递给了她："想吃什么自己点。"

孟疏雨翻开本子看了看，对服务生说："那我要一个牛奶绵绵冰。"

"不要别的了？"看她合拢了本子，周隽问。

"这一碗就很大了，我一个人可能都吃不下，你不点吗？"

"给我一杯冰美式吧。"周隽抬头对服务生说。

服务生确认好两个人的点单内容，转身离开。

周围安静下来，只剩两个人大眼瞪小眼，孟疏雨觉得他们这会儿好像才是正式认识，又有点儿见网友似的拘谨感。

她想着不如把刚刚在"真简丞"那儿找的话题再对"假简丞"说一遍好了，刚要开口，却见对面的周隽先笑了一下："正式自我介绍一下，我叫周隽，周折的周，隽永的隽。"

好像不用她找话题了。

孟疏雨看着他撇了撇嘴："这个我已经知道了。"

周隽挑了一下眉："那你还想知道什么不知道的事？"

"你干吗骗人？"孟疏雨脱口而出，问完才觉得脸有点儿疼，她刚才明明跟简丞表示过自己不想知道的。

"因为——"周隽面带思索地指了指手边的文件，"最近在准备出国了。"

孟疏雨愣了愣，回想起在简家书房看到的那堆材料："你要出国念书吗？"

周隽点头。

"什么时候啊？"

"过完这个暑假。"

"是大学里的交换生吗？"

周隽笑了笑："我已经本科毕业了，去国外读研。"

"你不是简丞哥哥的高中同学？"

"跳过级。"

"那……"孟疏雨眨了眨眼，"那读研是要去多久？"

"两年。"

孟疏雨"哦"了一声，缓缓点了点头，想了想才反应过来，他说起这事是在回答她为什么骗人。

所以他是因为马上就要离开这里了，临走之前不想再多一笔人际关系吗？

"出国就不可以交朋友了吗？"孟疏雨皱了皱眉头。

周隽笑了笑："现在觉得可以了。"

"为什么现在又可以了？"

"因为——"周隽似乎被她一个接一个的问题问得有点儿头痛，轻轻"啧"了一声，"已经产生沉没成本了。"

"什么？"孟疏雨瞥了瞥他，"你说点儿高中生能听懂的话行不行？"

"意思是，给你花了这么多时间，不能便宜别人了。"

听周隽的口吻像是在变相吐槽她烦人，她有那么一点儿惭愧。可看他说这话时的表情是在笑，她又觉得这不是一句坏话。

半个小时后，简丞的车开到了甜品店门口。

周隽似乎是办事中途出来了一趟，还要继续去忙，孟疏雨得先跟着简丞回去。

见简丞没打算下车进来吃点儿什么东西，孟疏雨问周隽："要不要给简丞哥哥带点儿什么东西？他特意送我一趟……"

"回头我会再谢他，不过给他带杯美式咖啡也行。"

孟疏雨问服务生要了杯美式咖啡，打包拎在手里，起身时看了一眼周隽和他手里那些出国需要的文件，心里有点儿沉甸甸的。

"你是过完这个夏天才走吧？"她试探着问。

"应该是。"

"那……"孟疏雨飞快地眨着眼，话已经到了嘴边，想说却说不出来。

"之后有空的话，我出来给你辅导作业？"

孟疏雨仰头看着他，控制着嘴角不要扬得太厉害，点了点头说："好。"

为了不让自己显得太爱占便宜，她又笃定地补充："不会让你白白辅导的，肯定会给你好处的！"

话是说出去了，不过孟疏雨暂时也不知道能给周隽什么好处，倒是晚上九点多洗过澡之后，先收到了周隽承诺给她找的那套函数专题卷。

孟疏雨把卷子打印出来，想看看题目却有点儿沉不下心，感觉这天的心情一波三折的，像坐过山车一样，到现在人还发晕。

她用手机给周隽发去了回信："我打印出来了，不过今天出了门有点儿累，我可以给自己放个假吗？"

J："可以。"

孟疏雨就跟他扯起闲话来："你今天什么时候忙完的？"

J："傍晚。"

小雨点："那事情办完了吗？"

J："这批材料差不多了，之后还有一些。"

小雨点："听起来很忙的样子。"

J："还好。"

小雨点："还好是什么意思？"

J："就是后天能抽时间当辅导老师的意思。"

孟疏雨没想到这个回头约来得这么快，捏着手机心"怦怦"跳起来。

小雨点："那我会提前把这张卷子做完的。"

J："明天再做，早点儿睡。"

小雨点："我还不困呢。"

J："今天仔细看了一下。"

小雨点："嗯？"

J："你这个子是不是不算高？"

"……"

小雨点："我不矮！我在我们班坐中间靠后一排的呢！是你自己太高了！"

孟疏雨打出这行字，觉得自己这气急败坏的样子像极了被踩到痛脚。她在同龄女生当中本来算还可以了，但这天看到周隽，确实感觉他像棵青松似的，拔得好高好高。

她又没到可以穿高跟鞋的年纪，看着他说话就好费劲儿。

她想了想，还是趁这年纪还有机会长那么两三厘米，再努力一把吧。反正他已经不长个子了，她每长高一点儿，就等于多追上去一点儿。

小雨点："我去睡觉了。"

J："嗯，好好睡觉，反正我不长个子了，可以等等你。"

孟疏雨盯着这行字，惊讶着他怎么跟她想到一块儿去了。

孟疏雨心里起了一阵奇异的痒意，酝酿了一下，终于把好几天前就想说的话发了出去："简丞哥哥，晚安。"

J："……"

孟疏雨一愣之下才反应过来，飞快补救："周隽哥哥，晚安。"

两天后下午，孟疏雨背着书包又一次做贼似的出了门。她一出小区，远远就见那道高高瘦瘦的身影矗立在树荫下，和苍翠的绿树、碧蓝的天空融在一起，好看得像一幅油画。

孟疏雨的脚下雀跃起来，乐极时又担心生悲，她回过头看了一眼。

她跟她爸说，这天她是去陈杏家和陈杏一起写作业的。

孟疏雨确认她爸没疑神疑鬼地跟来，重新望向不远处的人，一步步轻快地踩着帆布鞋绕到他身后，用食指轻轻戳了戳他的背脊。

周隽回过头来。

孟疏雨仰头看着他："你看错方向啦！"

"怎么看错了？"周隽眉梢微扬。

孟疏雨冲小区大门努了努下巴："我是从那个门出来的。"

周隽朝另一个方向指去："可我在看那只小狗。"

孟疏雨顺着他手指的方向看去，看见了一只在甩屁股的柯基。

"哦。"她脸上的笑容消失，抬起手尴尬地正了正书包带。

周隽朝她身后看去，目光落定在她背上那只硕大的书包上："装砖头出来了？"

她还不是怕他又教得很快，她准备的题目不够用，马上就得打道回府……

孟疏雨的目光闪烁了一下："说好今天我用压岁钱请你喝下午茶的，我要不多学一点儿，不是划不来吗？"

周隽点点头，朝前边的公交车站抬了抬下巴："那走吧，抓紧时间让你回本。"

孟疏雨朝前走去，走了几步背上倏地一轻，一扭头，看见一只修长的手勾起了她的书包拉环。

"这得有七八斤？"手的主人测算着说。

孟疏雨转了转眼珠子："你读了四年大学忘记了，高中生就是这么辛苦的。"

周隽往上一提，卸了她的书包。

"嗯？"孟疏雨偏过头看他。

"好歹你叫我一声哥哥，总不能让你白叫。"

孟疏雨瞅瞅被他钩在手里的书包，低着头悄悄抿着唇笑。

公交车很快到站，孟疏雨跟着周隽上了车。

车上没有空座，稍微有点儿挤，他走在前面开出一条路，站定在车厢后部朝她招了招手："来我这儿。"

孟疏雨钻进他圈出的那一小块空地，抱住了面前的扶杆。

周隽站在一旁，一手拎着她的书包，一手握住头顶的扶杆。

乘客越上越多，司机头戴扩音麦，提醒后上的乘客往后走。

人潮往后涌来，眼看一个粗糙的蛇皮袋就要擦着她的脸，她慌忙抬手去挡，抬到一半，周隽挪了一步站到她身前，把她和人群牢牢地隔了开来。

清冽的皂荚香扑鼻，孟疏雨一抬头，对上了他刚好落下的视线。

这一刻，车厢很挤，天地很小，她的耳朵里全部是心跳如擂鼓的声音。

周隽带她去了一家离她家小区五站路的咖啡店，听说是他一个朋友开的，所以他们可以想坐多久就坐多久。

跟着周隽一进门，孟疏雨就感觉前台那头射来一道犀利的目光。

"哟，你说带个朋友，原来是带的女朋友啊。"前台的男人侧目打量着孟疏雨。

孟疏雨被这一声"女朋友"叫得脚步一顿，定在原地眨了眨眼。

"别瞎说，是小朋友。"周隽瞥了那男人一眼，拎着她的书包走到窗边双人位旁，朝她招了招手。

孟疏雨慢吞吞地跟过去，在他对面坐下。

前台的男人应该就是这家店的老板，这会儿亲自过来给两个人点单："是我不严谨了，看这书包款式，应该是小女朋友。"

周隽冷冷地扫了他一眼。

老板立刻闭了嘴："行，小朋友，小朋友。"他又转头问她，"小朋友，喝点儿什么？"

"我要一杯热巧克力。"孟疏雨说完看了看他们，补充道，"我不是小朋友。"

"你看，人家说不是。"老板转头打趣周隽，"大朋友呢，还是冰美式咖啡？"

周隽点头，指了指前台示意他可以走了。

老板笑着去做咖啡了。

孟疏雨却还在纠结刚才的对话，问周隽："我的书包怎么了？很幼稚吗？"

周隽看了一眼她那粉色碎花款的书包，摇头："没有。"

"有。"孟疏雨不满意地撇了撇嘴。

周隽面露思索之色："那可能是我的问题。"

孟疏雨看了看他这一身成熟的打扮，他拎她的书包确实有一种强烈的违和感。

"你说得对，"她点点头，将原因归咎给了他，"你为什么总是穿差不多的衬衫和西裤？"

"不用挑衣服，方便。"

"那不是很浪费吗？"

"浪费什么？"

"你长得这么——"孟疏雨吸了口气小声说，"好看。"

周隽被她逗乐："那穿什么才不浪费我的好看？"

"也可以偶尔穿穿……"孟疏雨随手指向窗外街上一个穿黑色卫衣的男生，"那种卫衣之类的呀，那样看起来就年轻很多，穿衬衫和西裤会显老的。"

"显老？"周隽好像是第一次听到这个词。

孟疏雨一本正经地点了点头："别看平时看不太出，你跟高中生在一块儿就很明显了。"

"你们高中生事挺多。"周隽抬了抬眉梢，"看来还是作业太少。"

"谁说的？"孟疏雨把她"吭哧吭哧"背出来的书和卷子全部搬上了桌子，"我们正事多着呢。"

前台的男人按响了铃，周隽起身取来咖啡和热巧克力，把她那杯递给她，又变戏法似的拎来一个超市购物袋。

孟疏雨一抬眼，看见购物袋里装满了零食，惊讶地问道："这是什么时候买的？"

"去接你之前存在这里的，你都拿压岁钱请我喝下午茶了，我总不能空手。"

"可是下午茶是我交给你的学费呀。"

"那这就当我给你的奖励，"周隽抬了一下手，"做对了题才能吃。"

孟疏雨扒开袋口一瞅，见里面甜口和咸口的零食都有，还有一大桶星球杯。

"咦，你怎么知道我爱吃这个？"她指着那桶星球杯问。

周隽一时没答，定定地看了她一会儿，不知想说什么，但最后只是轻描淡写地说了一句："猜的，小朋友不是都爱吃吗？"

"我不是小朋友，"孟疏雨皱了皱眉头，"我就比你小三岁！"

"但我比你高六个年级。"

孟疏雨气噎，打开那桶星球杯，左手抓起一大把，右手也抓起一大把，通通塞给他："不管，你也要吃。"

周隽被她塞了一手的星球杯，低头看了看，失笑喃喃："我都十年没吃过了。"

孟疏雨拍了拍手："那不是刚好帮你返老还童了吗？"

从这天起，这家咖啡店仿佛成了孟疏雨的秘密据点。隔三岔五她就跟周隽来一趟，写上一下午作业。

虽然家里一开始看她总往外跑是有意见的，但每次都见她带回一堆新鲜完成的作业，而且每次都是天黑之前准时回来，最后她爸妈也没什么话讲。

不过孟疏雨对自己"天黑之前必须回家"这点有些不满。就算她和同学出去玩，都有吃完晚饭才散场的时候，怎么周隽老把她当小朋友，早早送她回家。

孟疏雨也不知道自己在执着什么。好像天黑的时间点就是一道界线，天黑之前和天黑之后差的不是两个钟头，而是两个世界。

苦于找不到理由晚回家，孟疏雨老老实实地当了好一阵天黑之前回家的"灰姑娘"。直到她爸的教师暑期疗休养活动和她妈加晚班撞在了同一周——她就知道，她的机会终于来了。

这天，孟疏雨照常在咖啡店写了一下午作业，等到五点多，周隽看了一眼时间，说差不多了，她立刻"哎呀"了一声："我忘记跟你说了。"

"嗯？"周隽一边收拾着她的卷子一边问。

"我爸妈今晚都不在家，回去没人给我做饭吃……"

周隽打量着她："真不在家？"

她的表情浮夸到让他不相信一句实话吗？

孟疏雨拿出手机就要拨号："真的呀，你不信我打电话给我妈。"

周隽笑着拦住了她："我信，那你爸妈让你晚饭怎么解决？"

"我说我是跟闺密一起出来的，会和她在外面吃完饭再回去。"孟疏雨诚恳地看着她的"闺密"。

她的"闺密"点了点头："想吃什么？"

孟疏雨眼珠子转了一圈："火锅行吗？我请你吃。"

"这里过去火锅店比较久，吃完会有点儿晚，改天中午我可以带你去。"

孟疏雨不高兴地叹了一口气："为什么晚了就不行？"

"那你为什么跟家里撒谎说你是和闺密出来的？"

孟疏雨噎住了。

"既然你爸妈不会答应你和一个哥哥单独出门，那我就更应该做一个不让你爸妈担心的哥哥，你说对不对？"

孟疏雨垂着眼点了点头："好吧。"

对面忽然传来一声笑。

孟疏雨抬起头看了看他："笑什么？"

"吃不上火锅，这么不开心？"

孟疏雨当然不是因为不能吃火锅才不开心。但她也不知道怎么解释，只能闷闷地"嗯"了一声。

"那这样，我做菜给你吃行吗？"

孟疏雨愣了愣："怎么做？"

"这里有厨房，也有现成的食材，"周隽指了指咖啡店的后厨，"我可以问朋友借。"

直到看着一桌子菜摆在眼前，孟疏雨萦绕在心头的失落感才荡然无存。

盯着面前的咖喱虾、土豆牛腩、番茄炒蛋，一盘盘菜打量过去，她惊叹道："你怎么做菜也做得这么好啊？"

周隽轻轻"啧"了一声："可能是因为知道有人会吃不上饭吧。"

"那我可以开始吃了吗？"孟疏雨迫不及待地拿起筷子。

周隽抬了一下手示意她随意，也跟着拿起了筷子。

孟疏雨一样样菜尝过去，感动得眼睛亮晶晶的："太好吃了，好吃得要哭了！"

周隽笑着看她："哭一个我看看？"

"想得美，我这可是人鱼珍珠泪。"

孟疏雨笑眯眯地低着头继续吃菜，就着米饭把三盘菜吃了个干净。

最后她甚至觉得自己是不是吃得比周隽还多了，看着盘子里剩下那只咖喱虾舔了舔唇说："你吃吧。"

"手都擦干净了，还给我找事？"周隽给她看了一眼他的手。

孟疏雨眨了眨眼。

"吃了，快点儿。"周隽指了指那只虾。

"哦。"孟疏雨美滋滋地吃掉了最后一只虾。

吃过晚饭，夜幕已经降临。虽然不是很晚，但孟疏雨终于还是成功越过了这道界线，离开咖啡店的时候觉得心情有点儿好，好到想得寸进尺。

眼看周隽要带她朝公交车站走去，她摸了摸肚子说："嗯……我好像吃太饱了，这会儿坐车会不会晕车啊？"

周隽看了她一眼："那怎么办？"

"散散步消消食怎么样？就沿着这条公交线走，走累了再坐公交车。"孟疏雨指了指街灯亮着的地方。

"那就只走一站。"

"就一站。"孟疏雨点点头，兴冲冲地往前走去。

周隽一手拎着她的书包，一手把她拉到步行道的里侧："走里边。"

孟疏雨抬头看了看他，问出了最近时不时想起的疑问："你为什么这么会照顾——"

她是想说照顾女孩子的，可又觉得这个身份说出来怪怪的，最后顿了顿，认了她不想认的那个身份："小朋友？"

周隽的答案似乎也往这个方向偏了过去："因为小时候被这么照顾过。"

"哦，我以为是你经常这么照顾人，家里有弟弟妹妹之类的。"

"没有。"周隽摇头。

"那——"孟疏雨轻轻吞咽了一下口水，"也没有女朋友吗？"

周隽干脆利落的节奏停了一拍，他偏过头来看她。

孟疏雨被他看得呼吸差点儿哽住："我就随便问问的，你要觉得这是个人隐私也可以不用答。"

周隽笑了一声："如果我有女朋友才叫隐私。"

"所以……"

"没有叫什么隐私？"

孟疏雨那口窒住的气缓了过来，她平复了一下说："那你怎么不交女朋友呢？"

"因为，"周隽似乎认真地思索了一会儿，"早恋不太好。"

"你都十九岁了呀。"

"嗯，岁数还是不够。"

"那要几岁才够？"孟疏雨眨了眨眼。

周隽垂眼看了看她："再过两年吧。"

带着一种隐秘的、无法与人言说、一时也不知道怎么跟自己说的心情，孟疏雨回到了家，耳边还反复回响着周隽的话。

他说："如果我有女朋友才叫隐私，没有叫什么隐私？"

他说："再过两年吧。"

所以……这两年里他都不会有女朋友。

两年后他二十一岁，而她刚好十八岁，刚好长大。

"刚好"。

孟疏雨被突然闪进脑海的这两个字吓了一跳。

空无一人的客厅里，她像怕被谁偷听到心里的声音，慌慌张张地跑进房间，一把关上了门，却关不住脑子里那个念头。它像生命力旺盛的藤蔓，在夏夜里疯狂生长，爬满她心上那面墙。

从这天起，孟疏雨忽然多了很多新爱好。

她开始研究星座，发现网上说天蝎座和双鱼座配对指数是一百，天生一对。

她开始习惯睡前看一部电影。片子跨越国界，古今中外都有，但题材无一例外都是关于初恋的，结局一定是美好的。

她开始学习织围巾，虽然不知道能不能织成，织成了能不能送出去，送出去的时候又是以什么样的契机。

她仿佛有了花不完的时间，每天能做很多很多事情，却不敢把这些事说给那个让她多了这么多爱好的人听。

连原本敢向他提出的要求——想晚点儿回家，想和他吃火锅，想和他散步，都因为她"做贼心虚"一次次画上欲言又止的句点。

于是她再也没能拥有第二次天黑以后回家的机会。

夏天一天天过去，从七月到八月，三伏天渐近尾声。她每天翻着日历，却不知怎么开口问他是不是定下了离开的日期。

他也从来不提。

有时候她会短暂地忘记这件事情，好像这个夏天永远不会结束，她也永远不会开学，永远是高一学生。

直到天气一夜转凉的这天早上，孟疏雨收到了周隽的消息。他像往常一样跟她说，这天下午他有时间，问她要不要出去。

她没有多想地说好呀，然后看到他问："晚上带你去吃火锅，能跟家里请假吗？"

孟疏雨看了一眼日历，没发现这天是什么特别的日子，倒是看见八月的尾巴已经所剩无几。

一种强烈的预感笼上心头，让她忽然有点儿害怕和他见面。

但她还是毫不犹豫地说："能。"

中午吃过饭，孟疏雨照常背着书包出了小区，远远看见等在树下的人，第一眼差点儿没认出来。

周隽这天没穿白衬衫，穿的是一件黑色卫衣，和她上次随手一指的那个男生穿的一样。

但差不多的卫衣穿在他身上要好看得多……

孟疏雨走到他跟前低低"哇"了一声，绕着他转了一圈，看了一圈。

周隽没说话先笑了。

"干什么你？"

"我就说这样穿着显年轻吧？"孟疏雨得意地仰起下巴。

"所以不是听了你的吗？"周隽卸下她的书包，朝公交车站走去。

孟疏雨跟上他，想问他为什么这天听她的？他又是穿卫衣，又是带她去吃火锅，又是允许她晚归。话到嘴边还是咽了下去，她改而问他："今天都听我的吗？"

周隽偏过头看了她一会儿，点了点头："今天都听你的。"

"那我不想写作业了。"

"那想做什么？"周隽顿住脚步。

"嗯——"孟疏雨在原地沉吟了一会儿，"我们先去看一场电影，然后吃一顿火锅，吃完再逛一趟夜市，怎么样？"

周隽点了点头："好。"

周隽有求必应地陪她做了所有她想做的事情。好像他这天就是她的神灯，不管她许什么愿，他都会帮她实现。

天晚的时候，孟疏雨心满意足地从夜市抱着一堆闪闪发光的物件出来，提了这天的最后一个要求："不坐公交车了，走回去好不好？"

周隽看了看她："不累？"

"不累呀，"孟疏雨摇摇头，"你累了吗？"

"你都不累，我累什么？"周隽接过她怀里那些捕梦网之类的"战利品"拎在手里，分辨了一下归途的方向，带她朝步行道走去。

孟疏雨一身轻地跟在他身边，嘴里哼着她也不知道名字的歌，抬起头想跟他说什么的时候，无意间先看见了天边那轮黄澄澄的月亮。

"哇，今天的月亮好漂亮啊。"她下意识地脱口而出，话一出口，忽然心里一虚。

说这话的时候，她是单纯想感慨今晚的月亮很漂亮。可是月亮早就不是一个单纯的意象。

周隽知道博尔赫斯，应该也知道夏目漱石，会不会以为她意有所指。

孟疏雨紧张地吞咽了一下口水，闭上嘴偏头瞅了瞅他。

周隽正认真望着天边，半晌没转过头来。

孟疏雨越等越紧张，想岔开话题的时候，听见他笑了一声："你夸什么不好，夸月亮？"

"月亮不好看吗？"

"好看，可是——"周隽看向她的眼睛，"怎么摘给你？"

孟疏雨的心脏在激越跳动过后，落进一个柔软又温暖的床。她仰头回视着他，眨了眨眼："不用。"

"嗯？"

孟疏雨低头看回自己的鞋尖，鼓起勇气深吸一口气，小声说："不用摘给我，你觉得好看就够了……"

热闹的长街上人来人往，风声喧嚣。周隽没再说话，她也没再开口。

直到不知走出多远，周隽停住了脚步。

孟疏雨抬头，看见小区的大门已经近在咫尺，跟着蓦地站住。

远离了繁华的外街，四下静悄悄的，只剩一声又一声的虫鸣唱着夏天的尾音，提醒着她，夏天已经快要过去。

孟疏雨低头盯住了脚下步行道的地砖，感觉周隽在盯着她的头顶。

漫长的沉默过后，头顶还是传来了那道意料之中的声音："小雨点，我要走了。"

孟疏雨机械地点了一下头。

她知道的。他是有原则的"大人"，说好天黑之前送她回家就绝不会错过太阳落山的时机，却在这天给她破了这么多例。

她一早就猜到，这看起来美好到不真实的一天，是一场如期而至的告别。

一天只有二十四小时，即使她很努力地把每一分每一秒都填满，时间还是不会变长。

就像夏天一定会结束，秋天一定会到来。

孟疏雨抬起头来，笑着说："我知道呀。"然后她指了指他手里的书包，"我还带了给你的礼物呢。"

周隽的目光闪烁了一下，他低头看向这个他拎了一天的书包。

孟疏雨上前拉开书包拉链，从里面掏出了一条灰色的毛线围巾。

"我自己织的，第一次织，织得可能有点儿丑，不过冬天用着应该会挺暖和的吧……"孟疏雨碎碎念着，把围巾塞到他另一只空着的手里。

周隽低头看了一眼，手心轻轻攥拢："会的。"

孟疏雨点点头，默了默又问："你是什么时候的飞机？"

"后天。"

"有人送你去机场吗？"

"你要来？"

孟疏雨摇头："我们高中生很忙的，作业都写不完，哪儿有空去？"

"不来也好。"周隽笑了一下。

孟疏雨瞪他一眼："你不欢迎我啊？"

"你们高中生事那么多，要是来了，我走不成了怎么办？"

"我才不会拦你，"孟疏雨皱皱眉头，朝他摊开手，"给我吧。"

周隽把她的书包和她在夜市买的捕梦网交还到她的手里："好好学习，好好长个子。"

"哦，"孟疏雨抱过东西，仰头看着他，"那你也好好学习，不要留级。"

周隽失笑地别开头去，点了点头。

"那我回去啦。"孟疏雨指指身后的高楼，像平常的每一天一样对他说。

"好，"周隽也像以往每一次一样回答，"进家门说一声。"

这稀松平常的对话让孟疏雨觉得这场告别好像也没什么大不了的。她点了一下头，转身朝小区大门走去，走了几步，却看见了门口那棵树。

那棵周隽总是站在那里等她的树。

夏天里的晴天、雨天、阴天忽然在脑海里一幕幕浮现，周隽站在那里的景象成了老电影里褪色的画面，变得遥远斑驳而不真切。

所有的一切仿佛只是她在这个夏天做的一场梦，而梦的结局早在开端就埋下伏笔。

那是一首诗，诗的题目叫——《我用什么才能留住你》。

孟疏雨恍惚地望着那棵孤零零的树，突然走不动了。

她没法儿往前走，可是也不敢回头看。她怕一回头，她的眼睛就会下起大雨。

孟疏雨抱着怀里的重物站在原地，努力地睁大眼睛，希望眼睛大到可以盛下此刻满眶的热意。

身后忽然响起脚步声，一步一步，越来越近。

脚步声在离她咫尺之遥的地方停下，有一双手落上她的肩，把她的人轻轻转了过去。

孟疏雨抬起头，眨一眨眼，眨下一滴眼泪，然后是第二滴、第三滴、第四滴……

迟来的难过情绪像一把钝刀子，一刀刀划着她的心脏，疼得她放声大哭起来。

为什么她只有十六岁？

如果她是二十六岁，一定会有很多办法，可以跟他走，或者留下他。

可是她只有十六岁。

她在十六岁的时候喜欢上了一个十九岁的人，明明只和他差三岁，却好像和他隔着一整个银河。

她没办法一夜长大，他也不能把她拉去他在的对岸，也……不一定会在对岸一直等她。

滚烫的湿气模糊了视线，孟疏雨渐渐看不清周隽的样子，胡乱拿手背去抹眼泪。

周隽抬起手像是想给她擦，指尖来到她的颊边却又顾虑着什么似的停住。

孟疏雨自己擦掉了眼泪，终于还是问出了那个因为觉得太幼稚一直没问的问题："你……你走了……还会回来吗？"

周隽低头看着她，哑着声音问："你希望我回来吗？"

孟疏雨用力点头。

"那如果两年后你还想见我，就跟我说一声。"

"然后呢？"

"然后，"周隽注视着她的眼睛，"我就回来给你摘月亮。"

孟疏雨一下下抽噎着："两年以后你可能就不是这样想的了……"

"你还没长大，说话可以不算话，如果两年后不想见我了，反悔了也没关系。但我已经是个成年人了，要为我说的话负责。"周隽抬起手来，笑着揉了揉她的头发，"这是我给你的承诺，你可以相信它。"

孟疏雨仰头看着他，像被他的眼睛蛊惑。

她喜欢的人不会魔法，不能带她穿越时空，但只是笑着揉一揉她的头，她就好像从他眼里看见了很远很远的以后。

…………

一阵风吹来，吹眯了人的眼，视野里忽地换了光景——日升月落，斗转星移，四季轮回，光阴更迭。

孟疏雨慢慢睁开了眼，听见耳边响起一道刚刚和她分别的声音："怎么了？"

她蓦地扭过头去，看见一只探向她的脸颊的手，还有手的主人——

这不是十九岁的周隽，是二十九岁的周隽。

孟疏雨愣愣地朝四下看去，看见了身下柔软的床、远处透着日光的窗——

这不是她十六岁时无望的夏夜，是她二十六岁时温暖的冬日。

孟疏雨眨了眨眼，迷糊了好一阵儿才回过神来。

她做了一个梦，梦见了一段平行时空。在那个时空里，十六岁的她提前遇见了十九岁的周隽，然后故事全改变。

"做噩梦了？"周隽用拇指指腹擦了擦她脸颊上的湿润痕迹，伸长手臂去够床头柜上的湿巾，却被孟疏雨一把搂住了腰。

"嗯？"周隽停住动作，低下头去回抱住她。

"没，"孟疏雨摇摇头，"没做噩梦。"

梦里和她分离的人，醒来时将她抱在怀里，她多幸运。

"做了一个美梦，"孟疏雨闭上眼睛抱紧了他，嗅着他身上让她安心的气息，"一个好美好美的梦。"

Special 3

几经周折，
终成"隽永"

周隽抱着孟疏雨，迟疑地低下头去看她的表情，有一瞬间怀疑他的准太太在说反话。

从今年大年初到今年盛夏他们一直异地。搬进这座新房之前的半年间，孟疏雨做过两次让他措手不及的梦。

一次是她白天工作不顺心，梦里和人起争执，气醒以后委屈得睡不着找他谈心。

还有一次是今年五月森代签约新代言人，候选阶段品牌部接触的某一线女明星暗里对他表示了好感，小道消息传到了孟疏雨的耳朵里。

虽然后来森代签下的是另一对具有国民度的明星夫妻，而他和那位女明星说的唯一一句话仅仅是"我已经有未婚妻"，但当时身处异地，孟疏雨难免有点儿小情绪，有天晚上就梦见他出轨了。

不，好像他还是重婚。

半夜接到她哭着打来的电话，他插翅也飞不过去，最后和她视频到了天亮。

好在异地过后，这样的事再也没发生过。

"那怎么哭成这样？"周隽抬手摩挲着她的眼角，"梦见什么了？"

孟疏雨抱了他一会儿，百感交集的情绪平复了点儿，想起上次他为在她梦里犯下的"重婚罪"写了份"检讨书"哄她，起了开玩笑的心思。

她抬起头来冷哼一声："梦见你不要我了，出国去了。"

"我这么混账？"周隽皱起眉头。

"就是，而且这回伤害的还是十六岁的花季少女。"

"二十六岁做个梦都要哭鼻子，十六岁可怎么办？"

"谁说不是？可怜我小小年纪就吃到了爱情的苦……"孟疏雨撇撇嘴，趁刚醒来还记得细节，把这个梦从头到尾跟周隽讲了一遍。

周隽一边听，一边拿热毛巾给她敷眼睛，听见她问："你说当年要真发生了这种事，是不是也只能是这么个结局？"

周隽认真思索了一下说："这应该取决于你。"

"嗯？"

"如果你真的不想让我走，你看我走得成吗？"

"我才不是那么不大气的人，不就是两年，一眨眼就过去了。"

虽然对十六岁的她来说，让她难熬的可能不是时间，是分隔两地的岁月里无法确定的未来。

孟疏雨想着想着又有点儿心酸。

"省点儿眼泪吧，孟疏雨，"周隽揉了揉她的脸，"当心晚上不够用。"

"不要脸，"孟疏雨什么情绪都没了，轻轻捶了一下他的肩，"周隽，我看你还是十九岁的时候比较可爱。"

"那怎么办？你今天要嫁的是二十九岁的周隽。"

孟疏雨一愣之下如梦初醒，掀开被子冲向浴室："你怎么不早提醒我啊！"

这天是十一月五号，周隽等了半年终于等到的领证日。

半年前求婚过后，周隽和孟疏雨商量哪天去领证，本来想就近挑个日子，但孟疏雨翻过日历想到了他生日这天，而且非要这一天。

一生只有一次，一次关乎一生的日子，周隽当然尊重她的意愿，只好"没名没分"地跟她同居了半年。

孟疏雨昨晚还心心念念着这天的安排，睡前紧张了半天，结果做了个梦昏了头。她一早光顾着消化情绪，差点儿来不及化妆。

南淮的民政局周一到周六开放登记。这天刚好是周六，两个人不用上班，又提前预约排号，一丝不苟地准备全了材料，领证的过程顺顺利利，一点儿都没有卡壳。

从民政局走出的那一刻，孟疏雨都觉得快到回不过神来，感觉像从十六岁一下穿越到了二十六岁。

"这就领完了？"孟疏雨看着手里的两本红本，举在阳光底下晃了晃。

"怎么，还想后悔？"周隽抬了抬眉。

孟疏雨瞅了瞅他："还来得及吗？"

周隽抽走了她手里的红本，一副回头就锁进保险柜的架势。

孟疏雨笑着去抢："你别急呀，我还想拍张照呢。"

"我拿着你拍。"

"小气！"孟疏雨嘴上吐槽，还是拿出手机对着两本红本拍了张照，想了想问，

"要不要发一下朋友圈？"

孟疏雨调岗回总部以后，起初考虑到她在新岗位还不稳定，不想引起流言蜚语，两个人决定不到必要时候暂时先不公开。

后来等她工作稳定了些，他们倒是没再藏着掖着了，想着顺其自然。结果这一顺其自然，大家反倒觉得她这么光明正大，谈的肯定不是办公室恋情。

毕竟因为两地工作，接送孟疏雨上下班的事几乎都是司机在做，孟疏雨又出于职业原因很少发私人朋友圈，即使发也是些美食美景照。

所以总部的同事至今都只知道她有个感情很好的男朋友，每天风雨无阻地接送她上下班，但并不知道她的男朋友是谁。

森代那边消息就更不灵通了。有次唐萱萱看到她的朋友圈的约会照，问她是不是交了男朋友，她说是，本来想着唐萱萱要是继续问就承认的，结果唐萱萱不知怎么闭了麦。

她也是没想到当初谈秦竟然一语成谶——就她和周隽这保密工作做得，等孩子会打酱油了也曝光不了。

到了领证这份儿上还没人发现，孟疏雨这个当事人都有点儿急了。

"发。"周隽点了点头。

"直接发照片会不会太炸了？"孟疏雨提议，"要不我先打头探探路，你看情况再跟上！"

坐上回程的车，孟疏雨思忖着红本照的配文，最后来了句言简意赅的文案："嘀，持证上岗卡。"

朋友圈一发出，除了亲近的朋友和家里人的点赞或评论，底下都是一排排惊讶的叹号。

孟疏雨的交际圈里最多的就是同事。一群同事很快蜂拥而至，祝福和点赞一下子涌了进来，私聊消息也源源不断。

手机一声接一声地振动，孟疏雨看得眼花缭乱，先回复了特意私聊来送祝福的人。

等回复过一轮，孟疏雨切出对话框一看，忽然发现一个沉寂已久的群弹出了新消息："救命！你们看到疏雨姐的朋友圈了吗？"

孟疏雨愣了愣，点进了群。

冯一鸣："看到了……"

唐萱萱："还是刚好在周总生日这天领的证。"

冯一鸣："今天刚好周六嘛，估计她没注意到周总的生日吧。"

唐萱萱："周总追了这么久，结果疏雨姐一回南淮就有了男朋友，才过大半年就领了证。我共情周总了，为周总掬一把辛酸泪。"

孟疏雨："……"

路遇红灯，周隽偏头看她："怎么了？"

孟疏雨把手机屏幕给他看，指了指自己的太阳穴："你说他们是不是工作压力太大，这里有点儿不好使了？"

他们不小心把消息发到有她在的小群也就算了，正常人不该通过她在周隽生日这天领证联想到她老公就是周隽吗？

消息还在继续——

冯一鸣："嘻，这事其实我一早就看穿了。"

唐萱萱："怎么说？"

冯一鸣："现在讲讲也无所谓了，你不知道，周总来的第一天我就看到了疏雨姐给他的来电备注——松岛屋南淮一店187高冷长腿大帅哥不喜欢过时的套路。当时我惜命啊，只能装看不懂。"

孟疏雨："……"

唐萱萱："那这种苗头我也早就看出来了，之前有次疏雨姐生病，周总亲自开车送我去照顾她，还给她打扫了卫生。周总这么'舔狗'都没追到，确实看得出来是尽力了。难怪后来总部一有岗位疏雨姐就跑了，估计是被追怕了。这就是'舔狗''舔'到最后一无所有吧。"

周隽："……"

冯一鸣："这种事勉强不来，都快一年了，周总应该也看开了。"

唐萱萱："那我们要给疏雨姐的朋友圈点赞吗？我们不点赞不礼貌，可是点了赞是不是有点儿往周总的伤口上撒盐那意思，会不会被周总记仇？"

你们想得还挺多。

孟疏雨受不了了，刚想发条消息提醒一下当事人之一就在群里，被周隽接过了手机。

周隽："可以点赞，不会记仇。如果明年你们还在森代，来喝杯喜酒。"

他将语音消息发出后，群里安静了。一百多公里外，唐萱萱和冯一鸣在死寂般的沉默里退出了群聊。

生命里最漫长的十分钟过去，他们刷新到了周隽在朋友圈发出的红本照，准确地说是截了孟疏雨那条朋友圈的图："周太太，余生合作愉快。"

孟疏雨敏锐地察觉到，周隽那条朋友圈发出以后，她的朋友圈的点赞和评论短暂地停滞了一阵，可以想见这"一阵"的背后是无数人从朋友圈涌去了微信小群。

在她看不见的地方，她和周隽的婚讯应该已经在满屏的问号和感叹号中被一传十十传百地奔走相告。

孟疏雨好一会儿没敢去看微信。直到和周隽到了餐厅，准备吃午饭的时候，周隽说收到了蔡总的消息。

看得出来，宣示主权后证明了"'舔狗''舔'到最后应有尽有"的周先生很是扬眉吐气，神清气爽。

"蔡总说什么了？"孟疏雨忐忑地问。

"问什么时候能喝上咱们的喜酒。"周隽把手机拿给她看。

周隽："明年春天，已经在安排了，您要是有时间，到时候还想请您来当证婚人。"

蔡振林："肯定得有时间。"

孟疏雨看了一眼聊天记录，放下心来，刚要把手机还给周隽，看到悬浮窗弹出一条新消息。

简丞："不是吧，周隽，你人缘这么差……"

后面的文字被折叠，孟疏雨抬头瞅了一眼周隽："你们说什么呢？"

"自己看。"周隽笑着抬了一下手。

孟疏雨点开了简丞的对话框。

简丞："说恭喜好像有点儿见外，还是来讨份喜糖吧，怎么说你们当年也是在我家花园结的缘，我这份喜糖应该能比人家多点儿吧？"

周隽："嗯，伴郎的喜糖当然比普通宾客多。"

简丞："不是吧，周隽，你人缘这么差，都得找前情敌当伴郎了？"

孟疏雨侧目看他："什么时候这么大方了，真找他当伴郎呀？"

"嗯，为了让他接上手捧花，早点儿找到女朋友，省得我太太做梦梦见我的时候，还要顺便梦见他。"

"……"

——还好你太太聪明，跟你讲梦的时候没有事无巨细地都讲到，比如没有告诉你，她在梦里还把你叫成了简丞哥哥。

孟疏雨收回刚才说周隽大方的话，拿起自己的手机，发现蔡总不光给周隽发了祝福消息，还给他们两个人的朋友圈分别点了赞。

安静了一阵的朋友圈在这一个重量级的赞之后再次热闹起来，像一道指令从上到下层层发送，大领导后面跟着小领导，小领导后面跟着普通职员，全部来给他们点赞。

而比这些更热闹的是一个名为"宰周场"的四人微信群——

陈杏："喜酒时间我已经知道了，就不问了，问一下两位大概什么时候让我当上干妈？"

谈秦："你说话注意点儿，我才是干爹。"

陈杏："你当你的干爹，我当我的干妈，我们井水不犯河水，有什么问题？"

谈秦："当然有问题，问题可大了！你当了干妈，那等我结了婚，我老婆怎么办？总不能我是干爹，我老婆是干姨？"

陈杏："连个女朋友的影子都没有，你就提前来占坑了，想得挺远。那我还说等我结了婚，总不能我是干妈，我老公是干叔呢！"

谈秦："那这么着，我们谁先脱单谁先占坑，公平吧？"

陈杏："那你必输无疑，我最近追求者可多了去了，脱单分分钟的事。"

谈秦："去年十一月你也是这么说的，我看看时间，哦，五十万分钟过去了。"

孟疏雨手指摁住眉心，闭了会儿眼，再次睁开的时候打下一行字："两位，要不我给你们指条明路？"

陈杏："新人最大，新人请说。"

谈秦："新人最大，新人请说。"

孟疏雨："你们凑个对儿，什么问题都没了。"

孟疏雨："至于具体什么时候，回去等通知吧。"

群里霎时安静不已。

——回复完祝福的消息，孟疏雨把手机放进了包里。现在她和她先生要过二人世界了。

领完证来不及开伙，两个人中午就在外面吃了顿饭，下午看完电影，出发去超市为今晚的纪念晚餐采购食材。

从超市大包小包地满载而归，周隽拎着购物袋走进家里的厨房，刚要拉开冰箱门，被孟疏雨抱住了手臂。

"嗯？"周隽动作一顿。

孟疏雨眨了眨眼睛："我渴了，想喝红枣茶。"

"整理完东西给你煮。"

"我来整嘛，你去煮。"

周隽看了一眼冰箱，再看回孟疏雨，叮嘱她："蔬菜冷藏，肉类速冻，海鲜放水槽去，别扎着手。"

"知道，知道！"

目送周隽走开去煮茶，孟疏雨拉开冰箱门往里张望了一眼。

晚上七点，两个人在家吃上了"周隽牌火锅"。

新鲜食材一盘盘在桌上码得整整齐齐：被片成薄片的牛肉和黑鱼，手工丸子和蛋饺，剪去虾须虾脚的海虾，开过花刀的鲍鱼，洗净切好的娃娃菜、菌菇、豆腐、玉米……

火锅里是熬了两个钟头的花胶鸡汤，"咕咚咕咚"香气四溢。

因为孟疏雨对火锅的爱好，搬进新房这半年来，周隽做火锅的手艺已经超过了家常菜。

孟疏雨夹起周隽剥好的虾，把虾浸到鲜美的汤汁里涮了涮，吃掉以后夸他："虽然你十九岁的时候比较可爱，但还是二十九岁的厨艺更高超。"

周隽笑着问："梦里我给你做什么吃的了？"

"咖喱虾、土豆牛腩，还有番茄炒蛋。"

这些都是周隽现实里给她做过的菜，她会梦到也不奇怪。

"在哪儿给你做的，我还把你拐家里去了？"

"哪能呀？十九岁的周老师可严格了，就在那家咖啡店给我做的。哦，我早上好像漏讲了。那家咖啡店是你的一个朋友开的，不过我没见过那人，可能是随便梦的吧。"

周隽若有所思地点了点头。

火锅吃到尾声，孟疏雨战斗力减弱，只剩周隽在光盘。她看了对面的人一眼，不知第几次瞥向墙上的钟，起身说："我去拿两瓶气泡水来。"

周隽点点头，见她进了厨房，放下了筷子。

头顶的灯光忽然熄灭，客厅大暗，只留角落一盏夜灯引路。厨房那头，孟疏雨捧着一个点好蜡烛的蛋糕走了出来。

周隽笑着偏过头去。

孟疏雨捧着蛋糕走到他面前："知道我准备什么惊喜都会被你提前看穿，你就不能看在新婚第一天的分儿上假装你很惊喜？"

"我很惊喜。"周隽笑着点了点头。

孟疏雨低哼一声，把蛋糕捧到他眼下："好了，寿星最大，不挑你的刺了，许愿吧。"

一年有三百六十五天，她非要挑周隽的生日这天领证，并不是想节省一个纪念日，而是想有一个美好的理由为周隽庆祝生日。

虽然没有理由她也可以为他庆生，但之前的二十八年，所有的十一月五号在周隽的记忆里都是不开心的，如果这一天对他来说没有什么值得纪念的事，那么为他过生好像也仅仅是满足了她一厢情愿的仪式感而已。所以她想把十一月五号变成对他有意义的日子，变成让他一想到就会笑的日子。

周隽坐在椅子上，抬头看着她："生日愿望到底能不能说出来？"

"当然可以，老天这么忙，又不一定能听见大家心里的声音。但只要你说出来，我一定能听见，然后我就能帮你实现。"孟疏雨笃定地仰了仰下巴。

周隽笑着闭上眼："那第一个愿望，希望我太太永远平安健康。第二个愿望，希望我太太事业顺心。第三个愿望，希望从今天起，我太太生活的每一天都幸福美满。"说完他睁开眼，像她去年教他的那样吹灭了蜡烛。

孟疏雨眼眶里的热意藏进了黑暗里。

她错过了他的九岁和十九岁，想实现他二十九岁时全部的愿望，可他二十九岁的愿望里全部是她。

两个人吃过蛋糕，收拾了碗筷，已经接近十点。孟疏雨本来还想跟周隽一起打扫厨房，被他催去洗澡了。

想想周先生可能迫不及待地想过夜生活了，孟疏雨也就不磨蹭了，去浴室舒舒服服地泡了个热水澡。换好睡衣出来却没在卧室看到他。她出去转了一圈，见书房虚掩的门里透着亮光。

她推开门望进去，看到周隽正坐在电脑前打字，屏幕上好像是个邮箱界面。

"有工作呀？"孟疏雨站在门边问。

周隽偏过头来："嗯，你去看会儿电视等我。"

"不想看，"孟疏雨往里走来，"我在书房陪你嘛。"

"你不在，我的效率可能会高点儿。"

孟疏雨走到一半停住，冷哼一声："那你快点儿。新婚夜敢让我久等，我要记仇的！"

周隽抬头揉了揉她头发："我尽快。"

孟疏雨回到卧室打开电视，随便挑了个综艺节目当背景音乐，然后靠着床头玩起手机来。等了半个钟头还不见周隽回来，她正盘算他有什么工作这么着急，掌心的手机振动，一看是微信推送来的新邮件提醒。

QQ邮箱她八百年前就不用了，来的都是垃圾邮件。她的手指长按就要忽略，临到删除顿了顿，她看到了发件人的姓名——周隽。

想起他刚才在书房里好像确实在写邮件，孟疏雨一下松了手指，疑惑地点开了邮件。

首行标题映入眼帘——致十六岁的疏雨。

孟疏雨怔了怔，愣愣地眨了眨眼，继续往下看——

十六岁的小疏雨：

你好。

我是二十九岁的周隽。

写下这封信的契机，是因为十年后的你今早从梦里哭醒，跟我讲了你梦见的一个故事。

故事里有十六岁的你、十九岁的我，还有一家咖啡店。

我原本只当这是一个故事，但当我记起，我十九岁那年真的有一位经营咖啡店的朋友时，忽然在想，这个故事会不会属于平行时空里真实的我们。

所以我想跟你讲讲我这里的事。

在我这个世界里，十六岁的你没有在那架秋千上抬起头看见我，你和我正式认识的时间在你的二十五岁时。

虽然比起你那里迟了很多年，但我们依然相爱了。过程中磕磕绊绊、跌跌撞撞，我曾失去你，又最终幸运地将你挽回。

今天是2022年11月5日，你成了我法律意义上的妻子。就在今晚，你为我庆祝了我二十九岁的生日，我们在属于我们的家里一起吃了一顿热腾腾的火锅。

你可能无法想象我说的这些，因为现在的你正在经历我的离开。

我知道你很伤心。二十六岁的你都会因为我的离开从梦里哭醒，更不用说十六岁的你。

也许学业繁忙的两年对你来说过得不慢，但我怕你时常担心我会失信，所以我盼望着这封信能送达你那里，盼望着你能看到这些话。

我可以肯定地告诉你，在你的世界里，两年后的我一定会如期归来。

即使有一些波折，只要你开口，我就会来你身边。

因为我很确信，不管是九岁，十九岁、还是二十九岁，不管我们以怎样的方式相遇，我都无法拒绝你。

现在我这里是北京时间23:00，二十六岁的你正在卧室里等我，可能已经开始悄悄埋怨我让你等了这么久。

那么这封信就写到这里。

小疏雨，好好长大，你想要的生活都在未来等你。

——二十九岁的周隽

即使只有亿万分之一的可能，那个故事奇迹般在某个时空真实存在，他也不忍心十六岁的她为他伤心。

孟疏雨一字一句地读下来，读到末尾，清晰的视线渐渐变得模糊。

安静的卧室里响起"咔嗒"一声，房门被人推开，孟疏雨抬起头，朝来人张开了手臂："抱抱。"

周隽笑着走上前抱住了她。

这一瞬，孟疏雨忽然想起梦里的周隽自我介绍时说的话。

他说："我叫周隽，周折的周，隽永的隽。"

果然呀——

他就是她此生几经周折、终成隽永的诗。

Special 4

周逢霖

大家好，我叫周逢霖，来自小星星幼儿园，很高兴和大家成为小学一年级的同班同学。

大家一定觉得我的名字很难写，那我就来给大家讲讲我为什么叫这个名字吧。

其实我妈妈在我这么大的时候就遇到了我爸爸，不过那个时候他们都太小了。就像我在幼儿园里喜欢班上的贝贝，可是贝贝没有和我来同一个小学，所以我们就分开了。我的爸爸妈妈那时候也分开了。

我妈妈还很没良心，一转头就忘了我爸爸——这是我爸爸说的。

不过我爸爸是个很有良心的人，一直记着我妈妈，出国了也没有忘掉。当然这可能是因为我妈妈长得实在太漂亮了——这是我妈妈说的。

我比较同意我妈妈的话。我妈妈小时候一定也跟贝贝一样漂亮，所以我爸爸过了快二十年还记得她。

我爸爸长大以后就是很厉害的人了。他看我妈妈还没找到好老公，就决定自己去当她的老公，想了好大一个计谋回国追我妈妈。

我妈妈的名字里有一个"雨"字，和我爸爸重逢的日子也刚好是一个下着雨的夜晚。爸爸说他等了这么多年才遇见妈妈，这是久旱逢甘霖，所以我就叫周逢霖啦。

唉，这名字是难写了点儿，害我每次考试都比别人少两分钟时间做题。可是没办法，谁叫我是他们一起生的？我原谅他们了。

也谢谢我爸爸的这个创意，以后我有了孩子，就决定叫周宝贝。

不过，如果大家实在不会写我的大名，就叫我的小名好了。

因为我刚出生的时候瘦巴巴的，比别的小朋友要小一点儿，我外公和太爷爷都说我的大名太文气，得给我再起个糙一点儿的小名，这样我才能长得白白胖胖、健健康康。

为了祝福我苗壮成长，他们给我起了第二个名字，叫——壮壮。

谢谢外公和太爷爷的祝福，有了这个名字，我还没长到四岁，妈妈就抱不动我了。

　　爸爸说，妈妈是家里的小公主，不可以累到妈妈。如果他不在，我就要学会自己走路，有力气的话还要帮妈妈拎包包。

　　不过爸爸在的时候，我还是可以不当男子汉，可以趴在爸爸的背上，骑到爸爸的肩上。

　　还好爸爸力气大，一只手就能抱起我，还能分另一只手给妈妈牵，不然我就要变成世界上第一个因为太胖没人抱的小可怜了。

　　唉，但我长胖这件事也不能全部怪我，还得怪爸爸做的菜实在太好吃了。听说他能追到我妈妈，跟这个也有关系。

　　为了妈妈吃得开心，爸爸这几年的厨艺越来越好，只要有空他就会下厨做一大桌子菜。那妈妈吃得开心了，我也会吃得开心呀。我越开心，就越胖。

　　之前上大班的时候，大家要排演白雪公主的话剧，老师让我们投票选出心目中的公主和王子。

　　贝贝有雪一样白的皮肤、樱桃一样的小嘴、乌黑的长发，是所有人心目中的白雪公主。我很想演王子，可是我和图画上瘦得像竹竿的王子差得有点儿远。

　　我想起妈妈有一种可以减肥的饮料，就悄悄去冰箱里找来喝，没想到还没打开盖子，就被爸爸发现了。

　　那天晚上，我和妈妈一起低着头站在爸爸面前，被爸爸狠狠批评了一顿。

　　爸爸说，喝饮料减肥是不健康的，而且我和妈妈一点儿都不胖，以后家里不许出现这样的东西，再有下次就要罚我们。

　　妈妈当场就被爸爸说哭了。

　　那是我第一次看到爸爸凶妈妈，都是我连累了妈妈。

　　我感觉自己犯了好大的错误，下定决心，以后再也不做偷偷摸摸的事情。

　　因为这件事，我晚上躺在床上好久都没睡着，起来打开房门，却看到厨房里爸爸搂着妈妈在做宵夜。妈妈在爸爸怀里得意地说："怎么样，我今天的哭戏演得不错吧？"

　　爸爸夸了妈妈一通，说："就该这样那小子才长记性。"

　　那小子是长记性了。

　　这件事，他一定会偷偷记二十年！

　　不过，虽然我的爸爸妈妈骗了我，但他们还是爱我的。

　　因为第二天老师就和我说，我爸爸妈妈找她聊天了。她觉得他们说得对，公主和王子可以有很多不同的样子。只要心地善良，谁都可以当公主，谁都可以当王子，不应该靠眼睛看到的美丑来投票。

老师把这些话跟班上其他同学也说了，告诉大家投票的时候不能以貌取人。

其实以貌取人的话，我也是有可能赢的。我爸爸妈妈这么好看怎么会生出丑小孩？除了胖了一点点，我长得还是很好看的。而且大家都说，胖子是潜力股。虽然我不知道潜力股是什么意思，不过应该是好的意思。

但老师这样说了，我觉得好像也对。我喜欢贝贝，不光是因为贝贝长得漂亮，还因为她像个会发光的小太阳，经常很善良地帮助他人呀。

投票结果出来，另一个乐于助人的男生当了王子。我输了，不过也没觉得有什么好伤心的，也不再不喜欢"壮壮"这个名字了。

等我升上小学，只要我更加乐于助人，下次一定当王子！

谢谢大家听完我的自我介绍。接下来的六年，我们要多多互相关照啦！

亲爱的走疏雨女士，如你所见
这是一本空白的诗集。

时隔十年，我很想再送一首诗
给你，可翻遍诗海也没能找到足
够形容你的词句。

所以这一次，我想自己当诗人了。

只是这本诗集很厚，可能需要
两个人用一生才能写满。你愿意和我
一起拿起这支笔吗？

如果你愿意，那将是我一生的荣幸。

　　　　　　　　　　　　—— 周停

图书在版编目（CIP）数据

他怎么可能喜欢我 / 顾了之著 . — 武汉：长江出版社，2023.5
ISBN 978-7-5492-8744-4

Ⅰ . ①他… Ⅱ . ①顾… Ⅲ . ①长篇小说－中国－当代
Ⅳ . ① I247.5

中国版本图书馆 CIP 数据核字（2023）第 045306 号

他怎么可能喜欢我 / 顾了之 著

出　　版	长江出版社	
	（武汉市解放大道 1863 号　邮政编码：430010）	
市场发行	长江出版社发行部	
网　　址	http://www.cjpress.com.cn	
责任编辑	张艳艳	
策划编辑	鹿玖之	
特约编辑	鹿玖之　灿　灿	
封面设计	Laberay	
印　　刷	大厂回族自治县德诚印务有限公司	
版　　次	2023 年 5 月第 1 版	
印　　次	2023 年 5 月第 1 次印刷	
开　　本	710mm×1000mm　　1/16	
印　　张	24.75	
字　　数	468 千字	
书　　号	ISBN 978-7-5492-8744-4	
定　　价	54.80 元	